COLLECTION QUAI VOLTAIRE

LA LONGUE-VUE

DU MÊME AUTEUR

À LA TABLE RONDE

Une saison à Hydra, Quai Voltaire, 2019
La Petite Vermillon, 2020

LA SAGA DES CAZALET :

Étés anglais, I, 2020
À rude épreuve, II, 2020
Confusion, III, 2021
Nouveau Départ, IV, 2021
La Fin d'une ère, V, 2022

Elizabeth Jane Howard

LA LONGUE-VUE

ROMAN

Traduction de l'anglais par Leïla Colombier

Préface de Hilary Mantel

Quai Voltaire

Première publication : Gallimard, 1958, sous le titre *Ce long regard…*
Traduction de Danièle Clément.

Titre original : *The Long View.*

editionslatableronde.fr

PRÉFACE

COMMENCEZ votre livre, conseille-t-on aux écrivains, d'une façon qui ne laissera personne indifférent. Mettez le feu à la page : dégoupillez une phrase, et lancez-la à votre lecteur comme une grenade.

Une approche si radicale n'est pas sans risque. Il se peut que ce soit l'écrivaine, et non le lecteur, qui se retrouve sonnée après un tel effort. Elle peinera ensuite, jusqu'à la fin du livre, à se montrer à la hauteur de son premier paragraphe.

Il existe une méthode plus calme : « La situation était la suivante. »

Avec une assurance silencieuse, implacable, elle tire pour vous une chaise. Vous êtes dans la salle à manger de Mrs Fleming, vous êtes complice. Au dîner, il y aura des huîtres, de la grouse et du soufflé à l'orange. Entre parenthèses, comme annoncée par le tintement d'une fourchette sur du cristal, arrive la première douceur :

> Huit personnes devaient dîner ce soir-là dans la maison de Campden Hill Square. Mrs Fleming avait organisé cette soirée (c'était le genre de mission peu inventive qui lui revenait et elle s'était docilement pliée aux circonstances) pour célébrer les fiançailles de son fils et de June Stoker.

Nous sommes dans un milieu aisé, rendu singulier par l'effacement des convenances. Les dames se rassemblent dans la chambre de Mrs Fleming pour se repoudrer. Leurs longues jupes manquent de les faire trébucher dans les tournants des escaliers. Elles vont boire le champagne en hommage à la virginale June, déjà assaillie par d'horribles doutes. L'action, pour l'instant, se déroule comme à la lueur d'une bougie. Le trouble frappe doucement aux hautes fenêtres. À l'intérieur, un menuet guindé et futile : le rituel social, supporté avec divers degrés de passivité, d'appréhension, d'ennui. Dehors, le chaos : un monde de possibilités incontrôlables qui « pétrifient l'imagination ».

Ces dernières années, Elizabeth Jane Howard, que tout le monde appelait Jane, est devenue célèbre pour sa saga des Cazalet, tirée de sa propre histoire familiale et adaptée à la radio et à la télévision. Racontant les aventures d'une famille bourgeoise, la tétralogie commence en 1937 et couvre une décennie. Un cinquième volet, *La Fin d'une ère,* fait un bond dans le temps et commence en 1956. Chaque roman est panoramique, exhaustif, aussi intrigant par son aspect social et historique que généreux dans sa narration. Ils sont le produit d'une vie d'expériences, et viennent d'une écrivaine qui connaissait son but et possédait l'endurance et la technique nécessaires pour l'atteindre. Il serait *réjouissant* que les milliers de lecteurs qui ont apprécié la saga se penchent sur ses premiers travaux. Ceux de l'époque où son talent connaissait une telle effervescence, une telle fulgurance, qu'on ne pouvait prévoir où il la mènerait. Dès le départ, elle a collectionné les superlatifs, pour la somptuosité de sa prose davantage que pour l'extravagance émotionnelle de ses personnages. Leurs rires étaient outranciers, leurs larmes contagieuses, leurs amours dissolues. Mais il ne faut pas croire qu'elle ait laissé au hasard le moindre de ces effets. Dès le départ, elle était maîtresse de son art.

La Longue-vue, publié en 1956, est divisé en cinq parties. Le récit commence en 1950, et chaque partie nous entraîne un peu plus loin dans le passé d'Antonia Fleming, jusqu'à 1926 où on la retrouve jeune fille et sur le point de connaître une déception amoureuse, d'en ressortir bouleversée puis d'être entraînée sans ménagement dans la vie conjugale. C'est un livre bien plus facile à lire qu'à décrire. Tout son art réside dans sa structure, et sa structure même suscite le désir. Si le temps présent a de quoi séduire le lecteur, il est désolant pour Mrs Fleming, et il faut avancer dans sa lecture – tandis que la narration, elle, recule – afin de découvrir pourquoi. L'autrice sait exactement comment interrompre un fil narratif, et quand. Elle attise notre curiosité pour ensuite refuser tranquillement de la satisfaire. Se laissant semer jusqu'à perdre de vue le moment présent, le lecteur découvre Antonia en tant que mère, épouse, amante, fille et, enfin, en tant qu'elle-même. Son histoire est racontée avec intensité, et avec une volupté savamment distillée. Une onde de désarroi face à la condition humaine se propage sous une prose qui étincelle et qui pétille, tel le champagne que viennent diluer les larmes honteuses de la future mariée.

Le premier roman d'Elizabeth Jane Howard, *The Beautiful Visit*, lui a valu le John Llewellyn Rhys Prize. Il est intimidant de songer que *La Longue-vue*, si abouti, si habile techniquement, n'était que son deuxième roman. Bien que ses débuts aient été remarqués, Jane gagnait difficilement sa vie. Elle venait d'un milieu où l'on ne se posait pas beaucoup cette question. Dans *La Longue-vue*, le passeport de Mrs Fleming indique comme profession « épouse ». Dans ce monde-là, les hommes n'ont pas à s'expliquer ou à répondre de leurs actes. Ces êtres qu'il faut sans cesse amadouer cherchent à faire entrer leur femme dans le moule de l'épouse adéquate, sinon parfaite. Conrad Fleming cherche à modeler Antonia. C'est un homme d'une suffisance absolue, d'un égoïsme pur. Les jeunes lectrices d'aujourd'hui auront peut-être du mal à croire à ce personnage. Elles ne devraient pas. Il est fidèlement rapporté. Il est la voix d'avant-hier, et aussi celle des générations précédentes.

De même, on peut rester perplexe devant l'innocence et la passivité de June Stoker, dont la soirée de fiançailles ouvre le roman. Pourtant, avec sa poudre rose et ses incertitudes tremblotantes, elle est une jeune fille ordinaire de son époque et de sa classe sociale ; aussi ordinaire que l'est Deirdre, la fille de Mrs Fleming, dans sa défiance, sa tendance au chantage émotionnel, sa quête d'une caution masculine. L'autrice observe ces gens de près. Elle décrit avec une riche précision l'infinité de détails qui forment la texture de leur existence.

Et c'est grâce à cette précision qu'elle emmène avec elle le lecteur consentant, explorant les sentiments dans toutes leurs nuances. Cette autrice-là comprend l'impulsion parce qu'elle ressent la montée d'adrénaline. Elle ressent la brise froide qui vous assaille dans la rue comme elle ressent l'averse de doutes qui vous refroidit le cœur. Sitôt éprouvés, les sentiments sont décrits : ils sont épinglés à la page. Ni le monde extérieur ni celui de l'esprit n'est privilégié, mais chaque phrase s'emploie à capturer leurs interactions : la lumière crue de la logique et de l'intention, et l'ombre tachetée, ondoyante, des méandres inconscients ou des désirs inavoués. Si la vue et l'ouïe de l'autrice sont affûtées, son jugement demeure bienveillant, en retrait. Elle respecte ses personnages. Aucun d'eux n'est là pour être méprisé. Conrad, par exemple, est fasciné par les conflits intérieurs et laisse derrière lui des dégâts dont il sait que les femmes viendront les nettoyer. Mais il est plein d'esprit, parfois étonnamment perspicace et prévenant; on comprend pourquoi Antonia est sous le charme. Dans ces romans, même les monstres sont fous d'amour. L'ingénue frissonnante comme l'égoïste endurci cherchent la grâce. Ils s'accrochent à l'idée que l'on puisse percevoir, derrière leurs incohérences, leurs qualités profondes. Ils sont en quête de celui ou celle qui les verra pour ce qu'ils sont, qui sera là pour eux – qui, sachant le pire, tournera la page malgré tout.

Elizabeth Jane Howard est née en 1923 dans une famille aisée, éminente, mais malheureuse. Son père et son oncle dirigeaient l'entreprise familiale spécialisée dans le bois. En réalité, ils ne dirigeaient pas grand-chose; « ils passaient surtout du bon temps », affirme-t-elle. Et c'était mérité. Son père s'était enrôlé à dix-sept ans, avait survécu à la Grande Guerre sur le front de l'Ouest, ramené chez lui une croix militaire. C'était un père aimant, mais aussi fourbe et néfaste. Le mélange de peur et de fascination qu'il lui inspirait imprègne la saga des Cazalet – des livres moins douillets qu'il n'y paraît. Le mariage de ses parents et les relations qu'ils eurent ensuite, ainsi que les siennes, ont servi de modèle de couple dysfonctionnel à presque toutes ses histoires. « Il y avait deux sortes de gens – estime Conrad dans *La Longue-vue* –, ceux qui vivaient plusieurs vies avec le même partenaire et ceux qui vivaient la même vie avec plusieurs partenaires… » Une remarque acerbe parmi tant d'autres – aussi lapidaires que cruellement justes.

Kit, la mère de Jane, était une danseuse au destin contrarié. Elle avait abandonné sa carrière au profit de la vie conjugale. Le monde de la danse est d'une compétition si rude qu'il est toujours difficile de savoir si un tel choix n'est pas motivé, aussi, par le sentiment de ne pas être à la hauteur. Les jeunes hommes qui manquaient de talent allaient à l'étranger, leur CV résumé en un acronyme, FILTH : *Failed in London, try Hong Kong*[1]. Pour les femmes en mal de confiance, le mariage était une porte de sortie, mais le résultat était souvent désastreux. Kit semble ne pas avoir aimé sa fille. Peut-être en était-elle jalouse. Jane était une jeune femme d'une grande beauté. Très souvent, dans ses romans, les adultes regardent avec envie et délectation les personnes les moins enviables, ces douloureux monceaux d'incertitudes que sont les adolescents. Jane a reçu peu d'instruction, mais c'était une lectrice. Et son professeur de piano lui a transmis un savoir précieux : « Comment apprendre ; comment s'en donner la peine encore et encore. »

Elle est brièvement passée par le métier d'actrice, mais la Seconde Guerre mondiale a eu raison de ses ambitions. À l'instar de Mrs Fleming, elle a vu « la valeur de la vie humaine grimper et chuter brusquement, selon le cours d'une Bourse frappée de folie ». Dans pareille atmosphère, les décisions se prenaient sans tarder – il n'y avait pas de longue-vue. Jane avait dix-neuf ans lorsqu'elle a épousé le peintre naturaliste Peter Scott, alors âgé de trente-deux ans et officier dans la marine.

1. « Échec à Londres, essayez Hong Kong. » *Filth* signifie saleté, immondice. *(N.d.T.)*

La veille de la cérémonie, sa mère lui a demandé si elle savait quoi que ce soit sur le sexe, le « mauvais côté » du mariage. Sa fille, Nicola, est née durant un raid aérien, un souvenir affreux qu'elle a gardé intact pour mieux le restituer. À la fin de la guerre, Jane a abandonné mari et nourrisson, chose que le monde ne pardonne pas facilement. Elle a déménagé dans un immeuble mal entretenu de Baker Street : « Une ampoule nue au plafond, un plancher plein de clous… La seule chose dont j'étais sûre, c'est que je voulais écrire », raconte-t-elle.

Howard s'est ensuite mariée, pour peu de temps, avec un autre écrivain. Puis elle est devenue la seconde femme de Kingsley Amis, un romancier acclamé et en vogue. Jane voulait de l'amour, sexuel et sous toutes ses formes ; elle l'a affirmé toute sa vie, et c'était courageux de sa part, car les gens prennent toujours cela pour un aveu de faiblesse. Les premières années de ce mariage ont été harmonieuses. Il existe une photo du couple, installé côte à côte, chacun derrière sa machine à écrire. Jane s'est retrouvée empêtrée dans un paradoxe : elle recherchait la proximité conjugale, et l'écriture est un acte solitaire. Elle voulait être estimée, ce que sont rarement les écrivains. Le foyer était animé et bohème. Elle tenait la maison et cuisinait pour les invités, certains qu'il fallait choyer, d'autres presque à demeure. Elle était une belle-mère douce et inspirante pour les trois enfants d'Amis. Le mariage était, comme l'a dit Martin Amis, « dynamique », mais le travail du mari était encensé tandis que celui de Jane était vu comme accidentel, et annexe au regard des tâches domestiques qui incombaient naturellement aux femmes.

Durant ces années, elle a écrit des romans pleins d'esprit, transcrivant les plaisirs de la vie, alors qu'elle traversait des périodes de profonde tristesse. C'était son mari qui gagnait de l'argent et qui était applaudi, mais elle a gardé foi en son propre talent. « Les gens bien élevés, lui avait dit sa mère, ne font pas d'histoires et ne font pas de bruit, même en accouchant. » Une consigne qui prône davantage la mort émotionnelle que le développement créatif. Mais si on survit à la douleur, on peut la canaliser et la faire fructifier. Dans ses romans, Jane parle des illusions, celles que l'on nous impose et celles que l'on se crée. Elle a calculé le prix du mensonge et celui de la vérité. Elle a constaté le mal que l'on peut infliger, rendre ou absorber. Elle a appris davantage de Jane Austen que de sa mère. La comédie ne coule pas de la plume d'un auteur qui s'installe à son bureau en songeant : « Maintenant, je vais être drôle. » Elle coule de la plume de celui qui rampe jusqu'à son bureau, transpirant de honte et de désespoir, et s'emploie à décrire les choses telles qu'elles sont. De cette fidélité aux détails du malheur, on se délecte. Plus c'est sombre, mieux c'est : lentement, à contrecœur, la comédie fait surface.

La journaliste Angela Lambert s'est demandé pourquoi *La Longue-vue* n'était pas considérée comme l'un des grands romans du XXe siècle. On peut aller jusqu'à se demander pourquoi l'intégralité de son œuvre n'est pas appréciée à sa juste valeur. Il est vrai que l'environnement social qu'elle dépeint est limité. Mais celui de Jane Austen l'est tout autant. Comme chez cette dernière, un flot d'angoisse souterrain menace de briser la surface d'existences oisives. L'angoisse de la ressource. En ai-je suffisamment ? Suffisamment d'argent dans mon porte-monnaie, et de crédit aux yeux du monde ? Dans plusieurs histoires, les personnages d'Elizabeth Jane Howard sont à deux doigts de basculer dans la pauvreté. Dans d'autres, l'argent afflue d'on ne sait où. Les personnages n'en contrôlent pas la source, pas plus qu'ils ne la comprennent. Que ce soit émotionnellement ou financièrement, ses héroïnes tirent le diable par la queue. Même quand elles possèdent assez, elles n'en savent pas assez long.

Leur statut désarmé, leur vulnérabilité, leur confère la plus austère des sensibilités. Pourquoi devrait-on s'en faire pour les plus aisés ? se demandent certains. Pourquoi s'en faire pour les habitants de Campden Hill Square ? Mais les lecteurs qui ne se soucient pas des personnages riches ne se soucient pas davantage des personnages pauvres. Les romans de Howard sont impénétrables pour ceux qui en voient seulement la surface et les trouvent bourgeois. Ils sont impénétrables pour ceux qui n'aiment pas manger, n'aiment pas les chats, les enfants, les fantômes, ou encore les plaisirs d'une parfaite perspicacité dans l'observation du monde, naturel ou fabriqué. Pour ceux que le passé récent laisse de marbre. Mais ils sont chers aux lecteurs qui se laissent gagner par leur charme, leur intelligence et leur humour, capables d'écouter les messages venus d'un monde aux valeurs différentes des nôtres.

La vraie raison pour laquelle ces livres sont sous-évalués – allons droit au but – est qu'ils sont écrits par une femme. Jusque très récemment, il existait une catégorie de livres écrits « par des femmes, pour les femmes ». Une catégorie non officielle, car indéfendable. Elle regroupait des ouvrages de genre aux maigres chances de survie, des œuvres écrites avec talent mais en mode mineur, et des romans qui traitaient de la vie privée, et non publique. Ces romans cherchent rarement à surprendre le lecteur – au contraire, si la construction narrative y est parfois ingénieuse, tout y est fait pour mettre le lecteur à son aise. Discrets, propres, ils ne font pas usage de ce que Walter Scott appelait « le style à grand fracas ». Faisant la critique de Jane Austen, qu'il admirait, Scott voyait bien le problème : comment évaluer une telle œuvre selon des critères destinés à des productions plus tapageuses ? Depuis le XVIIIe siècle, ces romans représentent un plaisir coupable pour nombre de lecteurs et de critiques : appréciés, mais dénigrés. Car il existe une hiérarchie dans les thèmes abordés. La guerre mérite davantage de place que l'accouchement, bien que les deux soient sanglants. Brûler des corps vaut plus de points que de brûler des gâteaux. Qu'une femme aborde des sujets « masculins » ne lui épargne pas d'être dévalorisée ; qu'un homme s'abaisse au domestique, qu'il écrive en abondance sur le mariage ou les enfants, lui vaut en revanche d'être encensé pour son empathie, sa retenue ; on louera son intrépidité, comme s'il s'était aventuré chez les sauvages en quête d'un savoir bien gardé. La perfection même s'attire parfois le mépris. Si telle écrivaine atteint un tel vernis, c'est qu'elle ne prend aucun risque. Son œuvre brille par sa petitesse. « Je travaille sur cinq centimètres d'ivoire », disait ironiquement Jane Austen : beaucoup d'effort, et peu d'effet.

Avec le temps, on a sanctifié Jane Austen, qui eut le tact de mourir jeune : les critiques, n'ayant rien à dire sur sa vie privée et sentimentale, ont été obligés de lire ses textes. Les femmes modernes ont des carrières moins rangées. Quand Elizabeth Jane Howard est morte, en 2014, à l'âge de quatre-vingt-dix ans, la notice nécrologique du *Daily Telegraph* parlait d'une femme « connue pour les turbulences de sa vie personnelle ». D'autres tribunes creusaient ses « amours malheureuses ». Cecil Day-Lewis, Cyril Connolly, Arthur Koestler, Laurie Lee et Ken Tynan comptent parmi les conquêtes de Howard – même si l'on a retenu, bien sûr, qu'elle était leur conquête, et non l'inverse. Les divorces et les ruptures sont en mesure de faire du tort à un écrivain, mais ses stigmates se liront comme des blessures de guerre. On pourra juger sa conduite inconséquente ou débauchée, mais on supposera qu'elle est une façon plus ou moins préméditée de servir son art. D'une écrivaine, en revanche, on soupçonnera qu'elle agit de manière irréfléchie parce qu'elle ne peut s'en empêcher. Elle est jugée et prise en pitié, ou bien jugée et condamnée. Le jugement que l'on porte sur sa vie contamine celui qu'on porte sur son œuvre.

Bien que des autrices comme Virginia Woolf ou Katherine Mansfield aient permis un regard nouveau sur le monde, les grands livres écrits par des femmes ont souvent connu l'oubli : pas uniquement parce que, comme pour les hommes, la roue tourne, mais parce qu'ils n'avaient pas été reconnus à leur juste valeur dès le départ. Dans les années 1980, l'édition féministe les a replacés en vitrine. Elizabeth Taylor, qu'on avait négligée pendant un temps, est revenue au goût du jour. Barbara Pym, elle aussi négligée, a été redécouverte avant d'être à nouveau reléguée au rang de curiosité. Il faut parfois qu'un auteur contemporain nous tende un miroir; on a appris à lire Elizabeth Bowen à travers le prisme du regard que Sarah Waters portait sur elle. Les aléas critiques d'Anita Brookner montrent bien qu'on peut remporter un prix majeur, être très lue et, malgré tout, être sous-estimée. Malgré son succès tardif, et peut-être même à cause de lui, l'œuvre de Howard est perçue de travers. Elle se démarque par sa construction irréprochable, son observation implacable, sa technique persuasive et intransigeante. Ces dernières ont beau ne pas faire grand bruit, chaque écrivain peut s'en inspirer. Enseignant moi-même l'écriture, il n'est aucun auteur dont j'aie aussi souvent, ni davantage, recommandé la lecture, à la surprise des étudiants. Lisez-la, voici mon conseil, et lisez les livres qu'elle a lus. En particulier, allez décortiquer ces petits miracles que sont *La Longue-vue* et *After Julius*. Mettez-les de côté, et tâchez de comprendre comment ils sont faits.

Je ne peux pas dire avec précision quand j'ai fait la connaissance de Jane. C'était à la Royal Society of Literature, à la fin des années 1980, à l'une de leurs rencontres à Hyde Park Gardens. La RSL est très active aujourd'hui et a des antennes un peu partout, mais à l'époque les locaux spartiates et le bail de courte durée la faisaient paraître oubliée du monde. Habituée à la poussière et à la décrépitude des étages, au sous-sol vide et glacial, je ne fus pas surprise par les grandes pièces négligées, ni par les grands adhérents négligés qui se tenaient là, fronçant le sourcil en regardant le monde au-delà de la terrasse. Parfois, quand on admire un auteur, on est peu enclin à en apprendre plus à son sujet. J'avais sans doute vu des photos de Jane, mais je les avais occultées. Je me l'étais imaginée comme une petite créature sinueuse avec une coupe à la garçonne et des yeux de lynx, une voix semblable à un murmure rauque, si elle daignait parler. La réalité était tout autre. Jane était grande et imposante, avec une voix d'actrice, grave et démodée. Elle avait bien ce côté félin auquel je m'attendais, mais cela tenait davantage du lion, du fauve dominant, rien de furtif ou de fuyant. Si elle avait ronronné, les murs auraient tremblé. J'étais face à une femme impressionnante et puissante.

Sa conversation n'en était pas moins aimable et sans préjugés. Elle n'a jamais oublié, dans sa fiction, la jeune fille qu'elle avait été, et son allure pleine de sagesse et d'expérience renfermait un esprit ingénu. Elle semblait avoir conscience de l'impression qu'elle dégageait, et s'en préoccuper – non pas pour l'effacer, mais pour l'ajuster afin de mettre les autres à l'aise. Sans quoi ils ne se dévoileraient pas, et elle ne tirerait rien d'eux. Elle s'intéressait aux gens, mais pas seulement à la manière d'un auteur au regard affûté. Quand elle a pris la peine de faire de moi son amie, elle en a fait autant avec mon mari, qui n'est ni artiste ni écrivain. Elle nous a dédié à tous les deux son dernier livre publié. Un honneur qui paraissait trop grand. Elle m'avait offert des années de plaisir et d'instruction, et je ne lui avais pas rendu la pareille. En ces années-là, je manquais d'énergie à consacrer à l'amitié, mais elle a dû voir que je ne manquais pas de compétence. Notre travail commun n'a pas été particulièrement fructueux, et nous n'avons fait qu'une seule apparition publique ensemble, lors d'une rencontre en librairie. Elle a donné une superbe lecture. Son professionnalisme brillait de mille feux, sa voix était forte et chaque pause étudiée à la seconde près. Mais elle lisait sans prétention, en souriant, prenant plaisir à voir le public apprécier le moment. J'étais contente que la saga des Cazalet lui apporte de nouveaux lecteurs. J'admirais son style autant que sa ténacité. Elle écrivait encore quand elle est morte : un livre intitulé *Human Error*. J'aurais voulu lui demander laquelle elle avait choisie, parmi toute la panoplie possible.

Les meilleures conversations, c'est certain, sont celles qui n'ont jamais vraiment lieu. Elle et moi, pensais-je, vivions d'espoir, et y avions souvent eu recours dans le passé. J'ai toujours eu le sentiment que je devais lui demander quelque chose, ou qu'elle-même avait l'intention de me poser une question. Le lendemain de sa mort, j'étais interviewée à son sujet, comme beaucoup d'autres, à la radio. Je travaillais à Stratford-upon-Avon, où se trouvait le studio de la Royal Shakespeare Company. La rencontre avait été organisée au dernier moment, je venais d'apprendre sa mort, et je n'ai peut-être pas été très éloquente. Mais tandis que je parlais je voyais très clairement son visage. Enfant, elle avait joué à Stratford, et elle aurait aimé ce qu'offrait cette journée : la rivière sombre et hivernale sur laquelle glissaient les cygnes; derrière les fenêtres striées de pluie, de nouvelles pièces en train de naître : des silhouettes se déplaçant et chuchotant dans la pénombre, espérant – en variant et en répétant leurs erreurs – se rapprocher de la bonne version. Dans les romans de Jane, les timides lâchent leur texte, les courageux oublient leurs répliques, mais un spectacle finit tant bien que mal par se monter ; la tête haute, le cœur lourd, ses personnages sortent au grand jour, à la lumière des circonstances. Chaque phrase est improvisée, chaque respiration est un risque. Dans une pièce qui parle de la poursuite du bonheur, de celle de l'amour. Et l'on applaudira les audacieux.

HILARY MANTEL

LA LONGUE-VUE

À E. M.

PREMIÈRE PARTIE

1950

I

La situation était la suivante. Huit personnes devaient dîner ce soir-là dans la maison de Campden Hill Square. Mrs Fleming avait organisé cette soirée (c'était le genre de mission peu inventive qui lui revenait et elle s'était docilement pliée aux circonstances) pour célébrer les fiançailles de son fils et de June Stoker. Les invités étaient conviés à huit heures moins le quart, c'est-à-dire huit heures. Dès leur arrivée, les messieurs seraient poliment dépouillés par l'incomparable Dorothy de leur pardessus, chapeau, parapluie, journal du soir ou tout autre effet plus personnel d'extérieur, après quoi, réduits à l'uniformité de leur smoking, ils seraient invités à gagner le salon par un escalier raide, en colimaçon. Les dames monteraient au deuxième étage, à la chambre de Mrs Fleming, où celle-ci retrouverait plus tard sur sa coiffeuse une poudre inconnue, de mystérieux cheveux pris dans les dents de son peigne d'ivoire et dont la couleur ne correspondrait à la chevelure d'aucune de ses invitées, et, dans l'air, un mélange de parfums assez ordinaires. Une fois que les dames auraient cherché dans le miroir de Mrs Fleming la confirmation de ce qu'avait pu leur suggérer le leur un peu plus tôt, une fois que l'une d'elles aurait émis, peut-être, une remarque navrée sur son apparence, et que les autres auraient protesté par pure politesse, elles descendraient en cortège, d'un pas prudent (on marchait facilement sur les jupes d'autrui dans les tournants brusques et vertigineux de cet escalier), au salon, où elles retrouveraient les messieurs en train de boire et de manger des amuse-gueules en gelée. On présenterait June Stoker à des gens n'ayant plus rien à découvrir les uns sur les autres qui puisse donner à leur réunion un caractère plus animé ou plus intime ; et l'on exposerait son futur immédiat avec Julian Fleming (une lune de miel à Paris et un appartement à St John's Wood).

Au moment voulu, ils passeraient à la salle à manger dîner d'huîtres, de grouse, de soufflé glacé à l'orange, et boiraient (en l'honneur de June Stoker) du champagne. La conversation serait un mélange de phrases anodines sur la situation mondiale et sur celle de June Stoker et de Julian Fleming à St John's Wood. Ni l'un ni l'autre de ces sujets ne serait suffisamment approfondi pour susciter un intérêt véritable. Après le soufflé, les dames se retireraient au salon (ou dans la chambre de Mrs Fleming) pour faire part à June d'un conseil personnel ; les messieurs continueraient, en dégustant du brandy (ou du porto, si Mr Fleming arrivait à temps dans sa propre maison pour le faire décanter), à discuter de la situation en Corée du point de vue économique, pour ne pas dire financier. Les invités se réuniraient à nouveau au salon jusqu'à ce que, à onze heures, la perspective d'une autre journée semblable à celle écoulée les amène à anticiper les derniers tracas de la soirée – les portes de garage coincées, les messages téléphoniques urgents et incompréhensibles laissés par leurs domestiques étrangers, les courts-circuits dans les lampes de chevet ; peut-être même la nécessité d'aborder avec une personne bien connue le sujet d'un devoir mutuel dénué de plaisir. Puis ce serait la fin de cette charmante réception : Julian raccompagnerait June ; Mrs Fleming se retrouverait dans le salon avec des cendriers, des verres de brandy, des coussins aplatis et, peut-être, Mr Fleming.

C'est là, se dit-elle, le seul élément un tant soit peu incertain de la soirée ; et encore, il n'y avait qu'une alternative : ou bien il restait, ou bien il s'en allait. Les alternatives avaient le don de rapetisser tout projet et de pétrifier l'imagination – ce qui n'était pas le cas des possibilités. Ces dernières, innombrables et foisonnantes, pouvaient proliférer comme des champignons entre les deux tenants d'une alternative telle qu'être ici ou bien là, vivant ou mort, vieux ou jeune.

Mrs Fleming ferma le livre qu'elle ne lisait pas, se leva du sofa où elle était pelotonnée et monta s'habiller pour le dîner.

Du deuxième étage, la vue était tout aussi belle et troublante. À l'avant de la maison, un jardin public silencieux, tout en pelouses et en buissons, descendait en pente raide sur la droite ; de gros arbres pâles et jaunissants dans la lumière froide de l'hiver dissimulaient presque entièrement les maisons de l'autre côté du square, et celles qui étaient à flanc de coteau, à droite, échappaient à la vue. En bas, il n'y avait pas de maisons ; le square s'ouvrait directement sur la grand-route qui tenait l'emploi du « quatrième mur » au théâtre ou de la « Zone Terrible ». De la chambre de Mrs Fleming, l'effet produit était mystérieux et satisfaisant : la grande capitale savait rester à sa place, sa rumeur enflait et désenflait dans le lointain.

Derrière la maison la vue était presque une miniature de celle du devant ; mais à la place du square, c'étaient d'étroits jardinets individuels clos par des murs dont on ne voyait plus, au loin, que la crête sombre. Au-delà de ces jardinets, une rangée de modestes maisons, chacune un peu différente de sa voisine ; plus loin encore, Londres, étendue sous un ciel que le soleil couchant colorait de mauve. Mrs Fleming jeta un coup d'œil aux communs attenants à son jardin et remarqua que sa fille était rentrée du travail. Une main d'homme, ou du moins une autre que celle de Deirdre (et sa fille n'aimait pas les femmes) tira les rideaux d'un coup sec. Mrs Fleming n'avait aucune curiosité, ni malsaine ni morale, quant à la vie privée de sa fille, qu'elle savait néanmoins gouvernée par des conflits d'une tragique symétrie. Il y avait toujours deux hommes en jeu : un personnage ennuyeux, tout à la dévotion de Deirdre, et dont le seul mérite était la volonté de l'épouser en dépit d'une série d'obstacles féroces (l'autre jeune homme, plus séduisant mais encore plus décevant). Elle soupçonnait sa fille d'être malheureuse – mais ce n'était pas difficile à deviner ; et comme Deirdre elle-même était à l'évidence convaincue que seule l'indifférence mutuelle les maintenait à une distance tolérable l'une de l'autre, Mrs Fleming n'essayait jamais de forcer la confiance de sa fille. Elle supposa que celui qui avait fermé les rideaux serait au dîner, mais ne put se rappeler son nom...

◆

Louis Vale entra dans son appartement au rez-de-chaussée de Querzon Street, claqua la porte métallique, jeta sa serviette sur le lit, ou divan (il préférait l'appeler lit), et se fit couler un bain. Sa chambre, une parmi d'autres dans un énorme immeuble, ressemblait à la cellule d'un prisonnier privilégié. Le mobilier, sommaire mais très coûteux, était disposé symétriquement dans une pièce si étroite et si sombre que la moindre touche de couleur, de désordre ou de fantaisie y aurait perdu tout intérêt ou utilité. Tout ce qu'il est possible d'encastrer dans un mur l'était ici. La penderie pour ses vêtements, l'étagère pour ses bouteilles d'alcool, la radio ; les lampes elles-mêmes étaient collées à la peinture grise comme des sangsues rondes et blanches. Il y avait un fauteuil grinçant et une petite table à deux plateaux avec un cendrier, un téléphone, et le dernier numéro de *The Architectural Review.* Les rideaux étaient gris ; il ne les ouvrait jamais. Sa salle de bains, équipée comme un petit bloc opératoire dédié à la toilette et au rasage et qui en cet instant se remplissait de vapeur, était d'un blanc éclatant, implacable. Il vida ses poches, se débarrassa de ses vêtements et prit son bain. Dix minutes plus tard, il était en smoking et buvait un whisky à l'eau. Un unique tiroir était installé dans le mur à la tête de son lit ; il n'avait pas de poignée et s'ouvrait avec une minuscule clef. S'y trouvaient trois enveloppes blanches non fermées. Louis en choisit une, la secoua pour en faire sortir une clef d'appartement, et referma le tiroir.

Il gara sa voiture devant les communs de Hillsleigh Road et ouvrit la porte de l'appartement de Deirdre Fleming. L'endroit était exigu et il y régnait, comme Vale le remarqua avec dégoût, un désordre passager typiquement féminin. Des vêtements entassés par terre dans un coin attendaient d'être ramassés par la femme de ménage ou emmenés chez le teinturier. Des assiettes et des verres (ceux dont tous deux s'étaient servis l'avant-veille) étaient empilés sur la paillasse de l'évier. Dépouillé de ses draps, le lit ou divan (Deirdre préférait l'appeler divan) n'était couvert que d'un couvre-lit. Deux lettres à demi achevées traînaient sur la table en compagnie d'un paquet enveloppé de papier kraft, sans adresse. La corbeille à papier était pleine. Sur le dossier de l'unique chaise pendaient des bas presque secs disposés sur des torchons sales. Dans une grande casserole, il découvrit la carcasse d'un vieux poulet baignant dans son bouillon. Il lut les lettres. L'une était adressée au père de Deirdre pour le remercier du chèque qu'il lui avait donné pour son anniversaire – et l'autre, découvrit-il avec un intérêt croissant, lui était adressée, à lui. Elle devait lui écrire, lut-il, puisqu'il ne la laissait jamais parler. Elle savait qu'elle l'agaçait, mais il la rendait si malheureuse qu'elle ne pouvait plus se taire. Elle savait qu'il ne l'aimait pas vraiment, car s'il l'aimait, il la comprendrait mieux. Si au contraire il savait parfaitement dans quel état ça la mettait qu'il oublie de l'appeler ou qu'il soit incapable de tenir ses engagements, qu'il le dise, mais elle ne pouvait pas croire que ce fût le cas. Il n'avait sûrement pas l'intention de rendre qui que ce soit malheureux à ce point ; elle connaissait sa vraie nature – il n'avait rien à voir avec celui qu'il s'efforçait de paraître. Elle savait que son travail comptait davantage…

Elle s'était arrêtée là. C'est reparti pour un tour, pensa-t-il avec lassitude, et il reposa la lettre sur la table alors que s'imposait à lui l'image de Deirdre nue, s'efforçant de ne pas pleurer et attendant d'être aimée. Il faut qu'elle se dépouille de sa dignité afin de pouvoir m'en revêtir, pensa-t-il. Le temps qu'elle se lasse de ses enfantillages romantiques, je ne voudrai plus d'elle. Je suis un beau salaud de continuer à profiter de son capital affectif… Peut-être, conclut-il sans grande conviction, la croyais-je capable de me communiquer sa foi. Si elle y était parvenue, je l'aurais récompensée pour ses peines – mais elle n'y parviendra pas. Elle n'en a pas les armes, ni moi l'étoffe.

Il se sentit soudain vieux, triste pour elle, et tira les rideaux pour qu'elle pense qu'il était resté dans le noir et n'avait pas remarqué sa lettre. Puis il s'allongea sur le lit inconfortable et s'endormit.

Il l'entendit s'évertuer à le déranger dans son sommeil : ouvrant la porte brusquement, puis la refermant avec un calme étudié ; allumant le plafonnier pour l'éteindre aussitôt ; optant enfin pour la lampe de chevet. Il la devina, immobile au milieu de la pièce à le regarder, et il faillit ouvrir les yeux pour interrompre le cours de ses sentiments – mais il se souvint de la lettre, et ne bougea pas. Il l'entendit approcher, se raviser ; perçut le bruissement du papier sous ses doigts ; ce petit soupir qu'il avait toujours trouvé charmant, puis le bruit indéterminé de la lettre qu'on rangeait en lieu sûr. Alors, comme il ne voulait pas qu'elle vienne le réveiller, il ouvrit les yeux…

◆

June Stoker émergea du Cinéma Plaza étourdie et aveuglée par ses larmes, héla un taxi et demanda au chauffeur de la conduire à Gloucester Place le plus rapidement possible. Elle avait le sentiment confus d'être en retard ; non pas en retard pour quelque chose de particulier – le dîner n'était pas avant huit heures moins le quart et elle avait l'intention de se dispenser du cocktail des Thomas – mais en retard tout court : impression qui s'emparait toujours d'elle quand elle avait agi en cachette et en avait un peu honte. Car plutôt *mourir* que de raconter à sa mère qu'elle avait passé l'après-midi seule au cinéma, devant un film qu'en présence d'autrui elle n'aurait pas manqué de qualifier d'affreux mélo. Or elle l'avait trouvé d'une tristesse sans nom, et peut-être même réaliste dans le cas de ce genre de fille. Pour June, le comble du romantisme, c'était l'homme idéal aux prises avec l'adversité – pourtant elle ne parvenait pas à imaginer Julian dans une épreuve semblable, bien que son père, c'est vrai, n'ait pas l'air commode. Elle redoutait de faire sa connaissance. Julian, toujours si calme, avait paru un peu démonté à cette perspective. Sa mère s'était montrée agréable, se dit June, quoiqu'une seule rencontre ne suffît peut-être pas pour se faire un avis. Les belles-mères étaient censées être terribles, mais personne ne vous obligeait à les voir souvent. Elle ouvrit son poudrier et se tamponna le nez. Il n'était pas difficile de deviner qu'elle avait pleuré : on aurait dit que les larmes avaient jailli non seulement de ses yeux mais de tous les pores de son visage. Elle filerait dans sa chambre en disant qu'elle avait la migraine. D'ailleurs elle avait une légère migraine, maintenant qu'elle y pensait. Chez moi. Mais ce ne sera plus chez moi bien longtemps, se dit-elle : j'aurai un autre nom, une autre maison, je porterai de nouveaux vêtements (enfin, pour la plupart) et maman ne pourra plus me demander tout le temps où je vais ; j'espère, par contre, que Julian me le demandera quand il rentrera du bureau ; et nous aurons des amis à dîner – je serai une merveilleuse cuisinière, il me trouvera sans cesse des qualités insoupçonnées… je me demande bien comment vont se passer ces deux semaines de tête-à-tête avec Julian…

Elle avait payé le taxi, et s'enferma dans l'ascenseur. Elle allait devoir téléphoner à Julian pour lui dire de venir la chercher ici, et non pas chez les Thomas. Elle tenta d'imaginer le dîner avec ses parents. Plein d'invités affreusement intelligents et cultivés, à qui elle ne saurait quoi dire. Elle soupira et chercha sa clef.

Angus, son aberdeen, se précipita dans ses jambes en aboyant, comme d'ordinaire, et naturellement sa mère l'appela du salon. Elle prenait le thé avec sa vieille camarade de classe, Jocelyn Spellforth-Jones. June dut d'abord écouter, résignée, les admonestations de sa mère lui disant qu'elle était en retard, qu'elle avait l'air d'avoir chaud et qu'elle ne refermait jamais les portes derrière elle, puis l'invitation fort peu engageante de Jocelyn Spellforth-Jones à « tout lui raconter ». Personne au monde, sauf sa mère, n'aurait l'idée de raconter quoi que ce soit à Jocelyn ; voilà sans doute pourquoi elle a tant envie de savoir, pensa June, qui sentait l'inévitable rougeur envahir son visage et son cou tandis qu'elle protestait timidement qu'il n'y avait pas grand-chose à raconter. Mrs Stoker regarda sa meilleure amie avec une expression de désespoir feint. Jocelyn lui rendit son regard et pria Angus de chercher ce que cachait June. C'était un petit chien plein de bon sens, et il refusa. Après quoi Jocelyn rappela à Mrs Stoker combien elles avaient pu être idiotes à cet âge-là et se lança dans une répugnante histoire de lapins en porcelaine bleue dont elle avait à tout prix voulu transférer la collection, au moment de son propre mariage, de la cheminée de sa chambre de jeune fille à une étagère installée tout exprès à côté de son nouveau lit. Mrs Stoker se souvenait parfaitement des lapins, et June jugea le moment opportun pour s'éclipser. Marmonnant quelque chose au sujet d'une migraine, elle se leva. Aussitôt sa mère se mit à la bombarder de questions. Avait-elle trouvé des chaussures ? Elle n'avait pas oublié les Thomas ? Que lui avait-on dit chez Marshalls, pour les chemises de nuit ? Dans ce cas, qu'est-ce qu'elle avait bien pu faire tout l'après-midi, et pourquoi avait-elle tout à coup la migraine ? June rougit, mentit et s'enfuit enfin dans sa chambre, contrariée et fatiguée.

Tout dans sa chambre était d'une pâle couleur pêche. Une couleur qu'elle aimait ; mais quand elle avait proposé de reprendre cette teinte pour leur appartement, Julian avait dit que le crème était plus approprié. Plus neutre, avait-il déclaré, et il devait avoir raison. Elle se débarrassa de sa robe de laine rose, ôta ses chaussures d'un coup de pied et vida son sac sur son lit. Angus (il avait beaucoup grossi) tourna en rond autour des chaussures puis sauta sur son fauteuil couvert d'un plaid écossais graisseux.

Si elle n'avait pas déjà passé l'après-midi à pleurer, June aurait certainement éclaté en sanglots. Au moment où tout aurait dû lui sembler merveilleux, pour une raison étrange, ce n'était pas le cas. En partie à cause de cette affreuse bonne femme dans le salon avec maman, qui parlait de son mariage avec un mélange venimeux de bêtise et de méchanceté – et à cause de maman qui (même si elle n'était pas comme ça) ne s'en formalisait même pas : c'est à peine si elle le remarquait. Qu'aurait-elle bien pu *raconter* sur Julian, de toute façon ? Il travaillait dans un bureau, dans la publicité ; elle n'y connaissait pas grand-chose, et franchement, ça n'avait pas l'air passionnant, mais *on* lui avait dit que, grâce à son oncle et étant donné ses compétences pour le poste, il serait directeur avant trente ans. Ce qui, lui avait-*on* dit, était un très bon point. Sans cette perspective, Julian n'aurait pas pu se marier si jeune, et au début ils devraient sûrement faire attention. Elle s'efforça d'imaginer ce que faire attention pouvait impliquer, mais elle ne voyait que les tourtes à la viande et le fait de ne pas aller au Berkeley. Julian était décidé à garder sa voiture, et elle était incapable de faire elle-même ses mises en plis. Elle avait d'épais cheveux brun foncé, un peu frisottants – des cheveux épouvantables – même si ses amies trouvaient qu'elle avait de la chance qu'ils soient naturellement ondulés. Quant à Julian… eh bien, il était plutôt charmant, et ils étaient du même avis sur plein de choses, par exemple ils ne croyaient pas beaucoup en Dieu, trouvaient le cirque cruel et ne voulaient pas élever leurs enfants avec ces théories modernes, et… tout ça. Des tas de choses, vraiment. Ils s'étaient rencontrés à une soirée dansante et s'étaient fiancés dans la voiture de Julian près de la Serpentine. C'était seulement un mois plus tôt ; un moment merveilleux, et elle y avait tant pensé depuis qu'à présent le souvenir n'était plus aussi net – ce qui l'embêtait beaucoup. On était censé se rappeler le soir de ses fiançailles. Julian avait l'air un peu nerveux – ce qui lui avait plu – et il avait parlé d'eux à toute vitesse, sauf quand il l'avait caressée, là il n'avait plus parlé du tout. Elle sentait encore ses doigts au creux de sa nuque juste avant qu'il l'embrasse. Il ne lui avait plus jamais tenu la tête de cette façon, et elle n'avait pas osé le lui demander, craignant que ce ne soit plus la même chose s'il recommençait. Pleine de nostalgie, elle vivait de ce petit frisson et de l'espoir qu'il se reproduise et l'enveloppe tout entière quand les circonstances le permettraient.

Quoi qu'il en soit, dans une semaine, elle serait mariée, et tout le monde excepté cette horrible Jocelyn (qui ne comptait pas) se montrait adorable à ce sujet. Il ne fallait pas oublier qu'elle était fille unique – maman, une fois retombée l'excitation des préparatifs, se sentirait probablement un peu seule – et que Julian était le seul fils. Pauvres parents, qui se faisaient du souci pendant des années et qu'on abandonnait ensuite. June se demanda si Mrs Fleming en souffrait. Julian ne paraissait pas tellement « proche » de sa mère, au sens où l'entendait Mrs Stoker. Peut-être Mrs Fleming préférait-elle la sœur de Julian. À moins qu'elle n'en ait que pour son formidable (peut-être même flamboyant) mari. On entendait dire un tas de choses à son propos. Il semblait peu porté sur la vie de famille, raison pour laquelle maman avait pour Mrs Fleming plus de sympathie qu'elle n'en aurait eu normalement. June savait que sa mère se méfiait des femmes de sa génération qui ne paraissaient pas leur âge ; mais le fait que Mr Fleming soit souvent absent de leurs deux maisons suscitait la pitié de Mrs Stoker pour son épouse.

Assise devant sa coiffeuse rose, June s'était démaquillée : elle avait effacé son rouge à lèvres clair et la couche de poudre rosée disgracieusement étalée sur son visage rougi. Elle ne portait pas de blush – quand on avait tendance à piquer des fards, c'était pire que tout – et ses cils étaient noirs et touffus comme ceux d'une enfant. Elle peigna ses cheveux en arrière en dégageant son front large et bas, et les noua d'un vieux morceau de mousseline de soie rose. Elle était charmante parce qu'elle était très jeune, et parce qu'elle était très jeune elle se trouva, ainsi, complètement dénuée de charme. Comment s'adonnerait-elle à ces rituels quand son mari serait en permanence dans les parages ? Que penserait-il quand il la verrait comme cela pour la première fois ? Impossible de se mettre des épingles dans les cheveux et de la crème sur la figure la nuit ; mais comment, sans cela, rester séduisante ? Elle demanderait à Pamela, qui était mariée depuis presque un an ; sauf que Pamela était ravissante sans maquillage, différente certes, mais tout de même ravissante, et que June avait l'air d'une écolière restée sous cloche. À ce moment, comme pour se convaincre qu'elle n'était pas une écolière, June courut fermer le verrou de la porte ; puis elle arracha le reste de ses vêtements et alluma une cigarette. Maintenant, se dit-elle, elle ressemblait à ces affreux tableaux français. Au moins n'avait-elle pas l'air d'une écolière. Elle allait téléphoner à Julian.

C'est seulement devant le téléphone qu'elle s'aperçut – et à cette idée ses yeux bruns se remplirent soudain de larmes de frustration – qu'elle n'avouerait jamais à Julian, même s'il lui posait la question, avoir passé l'après-midi seule au cinéma.

Elle s'enveloppa les épaules de son dessus-de-lit et souleva le récepteur.

◆

Mr Fleming reposa le téléphone sur son étagère, et replongea dans son bain. Il venait de passer un après-midi harassant, et s'en trouvait d'autant plus en forme. Il envisageait avec calme le dîner organisé par sa femme pour leur fils, et décida qu'il arriverait en retard. Il prenait un secret plaisir à truquer les cartes de la vie sociale à son désavantage. Les efforts des âmes charitables ou bienveillantes pour rattraper le coup ne l'atteignaient pas un instant ; et, s'il lui arrivait d'en prendre conscience, il les observait avec une indifférence amusée et truquait de nouveau les cartes.

Un professeur peu conformiste de son collège privé avait un jour écrit dans la marge de son bulletin, d'une écriture soignée : « Très doué, mais têtu comme une mule. » Cela avait enchanté Fleming et il n'avait jamais voulu démordre de cette définition. Elle l'avait mené loin. Au cours de ses différentes carrières, toutes couronnées d'un impressionnant succès (il avait passé haut la main les examens de commissaire aux comptes, avait fait une belle guerre dans la Marine, s'était lancé dans les affaires, avait joué ses bénéfices à la Bourse avec une chance ou une adresse étonnantes; puis, sans y attacher plus d'importance que cela, avait commencé sa première année de droit), il s'était centré sur lui-même avec une sorte de férocité objective; tant et si bien que parvenu à un âge qui ne faisait qu'ajouter à son charme, il s'était finalement forgé une personnalité aussi complexe, mystérieuse et décalée qu'une folie dans un jardin du XIXe siècle. Il avait tour à tour cultivé savoir, pouvoir, argent et intuition, sans jamais permettre à l'une de ces choses de prendre le pas sur les autres. Son insatiable curiosité le rendait capable de thésauriser une quantité de connaissances que son habileté et son jugement s'entendaient à diffuser ou à garder pour lui, à des fins de contrôle sur les idées et sur les gens. Il tirait un profit financier des deux sans que ses interlocuteurs s'en rendent clairement compte, la plupart du temps si ravis qu'il s'intéresse à eux qu'ils en perdaient de vue leurs propres intérêts. Il avait du cœur, quand l'envie lui en prenait. Mais en général, il se fichait éperdument des autres et n'attendait ni n'espérait d'eux aucune marque d'attention. Non, il n'avait d'yeux que pour lui-même; et il avait enfin le sentiment d'être l'homme qu'il avait voulu être. La seule créature au monde capable de lui donner parfois quelque inquiétude était sa femme, et cela, pensait-il, uniquement parce qu'il lui avait permis, à une époque de leur vie, de le voir trop souvent. Ce qui avait eu pour résultat indirect leurs enfants, lesquels constituaient un plaidoyer pour la théorie eugéniste de Shaw. Son fils l'assommait. Fleming n'avait aucun doute que Julian était en train d'épouser une jeune femme exceptionnellement et même pathétiquement inintéressante; et la seule circonstance atténuante dans cette affaire, l'extrême jeunesse de Julian, ne pèserait probablement pas lourd dans la balance, vu son métier et son caractère. À trente ans, ou à peu près, il essaierait peut-être de s'extirper de là, mais il serait déjà affublé de deux ou trois mioches et d'une épouse qui, dépouillée du peu d'agréments qui l'avaient séduit au départ, aurait en même temps acquis une arme dangereuse : l'expérience de la manière d'agir de son mari. Voilà qui amènerait forcément Julian à la quitter (s'il y parvenait), pour de très mauvaises raisons.

Sa fille était un désastre d'un genre plus raffiné. Elle était, de toute évidence, très séduisante, mais si elle n'était pas sotte, elle n'avait pas suffisamment de lest intellectuel pour équilibrer ses charmes. Elle était d'une intelligence impulsive, et manquait de raison pour étayer ou refréner ses pulsions. Elle allait gâcher sa vie avec des hommes qui exploiteraient ses faiblesses et un métier qui n'exploiterait pas ses forces ; jusqu'à ce que ses attraits se fanent et que son jugement soit engourdi par la peur : alors elle se marierait. À moins d'un miracle. Mr Fleming ne croyait qu'aux miracles qu'il élaborait lui-même ; « faits sur mesure », expliquait-il avec un sourire ingénu qui, sur son visage, avait plutôt l'air démoniaque. Tel était le résultat des efforts de sa femme pour être une bonne mère ; et de ses efforts à lui (des efforts acharnés) pour ne pas être un père du tout.

D'innombrables femmes lui avaient demandé pourquoi il avait épousé la sienne et il avait été fasciné par les diverses proportions de curiosité, de pitié ou de mépris avec lesquelles elles parvenaient à lui poser cette petite question mesquine. Il était tout aussi fascinant de leur répondre (balayant d'un revers de main les prétextes comme la jeunesse ou l'inexpérience) par un récit détaillé et en apparence circonstancié, tourné de façon à laisser leurs espoirs en suspens, à éveiller leur intérêt ou à réfuter leurs théories ; découvrant chaque fois (il ne racontait jamais deux fois la même histoire) qu'il n'y avait ni bornes ni mesures à la crédulité humaine. Il s'y employait, estimait-il, avec le plus d'élégance possible. Sans jamais accabler sa femme, même implicitement. Il se contentait, pour ainsi dire, d'ajouter un étage à l'échafaudage de sa personnalité, et invitait la dame en question à en prendre temporairement possession ; elle prenait place sur ce perchoir instable dont il était facile de la persuader qu'il se trouvait dans un château isolé, au milieu d'une contrée aussi riche qu'étrange.

Il avait pris son bain. Il s'était habillé.

Dans la chambre, il considéra le fouillis de draps, de cheveux soyeux et humides et de bras nus repliés en un geste boudeur avec un vague, très vague intérêt. Quand il lui avait dit tout à l'heure qu'il ne dînerait pas avec elle, elle avait fait mine de s'en offusquer. Et lorsqu'il lui avait fait remarquer que la monotonie était pour elle le sel de l'existence, elle en avait été réduite à un silence dramatique de femme blessée, dont il savait fort bien qu'elle attendait qu'il le rompe. Au lieu de quoi il posa sur la coiffeuse deux billets de cinq livres et quelques pièces, coinçant les billets sous le flacon de Caron, et s'en alla. Cela l'amusait de voir comment les femmes réagissaient à ce geste : il était convaincu que l'insulte théâtrale des pennies ainsi jetés sur la scène était exactement proportionnelle à la valeur des pièces. Des souverains auraient eu un effet différent. Les femmes sentimentales (elles étaient légion) renvoyaient les billets et gardaient la monnaie. Les femmes aguerries gardaient le tout et n'y faisaient jamais allusion. Les romantiques et naïves renvoyaient le tout et en faisaient un sujet de discussion des semaines durant avec divers degrés d'une indignation tortueuse (Fleming avait appris à les éviter). Une femme avait laissé cet argent traîner sur la coiffeuse de leur chambre pendant plusieurs jours, et, quand ils avaient quitté l'hôtel, avait annoncé que c'était un pourboire pour la femme de chambre. Une autre avait gardé les billets et lui avait rendu la monnaie en guise de contribution charitable à la cause de sa délicatesse. Il prit un taxi pour aller à son club boire un verre et passer quelques coups de téléphone. Il était temps, songeait-il, de procéder à plusieurs changements drastiques…

◆

Leila Talbot téléphona chez elle pour demander à la femme de chambre de demander à la nurse de ne pas faire attendre les enfants car elle arriverait en retard de chez le coiffeur, d'appeler les Thomas pour les avertir qu'elle arriverait en retard à leur cocktail (oh, et dire qu'ils lui avaient demandé de venir tôt !) et d'appeler les Fleming pour les prévenir qu'elle arriverait en retard à leur dîner puisqu'elle arriverait en retard chez les Thomas. Puis, avec un petit grognement de satisfaction devant sa capacité d'organisation, elle se glissa précautionneusement sous le séchoir électrique. La plupart des gens étaient en retard sans prévenir personne, les bonnes manières se perdaient…

◆

Ce que je voudrais, c'est me montrer affreusement grossier avec lui. L'insulter, même, pensa Joseph Fleming tandis que ses doigts gonflés luttaient avec son nœud papillon noir. Il avait détesté son frère aîné avec une telle intensité et pendant tant d'années qu'à la seule idée de le voir, il se laissait aller d'avance à un débordement de haine. Le flux et le reflux de ses réflexions revenaient sans cesse se briser sur les mêmes récifs : l'insolence de son frère, son succès auprès des hommes en général et des femmes sans exception, son succès financier (sa profession semblait avoir l'exaspérante capacité de mêler des flots de femmes à l'acquisition d'argent) et enfin son succès auprès de cette hydre mystérieuse qu'était le monde. Joseph n'aimait pas Mrs Fleming non plus ; mais à vrai dire, il n'aimait pas les femmes, il n'aimait pas que les autres hommes les aiment, et il abominait quiconque avait jamais aimé son frère.

Joseph avait ceci de particulier qu'il souffrait beaucoup de la goutte, surtout aux mains, sans boire de vin rouge. Il savait que la méchante humeur dans laquelle il était engagé allait lui donner très faim ; qu'il mangerait trop et trop vite pendant le dîner et que l'indigestion l'empêcherait de fermer l'œil de la nuit. Il avait aussi ceci de particulier que, s'il n'avait aucune envie d'aller dîner à Campden Hill Square pour faire la connaissance de la sale gamine qu'allait épouser son jeune fat de neveu (et sans doute retrouver la brochette de gens assommants qu'il y avait si souvent retrouvés), rien n'aurait pu le persuader d'y renoncer. En l'occurrence, il avait l'impression de couver un de ses rhumes gargantuesques... Qu'importe, il irait à ce dîner, quand bien même l'idée qu'on puisse s'attendre à y prendre un quelconque plaisir lui semblait grotesque.

II

Ils étaient tous à table et mangeaient des huîtres. June dit qu'elle adorait ça. Leila Talbot fit remarquer combien il était plaisant d'en manger en septembre pour la première fois de la saison. Joseph dit qu'il avait rencontré à son club un homme qui avait vécu en Nouvelle-Zélande, où il suffisait de plonger la main dans un bassin pour en sortir des tas. À quoi Mr Fleming répondit que si on les trouvait si facilement, il n'en voudrait sans doute plus. Deirdre déclara que de toute façon il fallait *bien* une compensation quand on habitait la Nouvelle-Zélande. Louis, qui n'avait pas ouvert la bouche, dit qu'il était né là-bas, ce qui eut pour effet de plonger Deirdre dans des affres de remords et de clore le chapitre.

Ayant manifesté une curiosité polie, Mrs Fleming apprit que Louis Vale était architecte, membre du Georgian Group et qu'il contribuait à diverses revues spécialisées par des articles sur les plans de grands hôtels particuliers depuis longtemps démolis. La conversation était en train de prendre, comme il se doit lorsqu'un jeune homme intelligent soliloque à propos de sa carrière à l'attention d'une femme elle-même intelligente et bienveillante, Deirdre commençait à s'émouvoir que son amant s'en tire si bien (elle ne prêtait aucune attention à ce que disait Louis, mais seulement à l'effet produit par ses paroles), Joseph, incapable d'attirer l'attention de Leila Talbot avec un tel concurrent, grondait et fulminait intérieurement comme un volcan, lorsque Mr Fleming se pencha pour demander à Louis, avec une délicatesse sournoise, sur quel projet il travaillait, ou ce qui l'occupait.

Louis, stoppé dans son élan, pédala dans le vide, répondit qu'il donnait des cours aux étudiants de deuxième année et (il parlait très vite) qu'il dessinait les plans de toilettes publiques préfabriquées… destinées à être utilisées dans tout le pays, naturellement.

Dans les secondes qui suivirent, des visions d'édifices géorgiens (ou qu'ils s'imaginaient être géorgiens) s'effondrèrent dans l'abîme d'un silence très court mais si profond qu'à la fin les dîneurs furent ramenés à la brutale conscience de la présence des autres, comme les survivants d'un tremblement de terre. Joseph pensa : Stevenson aurait pu faire son portrait. Seulement Stevenson. Cet homme est une crapule, une crapule intellectuelle.

Deirdre, en proie à une palette d'émotions – haine contre son père et rancune contre sa mère –, vit soudain Louis comme une entité séparée d'elle ; tel qu'il avait dû être avant qu'elle fasse sa connaissance, tel qu'il était à ce moment, sans elle ; le bouclier qu'il était en train de se forger pour repousser son père pourrait bien l'exclure elle aussi. Deirdre se perdit dans un désespoir stérile qui lui conféra un court instant une beauté flagrante, destructrice – ses paupières d'une lourdeur presque botticellienne, sa bouche baroque sublimée par le malheur. D'instinct, elle jeta un coup d'œil à sa mère – chaque trait de son visage était sous contrôle. Elle était si pleinement occupée par *ses* pensées, *ses* sentiments qu'elle n'avait pas de temps à consacrer à ceux des autres. Par miracle, pourtant, elle le trouva. Elle se pencha et, d'une manœuvre aussi subtile que polie, rétablit l'assurance du jeune homme. L'architecture était saine et sauve ; Joseph fut de nouveau absorbé par Leila Talbot ; et Mr Fleming, imperturbable, entreprit de disséquer June, qui, comme tout le monde ou presque le savait, y compris Fleming lui-même, était une proie un peu trop facile… Il lui aurait été difficile de le nier. Ce fut un jeu d'enfant de mettre à nu l'esprit candide de June. Le vert foncé et le rouge vif la faisaient penser à du houx, qui lui rappelait Noël, qui lui rappelait son enfance. Eût-elle été moins naïve, elle aurait vu que ces réactions étaient celles de tout le monde. Eût-elle été plus adroite, elle ne se serait pas découverte à ce point. Elle en était au stade (celui où Fleming avait eu l'intention de l'amener) où elle rougissait en débitant les clichés de l'école secondaire et les platitudes indestructibles qu'elle avait lues et récitées depuis qu'elle savait lire et parler ; mais sa sottise et sa gêne étaient si banales qu'elles ne distrayaient guère Mr Fleming. C'était une gentille jeune fille, ignorante, inhibée, craintive et sans imagination, parfaitement apte à se reproduire ; en la considérant, Mr Fleming trouvait difficile de croire à *L'Origine des espèces.*

Julian savourait sa grouse en se demandant ce qu'il allait bien pouvoir *faire* de June à Paris. Il allait rapidement se trouver limité si elle n'avait jamais couché avec personne. Il approuvait, bien sûr, mais appréhendait de ce fait la lune de miel en sa compagnie. Pour se rassurer, il se récapitula, avec une pointe de fierté, ses expériences passées : à Oxford, la putain intellectuelle ; cette femme extraordinaire qu'il avait rencontrée à une chasse dans le Norfolk ; et Mrs Travers, qui avait au moins quarante ans et l'avait enthousiasmé. Chose curieuse, il avait couché avec elle quatre fois, mais elle n'en restait pas moins Mrs Travers dans sa tête. Quand il essayait, sans grande conviction, de se dire à lui-même « Isobel », ça ne prenait pas. Mrs Travers avait un mari, un amant qui vivait chez elle, et un flot de jeunes amoureux. Elle avait très bon caractère et mentait sans vergogne à chacun – mais tant qu'ils faisaient semblant de croire à ses mensonges, elle se montrait très douce. Avec elle, Julian avait appris que tout prenait deux fois plus de temps qu'il ne l'avait cru nécessaire ; pourtant, à part l'agaçante habitude de Mrs Travers de l'appeler Desmond (au sommet d'une exaltation qui n'était pas de son fait), l'intermède avait été pour Julian aussi plaisant qu'instructif.

Ragaillardi par ces souvenirs fugaces et un peu embellis, il se demanda avec suffisance s'il ne ferait pas mieux de flanquer Harrison à la porte. Harrison était leur responsable de bureau depuis près de vingt ans. Julian n'avait pas réellement la possibilité de le flanquer à la porte, mais quiconque doué d'un minimum d'imagination devait bien se rendre compte à quel point les méthodes de Harrison étaient vieille école et combien son idée fixe (celle de diminuer les frais généraux) commençait à limiter sérieusement leur expansion, voire à donner une mauvaise image de l'entreprise. Harrison devait sa situation à l'exécution d'un manège insidieux auprès d'Oncle Joseph, manège aussi dickensien qu'écœurant, consistant à lui rappeler d'insignifiants et moyenâgeux souvenirs dont l'oncle, qui avait très mauvaise mémoire, raffolait. Enfin, à Paris, il aurait tout le temps de penser au renvoi de Harrison. Julian avait presque hâte que le voyage soit derrière lui : June avait dit qu'elle ne parlait pas bien français, et ils ne connaissaient personne là-bas ; bon, ils auraient l'auto, et pourraient aller au cinéma. D'après June, les films français étaient bien meilleurs que les films anglais ou américains ; c'est d'ailleurs ce qu'elle était en train d'expliquer à son père, qui en retour lui demandait – qu'il aille au diable – pourquoi elle pensait cela. La pauvre chérie rougissait, elle n'en avait aucune idée, bien sûr. Soudain désireux de la protéger, Julian chercha la main de June, qui tordait nerveusement sa serviette sous la table. À son contact, elle se tourna vers lui avec une gratitude si limpide que, pendant un instant, il sut qu'il l'aimait.

Mrs Fleming, tout en prêtant l'oreille au jeune ami de Deirdre, aussi séduisant que compliqué, examinait le visage de son mari, si ouvertement impassible pendant qu'il se documentait sur les goûts et préjugés de June que c'en était offensant. Bien que l'ayant observé des centaines de fois, Mrs Fleming n'arrivait jamais à croire tout à fait à pareille absence d'expression ; et ce soir-là, elle cherchait avec plus d'insistance que de coutume (peut-être voulait-elle protéger June ?) un indice de ce qu'il pensait sur ses traits. Mais son grand front pâle était sans rides ; ses yeux bleu clair, presque ronds, n'avaient même pas leur brillance habituelle ; et ses lèvres (si différentes, si étrangères l'une à l'autre qu'il était impossible d'y voir une bouche) se joignaient et se séparaient pour manger ou parler comme si elles ne s'intéressaient pas plus à la nourriture qu'à la conversation. Elle était à peu près sûre qu'en des moments comme celui-là son mari réfléchissait intensément, mais son retranchement était si bien rodé et si inviolable qu'elle n'en était jamais tout à fait certaine. Il s'ennuyait, sans doute. Après leurs trois premières années de vie commune, elle avait passé les vingt suivantes à se battre contre l'ennui de son mari, sans avoir la moindre chance de gagner, songeait-elle maintenant – quoi qu'elle fasse, il y était par principe fermé. C'était lui qui avait eu l'idée de ce dîner ; il s'était opposé à la moindre de ses tentatives de l'égayer avec des invités moins prévisibles ; et elle, en position de faiblesse puisqu'elle ne connaissait pas le fond de sa pensée, n'avait pas persévéré.

Il en avait à présent terminé avec June, et se penchait vers Deirdre pour lui souffler de sa voix douce et maniérée : « Quant à toi, ma chère Deirdre, tu ne réponds jamais aux lettres avant que les espoirs de tes correspondants aient été réduits à néant. Tu ne seras jamais une Clarissa Harlowe. Tu finiras par perdre ta voix au téléphone, et ta vertu, que tu n'auras pas su protéger par des moyens civilisés, se retournera toute gênée dans une tombe trop grande pour elle. »

Deirdre connaissait assez son père pour ne pas le remercier à ce moment-là de son cadeau d'anniversaire. Elle répondit : « Mon cher papa, quel intérêt ma voix ou ma vertu peuvent-elles bien avoir à tes yeux ?

— Aucun, fit-il avec un petit éclair de malice dans le regard, si ce n'est l'étude de cas d'un conflit intérieur. » Et il se plongea dans la contemplation de son soufflé à l'orange.

Mrs Fleming abandonna hâtivement sa conversation avec Louis Vale pour que celui-ci s'emploie à remettre Deirdre d'aplomb. Combien de fois, à cette même table, n'avait-elle pas fait obstruction aux sorties de son mari – un peu trop tôt, et il lui en voulait ; un peu trop tard, et les invités en pâtissaient ; le bon moment était peut-être le pire, celui où, comme pour relever le défi, il attaquerait avec plus d'habileté et de méchanceté encore, s'en prenant toujours à ceux qui n'auraient pas l'à-propos ou l'assurance nécessaires pour lui renvoyer la balle (qu'il attendait). Elle avait un jour menacé de le démasquer mais, sans même envisager qu'une telle chose soit possible, il l'avait réduite au silence en disant qu'ils étaient bien placés pour connaître le coût de l'équilibre conjugal, et que le moins qu'ils puissent faire était d'en préserver les autres. Elle n'avait pas exactement peur de lui, mais en vingt-trois ans, il l'avait épuisée et c'est pourquoi elle ne s'était pas risquée à le confondre en public. Il avait dû passer un après-midi fatigant, se dit-elle. Elle se tourna alors vers Joseph, si ouvertement hostile à sa personne qu'elle trouvait cela pitoyable et, parfois même, touchant.

Louis, conscient d'avoir été jeté dans la mêlée, s'arma d'agressivité autant que de sang-froid ; il crut (à tort) pouvoir se mesurer à Mr Fleming et fut aussitôt mis hors de combat, ce dernier s'emparant des œuvres de Bellamy en les renforçant de tout le poids et la richesse de son propre intellect. Ils se perdirent bientôt sur les hauteurs de Tiahuanaco. Deirdre eut l'imprudence d'intervenir en amenant le sujet des pyramides, que Mr Fleming balaya d'un geste comme autant de châteaux de cartes pour continuer à détailler les théories de Bellamy avec une intelligence charmante dont Louis, un peu plus tôt, ne l'aurait pas cru capable.

Leila Talbot était une femme qui, aux hommes, parlait d'eux-mêmes, et aux femmes, d'autrui. Quand elle ne faisait ni l'un ni l'autre, elle se concentrait avec beaucoup de sérieux sur sa propre apparence, ou bien avec moins de sérieux sur celle de toute autre femme présente (elle était rarement seule). Elle avait cerné June – observant que la jeune fille était assez ignorante, scrupuleuse ou riche pour mettre ses plus beaux bas sous une robe longue ; qu'elle ne savait pour quels bijoux se décider et combinait maladroitement les reliques familiales de l'époque victorienne ou édouardienne avec du toc ; qu'à l'évidence ses cheveux lui posaient problème ; et qu'elle avait maigri depuis qu'elle avait acheté cette robe en jersey de soie jaune orangé. Tout en mangeant son soufflé, Leila se tourna vers son hôtesse, comme elle le faisait toujours en de semblables occasions. Elle connaissait Mrs Fleming depuis très longtemps et leur amitié, jamais intime, dénuée de compétition comme d'intérêts communs, leur procurait cependant un certain plaisir – deux femmes se fréquentant depuis plus de vingt ans, chacune s'étant gardée de divulguer les détails, si faciles à dénaturer, de sa vie privée. Même au moment de la mort de son mari, tué dans un accident d'avion, Mrs Talbot n'avait pas avoué à Mrs Fleming combien elle y avait été indifférente, et combien elle s'était sentie coupable de cette indifférence; mais elle se souvenait des trésors de gentillesse qu'avait discrètement déployés Mrs Fleming. Leila gardait pour elle ses réflexions sur les rapports de Mrs Fleming avec son mari, ce qu'elle n'aurait fait pour personne d'autre. Mrs Fleming faisait ressortir ses meilleurs côtés, et même si, en conséquence, elle ne voulait pas la voir trop souvent, elle appréciait d'être considérée comme une personne réservée, peu cancanière, digne de confiance et plus intelligente qu'elle ne l'était.

À ce moment pourtant, fidèle à son caractère, Leila détaillait l'allure de son amie : sa chevelure encore brune et épaisse était parsemée de cheveux blancs, isolés mais visibles même à la lueur des bougies; et peut-être d'autant plus visibles, pensa Leila, qu'elle se coiffait en un chignon très simple, sans raie; sa peau lisse était partout couleur de parchemin; ses yeux, autrefois d'un bleu éclatant, semblaient avoir déteint sous l'action d'une lumière trop crue et pris l'aspect fade de l'eau. À part ses yeux, Mrs Fleming n'avait rien de remarquable mais la parfaite régularité de ses traits lui conférait une sorte de distinction, une élégance charmante et rare, plus communes peut-être (ou en tout cas plus communément recherchées) à l'époque de Jane Austen que de nos jours. Voilà, conclut Leila, la clef du mystère : si elle semblait sans âge, c'est simplement parce qu'elle venait d'une autre époque... Et elle était à présent en bonne voie de devenir grand-mère. Leila songea à ses trois enfants, tous d'égale laideur, taille dix, douze et quatorze ans tels d'affreux vêtements de prêt-à-porter, et remercia le ciel qu'ils fussent loin de l'âge de la bombarder de petits-enfants.

Elle fut interrompue dans ses pensées par le regard que lui rendait son hôtesse. Les quatre femmes montèrent l'escalier et Mrs Fleming, après avoir conduit les autres vers sa chambre, se rendit seule au salon pour y faire le café.

Les quatre tasses posées sur le plateau près du feu lui indiquèrent que Mr Fleming se livrait au même cérémonial à l'étage du dessous. Le café de Mrs Fleming était très bon, mais jamais au goût de son mari. Quand il le préparait lui-même, le breuvage devenait mystérieusement exotique, il avait le goût de sa couleur, et était si brûlant qu'on s'attendait presque à voir exploser les fragiles petites tasses. Elle fit son café en songeant qu'elle ne songeait à rien ; mais quand June entra et, sur son invitation, vint d'un pas timide partager sa banquette, elle s'aperçut que son mari, et Julian, et Deirdre, avaient accaparé ses pensées comme une fugue lancinante et sans fin qui semblait ne jamais vouloir, ne jamais pouvoir s'arrêter, à moins d'être amenée à son dénouement ou stoppée net.

June, fort nerveuse, s'attendait visiblement à ce que ce tête-à-tête tourne à l'interrogatoire sur ses aptitudes à prendre soin de Julian. En vain Mrs Fleming discourait-elle gentiment et posément de Paris et du nouvel appartement : June mettait un terme à chaque tentative par de péremptoires affirmations sur ses talents domestiques, et même maternels. Quand elle demanda si elle pourrait apprendre à faire le café comme Mrs Fleming – à qui la gaucherie de cette cajolerie parut à la fois inquiétante et déplaisante –, Deirdre les rejoignit, expliquant que Leila était en train de téléphoner aux Thomas, chez qui elle avait peut-être oublié son étui à cigarettes. Après quoi elle demanda affectueusement à sa mère un peu de son détestable café : « Le tien ressemble à une infusion aux vertus médicinales, et celui de papa à une drogue ; même café, même cafetière. Je me demande comment vous vous y prenez.

— Le caractère des gens doit déteindre sur leur café, répondit Mrs Fleming en adressant un sourire à June – dont on eût dit que Deirdre lui avait jeté un pavé sur la tête. Les cigarettes sont sur la cheminée », dit-elle à sa fille d'un ton ferme.

Deirdre prit le paquet, en offrit une à June, et alluma leurs deux cigarettes.

« Est-ce que vous continuez de recevoir d'affreux cadeaux par dizaines ? demanda-t-elle avec une commisération qui n'en était pas moins agressive.

— Un certain nombre, oui », répondit June dans un sourire gêné.

Elle avait très peur de Deirdre et ne l'aimait pas.

« Je ne vous ai encore rien offert. Qu'est-ce que vous voudriez ? »

Devant cette générosité sans chaleur, June, au supplice, préféra répondre qu'il valait mieux demander à Julian.

« Oh, *Julian*. Il n'a jamais envie de rien. »

Deirdre se leva brusquement et jeta sa cigarette à peine entamée dans le feu :

« Maman, puis-je avoir du brandy ?

— Ils ne l'ont pas retrouvé, mais ils vont chercher. S'ils ne remettent pas la main dessus, je n'aurai plus qu'à me passer en revue ma journée d'hier ! déclara Leila qui avait laissé la porte entrouverte et s'effondra dans un fauteuil.

— On dirait une pièce de Priestley, murmura Mrs Fleming en lui tendant du café.

— Merci, très volontiers. Franchement, c'est trop décourageant. C'est l'étui que j'avais retrouvé la semaine dernière après l'avoir perdu pendant si longtemps. »

June songea que la mère de Mrs Talbot n'avait jamais dû lui faire remarquer qu'elle laissait toujours les portes ouvertes. Elle frissonna, et Mrs Fleming, qui avait chauffé les verres, lui proposa du brandy.

Deirdre reprit, sans pitié : « Nous étions en train de nous demander ce que je devrais offrir à June comme cadeau de mariage.

— Ah, ma chère, voilà un épineux problème. Mais vous devez savoir que ce qu'on reçoit à son mariage en matière d'objets hideux et de vœux écœurants n'est rien en comparaison de ce qui vous tombe dessus pour une naissance. Pourrais-je avoir une cigarette ? »

Deirdre lui en offrit une, puis en alluma une elle-même qu'elle regarda un instant avant de la poser dans un cendrier.

« Des livres épouvantables sur le poids du bébé à toutes les étapes de sa croissance, d'horribles petites vestes jaunes tricotées (pourquoi sont-elles *si* souvent jaunes ?), des brochures de cliniques, des photographies des bébés des autres pour qu'on puisse voir comme ils deviennent laids en s'étoffant, et des petits peignes et brosses à cheveux et objets décorés de fées – un arrière-goût de Margaret Tarrant et de Walt Disney, teinté de bigoterie. Je sais ! Je vous offrirai deux douzaines de couches Harrington Squares. »

Mrs Fleming s'amusait des propos de Leila, et June, bien que légèrement scandalisée, riait, quand Deirdre, d'un mouvement brusque et maladroit, renversa son verre de brandy qui tomba dans l'âtre où il se brisa en mille morceaux. Sans même le regarder elle se dirigea vers la porte. « Quel méchant courant d'air », dit-elle avant de revenir à son verre cassé.

Mrs Fleming ouvrit la bouche mais, voyant le visage tourmenté de sa fille, se tut. Quelque chose ne va décidément pas, mais je ne saurai jamais quoi, ou alors je le saurai quand je n'y pourrai plus rien ; ce qui est sans doute pour le mieux. J'aurais aimé lui épargner d'inutiles tumultes affectifs ; ou peut-être que je crois seulement devoir les lui épargner. Mon Dieu… comme on a tort de s'écouter penser. Mais c'est un tort aux facettes si multiples que se le permettre est un des plus grands plaisirs de la vie. Tout haut, elle dit :

« Ramasse les morceaux, ma chérie. Tu connais le sentiment de ton père sur les choses qu'on casse.

— Je crois qu'il n'a de sentiment *que* pour les choses cassées. »

Deirdre ramassa néanmoins tous les petits fragments qu'elle put voir et les enveloppa dans le journal du soir.

Leila et June étaient absorbées dans une conversation aussi passionnante que consensuelle sur le fait que tout coûtait beaucoup trop cher. Un rictus se dessina sur les lèvres de Deirdre, qui promena un regard désespéré autour d'elle. Elle s'ennuie aussi vite que lui, s'inquiéta Mrs Fleming. Je me demande si elle a…

Mais à ce moment les messieurs firent leur entrée, ayant terminé leurs mystérieux conciliabules techniques sur l'argent, le sexe, les instincts meurtriers des Nord-Coréens – terminé de discuter de problèmes fondamentaux de manière aussi superficielle que, dans le salon, les dames avaient traité de manière fondamentale de questions superficielles. Les deux parties s'efforcèrent maladroitement de se mêler l'une à l'autre, et au bout d'une demi-heure la soirée s'acheva.

Mr Fleming ne montra aucun signe de vouloir se débarrasser des invités, mais joua ostensiblement les hôtes en les raccompagnant jusqu'à la porte, laissant Mrs Fleming dans le salon. Elle était sûrement fatiguée, déclara-t-il.

◆

Julian ferma la portière du côté de June et fit le tour de l'auto en disant quelque chose que sa fiancée ne put entendre. Dès qu'il eut mis le contact, elle lui demanda ce qu'il avait dit (c'était le début d'un rituel qu'ils répéteraient tant de fois par la suite que sa monotonie les conduirait à mener toutes leurs disputes en voiture). Pour l'heure, cependant, Julian trouvait plutôt gentil de la part de June de s'intéresser à ce qu'il avait dit.

« Je disais que cette pente est une aubaine : voilà des semaines que la batterie fait des siennes. »

Il desserra le frein et ils se laissèrent glisser jusqu'en bas de la pente. Un léger cahot se fit sentir quand le moteur démarra.

« Et Paris, alors ?

— Quoi, Paris ?

— Si elle ne démarre pas ?

— Ah, ça ! Je la donne à recharger demain. »

Après un silence, June dit prudemment : « J'aime bien ta mère. Mais toute ta famille m'impressionne un peu.

— Oh, tu sais, une belle-famille, soit c'est impressionnant, soit c'est ennuyeux. Il vaut peut-être mieux qu'elle commence par t'impressionner.

— Ta mère est gentille », insista June qui voulait savoir ce que Julian pensait de sa mère.

Il répondit avec indifférence :

« Elle, ça va. On ne peut rien lui reprocher. C'est avec mon père que ça ne rigole pas.

— Lui s'amuse du monde entier.

— Ma foi, tu n'as pas tort. Finement observé ! »

Il semblait tellement surpris qu'elle aurait pu en rire, mais elle était si jeune et en savait si peu sur les gens qu'elle en fut blessée et s'exclama : « J'en sais plus long que tu ne le crois sur les gens. J'ai un don pour ça.

— Oh, chérie ! Un don ! »

Les lumières s'étiraient le long de Bayswater Road, telles les pierres précieuses du mauvais sonnet de Douglas sur Londres.

« C'est joli, n'est-ce pas ?

— Quoi ?

— Les lumières, le long de la route.

— Très joli. Pas de policiers dans les parages, hein ? », dit-il en appuyant sur l'accélérateur.

Quelques instants plus tard, June reprit : « Tu as eu une grosse journée ?

— Pas spécialement. Ennuyeuse, surtout. J'ai fait du rangement. »

Elle attendait qu'il lui demande comment s'était passée sa journée à elle, de façon à lui avouer l'histoire du cinéma, une fois pour toutes ; mais il ne lui posa pas la question. Ils étaient arrivés à Marble Arch lorsqu'il s'écria :

« Quel idiot, j'aurais dû tourner à gauche. »

Devant chez elle, il arrêta le moteur et ôta son chapeau. À Marble Arch, elle avait pris la résolution de tout lui dire, très vite, juste avant qu'il l'embrasse, parce que son désir de l'embrasser rendrait la chose moins honteuse, moins ridicule. Mais l'assurance de Julian, qui lui parut aussi rodée que froide, l'effraya à nouveau. Elle ignorait que cette assurance trahissait sa nervosité.

Elle ne lui dit rien.

◆

Deirdre et Louis partirent en hâte. Ils laissèrent Leila et Joseph attendre le taxi que Julian avait appelé pour eux. Louis partit à regret, et Deirdre avec un soulagement d'autant plus grand que Louis n'avait à l'évidence pas envie que la soirée se termine. Elle savait que ses parents lui avaient fait forte impression ; et si elle avait souhaité cela de tout son cœur, elle désirait non moins passionnément que Louis l'apprécie « pour ce qu'elle était », comme disent les femmes, c'est-à-dire pour un charme indéfinissable qu'elles n'ont pas conscience de posséder.

Ils gravirent en silence les quelques mètres de colline puis tournèrent dans Hillsleigh Road où, devant les communs, était garée la voiture de Louis. À la vue de l'auto, Deirdre fut plongée dans un état de défiance proche de la panique. Elle décida de ne rien dire tout haut ; mais son moi intérieur se mit à balbutier et à implorer, tantôt misérable, tantôt amer ; sa méfiance envers tout un chacun, à commencer par elle-même, achevait son cercle infernal, et le temps qu'ils arrivent devant sa porte et la voiture de Louis, elle avait le sentiment que quoi qu'elle dise, rien n'aurait de sens ; ainsi elle aurait dit n'importe quoi si Louis ne l'avait devancée : « Je vais attendre que tu sois bien rentrée, et j'irai me coucher, je crois. Ma chérie », ajouta-t-il.

De son côté, il avait prié (façon de parler) pour que Deirdre fût fatiguée elle aussi – apaisée, mais fatiguée. Quand elle se tourna cependant vers lui, la main sur la poignée de porte trop haute, il vit brûler dans ses grands yeux une flamme suppliante. Il s'approcha d'elle, prêt à la désirer, mais elle ouvrit les doigts de la main gauche en un geste de refus exalté (elle avait les mains de sa mère, élégantes et expressives) ; elle haussa les sourcils puis les rabaissa, suivant les tourments de son âme humiliée, et se détourna pour faire face à la porte.

L'espace d'un instant, il eut peur d'elle : des dangereux abîmes de sa sensibilité qui semblaient engloutir jusqu'à son amour-propre, pour les rejeter tous deux dans un désert de silences gênés et de mains nerveuses. Puis il se rappela la lettre et songea avec colère que son amour du drame la ridiculisait et rendait la vie avec elle intolérable. Même son désespoir avait quelque chose d'érotique – dans quel état imaginait-elle que ça puisse le mettre ?

« Mais je te verrai demain soir », dit-il en essayant de gommer l'exaspération dans sa voix. Puis, comme elle ne répondait pas : « Deirdre, qu'est-ce qui ne va pas ? » (Voilà ce qu'on appelait tendre une perche.)

Sans le regarder, elle répondit : « C'est de devoir te *demander* de rester. Je ne le supporte pas. Être obligée de te le demander. Ça te laisse supposer que… »

Elle avait parlé très lentement, comme si elle avait du mal à choisir ses mots ; et quand ils commencèrent à lui venir aisément, elle se tut, de peur qu'ils ne la mènent trop loin.

Les femmes, pensa Louis, ne sont sensibles à la température que dans la mesure où elles s'ennuient. Lui avait très froid. Tout haut, il reprit :

« Eh bien, Deirdre chérie, tu veux souvent que je te rejoigne au lit, et tu m'en vois ravi. Bien souvent, aussi, tu crois que tu ne veux pas et tu découvres que si. Si tu as seulement envie de me parler, est-ce que ça ne pourrait pas attendre demain ? Je t'assure que je serai beaucoup plus attentif…

— Mais j'ai quelque chose à te dire ! » cria-t-elle, comme si, par ces mots, toute la question était résolue.

Bon sang, cette foutue lettre. Il se rappela qu'elle était si jeune, si peu au fait des lois pointilleuses de l'offre et de la demande appliquées aux sentiments, et décida de se montrer prévenant mais d'en terminer avec cette scène de telle manière que Deirdre ne les précipite plus jamais dans ce genre de situation.

« Dans ce cas, ouvre-nous cette porte, et montons au salon. »

Elle ouvrit la porte, le précéda dans l'escalier raide et branlant, mais avant d'arriver en haut, se retourna vers lui et dit avec une légèreté forcée : « Mon cher Louis, crois-moi, cette fois c'est *moi* qui m'envole. »

Il s'aperçut alors qu'elle tremblait de tous ses membres et, effrayé malgré lui, il la prit pour la première fois au sérieux. La lettre, se souvint-il, était restée inachevée…

◆

« Elle sait que j'habite à Chiltern Court et qu'elle-même va à Pelham Crescent : pourquoi vouloir que je partage son taxi ? Pour avoir quelqu'un avec qui bavarder et qui paiera sa course. Qu'elle aille au diable. » Joseph considérait Leila Talbot d'un œil morne tandis qu'ils attendaient leur taxi. Il mit à profit ces interminables minutes pour rendre son frère responsable de cette manigance. Il vouait une haine particulière à Mrs Talbot parce qu'elle était non seulement femme, mais veuve, et qu'il nourrissait une méfiance tout égoïste à l'égard des veuves : quel que soit leur âge, elles étaient des créatures rapaces et *passées* * 1, sortes de tigresses mangeuses d'hommes. Le fait que Mrs Talbot s'était, au cours de la soirée, intéressée avec une égale indifférence à tous ceux qui dînaient avec elle rendait Joseph encore plus furieux ; dans sa perfidie, il n'y voyait qu'une preuve supplémentaire de la ruse de cette femme.

Leur parcours en taxi, dans ces conditions, n'eut rien d'agréable. Leila était nerveuse et s'ennuyait en même temps.

1. Les mots et expressions en italiques suivis d'un astérisque sont en français dans le texte.

Elle amena trois ou quatre sujets de conversation suffisamment inintéressants pour permettre un échange, mais il réussit à la décontenancer par ses grognements. Il devait pourtant bien s'intéresser à quelque chose... (Les vieilles monnaies, les grottes ?) Mais avoir une conversation sérieuse en taxi, aux yeux de Leila, était complètement dépassé.

À Pelham Crescent, elle le remercia, esquissa un geste pour régler sa part de la course, puis, sans en penser un mot, déclara en sortant de la voiture : « Je voulais vous dire une chose de la plus haute importance, mais impossible de m'en souvenir... » Après un silence, elle reprit : « Il faudra que je vous téléphone. »

Elle oublia aussitôt ses paroles mais Joseph les rumina avec un mépris réfléchi pendant tout le trajet jusqu'à Chiltern Court et durant la nuit qui s'ensuivit, lourde d'indigestion.

◆

Mr Fleming verrouilla la porte derrière son dernier invité et, pensif, alla chercher sur la table d'ébène la pile de lettres à son attention qu'il avait remarquées un peu plus tôt. Il les mit dans sa poche, revint à la porte, la déverrouilla puis monta au salon.

Elle leva les yeux de son livre – il la soupçonna d'avoir fait semblant de le lire – et il referma doucement la porte derrière lui...

III

MRS FLEMING était parfaitement immobile, assise telle que Mr Fleming l'avait laissée. Son esprit, comme son corps, était fixe, suspendu dans l'élan d'un mouvement qu'elle devait s'efforcer d'entreprendre si elle voulait survivre. Chaque mot, chaque pensée et chaque frisson que cause ce genre de choc se déversaient en elle pour être ensuite rejetés par sa raison, qui dans sa maturité les jugeait disproportionnés. Elle avait si peur de porter atteinte – par un geste, une parole ou une attitude quelconques – à la fierté qu'elle avait si longtemps préservée, au long de la suite déchirante de pillages et de compromis à laquelle elle avait dû se plier, qu'elle en était paralysée. Or elle ne pouvait pas se contenter de pleurer, de vitupérer, de condamner – comme le font si facilement les enfants ou les politiciens en difficulté ; elle n'avait aucune conviction toute faite et véhémente pour la soutenir ; pas de retraite intérieure où elle pût cesser d'être son propre juge ; pas d'être divin débordant d'amour et de sagesse vers qui se tourner... Seulement le squelette des quelque vingt-cinq ans qu'elle avait devant elle, sur lequel greffer le tissu de sa vie.

Elle resta donc assise, parfaitement immobile au milieu des tasses à café et des verres à liqueur, et c'est seulement après que le feu se fut éteint et que le froid se fut peu à peu installé dans la pièce comme un nuage de cendres qu'elle s'aperçut qu'elle était glacée et qu'il était parti depuis près de trois heures.

◆

Se réveiller était comme revenir au monde. « Nous ne pouvons rien l'un pour l'autre », avait-il dit, non pas une fois : il l'avait répété encore et encore, et elle sentait les larmes couler sur ses joues.

Elle envisagea de laisser Julian prendre son petit déjeuner seul en bas; puis, tandis que le sommeil la quittait et que s'éloignait l'écho de cette malédiction, elle réalisa la folie d'un tel caprice. Elle s'était réveillée à son heure habituelle, et tandis qu'elle accomplissait les gestes de sa routine matinale elle songea combien, en vieillissant, on se retrouvait pris dans les automatismes du quotidien. Quand Dorothy lui apporta son thé et du jus de citron, elle prenait déjà un bain brûlant.

Dans son bain, elle découvrit deux choses. D'abord, qu'au lieu de se livrer librement, comme d'ordinaire, à son exercice favori, celui de faire correspondre ses lectures à ses expériences ou aux gens qu'elle avait rencontrés (le résultat était souvent fantaisiste – un jeu frivole, mais parfait pour savourer le début de la journée), elle était à présent accaparée par une introspection qui la retenait face à elle-même. Ses pensées tournoyaient, tels d'impatients vautours, au-dessus de son corps nu et allongé, comme si Mrs Fleming avait eu un accident et qu'elles attendaient la suite des événements : sa disparition de la scène – sa mort.

Sa seconde découverte fut son âge. On pense à l'âge des autres, en général et dans le détail : qui est plus vieux qu'il n'en a l'air; qui n'a que vingt-deux ans; qui paraît en pleine forme pour quarante-trois ans. Mais le vieillissement de soi – le raidissement du corps et l'avachissement de l'esprit; la liste, en deux colonnes, de ce qu'on peut ou ne peut plus faire, dire ou penser – l'accumulation d'expérience et d'habitudes : tout cela était si progressif, et il existait tant d'images mouvantes de soi-même qu'elles ne semblaient pas (et n'étaient pas) bien différentes les unes des autres, jusqu'au jour où un événement quelconque nous obligeait à en assumer la collection tout entière. Les différences de comportement et d'apparence étaient alors criantes, proclamaient ces années qui font l'âge ; leur écho s'amplifiant dans les voûtes successives de la mémoire pour annoncer que l'on avait changé, que ceci était nouveau, que cela était vieux. Qu'elle avait quarante-trois ans.

Elle se brossa les cheveux, se peigna, se coiffa, en se demandant à quel âge les gens étaient le plus vulnérables. Lorsqu'ils étaient très jeunes, pleins de cette merveilleuse résilience, amoureux d'eux-mêmes et de quiconque les aimait ? Plus tard, quand ils pouvaient comparer leurs expériences passées et que celles du futur commençaient de s'amenuiser ? Ou plus tard encore, au milieu de la forêt, quand les arbres devant eux étaient si tristement semblables à ceux de derrière, les broussailles de leur passé s'accrochant à eux et les lacérant au passage ? Peut-être fallait-il attendre le moment où même pour les myopes, l'inexorable fin était en vue – la petite clairière où s'allonger, immobile, et s'endormir du sommeil des morts.

Elle se farda suffisamment pour rendre son visage familier à ceux qui ne le connaissaient pas vraiment, et descendit prendre son petit déjeuner avec son fils.

Julian, interrompu dans sa lecture du *Times* par la masse de lettres de félicitations que ses fiançailles continuaient d'apporter, était de son humeur matinale habituelle. À l'arrivée de sa mère, il était en train d'engloutir des toasts et de déchirer des enveloppes qu'il jetait ensuite loin de lui d'un geste hostile, en silence, sans avoir lu leur contenu. Il détestait écrire des lettres et, en jeune homme plein de bon sens, il détestait en recevoir.

« Franchement, maman, quand tu t'es mariée, est-ce qu'on t'a accablée d'autant de courriers ? »

Mrs Fleming se servit du café avant de répondre :

« C'était pire, je crois, parce que les gens avaient plus de temps. Mais, grâce au ciel, je ne me souviens de rien. »

Il se fit un silence pendant lequel Mrs Fleming songea que Julian devait la trouver bien vieille pour ne pas se rappeler les lettres reçues à l'occasion de son mariage. Il dit alors :

« June devrait s'en occuper, je trouve. Elle n'a pas à travailler toute la journée.

— Elle a déjà tout son courrier, et son trousseau, sans parler de l'appartement. Et puis imagine un peu la réaction de tes amis si c'était elle qui répondait. Vraiment, Julian, tu es d'une goujaterie…

— … qui dépasse l'entendement, on dirait un Bohémien », acheva Julian.

Ils parodiaient la remarque de l'un de ses grands-oncles, sans en rire ni l'un ni l'autre ; c'était une sorte de jeu dans lequel Deirdre et eux retombaient de temps en temps.

« Bon, d'accord, je vais demander à Porky d'y répondre. »

Il se mit à entasser les lettres en piles désordonnées.

Mrs Fleming remarqua :

« Je me demande parfois si elle apprécie d'être appelée comme ça.

— Porky ? Ça fait vingt-deux ans que ça dure, elle doit y être habituée. Elle est la seule secrétaire du bureau à avoir un surnom. Je ne serais pas étonné qu'elle en soit fière. »

Il se leva de table dans une nuée d'enveloppes.

« Les filles comme Porky s'habituent à tout, maman. Elles n'ont pas le choix. Je ne dînerai pas ici. »

Et il partit.

Non, elle ne le dirait pas à Julian ; elle ne le pouvait pas.

Elle monta écrire à son mari que ce n'était pas la peine d'embêter Julian avec leurs affaires avant son mariage et son retour de Paris. « Le mieux, écrivit-elle, serait évidemment de ne jamais l'embêter… peut-être était-il même inutile de lui en parler. Je présume que tu assisteras à son mariage. » Ces derniers mots représentaient, dans leur langage, un plaidoyer désespéré pour sa venue – tant l'expression de leurs pensées et de leurs désirs était devenue compliquée, morne, indirecte.

Elle était en proie à l'incertitude qui était toujours la sienne lorsqu'il lui arrivait de devoir demander quelque chose à son mari, quand ses réflexions furent interrompues par le téléphone. Son cœur fit un horrible bond dans sa poitrine et elle décrocha.

Mais ce n'était que Louis Vale.

Au téléphone, il semblait beaucoup plus vieux que son âge, et plus sérieux. Il souhaitait la voir, si c'était possible ? Oui, c'était un peu urgent. Et ça lui paraîtrait peut-être tout à fait incongru, mais accepterait-elle de déjeuner avec lui ? Incongru dans le sens qu'il la prévenait si tard et qu'elle le connaissait à peine, ajouta-t-il. Il parlait avec un calme qui laissait entrevoir une agitation déjà bien installée. Mrs Fleming lui proposa de venir déjeuner à Campden Hill Square. Il accepta avec une reconnaissance qui, derrière ses bonnes manières, trahissait son désespoir. Il la remercia consciencieusement de son dîner de la veille sans toutefois s'attarder sur le sujet, et raccrocha.

« Je crois que si je ne l'avais pas invité, il se serait enhardi à s'inviter lui-même. » Elle pensa tout à coup à Deirdre et, dans son affolement, composa sans réfléchir le numéro de son bureau. C'était occupé, et tandis qu'elle patientait, Louis rappela. Cette fois, il avait l'air vraiment embarrassé. C'était absurde, dit-il, mais oserait-il lui demander de ne dire à personne qu'il venait déjeuner ? *Personne ?* Bien sûr, il ne l'imaginait pas courant le raconter partout, mais il n'avait pas précisé qu'il désirait la voir en tête à tête… Au fait, il ne la dérangerait pas, au moins ? Serait-elle seule ? Mrs Fleming le rassura et lui demanda s'il savait si Deirdre était au travail. Non, ce n'était pas un de ses jours de bureau. Il ajouta : « D'ailleurs, elle est partie pour la journée. Elle sera de retour ce soir, je crois. » Mrs Fleming, soulagée, lui dit qu'elle l'attendrait à midi et demi. « C'est extrêmement aimable de votre part. Extrêmement aimable », répéta-t-il. Et il raccrocha.

« Il veut parler de Deirdre, je suppose. Mais que d'histoires ! » Elle éprouvait cet agacement qui suit si souvent une frayeur injustifiée ; elle signa la lettre à son mari, l'adressa à son club et descendit donner ses instructions pour le déjeuner.

Louis arriva à midi vingt-cinq.

Chacun commença par se faire la remarque que l'autre semblait ne pas avoir dormi. Lui attribua cela à son âge, et elle, à sa jeunesse et à son tempérament visiblement inquiet. Ils burent du sherry et essayèrent de se trouver réciproquement des excuses – elle était si séduisante la veille et voilà qu'elle paraissait flétrie, vidée de tout son charme… la lumière du jour, une tenue moins coquette ? Il avait l'air hagard, comme s'il s'était enivré jusqu'à la honte, avait tué quelqu'un par accident, ou comme si on venait de lui annoncer qu'il lui restait six mois à vivre ; elle s'efforça de franchir avec lui le cap des phrases préliminaires pour en arriver à ce dont il voulait vraiment parler, puis se rendit compte qu'ils regardaient tous deux la pendule, dans un effort désespéré pour calculer et distordre le temps. À l'évidence, il voulait se jeter à l'eau mais n'osait pas, et songeait qu'ils passeraient bientôt à la salle à manger.

« Préférerez-vous attendre que nous soyons en bas pour me dire ce que vous avez à me dire, ou bien voulez-vous commencer maintenant ? Nous déjeunons à une heure. »

Il jeta un nouveau coup d'œil à la pendule, puis un autre dans la direction de Mrs Fleming. Elle avait une façon de le regarder à la fin d'une phrase, avec une franchise et une impassibilité absolues, qui conférait une sorte de dignité et de profondeur à la plus banale de ses remarques et qui parut à Louis une combinaison des plus raffinées de charme et de politesse. S'il n'avait pas été la proie d'une irrépressible inquiétude, été malade, même, à la pensée de ce qui allait suivre, déjeuner avec elle aurait été un plaisir. Là, en revanche…

« Ce qu'il y a, c'est que si je ne commence pas très vite, je n'aurai jamais le courage de me lancer ; mais si je me lance et que nous sommes interrompus, alors je… Ce sera… »

Il fit tomber la cendre de sa cigarette sur le tapis et l'écrasa du pied. « Oh, bon sang, quel idiot… » Il était trop décontenancé pour ajouter quoi que ce soit, et la situation se mit à tanguer, à trembler dangereusement.

Mrs Fleming suggéra : « Si ça ne vous ennuie pas de

le porter, je crois que nous ferions mieux de monter notre déjeuner ici ; il fera meilleur et nous ne serons pas dérangés par Dorothy. »

Plein de gratitude, il se leva précipitamment et emprunta l'escalier, négociant ses étroits tournants pour rapporter deux vastes plateaux, pendant que Mrs Fleming s'assurait auprès de Dorothy qu'ils ne seraient pas dérangés. Ils se retrouvèrent enfin assis de part et d'autre de la cheminée avec leurs assiettes pleines et du whisky dans le verre de Louis. Mrs Fleming se mit à manger calmement le repas dont elle n'avait aucune envie. Soudain, le moment fut venu.

« Si vous reconnaissez que j'ai raison de vous dire cela, ou du moins que je crois avoir raison, peut-être me pardonnerez-vous la manière de le dire. Comprenez-moi, j'y ai tellement réfléchi, j'ai passé en revue toutes les façons d'aborder le sujet, mais maintenant il semble que c'était peine perdue. Même si ça doit vous causer un choc, je crois que je ferais mieux d'être simple et bref.

— Reste à savoir si vous avez raison ou non de m'en parler.

— C'est évident. »

Il but un peu de whisky et fixa son assiette intacte.

« Deirdre attend un enfant. L'enfant est sans aucun doute de moi. Apparemment, elle le sait depuis un moment, mais elle ne me l'a annoncé que la nuit dernière. Je sais, même si elle ne me l'a pas dit, qu'elle voudrait que je l'épouse. Et si elle ne m'a pas parlé de l'enfant plus tôt ni ne m'a demandé de l'épouser, c'est qu'elle sait que je ne veux pas l'épouser. »

Il y eut un court silence : il se racla la gorge et la regarda. Elle avait détourné les yeux et son visage était dénué d'expression. Mon Dieu, je n'aurais pas pu être plus brutal, se dit-il. Que pensait-elle maintenant ? Il s'engagea en hâte dans toutes les directions qu'avaient pu prendre les réflexions de Mrs Fleming, pour tenter de les rattraper. Mais il ne devinait rien, ne percevait rien.

« Évidemment, il y a bien une ou deux solutions, continua-t-il, mais elles ne sont pas aussi simples qu'on pourrait le croire.

Quoique, elles me paraissent peut-être plus compliquées qu'à vous. »

Mrs Fleming but un peu d'eau.

« Écoutez, dit-il – le silence de son hôtesse le mettait dans un tel état qu'il ne serait bientôt plus maître de ses réactions –, je ne suis pas venu justifier ma conduite ou fuir mes responsabilités. Mais cela ne sert à rien de vous en parler si ce n'est pas pour *tout* vous dire et pour que vous me croyiez.

— Pourquoi m'en parlez-vous ?

— Parce que je ne sais vraiment pas quoi faire. Je dois faire quelque chose, et je me suis dit... en vous voyant hier soir... je me suis dit que vous, vous sauriez quoi faire. Dans un moment de crise. Hier soir. Vous me trouvez méprisable ? »

Elle sentit qu'il essayait, presque sans s'en rendre compte, d'alléger l'atmosphère – ce qui, vu les circonstances, n'était guère de son ressort – et dit : « Savez-vous pourquoi il est si facile de décider pour les autres ? Ce n'est pas simplement parce qu'on est objectif. C'est parce que, quelle que soit la décision que je prendrai pour vous, je n'aurai pas à la mettre en pratique. Si je fais le mauvais choix, c'est vous qui en assumerez la responsabilité.

— Oui ?

— Vous devriez peut-être m'en dire davantage sur votre rôle et votre degré d'implication. Ces deux choses restent floues pour moi. »

Il prit cela pour un sarcasme et la regarda, pensant en voir la trace assombrir son visage ; mais ce n'était pas le cas, et il pensa une nouvelle fois : C'est seulement qu'elle choisit bien ses mots, je veux vraiment me montrer sincère avec elle, sans rien omettre. Tout haut, il dit :

« La solution évidente, en un sens, serait que je l'épouse. Le problème, c'est que je ne l'aime pas et que je la rendrais très malheureuse. Je ne veux me marier avec personne pour l'instant et je ne suis pas fidèle à Deirdre, même maintenant. Mais je crois pouvoir affirmer que Deirdre ne m'aime pas : elle s'est fabriqué une image de moi qui ne me ressemble pas, et elle souffre souvent de mon incapacité à être celui qu'elle veut croire que je suis. Elle finirait par se désespérer de moi, et par aller se fabriquer la même image chez un autre homme. »

Il se tut et tenta de jauger, dans le silence de Mrs Fleming, la part d'intérêt et la part de désapprobation. Mais encore une fois, c'était impossible. Il la devinait seulement très absorbée.

« Une autre solution serait pour elle de ne pas avoir cet enfant. Hier soir, j'en ai peur, j'ai commencé par prendre pour acquis qu'elle n'en voulait pas, et naturellement je lui ai proposé de tout arranger pour elle. Mais j'ai découvert qu'elle était bien décidée à l'avoir. Avant de vous scandaliser davantage, sachez que si je ne l'aime pas, j'ai beaucoup d'affection pour Deirdre. Je me sens responsable vis-à-vis d'elle et, si c'est ce qu'il y a de mieux pour elle, je suis prêt à l'épouser. Comme je suis prêt, bien sûr – je l'ai déjà dit, je sais – à pourvoir... à m'occuper de...

— En réalité, il ne s'agit pas d'amour, ni d'argent », intervint Mrs Fleming d'une voix calme.

Il leva les yeux de son étui à cigarettes (il n'avait pas touché à la nourriture) ; ses traits plutôt quelconques à la mine tragique soudain animés par l'inquiétude. Quoi qu'elle eût à lui offrir – réconfort, reproches, conseils ou aide –, il n'aurait peut-être pas la capacité intellectuelle d'en faire usage. Louis avait toujours consacré le meilleur de lui-même – son intelligence, sa persévérance et son intuition – à sa carrière, limitant ses relations amoureuses (ce qui n'était pas difficile) à des femmes dominées par leurs sentiments et émotions. À vingt-sept ans, il était en somme bien parti sur la route du succès : un spécimen d'humanité comme on en produit à la chaîne et dont le cœur n'avait jamais battu. Devant l'épreuve, cependant, il s'efforçait de suivre des principes dont il savait, même s'il n'en saisissait pas toute la portée, qu'ils ne serviraient pas forcément sa carrière. Il n'avait que vingt-sept ans.

C'étaient plus ou moins les réflexions qui traversaient l'esprit de Mrs Fleming tandis qu'elle préparait le café et tâchait de se mettre à la place de Louis. Au lieu du déjeuner dont ils n'avaient visiblement envie ni l'un ni l'autre, elle avait proposé le café, de sorte qu'ils puissent rester silencieux pendant qu'elle le faisait.

Pris séparément, les gens n'étaient pas difficiles, encore fallait-il les prendre séparément. C'était dans leur relation les uns aux autres qu'ils la stupéfiaient. Qu'est-ce qui avait pu amener sa fille à se jeter aux pieds de ce garçon ? Elle essayait d'y réfléchir. Mais des plaisanteries sur les jeunes paysannes, de mauvais limericks sur les avorteurs – les *mariages de convenance**; heureux les simples d'esprit, mais pour combien de temps? – et des fragments de la conversation qu'elle avait eue, tard dans la nuit, avec son mari flottaient en désordre dans sa tête... Rien, pensa-t-elle, n'est aussi inutile que l'expérience quand elle n'est pas adaptée au cas présent... il lui fallait prendre position et s'en tenir à ce point de vue – comme Pinero ou Elgar.

Avec une certaine curiosité, elle demanda :

« Qu'attendez-vous que je vous dise ?

— Si je le savais, je ne serais pas là, et la chose ne me semblerait pas si affreusement compliquée. Je pensais que vous voudriez me questionner davantage. Vous pourriez aussi avoir envie de me dire combien j'ai mal agi envers votre fille.

— Supposer que Deirdre ne vous aime pas me paraît un peu injuste.

— C'est vrai... Peut-être qu'elle m'aime. »

Son empressement à tomber d'accord avec elle ébranla un peu plus l'assurance morale de Mrs Fleming. La morale, songeait-elle, était comme du sable. Elle continua :

« C'est le genre de chose qu'on sait. J'en déduis que cet enfant est un accident. »

Avant de répondre, il reposa avec douceur sa tasse sur sa soucoupe, et en cet instant le cœur de Mrs Fleming se serra.

« Je n'en doute pas », dit-il.

Pour la première fois, elle l'appréciait sincèrement.

« Je ferais peut-être mieux d'en parler à Deirdre. »

Sans que Mrs Fleming pût deviner s'il était inquiet ou soulagé, il ajouta :

« Au fait, elle ne sait pas que je vous ai parlé, bien sûr.

— J'imagine qu'elle en serait fâchée.

— Je le crains. Croyez-vous que vous pourriez découvrir ce qu'elle... Hélas, j'ignore si elle se confie à vous... » Il parlait d'un ton d'excuse, hésitant.

« Non, elle ne me parle jamais, et je serais bien en peine de l'amener à le faire. J'essaierai, mais quoi qu'il en soit, il faudra agir. Je ne peux pas fermer les yeux sous prétexte que vous craignez qu'elle vous en veuille. Deirdre n'a que dix-neuf ans.

— Je me disais juste que si je dois l'épouser, il vaudrait mieux qu'elle n'ait pas l'impression...

— Vous êtes pourtant bien venu me parler derrière son dos. Autant le lui dire vous-même. De mon côté, je ferai mon possible pour la persuader de ne pas vous épouser. »

Il était stupéfait.

« Mon cher Louis, fit Mrs Fleming avec douceur, on ne peut pas apprendre à ses enfants à ne pas commettre les erreurs classiques. Mais le chantage social et le besoin de compenser une faute morale sont loin d'être de bonnes raisons de mettre des enfants au monde : la seule qui vaille, c'est qu'ils soient désirés par ceux qui les ont conçus. Je sais au moins cela. Les enfants, comme les parents, se sentiraient à jamais coupables d'une telle contrainte. Vous ne voulez pas épouser Deirdre, il y a donc peu de chances que vous la rendiez heureuse. Et de toute évidence, vous ne voulez pas non plus de cet enfant. Je ferai de mon mieux pour que ces deux choses lui apparaissent clairement. »

Après un court silence, il écrasa sa cigarette et dit : « C'est un point de vue inattendu. Pardon de vous le dire ainsi, mais vous semblez très sûre de vous.

— Il y a deux très bonnes raisons à cela », répondit-elle.

Il s'aperçut que, pour la première fois, elle détournait les yeux.

Ils se séparèrent avec le sentiment d'un respect mutuel

et avec soulagement, Mrs Fleming promettant de téléphoner à Louis dès qu'elle aurait vu Deirdre. (Quelqu'un lui avait un jour décrit le téléphone comme « l'aspirine de la vie en société ».)

Elle était maintenant seule dans le vestibule. La bouffée d'air frais qui était entrée alors qu'on ouvrait puis refermait la porte tournoya autour d'elle, puis, après avoir fait légèrement tinter le petit lustre, se figea pour se mêler à l'air ambiant de la maison, à sa texture; ni tout à fait cristalline, ni tout à fait froide; une atmosphère à la très légère odeur de consommé, enveloppée du silence familier d'une maison londonienne par un après-midi brumeux.

Au sous-sol, Dorothy, après avoir donné congé à la femme de chambre, devait être assise, comme d'ordinaire, dans l'antique fauteuil de rotin, ou plus probablement de ronces, car elle y accrochait ses bas et ses lainages chaque fois qu'elle s'y installait. Elle refusait néanmoins de l'échanger contre quelque chose de plus confortable; et, de temps à autre, elle le rembourrait de coussins pleins de poussière ou qui laissaient parfois échapper une plume curieusement exotique. C'est dans ce fauteuil que Dorothy passait tous ses après-midi (sauf les jours où elle allait à Brixton voir une sœur affligée d'une folie des grandeurs aussi illusoire qu'incurable). Elle fumait des paquets entiers de Gold Flake tandis que la radio déversait son flot de divertissements et d'informations; tricotait un gigantesque vêtement rose pâle ou jaune citron qui disparaissait mystérieusement une fois terminé pour être remplacé par un autre ouvrage (on ne la voyait jamais en porter aucun). Sur une chaise en face d'elle trônait un énorme chat de gouttière. Tous deux supportaient la radio avec une indifférence impartiale : éclats de rire préfabriqués – déplorables nouvelles – pièces de théâtre incompréhensibles – chansons d'amour – plaisanteries – musiques de génériques orchestrées – fièvre par procuration des commentaires d'un match de foot ou d'une course – ton plus apaisant d'une discussion à cœur ouvert sur les silos, la santé publique ou les couveuses à poussins… Leurs traits ne bougeaient pas d'un muscle ; de toutes les informations que chacun avait dû absorber, il ne ressortait pas la moindre miette, pas la moindre influence sur leur vie.

À quatre heures, Dorothy éteignait la radio, puis préparait le thé ; le chat bondissait dehors silencieusement, entre les barreaux espacés d'une petite fenêtre.

À l'étage du dessus, cependant, la maison était d'un calme dense, résigné et mélancolique. Mrs Fleming se dépêcha de retourner au salon. La lettre qu'elle avait écrite à son mari était sur son bureau, à côté de son agenda. L'agenda lui rappela qu'elle devait prendre le thé (cet atroce repas inutile qui ne servait qu'à rendre les femmes insatisfaites encore plus insatisfaisantes) chez Mrs Stoker à Gloucester Place. Le mariage, après tout, était dans une semaine et il y avait beaucoup à planifier. Mrs Fleming avait près de deux heures pour s'atteler à une colossale et complexe corvée de rangement.

En montant deux étages jusqu'au dernier, où Deirdre avait dormi jusqu'à ce qu'elle s'installe dans les communs et où Julian avait une chambre pour six nuits encore, elle remarqua avec une certaine lassitude que la maison, elle, n'avait pas changé : elle comptait toujours autant d'escaliers…

IV

Dix heures plus tard, Mrs Fleming surveillait la maison de sa fille de sa chambre. Elle était assise dans le noir – mis à part la lueur d'un petit poêle électrique dont la chaleur restreinte et sans âme ne parvenait ni à la réchauffer ni à l'éclairer.

Il était bien plus de minuit ; elle avait quitté Deirdre depuis près d'une heure, mais c'était encore allumé dans les communs, et Mrs Fleming était tellement fatiguée et inquiète qu'elle se sentait obligée de guetter une lumière dont elle ne tirerait aucun renseignement. Que la lampe s'éteigne ou continue à brûler, Mrs Fleming ne saurait pas pour autant si sa fille dormait, pleurait, si elle était sortie ou si elle tentait quelque acte de désespoir. Deirdre n'irait pas jusque-là, se rassura-t-elle encore une fois. Le malheur de Deirdre était une affaire vitale, indispensable ; elle en était presque amoureuse et ne voulait pas qu'il prenne fin. Elle n'était pas capable d'assez de détachement pour perdre espoir. Il était donc inutile de guetter cette lumière ; pourtant Mrs Fleming réajusta son manteau sur ses épaules et continua d'observer. Elle avait passé une journée épouvantable. La crainte et l'angoisse qui sommeillaient en elle depuis longtemps n'avaient attendu que ce moment pour la surprendre, qu'elle soit lasse et seule, libérée des problèmes des autres, faciles à surmonter. Elle avait passé une journée épouvantable, se disait-elle pour s'apaiser ; curieusement, cela la réconfortait.

Elle se rappela que, dans son enfance, on lui enjoignait

toujours de penser à ceux qui n'avaient pas sa chance ; sa famille considérait la relativité du malheur commc un dérivatif efficace. Elle-même avait toujours rejeté la complaisance sadique d'un tel principe ; mais à présent, bien qu'elle fût encore loin de se lancer dans de périlleuses comparaisons, elle était soulagée qu'il y ait des gens moins chanceux à qui penser.

Après une telle journée, elle pouvait méditer sur le sort de toutes les mères et leurs filles : June et sa mère, elle-même et Deirdre. Elle était abasourdie par le vide effrayant de la scène dont elle avait été témoin en prenant le thé chez Mrs Stoker et sa fille. Elle avait vu deux femmes ligotées l'une à l'autre, qui n'avaient rien en commun sur le plan personnel, et tout en commun par ailleurs ; qui, si elles n'avaient été parentes, n'auraient pas voulu passer cinq minutes ensemble mais qui, puisqu'elles l'étaient, avaient passé dix-neuf années à s'agacer, s'influencer, se dénigrer mutuellement, à se mêler des affaires de l'autre et à dépendre l'une de l'autre. Mrs Stoker avait ouvert le feu en annonçant avec une sorte de colère mauvaise qu'elle savait à quoi June avait employé son après-midi de la veille ; et quelques interminables minutes plus tard, June, toute rouge et au bord des larmes, avait mis fin à la scène en déclarant qu'elle ne voyait pas pourquoi elle n'irait pas au cinéma si cela lui chantait, que c'était sa vie, avant de quitter la pièce. Répondant par de rassurantes onomatopées à Mrs Stoker qui alternait excuses, plaidoyers et récriminations, Mrs Fleming avait essayé de réfléchir à ses rapports avec Deirdre. Mais ce qu'elle ressentit vis-à-vis de sa propre fille lui sembla si imprécis et insaisissable qu'elle en resta là, épouvantée. Elle se sentait triste, gênée et incompétente ; et elle avait très peur pour Deirdre. (Elle résolut aussi de ne plus jamais prendre le thé avec Mrs Stoker dans son appartement beige et rose pêche.)

Entre-temps, elle avait vu Deirdre – elles avaient discuté de toute l'affaire, abattu l'une après l'autre les barrières de la méfiance et de la réserve, pour ne trouver qu'un désert de larmes inutiles et de honte. Car l'incapacité totale de Deirdre à considérer cette histoire autrement que de son propre point de vue avait rempli Mrs Fleming d'une affreuse honte qui devenait presque de l'aversion. Elle s'aperçut qu'elle faisait un effort pour se soucier de sa fille ; cherchant des raisons de l'aimer et les renforçant de l'instinct protecteur qui était le sien. Ce n'était pas, elle s'en rendait bien compte, ce que Deirdre voulait. Deirdre semblait s'être attendue à une scène de la part d'une mère indignée, paniquée, incapable de saisir ce qui à l'évidence constituait à ses yeux des circonstances atténuantes. « Tu ne comprends pas ! » s'était-elle écriée maintes fois, et bien longtemps après l'instant où, avec un peu de réflexion, elle aurait dû voir que Mrs Fleming comprenait.

Louis, que Deirdre traitait de sans-cœur (Mrs Fleming soupçonnait que cela ajoutait à son charme), avait analysé et le caractère de Deirdre et l'ensemble de la situation avec une justesse surprenante. Mrs Fleming songea avec découragement qu'elle ne pouvait s'en prendre qu'à elle-même. On désirait des enfants, on les mettait au monde et on les élevait ; et puis, en dépit de calculs savants quant à l'amour et le temps que vous deviez leur consacrer, ils vous anéantissaient, le résultat obtenu paraissant, pour le moins, presque mathématiquement faux. Ce qui la démoralisait, c'était l'attitude de Deirdre : cette façon de manipuler à sa guise les circonstances, pour s'y soumettre ensuite corps et âme. Mrs Fleming avait eu envie de secouer Deirdre – de formuler une de ces platitudes encourageantes dont on l'avait abreuvée pendant sa propre jeunesse. Et à un moment, se souvint-elle, elle avait en effet proféré des choses de ce genre : elle avait supplié Deirdre de se ressaisir, de penser un peu à Louis et à l'enfant, de se rappeler que rares étaient ceux dont la vie s'était arrêtée à dix-neuf ans ; et, surtout, de se reprendre et de *réfléchir*. Deirdre avait levé vers elle des yeux pleins de larmes et de rancune et avait répété que si Louis était décidé à ne pas l'épouser, s'il ne pouvait comprendre à quel point c'était la chose à faire, elle aurait tout de même l'enfant, parce qu'elle n'aimerait jamais personne d'autre et qu'au moins, comme ça, elle aurait l'enfant. Elle avait ajouté, sans grande logique, qu'un tas de gens très bien étaient illégitimes, et que si maman avait un problème avec ça…

Leurs opinions personnelles sur la question des enfants illégitimes mises à part, l'avait interrompue Mrs Fleming, il y avait la question de l'entretien et de l'éducation de l'enfant. Les bâtards, à son avis, coûtaient plutôt plus cher que les enfants ordinaires, si l'on voulait les protéger comme il se devait de cette partie de la société incapable de distinguer cause et conséquence. Deirdre avait eu l'air outrée :

« Tu parles comme papa ! Tu lui as parlé ?

— Bien sûr que non », avait répondu Mrs Fleming avant de se demander pendant combien d'années elle aurait dit « bien sûr que oui ». L'atmosphère s'était quelque peu détendue entre elles ; jusqu'au moment où Mrs Fleming, après une tirade sur le mariage – pure folie s'il n'était pas le fruit d'un enthousiasme mutuel –, avait commis l'erreur de dire que Louis ne refusait pas catégoriquement d'épouser Deirdre, si celle-ci ne voyait pas d'autre solution. Elles se retrouvèrent alors à leur point de départ : « Pourquoi pas ? Enfin, pourquoi *pas* ? » et encore des larmes. Mais Mrs Fleming sentit que quelque chose chez Deirdre avait cédé, qu'elle s'était radoucie ; et elle commença à la voir telle qu'elle était : très jeune, enceinte, et pathétique.

Or après quelques paroles réconfortantes, le pendule de Deirdre avait de nouveau oscillé. Elle s'était mouchée d'un air de défi et avait dit : « Je pourrais aussi épouser Miles. » Et comme sa mère la considérait avec stupeur en cherchant qui pouvait bien être Miles, elle avait ajouté : « Tu sais parfaitement qui est Miles. Ça fait une éternité qu'il me tourne autour et qu'il veut m'épouser. Il ne fait pas le difficile, lui : même l'enfant de Louis ne le dérangerait pas. »

Mrs Fleming s'était empressée de demander :

« Tu lui en as parlé ?

— Non, mais je le ferais si je l'épousais. Ça pourrait

marcher, j'imagine, du moment qu'il ne devient pas *encore plus* ennuyeux une fois marié, mais j'ai le pressentiment atroce qu'il le deviendrait, et alors je mourrais d'ennui, littéralement. »

Voilà qui nécessita une nouvelle série de conseils implorants. Tandis qu'elle les dispensait, Mrs Fleming se figurait que sa fille ne les suivrait pas ; mais une fois qu'elle les eut dispensés, elle songea que Deirdre avait peut-être seulement voulu la choquer, par n'importe quel moyen.

À la fin Deirdre avait promis de réfléchir sérieusement à ce que sa mère lui avait dit. Mrs Fleming avait voulu la persuader de venir dormir à la maison cette nuit-là, mais avait échoué si vite qu'elle crut plus sage de ne pas insister. Elle avait laissé à Deirdre deux somnifères et un paquet de cigarettes.

Revenue chez elle, elle avait tenté de téléphoner à Louis, mais il était sorti.

Non, décidément, elle ne dirait rien à Deirdre.

Elle allait devoir écrire une autre lettre à son mari. L'idée de lui écrire à nouveau la rendait un peu nauséeuse et lui rappelait la duchesse de Praslin ; au moins ses lettres à elle avaient-elles la dignité d'être envoyées par la poste…

V

Les premiers instants de la matinée étaient les pires : les épouvantables minutes de demi-inconscience, quand le retour au présent – se réveiller et retrouver la réalité – déchirait le voile du sommeil ; quand une moitié de son esprit ne désirait que sombrer dans l'oubli et les illusions qui l'accompagnent, tandis que l'autre luttait pour s'éveiller complètement au monde, afin que toute la douloureuse situation reprenne possession de son corps et de ses pensées ; alors la journée à venir s'imposait d'un seul coup, et tout aussi soudainement, le sommeil la quittait. C'est à cet instant qu'elle s'apercevait qu'elle était en larmes, ce qui lui semblait terrible parce qu'elle ne savait pas à quel moment elles avaient commencé de couler. Puis elle comprenait qu'elle pleurait depuis qu'elle s'était aperçue qu'elle pleurait…

Étendue, elle regardait les rais de lumière pâle éclairer faiblement le tapis ; elle s'efforçait d'y trouver une symétrie ou l'amorce d'un dessin ; pour se donner du courage, elle s'attachait à tous les détails de la chambre, à tout ce qu'elle pouvait voir ou entendre sans bouger la tête, comme si elle était malade ou prisonnière. Étudier le papier peint Morris, avec ses feuilles vertes et ses baies rouge clair, qu'elle avait choisi des années auparavant avec la ferme intention de rendre cette chambre – à défaut d'autre chose – entièrement sienne (William Morris, avait dit son mari à l'époque, le faisait hurler de rire) se révélait très apaisant. Quand elle se sentirait plus en sûreté, et davantage maîtresse d'elle-même, elle se risquerait à regarder sa montre ou à chercher son mouchoir; chose étrange, faire le moindre mouvement trop tôt après avoir pleuré déclenchait à nouveau les larmes.

Il était sept heures; elle remit la main sur son mouchoir.

Dans son bain, spéculant sur l'avenir de Deirdre et de Julian, elle se trouva aux prises avec le prochain obstacle que lui réservait sa tendance à l'introspection. Elle venait de se demander si Deirdre et Julian réussiraient jamais – en admettant qu'ils s'y essayent – à se parler entre eux de leurs sentiments respectifs pour Louis et June; elle était arrivée à la conclusion qu'ils n'y parviendraient pas, ou n'essaieraient même pas, tant leurs points de vue sur les gens et sur ce qu'ils en attendaient étaient incompatibles. Et soudain, alors qu'elle jouait avec l'idée que le mot « aimer » avait autant de nuances que le mot « clarté », elle fut paralysée d'effroi à l'idée que ce premier mot ne signifiait rien pour elle – rien du tout. Quels étaient ses sentiments, par exemple, à l'égard de son mari, qui lui causait tant de déception? L'aimait-elle? Ou était-elle seulement en proie à la peur et à l'orgueil : la peur d'être quittée, et qu'on la voie subir cette humiliation? On lui avait appris, se figura-t-elle, à diviser la vie en quatre étapes. On stockait sa prime jeunesse pour la dépenser tout entière pendant la vingtaine; et l'on plaçait les années du milieu de sa vie pour bénéficier de ses intérêts pendant la vieillesse. En fait, la période pendant laquelle il nous était permis de papillonner – gaspillant jeunesse, beauté et plaisirs – était plus courte, sur la durée de notre vie, que celle accordée à un papillon sur la durée de sa métamorphose d'œuf en chenille puis en chrysalide. Les comptes n'étaient pas bons. Elle n'avait jamais, il est vrai, considéré le mariage – ou le mariage idéal, ou peut-être simplement son propre mariage – sous l'angle de l'épargne ou du placement.

En s'habillant, elle réfléchissait : au bout de vingt-trois ans, elle ne pouvait guère espérer que son mari la désire encore, fût-elle aussi désirable qu'elle l'avait été, elle le savait, vingt-trois ans plus tôt; ce serait en vérité extraordinaire si, après vingt-trois ans, il y avait encore des facettes de sa personnalité que son mari ne connaissait pas par cœur, ou n'avait pas choisi d'ignorer parce qu'il les trouvait déplaisantes. Ce qu'elle avait accompli pendant tout ce temps était imperceptible : il n'y avait ni coup de projecteur ni rayon de soleil pour révéler ses capacités à s'occuper de leurs deux maisons, à élever leurs deux enfants, à s'apprêter et à apprêter le décor autour d'elle ; la judicieuse remarque de Lewis Carroll sur la nécessité de courir autant qu'on le peut pour rester au même endroit s'appliquait aussi bien au mariage qu'au reste ; mais, bien entendu, s'en tenir à ce principe ne vous menait nulle part ; il n'y avait donc aucune raison d'espérer que le même homme passe un jour de plus en sa vieillissante et familière compagnie.

Elle prit son petit déjeuner et prit congé de Julian. Il y avait au courrier une carte postale de Leila Talbot disant qu'elle l'avait écrite il y a des siècles mais oublié de la poster, et l'invitant à un cocktail le soir même. Mrs Fleming nota qu'elle était invitée seule et se demanda depuis combien de temps il en allait ainsi ; ou Leila savait-elle qu'à présent il faudrait toujours l'inviter seule ? Les rideaux de l'appartement de Deirdre étaient encore tirés. Dorothy était de mauvaise humeur à cause de la multitude de poissons d'argent qui se tortillaient au sous-sol, refusant de mourir. Ces drôles de créatures réapparaissaient à intervalles irréguliers, mettant Dorothy en rage et faisant le bonheur de son chat qui les tuait par douzaines avec le sang-froid d'un guerrier barbare.

Mrs Fleming prit les mesures nécessaires pour faire disparaître les poissons d'argent et monta au dernier étage où Julian et Deirdre conservaient leurs affaires. Pendant deux heures, elle se trouva aux prises avec un véritable fouillis : les reliques de l'enfance, des années d'école et de l'adolescence de sa fille. Il en émergea des objets tels que cet animal borgne, d'une espèce mal définie, nommé Strickland (elle se rappela avec quelle passion Deirdre avait voulu être rebaptisée Strickland) ; un herbier à demi rempli de fleurs sauvages séchées ; de petits pots pleins de poussière verte (souvenir du temps où Deirdre s'était employée à fabriquer de la crème pour le visage avec du blanc d'œuf et l'avait vendue à d'innocentes camarades de classe à la peau acnéique) ; la lettre d'un affreux petit garçon qui avait habité autrefois de l'autre côté du square, disant qu'il collectionnait assez de ficelle pour attacher Deirdre à un arbre dans les jardins de Kensington ; une trousse de toilette brodée aux initiales de Mrs Fleming, rouge et or, inachevée et piquée d'une aiguille rouillée ; quatre journaux intimes heureusement interrompus (dont Mrs Fleming ne lut que la première phrase) : « Elizabeth Tomkinson sera toujours ma meilleure amie », « Je suis plus sensible, je le crains, que tous ceux que je connais », et ainsi de suite. Elle les jeta. Il y avait un amoncellement de cartons remplis de vêtements, de pull-overs à demi tricotés, de perles désenfilées, de vieux tubes de rouge à lèvres et de programmes de théâtre. Elle préférait laisser Deirdre trier ceux-là. Presque tout ce qu'ils contenaient était soit abîmé, soit inachevé. Alors qu'elle atteignait la période de concours hippiques de la vie de Deirdre, Mrs Fleming vit apparaître Dorothy avec une tasse de thé fort et chaud – signe de pardon et de dévouement qu'elle savait devoir accepter jusqu'à la dernière goutte. D'après Dorothy, les gens devaient avoir envie de thé ; s'ils le refusaient, c'est qu'ils ne savaient pas ce qui était bon pour eux, étaient malades et avaient plus que jamais besoin de thé. Dominant Mrs Fleming de toute sa taille, Dorothy réitéra son discours sur les poissons d'argent, afin de montrer qu'elle n'était plus en colère mais que les poissons d'argent étaient, deux heures plus tôt, d'une importance suffisante pour justifier ladite colère. Le chat qui accompagnait toujours Dorothy, ostensiblement par affection, mais en réalité, comme le pensait Mrs Fleming, avec le secret désir de la faire trébucher, s'était endormi sur le couvercle d'un carton, par-dessus une photo de John Gielgud et des bigoudis en métal. « Je vous laisse mon garçon », dit-elle en sortant, feignant d'avoir une quelconque autorité sur lui.

Mrs Fleming but lentement son thé et laissa son esprit

aborder les choses autrement, du point de vue le plus élaboré (et, croyait-elle secrètement, le plus convaincant) : pourquoi vouloir s'approprier quelqu'un dans la fleur de l'âge – ou, pire, avant que ce quelqu'un n'ait même atteint cet âge –, pourquoi lui confectionner un moule et le lui imposer jusqu'à ce que sa personne ne soit plus qu'un compromis entre leurs idéaux respectifs et leur indifférence mutuelle grandissante, si c'était pour que ce quelqu'un prenne conscience, une fois seul, de ne pas être la bonne personne ? Il était trop tard pour pleurer la perte des désirs qu'elle avait autrefois nourris pour elle-même, en son for intérieur : elle avait été aimée, caressée, façonnée, dominée, protégée, laissée de côté ; tant et si bien qu'à présent, même son goût pour le papier peint que méprisait son mari avait pris la teinte de son mépris. Les rares occasions où elle avait eu l'illusion de s'affirmer étaient elles-mêmes des conséquences directes de leur vie commune. Elle était soudain atterrée par toute la lassitude, les efforts et les dégâts qu'engendraient les relations humaines. Elle ne se sentait pas capable, à quarante-trois ans, d'en assumer sa part de responsabilité. Il était fatal, songeait-elle, de grandir aux côtés de quelqu'un : il aurait mieux valu rester jeunes ensemble, ou se rencontrer déjà vieux. Je n'avais aucune maturité quand je me suis mariée – j'étais à peine plus âgée que Deirdre –, j'étais différente, mais à peine plus âgée. Je serais en mesure de faire face à la situation aujourd'hui si seulement je pouvais repartir de zéro ; ce qu'il y a de difficile, c'est de clore une situation que j'ai si mal commencée.

Dorothy appela d'une voix pleine de reproche pour annoncer Miss June au téléphone. Mrs Fleming, qui avait entendu la sonnerie, s'excusa de ne pas l'avoir entendue et descendit parler à sa future belle-fille.

June avait beau avoir une grande pratique du téléphone, elle utilisait cet instrument principalement pour se lancer dans une conversation générale et non pour aborder un sujet précis. Cela, pour qui détestait le téléphone, était une des plus exaspérantes habitudes de June. Mrs Fleming, qui en faisait l'expérience pour la première fois, se trouva plongée dans un flot de propos futiles et décousus : la jeune femme s'excusait de ne pas avoir écrit pour remercier Mrs Fleming de son dîner, se perdait en conjectures sur le futur mariage, et décrivait même brièvement le chancre dans l'oreille d'Angus. Au milieu de tout cela, Mrs Fleming comprit que June devait se rendre ce même après-midi au nouvel appartement où il fallait prendre diverses décisions irrévocables en matière de décoration : or Julian ne voulait ou ne pouvait pas accompagner sa fiancée ; ils n'étaient pas d'accord sur la couleur de la peinture, rose ou crème, et de toute façon June se sentait incapable de choisir un rose ou un crème. Comme Mrs Fleming n'avait pas encore vu l'appartement, June se demandait si elle ne serait pas libre cet après-midi pour venir le visiter et la conseiller. Ce serait épouvantable si elle choisissait toute seule un rose ou un crème qui n'allait pas. Mrs Fleming accepta cette déprimante responsabilité esthétique en s'interrogeant : combien d'années s'était-il écoulé depuis le temps où, enthousiaste, elle aurait persuadé June d'opter franchement pour la couleur ?

Pendant le déjeuner, une femme à l'accent viennois téléphona et, des larmes dans la voix, demanda Mr Fleming. Apprenant qu'il était parti, elle poussa une exclamation désespérée en allemand, se mit à pleurer sans retenue et raccrocha.

Mrs Fleming arriva à l'appartement avant June.

On accédait au troisième étage par un ascenseur qui ressemblait à une carie dans une dent : il en suintait une atmosphère de malaise dont Mrs Fleming eut l'impression qu'elle atteindrait l'apogée de la douleur si elle y touchait. Elle monta donc à pied et, après avoir sonné, resta debout en plein courant d'air dans un palier obscur couleur de vomi. Elle ajouta l'inexactitude à ce qu'elle savait déjà de June.

June arriva en nage. Elle portait une robe de lainage rose et un manteau de fourrure en mouton doré un peu trop court pour elle. Elle fouilla dans son sac à la recherche des clefs en se confondant en excuses. Lorsqu'elle avait proposé à Mrs Fleming de venir voir l'appartement, elle avait eu la vague intention de rassurer cette dernière et de lui faire plaisir, mais voilà que tout allait de travers : elle n'était pas en train de « gagner la confiance de Mrs Fleming », suivant l'expression de sa mère – ni d'ailleurs son approbation ou quoi que ce soit d'équivalent. Sa mère n'avait de cesse de répéter « Oh, June ! Ne sois pas si *bête* !... », et au moment où elle voulait à tout prix l'éviter, voilà exactement ce qu'elle était, bête. Dieu soit loué, elle venait de remettre la main sur les clefs ; mais elle était si nerveuse à présent qu'elle fut incapable de déverrouiller la porte.

Mrs Fleming, qui se souvenait de la scène du thé chez Mrs Stoker et qui avait sur la conscience ses réflexions avant l'arrivée de June, ouvrit la porte pour elle, et elles entrèrent.

L'appartement était petit, sans gaieté et étonnamment sombre. Ses trois pièces étaient ainsi faites que le moindre meuble un tant soit peu utile ne ferait que les encombrer, ou bien mettre en évidence leurs ridicules proportions. Il serait assez confortable pour des gens d'un mètre vingt, pensa Mrs Fleming. Elle s'évertua pourtant à trouver des avantages à l'appartement et à les exposer à June, qui en retour pointa tous les inconvénients auxquels elle put penser : ils étaient divers et inattendus, en ce sens qu'aucun d'eux n'avait frappé Mrs Fleming, et ils eurent pour effet de recentrer son attention sur les exigences pratiques de June. Chacune avait désespérément à cœur de se montrer prévenante à l'égard de l'autre.

Quand elles eurent consciencieusement inspecté l'appartement poussiéreux et presque vide, une paire de tréteaux laissés par les peintres dans la chambre à coucher leur servit de perchoirs branlants et June sortit les échantillons de coloris proposés, en peinture à l'huile ou à l'eau. Venaient d'abord ces teintes pastel idéales pour les enfilades de perles en bois qui déconcertaient tant de bébés ; ensuite, un choix de tons crus et sans charme évoquant des bonbons dans une confiserie de village ; à la fin, une apothéose de teintes sombres, les grandioses olive, caca d'oie et chocolat, dont sont victimes les pensionnaires de tant d'institutions. « Il y a tellement de choix ! » déclara June. À vrai dire, on aurait eu peine à vivre au milieu de la plupart de ces coloris. Mrs Fleming suggéra de créer elles-mêmes un mélange de couleurs, pour ensuite demander qu'on leur fournisse l'équivalent. June, visiblement épouvantée par cette idée, répliqua qu'on n'avait pas le temps : les peintres devaient commencer le lendemain si l'on voulait que la peinture soit finie au moment où Julian et elle rentreraient de Paris.

Il y eut un silence, pendant lequel June tripota des échantillons de roses navrants, et Mrs Fleming remarqua ses jolis ongles. Finalement, comme le silence n'était pas en passe d'être rompu par l'énoncé d'un choix, Mrs Fleming fit l'éloge des jolis ongles, bien après l'élan passager qui les lui avait fait trouver plaisants.

June devint cramoisie et laissa choir un échantillon sur le plancher : « Oh, pas tant que ça. Je veux dire, Julian ne les a pas remarqués.

— Je suis sûre que si. »

Mrs Fleming sentait que les ongles pouvaient bien être un symbole ; le fait que Julian n'ait pas remarqué leur attrait avait fusé dans l'esprit de June, éclairant au passage toutes les omissions du même genre qui avaient eu lieu. Elle voulut rassurer la jeune fille, mais n'en eut pas l'occasion.

June était descendue de son tréteau pour ramasser l'échantillon de couleur qui avait glissé plus loin sur le parquet sale. Elle sembla se recroqueviller, à tel point qu'elle était désormais assise sur le parquet à tortiller la carte de couleur dans ses mains, en se détournant de Mrs Fleming.

« Il me semble parfois, dit-elle en essayant de donner l'apparence de l'habitude à son inquiétude tout à fait récente, parfois, pas toujours, bien sûr… qu'il devrait remarquer des choses comme… eh bien, n'importe quoi, ce qu'il trouve… (La carte tomba sur ses genoux.) Je veux dire, les gens remarquent *toujours* les défauts de quelqu'un. Même s'ils ne disent rien, ils les voient. Et si, en se mariant, on ne remarque rien de ce qui est bien… au début, je veux dire… alors on s'y habituera tout simplement, et on ne remarquera plus que les défauts. C'est quelque chose qui me préoccupe depuis longtemps », ajouta-t-elle, hésitante, ayant tout juste découvert ce qui la tourmentait.

Mrs Fleming, avec la plus grande prudence, avança :

« Les gens disent rarement tout ce qu'ils éprouvent.

— Mais comment savoir s'ils éprouvent quelque chose ?

— Julian veut vous épouser. Vous savez cela.

— Je ne crois pas qu'il le veuille vraiment ! Je ne crois pas qu'il veuille vraiment de *moi* ! Je pourrais aussi bien être une autre, et lui un autre. C'est... Oh, c'est affreux ! »

Ses yeux étaient si remplis de larmes qu'ils ne semblaient plus pouvoir les contenir.

Mrs Fleming, n'osant faire un pas de plus de crainte de lui faire perdre pied encore davantage, gardait le silence.

« On ne... Je croyais que quand deux personnes se mariaient elles nageaient dans le bonheur. Que c'était comme quand on découvre une chose... vous savez... merveilleuse ! Je croyais que c'était le but : comme à la toute fin des livres... et pas simplement un passage obligé dans l'existence... pourtant, c'est l'impression que j'ai avec Julian...

— Votre mariage ne fait que commencer. C'est la période la plus difficile... »

Mais June se retourna brusquement vers Mrs Fleming avec une expression de bête traquée, sur la défensive, qui stoppa net le petit laïus de femme d'expérience que Mrs Fleming aurait eu honte de continuer.

« Je suis loin d'être intelligente ou intéressante. Je ne suis pas belle, ni même spécialement jolie. Je le sais très bien. Et je ne vois pas pourquoi il voudrait m'épouser. (Parler était un effort ; le rouge brûlant qui lui était peu à peu monté aux joues semblait s'étendre à tout son corps à mesure qu'elle découvrait sa propre personne, pour la première fois de sa vie.) Mais s'il *veut* m'épouser, c'est qu'il doit avoir une bonne raison ? Si je n'ai rien de spécial à ses yeux, je resterai toujours celle que je suis, n'est-ce pas ? Et personne ne me trouvera jamais rien de spécial, puisqu'il n'y a rien à trouver... Lui, on dirait qu'il n'*attend* rien ; et maman dit que je suis ennuyeuse, alors j'ai peur que... J'ai peur... », répéta-t-elle, et une larme tomba sur l'échantillon. Elle ignora ses propres larmes avec une étonnante impudence.

Mrs Fleming, qui jugeait à sa valeur cet effort de sincérité, trouva refuge dans la curiosité.

« Est-ce que vous dites à Julian pourquoi vous voulez l'épouser ?

— Moi ? (Elle avait l'air stupéfaite.) Je pensais que je pouvais... Eh bien, faire la cuisine, des choses comme ça. M'occuper de lui, en somme. Mais il ne s'agit pas de cela, pas de nos vies séparées... Il s'agit de notre vie ensemble – pas de son travail, ni de l'appartement, mais de notre *vie.* Pas au lit, bien sûr », ajouta-t-elle rapidement, et Mrs Fleming vit qu'en effet elle n'y faisait pas allusion : cet aspect-là de la question était mis de côté – si mystérieusement lointain, si imprévisible que pour June il n'avait aucune importance.

Que dire ? Qu'ils étaient semblables à deux naufragés sur une île déserte, conscients qu'ils devaient s'alimenter, et qui par conséquent étaient prêts à manger des baies pouvant aussi bien les nourrir que les empoisonner ? Mais ils n'étaient pas sur une île déserte... June, songea Mrs Fleming, était peut-être une version pathétique de la princesse forcée de dormir jusqu'à ce qu'on veuille bien la trouver et l'embrasser pour la réveiller. Seulement la fierté de la princesse avait été protégée par la forêt d'épines magique, et June n'avait pas cette protection. Son imbécile de mère n'avait d'autre idée que de la marier et s'était donc contentée, sans intention ni intérêt particuliers, de la déposer dans un désert aride où n'importe qui pouvait l'approcher ; où elle n'était même pas à conquérir puisque les plus indifférents pouvaient l'atteindre. Mais Julian est-il indifférent à ce point ? Ai-je été une mère si sotte que n'importe quel foyer paraisse préférable au mien ? Julian avait été libre de vivre où il le voudrait, et il avait apparemment choisi June. Cet acte de folie, car il apparaissait tel, désormais, à Mrs Fleming, ne semblait éclairé par aucune étincelle de romantisme, de désir ou de bravade – on aurait plutôt dit, comme le soulignait June, que c'était simplement la prochaine étape dans leur vie, la chose à faire. Ils ne paraissaient poussés en ce sens par aucune raison derrière eux ni aucune ambition devant eux ; ils avaient dérivé dans un néant de relations sociales jusqu'à se rapprocher l'un de l'autre autant que le néant le permettait, et ils en venaient désormais à ce que la société devait attendre d'eux.

Mrs Fleming observait June (celle-ci fronçait les sourcils pour tenter d'enrayer les larmes qui faisaient maintenant partie de son visage), en se demandant ce qu'elles étaient à présent censées faire l'une et l'autre. Elle trouvait absurde de s'enliser dans une situation qu'on aurait si facilement pu éviter, mais sa proximité avec Julian et, à présent, avec June, lui interdisait toute critique objective. « Quel chef-d'œuvre que l'homme », certes. Mais on ne pouvait pas critiquer un chef-d'œuvre pour lequel on n'avait pas de sympathie, et tout ce qu'elle aurait pu faire, c'était dénigrer leur mariage sans leur présenter – à June, tout au moins – de solution de repli. Elle ne voyait pourtant aucune autre issue et, avec beaucoup d'hésitation, Mrs Fleming émit l'idée que, vu l'incertitude de June au sujet des sentiments de Julian, voire – hasarda-t-elle – les sentiments de June elle-même sur tout cela, il serait peut-être raisonnable de reporter le mariage à… Ici, l'expression de June l'arrêta. On aurait dit qu'on essayait de lui ôter des mains un jouet qui lui faisait peur.

« Oh non ! s'écria-t-elle. Tout est arrangé ! Je ne voulais pas dire… » Elle se leva et alla à la fenêtre.

« Vous devez me trouver parfaitement stupide », reprit-elle au bout de quelques minutes.

Le cœur de Mrs Fleming se serra.

« Non, je n'ai pas pensé cela du tout.

— À dire ces choses affreuses. Après tout, vous êtes la mère de Julian ! »

Elle dit cela comme si Mrs Fleming avait délibérément dissimulé ce fait.

Pendant un instant Mrs Fleming fut tentée de répondre qu'en effet, elle était sa mère et avait donc de bonnes raisons de s'inquiéter ; mais elle s'aperçut, avant de prononcer ces paroles, du danger de dire quoi que ce soit de semblable. Le mariage se ferait ; et June serait simplement convaincue que sa belle-mère y était opposée. Elle pourrait peut-être parler à Julian – perspective alarmante et décourageante, car elle ne l'avait pas fait depuis la veille de son départ pour l'école préparatoire – mais pour l'instant elle était forcée de revenir aux banalités. Elle se leva :

« Pas du tout, dit-elle. Tout le monde est épuisé au moment de ses fiançailles. Je me rappelle avoir éprouvé exactement la même chose. »

June lui lança un regard dubitatif, mais le visage de Mrs Fleming restait d'une aimable neutralité, ramenant les confidences de June au rang de petite quoique compréhensible crise de nerfs.

Restait à choisir entre un crème ou un rose. June, dont le jugement semblait maintenant un peu plus assuré, choisit un crème pour la salle à manger et un rose pour la chambre à coucher. « C'est un compromis ! » cria-t-elle triomphalement à Mrs Fleming comme s'il s'agissait d'un authentique exploit.

Elle est si compréhensive pour une belle-mère, songea June une fois dans son taxi, tâchant de se détendre. Elle se sentait *beaucoup* mieux, comme après un orage ou une interrogation à l'école, ou après qu'elle avait préparé un bouquet et qu'on lui avait demandé si c'était maman qui l'avait fait (maman était *épatante* pour arranger les fleurs).

Mrs Fleming, qui avait réussi à décliner l'offre de June de partager son taxi, revint en voiture à Campden Hill Square en se répétant cent fois avec une sorte de répugnance horrifiée : « Ce n'est *pas* ce que j'ai vécu. Je n'ai *jamais* vécu cela. Non. *Jamais.* »

VI

Les soirées que donnait Leila Talbot avaient, aux yeux de Mrs Fleming, une particularité intéressante : à de rares exceptions près, on y voyait une foule de gens que l'on n'avait jamais rencontrés chez Leila auparavant et que l'on n'y rencontrerait, l'expérience le prouvait, jamais plus. Mrs Fleming, qui allait depuis vingt ans à ces fêtes à Pelham Crescent, avait épuisé la série d'hypothèses dont elle était capable à ce sujet, car elle supposait que Leila recevait tous les soirs, et se demandait comment elle faisait pour avoir tant d'amis ; un jour où elle couvait une mauvaise grippe, elle avait eu l'idée morbide que les invités étaient tous les mêmes que la fois précédente, mais qu'elle était incapable de les identifier ou de les reconnaître ; elle avait aussi pris en considération les statistiques sur les pique-assiette qui s'invitent dans les cocktails ; mais malgré ces explications, elle n'était jamais parvenue à une conclusion satisfaisante. Détail plus déroutant encore pour Mrs Fleming, le degré d'intimité qui reliait ce flot d'invités à la maîtresse de maison était toujours aussi énigmatique : impossible de dire si eux aussi la connaissaient depuis vingt ans ou s'ils l'avaient simplement rencontrée la semaine passée. Mrs Fleming se disait parfois qu'ils avaient peut-être été proches de Leila vingt ans *plus tôt* – peut-être avaient-ils joué ensemble, enfants –, mais elle songeait ensuite que même Leila ne pouvait avoir joué avec autant de gens, et tous si différents, puis les avoir réunis (leur hôtesse mise à part, ils n'avaient rien en commun). On pouvait de temps à autre observer un milieu professionnel ou culturel spécifique se démarquer : des médecins, par exemple, quand Leila avait été dame d'œuvre dans les hôpitaux et avait beaucoup joué au golf; ou des architectes quand elle avait failli bâtir une maison sur l'île de Wight après la mort de son mari (pour dissimuler plus décemment son absence de chagrin, avait commenté Mr Fleming). Il y avait généralement un homme solitaire qui, vu son air satisfait de se tenir à l'écart – un manque visible de personnalité associé à une familiarité un peu trop grande avec le contenu du buffet à liqueurs –, apparaissait aux personnes curieuses ou observatrices comme étant son amant du moment. Leila l'appelait invariablement « chéri », quel que fût son nom, et ne le présentait jamais à personne. Il se déplaçait dans la pièce enveloppé d'un brouillard anonyme; il savait toujours où se trouvait chaque chose, depuis l'Angostura jusqu'aux cabinets; et lui aussi était rarement le même d'un cocktail à l'autre – fait déroutant pour les observateurs, qui pouvaient néanmoins se consoler en remarquant à voix haute que Leila n'appelait jamais deux hommes « chéri » à la même réception.

À l'arrivée de Mrs Fleming étaient réunies une douzaine de personnes, dont une seule lui était connue comme faisant vaguement partie du passé de Leila : une femme vive et mince, filiforme même, à la peau flétrie par le soleil, qui avait aujourd'hui l'air, avec ses cheveux secs et blanchis, d'une vieille fillette de quatorze ans – bien qu'elle ait fait savoir à Mrs Fleming qu'elle avait eu deux maris et quatre enfants.

Le milieu professionnel qui se démarquait ce soir-là était celui des affaires culturelles, sous des formes diverses : on vous présentait, par exemple, Mr Gordion, le peintre qui organisait l'Exposition des coquillages anglais pour le Festival de 1951; ou encore Mr White, ancien responsable du bulletin intérieur du ministère de la Santé pendant la guerre, puis secrétaire de l'Association pour la prévention de l'anxiété, qui s'était vu confier la tâche délicate de dessiner des centaines de poissons tropicaux en plastique destinés à être lâchés par avion sur les lacs artificiels des jardins publics le jour de l'ouverture du Festival.

Mrs Fleming, après avoir fait connaissance de quatre personnes qui discutaient ferme de problèmes de ce genre, après avoir refusé trois cigarettes et accepté un verre de Tio Pepe des mains d'un petit homme au teint cireux dont la barbe rousse ne parvenait qu'à accentuer la fadeur, se retrouva assise dans un large fauteuil. Sur un des bras de ce fauteuil était perchée l'amie filiforme de Leila.

« Mais ça fait des siècles que je ne suis pas montée à bicyclette ! » s'écriait-elle en croisant une jambe filiforme pardessus l'autre ; elle plongeait ses yeux brillants dans ceux d'un gros homme en pantalon rayé et nœud papillon qui émit un rire graveleux de baryton : « Il faut essayer, ma chère Esmé, il faut essayer. »

D'autres invités arrivaient, et Leila empêcha la barbe rousse d'offrir une quatrième cigarette à Mrs Fleming : « Elle ne fume pas, chéri. Allez voir si la nurse a réussi à ouvrir la boîte de noix de pécan. »

Quelqu'un qui se tenait devant la cheminée jeta d'une pichenette une cigarette à demi consumée dans le feu. Ce geste attira l'attention de Mrs Fleming en lui rappelant soudain Deirdre après le dîner, l'avant-veille. Ç'avait été, elle le voyait maintenant, le point de départ de toutes les révélations qui avaient suivi, la première manifestation de sa détresse, un geste qui sur le moment ne l'avait pas particulièrement frappée. Maintenant, une cigarette qu'on jetait à demi consumée avait à ses yeux un sens particulier ; ce qui veut dire, songeat-elle, que dans une pièce où il y a environ quinze personnes, les choses ayant un *sens particulier* doivent être assez nombreuses pour faire tourner la Providence en bourrique…

Leila interrompit ses réflexions en lui présentant un jeune couple du nom de Fenwick qui venait d'arriver : « Ils cherchent à se loger et sont enthousiasmés par Campden Hill. »

Mrs Fleming se trouva embarquée dans une discussion sur les maisons du quartier. Mariés depuis peu, les Fenwick s'en vantaient souvent. C'était la seule chose dont ils semblaient sûrs puisque, se croyant obligés de substituer le *nous* au *je,* ils en devenaient si indécis, hésitants et mal à l'aise que chacun de leurs projets et de leurs désirs était un perpétuel compromis. Mrs Fleming composa poliment avec l'un et l'autre, convaincue qu'ils seraient bien mieux seuls tous les deux, ou seuls séparément, le temps d'apprendre à être ensemble en compagnie des autres ; et avec l'impression de jouer le rôle d'une assistante sociale, jusqu'à en être délivrée par l'arrivée de la fille de Leila, âgée de douze ans – un soulagement inespéré.

Mrs Fleming avait peine à croire que Maureen soit aussi repoussante qu'elle en avait l'air : elle ressemblait à un petit cochon habillé en Daniel Neal ; pourtant l'étendue de son manque d'attraits était plus vaste encore que celle d'un cochon. Elle se tenait maintenant devant Mrs Fleming, les joues bouffies et la mine hostile :

« Ces boucles d'oreilles sont hideuses, fit-elle, on dirait de la fiente d'oiseau. Donnez-moi un peu de ça. »

Mrs Fleming la gratifia du regard froid qu'elle réservait aux enfants odieux, et ne répondit pas ; mais le jeune Mr Fenwick eut un pâle sourire et dit : « Ce n'est pas pour les petites filles.

— Allez, donnez-m'en. Vous serez ivre si vous buvez tout ça. Donnez-moi l'olive, alors. »

Mr Fenwick lui donna son olive. Il voulait montrer à sa femme combien il était habile avec les enfants. Maureen mangea le fruit et recracha le noyau dans le verre du jeune homme. « On dirait une crotte de rat dans votre verre. Hein, vous avez vu la crotte de rat dans votre verre ? »

Ravie de son succès, elle fit le tour de la pièce pour quémander les olives des autres invités et rejouer son numéro. Les Fenwick échangèrent un sourire timide et murmurèrent quelque chose à propos de l'âge ingrat.

« N'importe quoi ! »

Mrs Fleming entendit sa propre voix prononcer ces mots, si distinctement par-dessus la conversation que, un peu confuse, elle se détourna des Fenwick ; son regard croisa celui de quelqu'un debout de l'autre côté de la pièce, près de la cheminée. Il la fixa un moment d'un air interrogateur : elle devina qu'il l'avait entendue dire « N'importe quoi ! » et désirait vaguement savoir ce qu'elle trouvait si absurde. Puis un invité se déplaça et elle ne le vit plus.

Les Fenwick s'étaient retirés. La conversation, qui tournait autour des affaires culturelles, l'enveloppa, et elle se sentit isolée au milieu du bruit.

« L'avantage de ce projet, c'est qu'il peut être exécuté *entièrement* en papier. »

Quelqu'un émit un grognement appréciateur.

« Avec un peu de plastique, bien sûr.

— Bien sûr.

— Il y a eu des bisbilles avec les gens des assurances, bien sûr, mais j'ai dit à Braithwaite... Vous connaissez Braithwaite ?

— C'est avec lui que j'ai fait ces affiches de prévention sur l'hygiène.

— Bien sûr, mais oui. Donc, j'ai dit à Braithwaite "Mon vieux, c'est à *votre* département de répartir les départements. Pas au mien". Pas à mon département, je veux dire. Enfin, on ne peut pas rester éternellement bloqués sur une question aussi primordiale que le choix des matériaux, juste parce qu'un autre département est incapable de déléguer comme il faut. À quoi *sert* Braithwaite ? On sait tous que c'est un type bien, sérieux, consciencieux, etc., mais il *refuse* de déléguer. Je ne sais pas si vous l'avez constaté en travaillant avec lui sur l'hygiène. Il veut toujours tout faire lui-même. Ça agace tout le monde – ce n'est pas comme si on lui demandait de *savoir* quoi que ce soit.

— Grand Dieu, non ! »

Ils sourirent tous les deux avec indulgence et le barbu remplit leurs verres.

« Mais dans les grandes villes, c'est dément. Les gens arpentent les rues à longueur de nuit, je dis bien à longueur de nuit, sous vos fenêtres, et impossible de fermer l'œil. Ils ne se couchent jamais !

— Ma chère Esmé ! »

Elle rit gaiement en plaçant une cigarette dans son fume-cigarette : « J'ai adoré l'Espagne. Tout y est merveilleux. »

Mrs Fleming accepta un deuxième verre de sherry. Elle ne voyait personne à qui elle eût envie de parler : la pièce semblait plus remplie que d'habitude de gens dont elle aimait mieux ne pas faire la connaissance. Elle sentait pourtant qu'elle pouvait difficilement rester assise à boire son verre dans le fauteuil le plus confortable, en jouissant d'un silence que, de toute façon, Leila ne tarderait pas à remarquer et croirait bon d'interrompre. Peut-être devrais-je rentrer voir Julian, songea-t-elle. Elle baissa les yeux vers son sherry. À ce moment, on entendit le bruit sourd d'une chute, celui du verre qui se brise et un cri de douleur poussé par Maureen. Tout le monde se retourna vers la cheminée. Deux personnes relevaient Maureen qui hurlait :

« Il m'a fait un croche-pied ! Espèce de brute, vous m'avez fait un croche-pied ! »

Leila emmena aussitôt l'enfant, qui saignait du nez. La pièce était moins remplie et Mrs Fleming vit l'homme dont elle avait croisé le regard, en train de ramasser des morceaux de verre par terre et de les recueillir dans un journal, le *Radio Times* peut-être. C'est seulement à ce moment qu'elle l'identifia comme celui qui avait jeté sa cigarette dans le feu. Quand il eut fini, il passa sa main sur le tapis et se remit lentement debout. Il était grand et très maigre. Il prit un paquet de cigarettes sur la cheminée et s'approcha d'elle.

« Vous fumez ?

— Non, merci.

— Vous buvez ?

— Si je ne fume pas, c'est parce que je bois, dit-elle en montrant son verre.

— Il vaudrait mieux que je m'assoie. »

Il chercha des yeux un siège vide : il n'y en avait pas. Il enleva une soucoupe de noix et un vase de fleurs qui se trouvaient sur une petite table, donna les noix à Mrs Fleming et alla mettre les fleurs sur la cheminée. Quand il revint, il avait un verre à la main.

« Moi aussi, je bois. Bon, vous n'avez pas l'air d'aimer les noix. Si je les posais par terre ?

— C'est un art dont vous semblez avoir la maîtrise. »

Il sourit d'un air un peu las et dit : « Oui, je ne renverse jamais rien. Je débarrasse plutôt, quand je ne fais pas de croche-pieds. »

Un silence amical s'installa entre eux. Puis il déclara :

« L'alcool n'isole pas si bien que ça, je trouve. »

Elle remarqua qu'il buvait du brandy : « Vous cherchez à vous isoler ? »

La main qu'il avait posée à plat sur le bras du fauteuil où elle était assise se referma, et il répondit :

« Eh bien, oui, parfois. Tout le monde a besoin de s'isoler de temps à autre.

— De quoi ?

— Oh, de "mille tortures naturelles", je suppose. »

Il s'était renfermé, décidé à ne pas parler de ça. Il sourit.

Ses mains étaient très grandes, mais peu musclées : de longs doigts osseux – des mains ni jolies ni laides, mais qu'on remarquait à cause de leur taille, proportionnée au reste.

Quelqu'un portait aux nues le nouveau livre d'Ernest Hemingway, que quelqu'un d'autre critiquait. Ils écoutèrent un moment cette conversation, puis Mrs Fleming dit :

« On m'a raconté qu'il était en train d'écrire un autre livre et qu'en apprenant qu'il lui restait peu de temps à vivre, il l'avait abandonné pour écrire celui-là. Mais voilà qu'on lui a annoncé qu'il n'était pas mourant. »

Il leva brusquement les yeux et elle s'aperçut qu'il était à la fois étonné et révolté : « Comment le savez-vous ?

— Je ne sais pas. Je ne me souviens même pas qui me l'a dit. Ce n'est sans doute pas vrai.

— De toute façon, son état d'esprit ou de santé n'a rien à voir avec les mérites inhérents au livre. Soit c'est un bon livre, soit c'est un mauvais livre. Qu'il ait été mourant ou qu'il se soit cru mourant en l'écrivant n'a rien à voir avec le livre achevé.

— Si l'histoire est vraie, dit doucement Mrs Fleming, elle a pourtant bien quelque chose à voir avec le livre au moment de son écriture. »

Elle ne comprenait pas ce qui, dans ses propos, avait pu le choquer, et reprit :

« D'ailleurs, je ne l'ai pas lu. Est-ce que vous écrivez ?

— Non. J'ai écrit un seul livre il y a longtemps : un ouvrage de référence, bourré d'informations qui n'intéressent personne, et trop lourd pour que l'étudiant lambda ait l'idée de le sortir d'une bibliothèque pour le traîner jusque chez lui. Le genre de livre qui se vend au mètre dans les salles d'enchères. Il ne coûtait que vingt-cinq shillings à l'origine, et il était d'un ennui profond. Avant d'en écrire un moi-même, je me demandais qui écrivait ce genre de bouquins. »

Il souriait à la fin de ses phrases, puis ses traits reprenaient cet air un peu las en guise de point final.

« De quoi y était-il question ? »

Il la considéra d'un air grave :

« Si je vous le dis, ça vous gâchera le plaisir. Vous n'écrivez pas ? »

Ce n'était pas vraiment une question ; il était certain que ce n'était pas le cas.

« Non. Je ne fais rien. Je vis en quelque sorte par procuration. »

De nouveau, elle vit qu'il la regardait avec un éclair d'intérêt ou d'étonnement (mais qu'était-ce – réelle curiosité, désaccord, ou encore approbation devant une remarque qui, elle n'en doutait pas cette fois, était assez maladroite ?). Quoi qu'il en soit, elle trouvait déconcertantes ces pauses inattendues durant lesquelles il concentrait toute son attention sur elle, et tandis qu'elle se détournait sans rien dire, il se mit à parler.

« Il me paraît clair que vous n'aimez pas les noix, dit-il en se débarrassant de la soucoupe. Aimeriez-vous mieux dîner ?

— Merci, mais j'ai déjà un dîner. Vous auriez l'heure ?

— Je ne porte plus de montre, mais je vais me renseigner. »

Il n'était pas encore revenu que Leila s'était précipitée vers elle :

« Un déjeuner ! Il faut absolument qu'on déjeune. Après le mariage, peut-être. Cette jeune fille est d'une telle gentillesse. Une sage décision de la part de Julian, vraiment. Tu dois être soulagée. As-tu fait la connaissance d'Erasmus White ? Je voulais te le... Là-bas, celui qui n'écoute pas Percy. Huit heures moins vingt-cinq, ma chérie... Je ne te retiens pas, je sais comme tu es ponctuelle... »

Si bien que, quand l'homme revint, elle connaissait déjà l'heure.

Elle lui dit qu'elle partait et, pendant un court instant, eut envie de rester. Ils échangèrent une poignée de main et il dit, avec une telle impassibilité que ses paroles en étaient encore plus intrigantes :

« Évidemment, aucune quantité d'alcool ne suffirait à nous isoler, ni vous ni moi, au stade où nous en sommes. »

Elle le regarda fixement : elle avait envie de rire, ou de le trouver antipathique, mais elle en était incapable – tout ce qu'elle ressentait, c'était une peur immense ; elle était paralysée au point de ne pouvoir retirer sa main de la sienne.

« Moi aussi, dit-il doucement. Mais nous n'y pouvons strictement rien. »

◆

Même le taxi qu'elle prit à South Kensington, une antiquité, ne parvint pas malgré ses cahots à lui rendre le sens des réalités. Pendant tout le trajet jusqu'à Campden Hill, les paroles de l'homme continuèrent de résonner à ses oreilles – non pas en boucle mais avec la même intonation ; sans lui accorder un instant de réflexion, sans qu'elle se rende compte du temps qui s'écoulait et des rues qu'elle laissait derrière elle ; et éloignant progressivement le moment où elle l'avait entendu prononcer ces mots de celui où elle se les remémorait.

Son taxi s'arrêta derrière l'auto de Julian. Elle paya la

course et entra dans la maison. Il y avait une lettre de son mari sur la table d'ébène. Tandis qu'elle déchirait l'enveloppe, Julian et Dorothy apparurent dans les escaliers, l'un venant d'en haut, l'autre d'en bas :

« Je suis navré, maman, mais j'ai un imprévu. J'ai prévenu Dorothy. Mais qu'est-ce qui se passe ? Tu as une mine épouvantable ! » Il aperçut alors Dorothy et ajouta : « Il faut que j'y aille. À tout à l'heure, peut-être ! » et il sortit en courant presque.

Dorothy, qui brandissait une enveloppe bleue, annonça :

« Le dîner est servi, mais je vous laisse quelques minutes. Mademoiselle Deirdre est venue et a laissé ça. Elle m'a chargée de vous dire qu'elle partait à la campagne quelques jours – pour *réfléchir*, elle a dit. »

Dorothy, qui faisait fréquemment comprendre combien elle tenait l'une et l'autre de ces initiatives en piètre estime, s'attardait à présent auprès de Mrs Fleming, prête à discourir sur son aversion pour la campagne et son mépris de la réflexion. Deirdre, ayant combiné les deux, lui fournissait là une occasion unique. Mais Mrs Fleming se contenta de monter silencieusement et péniblement les marches, une lettre dans chaque main.

Elle lut la lettre de son mari dans sa chambre, assise devant son miroir. Il ne disait rien de ses intentions au sujet du mariage de Julian, mais l'invitait simplement à déjeuner avec lui dans ce qu'elle identifia comme le plus ennuyeux et le moins fréquenté de ses clubs. Elle remit la lettre dans son enveloppe. « Tu as une mine épouvantable ! » avait dit Julian. Elle se souvint brusquement de la remarque de Tolstoï sur Karénine, dont le malheur était « odieux, honteux », et dont le chagrin après le départ d'Anna exhalait une odeur nauséabonde. Cela devait être vrai, et ne pas s'appliquer au seul Karénine, sans quoi cet homme (elle ne connaissait toujours pas son nom) n'aurait pas dit ce qu'il avait dit. Cela devait s'appliquer à elle aussi, vu son âge, son expérience, sa vie derrière elle. C'était indécent, absurde d'être un tel monstre de chagrin, elle devait se cacher : en se montrant au grand jour, elle forçait les autres à dissimuler leur malaise, ou s'exposait à l'humiliation de leur pitié, qu'ils lui accordaient de mauvaise grâce. La dépendance aux autres n'est pas belle à voir quand on a plus de vingt ans. À son âge, il était recommandé d'avoir l'autonomie d'un crustacé : il fallait se replier sur soi jusqu'à atteindre la mort et la dignité éphémère qui l'accompagnait. Passé la quarantaine, le chagrin, la maladie, l'aide que l'on cherche timidement autour de soi ne bénéficiaient plus d'aucune indulgence. On était censé avoir trouvé sa place dans le monde, et si ce n'était pas le cas le monde ignorait votre échec et vous remettait à la place qu'il considérait comme la vôtre. Deirdre, même quand elle sombrait dans un chagrin parfaitement hystérique, réussissait à être ravissante, ce qui semblait justifier la pitié et la protection qu'elle réclamait. (Cette mine que m'a trouvée Julian, m'a-t-elle suivie *toute* la journée ?)

Elle plissa les yeux pour examiner ceux qu'elle voyait dans le miroir ; avec cette lumière, ils paraissaient morts, presque sans couleur ; leur couleur d'origine avait été d'un bleu d'azur, impérissable, immortel. Elle avait appris à continuer de regarder son interlocuteur après avoir fini de parler : cela lui permettait de dire les choses les plus simples en leur conférant la beauté, le sens ou l'esprit que l'autre était tout prêt à y trouver. Si elle avait pu « dédaigner les louanges », comme on le dit dans les livres, c'est qu'elle avait eu l'embarras du choix. Elle avait eu droit aux compliments raffinés et élaborés qu'on réserve aux femmes fascinantes et intelligentes, mais il lui semblait maintenant qu'elle n'en avait jamais profité, qu'elle en avait à peine eu conscience.

Mais voilà que ces réflexions intimes étaient devenues méprisables ; elle ne les trouvait même pas dignes de pitié ; s'être fiée toute sa vie au timbre de sa voix ou à la couleur de ses yeux lui paraissait d'une extravagance vulgaire. Bien des gens devaient vivre sans ces avantages éphémères. (À aucun moment, pourtant, ils n'ont été ma seule raison de vivre. Ce n'étaient que des… des atouts, dont j'ai tiré parti. Il ne m'a pas épousée pour mes yeux ou ma voix… Même si, sans eux, il ne m'aurait peut-être jamais remarquée. J'avais la chance d'avoir le choix, ce qui rend sans doute moins excusable le fait d'avoir mal choisi. Ou plus excusable ?)

Dorothy agitait la clochette bruyante que Julian lui avait rapportée de Genève. Mrs Fleming se leva de sa coiffeuse et l'enveloppe bleue tomba sur le plancher.

L'écriture de Deirdre s'étalait sur l'enveloppe, comme un reproche à son attention. Mrs Fleming ouvrit la lettre avec lassitude.

Maman chérie,

Je pars dans un instant pour la campagne. Miles m'emmène à Burford, un endroit où nous pouvons séjourner un moment et où je vais réfléchir à tout ça. Je lui ai tout dit, et il veut m'épouser sans attendre – même si, bien sûr, je dois y réfléchir sérieusement avant d'accepter –, nous allons donc rester une semaine, le temps que je réfléchisse. Miles est d'une extrême gentillesse, ce qui compte davantage que beaucoup d'autres choses, et il se montre très compréhensif au sujet de toute cette affaire. Bien sûr, cela veut dire recommencer ma vie ; faire table rase de tout ce qui m'est arrivé jusque-là, mais je me sens en sécurité auprès de Miles et j'aurai le bébé. Je suis désolée de rater le mariage de Julian, mais June me paraît si enfantile* *que, pour être franche, je ne comprends pas pourquoi il l'épouse, et il faut que je pense à moi. Je lui enverrai un télégramme. Elle ne m'aime pas, de toute façon, et je suis sûre que Miles la détesterait : il préfère les gens plus intéressants que lui, ce qui est plutôt aimable de sa part. Miles dit qu'il veut te rencontrer quand nous reviendrons. Ne sois pas surprise s'il n'ouvre pas la bouche, il est affreusement timide quand il rencontre quelqu'un de nouveau ; c'est une épreuve pour lui et il déteste ça. Il ne dit pas grand-chose le reste du temps, de toute façon. Merci mille fois d'avoir essayé de m'aider.*

Je t'embrasse.

DEIRDRE.

Ne dis rien à papa, mais son chèque d'anniversaire sera follement utile pour m'acheter des vêtements sans forme ! Il faut que je file, ma nouvelle vie m'attend.

La lettre indiquait « Seize heures ». Mrs Fleming la rangea dans son enveloppe. Voilà qui apportait la touche finale à son sentiment d'impuissance et d'échec. Elle savait vaguement – vainement – qu'elle essayerait d'empêcher Deirdre de s'embarquer dans ce nouveau désastre annoncé, et qu'elle échouerait. Rien ne ferait le poids contre la « vie nouvelle » qui se proposait, la tentation était trop forte.

Un refrain de music-hall américain datant de la guerre (mais de quelle chanson ?) s'inséra dans son esprit avec la précision d'une pièce qu'on introduit dans une machine à sous : « Et maintenant, où est-ce qu'on va ? » – la pièce tomba dans le vide puisqu'elle n'en avait aucune idée. Son désir de revenir en arrière, de se réfugier dans le confort connu de son passé, était pressant. Mais elle était vivante et, pour cette raison, incapable d'échapper à la gravité passionnée du présent qui, selon les lois de la physique, est toujours maintenant.

Aussi descendit-elle dîner seule.

Et pourtant, si elle avait su comment retrouver l'homme qui lui avait fait si peur à la fête de Leila, elle serait allée vers lui à ce moment même. Mais elle n'en savait rien.

Dorothy avait enlevé le deuxième couvert.

Ma nouvelle vie, se dit-elle ; et elle s'assit pour y faire face.

DEUXIÈME PARTIE

1942

I

« LA situation est parfaitement simple. Tout ce que tu as à faire, c'est de venir me chercher au train de 19 h 38 à la gare d'Euston. »

Ainsi s'était exprimé Mr Fleming la veille au téléphone, un appel interurbain depuis Dieu sait où. Dit comme ça, il n'y avait en effet rien de plus simple. Le monde en guerre s'appliquait à broyer en fine poussière des métropoles entières ; on avait assisté à des catastrophes comme Singapour ou Dunkerque ; réussi à mettre en œuvre la cinquième colonne en France et à déployer la RAF au-dessus de l'Angleterre ; on déplaçait des masses d'hommes, de femmes ou d'enfants vers plus ou moins de danger et la valeur de la vie humaine grimpait et chutait brusquement selon le cours d'une Bourse frappée de folie – en comparaison de tout cela, accueillir quelqu'un à la gare paraissait d'une simplicité enfantine. Mrs Fleming mit son masque à gaz en bandoulière, chercha sa lampe torche dans son sac à main et alla attendre le 19 h 38.

Elle prit un taxi à Holland Park. Naturellement, il s'attendait à ce qu'elle vienne le chercher en voiture, sans se rendre compte que la ration d'essence était loin de suffire à un trajet depuis le Kent jusqu'à Londres et retour. Il serait agacé par l'absence de voiture, et exaspéré par l'explication. Il préférerait presque que la voiture explose plutôt qu'elle soit en panne d'essence, se dit-elle. Ce qu'il y avait de pire dans son quotidien en temps de guerre (un quotidien qui ressemblait à tant d'autres) était qu'elle se trouvait incapable de parer à un imprévu aussi insignifiant que l'appel interurbain de son mari. Leur maison près de Tenterden hébergeait maintenant Deirdre et la petite fille qu'on leur avait imposée pour la durée des hostilités ; trois officiers de marine convalescents, dont l'un en état de choc ; une mère de famille chassée de chez elle par un bombardement avec ses trois enfants sales et terrorisés, et Dorothy pour qui même un défilé de jeunes blessés ne compensait pas l'horreur de vivre à la campagne. Il y avait aussi une improbable jeune fille du Service rural, dont la coquetterie n'avait d'égal que l'humeur maussade. Chacun de ces personnages mal assortis et plus ou moins malheureux était à sa manière un cas d'urgence. S'il était communément admis que les situations de crise faisaient ressortir le meilleur en chacun – et en particulier en chaque Anglais, comme se plaisait à le rabâcher la presse britannique –, les crises en question étaient l'affaire de quelques heures ou de quelques jours. Or il s'était passé une éternité depuis le début de la guerre, laquelle continuait de s'étendre devant Mrs Fleming tel un gouffre, perspective aussi morne que la vieillesse et la mort. Et toute la maisonnée (sauf peut-être les enfants) avait depuis longtemps cessé de faire honneur à cette qualité nationale nouvellement découverte qu'était la grandeur en temps de crise.

Mrs Fawcett en avait *peut-être* fait preuve la nuit où sa maison avait été bombardée – la pauvre femme avait beau être commère, elle s'était conduite avec une présence d'esprit non dénuée de courage. Mais à présent, privée de son foyer et de ses voisins honnis dont elle ne pouvait plus ternir la réputation que rétrospectivement, privée aussi de son mari, depuis des années principale source d'inspiration de ses invectives et de son mépris (« Encore une poignée comme lui dans l'armée, et on ne risque pas de gagner la guerre ! »), les derniers vestiges de sa gloire avaient disparu : le village avait épuisé toute la gamme d'admiration et d'envie que pouvait susciter son récit du bombardement et Mrs Fawcett en était réduite à tomber, dans tous les sens du terme, sur ses trois malheureux enfants, qu'aucun blitz n'avait su effrayer davantage que leur mère. Elle se disputait avec Dorothy et la jeune fille du Service rural et frappait ses enfants avec une sauvagerie experte à laquelle, malgré leur expérience, ils n'échappaient que rarement. Elle refusait de nettoyer sa partie de la maison et troquait les rations de ses enfants contre des cigarettes. C'était son troisième billet de logement, « et le dernier à ce qu'il paraît, que je m'y plaise ou pas, et ça a l'air mal parti », avait-elle déclaré à son arrivée.

Dorothy, elle, était accaparée par Hitler, à grand renfort d'émissions de radio. D'après elle, l'Angleterre n'avait pas de gouvernement : tout était organisé n'importe comment et tout ça était la faute d'Hitler. Le black-out, le rationnement, la pénurie de savon, d'essence, de mazout pour la chaudière, de laine à tricoter – tout avait été combiné par Hitler avec une ingéniosité démoniaque. Elle était convaincue que seul son assassinat mettrait fin à la guerre, et comme elle l'imaginait dormant à au moins quarante pieds sous terre, vêtu d'un pyjama pare-balles et entouré de sbires que la drogue avait ralliés à sa cause, ses réflexions sur la probabilité de cette mort étaient d'un pessimisme plein de bon sens. C'est tout juste si elle ne doutait pas de sa mortalité. Dorothy écoutait la radio tout en proclamant qu'elle ne croyait pas un mot de ce qu'elle y entendait. Elle travaillait du matin au soir et était aux petits soins pour les officiers de marine et les enfants, sans faire de différence entre les premiers et les seconds : ils étaient tous désordonnés, étourdis et aimaient la semoule chocolatée qu'elle leur préparait avec un inlassable dévouement.

Mrs Fleming considérait la jeune fille du Service rural avec une appréhension toute citadine, pressentant que sa proximité avec la nature ne pourrait avoir que des conséquences naturelles et (du point de vue de Mrs Fleming) fâcheuses. Elle respirait le sexe, passait son temps libre à soigner son apparence et concentrait son attention sur les hommes, avec une détermination qui épouvantait les convalescents impotents.

Dorothy et Mrs Fawcett n'étaient d'accord que sur un point : elles détestaient Thelma. Cette dernière, bien qu'obligée de se lever à six heures pour faire à bicyclette la route jusqu'à sa ferme, passait souvent la nuit dehors. Les autres jeunes filles du Service rural ne l'aimaient pas. Quant à Mrs Fleming, elle trouvait difficile d'apprécier une personne si affranchie et renfermée.

Elle soupira. Quitter ce foyer, même pour une nuit, l'emplissait d'une appréhension nourrie par l'expérience. En partir était comme un dégel, juste assez long pour se rendre compte du degré de paralysie qui s'était emparé de son esprit.

Dans l'obscurité, la gare d'Euston ne frappait plus que par ses odeurs : poisson, fumée, latrines, poussière de charbon, transpiration, pétrole, encre d'imprimerie, parfum bon marché (œillet ou violette), bestiaux, désinfectants et cire à parquets. Cet ensemble produisit sur Mrs Fleming, à sa descente de taxi, un effet si fort qu'il en était presque palpable. Elle eut l'impression qu'en tendant la main elle aurait pu toucher cette nappe de brouillard, et que si une lampe torche avait éclairé sa main tendue, elle aurait paru mystérieusement incrustée de suie.

Le taxi refusa d'attendre, et elle se mit à la recherche du train de son mari. À l'intérieur de la gare, elle fut saisie par le bruit : un vaste mélange de dissonances brutales, une symphonie de l'irrévocable, du départ (car elle ne parvint pas, tout d'abord, à détecter le signe d'une quelconque arrivée) ; portes qui claquaient, coups de sifflet, cris, portillons que l'on refermait dans un tintement métallique à l'entrée des quais, que l'on rouvrait pour laisser passer un chariot à bagages motorisé, puis que l'on fermait à nouveau ; comme si un train interminable n'en finissait pas de quitter la faible lumière brumeuse de la gare pour rejoindre l'obscurité, laissant derrière lui la voix désincarnée qui psalmodiait sa destination dans un microphone défectueux.

Elle trouva le tableau d'affichage des arrivées et découvrit que le train de son mari était encore loin de Londres, qu'il avait déjà quarante minutes de retard. Le taxi n'aurait jamais attendu tout ce temps. Elle se mit en quête d'un café.

Le buffet était comble. Elle se tenait devant le comptoir en marbre qui scintillait d'innombrables cercles, liquides ou collants, là où des verres humides avaient été posés, et attendait le café dont elle savait qu'il serait imbuvable. À côté d'elle se trouvait un présentoir à trois étages recouvert d'une cloche de verre. On lui demanda si elle voulait manger quelque chose. Des sandwichs aux betteraves et d'imposants chaussons à la viande en forme de bombes reposaient sur de jolis napperons en dentelle de papier. La betterave luisait entre deux épaisses tranches de pain avec un air de morne rancune qui lui rappela des yeux de crocodile. Elle ne voulait rien manger.

Au moins la maison dans le Kent avait-elle permis de mettre Deirdre à l'abri, ainsi que Julian pendant ses vacances. Son mari avait voulu évacuer les enfants en Amérique ou au Canada ; il avait pris toutes les dispositions nécessaires avant de l'en informer ; et elle-même s'était sentie tellement coupable de tant désirer la compagnie de ses enfants, qu'elle avait presque cédé à la tentation de les savoir en sécurité, bien nourris, bien traités et voyant du pays. Mais la semaine précédant leur départ, elle avait accompagné une amie qui envoyait ses enfants au Canada, et l'expérience s'était révélée si pénible qu'elle ne pouvait l'oublier, des fragments de cette scène lui revenant à l'esprit chaque fois qu'elle mettait les pieds dans une gare… Des parents cajolaient leurs enfants pour les faire monter dans le train ; un petit garçon avait demandé :

« Est-ce que c'est pour longtemps ?

— Oh non, pas longtemps du tout !

— Jusqu'à Noël ?

— Nous verrons, mais ce ne sera pas très long.

— Ce qui est sûr, c'est que tu vas t'amuser », avait dit le père, et le garçon avait soudain compris qu'ils mentaient, que ni lui ni eux n'avaient de prise sur la durée de leur séparation : il n'avait pas pleuré, mais était resté à les regarder en silence avec une sorte de chagrin impuissant mêlé de rancœur, jusqu'au départ du train.

Une fillette avait dû être arrachée des bras de sa mère par une tierce personne et portée dans le corridor pendant qu'elle criait son amertume, ce mal du pays qu'elle venait de découvrir.

« Elle a *dit* que ça lui plairait. Elle a *dit* qu'elle voulait y aller », répétait sa mère. Autour d'elle, les gens lui assuraient que ça allait passer, que l'enfant aurait retrouvé le sourire avant même d'arriver à Liverpool – et pendant ce temps l'enfant en question hurlait sans répit qu'elle voulait rentrer à la maison – que *non*, elle ne voulait *pas*, elle ne voulait *pas*...

Quand le train eut disparu, la mère s'appuya contre un chariot à bagages et fut prise de violents vomissements.

Il y avait aussi les enfants qu'on avait endurcis, à qui on avait défendu d'avoir peur de la pension ou du noir, et à qui on avait dit de ne pas pleurer. Ils disaient au revoir et montaient dans le train en petits bataillons disciplinés, cherchant en cachette leur mouchoir ou serrant très fort leur ours ou leur poupée. Un certain nombre d'enfants, bien sûr, se réjouissaient de cet excitant voyage. Pour ceux-là, c'étaient les parents qui s'effondraient après leur départ, et prenaient le chemin du retour en se répétant mutuellement les mêmes mensonges que les autres parents avaient dits à leurs enfants. Ce ne serait pas long. C'était pour le mieux, vraiment...

Bref, Deirdre était avec elle. Julian, qui devait continuer sa scolarité à l'école préparatoire, en sortirait à Noël. Elle le voyait pendant les vacances. Le calendrier des trimestres scolaires offrait à Mrs Fleming un cadre d'un étrange réconfort en cette période de sa vie. Il contribuait à justifier la monotonie des petits tracas quotidiens (Que va-t-on bien pouvoir manger ce midi ? Pourquoi le Service des Carburants ne répond-il jamais aux courriers ? etc.). Et la consolait de la disparition graduelle de cet autre cadre qu'étaient les liens, ténus et malaisés, qu'elle entretenait à Londres avec son mari, lesquels semblaient nettement s'étioler. Elle le voyait de moins en moins et par conséquent, au cours de leurs brèves rencontres à intervalles irréguliers, comme celle qu'elle attendait à cet instant, il lui paraissait à la fois étranger et familier, et ce dans des proportions qui n'étaient pas naturelles. Il refusait de parler de son travail, à l'évidence très fatigant et qui lui faisait parcourir le pays en tous sens. Elle savait qu'il partait en mission sur des bombardiers et toutes sortes de navires de guerre, mais elle ignorait pourquoi et il refusait de la renseigner. Il lui téléphonait parfois pour lui dire qu'il était rentré ou qu'il allait bien, ce qui ne parvenait qu'à confirmer les craintes de Mrs Fleming. Toujours est-il que ses activités occupaient toutes ses pensées, puisque lors de ses rares séjours dans le Kent, soit il était soucieux, soit il s'ennuyait. Les enfants, cependant, et surtout Deirdre, avaient l'avantage de donner (au moins de temps en temps) une utilité à la vie de Mrs Fleming : la panique qui, égoïstement, l'envahissait à l'idée d'approcher de la quarantaine se dissipait un peu lorsqu'elle regardait Deirdre grandir. Après tout, qu'était-on censé faire de sa vie à trente-cinq ans ? S'il n'y avait pas la guerre, *où* en serait-elle ? La réponse à cela, alors que Mrs Fleming était entourée de kaki et d'uniformes en tous genres au milieu de la gare d'Euston, se trouvait hors d'atteinte de son imagination. En réalité, même se remémorer ce qu'avait été sa propre vie en 1939 lui semblait aussi difficile que de dépouiller tous les clients du buffet de leur tenue de guerre pour les parer d'habits de paix. La vie d'avant-guerre – l'expression parlait d'elle-même – semblait aujourd'hui n'avoir été qu'un rêve frivole et absurde d'où découlaient le plaisir et l'amusement comme autant de phénomènes naturels. Mrs Fleming cessa de faire semblant de boire son café et décida que, si elle trouvait un siège quelque part, elle s'abandonnerait à la nostalgie.

Il faisait très froid à l'extérieur du buffet et elle se mit à redouter les retrouvailles avec son mari ; l'absence de taxi ; leur conversation tendue et maladroite en attendant d'en trouver un ; leur retour vers une maison sinistre à demi meublée. Elle en vint presque à regretter de ne pas avoir accepté que

Richard l'accompagne, même si les raisons de ce refus demeuraient entières. Son mari avait horreur des convalescents, et lorsqu'elle avait avancé que c'était soit eux, soit d'autres Mrs Fawcett, il avait balayé l'argument comme étant un parfait exemple de l'irrationalité féminine.

Elle alla consulter le tableau d'affichage pour découvrir que le train qu'elle attendait en avait disparu. Un très vieil homme à l'air grincheux, chargé de modifier les annonces sur le tableau, se contenta de lui adresser un sourire sardonique, sourire d'autant plus exaspérant que, à l'évidence, il entendait ses questions et en connaissait la réponse. Finalement, un gros porteur tout aussi vieux la prit en pitié et lui annonça que le train était arrivé quelques minutes plus tôt. « Quai 18, vous le trouverez sans doute là-bas », dit-il, semblant insinuer qu'elle aurait de la chance si c'était le cas. Elle courut vers le quai sous le regard hostile du vieil homme du tableau.

Il était au portillon quand elle y arriva. Debout, sans bouger, avec son pardessus noir à col de velours, qui donnait toujours l'impression d'être trop grand pour lui. Il tenait à la main une petite valise dont Mrs Fleming savait qu'elle serait particulièrement lourde. Il n'eut pas l'air de la voir tandis qu'elle accourait, et quand elle l'appela il s'ébroua en clignant des yeux. « Ah ! » fit-il.

Elle expliqua l'incident du tableau d'affichage, et se rendit compte en parlant que cette explication ne rimait à rien, elle était sotte et sans intérêt. Elle s'interrompit en disant que ça n'avait pas d'importance puis songea qu'elle allait devoir lui annoncer qu'elle n'avait pu venir en voiture.

Ils étaient toujours à l'endroit où ils s'étaient retrouvés ; le reste des passagers du train franchissaient le portillon les uns après les autres pour s'éloigner dans l'obscurité. Elle dit :

« Je suis désolée, je n'ai pas pu venir en voiture. On va devoir se mettre en quête d'un taxi.

— Ne nous embêtons pas avec ça. Je vais en appeler un. »

Étonnée, elle se tourna vers lui, mais il fouillait ses poches à la recherche de petite monnaie. Il en sortit une liasse de billets de cinq livres et elle était certaine qu'il n'aurait rien d'autre sur lui.

« J'ai ce qu'il faut », fit-elle en priant pour que ce soit vrai, pour que cet instant au moins de leur vie commune soit adouci par une pièce de deux pence.

Il la prit par le bras et la poussa vers les téléphones.

Elle *avait* deux pence et il entra dans une cabine en lui confiant sa valise.

« Dix minutes, dit-il en ressortant. Où dîne-t-on ?

— Il y a de quoi faire à la maison.

— De la viande ?

— Du bacon. Et des œufs.

— Il me faut de la viande, déclara-t-il. On s'arrêtera pour en acheter. »

Elle le suivit à l'extérieur de la gare avec un sentiment de profond découragement. Loin de s'être dissipée, sa peur de le retrouver s'était intensifiée. Cela faisait déjà trois fois depuis son arrivée qu'elle se sentait incapable, imprévoyante, et si peu avisée pour son âge.

Finalement, une voiture apparut, qui leur était destinée, d'après Mr Fleming. C'était exact. Il la fit monter, et dit quelque chose au chauffeur ; celui-ci couvrit les genoux de Mrs Fleming d'une couverture qui donnait l'impression d'être sale, même dans le noir. Ils partirent.

« Où comptes-tu dénicher de la viande ? » demanda-t-elle. Mais il lui donna une petite tape à travers la couverture et ses yeux bleu pâle pleins de reproche brillèrent de malice.

« Raconte-moi comment tu vas, dit-il quelques instants plus tard.

— Absolument rien n'a changé, ce qui est une bonne chose, je suppose. Et toi ?

— Absolument tout a changé.

— Un nouveau poste ?

— Peut-être. Ça n'aura aucune incidence sur *ta* vie », ajouta-t-il. Il ne tentait pas le moins du monde de la réconforter et, un peu en colère, elle répliqua :

« Et sur la tienne ? Cela doit bien changer quelque chose à *ta* vie. »

Elle devina un sourire passer sur son visage puis disparaître. Il dit alors : « Oui, ça risque de changer radicalement le cours de ma vie. »

Elle comprit tout de suite qu'il pensait à la mort, et sentit se bousculer dans son esprit leurs deux existences incompatibles, la sienne qui continuait et celle de son mari menaçant de s'arrêter mystérieusement ; si bien que même la conversation lui semblait impossible à continuer. Leur relation n'était qu'un immense cimetière, songea-t-elle, et elle souhaita soudain que cette journée soit finie, que le sommeil vienne estomper sa solitude. Elle jeta un coup d'œil vers son mari : il avait la tête engoncée dans le col de son manteau et, dans le noir, elle ne distinguait pas son visage. Elle se fit violence pour lui être d'une compagnie agréable malgré tout.

« Deirdre est toujours convaincue que tu es un espion. »

Il ne dit rien.

« Elle a lu trop de livres de Buchan.

— C'est une bonne chose qu'elle sache lire, dit-il poliment.

— Ne sois pas ridicule, Conrad. Évidemment qu'elle sait lire. Elle a dix ans. »

La voiture ralentissait – ils devaient être à Soho, mais elle n'en était pas sûre. Ils s'arrêtèrent, et ce n'était pas Soho. Il sortit pour aller frapper, puis sonner, à une petite porte étroite. Après une longue attente, on le laissa entrer et la porte se referma. Mrs Fleming fut prise de la crainte idiote de devoir faire la conversation au chauffeur. Mais il demeura immobile et silencieux, sans rien attendre d'elle. Il faisait très froid. Elle s'aperçut qu'elle n'avait rien mangé depuis son sandwich à la National Gallery après le concert de midi auquel Richard l'avait accompagnée. Le temps d'arriver à la maison, pensa-t-elle, la cuisine sera glaciale, et j'aurai tellement faim que je n'aurai même pas envie de viande – de toute façon, je ne vois pas comment il trouverait de la *viande*.

La petite porte s'ouvrit et il apparut. Elle eut le temps d'apercevoir derrière lui la silhouette d'une femme aux derniers mois de grossesse, en salopette, qui riait, ou bien toussait convulsivement – elle n'aurait su dire : la porte se referma, et il était revenu auprès d'elle.

« À la maison maintenant, dit-il en déposant un paquet par terre dans la voiture. J'essaye d'être à la hauteur des lectures de ma fille », ajouta-t-il après un moment.

Il faisait un effort, elle le savait. Il lui toucha l'épaule pour attirer son attention, puis écrivit quelque chose sur la vitre avec son petit doigt. Elle lut le mot « Steck ». Ils avaient cette habitude secrète d'orthographier de travers des mots très simples (Mrs Fleming ne se rappelait plus comment elle avait commencé) mais il n'y avait pas eu recours depuis très longtemps. Elle écrivit : « Parfait, j'aime le Staik » (le mot en question prenait toujours une majuscule). Il la regarda écrire et lut son message avec le plus grand sérieux, puis écrivit à toute vitesse : « Le Stecc, c'est bon pour la santé. » Il n'y avait plus de place sur les vitres.

Après cela, le silence jusqu'à leur arrivée à Campden Hill Square fut plus supportable.

II

La cuisine était froide et humide. Le feu s'était éteint. Il n'y avait presque plus de provisions ni d'ustensiles sur les étagères ni dans les armoires, ce qui rendait la pièce carrelée d'autant plus inhospitalière. Les volets de bois aux fenêtres ne semblaient pas arrêter les courants d'air glacé, et la lumière crue des plafonniers aux abat-jour de porcelaine blanche, loin d'égayer la pièce, en soulignait cruellement l'inconfort et l'abandon. Un calendrier de 1939 pendait au mur ; on en avait arraché les pages jusqu'au mois de septembre : détail aussi subtil qu'ostentatoire, comme on en voyait dans les films.

Elle se mit à préparer le dîner. La cuisine n'était pas son fort; son mari était exigeant, et elle était épuisée. Elle avait apporté des légumes de la campagne le matin même et les avait préparés dans l'après-midi. Elle déballa le steak. Il était très épais ; elle n'avait pas d'oignons, et leur rôle lui parut soudain primordial. Elle devait le prévenir, sans quoi tout serait gâché. Elle alla écouter au pied de l'escalier menant au rez-de-chaussée. Lorsqu'il arrivait dans l'une ou l'autre de ses maisons, il l'arpentait de haut en bas, comme un animal – il ne défaisait pas ses valises, n'allait pas dans son bureau ni n'ouvrait son courrier, il occupait simplement la maison tout entière avant d'y reprendre le cours de sa vie exactement où il l'avait laissé. Mon Dieu, elle ne lui avait pas dit que Richard viendrait passer la nuit. Il était sorti, mais ses affaires étaient là quelque part – Conrad allait tomber dessus, elle aurait dû l'avertir. Telles étaient ses pensées, qui prenaient leur élan aux frontières de l'anxiété, au moment où son mari revint.

« Oh, Conrad ! Il n'y a pas d'oignons et le feu est éteint. Je suis désolée. »

Il la regarda attentivement :

« Tu es au bout du rouleau. Va te changer.

— Je ne peux pas me changer *et* préparer le dîner !

— Si tu me demandes de choisir, je préférerais de loin que tu ailles te changer. Tu ne réussiras qu'à te fatiguer encore plus, si tu restes là à t'agiter. Où sont les provisions ? Ah ! (Il saisit un grand couteau.) Te voilà seule dans un sous-sol avec un quasi-inconnu armé d'une lame. Tu vois une autre solution ?

— Non », répondit-elle avec reconnaissance avant de s'en aller. En montant l'escalier, elle l'entendit qui reposait le couteau.

Dans sa chambre, elle trouva étalée sur son lit sa redingote du soir en velours côtelé, et le poêle électrique allumé. Elle sut alors que, même si ça ne lui était jamais arrivé, son mari s'occuperait du repas et rallumerait le feu dans la cuisine, et qu'elle n'avait pas à se sentir inutile ou imprévoyante. Elle se changea en faisant très attention à chaque détail (il affirmait toujours que la vie – à titre individuel et, a fortiori, collectif – ne résidait pas dans les choses essentielles, dans les grandes lignes, les vérités universelles ou les principes, mais plutôt dans une foule de détails sans lien les uns avec les autres). Ce qu'elle appréciait le plus chez lui et trouvait le plus surprenant, c'était sa capacité à la surprendre.

Elle découvrit sur son peigne quelques-uns des cheveux châtains et secs de son mari – même ses cheveux étaient surprenants. Elle aurait voulu pouvoir être méconnaissable quand elle le rejoindrait. Mais elle ne possédait pas ce mystérieux talent qu'avaient certaines femmes de remodeler la forme de leur visage ou d'accentuer tel trait, afin de paraître tout autres. L'extrême simplicité de son apparence ne permettait presque aucune altération qui ne fût à son détriment.

Une fois changée, elle recula pour s'examiner dans le miroir en pied ; des années de ce rituel lui avaient fait acquérir une objectivité minutieuse, presque professionnelle. La grande créature mince vêtue de bleu paon (les côtes du velours le rendaient presque noir) lui renvoya un regard grave, d'une curiosité attentive ; scruta les cheveux sombres impeccablement coiffés pour dégager le visage ; rencontra une fraction de seconde les yeux saisissants ; s'arrêta pour considérer les ombres pâles sur les pommettes ; hésita tandis que les boucles d'oreilles en acier oscillaient doucement ; étudia avec soin le rouge des lèvres ; puis suivit les longues lignes sombres d'où émergeaient les fins poignets blancs et nerveux, comme deux entités séparées du reste. Elle était prête.

Elle avait récemment lu dans un magazine un article intitulé : « Avoir quarante ans et profiter de la vie. » Elle l'avait lu consciencieusement en se demandant pourquoi le fait d'avoir quarante ans représentait une telle menace à la joie de vivre. L'auteur de l'article en était apparemment persuadé ; mais tout ce que Mrs Fleming avait pu y glaner, c'est que les malheureuses quadragénaires devaient s'évertuer à paraître trente-cinq ans, et ne plus penser à leur âge. Elle-même *avait* trente-cinq ans ; sans Richard, elle ne penserait jamais à son âge, et quand elle y pensait, c'était comme à un état de fait, la date du jour, qui ne voulait rien dire de plus. Elle descendit rejoindre son mari.

Il avait rallumé le feu, qui crépitait maintenant, et il était assis dans l'un des vieux fauteuils en osier de Dorothy, un verre à côté de lui sur la table. En entrant, elle fut certaine qu'il avait dormi, mais il s'endormait et se réveillait avec une telle facilité qu'elle seule aurait pu s'en apercevoir.

« Tu n'as plus qu'à savourer un bon gin de contrebande », dit-il.

Elle remarqua sa valise posée sur le buffet de la cuisine.

« Et notre dîner ?

— Tu dois d'abord boire, jusqu'à arrêter de te tourmenter pour un rien. Je nous ai cuisiné un repas divin.

— Tu as tous les talents, dit-elle en se laissant couler au fond de l'autre fauteuil en osier, avec à la main le verre qu'il lui avait servi.

— J'ai des atouts plein les manches », répondit-il.

C'était le genre de remarque qui, sans la faire rire, l'amusait beaucoup.

« C'est bien la dernière fois que je fais ça », ajouta-t-il après un silence.

Il l'avait observée de cet air grave et détaché dont elle savait qu'il était le signe de son approbation. Je ne dois rien tenter, songea-t-elle, ne pas le remercier d'avoir choisi mes vêtements et chauffé ma chambre ; paraître calme et indifférente à tout ce qu'il fait, et tout ira bien.

« Je vais faire des achats demain matin. Qu'est-ce qui te ferait plaisir ?

— Je voudrais des boucles d'oreilles », dit-elle aussitôt.

Il aimait qu'elle ait une exigence toute prête à être exprimée, et appréciait de pouvoir exaucer un désir qui flottait depuis longtemps dans l'esprit de sa femme ; ce qu'il n'aimait pas, c'était de la voir détachée de toute envie matérielle, d'un appétit presque enfantin de possession – bien qu'il y ait, évidemment, des règles très secrètes régissant ce vivre-et-laisser-*offrir* qu'ils pratiquaient tous les deux. Elle devait avoir envie de quelque chose qui l'intéressait, lui ; de quelque chose qu'il serait capable de lui donner. Elle savait qu'il choisirait de belles boucles d'oreilles qui lui iraient à ravir.

« Et un canif ? » fit-elle. Il adorait les canifs et en avait une immense collection à laquelle elle n'avait pas le droit de toucher.

« Pourquoi veux-tu un canif ?

— Ça me serait très utile », dit-elle avec la faiblesse de la sincérité. Elle devina qu'elle avait perdu toute chance d'avoir un canif.

Il eut un rire étouffé et termina son gin, avant de pouffer à nouveau, ouvertement moqueur.

« Y a-t-il encore quelque chose qui te tourmente ?

— Absolument rien. J'ai l'impression qu'un tire-bouchon tout chaud me descend dans la gorge. C'est merveilleux. Je n'avais pas bu de gin depuis des semaines. »

Il sortait des plats du four.

« Tu t'es donné du mal, dit-elle en l'observant.

— C'est vrai, concéda-t-il. Mais il faut dire que c'est bien plus difficile de séduire quelqu'un qu'on connaît depuis longtemps. »

Le tire-bouchon, brûlant, descendit jusqu'en bas de sa colonne vertébrale. Elle demanda : « Comment as-tu eu l'idée d'envelopper le steak dans du papier ?

— Du papier chaud et *beurré*. Pour qu'il ne perde pas tout son jus. Et qu'on s'en veuille d'avoir gâché une si bonne chose – question de bon sens. Viens manger. » Le remarquable dîner était servi.

Elle voulut savoir comment il avait cuit les pommes de terre ; elles étaient fabuleuses, et il n'y avait pas de lait.

« Je ne me rappelle plus. Je crois que j'ai mis de l'alcool. Comme je n'écraserai plus jamais de pommes de terre, il fallait qu'elles soient fabuleuses.

— Tu rends ton tablier aussitôt devenu chef. »

Il posa son couteau et sa fourchette.

« Peut-être, dit-il en la fixant avec un air exagérément sérieux, mais réfléchis un instant – mesure la chance que tu as d'être présente à de telles occasions. Imagine que je sois un petit homme têtu et beaucoup moins talentueux, s'essayant à quelque chose de nouveau mais déterminé à attraper le coup de main, pense aux pommes de terre qu'il te faudrait endurer, et comme ça te serait égal à la fin que j'y arrive ou non. On ne devrait jamais rien faire raisonnablement, mais toujours un peu trop bien.

— Et en rester là ? » Elle était partagée entre le rire et la perplexité.

« Bien sûr. Pour ne plus jamais avoir à recommencer.

— Je ne suis pas du tout d'accord, et je ne vois pas comment le monde continuerait de tourner. »

Il tendit la main vers elle au-dessus de la table, paume ouverte.

« Ma chère, le monde continuera sa rotation quoi qu'on fasse. Il a son propre programme. Nous n'y pouvons rien, ni toi ni moi. »

Il referma les doigts dans sa paume avant de les rouvrir.

« Cesse de croire que tu y peux quelque chose. Ça n'a rien à voir avec toi. Même indirectement, tu n'y es pour rien. Je me battrai par haine, parce que je le veux – pas parce que je me figure que j'aurais pu empêcher la guerre. Je t'achèterai des boucles d'oreilles, mais pas de canif. »

Elle lui donna la main. À ce moment, elle sentait clairement qu'elle faisait partie de lui – peut-être pas la partie qu'elle aurait choisie, mais est-ce qu'elle en avait le choix ? L'idée (et elle lui paraissait extraordinaire parce qu'elle ne l'avait jamais eue auparavant) que lui non plus ne puisse pas choisir le rôle qu'elle jouait dans sa vie vint rééquilibrer leur intimité vacillante.

« Je m'achèterai mon propre canif », déclara-t-elle.

Il eut un sourire séraphique :

« Tu ne sauras pas choisir le bon. »

Alors qu'elle renonçait à protester, la porte d'entrée claqua. Mon Dieu, je ne lui ai pas parlé de Richard, songea-t-elle. Quelle idiote, comment ai-je pu oublier ? Tout haut, elle dit :

« C'est Richard Corthine, il vient passer la nuit. Désolée, chéri, j'ai oublié de te prévenir. »

Il retira sa main. Les pas, lourds et hésitants, résonnaient au-dessus d'eux.

« Il ira sans doute se coucher directement. »

Les pas s'étaient rapprochés du haut de l'escalier qui menait au sous-sol : elle se trompait. Elle regarda son mari, dont le visage avait déjà perdu toute expression.

Quand Richard Corthine pénétra dans la cuisine, ils étaient en train d'observer leurs assiettes sans manger. Il passait juste dire bonsoir, mais l'atmosphère lui sembla si tendue qu'il décida de ne pas abandonner Mrs Fleming à une telle soirée.

« Je venais vous dire bonsoir. Bonsoir, monsieur. Votre train a dû être follement en retard ?

— Follement, dit Mr Fleming en remuant à peine les lèvres.

— Vous rentrez tôt, Richard. Avez-vous dîné ?

— Oh, oui, merci. Les autres voulaient aller au cinéma après, alors je suis rentré.

— Vous n'aimez pas le cinéma ? demanda Mr Fleming.

— Si, au contraire, mais disons que je n'en profite pas trop, ces temps-ci. »

Une ombre passa sur son visage glabre, et il s'avança vers le feu avec une gaieté étudiée :

« Ce qu'il fait froid dehors, vous n'imaginez pas.

— Richard est venu pour un examen de la vue.

— Et comment se porte-t-elle ? »

Il y eut un silence et Mrs Fleming regarda Richard.

« Pardon, je croyais que vous posiez la question à votre femme. Oh, vous savez, ils ne vous disent rien. Ils ne vous disent jamais rien. J'ai essayé de me mettre un des types dans la poche pendant les examens, mais il n'a pas voulu coopérer. Ils ont dit que si elle (ma vue, je veux dire)... – il plissa les yeux comme pour s'excuser –, que si elle s'améliore au cours des prochains mois, ils m'affecteront peut-être à un travail à terre. » Il se racla la gorge. « En réalité, ils me jetteront sûrement à la fin de la guerre. C'est comme ça que ça marche.

— Et comment va le reste de votre personne ? »

Il était impossible de ne pas sentir la méchanceté à peine voilée dans sa question, mais Richard connaissait les bonnes manières et en usait même quand ce n'était pas nécessaire.

« Il n'y avait que les yeux, monsieur. Mes yeux et ces maux de tête, répondit-il avec un calme qui faisait paraître la question encore plus méchante.

— Ah, c'est vrai. Il m'arrive de m'y perdre, parmi les invalides aux bons soins de ma femme. »

Il mangeait méthodiquement son steak sans les regarder ni l'un ni l'autre.

Richard pensait : Seigneur, elle est splendide dans cette robe. Quel sagouin. Avec un peu de café, je tiendrai jusqu'à ce que tout le monde soit fatigué, pour qu'elle n'ait pas à le supporter très longtemps.

Tout haut, il dit : « Êtes-vous de retour pour un moment, monsieur ? Vous ont-ils donné une permission digne de ce nom ?

— Mon cher Corthine, je ne suis pas officier de marine. On ne me donne pas de permission, de courte ou de longue durée. »

Mrs Fleming demanda brusquement : « Je fais du café ? Vous en voudrez ?

— Tu n'as pas fini ton steak.

— C'était délicieux, Conrad, mais je n'ai plus faim.

— Ça coupe l'appétit de cuisiner, remarqua Richard.

— Ah, mais ce n'est pas *elle* qui a cuisiné. C'est moi. Ça vous en bouche un coin, n'est-ce pas ? »

Richard assura que oui, et Fleming reprit d'une voix tranquille : « Vous savez, je ne crois pas que je lui aurais confié un steak.

— Eh bien, que tu m'en croies capable ou non, je vais préparer du café.

— Un peu de fromage islandais ? »

Il venait de le faire apparaître, comme par magie. Elle fit signe que non et alluma le gaz sous la bouilloire. Richard pensait : Bon, elle aussi veut du café. J'aurais mieux fait de ne pas descendre… Non, c'est égoïste. Elle aurait dû me laisser l'accompagner à la gare… Elle était déjà épuisée avant de partir, et à l'évidence ce dîner n'était pas une partie de plaisir. De quoi je pourrais bien parler ? Un sujet qui alimenterait la conversation sans prêter à polémique – enfin, il est capable de polémiquer à propos de tout, si ça lui chante. Mieux vaut qu'il le fasse avec moi, elle pourra boire son café en paix. C'est curieux comme l'intuition se développe au contact d'une femme. Il y a un an, je ne me serais pas douté une seconde de ce qui se passait. Il demanda :

« Vous étiez à Reykjavik, monsieur ? »

Mais Fleming, qui avait pris la parole au même moment, lui lançait : « Vous devez être particulièrement ordonné !

— Ah ? »

Richard fut aussitôt sur ses gardes, même s'il n'y avait pas de quoi. (Qu'est-ce qu'il me veut, encore ?)

« Je ne crois pas avoir vu la moindre trace de vous dans la maison. Est-ce une habitude acquise à l'école navale de Dartmouth ? Une habitude qu'on vous a inculquée à l'âge de treize ans – rien qui dépasse de la cale ou du pont ? »

Mrs Fleming intervint : « On n'est pas obligé de passer par Dartmouth pour être ordonné. Vous avez l'air fatigué, Richard. Voulez-vous attendre le café, ou aller vous coucher ?

— Je prendrais volontiers un peu de café. » Quelle plaie, songea-t-il, je ne vais pas pouvoir prendre mon calmant avec, même si elle sait toujours quand ça commence à me lancer. Ce genre de maux de tête lui rappelait les feuilles de marronniers qu'on déchire pour ne laisser que les nervures : au moindre mouvement, il lui semblait qu'on arrachait un nouveau morceau de feuille, de derrière ses oreilles jusqu'à ses tempes. La douleur que cela provoquait était si vive que, s'il était en train de penser à quelque chose, il avait soudain l'impression d'y voir avec une lucidité inhabituelle. Mais peut-être est-ce *elle* qui m'a appris à y voir clair ? se dit-il. Chaque fois qu'il était en proie à cette sorte de migraine (il y en avait deux autres, une passable, et la deuxième infiniment pire que celle-là), il s'imaginait rester dans la Marine et y faire une brillante carrière, gravissant les échelons à la seule force de son honnêteté.

Mrs Fleming tenta d'alléger l'atmosphère :

« J'oubliais que l'eau *refuse* de bouillir quand on la regarde. »

Richard pensa : Lui me regarde, ça oui ; eh bien je ne vais pas bouillir non plus. Voilà qui va le semer. Il fit un nouvel effort de conversation – optant cette fois pour le degré de stabilité qu'on pouvait attendre d'un ancien destroyer armé de plusieurs canons modernes dans l'Atlantique Nord. Fleming devait en savoir long à ce sujet. Lui-même s'y intéressait vraiment, il pouvait même se targuer de quelques notions en la matière – quand il avait servi dans ce type de bâtiment, l'armement était clairement insuffisant –, d'un autre côté, quelqu'un de sa connaissance avait récemment fait l'expérience d'un vieux navire qui avait roulé de quatre-vingt-dix degrés par forte mer – il n'avait pas eu les résultats de l'enquête sur l'efficacité des tests de stabilité actuels – peut-être que Mr Fleming… ? Mais il n'arriva à rien : Fleming fit remarquer qu'on ne pouvait pas continuer indéfiniment à installer de nouveaux canons sur de vieux destroyers. Ils s'aperçurent tous deux que le café était prêt. Un répit, songea Richard. Puis il comprit que non, bien sûr, ça n'avait rien d'un répit puisque, à nouveau, ils se retrouvaient assis tous les trois autour de la table.

Elle dit : « Si seulement on avait du brandy.

— Il n'y en a pas ?

— On a emmené ce qui en restait à la campagne, rappelle-toi.

— Une initiative parfaitement stupide… Qu'est-ce que tu as fait à ce café ? »

Elle eut un geste de lassitude, qui contrastait avec sa coiffure toujours impeccable : « La même chose que d'habitude. Tu ne le trouves vraiment pas bon ? »

Il vida sa tasse : « Vraiment pas. Il est immonde. »

Elle goûta au sien : « Il est trop chaud, je ne sens pas le goût.

— Eh bien, dépêche-toi de le boire avant que le goût se réveille. »

Richard but une gorgée et se brûla la langue :

« Je le trouve très bon, ce café », dit-il.

La petite brûlure sur sa langue le soulageait du déchirement intermittent dans son crâne. La soirée touche à sa fin, pensa-t-il, et ce n'est pas faute d'avoir essayé, mais je crois que je ne l'ai pas sauvée.

La soirée touchait à sa fin. Dans l'escalier, Fleming se

retourna vers les autres et demanda : « Richard sait-il où il dort ?

— Bien sûr.

— Je suis tout en haut.

— Hâtez-vous de descendre en cas de bombardement. »

Alors qu'elle prononçait ces mots, il sut qu'elle savait pour son mal de tête et, envahi de cette sensation de réconfort et de sécurité que lui apportait toujours sa façon de le comprendre et de prendre soin de lui, il marqua une pause tandis que les deux autres continuaient leur ascension.

Ils l'attendaient sur le palier devant leur chambre.

Il leur dit bonsoir et monta seul à l'étage mansardé, celui où dormaient d'ordinaire les enfants. Il n'y a rien que je ne ferais pour elle, songea-t-il, prêt à tout faire pour elle. Et sans se rendre compte qu'il n'y avait rien qu'il puisse faire.

III

Mrs Fleming se laissa tomber sur le tabouret de sa coiffeuse, muette d'appréhension et de fatigue. Inutile d'en vouloir à Richard ou à Conrad : chacun d'eux voyait l'autre de son propre point de vue, par rapport à lui-même par rapport à elle. Elle s'était habituée au fait de commencer et de finir sa journée seule, et le fait de devoir composer avec les vestiges de la soirée jusqu'à ce que le sommeil veuille bien l'en délivrer, ou les en délivrer tous les deux (or le sommeil, dans de telles conditions, ne venait pas facilement), ajoutait à son agitation. Elle résolut de tenir bon et d'affronter le face-à-face avec un aplomb courtois; l'expérience lui avait appris qu'il était inutile de s'en détourner et elle décida qu'il valait mieux ne pas le remettre à plus tard, quand ils seraient embarqués pour l'éternité une fois la lumière éteinte. Mais il prit les devants :

« Les jeunes m'insupportent. Cette complaisance dans la dépendance infantile à autrui. Ce manque total d'autonomie. Exigeant d'être dédommagés pour les conséquences désastreuses de leur insouciante curiosité. D'être applaudis quoi qu'ils fassent. Le manque de savoir-faire, les caprices sans fondement – cette manie de démonter consciencieusement chaque rouage d'une montre en s'attendant à ce que les autres la réparent ou la remplacent –, l'incapacité à apprendre de l'expérience de leurs aînés et le refus de rien expérimenter par eux-mêmes. Cette absence de retenue, cette quête permanente d'un public qui leur pardonnera leur vantardise, ce culot de croire que personne n'a jamais souffert avant eux, de se prendre pour Adam, comme s'ils étaient le premier spécimen de leur espèce, aussi unique que magnifique, alors qu'ils ne sont qu'un exemplaire de plus sorti du même moule. Leur certitude d'être indispensables – leur si minuscule sagesse et leur impatience colossale… » Il s'était tu.

« Oui ? Continue.

— Inutile, j'ai fini de me déshabiller. Je n'aime pas ce jeune homme.

— Et inutile que j'ajoute qu'il est simplement jeune.

— Oui. Inutile de dire quoi que ce soit. À quoi, ou à qui, pensais-tu pour avoir si mal organisé les choses ?

— Je n'ai rien organisé. »

Il s'empara de son flacon de lotion et le secoua furieusement.

« Je ne vais pas passer mes soirées avec toi dans cette atmosphère de nursery freudienne. Je refuse le rôle que m'assigne cet adolescent dans son opéra-comique italien. Si j'étais boiteux, un peu plus riche et que la cuisine comptait quelques portes supplémentaires, le tableau serait complet. »

Elle avait enlevé les épingles de ses cheveux et, déposant ses boucles d'oreilles dans leur écrin de velours gaufré, elle songeait à l'épuisante nécessité de devoir enlever ses vêtements. Elle détestait se déshabiller dans ces conditions : elle avait l'impression d'être de plus en plus vulnérable et littéralement à fleur de peau, tandis que lui accomplissait sans peine les gestes les plus routiniers – même les plus absurdes comme se masser le cuir chevelu avec de la lotion –, sans perdre le contrôle de la scène qu'il était en train de faire.

« Tu devrais être plus regardante sur le genre de flatterie qu'il te faut. Ou, si c'est trop te demander, mieux choisir ton moment. »

Elle s'entendit répondre : « Je croyais que Richard était sorti pour la soirée. Mais enfin, qu'est-ce que ça peut faire ?

— Tu passes quatre-vingt-dix pour cent de ton temps avec

des enfants, des blessés, des imbéciles et des animaux. Ça ne risque pas de t'apporter grand-chose au plan intellectuel.

— Il me semblait que c'était en cette compagnie que la plupart des hommes aimaient voir leur femme.

— À force de vouloir ressembler à la plupart des femmes, tu en oublies qui je suis. Si tu avais fait partir les enfants comme prévu, tu pourrais mener une existence digne d'intérêt.

— Tu as dit toi-même que je ne devais pas laisser la guerre dicter mes choix ! »

Presque effrayée d'avoir marqué un point, elle fit volte-face sur son tabouret : « Conrad, arrêtons ça. Ce n'est pas seulement à propos de ce soir. Qu'est-ce qui t'exaspère à ce point ?

— Les jeunes hommes comme lui et leur dévotion à toute épreuve, toujours à me renvoyer de toi une image qui me déplaît. Si encore ils avaient atteint l'âge de puiser l'inspiration romantique ailleurs que chez leur mère ou leur infirmière, je m'en accommoderais.

— S'ils en venaient à me considérer sous un autre jour, la situation dans le Kent deviendrait inextricable.

— Exactement. Voilà ce que tu gagnes à t'enterrer dans le Kent. Tu ferais mieux d'aller chercher l'aventure ailleurs. Souviens-toi de Marseille.

— Comment ça, Marseille ? »

Son sang se figea dans ses veines avant de repartir à vive allure. Elle répéta : « Comment ça, Marseille ? »

Il était occupé à se brosser les cheveux, mais marqua une pause pour dire pensivement :

« C'est étrange, n'est-ce pas ? On voudrait dire un millier de choses d'une liaison tant qu'elle dure, mais on ne peut pas. Quand elle est finie, plus rien ne nous retient d'en dire un millier de choses, et on ne le fait pas. »

Soulagée d'en revenir à des généralités, elle déclara :

« Reste la poésie.

— La poésie ?

— On écrit de la poésie, quand on est amoureux.

— Ma chère, on voit que ça fait des *années* que tu as été amoureuse. On se sert du téléphone à présent. Ou bien ce jeune homme t'adresse-t-il des vers ?

— Il écrit des poèmes. Je ne les ai jamais lus. Mais je suppose qu'il y est question de la mer.

— Ça m'étonnerait. N'y a-t-il décidément *rien* à sauver chez lui ?

— Tu es si méprisant. À croire que tu passes ton temps à expirer. Jamais tu ne laisses aux autres une chance de t'inspirer. C'est d'un… *ennui* ! »

Elle avait réussi à se déshabiller et alla s'enfermer dans la salle de bains. Il avait le don de la mettre dans une colère irrévocable, contre elle-même et contre lui. Pourquoi lui avoir confié que Richard écrivait des poèmes ? Pourquoi lui tendre cette perche ? Pauvre Richard. La Marine était toute sa vie, et elle allait probablement lui enlever toute raison de vivre. Elle savait que Richard envisageait l'avenir avec un sentiment proche de la panique ; il s'imaginait dépouillé de toute compétence, de toute connaissance et de tout statut, et ne voyait pas par quoi les remplacer. Un jour qu'elle s'était indignée contre l'Amirauté, demandant comment on pouvait se montrer si cruel, Richard l'avait aussitôt contredite, incapable de remettre en cause leur décision : « Vous comprenez, avait-il dit avec ferveur, c'est là leur force. Ne compter dans leurs rangs personne d'inférieur à ce que j'étais. Voilà ce qui rend si… si fier, vous voyez. » Il faisait souvent des cauchemars où il essayait en vain de vendre des aspirateurs ou des machines à laver, et parfois, racontait-il, plus il échouait plus l'objet en question rapetissait, ce qui rendait l'échec moins important mais à la fois pire, puisqu'il aurait dû être plus facile de vendre un petit objet. On lui avait toujours dit ce qu'il devait faire ; même dans son domaine de spécialité, toute initiative était balisée ; il lui était peut-être arrivé de douter du bien-fondé de décisions dont on lui avait confié l'exécution, mais il les appliquait coûte que coûte, avec une froide loyauté, sans attendre ni récompense ni remerciement, simplement la permission de continuer le service. Elle se rappelait le camarade officier de Richard qui était venu lui rendre visite dans le Kent et qui avait raconté qu'après des heures à sa recherche ils avaient fini par le repérer et l'avaient tiré hors de l'eau, glacé et aveugle – à ce moment-là, il avait complètement perdu la vue –, puis qu'ils lui avaient demandé comment il se sentait, et il avait répondu en riant : « Je suis dedans jusqu'aux yeux ! » Tout le monde avait ri avec lui, et ce ne fut qu'en lui tendant une gourde de whisky qu'ils s'étaient aperçus qu'il ne la voyait pas. Au moins avait-il retrouvé la vue, aujourd'hui. Et peut-être qu'on ne le ficherait pas dehors, après tout. Elle adressa une prière à la Marine pour que lui soit accordé le droit de risquer sa vie à son service, et regagna la chambre.

Son mari était au lit et lisait John Donne.

« Il te faut du parfum », fit-il remarquer.

Elle jeta un coup d'œil au flacon : il était à moitié plein.

« Maintenant, je veux dire. »

Elle ne bougea pas du lit où elle s'était assise, sa robe de chambre sur les épaules. Il se débarrassa de son livre, alla chercher le parfum et se pencha sur elle.

« Je suis trop fatiguée.

— Laisse-moi faire, dit-il aussitôt. Allonge-toi. »

Ses mains étaient réconfortantes comparées à ses yeux, qu'il gardait fixés sur elle avec un détachement teinté d'une pointe de moquerie.

« On croirait un jardinier en train d'arroser son rosier préféré.

— Un bon jardinier arrose *tous* ses rosiers. Peu de gens savent aussi bien que moi éviter de faire des compliments, ajouta-t-il. Je préfère garder mon souffle pour réchauffer tes ardeurs, vois-tu.

— Je vois », dit-elle. Mais elle ne sentait aucune chaleur.

Il déposa un peu de parfum sur le coin de son oreiller et remit le flacon à sa place : « Voilà. Je veux que tu profites des bonnes choses de l'existence. Un léger effluve de ton parfum pour la nuit.

— Il doit y avoir des rangées et des rangées de rosiers », fit-elle, à moitié endormie. Elle ne s'en souciait pas tellement. Il avait sur elle un effet hypnotique : quand il voulait l'apaiser, il y parvenait presque immédiatement. « Sans doute parce que tu le fais si rarement », dit-elle tout haut avant de réaliser qu'il ne saurait pas de quoi elle parlait. « Le contraste », ajouta-t-elle, comme si ça expliquait tout. Elle l'entendit rire doucement tandis qu'il éteignait une des lampes, et dans un élan de curiosité elle lui demanda pourquoi il riait.

« Je te revoyais te mettre au lit en empestant le dentifrice. C'était il y a longtemps.

— Était-ce ridicule ?

— C'était charmant. Tu étais si naïve ! Si insouciante ! Je ne sais pas ce qui me séduisait le plus. »

Il était couché à côté d'elle, et il se pencha au-dessus d'elle pour éteindre l'autre lampe. Quand il eut trouvé l'interrupteur, il marqua une pause et la regarda d'un air grave, presque fanatique.

« J'ai été extraordinairement amoureux de toi, autrefois.

— Il y a longtemps. »

Elle croyait sourire, mais n'en faisait rien.

« Je m'en souviens bien mieux dans le noir », déclara-t-il en éteignant.

Il ne lui parla pas, ce qui achevait de les rendre complètement anonymes ; si ce n'est qu'elle reconnaissait bien ses mains, occupées à enrayer l'habituelle résistance de son esprit, jusqu'à ce que, sans y penser, sans amour ni tendresse, elle l'embrasse. Il ne lui rendit pas son baiser sur le moment : elle l'en aurait supplié, elle aurait tout donné pour ça, mais soudain il n'y eut plus une minute à perdre : sa bouche fut recouverte, et elle ne fut plus seule.

La marée qui, il y avait des heures de cela, avait commencé de monter, tourbillonnant, s'approchant lentement de son point culminant, lutta de toute son hésitante puissance, puis se retira brutalement et l'entraîna dans un vif courant pour la rejeter dans l'obscurité, sur le vaste estuaire où reposent, dans un silence satisfait, les corps tout juste séparés.

Du fond de ce silence, elle crut l'entendre dire :

« Ça non plus, je ne le referai jamais. »

Mais elle avait déjà été emportée trop loin de lui par le sommeil.

TROISIÈME PARTIE

1937

I

La situation empirait peu à peu, depuis plusieurs jours. Avoir réussi à venir d'Angleterre en pleine vague de chaleur avec les deux enfants, leur nurse et une énorme quantité de bagages ; être arrivés à la villa qu'ils avaient louée avec les Talbot sans l'avoir visitée ; lui avoir trouvé presque toutes les caractéristiques de beauté et de confort détaillées avec enthousiasme par l'agent dans une série de lettres qu'il avait eu la mauvaise idée d'écrire en anglais ; que les enfants n'aient pas dépassé la dose réglementaire de nausée, de boutons de fièvre et de diarrhée ; que la nurse, habituée des crises de foie, n'en ait enduré qu'une seule jusqu'ici ; qu'ils ne se soient pas disputés avec les Talbot et soient tous tombés d'accord sur le charme de Saint-Tropez : tout cela commençait à ne plus compter. À l'instar du soleil qui brillait avec une douce ténacité, inondant la mer de ses puissants reflets, séchant leurs cheveux à tous, pénétrant leur peau, ce soleil qui dorait, illuminait, décolorait, brûlait, s'infiltrait partout, accentuant la lumière et réchauffant l'atmosphère, qui régnait sur les couleurs, les odeurs et les sons, à l'exception du chant des cigales qui en paraissait le mécanisme même, battant la mesure, à l'instar de cet élément roi qu'ils avaient fait tant de chemin pour trouver, l'ennui de Mr Fleming, qu'ils avaient fait tant de chemin pour fuir, était en train de se répandre sur leur petit groupe, contaminant toutes les choses qui les entouraient. Ils n'en étaient pas tous conscients, mais aux yeux de Mrs Fleming, cet ennui était si menaçant et grandissait si vite qu'il finirait, elle en était convaincue, par les anéantir un à un. Il leur restait dix jours de vacances ; ils en avaient dilapidé quatorze. Certaines personnes dilapidaient leurs vacances, se disait-elle, et il en faisait partie.

Au début, ça n'avait pas été si terrible. Il était arrivé exténué, et sa fatigue, combinée au changement de décor, avait fait de son corps la seule préoccupation de son esprit. Mais il avait dormi avec une telle intensité, s'était baigné, avait mangé et bu avec une volonté si scrupuleuse de se revigorer, qu'il était désormais assoiffé d'expériences stimulantes. Le mari de Leila l'assommait ; Leila, qui l'amusait parfois, était enceinte ; Mrs Fleming elle-même l'ennuyait, naturellement, et les enfants avaient commencé à l'ennuyer neuf mois avant leur naissance, disait-il. Il s'employait à présent à faire de Saint-Tropez un sujet d'ennui : consumant toutes les plages jusqu'au dernier grain de sable, goûtant un à un chaque plat de la cuisine du terroir et buvant le délicieux *vin du pays** en une quantité telle que d'un moment à l'autre, elle en était certaine, il se mettrait à l'eau chaude d'un air morose ; il épuisait méthodiquement tous les sujets de conversation ; déclarait que c'était vache de la part des Penguins policiers d'être aussi monotones que leur couverture verte ; il s'en prenait au soleil, auquel il avait commencé à reprocher de rendre tout si simple. Il ne se disputait pas avec elle, ni avec les autres. Il se contentait de les mettre au défi de le distraire, en leur faisant bien comprendre que c'était là une nécessité première.

Tout était sans doute sa faute, puisque c'était à cause d'elle s'ils étaient à Saint-Tropez avec les enfants et les Talbot. Le projet de ces vacances remontait à plusieurs mois : elle avait eu envie d'emmener les enfants à l'étranger, les Talbot avaient consenti avec joie à un projet qui ne les forçait pas à se retrouver en tête à tête, et au début elle ne se souciait pas tellement de savoir si Conrad les accompagnerait.

Mais les trois derniers mois avaient été compliqués ; et sous la pression inattendue d'une violente jalousie qu'elle était incapable de contrôler de l'intérieur, elle avait cédé à la morne tentation de maîtriser les événements extérieurs : elle avait obtenu qu'il consente à se joindre à eux et avait fait en sorte qu'il ne puisse décemment revenir sur sa promesse. Elle était en conséquence très malheureuse ; il lui avait fallu trente ans pour prendre pleinement conscience que rien de ce qu'on possède n'a de valeur s'il faut ruser pour l'obtenir, s'il faut faire la plus petite entorse à son intégrité pour forcer la chose ou la manipuler ; et cette découverte la hantait, sous ce soleil éclatant, avec le même acharnement que l'autre découverte, celle qui l'avait hantée dans le crépuscule brumeux des soirs d'été londoniens.

Elle avait su, bien sûr, qu'il ne lui était pas fidèle ; mais elle avait cru jusque-là que ses aventures étaient si éparses et sans importance qu'elles n'avaient pas d'incidence sur leur vie commune. À présent, l'incertitude la rongeait. Elle se faisait la réflexion qu'il apparaissait à intervalles irréguliers quand elle passait l'été dans le Kent avec les enfants, et que ça l'avait profondément irrité qu'elle décide cette année de rester à Londres pendant qu'on installait l'électricité dans la maison de campagne. Il s'était aussitôt arrangé pour être toujours sorti ou en voyage. Elle savait que son travail le fatiguait au point de le pousser à se conduire comme un goujat ; mais elle-même en était venue à si mal se conduire qu'elle ne pouvait lui pardonner de l'y avoir incitée. Elle avait pris l'habitude d'aller seule à l'opéra ; c'est là qu'un soir elle l'avait vu dans une loge en compagnie d'une ravissante jeune femme. Elle l'avait attendu dans le salon jusqu'à deux heures du matin et sa robe du soir, ses pleurs et l'heure tardive l'avaient mis hors de lui. Il avait commencé par déclarer, imperturbable, qu'une scène pareille était terriblement démodée et que si elle allait plus souvent à l'opéra elle saurait qu'agir comme elle le faisait menait droit au désastre. Ces remarques ne réussissant qu'à provoquer chez elle un déluge d'accusations irréfléchies et sans originalité, il était devenu féroce : il lui avait donné entièrement raison et, sans tenir compte de ses larmes, l'avait quittée sur l'accablante affirmation qu'il y avait deux sortes de gens : ceux qui vivaient plusieurs vies avec le même partenaire et ceux qui vivaient la même vie avec plusieurs partenaires – ajoutant qu'elle pourrait difficilement s'opposer à ce principe puisqu'elle avait tout mis en œuvre pour se l'entendre dire.

Après son départ, elle était restée avec le sentiment que les raisons qu'elle avait eues de s'emporter étaient aussi celles qui auraient dû l'en empêcher. Pendant la semaine de silence qui suivit, elle cessa d'aller à l'opéra. Quand, au bout d'une semaine, il revint à Campden Hill Square, elle ne posa pas de questions et il ne s'expliqua pas ; ils n'essayèrent pas de se rapprocher l'un de l'autre et elle se demanda avec une inquiétude proche de la panique si, à trente ans, elle avait perdu tout attrait. Au cours d'un dîner chez les Talbot, elle s'était arrangée pour qu'il accepte tacitement de se joindre à eux, et maintenant ils étaient tous là…

C'était le milieu de l'après-midi, elle était allongée nue entre ses draps, éveillée et on ne peut plus seule. Les volets étaient fermés et elle restait couchée dans le noir. Elle n'aimait pas allumer la lampe, et quand un peu plus tôt elle avait ouvert les volets comme d'habitude, la lumière brûlante l'avait comme d'habitude presque percutée, emplissant aussitôt la chambre d'une chaleur étouffante.

Ils avaient pris bains de mer et bains de soleil toute la matinée et c'était maintenant l'heure de dormir – de « piquer un bon petit somme » comme le répétait chaque jour Don Talbot. Don dormait sur la terrasse, l'édition continentale du *Daily Mail* déployée sur la tête, et Leila disparaissait des heures dans leur chambre. Les enfants dormaient comme des chiots épuisés tandis que la nurse emplissait des pages de papier à lettres violet avec un stylo plume (que pouvait-elle bien raconter, se demandait Mrs Fleming, alors que sa description des choses se limitait en général à « agréable » ou « désagréable », et celle des gens à « gentil » ou « pas gentil » ?).

Et lui, que faisait-il ? Il choisissait souvent ces heures brûlantes pour prendre un bain de soleil, seul dans le jardin ou sur la plage, et revenait à cinq heures prendre une douche, l'air rajeuni, revigoré par le soleil et le silence. Après sa douche, il buvait quantité d'absinthe ou de pastis de fabrication locale, si puissants ici qu'elle se refusait à y toucher ; et à mesure que son regard se faisait plus espiègle sous l'influence de l'alcool, il devenait terriblement drôle, ses sorties passant si haut au-dessus de la tête des Talbot qu'elle était sans cesse partagée entre l'amusement et la compassion. Ces pitreries intellectuelles n'étaient qu'un numéro, bien sûr : en présence des Talbot, elle était proche de lui – du moins aussi proche que peut l'être un admirateur assis au premier rang ; mais dès qu'ils se retrouvaient seuls, la comédie était finie, les projecteurs s'éteignaient, et elle ne savait plus où elle était. Elle essayait d'être calme et patiente, mais leur temps libre et le climat n'étaient propices à aucune de ces choses. Ici, les humeurs se déchaînaient, songea-t-elle en se retournant dans son lit pour atteindre un espace encore frais sur le drap ; elles étaient aussi violentes et insensées que les orages méditerranéens. Très souvent, au moins deux fois par jour, elle prenait la résolution de lui parler ; mais elle avait si peur de retomber dans la même terrible erreur qu'à Londres qu'elle n'osait se lancer. Chaque jour, et surtout l'après-midi, elle se disait que s'il lui faisait l'amour ils parviendraient peut-être à se parler ; mais comme chaque nuit, et surtout chaque après-midi, passait sans qu'il le fasse, elle s'imaginait lui résister toujours plus, si bien qu'à la fin, s'il voulait la conquérir, il devrait la désirer de tout son être. Le mirage de son désir pour elle scintillait dans ses pensées pour disparaître chaque soir avec le soleil, et retrouvait chaque matin sa place dans le désert de ces longs après-midi solitaires, alors que son corps était étendu sur le lit et son esprit sur ces interminables heures de canicule, jusqu'à ce qu'il arrive pour sa douche. C'était le moment de la défaite : jour après jour, quand il pénétrait dans leur chambre, elle savait que l'état des choses était inchangé et que les choses, par conséquent, contre toute logique, avaient empiré. Elle avait parfois l'impression de le détester ; d'autres fois, de l'aimer si fort qu'elle allait se flétrir et mourir sous le choc de son indifférence. Elle s'accrochait à lui et à elle-même ; elle était incapable d'envisager l'abstraction de leurs sentiments, de l'amour, du désir ou de l'indifférence – elle ne trouvait pas d'autres termes –, comme si en chassant la jalousie et les images de la jeune fille à l'opéra elle les avait dépouillés tous les deux de l'infini des possibles pour ne leur laisser que leur présence à l'un et à l'autre. Elle s'était construit une barricade pour se protéger des attaques de l'humiliation, et à mesure qu'elle faisait chaque jour la même découverte, ces attaques et sa défense se perfectionnaient, comme des armes de guerre conçues pour se combattre.

Tous les jours, après cette découverte, et tandis qu'il prenait sa douche, elle se levait et s'habillait pour la soirée avec une attention passionnée, presque fanatique. Elle lavait tous les jours ses longs cheveux épais pour les rincer de leur sel ; sa peau avait pris une teinte dorée uniforme qui fonçait peu à peu, ce qui lui permettait de porter des couleurs de plus en plus pâles jusqu'au moment, imminent maintenant, où elle pourrait enfin en arriver au blanc, le contraste final. C'était le genre de synchronisation esthétique qu'il lui avait inculquée : ne pas porter de blanc avant que sa peau ait atteint la nuance de bronzage qui convenait.

Elle regarda sa montre qui luisait faiblement dans l'obscurité. Il était cinq heures moins vingt. Elle envisageait vaguement de quitter la chaleur de son lit pour aller se doucher quand elle entendit une porte se fermer en bas dans un claquement lointain et décidé. Elle sauta de son lit et ouvrit un volet. Elle ne voulait pas feindre de dormir, mais ne supportait pas l'idée qu'il la trouve éveillée dans le noir en entrant dans la chambre.

Quand il entra, elle se brossait les cheveux, la tête penchée sur le côté du lit pour allonger son coup de brosse.

Il la regarda un moment avant de dire :

« Les Égyptiennes lissaient leurs cheveux avec de la soie.

— Elles devaient avoir des Égyptiennes pour le faire à leur

place, alors », répondit-elle sans s'arrêter de brosser. Elle s'attendait à ce qu'il se lance dans une extravagante théorie sur les cheveux – il semblait être de cette humeur –, mais il se mit à remplir son stylo plume sans rien dire. La contrariété de la solitude avait laissé en elle une tension qu'elle sentit faiblir puis céder – elle eut une soudaine impression de bien-être et de paix tandis qu'elle le regardait remplir son stylo. Elle posa sa brosse pour toucher ses cheveux : s'il les caressait dans un instant, elle saurait exactement quel effet cela ferait sur sa main.

« Tu veux prendre une douche ? demanda-t-il.

— Peut-être seulement ce soir. »

Elle s'étira sur le lit et la sensation de bien-être se propagea dans tout son corps jusqu'à ses pieds. « Tu en mets du temps, avec ce stylo. » Elle n'avait jamais si clairement cherché à attirer son attention.

« Mes trois stylos, dit-il. Ensuite je viens te parler. »

Elle reprit sa brosse et se remit à se peigner les cheveux. Mais il commença à parler de là où il était.

« Soit on épouse une femme qui aiguise peu à peu, intensifie, exagère sa propre personnalité jusqu'à devenir la quintessence de son apparence première. Soit on épouse une femme d'une beauté si débordante qu'elle s'éparpille et se dissipe, d'une beauté qui se brouille et s'atténue jusqu'à ce qu'il ne reste aucune image d'elle à une époque donnée, mais seulement une longue suite d'impressions fugitives, une femme qui, même endormie, n'est pas le reflet d'elle-même, mais celui d'une autre, qui lui ressemblait *jadis*, endormie. La première est désirable intellectuellement et esthétiquement : les hommes la voient se rapprocher toujours plus de ce qu'ils avaient espéré qu'elle soit, seulement ça c'était avant, et désormais ce n'est plus ce qu'ils veulent. La deuxième est toujours insaisissable, toujours décevante, fascinante dans son absence de contraste, torturante tant rien n'est jamais acquis. On a le choix entre une femme avec un squelette, une consistance, une personnalité structurée qui tiendra la distance ; et une créature de lumière, de couleur et d'ombre, qu'on ne peut apprécier qu'en usant de tous ses sens, dont le caractère est à ce point tacheté de multiplicité féminine qu'il est indéfinissable ; celle-là réduit l'intelligence à néant et malmène le désir de beauté – tout en accentuant malgré elle l'écart entre elle et les hommes qu'elle attire, un charme des plus rassurants puisqu'il offre un cadre à la vie sociale et érotique. Pas besoin, avec celle-là, de feindre de la traiter en égale. Elle n'a rien à préserver puisqu'elle ne peut préserver sa jeunesse ; elle supporte d'être courtisée, épousée, violée, car elle n'envisage pas de réelle alternative. Elle ne s'embarrasse pas des règles du romantisme intellectuel… Elle ne tire aucune conclusion, sauf à se lancer dans de tels excès d'absurdité que c'en est amusant. Les gens qui la rencontrent après dix ans de mariage se demandent pourquoi diable on l'a épousée…

— Avec l'autre sorte de femme, les gens disent d'un ton appuyé qu'ils voient très bien pourquoi il *l'a* épousée. »

Il leva les yeux : « C'est ce qu'ils disent.

— Tu crois sincèrement qu'il n'y a que deux sortes de femmes ?

— Deux seulement que je pourrais épouser. Je ne parle toujours que de moi. L'opinion des autres est tellement ennuyeuse que je n'en sais jamais assez long pour en débattre. (Il posa ses stylos sur la coiffeuse.) Mais tu n'as pas demandé quelle sorte de femme tu es.

— Je n'ai pas demandé parce que je le sais.

— Tu n'as pas demandé parce que tu veux que ce soit moi qui te le dise. Une femme de la deuxième sorte aurait demandé parce qu'elle aurait pensé que ça me ferait plaisir de lui dire. »

Il se pencha à la fenêtre pour raccrocher le volet qui s'était lentement refermé, et dit : « Je pars pour Paris demain. Je prendrai l'avion à Marseille. »

Elle réprima un petit cri d'étonnement et de désespoir. S'emparant de son peigne, elle remarqua : « Quelle idée de remplir tous tes stylos. Ils vont fuir dans l'avion.

— J'ai pensé que tu pourrais me conduire. »

Elle esquissa un geste d'indifférence et examina son peigne.

« Il y a un avion qui part de Marignane vers sept heures. Il faudrait que tu passes la nuit à Marseille. Ça t'ennuie ? Si ça t'ennuie je conduirai moi-même et je trouverai quelqu'un pour ramener la voiture. »

Qu'il se soucie de savoir si la route l'ennuyait ne fit que renforcer son indifférence feinte et elle dit :

« Pourquoi ne pas partir de Nice ? C'est plus près.

— Je préfère Marseille. La route est plus agréable.

— Tu vas revenir ?

— Non. (Il s'assit au bout du lit.) Je ne voulais même pas venir. Tu le sais. L'idée d'une seule soirée de plus avec les Talbot m'est insupportable. Je veux bien travailler dans des conditions pénibles, mais quant à jouer, je passe mon tour. Toi, ça te plaît, sûrement, sinon tu n'aurais pas décidé de les accompagner. On se verra à Londres, dans... combien de temps ? Dix jours.

— Et si je te disais que je veux partir avec toi ?

— Ce ne serait pas vrai.

— Qu'est-ce que tu en sais ?

— Tu m'as clairement fait comprendre que tu voulais que je reste ici avec toi. Et je t'ai clairement fait comprendre que je voulais aller à Paris. Si je ne t'ai pas proposé de venir, c'est pour deux raisons. Premièrement, j'ai envie d'être seul ; et deuxièmement, tu es responsable des enfants qui ont encore dix jours de vacances. »

Elle posa le peigne et cacha ses mains tremblantes sous le drap.

« Chérie, il n'est pas rare que deux personnes veuillent deux choses irréconciliables. Il faut te faire une raison, plutôt que de me tendre un miroir aux compromis. Ça ne nous convient ni à l'un ni à l'autre. Tu comprends ?

— Il n'y a rien à répondre à tout cela. »

Elle avait la bouche si sèche et si tendue qu'elle pouvait à peine parler. Elle espérait de toutes ses forces qu'il s'en aille, mais par un orgueil qui confinait à la folie, elle était prête à ne plus jamais rien lui demander, pas même de s'en aller. Si elle prononçait un seul mot, une partie de tous ses sentiments révoltés, refoulés, féroces et malheureux se déverserait sur eux – il la verrait soudain telle qu'elle était vraiment et elle tomberait dans ce précipice qui s'effritait sous ses pieds.

Pendant ce silence, il regardait ailleurs, par la fenêtre ; puis il se leva du lit :

« Tu t'inventes des dilemmes tellement insurmontables… Il vaudrait sans doute mieux pleurer. »

Il la laissa sur ces mots.

◆

Sur la terrasse avant le dîner, elle déclara :

« Conrad doit nous quitter demain. C'est navrant, n'est-ce pas ? »

Les Talbot confirmèrent que c'était absolument *navrant.* Même si eux n'étaient pas réellement navrés.

Après le dîner, en disant bonsoir aux enfants, elle leur annonça qu'il partait, et ils demandèrent aussitôt si elle partait aussi. Quand elle eut répondu que non, Julian dit « Ça va, alors », mais Deirdre, privée du drame qu'aurait représenté le départ subit de sa mère, s'écria : « Mais tu avais dit qu'il deviendrait tout noir ici, et maintenant il n'aura plus le temps ! » Et elle éclata en sanglots. « Ne fais pas l'idiote, la rabroua son frère. Il va à Paris, non ? Eh bien c'est en France, il pourra noircir là-bas. » Deirdre fut instantanément consolée.

Bien plus tard, quand ils se retrouvèrent à nouveau dans leur chambre, elle brisa le silence insoutenable qui s'était installé entre eux :

« Je… Je te conduirai à Marseille. Si tu veux. »

Ce n'était pas tant une concession qu'une supplique.

Elle était assise au bord du lit, pieds nus, en train d'enrouler ses cheveux pour éviter qu'ils la gênent pendant la nuit.

Il vint ôter une de ses mains de sa chevelure pour la

prendre dans les siennes. Debout à côté d'elle, il la regarda avec dans les yeux une soudaine et profonde tristesse.

« Bien », dit-il, et il lui rendit sa main, la déposant sur ses genoux.

◆

Le lendemain matin, elle alla se baigner avant le café. Il y avait une petite plage près de la villa, parfaite pour aller nager tôt, mais si étroite qu'elle était peu appréciable le reste de la journée quand, à raison de six personnes, elle paraissait déjà envahie par la foule. Ce matin-là, elle la partageait avec un gros labrador noir, excellent nageur et très amical.

Il était très tôt et il faisait très beau. Ce climat semblait si sûr de lui, songeait-elle. Il n'avait rien de la pâleur tremblante et éphémère d'un matin d'été en Angleterre, d'une beauté à couper le souffle, qui s'évaporait avec la rosée pour se fondre en une journée qui ressemblait ou non aux autres. Ici, les journées commençaient telle Juliette : dans un mélange ensorcelant de fraîcheur et de maturité. Il faisait frais, mais la sourde vibration de la chaleur de la veille était toujours là : les couleurs étaient franches, intenses, leurs contrastes parfaits – elles n'avaient pas cet air de s'essayer au voisinage les unes des autres –, la lumière ne lançait pas ces discrètes et timides œillades, comme aux premières heures du jour en Angleterre.

Elle nagea dans le petit lagon, puis s'allongea sur une roche plate que la mer venait balayer dans un mouvement paresseux et irrégulier, comme prise de remords.

Elle n'était pas encore parvenue à accepter le départ de Conrad pour Paris. Depuis qu'il le lui avait annoncé, elle avait esquivé le coup; depuis qu'elle avait réprimé le cri de désespoir qui était d'abord monté en elle – depuis qu'elle n'avait, ensuite, ni pleuré ni supplié –, elle s'était laissé accaparer par les tâches à accomplir une à une : avertir les Talbot, avertir les enfants, les domestiques, et finalement lui offrir de le conduire à Marseille – ceci parce qu'elle savait combien il détestait conduire, parce qu'elle retardait ainsi le moment où il serait parti pour de bon, et aussi parce qu'elle avait voulu briser le silence et le déséquilibre affectif intolérables qui les séparaient. (Là, il s'était contenté de la rejoindre à mi-parcours, ce qui n'est jamais suffisant, lui tendant la main pour la lui retirer juste après.) À présent, elle était préoccupée par le trajet et ne pensait qu'en termes de guide Michelin, d'essence, d'endroit où s'arrêter pour déjeuner. Elle évitait soigneusement d'anticiper la longue route solitaire du retour, et les dix jours sans lui à Saint-Tropez. Pendant la nuit, tandis que, incapable de dormir, elle était restée immobile car elle ne voulait pas qu'il la sache éveillée, elle s'était débattue avec les illusions puériles qu'elle avait nourries à propos de leur séjour, s'efforçant de ne pas les isoler du reste de sa vie mais de les mettre en perspective – c'étaient trois semaines sur onze ans passés avec Conrad, et sur… combien, vingt ans passés sans lui. Vues ainsi, trois semaines n'étaient rien. C'était absurde d'y projeter des désirs préconçus : l'idée qu'on se faisait à l'avance de quelque chose était un poids plume voué à affronter l'inévitable masse du réel, tellement plus convaincante. L'ennui, c'était de devoir faire face à la réalité sans savoir ce qu'elle nous réservait. Il fallait découvrir la terre ferme à tâtons, du bout du pied, entre ces marécages qu'étaient la crainte du pire et l'attente du meilleur… si les choses se révélaient plus complexes, on tombait dans le piège tendu à notre imagination – si elles se révélaient au contraire trop simples, on faisait du surplace dans un néant médiocre, refusant de faire un pas de plus au cas où on perdrait à ce jeu dangereux…

Quand son mari la rejoignit pour le café à huit heures moins le quart sur la terrasse, elle s'était lavé les cheveux et avait fait ses bagages. Elle portait une chemise de soie blanche qui avait été à lui, et une jupe noire en lin rugueux. Ses cheveux mouillés étaient noués avec un ruban rouge. Il lui fit compliment de cette allure simple et magnifique, et elle, sortant de son décolleté la montre plate en or qu'elle portait au cou, attachée à la ravissante chaîne dont il lui avait fait cadeau, répondit d'une voix égale qu'il ferait mieux de dire au revoir aux enfants car ils partaient dans six minutes.

Cinq minutes plus tard, tandis qu'il l'installait derrière le volant, il dit en riant :

« Qu'y a-t-il ?

— Je me demandais si une femme pouvait continuer à être maîtresse d'elle-même, d'un homme *et* de la situation.

— Seulement si l'homme ou la situation n'ont pas tellement de valeur, à mon avis. Maintenant, la N 98 jusqu'à Toulon. Ensuite, j'ai pensé qu'on pourrait passer par la côte, si on veut se baigner, et voir Cassis.

— Faisons ce qui te fait le plus plaisir. »

Ils rirent tous les deux cette fois : c'était la phrase qu'il prononçait toujours avant de faire ce dont il avait envie, lui.

II

Ils arrivèrent à Marseille un peu avant cinq heures. Cela fait exactement vingt-quatre heures, se disait Mrs Fleming. Ils avançaient sur la grand-route poussiéreuse, bordée de platanes exsangues qui, bien qu'élégamment taillés, avaient l'air poisseux et harassé – à cause de la poussière que soulevaient les bicyclettes, les gigantesques camions, les petits trams bruyants et bringuebalants qui reliaient en continu Marseille à Mazargues, et retour. La route, comme toute artère principale menant à une grande ville, était un immense et sinistre ballet – tous ceux qui l'empruntaient se hâtaient d'entrer ou de sortir de la ville – c'était une ligne de vie, mais avec une piètre opinion de la vie. Les stations essence, les panneaux publicitaires gigantesques et criards, les petits cafés donnant directement sur la route, les foules d'ouvriers franchissant des grilles ouvragées à l'élégance hors de propos, les gros chiens errants : tout semblait fait pour être vu à la vitesse de quarante-cinq kilomètres heure, étant donné que l'ensemble des véhicules mettaient un point d'honneur à dépasser la limitation d'au moins cinq kilomètres heure.

Ils approchaient de la place qui servait de terminus aux trams.

« Aéroport ?

— Nous avons une heure, répondit-il. Allons t'installer dans un hôtel. Je vais m'en occuper, et ensuite on pourra boire un verre. »

La chaleur, une fois la voiture à l'arrêt, était presque intolérable. Leur bain à Cassis semblait remonter à une éternité et elle commença à regretter sa décision de rester à Marseille, même pour une seule nuit. Enfin, dans une heure il serait parti, et elle pourrait faire ce qu'elle voudrait. Et je ferai *tout* ce que je voudrai, se dit-elle, sans bien savoir ce qu'elle voulait faire.

La mine impassible qu'il affichait en ressortant de l'hôtel était si intense et recherchée qu'elle sut qu'il avait remporté une victoire.

« Ils m'ont proposé une espèce de placard avec vue sur un égout, que j'ai refusé. Je t'ai obtenu une chambre immense pour deux personnes qui donne sur le port. Viens voir.

— Je n'ai pas besoin d'une chambre pour deux, protesta-t-elle tandis que le petit ascenseur poussait un profond soupir avant de s'ébranler lentement.

— C'est absurde, comme raisonnement. Si tu vivais selon le principe de ne posséder que ce dont tu as besoin, tu ne profiterais jamais de rien. D'ici à onze heures ce soir, tu seras sans doute bien contente d'avoir une chambre assez grande... (il jeta un coup d'œil au garçon d'ascenseur dont le visage demeurait sombrement inexpressif) pour pouvoir y contempler un orage en compagnie de quelqu'un qui t'empêche d'avoir peur.

» Le mariage est le meilleur moyen de pimenter sa vie sexuelle », ajouta-t-il tout bas à son oreille tandis qu'ils suivaient le garçon dans un couloir obscur.

Il faisait sombre dans la chambre qui était orientée sud-ouest. Le garçon appuya sur un interrupteur et une petite lumière clignotante de style victorien, en harmonie avec l'épais couvre-lit blanc et l'odeur humide du linge propre, éclaira la pièce.

« Je l'ai eue au même prix que le placard. Ça m'étonnerait que les robinets fonctionnent. Gagné. Le chaud coule froid, et le froid ne coule pas du tout. Va te rafraîchir, et on sort prendre un verre. »

Il poussa un volet et sortit sur le balcon brûlant.

Elle avait tant besoin de se concentrer que la recherche de son savon occupa entièrement ses pensées. Une fois lavée et coiffée, elle reporta cette attention superficielle sur le verre qu'ils allaient boire.

« Une demi-heure », dit-il tandis qu'ils s'installaient à une table sous sa fenêtre, face au port.

Elle le regarda d'un air vague.

« Il faut que je parte dans une demi-heure.

— Ah ! oui.

— Qu'est-ce que tu prends ?

— Une fine. »

Si elle avait l'air d'observer les passants qui apparaissaient, flânaient, crachaient, regardaient autour d'eux, erraient sur la rue et le quai devant eux, elle ne les voyait pas. Un souvenir s'était brusquement imposé à elle, avec une acuité amère – celui de Paris avec Conrad. Elle se rendait compte qu'il l'abandonnait, s'en allait – à Paris, par-dessus le marché –, et une vague de jalousie la submergea, si violente qu'elle l'aveuglait et l'empêchait de parler. À travers ce brouillard nauséeux, elle l'entendit qui disait « Voilà Thompson ! », et le temps de reprendre possession d'elle-même, un homme était assis à leur table. Elle s'aperçut qu'elle venait de lui être présentée et sourit. Sa fine était arrivée ; elle la but et s'appuya contre le dossier de sa chaise en osier.

« … suis arrivé que cet après-midi, disait l'homme.

— En avion ? Qu'est-ce que tu bois ?

— Ce que j'aimerais vraiment, c'est un whisky soda. Et votre dame reprendra un cognac, si c'était ça qu'elle buvait. »

Il pêcha un paquet de Gold Flake tout froissé dans la poche de poitrine de sa chemise et le tendit poliment à Mrs Fleming.

« Ça vous intéresse ?

— Non, merci. » (Quel petit homme assommant ; où diable Conrad l'avait-il déniché ?)

Tandis qu'ils attendaient leurs consommations, l'homme

se gratta la nuque avant de l'essuyer soigneusement avec un mouchoir de soie sale aux motifs d'ancres.

« J'étais chargé d'amener un bateau pour quelqu'un, dit-il en enfouissant le mouchoir dans la poche de son pantalon. Il fait chaud ici, hein ? (Il choisit une cigarette toute tordue et regarda autour de lui d'un air interrogateur.) Je peux vous demander du feu ?

— Quel genre de bateau ? » s'enquit aussitôt Fleming.

Il semblait sincèrement intéressé, remarqua-t-elle avec rancœur.

« Un chalutier de Brixham rénové... et il faut voir comment ! Ils ont dû le dépiauter entièrement – du teck partout, un mât en aluminium du dernier cri, deux voilures complètes toutes neuves, un gros moteur flambant neuf, installé au printemps, une *baignoire*, pas moins de onze pavillons et un singe. Il a fallu un an pour le remettre en état, aujourd'hui le constructeur lui-même ne le reconnaîtrait pas – un vrai bateau de luxe. Voilà ce que c'est, les hommes d'affaires qui jouent aux marins. Le type y a joué une fois et il s'est échoué sur le banc de sable des Brambles. Ç'aurait été parfait pour un match de foot s'ils avaient eu des adversaires. »

Pendant ce discours, sa cigarette non allumée était restée pendue entre ses lèvres ; elle tomba mollement sur la table. Il la ramassa, retira deux ou trois brins de tabac récalcitrants et en aplatit l'extrémité avec le pouce.

« Tu laisses le bateau ici ? demanda Fleming.

— Non. Mon terminus, c'est Cannes. Mais je suis en avance, alors j'ai pensé flâner ici quelques jours. Acheter des bananes pour le singe. (Il se retourna dans son fauteuil.) *Pouvez-vous m'obliger avec une lumière ?** »

Son voisin français eut un sourire las et teinté de mépris, et lui tendit une boîte d'allumettes.

« *Merci beaucoup**. Des années que je n'ai pas essayé de parler cette langue. Mais je me débrouille. »

Il alluma enfin sa cigarette, qui cessa d'être l'objet répugnant dont Mrs Fleming ne pouvait détacher son regard. Le personnage lui-même ressemblait un peu à un singe, pensa-t-elle, un singe anglais, si les deux termes n'étaient pas trop contradictoires. Il avait de ces petits gestes irréfléchis qui rappellent ceux d'un animal ; il était entièrement absorbé par sa cigarette, par la boîte d'allumettes et par la nécessité d'éponger la sueur de sa nuque avec son mouchoir. Il prononçait tout ce qui lui passait par la tête et quand il n'avait rien à dire, il se contentait de les regarder tous les deux avec une curiosité enfantine, seulement portée sur l'aspect physique des choses, semblait-il – « Quelle est cette couleur que vous portez ? Vous aussi, vous avez trop chaud ?… » –, rien de plus compliqué que cela. Quant au reste, il était petit et très brun, et donnait l'impression d'être très poilu.

Il venait d'avoir une autre idée.

« Dites, et si vous veniez voir mon bateau ?

— Hélas, je dois partir dans très peu de temps.

— Il a un avion », dit-elle du ton le plus agréable possible. Elle avait bu sa deuxième fine et se sentait beaucoup mieux.

« Quel dommage ! »

Il avait l'air effondré. Il but consciencieusement son whisky et se tourna vers elle :

« Ça ne vous dit rien de venir le visiter ? C'est vraiment un joli bateau », ajouta-t-il avec un ton de camaraderie enthousiaste, l'air de dire que si son bateau n'avait pas été si joli, il n'aurait pas pensé une seconde à l'y inviter.

Elle leva les yeux vers lui, hésitante – elle n'avait pas la moindre envie de voir le bateau de ce petit homme – et aperçut le regard goguenard de son mari qui attendait de voir comment elle se tirerait de là, sans la moindre intention de l'aider. Elle sortit sa montre de sa chemise.

« Je dois d'abord veiller à ce que Conrad attrape son avion.

— Ma femme aurait fait une secrétaire admirable. (Il rapprocha sa chaise de celle de Thompson.) Curieux, n'est-ce pas, comme les femmes vous en veulent de leur dire ça et que les secrétaires vous en veulent de leur dire qu'elles auraient fait d'admirables épouses ?

— C'est de l'accorder au passé qui leur déplaît, dit Thompson calmement. Aucune femme n'aime s'entendre dire ce qu'elle était, ou aurait pu être. Ce qu'elles aiment, c'est le futur – le futur et le présent. »

Et il lui adressa sur-le-champ un sourire, découvrant des dents absolument éclatantes.

« Alors que pour un homme, il n'y a pas de futur sans passé », dit Conrad qui semblait avoir oublié son avion – il ne paraissait pas surpris de la remarque de Thompson qu'elle avait trouvée si pénétrante – et savourait son propre commentaire avec cet air de détachement calculé qui préludait d'ordinaire à des heures de conversation. Elle envisagea un instant de le laisser rater son avion – mais il prendra le prochain, je n'y tiendrai plus, je serai contrariée et de mauvaise humeur parce qu'il s'en va. Elle se leva.

« Je vais m'assurer qu'ils n'ont pas sorti tes bagages de la voiture. Trois minutes ? dit-elle, et s'adressant à Thompson : Je compte sur vous, j'ai conduit des kilomètres pour le faire arriver à temps. »

Seigneur, même cette phrase avait dû paraître un peu hystérique, pensa-t-elle en traversant l'hôtel. Elle se sentait soudain trop grande, ses bras ne trouvaient pas de position naturelle le long de son corps et ses yeux ne se fixaient sur rien ; sa démarche était trop précipitée, le bruit de ses pas affreusement mal synchronisé avec les battements de son cœur. « Trop imbue d'elle-même », avait dit une nourrice quand elle était enfant – quel handicap atroce, songeait-elle maintenant, et comme elle aurait aimé s'alléger… seulement personne ne voudrait de l'excédent, conclut-elle en fouillant dans son sac de ses doigts maladroits et froids à la recherche des clefs de la voiture.

Son mari apparut quelques minutes plus tard, en compagnie de Thompson. C'était une bonne chose, en soi, de ne pas être seule avec Conrad, malgré tout elle lui en voulut d'amener Thompson avec lui, comme elle lui en aurait voulu d'amener n'importe qui d'autre. La voiture était garée à l'ombre et, aussi absurde que ça puisse paraître, elle avait froid après être restée assise à l'intérieur. Fleming hésita avant de monter, et Thompson dit : « Je t'en prie, monte devant. » Une remarque innocente qui n'avait aucune raison d'être exaspérante.

« Décide-toi, en tout cas, dit-elle, ou tu vas rater cette fichue navette. »

Ils montèrent.

Ils avaient raté la navette, qu'ils virent disparaître en haut de la côte au moment où ils atteignaient le terminus.

« Thompson va me conduire », dit Fleming.

Elle fit mine de ne pas entendre et se mit à conduire inutilement vite jusqu'à Marignane.

Fleming parla à Thompson pendant tout le trajet : Thompson répondait par monosyllabes, remarqua-t-elle, et elle se demanda ce qu'il pouvait bien penser – enfin, ce n'était pas comme si on lui demandait son avis, et d'ailleurs il n'en avait pas.

Malgré tous ses efforts, la navette arriva la première, en partie parce qu'il était impossible de doubler son imposante masse qui faisait toujours des embardées. Ils arrivèrent presque en même temps. Ils descendirent de voiture et Thompson sortit les bagages pour les poser sur un chariot. Ils étaient maintenant devant la porte vers laquelle se ruaient les passagers du bus.

« Laissez-les passer, dit Thompson. C'est leur façon de voyager. »

Ils attendirent que le dernier des voyageurs (sans doute le moins en forme) ait réussi à atteindre la porte d'un air boudeur, et que l'entrée soit dégagée. Un avion se préparait à atterrir. Quand il eut fini de rugir au-dessus de leurs têtes, Fleming se tourna vers Thompson et lui serra vivement la main.

« Ravi de t'avoir revu. Viens nous voir à Londres. Ma femme te dira où. Prends bien soin d'elle. Tu en es capable, j'en suis certain. »

Thompson lui serra la main et dit « bon voyage ». Alors Fleming se tourna vers elle et posa une main sur son épaule.

Bêtement, elle crut qu'il voulait l'embrasser et leva son visage vers lui. Mais il dit simplement : « Amuse-toi bien », laissa retomber sa main et franchit la porte.

Il était parti. Mortifiée, elle se tourna vers Thompson : il regardait un avion qui venait d'atterrir sur une piste à leur droite. Il l'avait vue s'attendre à un baiser, elle en était certaine, et des larmes bouillantes d'humiliation lui brûlèrent les yeux.

C'en était trop, d'être laissée ainsi, et avec cet étrange bonhomme comme spectateur. Elle entendit Thompson regagner la voiture tandis qu'elle faisait semblant de regarder l'avion qu'elle ne voyait pas vraiment – le plus difficile, quand on se comportait de manière ridicule ou honteuse, était d'arrêter de le faire : le fait même de se ressaisir ne servait qu'à souligner ce comportement aux yeux des autres, même à ceux de ce petit homme.

Elle revint lentement à la voiture en essayant de retrouver ses esprits.

Il était adossé à la voiture et frottait le sol du bout de sa chaussure. Il portait des espadrilles qui, de bleu marine, avaient tourné au violacé par endroits.

« On y va, si vous voulez ?

— Ça ne sert pas à grand-chose de rester là, répondit-elle, percevant la tension dans sa propre voix alors qu'elle s'efforçait de ne pas la laisser trembler. (Allez, bon sang, encore un tour de vis.)

— Vous conduisez, ou je conduis ?

— Je crois que je ferais mieux de conduire. »

Il la regarda d'un air à la fois amical et soucieux avant de lui ouvrir la portière.

Quand ils furent tous deux à l'intérieur, il demanda :

« Ça ne vous fait rien si je fume ? »

Elle fit non de la tête.

Il ressortit de sa poche son paquet tout froissé.

« Y a-t-il une allumette dans cette auto ?

— Essayez la boîte à gants. »

Il tira sur la poignée, qui tomba.

« Oh, désolé. Elle ne tenait pas très bien, je vous assure. »

Il ramassa la poignée sur le plancher et l'examina d'un œil critique : « Du travail bâclé. Je pourrais faire mieux.

— Vous pouvez encore l'ouvrir si vous y allez doucement.

— Ouais, je sais. Mais je trouve ça incroyable qu'ils aient le culot de saboter un travail comme ça.

— Ça n'a pas d'importance. Allumez votre cigarette. Je la ferai réparer un jour. »

Il regarda les mains de Mrs Fleming qui reposaient sur le volant. Elle n'avait rien tenté pour faire démarrer la voiture.

« Si nous cherchions un endroit où boire un verre ? »

L'une des mains de Mrs Fleming se dirigea brusquement vers la poignée qu'il était en train de revisser lentement. Elle appuya dessus et la fit pivoter, la boîte à gants s'ouvrit et la poignée tomba encore une fois.

« Voilà », dit-elle. Mais il n'y avait pas d'allumettes. C'était vide. Le regard de Thompson passa de la boîte à gants à Mrs Fleming.

« Vous êtes malheureuse, n'est-ce pas ? » dit-il.

Elle resta immobile, ne dit rien. Il lui toucha le bras et proposa :

« Laissez-moi conduire. Vous avez eu votre compte. »

À la seconde où il la toucha, les pleurs jaillirent de ses yeux : elle s'effondra devant lui, sans un mot.

Elle renversa la tête en arrière comme pour empêcher les larmes de couler et, de ses dix doigts, agrippa le volant. Il attendit un moment; puis vint desserrer lentement ses doigts et les tint entre les siens. Il ne lui parla pas. Il se contenta de lui caresser les mains comme pour apaiser un petit animal effarouché – il ne la traita pas en femme complexe et sophistiquée, en inconnue dont les pleurs l'auraient mis dans un profond embarras – mais plutôt comme n'importe quelle créature affolée et perdue, avec une gentillesse naturelle, tendre, qui lui était instinctive.

Peu à peu, la première vague de pleurs cessa, et les quelques larmes qui suivirent, plus calmes et toujours silencieuses, s'espacèrent; alors elle secoua la tête comme pour se libérer enfin. Il lui mit les mains l'une sur l'autre, ce qui, découvrit-elle, était apaisant.

« Je suis désolée.

— Moi aussi. »

Il sortit de la voiture pour laisser Mrs Fleming prendre sa place. Une fois installé à la place du conducteur, il se pencha par-dessus elle, ramassa la poignée de la boîte à gants et la mit dans sa poche.

« J'arrangerai ça plus tard, déclara-t-il en démarrant.

» Les bougies ont besoin d'un nettoyage. Un petit travail de plus pour moi.

— Vous aimez ça, décrasser les bougies, et ce genre de choses ?

— J'aime qu'un moteur tourne rond. Ce qui suppose de l'entretenir. Je préfère m'en occuper moi-même, parce qu'au moins je sais que c'est bien fait. Si on trouvait un endroit pour boire un verre ? Ensuite vous dormirez.

— Comment savez-vous que j'ai envie de dormir ?

— Parce que si vous buvez quelque chose et que vous dormez un peu, vous aurez de l'appétit pour un repas convenable. »

Elle faillit éclater de rire.

« Serait-ce une si bonne chose ?

— Qu'est-ce qui serait une si bonne chose ?

— De boire et de dormir pour m'ouvrir l'appétit.

— Bien sûr. Croyez-moi sur parole. Vous savez, je ne suis pas du genre intellectuel, ni du genre compliqué ou Dieu sait quoi, alors forcément je pense beaucoup à ce qui est de manger, boire et dormir.

— Vous aimez que les gens tournent rond, comme les moteurs.

— C'est ça. »

Il conduisait bien. Peut-être devait-elle faire un effort pour alimenter la conversation.

« Ça ne vous dérange pas de conduire à droite ?

— Non. Les routes, c'est simple. L'Angleterre et la Scandinavie à gauche, partout ailleurs à droite. Les fleuves, c'est bien plus compliqué – vous vous faites foncer dessus pour la blague par d'énormes barges qui s'imaginent que vous ne connaissez pas les règles de circulation – ils arrivent droit sur vous, et avec un petit bateau, vous vous faites arroser.

— Les bateaux sont votre métier ?

— Non. Je n'ai pas de métier. Je fais ce qui me tombe sous la main. On pourrait s'arrêter ici ; ça n'a pas l'air mal, non ? »

C'était un petit café, à la terrasse entourée de treillis et de plantes grimpantes.

Ils burent du Cinzano avec du cognac. Les tables étaient recouvertes de nappes à carreaux d'un vert printanier, et sur l'une d'elles était installé un chat maigre à l'allure sauvage. « *Il a peur – toujours peur** », dit la serveuse quand ils lui firent remarquer son regard figé, terrifié par tout ce qui l'entourait. « *C'est affreux** », ajouta-t-elle avec indifférence lorsque, ayant essayé de le caresser, il fit un bond en arrière dans un grognement irrité et apeuré.

Thompson fit claquer ses doigts en direction du chat – une seule fois, l'air de rien, mais il l'avait observé et le chat tourna la tête pour le voir. L'animal sauta de sa table et avança doucement jusqu'aux pieds de Thompson pour le regarder avec prudence, sans ciller, de ses yeux semblables à deux billes de verre jaune. Puis, d'un bond parfaitement maîtrisé, il sauta sur ses genoux, les pattes repliées et la tête contre sa chemise.

Elle regardait la main de Thompson caresser le dos maigre du chat ; celui-ci semblait calme et rassuré, et gonfla sa fourrure clairsemée pour lui donner l'air abondante.

« Il ne doit pas avoir une vie très marrante, hein ? dit Thompson.

— Est-ce que c'est un chat intellectuel ? »

Il leva les yeux sans comprendre : « Qu'est-ce que vous voulez dire ?

— C'est la première fois que je bois du Cinzano avec du cognac », fit-elle.

Elle se sentait tout à coup consciente de tous ses faits et gestes, et en même temps soulagée parce qu'avec lui, elle n'avait pas besoin de l'être.

« Ça se mélange bien, je trouve. Vous en voulez un autre ?

— Oui, s'il vous plaît. »

En attendant, elle se remit du rouge à lèvres et il la regarda avec cet intérêt amical et cette curiosité qu'elle avait déjà remarqués chez lui. Avec la plupart des gens, elle ne se serait pas remaquillée en public ; mais lui était différent – si facile à vivre que ça n'avait pas d'importance –, il n'était pas le genre à y voir une chose intime, ou simplement vulgaire. Néanmoins, quand elle eut fini, elle lui adressa un petit sourire mondain, assumant la nécessité du geste avec une touche de dépréciation, et il lui rendit son sourire :

« C'est joli, comme ça, dit-il.

— Vous feriez bien d'acheter des allumettes », dit-elle quelques instants plus tard, essayant de partager ses préoccupations comme il venait de le faire pour elle.

Il régla les consommations et ses allumettes, dans son français exécrable. Il posa gentiment le chat sur leur table et ils retournèrent à la voiture.

« Quelle heure est-il ? »

Elle consulta sa montre et le lui dit.

« Je dois retourner à mon bateau. Je vais d'abord vous déposer à l'hôtel pour votre sieste.

— Je croyais que je devais inspecter votre bateau. »

Elle découvrait tout à coup qu'elle redoutait d'être abandonnée.

« Venez le voir demain, si vous voulez. Si je vous y amène ce soir sans prévenir, les membres de l'équipage risquent d'enlever tous leurs vêtements et je ne pourrai rien vous montrer.

— Pourquoi feraient-ils ça ?

— C'est le genre de chose dont ils sont capables s'ils se trouvent nez à nez avec une femme sans avoir eu le temps de se débarbouiller. J'en ai la moitié à terre en permission, ce soir ; il faut que j'aille vérifier qu'ils n'ont pas tous filé – filé à la française, si j'ose dire. »

Il rit. Elle commençait à trouver reposante et sympathique sa façon pratique de prendre du bon côté tout ce qu'il faisait. Elle ne voulait pas dîner seule.

« Si je dors maintenant, je ne me réveillerai jamais pour dîner.

— Sans doute pas, si vous êtes toute seule. Mais je me disais que je ferais un tour sur le bateau pour voir l'équipage et récupérer quelques outils pour vos réparations, puis que je reviendrais vous réveiller au bout d'une heure. Et qu'ensuite on chercherait où manger un bon poisson. Ça vous va ?

— Oui », répondit-elle simplement.

C'était exactement ce dont elle avait envie. Thompson, le visage tout plissé par l'effort que lui avaient coûté tous ces projets, avait l'air plus simiesque que jamais. Quand elle accepta, il se tourna vers elle et sourit – de ce sourire poli et amical ; ses yeux, remarqua-t-elle, avaient la couleur chaude de deux petites châtaignes.

« Hourrah ! » dit-il, et dans sa bouche ça n'avait rien de niais.

III

Revenue à sa grande chambre, elle prit une douche, dénoua ses cheveux et ouvrit les volets. Le soleil était couché ; le crépuscule gris et frais pénétra dans la pièce et, presque aussitôt, commença à s'assombrir et à laisser la place à la nuit. Elle s'enveloppa du peignoir blanc laissé à sa disposition, et s'allongea sur le lit pour dormir.

Elle se réveilla très lentement, enregistrant la lumière qui clignotait près du lavabo ; les sons plus perçants de la nuit marseillaise, s'élevant de la rue ; les fenêtres encadrant un ciel doux et noir, zébré d'éclairs silencieux, sans tonnerre ; et Thompson, qui se tenait près de son lit.

« Ne vous pressez pas, disait-il. Il n'y a rien de pire, au réveil. »

Mais elle s'étira et apprécia de retrouver petit à petit tous ses sens jusqu'à être parfaitement réveillée.

« Je vous ai apporté quelque chose à boire. »

Il lui avait servi un verre, qu'il lui tendait.

Alors qu'elle se redressait, elle aperçut dans le miroir à l'autre bout de la pièce, en face du lit, une silhouette floue, d'un brun doré – presque nue à l'exception du peignoir d'un blanc éclatant qui recouvrait une épaule et d'une cascade de cheveux sombres qui se perdait dans l'ombre. Sans la montre en or pendue à son cou et le bras tendu pour prendre le verre, elle ne se serait pas reconnue tout de suite, tant son reflet était inattendu, merveilleusement différent de l'image qu'elle se faisait d'elle-même. Les tons noirs et bruns, l'intensité du blanc – et jusqu'à l'attitude de ce reflet, d'une grâce brute – la remplirent d'une vanité soudaine et délicieuse.

Et Thompson était là, qui lui tendait le verre. Elle rajusta le peignoir avant de le prendre. Il ne disait rien, et alors que la rougeur qui venait de naître dans son esprit s'étalait au grand jour sur sa peau, elle songea que Dieu merci, ce n'était que lui, et personne d'autre. Une pensée aussi confuse que l'était le reste de sa personne.

Ils burent, puis, tandis qu'elle s'habillait, il s'assit sur le balcon pour fumer et lui décrivit ce qu'il voyait : « Un homme noir qui vend des tortues – il les a toutes empilées les unes sur les autres dans une caisse orange – pauvres bêtes. » Et : « Deux enfants qui font des tours de prestidigitation – ils ne sont pas très bons, remarquez.

— Est-ce qu'il fait encore chaud ?

— Il fait doux. Vous n'aurez pas froid. »

Décidément, elle avait l'impression de le connaître depuis des années. Elle prit grand soin de son apparence : la vision dans le miroir, qui après un examen plus attentif ne lui ressemblait pas le moins du monde, la poussa néanmoins à rivaliser, dans une certaine mesure, avec son improbable exotisme.

Il revint du balcon au moment où elle accrochait des anneaux d'argent à ses oreilles.

« J'ai trouvé où on pourrait manger. Vous avez les oreilles percées ?

— Non. Je devrais ?

— Je ne saurais pas vous dire. Mais je peux vous le faire, si vous voulez.

— Thompson ! Ne me dites pas que c'est pour ça que vous êtes allé chercher des outils sur votre bateau ?

— Je l'ai déjà fait, dit-il.

— Ça vous obligerait à modifier toutes mes boucles d'oreilles : vingt-quatre paires.

— Je ne pourrais m'occuper que de celles qui ne sont pas en émail. L'émail fond dès qu'on le chauffe », déclara-t-il.

Il était parfaitement sérieux.

« Si je change d'avis, je saurai à qui m'adresser. »

Craignant de l'avoir blessé, elle ajouta tandis qu'ils sortaient : « Vous avez tous les dons.

— Je sais me rendre utile. »

Il avait le peignoir de Mrs Fleming sur le bras.

« Pourquoi l'emmener ?

— Ça peut être utile aussi. »

Ils mangèrent; ils bavardèrent. Leur conversation était simple – presque brouillonne –, le repas était délicieux. Il n'y eut pas matière à débat ou à conflit, ils ne se racontèrent pas l'histoire de leur vie – ni aucune autre histoire. Il n'était ni boute-en-train, ni ennuyeux. Il ne s'attendait d'ailleurs pas à ce qu'on l'amuse, ni ne le voulait, se disait-elle. Ils se consacrèrent à leur dîner – non pas avec l'apathie flagrante des couples français autour d'eux, mais avec la joie gourmande de ceux qui ne mangent pas si bien d'ordinaire, ni ensemble.

Ils arrivèrent à la fin de leur repas et elle déclara avoir envie d'une liqueur très sirupeuse, sachant qu'il ne broncherait pas et ne la prendrait pas pour une crétine sans goût. Ils en burent deux chacun et il acheta une bouteille de cognac.

« J'aimerais une cigarette française », dit-elle soudain.

Quand la serveuse apporta quelques paquets sur un plateau, elle en choisit un bleu et le regarda d'un air interrogateur.

« Celles-là sont très fortes, dit-il. Prenez les jaunes. Sauf si vous les aimez extra-fortes.

— Je trouvais ce bleu joli », répondit-elle.

Elle prit tout de même un paquet jaune. Il lui alluma sa cigarette et l'observa en savourer les premières bouffées.

« Vous ne fumez pas beaucoup, n'est-ce pas ?

— Je fumais beaucoup trop autrefois, alors maintenant je ne fume plus du tout. »

Elle lui sourit et pensa : Étrange que ce qui devrait sembler excessivement intime soit facile entre nous, et que cet aveu si banal ait l'air des plus intimes. Elle avait oublié ces infimes altérations des émotions, capables dans certaines circonstances de redessiner complètement notre perception de la réalité.

Il demanda l'addition et elle commença à s'inquiéter de l'argent qu'il dépensait pour elle ; un peu hésitante, elle le lui dit. Il sortit pourtant son portefeuille, sale et usé, bourré de billets sales et usés, et dit :

« Ne vous en faites pas. J'ai touché une avance pour le voyage, et c'est comme ça que j'aime la dépenser.

— Mais vous la dépensez deux fois plus vite.

— Oh non, je ne crois pas, répondit-il avec indifférence avant d'ajouter : Je serais probablement en train de la siffler si j'étais seul.

— Mais vous ne le seriez pas », fit-elle, l'idée venant de la traverser.

Il sourit de son sourire ingénu et amical.

« Pas si je pouvais l'éviter. »

Une fois dehors, dans l'air chaud et velouté, ils hésitèrent. Le ciel, où une foule d'étoiles avaient fait irruption, n'était pas tout à fait noir ; les gens étaient des ombres en relief – le bruit de leurs conversations clair mais incompréhensible, comme s'il n'était que l'écho des conversations de jour.

Ils se laissèrent absorber par la chaleur sanguine de l'atmosphère, et montèrent silencieusement dans la voiture.

« Aimeriez-vous qu'on fasse un petit tour ? Je me disais qu'on pourrait se baigner. »

Elle hocha la tête, puis se rendit compte qu'il ne devait pas la voir. Elle dit oui.

« Vous savez où aller ?

— Je crois que oui. J'ai étudié la carte pendant que vous dormiez. Et j'ai plutôt une bonne intuition, en général. »

« Je vous ramènerai à bon port, dit-il un peu plus tard. Je retrouve toujours mon chemin.

— Comme les chats, ou les pigeons, murmura-t-elle. Je ne m'inquiétais pas. »

« J'ai fait cette route aujourd'hui », dit-elle au bout d'un moment. Ce fut sa seule référence à ce qu'elle avait pu vivre avant de le rencontrer.

Le temps qu'il déniche une petite baie, une belle lune avait fait son apparition tardive. Les rochers incurvés de chaque côté formaient un lagon où l'eau venait mourir sur du sable chaud et blanc.

« Ça vous va ?

— Incroyable. Même si, en vérité, on finit par y croire.

— À quoi ?

— À ce que ça ressemble à *L'Île de Corail* ou au *Naufrage du Pacifique.*

— Des livres ?

— Des livres pour enfants. Ils n'ont pas tellement d'équivalents pour les adultes, à part peut-être des fragments comme le début d'*Erewhon.*

— Vous aimez lire », remarqua-t-il.

Ce n'était pas là l'accusation envieuse des illettrés, mais un simple constat.

« Oui. Cela ouvre d'autres appétits – que les très bons livres satisfont parfois. »

Ils avaient trouvé le sentier descendant à la crique depuis la route, et leurs pieds s'enfonçaient dans le sable. Ils étaient seuls.

« J'ai fait un temps d'apprentissage chez des fabricants de chaudières. J'étais obligé de lire à ce moment-là. Des laïus barbants avec des graphiques.

— Et avant ça ?

— Nous avons lu une pièce de théâtre à l'école. Je ne me rappelle plus grand-chose, sauf que ça commençait par un naufrage. C'est drôle, de commencer une pièce comme ça, vous ne trouvez pas ?

— Très difficile. »

Ce cher Thompson, pensait-elle. Il n'avait pas d'autre nom – ce cher Thompson. Il venait de dénicher un rocher confortable et, satisfait, y disposa le peignoir, sa serviette à lui et le cognac, puis lui fit signe de grimper.

« On le croirait taillé pour moi.

— Voulez-vous fumer une autre de vos cigarettes ? »

Il fouilla ses poches à la recherche des Gauloises, et le foulard de soie à motif d'ancres apparut. Elle le regarda avec affection.

« C'est un très joli mouchoir. Où l'avez-vous trouvé ? »

Il cherchait toujours les cigarettes.

« Je les ai laissées dans la boîte à gants. Je vais les chercher.

— Je n'en ai pas vraiment envie. »

Elle regardait la mer. Elle sentit qu'il s'apprêtait à protester, et répéta : « Vraiment, je n'en veux pas.

— J'ai réparé la poignée. »

Il avait allumé une Gold Flake.

La mer semblait vernie d'une fine laque argentée, étendue, qui se craquelait pour révéler une eau noire avant et après chaque ondulation rythmée, d'une vaste douceur. Au loin, ces fissures noires se faisaient plus étroites, paraissaient de moins en moins agitées, et à l'horizon la surface était une simple plaque d'argent, immobile et rigide.

« Bien », fit-elle. Puis, sortant de sa rêverie et posant les mains derrière sa tête : « Je veux dire, merci, bien sûr. »

Elle ressentait l'envie soudaine d'être au milieu de cette mer d'argent, au-delà de l'agitation des vagues, dans la bande tout contre le ciel. Elle se leva.

« Je veux me baigner. » Elle sauta au bas du rocher, du côté de la mer. L'eau n'était qu'à quelques mètres, mais le sable était sec. Son désir de rejoindre la mer était si fort qu'elle entendit son chemisier craquer légèrement quand elle le passa au-dessus de sa tête. Libérée de ses quelques vêtements, elle se souvint de la montre autour de son cou, et étouffa un soupir d'impatience en cherchant le fermoir sur la chaîne. Elle mit la montre dans la poche de son chemisier, enleva ses chaussures d'un coup de pied et courut à l'eau. Quand elle en eut jusqu'aux genoux, elle ne put plus courir – après quelques longues et traînantes enjambées, elle baissa les yeux pour regarder son corps : il était blanc sous la lueur de la lune, et elle avait de l'eau jusqu'à mi-cuisses. L'eau avait projeté sur sa peau des perles argentées. Elle regarda une fois de plus le superbe horizon et s'élança dans sa direction.

Il la rejoignit très vite – ou peut-être s'était-il passé un long moment –, et nagea à son côté sans trop s'approcher, et la laissant apprécier le silence. Chaque fois qu'elle regardait devant elle, l'extrémité argentée de la mer lui apparaissait aussi distincte, aussi parfaite et lointaine qu'elle l'avait vue de la rive. Un peu plus tard, quand elle leva de nouveau les yeux, le ruban d'argent s'était aminci, et puis tout à coup il ne fut plus là ; l'eau était devenue d'un noir profond, et il n'y avait plus d'horizon. Elle poussa un cri et se retourna – une vague douce et noire passa au-dessus de sa tête et lui fit perdre le sens de l'orientation ; elle ne désirait pas le retrouver, elle savait seulement qu'il lui fallait respirer, et que cela lui demandait un effort continu et difficile.

Quand il parvint jusqu'à elle, elle faisait du surplace dans l'eau et les vagues, qui l'assaillaient par le travers, rabattaient ses cheveux sur son visage. Elle sentit les mains de Thompson l'attraper sous les aisselles pour la soutenir.

« La lune a disparu ! s'écria-t-elle d'une voix pleine de détresse. On ne distinguait plus rien, tout est devenu noir.

— Pas complètement », répondit-il.

Il ramena ses cheveux vers l'arrière de sa tête et lui fit faire demi-tour :

« La terre est là, dit-il. Vous y arriverez, ou je nage pour vous ? »

Elle ne répondit pas mais commença à nager, obéissante, dans la direction qu'il avait indiquée. Les vagues couraient derrière elle, la traversaient avec autant de facilité que des spectres et galopaient vers l'obscurité, chaque vague perdant toute consistance au moment où la masse mouvante et silencieuse de la suivante venait la remplacer. Il nageait avec elle, maintenant sa chevelure en arrière – elle avançait lentement –, elle fatiguait, songeait-il.

Au bout d'un moment, il demanda :

« Vous voulez faire une pause ?

— On est encore loin ?

— Plus tellement. » Ils étaient partis très au large, mais ils ne devaient plus être si loin.

Elle émit un son inarticulé et continua. Il avait mal au bras à force de tenir ses cheveux, et pendant un moment il se demanda s'ils avançaient réellement, ou si le courant les en empêchait, les retenant vers le large ou les entraînant de côté.

Il ne semblait y avoir que la mer devant eux, et puis soudain, à quelques mètres seulement, il y eut le rivage. Ils le virent tous deux au même instant : l'ourlet dentelé de la mer et la pâleur immobile du sable. Il voulait voir s'ils avaient pied, mais il sentit qu'elle essayait tant bien que mal de fournir un dernier effort et ne la freina pas. Elle nagea dans l'eau de moins en moins profonde jusqu'à avoir la tête, les épaules et les bras hors de l'eau. Il se mit debout et tendit la main pour l'aider, mais elle restait étendue, le visage presque plaqué au sol, les bras allongés sur le sable devant elle et le dos balayé gentiment par les vagues. Il chercha des yeux leurs rochers : ils étaient plus loin vers la gauche. Il se pencha au-dessus d'elle : elle tremblait légèrement, et il pensa que peut-être elle pleurait, mais quand il lui dit que les rochers étaient tout près et tenta de l'aider à se lever, elle se tourna vers lui avec le petit sourire suppliant de l'épuisement.

Tandis qu'il la portait lentement à travers la crique, la lune refit son apparition. La mer avait repris sa teinte de marcassite le temps qu'il la dépose sur leur rocher, où son corps se trouva inondé d'une lumière froide. Il la couvrit de son peignoir et se mit à la recherche du cognac. Il commençait à avoir très froid ; il s'enveloppa de sa serviette, trouva son couteau et parvint à déboucher la bouteille.

Elle était adossée au rocher, exactement telle qu'il l'avait laissée. Elle avait les yeux fermés. Il passa un bras autour de ses épaules et lui souleva la tête.

« Tenez. Du cognac. »

Elle ouvrit les yeux, but un peu et s'étouffa. Il attendit un instant et fit un deuxième essai, mais elle détourna la tête :

« C'était sûr que j'allais m'étouffer.

— Je vais entamer un peu la bouteille. »

Il but et sentit le liquide lui brûler la gorge, alors que quelques gouttes de cognac froides lui coulaient dans le cou.

Elle était parcourue de violents frissons; tout son corps était secoué et ses dents cognèrent contre le verre du goulot. Il parvint à lui faire avaler quelques gorgées, et en renversa une bonne partie tandis qu'elle buvait et qu'il s'efforçait d'apaiser la crise de spasmes. Ces tremblements l'effrayaient comme rien ne l'avait fait jusque-là; il avait l'impression qu'elle allait se briser en morceaux. Il posa la bouteille pour la frictionner avec vigueur. Au bout d'un moment, elle se redressa et posa la tête sur ses genoux repliés, et il frotta fort, méthodiquement, remontant le long de son dos jusqu'à sentir l'engourdissement et la chaleur envahir leurs corps respectifs.

« Buvez encore, je vais chercher vos vêtements. »

Quand il revint, elle s'était de nouveau adossée au rocher, et elle lui tendit aussitôt le cognac. Il déposa les vêtements à côté d'elle et prit la bouteille.

Elle dit : « Merci de m'avoir tenu les cheveux. »

Elle parlait calmement, mais dans ses yeux tremblait une lueur suppliante qu'il n'était pas sûr de comprendre et qu'il décida de ne pas comprendre du tout :

« Une Gold Flake ?

— Vous, fumez-en une. Vous devez en avoir besoin. »

Il fuma et s'habilla. Ils burent encore un peu et elle entreprit de démêler ses cheveux avec son peigne.

« Je ne m'en ferais pas pour ça, si j'étais vous. »

Il regarda ses vêtements puis la regarda d'un air interrogateur, et sans plus attendre – ce qu'il trouva profondément touchant –, elle posa son peigne, fit glisser le peignoir de ses épaules et se mit à fouiller avec peine le petit tas à côté d'elle. Sa nudité et sa fatigue lui semblèrent presque insoutenables et, sans un mot, il l'aida soigneusement à enfiler ses vêtements.

Quand il l'eut habillée, il l'embrassa.

Elle s'écarta un peu de lui :

« Je n'avais pas l'intention de… de quoi que ce soit – en allant à l'eau. »

Elle avait les yeux remplis d'inquiétude.

« Je le savais bien.

— Ça ne vous a même pas traversé l'esprit ?

— Quand on a cette intention-là, on y va en marchant. Pas en courant. »

Elle eut un petit soupir de soulagement et de résignation.

« Heureusement qu'on a ça, n'est-ce pas ? demanda-t-elle en indiquant la bouteille.

— C'est tout ce qu'on a. Vous avez faim ? »

Elle ne veut pas en parler, pensa-t-il, mieux vaut la laisser venir.

« Non, je me sens délicieusement réchauffée. Vous avez pris soin de moi comme on le fait des chevaux. Vous êtes-vous aussi occupé de chevaux ? »

C'est un homme si simple – il est facile à distraire, pensa-t-elle. Il ne me posera pas de questions sur la mer, à présent.

« J'ai grandi avec les chevaux. Je vais sécher vos cheveux, maintenant, sinon vous n'aurez plus chaud très longtemps. Ça ne dure pas, vous savez.

— Ma crinière, dit-elle en penchant la tête.

— Un coup de serviette, et on y va.

— On doit vraiment partir ?

— Je me disais qu'on serait plus à notre aise », dit-il simplement.

Elle se rappela sa surprise d'avoir trouvé à ses lèvres un goût très doux après le sel et le cognac, quelque part entre le miel et la noisette, et elle eut un frisson.

« Vous allez perdre votre jolie montre. »

Il la chercha dans la poche de son chemisier et lui attacha la chaîne autour du cou. Elle baissa les yeux pour observer ses mains. Les mains n'avaient jamais qu'une seule facette – découvrait-elle en regardant les siennes –, elles n'étaient jamais seulement laborieuses, ou sensibles, ou sensuelles... Il glissait la montre sous son chemisier, et sans le vouloir elle frissonna à nouveau.

Il se leva et lui tendit la main.

« Je n'ai plus tellement froid, fit-elle en se levant.

— Vous êtes tout sauf *froide,* mais si nous ne partons pas maintenant, je vous embrasserai si longtemps que vous ne tiendrez plus sur vos jambes. »

Elle se tourna vers lui, et vit sur son visage ce sourire poliment amical, identique au tout premier souvenir qu'elle avait de lui. Seigneur, pensa-t-elle, je ne sais rien. Rien du tout.

Il ramassa leurs affaires et ils revinrent lentement à la voiture.

Il prit le volant et elle s'endormit. Il conduisait vite, car il avait à présent furieusement envie d'elle.

◆

Revenus dans la chambre à la lumière clignotante, ils s'observèrent. Ils ressentaient tout habillés ce que tant de gens ressentent en se voyant nus pour la première fois : une gêne, une sorte d'examen mutuellement anxieux, tandis que les attentes intimes se heurtent à la réalité – s'écartent ou s'adaptent, temporisent ou se réjouissent.

« Il faudrait que je me rince de tout ce sel », dit-elle sans conviction. Elle cherchait un prétexte pour ôter ses vêtements.

« Ce n'est pas la peine. »

Il dit cela avec douceur, sentant la situation lui échapper.

Agitée, elle se dirigea vers la coiffeuse et entreprit de se brosser les cheveux. Elle commençait à éprouver une inexplicable colère.

« Il faut au moins que je les sèche un peu. »

Il ne répondit pas, et lorsqu'elle le chercha du regard dans le miroir, elle le vit se déshabiller méthodiquement, pliant chaque vêtement pour le poser ensuite sur une chaise dans un coin de la pièce. Sûr de lui, se dit-elle – ce qui me plaît, même si je voudrais qu'il soit moins sûr de m'avoir gagnée. Peut-être qu'il ne se pose déjà plus la question.

« Je ne connais pas votre nom, lança-t-elle froidement depuis le bout de la chambre.

— Thompson. T-H-O-M-P-S-O-N. Et vous feriez bien de vous débarrasser de ces vêtements. »

Un silence suivit; elle était à la fois furieuse et effrayée d'appréhender la distance qui la séparait du lit, le fait qu'il était nu à présent et pas elle, d'appréhender son incapacité à l'associer au désir qu'elle ressentait un peu plus tôt, son exaspération parce qu'il ne comblait pas ces distances entre eux, sa colère contre elle-même d'avoir besoin qu'il le fasse, et enfin la crainte que ce désir ne lui ait échappé. Elle l'entendit se diriger vers le lit.

« Allez-y, dit-elle, je vous rejoins. » (Voilà qui est sordide à souhait : c'est facile maintenant que ça ne m'intéresse plus. Une fois qu'on a amené un homme à cela, on ne peut pas le laisser tomber.)

Elle se leva de la coiffeuse et s'engouffra dans la pièce, ou plutôt le placard, renfermant la douche.

Quand elle en ressortit, rincée et enveloppée du deuxième peignoir, décidée à se montrer calme et déterminée, et aussi – se disait-elle comme pour se mettre au défi – expérimentée, elle le trouva étendu sur le ventre : faisant semblant de dormir, tâchant de lui épargner, pensa-t-elle, cette si pénible gêne. Elle s'approcha du lit, mais il avait vraiment l'air de dormir. Il était allongé hors des draps, la tête posée sur un bras, l'autre en travers du lit. Son corps était élégant, tout en muscles – petit et vigoureux –, les poignets, les genoux et les chevilles bien dessinés. Elle l'observa, laissant fondre son hostilité et ses défenses et éprouva un plaisir affectueux et paisible. Elle se débarrassa de son peignoir et souleva doucement le bras de Thompson pour se glisser là où il avait reposé. Elle se souviendrait à peine d'avoir ramené le drap sur eux avant de s'endormir.

◆

Il la réveilla très doucement dans la nuit pour lui faire l'amour. Il la guida vers l'extase qui se cache bien au-delà des faux sommets du plaisir, l'attendant pendant la difficile ascension, l'honorant de toute son attention et de sa délicatesse, si bien que, quand arriva le moment attendu, il semblait lui avoir communiqué son corps tout entier. Le voyage était terminé, et les deux amants se rencontrèrent, en une harmonie parfaite.

IV

Comme dans un rêve, les heures venaient, passaient, étaient passées, au mépris du temps qu'elles étaient censées représenter. Elle découvrit, beaucoup plus tard (elle fit bien d'autres découvertes sur le moment), que toute émotion, si elle est suffisamment forte, est insaisissable, impossible à ressusciter par le souvenir – que seuls les détails concrets et marginaux, les choses terre à terre qui s'y rattachent, marquent l'esprit, et que leur souvenir ne sert qu'à dissimuler le cœur, l'essence d'une expérience ressentie avec violence.

Ainsi, elle se rappela pendant un temps être restée immobile au sommet de leur montagne ; la brume s'étant levée, découvrant un vaste panorama qui s'étendait devant eux, infini, d'une merveilleuse clarté – une splendeur qu'ils étaient les seuls à voir, ensemble – et puis, très vite, ils se retrouvèrent à contempler le souvenir de l'avoir vu. Elle garda plus longtemps en mémoire celui, très net, de s'être réveillée dans la pièce inondée de soleil, avec une telle sensation de confort et de paix, de bien-être et d'émerveillement intérieur, que la brève conscience de se réveiller ainsi pour la première fois lui semblait presque impersonnelle – lointaine et sans conséquence ; elle ne s'y arrêta pas, préférant – se rappelait-elle – se tourner vers lui et, le trouvant éveillé, dire : « Je me sens… exactement comme si… », et lui de répondre : « Oui, je vois. Mais en réalité, tu te sens encore mieux que ça. »

Elle se rappellerait toujours avoir téléphoné à Leila pour

lui annoncer qu'il y avait un problème avec la voiture et qu'elle serait bloquée sur place un jour ou deux – est-ce que ça irait ? Leila (qui paraissait plus abattue qu'incrédule), demandant si ça n'avait pas été infernal, à Marseille, avec cette chaleur ? Non, non, elle avait retrouvé des amis de Conrad qui avaient un bateau et se montraient adorables. Bon, mais reviens vite : Don s'ennuie à mourir sans toi. Elle s'enquit des enfants : Les enfants ? Comment allaient-ils, tout se passait bien avec la nurse ? De vrais petits anges : Leila ne les voyait quasiment pas. Mais, chérie, la grossesse ! C'est simple, on a l'impression de ne jamais être seule, pas une minute à soi, et inutile de dire à Don qu'il grossit autant que moi, mais pas aux mêmes endroits – ça l'énerve tellement qu'il en a des bouffées de chaleur – et puis j'ai perdu mon passeport et je vais devoir moisir ici jusqu'à ce que le bébé soit en âge de me faire voyager sur le sien – non, chérie, les enfants sont à la plage, il me semble, mais je dirai à la nurse pour cette satanée voiture. Ne t'en fais pas pour nous, tout va très bien ; ces téléphones français étaient épouvantables. Conrad avait-il eu son avion ? ajouta-t-elle, et méfie-toi des marins, sur le bateau. Les marins faisaient des ravages, surtout à l'étranger. Esmé, tu vois de qui je parle, avait eu une aventure tellement extraordinaire à Ténérife que si elle n'avait pas eu la tête sur les épaules, elle aurait perdu tout le reste – non pas que je me fasse du souci pour toi, chérie – toi qui es si prudente, mais quand même, toute seule… – enfin, tu n'es pas toute seule, si… ?

À ce moment elle en avait eu assez et, endiguant le flot de paroles de Leila – conséquence, à l'évidence, du fait qu'elle était privée de téléphone anglais depuis près de quinze jours –, raccrocha.

Après quoi la journée fut à elle – ou plutôt à eux.

« Ai-je l'air si prudente qu'aucun marin n'aurait envie de s'en prendre à moi ?

— L'air quoi ?

— L'air d'une femme incapable de… tu vois très bien ce que je veux dire.

— Personne n'a l'air prudent tout le temps. »

Elle observa son visage après qu'il eut dit cela et y retrouva la même expression que lorsqu'il avait fait devant Conrad sa remarque sur l'intérêt des femmes pour le présent et l'avenir. Le même sourire. Elle frissonna. Aussitôt, il se montra prévenant. Il guettait la moindre de ses réactions physiques et semblait chaque fois fasciné.

« Tu as froid ? Tu veux te réchauffer dans mes bras ? »

Elle secoua la tête : « Un esprit a dû passer au-dessus de notre lit. »

Il ne comprit pas ce qu'elle voulait dire.

Elle ne vit jamais son bateau. Il y eut l'après-midi ; puis la nuit. Elle ne s'était jamais sentie si rafraîchie, ni si épuisée.

Le lendemain, elle déclara qu'elle devait partir. Il lui demanda de rester et elle expliqua pour les enfants.

« Je fais la route avec toi, alors.

— Et comment reviendras-tu à Marseille ?

— Je me débrouillerai. »

Ils partirent de Marseille vers quatre heures de l'après-midi. Le temps écoulé entre ce trajet et celui qu'elle avait fait avec son mari semblait si démesurément long qu'elle était étonnée de pouvoir se rappeler le premier.

Quand ils furent presque arrivés, il dit :

« Tu vois, ça n'a pas duré très longtemps.

— Si on allait à Gassin ?

— Où est-ce ?

— C'est un village sur une colline. On peut y monter par une route qui part d'ici, quelque part sur la droite. On pourrait boire un verre là-bas.

— C'est ce que j'aime dans ce pays : on peut boire partout. »

Elle se souvint pour la première fois de la conversation avec Leila et de sa remarque sur les téléphones, et cela aussi paraissait remonter à des semaines. Marseille s'estompait dans le passé. Le présent tremblait au bord de l'irréel ; quant à l'avenir – même si elle ne parvenait pas à penser plus loin que la semaine à passer à Saint-Tropez –, elle le redoutait.

Ils trouvèrent la route, dont seul le dessin tortueux permettait de gravir un tel escarpement. À mesure qu'ils grimpaient, le soleil s'enfonçait dans la colline boisée. Le village, perché au sommet et maintenu dans cette position par l'assurance des siècles passés, aidée d'un petit parapet, paraissait au premier abord très tranquille, presque désert. Mais quand ils eurent garé la voiture et commencé de monter à pied les rues étroites et pavées serpentant au milieu de l'amas de maisons penchées, d'un gris tirant sur le jaune, ils remarquèrent les animaux, puis les gens, autour d'eux. Des chats tachetés et rayés les considéraient avec une indifférence impénétrable ; quelques chiens, tous visiblement de la même portée, mais n'appartenant à aucune race connue, les suivirent sur quelques pas en reniflant ; des poules picoraient doctoralement en avançant d'un grain à un autre ; des chèvres étaient attachées à des piquets devant des portes ouvertes ; et un renard au bout d'une chaîne montait quatre marches pour en redescendre trois, en remontait trois pour en redescendre quatre, dans une sorte de danse frénétique perpétuelle : il ne prenait pas la peine de regarder où il allait, puisqu'il l'avait douloureusement appris – il avançait toujours un peu trop loin dans chaque sens, et la chaîne l'étranglait. « J'ai horreur de ça », fit Thompson d'un ton placide, et ils virent alors une très vieille femme, dont le visage ressemblait à une noix, qui les observait en train d'observer le renard. Elle hocha la tête et dit quelque chose d'incompréhensible, mais elle n'avait plus de dents et sa voix semblait émaner des fissures de son visage. Quand elle vit qu'ils ne la comprenaient pas, elle hocha de nouveau la tête avec une résignation courtoise, ramena son châle noir sur ses épaules et reporta son attention stoïque sur le renard.

Au sud-est du village s'étendait une vaste terrasse bordée du parapet, au-dessous duquel la colline descendait à pic. La vue donnait sur le golfe lisse et étincelant, et au-delà le faible scintillement des lumières de Sainte-Maxime ; en contrebas de la terrasse, les bois touffus étaient gagnés par le crépuscule.

Ils s'assirent sur le parapet pour boire une bouteille de vin. Ils eurent alors leur seule véritable conversation.

Ce fut elle qui l'entama, en proie à une telle impression d'irréalité, proche de la panique, qu'elle espérait que le son de leurs voix pourrait y remédier. Aussi demanda-t-elle, sans grande curiosité :

« Tu as dit que tu faisais tout ce qui se présentait. Tu veux dire que tu ferais n'importe quel travail, sans te soucier de ce que c'est ?

— Je choisis, quand même. Comme ça m'est égal de ne rien faire, je peux choisir – sauf si je suis complètement à sec.

— Et dans ce cas, tu dois accepter n'importe quel boulot ?

— Disons que je fais moins le difficile.

— Mais qu'est-ce qui t'intéresse vraiment ? » insista-t-elle.

Ses traits se froissèrent tandis qu'il réfléchissait à la question.

« Ce qui m'intéresse vraiment. Oh ! Les femmes. Toujours les femmes. »

Il vida son verre et se pencha vers elle, la bouteille à la main. Il souriait – sur la défensive (« je n'aurais rien dit, mais tu l'as voulu »).

« Des quantités de femmes, toujours renouvelées ?

— Oui, sans doute. Je n'y pense pas de cette façon.

— Simultanément, ou consécutivement ?

— Comment ça ?

— Je veux dire, plusieurs femmes à la fois, ou l'une après l'autre ?

— Ah, je vois. L'une après l'autre, évidemment. »

Il semblait choqué.

« Encore un peu de vin ?

— Je veux bien. Et chacune s'imagine être la glorieuse exception ? »

Il sourit à nouveau, tristement.

« C'est ça. Et elle l'est, d'une certaine façon.

— Mais pas comme elle le croit.

— Eh bien, je ne sais pas ce qu'elle croit, tu comprends », répondit-il.

Il se retranchait, harassé, dans sa politesse du début.

N'osant toujours pas être elle-même, elle demanda :

« Tu trouves ça vulgaire de ma part de te poser toutes ces questions ? »

Il répondit simplement :

« Je ne connais pas ce mot. »

Jamais elle ne s'était sentie si vulgaire. Plus tard, il dit :

« Mais ça ne te rend pas heureuse, n'est-ce pas ?

— Ça ne me rend rien du tout, dit-elle avant d'ajouter en hâte : Excuse-moi. J'ai l'impression d'être irréelle. Tout semble tellement loin devant moi ou loin derrière, et je me sens comme au milieu d'un vaste néant entre deux. Tu vois ce que je veux dire ? »

Il secoua la tête : « Peu importe. Qu'est-ce que tu fais, à Londres ?

— Pourquoi ?

— Je me demandais simplement ce que tu faisais. »

Elle prit une profonde inspiration : « Je m'occupe d'une maison, et j'en ai une autre à la campagne.

— Où ça ?

— Dans le Kent. »

Il y eut un silence tandis qu'elle attendait un commentaire à propos du Kent ; mais il se tut et elle continua, parlant plus vite :

« Je m'occupe de mes enfants. Julian est en internat dans une école préparatoire, et Deirdre va à l'école près de Londres. Je…

— En somme, ils ne sont pas là, ou partis pour la journée, interrompit-il.

— Oui. Comme tous les enfants de leur âge. La plupart des enfants », se reprit-elle : de toute évidence, ça n'avait pas été le cas de Thompson. « Et puis, on reçoit beaucoup. Conrad aime voir défiler quantité de gens.

— Tu fais beaucoup la cuisine, alors.

— Je ne *fais* pas la cuisine. Je ne serais jamais assez bonne cuisinière pour Conrad. J'organise les repas. C'est qu'il y a beaucoup à organiser, tu sais. Je lis, je vais au cinéma, je jardine, j'écoute de la musique… Et puis Conrad accorde beaucoup d'importance aux vêtements, alors je passe beaucoup de temps à m'habiller… »

Elle se tut : elle avait une vague idée de ce qu'il devait penser de tout ça, et une vague idée de ce que c'était : insatisfaisant et incompréhensible pour l'un comme pour l'autre, mais de différentes manières, et plus elle en parlait, plus le fossé se creusait.

« C'est comme si je m'occupais de changer les décors d'une pièce de théâtre pour Conrad, conclut-elle. Il aime les décors complexes, et il aime la variété. Voilà ce que j'essaye de faire pour lui.

— Je suis sûr que tu réussis très bien ce que tu essayes de faire », dit-il; et ils se regardèrent par-dessus la table et par-dessus le gouffre qui les séparait. Je peux le quitter quand je veux, pensa-t-elle; ce ne sera pas difficile, et dans quelques années, ce sera devenu un simple souvenir, surprenant et agréable. Nous n'avons rien de commun, et si nous reprenons la route maintenant, je serai de retour avant le coucher des enfants.

Ils avaient payé le vin, il était bu. Ils se levèrent pour partir.

« Partons par là », dit-il.

Au bout de la terrasse, ils trouvèrent une arche étroite – un passage voûté. Il faisait très sombre et elle trébucha sur les pavés irréguliers. Il tendit la main et la saisit par le coude pour l'aider à retrouver l'équilibre : le contact de sa main était comme un lointain souvenir, jusqu'à ce qu'il dise :

« Je te reverrai à Londres, alors ? »

Le présent brûlant s'imposa à elle comme un éclair; ses sens lui revinrent, elle était de nouveau elle-même et, dans cette illumination, elle le voyait de nouveau clairement : lui et elle, et rien d'autre.

Elle lui fit face sans répondre et l'embrassa avec toute la

violence contenue dans leurs vies, comme si elle venait de la retrouver.

« Tu tiens toujours à rentrer ce soir ?

— Je n'ai pas le choix. »

Ils firent la route en voiture, et alors qu'ils approchaient de la villa, elle dit :

« C'est idiot de te déposer dans un endroit pareil. Comment vas-tu repartir de là ? C'est une route secondaire.

— J'irai manger quelque part, et je me renseignerai. Je trouverai bien un camion, ce soir ou de bonne heure demain matin.

— Mais tu devras revenir au croisement pour trouver un camion.

— Ne t'en fais pas pour moi. J'ai l'habitude. »

Elle arrêta la voiture.

« Tu vas partir ce soir ou demain matin ?

— Ça dépend ; ne t'en fais pas », répéta-t-il.

Elle ressentait le besoin irrépressible de savoir s'il quitterait Saint-Tropez cette nuit-là ou le lendemain matin mais, incapable de lui expliquer une telle curiosité, elle se résigna à l'extrême inconfort de l'incertitude.

« Je ne m'en ferai pas », dit-elle.

Il sortit de la voiture et, avec une grâce naturelle et spontanée, lui prit une main, puis l'autre, et les embrassa. Ce geste lui rappela tout à coup ce batelier sur la Tamise qui, debout à la poupe du bateau qu'il manœuvrait d'une seule rame, avait levé les yeux vers elle juste avant de passer sous le pont d'où elle l'observait et qui, avec une galanterie et une précision inimitables, avait brandi son grand chapeau noir, l'avait agité avant de s'incliner pour la saluer.

Et maintenant… Thompson.

Il dit :

« Au revoir, et merci.

— Merci à toi, dit-elle, de t'être occupé de moi. »

Il répondit avec une étonnante courtoisie : « C'est un plaisir que j'espère renouveler à Londres. »

Il serra légèrement l'une de ses mains : « Tu es un ange, dit-il. J'y vais. »

Elle ne le regarda pas s'en aller. Il avait trop bien arrangé son départ pour laisser derrière lui autre chose qu'un léger soupir du cœur revenant à sa position normale – un écran sans images devant les yeux et un effacement à peine perceptible de l'âme.

La voiture peina à redémarrer en côte.

◆

Leila déclara qu'elle était radieuse. Don Talbot la regarda d'un drôle d'air et ne dit rien.

« Vous êtes contents que je sois rentrée ? » demanda-t-elle aux enfants, s'écoutant elle-même mendier leur approbation, et Deirdre de se jeter sur sa mère en criant :

« Oh oui ! Je suis tellement, tellement, tellement contente ! Maman, maman chérie ! C'était si long… Tellement contente ! »

Julian, en revanche, fouillant son lit à la recherche d'un élément de Meccano, dit simplement : « Je savais bien que tu reviendrais. »

V

Durant la semaine mouvementée et déplaisante qu'il passa à Paris, Fleming essaya consciencieusement de se débarrasser de son désir pour Imogen Stanford. Il employa les méthodes usuelles, lesquelles se révélèrent inefficaces. Il essaya de ne pas penser à elle et trouva cela aussi ardu que de vouloir se vider entièrement l'esprit quand on n'en a pas l'habitude. Il se lança dans un vaste programme de distractions intellectuelles, mais chaque fois qu'il croyait avoir réussi à se distraire, une insupportable pensée parasite lui rappelait tout à coup Imogen, et quand, comme souvent, il ne parvenait pas à se distraire, il pensait à elle de toute façon. Il tenta d'analyser ses sentiments pour elle jusqu'à les éliminer, mais l'analyse, en protectrice obstinée, se montrait malhonnête et ne lui était d'aucune utilité. Il tenta d'épuiser toutes les pensées la concernant en ne pensant qu'à elle, volontairement, pendant une heure. En désespoir de cause, il se fixa sur une charmante antithèse d'Imogen, mais il découvrit, trop tard pour s'éviter un embarras considérable, qu'il n'avait pas le moins du monde envie d'elle. Après cette dernière tentative, à la fois coûteuse et humiliante, il s'avoua vaincu et rentra à Londres.

Dans l'avion, il se consola en songeant à l'extrême jeunesse d'Imogen – elle n'avait que vingt ans –, et au fait qu'on avait de la ressource quand on était jeune ; en se disant qu'elle était différente de beaucoup de jeunes femmes de son âge, en ce qu'elle avait une carrière devant elle (elle étudiait la peinture), et avait donc peu de chances de nourrir une obsession à son égard ; et que de toute façon les jeunes femmes étaient toujours attirées par les hommes avenants et beaucoup plus vieux, flattées qu'ils s'intéressent à elles. La vanité d'Imogen en était rassasiée, caressée, et son cœur, intact ; il était resté honnête avec elle – c'est-à-dire qu'il ne lui avait pas caché les vérités qu'il la jugeait capable d'entendre – et il lui avait déjà beaucoup appris. Elle était guérie de son amour pour les jupes paysannes et les pantalons mal coupés, de sa prédilection pour le vin blanc moelleux, les sandalettes et ce parfum ridicule qui sentait les fleurs à demi fanées ; de sa tendance à perdre ou à oublier les numéros de téléphone, les carnets de chèques, les clefs et les cigarettes allumées ; de sa dangereuse habitude de dire sincèrement ce qu'elle pensait, de manquer sans cesse de précision et de n'avoir aucune conscience de sa beauté. Mais quand ce dernier mot lui vint à l'esprit, il eut honte de penser à elle en la détaillant avec tant de mesquinerie.

Cette liste était à la fois exacte et absurde, puisqu'elle aurait pu s'appliquer à n'importe quelle jeune fille de vingt ans, or il savait au fond de lui, par expérience autant que par intérêt pour elle, qu'Imogen n'avait rien d'une jeune fille de vingt ans comme les autres. En plus de sa beauté étonnante, radieuse, elle avait la perfection inhérente aux objets bien faits. Elle possédait davantage que la ressource de la jeunesse. Elle l'avait choisi (il était son premier amant), parmi une foule d'opportunités – on ne pouvait pas parler de manne dans ce contexte, songea-t-il, étant donné qu'une femme ravissante est automatiquement entourée d'un essaim d'hommes capables d'apprécier seulement ses charmes les plus flagrants, et ayant par conséquent très peu à offrir en retour. Elle pensait sans doute être folle amoureuse de lui, ce dont il fallait la détromper avec toute la douceur possible. Quant au reste, elle avait appris à ne pas toujours dire ce qu'elle pensait, et il laissait au prochain homme auquel elle appartiendrait l'entreprise plus vaste de lui apprendre à penser ce qu'elle disait.

Il se mit de la ouate dans les oreilles tandis que l'avion

amorçait sa descente, et conclut en lui-même qu'il n'était qu'un épisode agréablement instructif à l'aube de la vie d'Imogen – ni très significatif ni très dommageable –, les choses étaient donc parfaitement sous contrôle…

◆

Au moment où il lui téléphona, Imogen, qui portait une jupe paysanne et un chemisier surchargés de malencontreuses broderies, confectionnait un potage compliqué. Elle s'imaginait penser à ce qu'elle faisait : Conrad avait dit une fois qu'il raffolait de la bonne soupe ; aussi en avait-elle cuisiné tous les jours depuis son départ – potage épais, potage liquide, potage avec morceaux et potage passé au tamis, potage chaud, froid, marron, crème, vert pâle, rose –, elle ignorait qu'il en existait autant de sortes. Il y avait eu une vague de chaleur, et ni elle ni la jeune fille qui partageait son atelier n'aimaient le potage ; mais elle se disait que ce serait utile de savoir le faire, et elle pensait à Conrad pendant qu'elle le faisait, autant d'ailleurs qu'à n'importe quel moment – à l'école d'art, dans son bain ou en conversation avec d'autres gens, en achetant du papier, du fusain ou des os pour un nouveau consommé, quand elle rencontrait dans la rue quelqu'un qui ne lui ressemblait pas, et quand le téléphone sonnait et que ça n'était sûrement pas lui puisqu'il était en France.

C'était lui, et il n'était pas en France. Il était à l'aéroport, que faisait-elle ? Eh bien, il serait là dans deux heures.

Deux heures. Elle remonta la pendule et regarda les aiguilles : elles indiquaient onze heures vingt, mais on ne pouvait pas les repositionner, le ressort étant cassé. Elle écrivit « 11 h 20 » sur son carnet à dessin et le cala à la verticale sur la table. Elle eut juste le temps de jeter un œil critique à la pièce et de décider qu'elle était assez en ordre (Mrs Green était venue le matin), avant de se précipiter dans la salle de bains pour vomir.

Quand elle en sortit, verte et tremblante, elle trouva Iris, qui était rentrée et fumait une cigarette allongée sur le sofa.

« Je te croyais sortie. Ma pauvre !

— Non, j'étais là en train de vomir – quelle perte de temps – je n'ai que deux heures.

— Tu as une mine affreuse. Je vais te chercher du brandy. »

Iris se leva aussitôt du sofa et se mit en quête d'un verre.

« Conrad est rentré ! Avec cinq jours d'avance. Il arrive.

— J'avais compris, fit sèchement Iris. Tiens.

— Est-ce que c'est bon de boire du brandy avant de prendre un bain ?

— C'est toujours bon de boire du brandy. Assieds-toi pour le boire. »

Imogen lui lança un regard anxieux par-dessus le rebord de son verre : « Il faut que je me lave les cheveux.

— Tu les as lavés avant-hier. »

Iris la regarda – elle était encore un peu verte, mais, même dans ces affreux vêtements prétentieux, d'une beauté absurde et tremblotante – et se retint d'ajouter : « Ne sois pas stupide. » Au lieu de cela, elle dit :

« Lave-les si tu y tiens. Je peux les égaliser derrière, si tu veux. Où sont les bons ciseaux ?

— Soit dans la poche de ma robe de chambre, soit dans le coffre à pain. Plutôt le coffre à pain », confirma-t-elle après réflexion. Depuis que Conrad avait expliqué combien c'était idiot et pénible d'égarer ses affaires, elle avait pris l'habitude de tout ranger dans ce qu'elle considérait comme un lieu sûr. Iris avait beau lui faire remarquer que ce n'était pas très pratique, Imogen lui avait assuré que c'était bien mieux, puisque comme ça elle pouvait trouver les choses pour elles deux, tandis qu'avant personne ne trouvait rien.

« Il les aime dégradés en pointe », dit-elle quelques minutes plus tard. Elle était assise sur une chaise de cuisine, une serviette nouée autour du cou, ses cheveux – d'un blond si pâle qu'il était presque argenté – lui arrivant au niveau des épaules. Elle leva les yeux vers Iris pour appuyer cette idée. Elle était pâle comme toujours, mais n'avait plus le teint vert.

« Tiens-toi tranquille. Fume une cigarette et détends-toi.

— Il faut que je me frotte les doigts. Conrad dit que si je tenais mes cigarettes comme il faut, ils ne seraient pas jaunis par la nicotine. Merci. Heureusement que j'ai gardé mes belles tenues.

— Ça ne m'étonne pas de toi.

— J'aurais pu ne pas le faire.

— Regarde-moi cette soupe répugnante dans laquelle on a failli se noyer. »

Imogen leva de nouveau les yeux : « Ne lui parle pas de la soupe.

— Je ne lui dirai rien, mais à toi je vais le dire.

— Quoi ?

— De ne pas en faire une obsession. Ta vie ne tourne pas autour de lui.

— Pourquoi pas ? »

Il y avait quelque chose dans ses yeux, une simplicité, une sorte d'innocence absolue, à laquelle Iris ne savait que répondre.

Mieux vaut être comme moi, se dit-elle plus tard ; on ne vous fait pas souffrir avec autant de malice.

En se rendant à la salle dc bains, Imogen, avec l'air d'un ange sculpté dont les cheveux se sont érodés avec le temps, dit :

« S'il est rentré plus tôt, c'est la preuve qu'il m'aime.

— Il était peut-être obligé.

— Qu'est-ce que tu as contre lui ? Tu le trouves antipathique ?

— Si c'était le cas, ça changerait quelque chose ?

— Non… mais je vois bien que c'est assommant pour toi d'avoir l'appartement sens dessus dessous à cause de quelqu'un que tu n'aimes pas.

— Ça ne fait rien : c'est ton homme. De toute façon, c'est toi qui mets l'appartement sens dessus dessous, et je n'aurais pas envisagé de partager un appartement avec toi si je n'étais pas ta fidèle amie. Dépêche-toi, ou tes cheveux ne seront pas secs à temps. Et pour l'amour du ciel, ouvre la fenêtre quand tu auras fini ou le papier peint va finir par se décoller.

— Ce n'est pas un bain de vapeur, non plus. »

Iris – tandis qu'elle vidait discrètement les casseroles de soupe en cours de préparation, rangeait la cuisine puis se changeait – constata le soin extrême et le souci du détail d'Imogen, sa joie croissante devant les résultats obtenus, et ne dit rien. Le contraste entre ces préparatifs étonnamment sophistiqués, au point d'en devenir ravageurs, et le plaisir pur qu'ils procuraient à son amie la laissait sans voix. Mais deux heures plus tard, lorsqu'elle trouva Imogen debout près de la fenêtre donnant sur la rue, et que celle-ci se tourna vers elle d'un air anxieux pour lui demander « Dis-moi franchement, ça va, comme ça ? », Iris, ayant d'abord répondu sans beaucoup de tact « Ça va », se hâta d'ajouter « Amuse-toi bien. Prends du bon temps.

— C'est ce que je fais. C'est ce que je vais faire. Il – Conrad – dit que c'est la première fois que ça lui arrive. Dis, Iris, tu ne le trouves pas antipathique, hein ?

— Non, bien sûr que non. Tu ne te sens plus malade ?

— Plus du tout. Je suis prête à... oh, à tout ! »

◆

Il lui avait rapporté de Paris une robe d'un gris qui allait l'aider, dit-il, à déterminer la couleur de ses yeux pendant la semaine. Ils avaient toute la semaine, alors ? Enfin, cinq jours. Mais les yeux d'Imogen étaient devenus si noirs de plaisir que Fleming ne put sonder que leur forme : la courbe parfaite qui venait refermer les lourdes paupières était exquise, et le resterait toujours, donnant à son visage un caractère presque païen, plus ancien que celui d'un ange ; on ne pouvait tirer aucune sorte de morale de deux yeux ainsi faits, songeait-il.

Pendant ces cinq jours, alors qu'il la regardait faire les découvertes universelles et intimement miraculeuses de l'amour, lui-même, tout en marchant, parlant, observant, faisant l'amour et dormant, découvrit qu'il l'aimait. L'amour étant peut-être la moins aveugle de toutes les émotions primaires, il s'aperçut d'une myriade de choses à son propos

– des choses charmantes, inquiétantes, époustouflantes, admirables et effrayantes. Sa capacité à savourer l'existence, de manière intense et immédiate, lui semblait aussi fascinante que contagieuse. Il insista pour qu'elle lui montrât ses dessins et ses tableaux et constata qu'elle y avait transposé l'intuition qu'elle n'avait pas encore pu appliquer à ses relations avec les gens. Elle avait le sens de la couleur, bien que peu développé, et elle ne savait pas du tout dessiner. Elle avait éprouvé le besoin de faire quelque chose de ses mains, n'ayant pas su faire quelque chose de ses relations avec les gens. Mais sa beauté, maintenant que toutes ses délicieuses facettes s'imbriquaient dans sa joie de vivre, rayonnait, scintillait, brillait, dépassant tout ce qu'il était capable d'imaginer : elle demeurait dans la pièce qu'Imogen venait de quitter; imprégnait tout ce qu'elle portait ou touchait; illuminait les visages de ceux qui la regardaient; et elle emplissait tout ce dont ils entendaient parler, tout ce qu'ils voyaient ou vivaient ensemble, à tel point qu'Imogen, aux yeux de Conrad du moins, en devenait l'essence même ; il n'existait rien de beau qui ne prenne sa source en elle. Il remarqua comment, en cinq jours (ils n'avaient jusque-là jamais passé plus de quelques heures ensemble), sa féminité d'esprit et ces petites intuitions si promptes, qui plusieurs fois déjà avaient forcé son admiration, devenaient plus régulières et plus assurées; comment, soucieuse qu'elle était de lui faire plaisir et de le combler, elle tâtonnait, trouvait, devinait et chérissait la façon de s'y prendre avec lui : comment elle avait, en si peu de temps, appris à sublimer ses traits d'esprit, à accepter ses silences, à nourrir ses appétits et à respecter sa réserve.

Sa seule réserve avait été de ne pas vouloir lui montrer ses œuvres. Il avait cru que c'était parce qu'elle se pensait douée et craignait qu'il ne sût déceler son talent. Ayant vu sa peinture, il se rendit compte que c'était parce qu'elle savait qu'elle ne l'était pas, et craignait qu'il ne confirme cette certitude. Il s'efforça d'être encourageant sur le chapitre des dessins; mais elle prononça elle-même leur arrêt de mort.

« De toute façon, ils ne m'intéressent plus. »

Il la regarda attentivement : elle était assise sur le plancher, la tête penchée sur un carton à dessins. L'un des deux rubans noirs s'était emmêlé, et après avoir tenté un instant de défaire le nœud, elle l'arracha et poussa le carton hors de sa vue sous le canapé. Quand elle releva la tête, elle vit son expression avant qu'il n'ait eu le temps de la modifier, et dit :

« Étaient-ils vraiment affreux ?

— Je t'ai déjà dit ce que j'en pensais.

— À la différence d'Ophélia, je n'ai pas été trompée.

— Qu'est-ce qui t'intéresse alors ? »

Sa bouche mince et délicate s'étira lentement en un sourire :

« Eh bien, toi, mon cher amour… toi ! »

Elle approcha de la chaise où il était assis et plaça ses mains sur les siennes.

« Je t'aime comme si tu étais Dieu et que tu m'avais créée, et comme si tu m'avais dit ensuite : “Regarde, voici la lumière et voici les arbres et les étoiles, et les jours et les nuits, ceci est la vie et cela le repos, et je serai toujours avec toi.” Seulement, conclut-elle, parfois je ne peux pas te voir, bien sûr. »

Durant le court silence qui suivit, et bien avant qu'il commence à refouler tous les échos portés par cette confession, il sentit germer en lui l'amour et la crainte.

VI

Le sixième jour – sa femme devait revenir de France le soir même – il retourna travailler. Il lui était aussi impossible de dire à Imogen qu'il l'aimait que de tenter de diminuer l'amour qu'elle lui portait. Quand ils étaient ensemble, ces deux impulsions d'égale intensité s'annulaient tout à fait ; et comme il ne voyait d'autre solution, tant qu'il restait avec elle, que de laisser s'épanouir ces sentiments contradictoires, il se tourna vers les problèmes professionnels, qui n'auraient pas manqué de s'accumuler en trois semaines de vacances. Il renvoya Imogen à son école d'art, et fit parvenir à Iris un énorme bouquet des fleurs qui portaient son nom avec un mot la remerciant de son hospitalité pleine de tact. Ce jour-là, rempli de l'énergie du désespoir, en homme qui a enfin mis le doigt sur son point faible, il enchaîna les prises de décision avec l'aisance et la fermeté remarquables que confère l'indifférence : il régla le différend qui promettait de s'envenimer entre deux de ses associés ; il empêcha un architecte farfelu de rendre les bureaux inhabitables ; reçut cinq candidates au poste de réceptionniste, les renvoya et en dénicha une sixième ; écrivit vingt-trois courriers et signa quarante chèques ; déjeuna avec un millionnaire cleptomane qui le dépouilla de ses trois stylos mais se montra sinon bien disposé ; et obtint l'avis d'un avocat concernant la servitude dont on venait de découvrir qu'elle divisait très précisément en deux son court de tennis dans le Kent. En rentrant chez lui, il passa chercher trois douzaines d'huîtres chez Bentley et ses bagages à son club.

Ils étaient revenus ; elle était revenue. À peine eut-il franchi la porte d'entrée qu'il perçut les échos du bain des enfants au dernier étage, et entendit qu'on s'activait au sous-sol. Il sentit un léger effluve de son parfum ; vit que la pile de courrier sur la table du vestibule avait été examinée ; qu'elle avait mis des fleurs dans le salon ; et il devina qu'elle était dans sa chambre en train de défaire ses valises et de se changer. Il resta immobile un instant, tâchant de se la représenter, de se remémorer les traits de caractère de sa femme – comme si elle était un personnage qui l'aurait marqué dans un roman –, se rappelant sa manière d'être, cherchant la façon dont ils s'étaient conduits, plusieurs chapitres auparavant, en se retrouvant après une séparation. Seulement il n'y avait jamais eu de séparation comparable à celle-ci, où il lui fallait se débarrasser de toutes les peaux qu'il avait revêtues dans son autre vie, couche après couche, jusqu'à se retrouver à nu. Non, c'était absurde : elle serait heureuse de le voir et il avait apporté des huîtres. Il haussa les épaules devant l'image qu'il s'était faite d'elle et descendit les huîtres à la cuisine.

Elle était allongée sur la méridienne Régence de leur chambre. Il l'avait achetée des années auparavant, en disant que c'était un meuble qu'on aurait dit fait pour elle ; bien qu'elle eût paru ravie de cet achat, il ne l'avait jamais vue s'y installer. Des échantillons de papier peint étaient éparpillés sur sa robe et sur la méridienne ; elle en laissa tomber un au sol quand il entra dans la pièce, mais tourna la tête vers lui pour le saluer sans s'en préoccuper. Il n'était pas préparé, après ces dix jours et une telle quantité d'émotions, à la voir si élégante et bronzée. Il lui prit une main pour y déposer un baiser, mais elle la retira en disant :

« Je ne crois pas que mes ongles soient secs. »

Ils étaient vernis de blanc. Elle lui rendit son regard, presque timidement. Il crut qu'elle attendait son approbation quant à ses mains et dit :

« C'est magnifique, mais il va falloir les entretenir avec un soin extrême.

— C'est un peu osé, je sais.

— Comment s'est passé le retour ?

— Chaudement. Et étant donné les enfants et l'état actuel de Leila, plutôt bien. Sans histoires, même.

— Voilà un couple dont la fréquentation commence à m'inspirer ce qui avoisine le mépris. Je suis désolé de les trouver si rasoir », ajouta-t-il après un instant.

Cette réflexion ne lui ressemblait pas, et il y eut un silence pendant lequel chacun se demandait pourquoi il avait dit ça.

« Je trouve que lui est rasoir », répondit-elle enfin. Elle rassemblait les échantillons de papier peint.

« Tu t'es mise au travail à peine arrivée. »

Et elle répondit aussitôt, avec une pointe d'agacement : « Ce n'est pas du travail. Il s'agit seulement de choisir.

— C'est le choix qui distingue l'*artiste** de la femme ordinaire… commença-t-il.

— Mais je ne suis même pas artiste, l'interrompit-elle.

— Oh, chérie. Tu ne serais pas obsédée par l'idée d'*être* quelque chose ? »

Elle leva les yeux : « Tu crois ? Je veux dire, est-ce une obsession ? »

Elle est fatiguée, c'est normal, pensa-t-il. Tout haut, il dit :

« Ma chère, si j'avais été le genre de petit garçon à conserver des scarabées dans une boîte d'allumettes, des timbres dans un album ou des blocs de construction dans leur sac, je serais devenu le genre d'homme à vouloir conserver sa femme dans sa maison. Mais je passais mon temps à organiser des courses entre mes scarabées qui finissaient par s'échapper ; à échanger ou à perdre mes timbres et à construire quelque chose avec ces blocs. Les scarabées ne couraient pas assez vite, les timbres étaient trop souvent des faux, et quoi que je construise il n'y avait jamais assez de blocs. Alors tu vois, tu es libre de faire ce qui te plaît.

— Tant que ça reste un passe-temps. »

Il était en train de se coiffer avec le peigne de sa femme.

Après un silence ponctué du crissement du peigne, elle demanda :

« Tu as vu les enfants ?

— J'ai déposé des huîtres aux pieds de Dorothy et suis monté te voir. »

Elle se leva.

« Je vais leur dire bonsoir et je te rejoins en bas. »

Quand elle fut partie, il demeura immobile quelques secondes avant d'aller à la salle de bains. Penser aux enfants précipita tout le poids de la journée sur ses épaules : il s'aperçut qu'il était épuisé, et regretta de ne pas avoir invité des gens à dîner en même temps qu'il rapportait à manger. Au lit de bonne heure, se dit-il en refermant les robinets, et il se rappela l'attitude de sa femme à Saint-Tropez. Au lit de bonne heure, se répéta-t-il presque rageusement, en refoulant un sentiment de culpabilité qui le rendait furieux contre lui-même ; et il descendit à la salle à manger.

◆

Ce premier soir, il lui demanda quand elle partait dans le Kent, et elle répondit qu'elle y envoyait les enfants mais n'y allait pas tout de suite. Elle avait plusieurs choses à faire d'abord, ajouta-t-elle très vite. Elle semblait s'attendre à ce qu'il s'oppose à ce projet. Il lui répondit d'un ton poli de faire comme elle le souhaitait, bien entendu. Il s'imaginait qu'elle avait l'intention de le surveiller, ce qui le rendait à la fois irritable et anxieux. Elle sentait qu'il était en colère, et à la pensée qu'il pourrait deviner ce qui la poussait à rester à Londres, un air épouvanté passa sur ses traits – dont elle craignit ensuite qu'il l'ait aperçu. Mais elle ne devina rien de son anxiété, et il ne vit pas l'expression de son visage. Chacun trouvait difficile, sinon impossible, de regarder l'autre. Ils finirent la soirée en se déclarant mutuellement épuisés, usant d'exclamations teintées d'un léger excès de commisération visant plus à souligner la fatigue qu'à se montrer compatissant. Elle sombra sans tarder dans le sommeil, comme elle avait eu l'intention de le faire toute la journée ; quant à lui, éreinté mais déconcerté par l'attitude de sa femme et n'étant pas parvenu à se détendre, il ressassa pendant des heures des pensées torturantes. Il prit la résolution de ne pas voir Imogen le lendemain soir (au milieu de la nuit, cette répression même temporaire de son désir semblait héroïque) et finit, après avoir décidé d'injecter du sang frais dans les veines asséchées de sa vie conjugale en y conviant de nouvelles têtes, par s'endormir.

Cette soirée fut à l'image de bien des jours et des soirées qui suivirent. On aurait dit deux personnes chacune sur son rocher au milieu de la mer, très éloignées l'une de l'autre et tenant chacune l'extrémité du lourd câble qui était leur seul moyen de communication. Si le câble était lâche, il pesait trop lourd et leur faisait mal aux mains, et de surcroît la communication était impossible ; si l'un d'eux tirait dessus, le poids devenait intolérable et ils vacillaient tous deux au rythme de la vibration du câble. Les jours suivants, ou bien le câble pendait lamentablement, les laissant tous deux désespérément seuls, ou bien il se tendait et tressaillait, leur brûlant les mains et rapprochant le moment où l'un d'eux devrait s'aventurer sur cette corde raide pour rejoindre l'autre.

Revenant chez lui se changer un soir où ils allaient au théâtre, il la trouva endormie dans le salon, pas encore habillée. Avant qu'elle se réveille, et lui présente son visage sinon son regard, il fit la terrible découverte qui s'abat immanquablement, tôt ou tard, sur celui qui a épousé une belle femme : celle que sa beauté, ainsi figée dans la continuité du sommeil, amenait ses émotions au point mort – il voyait, peut-être plus nettement que jamais, l'admirable beauté de sa femme, mais l'appréciait d'une façon tout à fait désintéressée, sans aucun désir de s'y identifier. Par la suite, il conserverait de sa femme cette image étrangement absolue, annulant tout désir, anéantissant tout amour, paralysant tout mouvement du cœur – car dans son esprit elle était toujours allongée là, aussi absolue, immobile et belle que la mort.

L'idée qu'elle était peut-être morte lui traversa l'esprit avec une puissance irréelle; morte, finie pour elle-même comme pour lui. La fin idéale… On dit que tout savoir, c'est tout pardonner, se dit-il, mais pour tout voir, il ne faut plus rien ressentir.

Le téléphone sonna. Avant qu'il eût fait un geste, elle était revenue à la vie et avait décroché. Il l'observa, surpris de son intérêt soudain et immédiat pour un instrument qu'elle détestait tant. L'appel était manifestement sans importance. En raccrochant, elle lui dit avec le sourire un peu timide qu'elle affichait désormais presque chaque fois qu'elle s'adressait à lui :

« Wilfrid… Papa… Il est très malade. J'ai cru que c'était à son sujet.

— Mais ça ne l'était pas.

— Non… ce n'était rien. »

Elle se détourna du téléphone avec la lassitude d'une trop longue attente, et demanda : « Si on buvait un verre ici avant de nous changer ?

— Si tu veux. »

La fatigue, pensa-t-il objectivement, lui va bien. Elle en est réduite à la quintessence de la distinction. « Du sherry ?

— Du brandy. »

Elle se percha sur le bras d'un fauteuil et sortit sa montre.

« Combien de temps avons-nous ?

— Assez pour boire tranquillement. Qu'est-ce qui arrive à Wilfrid ?

— Quelque chose d'interne. Ils ne sont pas sûrs, et son cœur est fragile, ce qui complique le diagnostic. Il a une mine épouvantable.

— Tu l'as vu ?

— J'y suis allée cet après-midi. Il est hospitalisé à Saint-Mary. »

Elle dit cela d'un ton défensif, comme s'il eût pu ne pas la croire. Elle lui prit le verre des mains.

« Bien sûr, cela faisait des mois qu'il n'était pas bien,

continua-t-elle, et qu'il ne voyait personne. Il refusait d'aller à l'hôpital. Il déteste ça. Je crois qu'il se voit déjà mourir. »

Elle but un peu de brandy et parla d'une voix un peu plus forte :

« Il aimerait mieux mourir chez lui. »

Fleming se taisait; il savait combien elle souffrait de voir les autres malades. Même quand elle les connaissait à peine, son imagination suppléait à son ignorance; elle faisait tout son possible pour soulager leurs malheurs, mais sous la pression torturante de sa détresse pour eux, elle avait l'impression de ne rien faire; sa pitié ne reculait devant aucun progrès partiel tant que la maladie ne se terminait pas complètement, d'une façon ou d'une autre. Elle aurait fait une infirmière formidable, disaient les gens lorsqu'ils la voyaient en de telles circonstances, et il était peut-être le seul à savoir qu'elle n'aurait pas tenu six mois dans ce métier.

Il prit une boîte à cigarettes et la lui tendit.

Elle le regarda tandis que ses doigts tâtonnaient dans la boîte.

« C'est une cigarette turque, tu les détestes. Prends celle-là. »

Elle baissa les yeux : « C'est une française !

— Tu les aimais, autrefois. »

Il prit une allumette. C'était curieux comme la peur rajeunissait toujours les femmes de dix ans. Il n'eut pas le temps de se demander quel en était l'effet sur les hommes, car elle dit :

« J'aimerais mieux une turque. »

Il l'alluma pour elle et ne s'éloigna pas tout de suite, au cas où elle chercherait à lui toucher le bras pour le remercier d'avoir deviné qu'elle avait envie de fumer. L'affection des femmes tient du comportement des insectes : de minuscules gestes chargés de sens. Il se souvint alors d'Imogen mettant ses mains sur les siennes et déposant son cœur à ses pieds – un geste qui mettait fin à tous les autres, se dit-il – et il souhaitait désespérément que ce fût vrai.

Elle avait bu son brandy et s'était levée de son fauteuil pour écraser sa cigarette.

« Au moins, celles-là ne risquent pas de devenir une habitude.

— Ça t'ennuie beaucoup, d'aller voir cette pièce ? » lui demanda-t-il quand ils furent montés. Elle répondit avec un élan peu convaincant :

« Non, pas du tout, j'y tiens.

— Tu mens très mal.

— C'est faux.

— Tu n'es pourtant jamais parvenue à me duper un seul instant.

— Et toi ? Crois-tu mentir si bien que ça ? demanda-t-elle après une seconde d'hésitation.

— Ma chère, je n'attends que ça, d'aller voir cette pièce, depuis cinq heures de l'après-midi. Tu imagines ce que je ressens, maintenant ?

— L'indifférence la plus totale. Allons-y. »

VII

Il n'avait pas vu Imogen depuis plusieurs jours et elle ne s'attendait pas à sa visite. Elle venait de prendre un bain et portait un peignoir d'un épais tissu-éponge bleu.

« J'étais en train de sécher là-dedans, mais ça n'a pas beaucoup avancé. »

Elle était chaque fois si troublée de le voir qu'elle parlait comme s'il s'était absenté cinq minutes. Elle ouvrit en grand la porte de l'atelier et attendit, prête à s'éclipser.

« Viens me parler pendant que tu sèches. »

Il ne voulait pas se trouver chez elle sans jouir de sa présence.

« Où est Iris ? demanda-t-il.

— Partie pour la semaine. Voir à quoi ressemblent les Midlands.

— Tu étais toute seule, alors ?

— Je réfléchissais, répondit-elle gravement.

— Trouvons-nous quelque chose à boire, et tu me donneras tes conclusions.

— Donne-moi ta main d'abord. »

Elle sourit pour rendre sa demande moins solennelle, et lui tendit la main. Il la serra délicatement.

« Je suis heureuse de te voir, commença-t-elle prudemment, ce qui n'empêcha pas les larmes de couler sur ses joues. Ce n'est rien, je t'assure.

— Imogen, est-ce qu'il t'arrive de t'évanouir de joie ? Je t'en crois bien capable.

— Non, ça me donne juste mal au cœur. »

Les larmes ne changeaient pas ses yeux.

« On pourrait boire du Dubonnet, reprit-elle. Je vais le chercher. Assieds-toi quelque part. Es-tu très fatigué ? demanda-t-elle depuis la cuisine.

— Il ne faut jamais demander à un homme s'il est fatigué. Mieux vaut supposer qu'il l'est, et manifester ensuite un étonnement charmé en découvrant soit qu'il l'est, soit qu'il ne l'est pas.

— Et passer à autre chose ?

— Oui. Leur vanité est vite mise à mal.

— Je n'ai pas besoin de savoir comment sont les hommes.

— Voilà qui est bien orgueilleux et irréfléchi de ta part.

— Je ne suis pas orgueilleuse, répondit-elle sur la défensive, comme si elle avait l'habitude de ce reproche.

— Non ? Eh bien, tu devrais l'être. »

Elle se tenait, immobile, dans l'embrasure de la porte de la cuisine, un citron dans une main et un couteau dans l'autre. Il la regarda sans la voir, puis la regarda attentivement – mais il était incapable de capturer son image ; ce qu'il retenait, c'était sa pâleur, les nuances charmantes de son teint – il était impossible de photographier quelqu'un, comprit-il, quand tous les sens sont sollicités.

En le voyant qui l'observait si intensément, elle s'empressa de baisser les yeux pour s'assurer que rien ne clochait. Elle n'a aucune vanité, se dit-il. Il faut vraiment que je lui inculque un peu de narcissisme.

« Au moins, personne ne peut prétendre avoir croisé dans la rue, la semaine dernière, une fille qui te ressemblait.

— Si on disait ça, ce serait moi qu'on aurait vue », répondit-elle simplement en allant chercher les verres.

Il prit une chaise. Les fleurs qu'il avait envoyées à Iris étaient presque fanées. Une mauvaise adresse, se dit-il, elles sont censées durer une semaine ; puis il compta les jours qu'elles avaient duré. Jusqu'à présent, il avait toujours aimé vivre dans des endroits différents, autant que le lui permettaient ses moyens ou son emploi du temps, mais il commençait à trouver cela perturbant. Quand il était à Campden Hill Square, il se surprenait à se demander ce qui se passait dans cet atelier – y donnait-on de folles soirées étudiantes, avec des soucoupes en guise de bougeoirs, de la musique espagnole sur le gramophone portatif et Imogen en train de danser seule – des soirées arrosées de café noir et de vin, et presque rien à manger – ou bien Imogen restait-elle assise sur le gros coussin jaune qu'elle promenait partout sur le plancher et sur lequel elle s'installait toujours pour manger des biscuits Bath Oliver et lire des pièces de théâtre à voix haute ? Il l'imaginait toujours seule, même à une fête.

Et quand il était là avec elle, il s'apercevait que, dès qu'elle quittait la pièce, il songeait à sa femme dans leur maison – en proie à la pensée de son père malade, en proie à des pensées le concernant lui et dont il ignorait totalement la teneur ; seule devant un plateau de nourriture dans la salle à manger (elle avait envoyé les enfants dans le Kent pour pouvoir consacrer davantage de temps à son père). Elle allait à l'hôpital et lui faisait la lecture jusqu'à ce que le médicament fasse effet et qu'il dorme quelques heures, le pauvre homme. Elle rentrait alors chez elle et s'efforçait de s'endormir en lisant, mais elle ne prenait pas de somnifères et Conrad savait qu'elle dormait très mal.

Il était sur le point de penser plutôt à son travail pour trouver un peu de répit quand il se rendit compte qu'Imogen était revenue avec le Dubonnet et s'était assise sans bruit sur le plancher à côté de lui.

« Quelle petite souris tu fais !

— Je te croyais plongé dans tes pensées, ou endormi.

— Ç'aurait pu être les deux. Les intellectuels ont tellement l'habitude de réfléchir qu'ils continuent de le faire pendant leur sommeil. »

Elle leva les yeux en souriant. Elle commençait à être heureuse qu'il soit là.

« Sers-nous », dit-elle.

Puis, prenant son verre, elle ajouta : « Moi, en tout cas, je ne suis pas une intellectuelle.

— Non ? Moi non plus, alors.

— Qu'est-ce que c'est, d'abord, un intellectuel ? »

Elle avait la charmante habitude de pencher la tête de côté à la fin d'une question, sincèrement curieuse de la réponse.

« Les intellectuels sont des théoriciens intelligents que méprisent les organisateurs futés. C'est à cause d'eux que le monde tourne de travers, et beaucoup trop lentement.

— À cause des intellectuels ?

— Oui – parce que les organisateurs inversent leurs théories, tu comprends.

— Lequel des deux es-tu ? insista-t-elle.

— Je suis un organisateur diaboliquement futé. Je m'engraisse sur le dos des intellectuels, mais je suis beaucoup plus gentil à leur égard que la plupart de mes contemporains.

— C'est qu'on ne fait pas plus gentil que toi », dit-elle.

Il nia cela ; prit la résolution d'être plus gentil ; se demanda s'il avait jamais été gentil auparavant. Tout haut, il déclara : « Mais je suis là à dire gentiment des bêtises alors que tu as des conclusions à me livrer. Quelles sont-elles ? Non, attends une seconde. Je vais prendre les choses en main, sans quoi nous serons encore ici dans trois heures et tu seras parfaitement sèche mais tout à fait affamée. Habille-toi, et tu me diras tout pendant que nous dînons.

— D'accord. »

Elle se leva.

« Enlève ça d'abord, tu veux ? »

D'un petit mouvement gêné de ses mains, elle défit le peignoir bleu qui tomba à ses pieds. Il tâcha de l'observer en détail, mais dans la plus complète nudité, elle était éblouissante – il était impossible de la regarder longtemps. Je la veux, pensa-t-il sauvagement – et puisqu'elle m'aime… pourquoi pas ?

« Va t'habiller. »

Elle ramassa le peignoir en fronçant un peu les sourcils.

« Conrad, dit-elle – et il vit qu'elle tremblait –, je ne te comprends pas.

— Qu'est-ce que tu ne comprends pas ?

— J'allais te demander si tu m'aimais.

— Le moment est très mal choisi. »

Il se leva de sa chaise pour aller à la fenêtre. « Va t'habiller. »

Il perçut le léger frottement du peignoir qui traînait sur le sol puis la porte qui se refermait dans un silence résigné.

Dans le taxi, quand son désir se fut calmé, il dit :

« Bien sûr que je t'aime. »

Au premier étage du restaurant, ils étaient seuls. Il commanda leur dîner et lui donna un verre de vodka.

« Je n'en ai jamais goûté. »

Elle but, et déclara : « Voilà qui est fait.

— Maintenant, dis-moi. »

Sa curiosité commençait à se muer en appréhension.

« C'était au sujet de mon avenir.

— Oui ?

— Eh bien, je me suis aperçue d'une chose, grâce à toi. »

Il se taisait.

« Grâce à toi, reprit-elle d'un ton décidé, j'ai compris que ça ne rimait à rien que j'essaye de peindre. »

Elle avait les yeux rivés sur son verre vide, qu'elle tournait et retournait entre ses doigts.

« Tu es sûre de cela ?

— Oui. Ça me fait un peu de peine, sur l'instant. »

Sa voix avait perdu de son assurance et elle la remit en place avec un petit rire.

« Je vais vite m'en remettre.

— Il se peut que tu ne sois pas peintre, mais il reste tous les arts décoratifs. »

Elle posa son verre : « Ce n'est pas comme ça que je vois les choses. Ni la peinture ni moi-même.

— Le stylisme, la publicité, et ainsi de suite, continua-t-il.

— Oui, les robes, les tissus, les papiers peints. Je m'en soucie comme d'une guigne, alors je ne vois pas l'intérêt d'essayer.

— Que vas-tu faire à la place ? »

Elle se tourna vers lui : un inhabituel entrelacs de rides lui barrait le front. « C'est ce que je ne sais pas. Qu'est-ce que je pourrais faire ? »

Ils réfléchirent tous les deux pendant un court silence ; puis elle continua :

« Je n'ai jamais envisagé d'être incapable de peindre. Pendant des années, on m'a dit que lorsque j'aurais fini l'école je pourrais aller à Londres suivre des cours de peinture, et naturellement c'est ce que j'ai toujours voulu. Cela m'a toujours paru si lointain que je n'ai jamais pensé plus avant. C'était stupide. Rien ne s'est passé comme je l'imaginais.

— Pourquoi n'essayes-tu pas de persévérer encore un peu ?

— Je ne peux pas laisser ma famille continuer à payer des études dont je sais qu'elles sont inutiles. Tu te souviens de Tonks, qui avait renvoyé son étudiante au tricot. Il me semble que je ferais mieux d'apprendre à taper à la machine. »

Elle lui adressa un sourire perplexe et attaqua sa truite fumée.

« Bien, maintenant que je le sais, je vais y réfléchir. » Elle le regarda. Il avait le visage fermé, sans aucune expression. Elle avait cru qu'il lui présenterait sans attendre une myriade de solutions et, sentant qu'il minimisait le problème, eut un mouvement de recul.

« Prends encore un peu de sauce au raifort », dit-il.

Il s'agit de mon avenir, après tout, se disait-elle en le regardant disséquer son poisson à la manière d'un expert. Elle fut absorbée par cette idée pendant le reste du dîner, et lui posa de petites questions insidieuses comme pourquoi n'allaient-ils plus à l'opéra, ou pourquoi ne lui avait-il pas dit qu'il serait libre ce soir.

Ensuite, ils se promenèrent lentement jusqu'à se sentir plus proches l'un de l'autre. Les rues poussiéreuses et étouffantes sentaient la viande de cheval, l'ail et la mauvaise friture ; quelques feuilles flétries filaient, poussées par le vent ; des rangées de voitures appartenant aux spectateurs des théâtres y étaient garées ; et, aux coins, se tenaient des femmes vêtues de fins bas noirs, chaussées de sandales à talons d'un blanc sale – coiffées à la Ginger Rogers, les cheveux attachés par un ruban blanc informe. Au-dessus d'eux, le ciel reflétait la lumière des néons, lui donnant la couleur d'un raisin noir à contre-jour. Un clochard aux airs distingués était en train de s'installer pour la nuit sur un banc devant Saint-Giles-in-the-Fields. Ses cheveux et sa barbe lui descendaient presque à la taille, en une somptueuse cascade de boucles du noir un peu verdâtre des mauvaises teintures. Il portait un chapeau melon et deux manteaux, avec un œillet de papier épinglé au revers ; il avait retiré ses bottes, et ses ongles de pieds – extrêmement longs – luisaient comme les serres noires d'un oiseau ; il mangeait du pain de mie, dont la pâleur formait un vif contraste avec sa barbe. Lorsqu'il les aperçut, il leur adressa un sourire mondain, cynique, puis dans un brutal mouvement d'épaules, leur tourna le dos.

« Était-il fâché qu'on le regarde ?

— Je ne crois pas. Je me demande quelle est la proportion d'hommes à vivre cette vie-là, comparé aux femmes.

— Je trouverais cela horrible », commença-t-elle.

Il l'interrompit dans un accès d'irritation :

« Tu en serais incapable. Ce genre de vie réclame bien trop d'autonomie pour la plupart des femmes.

— Tu n'aimerais pas cela non plus. »

Il héla un taxi sans lui répondre, et pensa : C'est fou ce que les femmes prennent tout personnellement. Elles ramènent tout à elles ou à quelqu'un de proche, elles sont infichues de généraliser. Ce qu'Imogen avait dit au restaurant sur la peinture et son avenir commençait à s'entrechoquer dans son esprit, ricochant au hasard sur les angles morts ou sur les points sensibles, redoublant sa rancune contre elle et sa rage contre lui-même de s'être lancé, à son âge, dans pareil gâchis. En témoin impuissant et navré de sa mauvaise humeur, elle était assise, les mains sur les genoux et la tête un peu baissée, attendant qu'il parle ou laisse même éclater sa colère (car celle-ci emplissait le taxi et en rendait l'atmosphère irrespirable).

Quand ils arrivèrent à l'appartement d'Imogen, celle-ci glissa de son siège et se faufila dehors comme une enfant imitant un lézard. Il ne bougea pas.

« Dis-lui de continuer à Campden Hill Square.

— Pouvez-vous aller à Campden Hill Square, s'il vous plaît ? »

Elle ne le regarda pas, et avait atteint la porte de chez elle avant même que le taxi ait redémarré.

Il tenta de composer avec sa colère : il avait voulu la blesser, et il y était arrivé. Jusqu'à quel point ? Était-elle en train de pleurer – s'était-elle précipitée jusque chez elle et jetée dans un coin sombre de l'atelier pour pleurer ? Ou alors, était-elle furieuse – debout dans une lumière éclatante, brûlant et tremblant de rage ? Ou bien ni l'un ni l'autre : peut-être avait-elle voulu qu'il s'en aille parce qu'elle était fatiguée et s'ennuyait. Au diable tous les sentiments ; ils empêchent de vivre comme on l'a décidé ; ils s'usent et provoquent des excès d'enthousiasme puérils. Il savait que dans une minute il arrêterait le taxi, mais dans un élan autodestructeur, il le laissa continuer le temps de se moquer de lui-même et de ce qu'il s'apprêtait à faire. Enfin, ça n'aurait rien de ces réconciliations à l'eau de rose qu'on voyait dans les films. Elle avait voulu parler de son avenir : très bien. Ils en parleraient, et il se chargerait de lui enseigner qu'il ne dépendait que d'elle – les armes des larmes et du sexe ne seraient acceptées que dans leur dimension purement physique, et s'il devenait manifeste que certains angles trop aigus de son cœur devaient être arrondis afin de l'aider à se plier, dans le futur, aux normes de la vie amoureuse, alors il consacrerait cette nuit à les arrondir. Cette philosophie réparatrice, consistant à se montrer plus gentil avec elle *sur le long terme,* avait l'avantage de ménager son désir immédiat de dénigrer et de rabaisser. Il arrêta le taxi. On pouvait passer sa vie, songea-t-il en fouillant ses poches à la recherche de petite monnaie qu'il n'avait pas, à se montrer plus tendre *sur le long terme* avec quantité de gens. C'était le moyen le plus efficace d'éviter toute tendresse.

Il y avait de la lumière à ses fenêtres. Il sonna et attendit un temps qui lui parut inutilement long avant qu'elle vienne lui ouvrir. Elle était décoiffée, mais ne s'était pas déshabillée, et elle le regarda d'un air étrangement neutre.

« Puis-je monter te parler ? »

Elle le laissa passer, ferma la porte et le suivit dans l'escalier mal entretenu puisqu'il n'appartenait à personne en particulier dans la maison.

Dans l'atelier, le poêle était allumé et une odeur suffocante de papier brûlé emplissait l'air.

« Qu'es-tu en train de brûler ?

— Du papier », répondit-elle d'une voix aussi inexpressive que ses traits. Il vit un carton à dessins vide, ouvert sur le plancher près du poêle.

« Voyons, chérie, tu n'es pas en train de brûler tous tes dessins à cette heure de la nuit ? »

Elle alla refermer le couvercle du poêle.

« Je n'y arriverai sûrement pas en une soirée… Ça prend bien plus de temps que je ne pensais. »

Il s'assit : « Voilà qui me semble très mélodramatique. »

Elle ne répondit pas. Il la regarda s'agiter dans la pièce pendant une minute, puis ajouta : « Je suppose que c'est entièrement ma faute, si tu les brûles ? »

Elle était de nouveau agenouillée près du poêle et défaisait les nœuds d'un autre carton. Elle rougit légèrement.

« Ce n'est pas ta faute si je suis incapable de dessiner. »

Les dessins ne rentraient dans le poêle qu'une fois déchirés.

« Tu sais parfaitement ce que je veux dire. Tu aurais difficilement pu trouver destruction plus agressive.

— Je ne me doutais pas que tu allais revenir. »

Elle ne regardait pas les dessins avant de les déchirer. Il y avait quelque chose de dur et d'indéchiffrable chez elle qu'il n'avait encore jamais constaté. Elle a l'air plus âgée que je ne l'ai jamais vue, se dit-il, même si elle a toujours ce visage de jeune ange millénaire.

« Tu te serais arrangée pour me le faire savoir après. »

Elle tourna la tête et répondit avec sincérité : « Peut-être. Je ne sais pas. De quoi voulais-tu me parler ?

— Je ne peux pas parler pendant que tu détruis tout. Viens ici fumer une cigarette.

— Tu veux être au centre de la destruction. »

Il lui avait enseigné l'art de ce genre de remarque, et fut amèrement surpris qu'elle l'eût appris si vite.

Elle prit une cigarette, mais resta debout devant lui, et lorsqu'il leva les yeux vers elle, il vit soudain à quel point elle était malheureuse : à quel point cette découverte, ainsi que la douleur aiguë, la vive brûlure qui en découlaient et qu'elle essayait de cacher, l'effrayaient – chacun de ses gestes et de ses paroles, saccadés ou au contraire d'un calme réfléchi, trahissait la panique.

« Imogen – il prononça son nom presque comme s'il avait peur de la réveiller –, si tu ne me dis rien, je ne peux pas deviner. »

Elle ne bougeait pas.

« Toute sa vie, articula-t-elle avec peine, on suit un sentier, et ce sentier… bordé de haies, je suppose… on ne voit pas grand-chose, une bifurcation de temps à autre, jusqu'à ce que brusquement… pour moi, du moins, qui ne m'y attendais pas… on arrive au bout du sentier, on voit tout… un désert sans fin de possibilités. C'est sans doute… ce que tout le monde ressent ? »

Il dit, comme si c'était une chose rassurante : « Je ne sais pas. À un moment de la vie, peut-être.

— Il n'y a rien de plus solitaire et aveuglant. »

Il entendait à peine le son de sa voix.

« C'est le revers d'une imagination audacieuse, ajouta-t-il.

— Vraiment ? »

Il sentit qu'elle s'accrochait à cette idée.

« Je le crois. En principe, soit les gens ne regardent pas, soit ils n'admettent pas ce qu'ils voient.

— Ça n'a aucun rapport avec l'imagination.

— Tout ça se joue dans notre esprit. Crois-tu que l'imagination ne soit qu'une affaire de fantastique, d'illusion, de distorsion de la réalité ou de faux espoirs ? Non, c'est l'arme la plus puissante pour découvrir la vérité. On dit beaucoup de bêtises sur l'imagination parce que, comme tout instrument puissant, elle est dangereuse. »

Elle retrouvait son aplomb. Pour lui laisser un peu de temps, il continua : « Quand l'imagination mène à la réussite, on la qualifie de visionnaire ; quand elle se trompe ou qu'elle aboutit à un échec, on la qualifie de malsaine, voire pire. Si elle est une bonne chose, elle a à voir avec Dieu, et dans le cas contraire, avec les psychiatres. Ne prends pas tout ce que je dis au pied de la lettre, ajouta-t-il. Je ne fais que conjecturer, gagner du temps. »

Il lui sourit et elle commença à lui rendre son sourire, puis se ravisa, inquiète, et dit : « De quoi voulais-tu me parler ?

— Oh, de toi, bien sûr. Le sujet le plus fascinant du monde, en dehors de moi. Mais j'ai été contrecarré par cet... incendie. »

Elle jeta un coup d'œil au poêle.

« Assieds-toi, lui dit-il. Les choix sont plus faciles à faire quand on est assis.

— D'accord. Je n'ai pas fait ça exprès pour t'ennuyer.

— Je le vois maintenant. Mais je suis par nature tellement buté que je m'attends toujours à ce que les autres le soient aussi. Pourquoi l'as-tu fait ?

— La nuit dernière, j'ai écrit à ma famille à propos de tout ça. Et en t'en parlant ce soir, je pensais... je pensais que...

— Tu pensais que je pourrais t'aider, et je ne l'ai pas fait.

— Un peu. Je pensais que tu comprendrais exactement ce que j'éprouvais. Je sais que c'est idiot, puisque personne ne peut savoir exactement ce que ressent quelqu'un d'autre, peu importe le sujet. »

Il y eut un silence tandis qu'elle digérait cette découverte, puis elle ajouta :

« Et puis je croyais sans doute que tu aurais une idée pour moi.

— Oui ?

— Eh bien, vu que tu n'en avais aucune, une fois seule ici je me suis dit qu'il valait mieux brûler tous mes vaisseaux tant que j'avais le courage de le faire. Je craignais d'avoir perdu toute détermination au réveil demain matin, et de continuer à me mentir à moi-même. Alors qu'en jetant tout au feu, je ne pourrais plus récupérer mes travaux et leur trouver des excuses. »

Elle le regarda, et son visage n'était plus éteint, elle lui parlait de nouveau comme si elle le voyait.

« L'ennui, c'est que je ne vois pas du tout quoi faire, reprit-elle avant d'ajouter avec violence : Je ne veux pas me contenter d'exister, et me laisser dériver en ne faisant rien. J'aimerais mieux ne pas vivre que d'en arriver là.

— Tu as longtemps envisagé de peindre. Tu ne peux pas t'attendre à trouver aussitôt une solution de rechange qui fasse le poids. Ça prend du temps, mais tu en trouveras une.

— Mais laquelle ? insista-t-elle, comme une enfant.

— Je ne sais pas encore. Ce sera ta découverte, si tu cherches. »

Elle parut si déçue qu'il ajouta imprudemment : « De toute façon, tu te marieras et tu auras des enfants.

— Avec toi ? Tu crois que je pourrais t'épouser, toi ? »

Ses traits s'étaient soudain illuminés ; elle paraissait si dénuée de stratégie, si passionnée et certaine de son amour, qu'il sentit son cœur tressaillir.

« Ce n'est pas ce que je voulais dire. Je suis déjà marié. »

Il la vit accepter la chose immédiatement : accepter qu'il ne voulait pas d'elle, ou pas assez – la mort brutale de ce brillant espoir, et sa chute jusqu'au fond de son cœur. Elle s'efforça de sourire et répondit : « Je savais bien que ce n'était pas possible, bien sûr », puis elle croisa les mains sur ses genoux.

Il aurait tant voulu protéger cette fierté, qui n'avait rien d'orgueilleux ; la consoler et la rassurer ; mais il ne trouva rien à dire ou à faire qui soit parfaitement sans risque.

Elle décroisa les mains, regarda ses paumes puis les posa à plat sur le plancher.

« Il doit être très tard, fit-elle enfin. Tu ferais mieux de partir.

— Je ne veux pas partir.

— Alors, ne pars pas. Reste… si tu veux. »

Refusant de s'attarder sur ces derniers mots, il s'agenouilla à côté d'elle.

VIII

Il rentra chez lui tôt le lendemain matin, avant que quiconque soit levé. Sur la table de l'entrée, il y avait un des messages de Dorothy : « Madame Mr Thompson a téléphoné il rappellera. » Ce ne fut qu'à mi-chemin de l'escalier que ce nom lui revint et qu'il se rappela Marseille. Pourquoi diable… Mais il n'y avait qu'une seule raison pour laquelle Thompson téléphonait jamais à une femme. Elle, et Thompson ! Non, sérieusement, quelle victoire ce serait pour ce petit Thompson – quelle victoire cela avait dû être, car Thompson n'était pas le genre à perdre du temps… Dans ce cas pourquoi téléphonait-il maintenant ? Il haussa les épaules et renonça.

La chambre à coucher était vide : elle n'y avait pas passé la nuit. Il se déshabilla et s'endormit en essayant d'imaginer sa femme en train d'appeler Thompson par son affreux prénom, même s'il ne se souvenait pas du prénom, seulement d'avoir éclaté de rire en l'entendant pour la première fois et d'avoir conseillé à Thompson de ne jamais s'en servir. « C'était l'idée de ma mère, avait dit Thompson. Elle se passionnait pour l'Orient, à l'époque. »

Il en était à la moitié de son petit déjeuner quand sa femme entra, vêtue de son manteau et le courrier du matin à la main. Elle se laissa tomber sur sa chaise d'un mouvement las, sans un mot. Il se leva pour lui servir son café. « Sans lait, s'il te plaît, Conrad. » Quand il l'eut déposé devant elle et qu'elle se fut réchauffé les mains un instant autour de la tasse – dans une atmosphère qui semblait tendue et impersonnelle, le fruit de leurs fatigues respectives –, elle dit :

« J'aurais sans doute dû te prévenir. Ils ont téléphoné pour dire qu'ils opéraient d'urgence, alors je suis allée à l'hôpital pour être là à son réveil au cas où il voudrait avoir quelqu'un près de lui, et le temps que je comprenne que j'allais y passer la nuit, il était trop tard pour appeler.

— Il va bien ?

— Je crois qu'il ne se rend pas compte de grand-chose. »

Elle but un peu de café et répéta : « Je crois qu'il ne se rend pas compte. »

Elle avait l'air exténuée – son visage ne laissait rien paraître. Il se rappela l'avoir vue ainsi après la naissance de son premier enfant, et comme il avait trouvé difficile d'établir la communication avec elle. À présent, il lui demandait :

« Mais est-ce qu'ils considèrent que l'opération a réussi ? »

Elle remuait son café auquel elle venait d'ajouter du sucre.

« Comment savoir ? Il n'est pas mort, et il va aussi bien que possible, d'après eux. Ils ne sont pas allés jusqu'à dire qu'il dormait paisiblement, puisque le contraire sauterait aux yeux du dernier des imbéciles.

— Tu l'as vu ?

— Oui. »

Elle marqua une pause puis continua :

« C'est fou, n'est-ce pas, comme tout rétrécit chez les gens qui souffrent à l'exception des yeux. Mais peut-être qu'il n'y a pas que la douleur.

— Qu'y a-t-il d'autre ? » demanda-t-il sèchement.

Elle fixa sa tasse :

« Il y a... la souffrance mentale, aussi. Voilà le plus insupportable...

— Cesse de te torturer, l'interrompit-il. Tu n'étais pas si attachée à ton père. Va au plus simple – au plus concret. Soigne les maux que tu connais. »

Elle ne dit rien, et il revint à des considérations pratiques :

« Vas-tu dormir aujourd'hui ? Dorothy peut répondre au téléphone. Elle te passera les messages importants. »

Une inquiétude nouvelle passa sur ses traits et les anima un peu. Elle leva les yeux.

« Je peux mettre le téléphone près de mon lit, dit-elle en rassemblant ses lettres. Il se pourrait que je veuille leur parler moi-même. »

En partant pour son bureau, il jeta un coup d'œil à la table d'ébène. Le message de Dorothy n'y était plus.

◆

L'atmosphère de crise imminente l'enveloppait au point de ne plus le lâcher quand il était au bureau, ni lorsqu'il marchait dans les rues, ni à son club. C'est à Campden Hill Square qu'elle était le plus palpable. Là, il percevait les répercussions de la lutte contre la mort qu'illustrait son beau-père et qui se reproduisait, songeait-il, dans sa relation avec sa femme. Il ne parvenait pas à l'approcher, et il n'était pas habitué à devoir faire un pas vers elle ; pendant des années, c'était elle qui était allée à lui, ravie de le trouver au bout du chemin ; mais à présent elle était distante, et tout ce qu'il comprenait, c'est qu'elle était bouleversée ; l'accès à son cœur et à ses pensées lui était barré, elle ne lui témoignait de considération que par des réflexes de routine. Par moments, se disait-il, elle semblait presque contente qu'il sorte de la maison…

Avec Imogen, la situation était plus franchement incertaine. Elle avait cessé d'aller à son école d'art, et bien qu'elle n'ait rien dit de ce qu'elle comptait faire à la place, il sentait qu'au fond, peut-être inconsciemment, elle attendait quelque chose de lui. Depuis le soir où elle lui avait demandé avec tant de simplicité si elle pourrait l'épouser, il s'était efforcé de transposer à un plan pratique ce qu'il lui devait sur le plan sentimental. Il essaya de se montrer autoritaire mais tendre, la vit accepter ce qu'il tenait à lui donner, résolu à ne recevoir d'elle que ce qu'il jugeait insignifiant ou un trait naturel de sa générosité. Elle était malheureuse, il s'en rendit compte et entreprit sur-le-champ de canaliser sa tristesse : il l'obligea à affronter le dilemme des possibles carrières ; discuta de son avenir avec un enthousiasme indéfectible ; cloîtra le cœur d'Imogen tout en barricadant le sien derrière une rangée d'affreuses haies persistantes, mesure de prudence qui maintenait entre eux un équilibre immuable ; si bien qu'elle pleurait seule, que lui réfléchissait seul, et que leur amour gisait, intact, vivant mais profondément enfoui sous la glace.

Seul, il méditait et analysait, écartait une à une toutes les excuses possibles, puis tout ce qui pouvait ressembler à une excuse, assemblait les différentes parties de lui-même pour s'apercevoir qu'elles ne collaient pas, et les déchirait une nouvelle fois en petits morceaux. Il essaya de voir en sa femme une âme enchaînée à ceux qui dépendaient d'elle – ses enfants, son père –, péniblement dévouée à son instinct maternel, n'attendant de lui qu'un cadre dans lequel employer cet instinct. Il essaya de voir en Imogen une adolescente énamourée, une jeune putain tentatrice, une intrigante maladroite en quête de destruction. Or il lui suffisait de se trouver en présence de l'une ou l'autre pour que ces phantasmes simplistes cèdent la place à un tourbillon d'inquiétude et de questions – ou pire, pour que les deux femmes finissent par se confondre, ne formant plus qu'un tout indissociable et déconcertant, un tableau composite.

Pendant cette période, il travailla avec acharnement. Longtemps après, il se rappellerait avoir passé un savon à un jeune employé pour son manque de discernement. « Je ne savais pas sur quel pied danser, monsieur. » (Il en avait les larmes aux yeux tant il tenait à garder son boulot.) « Ça ne se reproduira pas, monsieur. » Pauvre homme, pensa Conrad, et, surpris de sa propre réaction, il finit par dire :

« Danser sur ses deux pieds, c'est très bien, Blackburn. Mais il ne faut jamais laisser le gauche savoir ce que fait le droit.

— Oui, monsieur.

— C'est bon, Blackburn. »

Le jeune homme s'en alla, son erreur demeurant pour lui un aussi grand mystère que de s'en tirer à si bon compte.

Ce soir-là, mû par une soudaine admiration pour sa femme, il se rendit à l'hôpital Saint-Mary dans l'intention de la ramener à la maison et, au moins, de s'assurer qu'elle mangerait un repas convenable. Elle n'était pas là, lui dit-on, elle avait quitté l'hôpital à cinq heures trente – non, il ne savait pas quand elle reviendrait. L'état de Mr Vaughan était stable. Il sortit du bâtiment, imprégné d'odeurs d'éther, de cire à parquet et d'œillets, auxquelles faisait écho le frou-frou des blouses amidonnées des infirmières de nuit descendant dîner avant leur tour de garde ; il resta un moment debout au milieu de la petite route triste qui ne menait nulle part si ce n'est à l'hôpital, puis rentra chez lui. Mais elle n'était pas là non plus. Elle était sortie, comme le répétait inutilement Dorothy. Il alla dîner seul à son club, but un verre de porto en compagnie d'un de ses plus vieux ennemis et revint errer sans but chez lui.

Elle arriva à onze heures, entrant dans la chambre comme si elle ne s'attendait pas à l'y trouver, puisqu'elle s'arrêta un court instant à la porte avant de traverser la pièce jusqu'à sa coiffeuse.

« Je ne reste pas. Je dois y retourner.

— Y retourner ? »

Il la suivit des yeux sans relâche jusqu'à ce que l'insistance de son regard la contraignît à lui faire face. Il se redressa sur le lit.

« Tu as l'air fiévreuse », observa-t-il ; il repensait à la scène qu'elle lui avait faite au sujet d'Imogen avant leur départ pour la France.

Elle rougit, baissa les yeux, se tripota les cheveux d'un petit geste nerveux et dit :

« Vraiment ? Je suis seulement fatiguée.

— Je dirais plutôt que tu es complètement épuisée. »

En cet instant, il la détestait : de le tromper, de le tromper si déloyalement – elle était allée jusqu'à forcer sa pitié pour son père –, de se cacher derrière pareil alibi inattaquable. Elle lui tournait le dos, cherchant quelque chose dans un tiroir, et tandis qu'il prenait conscience de l'instinct bel et bien meurtrier qui l'envahissait, il mesurait combien son estime pour elle avait été profonde et, avait-il cru, invincible. Il n'avait jamais, jusqu'ici, mis en doute l'admiration que lui inspirait sa personnalité ; le fait qu'elle ne soit ni fausse, ni sotte, ni insensible ; et qu'elle ait le courage de ses sentiments, la plus noble qualité que l'on puisse, selon lui, espérer chez une femme. Voilà que toute la structure s'écroulait comme autant de schiste dévalant une montagne, et remplaçait l'image qu'il avait d'elle par une indifférence soudaine et effrayante. Il y eut le silence complet, tout aussi effrayant, qui suit ce genre d'avalanches ; puis il demanda :

« Seras-tu sortie toute la nuit ?

— Je ne sais pas. Peut-être une heure seulement.

— Ce ne serait pas plus simple d'appeler d'abord l'hôpital, pour demander comment il va ?

— Je sais comment il va, bien mieux qu'ils ne veulent me le dire.

— C'est idiot. Rien ne sert de courir dans tous les sens si ça n'a pas d'utilité. Son état était stable quand je suis parti.

— Quand *tu* es parti ? Quand y es-tu allé ? »

Elle était en train de coincer un foulard dans le col de son chemisier et lui faisait face, mais elle détourna la tête, si bien qu'il vit son visage se refléter dans les trois miroirs de la coiffeuse.

« Tout à l'heure, répondit-il après un silence : il savourait presque la simplicité de sa haine.

— Je devais être en train de dîner », murmura-t-elle ; elle avait l'air perplexe, consciente que quelque chose n'allait pas et craignant d'en savoir plus long. Elle tira nerveusement sur le foulard et se mit à y faire un nœud. « Tu l'as vraiment trouvé bien ? Tu l'as vu ?

— J'ai cru ce qu'on m'a dit. Ça devait être un sacré dîner, s'il vient seulement de se terminer. »

Il la surveillait toujours : il vit ses yeux se voiler brusquement de peur ou, peut-être, de tristesse. Puis elle dit d'une voix lointaine :

« J'ai dîné il y a longtemps. J'ai marché. J'ai marché pendant des heures. »

Il posa son livre et se leva :

« Ça suffit, je ne joue plus. Tu comprends ? À partir de maintenant, c'est terminé. Tu peux faire ce qui te plaît, et peu importe que ça me plaise ou non. Je te félicite seulement d'avoir si bien réussi à me faire porter le chapeau… »

Dieu sait ce qu'il aurait dit ensuite si le téléphone n'avait pas sonné. Elle s'extirpa de son silence pétrifié pour décrocher. La conversation fut brève : le brouillard de sa colère n'eut pas le temps de se dissiper – il ne savait plus ce qu'il avait à ajouter – et il s'aperçut qu'il était même incapable de la voir, jusqu'à ce qu'elle dise :

« Je dois partir tout de suite. Conrad, tu m'entends ? Je *dois* partir. » Elle le regarda avec une sorte de détresse suppliante et se précipita hors de la pièce, provoquant un courant d'air qui souleva les pages du livre qu'il avait laissé ouvert.

Regardant les pages hésiter puis retomber, il ne ressentait rien d'autre qu'une sidération écœurée.

IX

« QU'EST-CE qu'il y a ? Dis-le-moi, je t'en prie.

— Ça ne te regarde pas. »

Imogen rit, et il demanda : « Quoi ?

— Je n'ai jamais pensé qu'on pouvait dire "ça ne te regarde pas" de cette façon. J'ai toujours associé ça à la colère.

— As-tu *toujours* pensé les mêmes choses à propos des mêmes choses ? demanda-t-il, irrité.

— Oui, je suppose, répondit-elle humblement avant d'ajouter : Et si tu me disais ce qui ne va pas ?

— Mon beau-père était très malade. La nuit dernière, je me suis mis à dire à ma femme des choses impardonnables, au milieu de quoi le téléphone a sonné et elle s'est précipitée à son chevet juste à temps pour le voir mourir.

— Et ?

— C'est tout.

— Ah. Bien sûr, c'est que je ne sais pas où vous en étiez.

— Non, bien sûr que tu n'en sais rien. L'ennui, c'est que moi non plus je ne le sais pas.

— Tu dois bien savoir si tu l'aimes.

— Je ne suis pas une femme, je ne sais rien de ce genre. Le sens du devoir succède au désir – certains hommes apprécient l'un, certains apprécient l'autre – voilà tout.

— Tu ne vois la question que sous cet angle ?

— Je l'ai parfois vue, très brièvement, sous d'autres angles, indéfinissables.

— Et que préfères-tu : le désir ou le devoir ?

— Les deux, à condition de pouvoir en calculer moi-même les proportions.

— Il n'empêche que tu es attaché à elle, insista-t-elle.

— Évidemment. C'est ma femme.

— Est-elle malheureuse, elle ?

— Tu n'imagines pas que m'avoir pour mari soit une partie de plaisir, si ? »

Elle détourna la tête : « Je n'imagine rien du tout. »

♦

Chez lui, il découvrit sa femme en train de coller des timbres sur des lettres, tandis que son jeune cousin (de passage à Londres pour se rendre à Cambridge) discourait sur son avenir :

« … ce dont *rêverait* n'importe qui, c'est un travail parfaitement idiot pour lequel il serait grassement payé et qui lui laisserait du temps à consacrer à ce qui l'*intéresse*… pondre la biographie géniale d'un dictateur ou d'un type de ce genre… révélant leurs pulsions aristocratiques, ou qu'ils n'agissent que sous le coup de l'adrénaline, par exemple… seulement on connaît déjà des gens qui font ça… ou bien simplement fonder une agence pour donner de mauvais conseils aux gens ; les faire payer des sommes folles, après quoi ils feraient le contraire et tout finirait pour le mieux dans le meilleur des mondes… »

De temps en temps, il devait reprendre haleine, et pendant cette courte pause, alors que Mrs Fleming était sur le point de dire : « Ne dis pas de bêtises, Roland » sur le ton de l'encouragement, elle aperçut son mari, se ravisa et lui adressa un sourire poli.

« Oh, bonsoir, dit Roland. J'étais en train de m'inquiéter de l'avenir.

— L'avenir en général, ou un avenir particulier ?

— Oh, en général, et plus particulièrement en ce qui me concerne. »

Mrs Fleming mit à la corbeille un carnet de timbres vide et dit :

« Existe-t-il une autre manière de s'inquiéter de l'avenir ? »

Elle ajouta d'une voix douce : « Je n'avais pas l'intention de vous interrompre. Je vais mettre ça à la poste pendant que tu décides quel film tu veux voir.

— Elle veut qu'on l'emmène au cinéma », dit Roland.

Fleming suggéra :

« Pourquoi n'irais-tu pas poster ses lettres ? »

Roland parut un peu surpris, mais commençait à décroiser les grandes pattes qui lui servaient de jambes quand elle l'arrêta : « Non, ça me fera du bien de prendre l'air » ; puis, comme si elle avait peur de ce qu'elle avait dit, elle tendit les lettres à son mari en ajoutant : « À moins que *tu* veuilles y aller ? » Si le ton était insistant, elle évita son regard. Il fit non de la tête et, quand elle fut partie, essaya désespérément de se rappeler les mots qu'il avait prononcés la veille.

◆

Ils traversèrent le désert de cette soirée – dînèrent, discutèrent, allèrent voir un film des Marx Brothers –, puis Roland les remercia poliment, déclara qu'il allait aux bains turcs et disparut dans la nuit, « aussi tranquillement qu'il est arrivé », remarqua-t-elle.

Quand ils se retrouvèrent seuls, elle était tellement maîtresse d'elle-même qu'il commença à s'inquiéter pour elle. Il la questionna au sujet de son père, et sans émotion aucune, elle lui fit part des dispositions qu'elle avait prises. Ce fut l'affaire d'un instant, et à la fin, tous deux regrettèrent qu'il n'y ait pas plus à dire ; mais il ne restait plus qu'à rentrer en silence. Ils descendirent de voiture et elle dit :

« J'aurais pu la mettre au garage.

— Ne t'embête pas avec ça. »

Ce que l'agitation peut être monotone, pensa-t-il en montant l'escalier d'un pas lourd. Dorothy avait laissé des sandwichs dans la salle à manger.

« Tu en veux ?

— Pourquoi pas ? »

Elle se mit à en manger un comme s'il était garni de sable.

« Vas-tu rejoindre les enfants ? demanda-t-il.

— Oui, j'imagine. Je devrais ?

— Ce serait une bonne chose, non ? »

Elle posa le sandwich sur une assiette.

« Si tu veux que j'y aille.

— Cela m'est égal que tu y ailles… » commença-t-il, mais elle l'interrompit :

« Je sais. »

Puis elle ajouta :

« L'école reprend dans une semaine, de toute façon. »

Nous ferions mieux de nous parler, pensa-t-il avec lassitude, de tout laisser sortir – cette méthode convient bien aux femmes en général, même si elle a pour résultat de faire pencher la balance, d'un côté ou de l'autre, plus loin qu'elles ne l'avaient prévu. Peut-être faudrait-il faire venir Imogen, et aller au fond des choses. Mais Imogen ne la comprendrait pas : elle ne comprendrait rien à notre relation. Peut-être parce qu'elle ressemble à un souvenir à demi effacé – on ne peut pas prétendre l'avoir oubliée, ni prétendre se la rappeler clairement.

« Tu ne crois pas qu'on devrait essayer de se parler, toi et moi ? »

Elle était assise dans un fauteuil, les yeux clos ; sans rien bouger d'autre, elle ouvrit les yeux et dit :

« Je ne crois pas, Conrad. Je ne suis pas en état de discuter. Plus rien n'a réellement d'importance. »

Le souvenir s'effaça encore un peu, et il demanda :

« Tu sais que c'est la première chose que tu m'as jamais dite ?

— Je ne m'en souviens pas. C'est curieux que tu t'en souviennes. »

Mais elle ne demanda pas dans quelles circonstances rien n'avait eu d'importance pour elle.

« L'indifférence pourrait se révéler utile à ce genre de discussion.

— Pour les hommes. Pas pour les femmes. Les femmes ne sont bonnes à rien quand tout leur est indifférent. »

Il la regarda, renversée dans son fauteuil, les pieds et les mains élégamment inertes, dans une posture qui illustrait l'indifférence même, comme si elle avait achevé chaque chose de sa vie et ne pouvait comprendre pourquoi elle n'était pas morte. J'étais fasciné par cette indifférence, autrefois, se dit-il ; mais ce n'était pas tout à fait la même, alors – elle reposait dans l'attente de quelque chose qu'il m'enchantait de découvrir pour elle. À présent, elle semble désenchantée ; il me faudrait mûrement y réfléchir pour l'aimer, et aucun de nous ne semble capable de l'effort subtil et délicat que cela nous demanderait. On ne peut pourtant pas continuer dans cette voie...

Elle se redressa dans son fauteuil.

« Je partirai probablement dans le Kent avant la fin de la semaine. Quoi qu'il en soit, ne tiens pas compte de moi. C'est bien ce que tu voulais savoir ? Je ne vais pas me coucher tout de suite. J'ai encore un tas de lettres à écrire. »

Il vida son verre.

« Ne veille pas toute la nuit », dit-il, puis il se leva, avec une étrange impression de malaise.

« Non. Je serai soulagée quand je serai débarrassée de ces lettres. »

Elle percevait son malaise, mais n'eut pas le courage de relever. Elle lui adressa un sourire de pure forme et sans conviction, de façon à lui signifier qu'il pouvait quitter la pièce.

« Tâche de ne pas t'imaginer trop de choses, si tu le peux », dit-il, et elle répondit dans un éclair de clairvoyance :

« Je pense parfois que la seule chose qui relève de l'imagination, c'est de croire qu'on en a. »

Elle n'est pas morte, se dit-il ; seulement sous le choc ; elle se remettra, d'une manière ou d'une autre, et finira par se retrouver ; mais moi, bon sang, qu'est-ce que je fais ?

Il se débarrassa de ses vêtements pour s'accorder l'évasion immédiate du sommeil, mais rêva et rêva encore, se réveilla en sueur, en proie à des peurs imprécises, pour se rendormir et rêver à nouveau de cette inquiétude et de ce chagrin indéfinissables. Lorsque enfin il regarda sa montre, il était plus de quatre heures et elle n'était pas montée. Il était si tendu que le fait de ne pas la trouver là le tourmentait. Toute la soirée, il avait redouté de finir la journée en tête à tête avec elle, et voilà qu'à cette heure tardive la tension s'était muée en une panique presque physique et en un besoin impérieux de savoir où elle était.

Elle était pelotonnée à un bout du sofa. Une lampe allumée près de son secrétaire éclairait faiblement la pièce. Elle portait son manteau et serrait un mouchoir dans sa main. Son visage, caressé par les ombres et marqué par les larmes venues y mourir, se révélait en clair-obscur et demeurait figé ; la position de sa tête, surélevée dans un coin du sofa, donnait une allure peu naturelle à une telle immobilité. Debout devant elle, il se rappela la dernière fois qu'il l'avait trouvée endormie là, et comme il l'avait trouvée d'une beauté aussi lointaine que parfaite. L'image se présenta à lui avant de s'effacer devant la réalité qu'il avait sous les yeux – elle n'était pas belle à présent ; il ne percevait plus qu'un amalgame de tendres souvenirs – de moments où elle avait été vulnérable : effrayée, malade, fatiguée ou triste –, de périodes, plus tardives, où il s'était demandé ce qu'elle serait devenue sans lui pour la rassurer, la libérer de ses peurs, l'entourer d'affection. Le prix à payer pour maintenir leur mariage dans ce fragile équilibre de vérité et d'amour avait été ces infidélités sans importance qui lui permettaient, de temps à autre, de satisfaire la partie de lui qui réclamait non pas un échange équitable mais un gain tout court : ce besoin d'obtenir une chose en échange de presque rien, afin de gonfler son orgueil – un instinct propre aux hommes, et trop souvent assouvi grâce à leur femme, ou sublimé par le travail. « Ce que tu fais tous les jours doit s'améliorer sans arrêt », lui avait dit un jour son père pour contrecarrer les ambitions précoces qu'il venait de lui exposer à grands traits sur les cinq prochaines années; « alors méfie-toi de la routine : n'y aie recours que si tu peux l'assumer. Plus tu te tromperas, moins ton comportement paraîtra médiocre. Ne rejoins pas cette masse de gens qui se complaisent dans la régularité de leurs faiblesses. » Son père avait été le seul homme avec lequel Conrad se fût senti la moindre affinité. Il se souvint que, quand son père était mort, vieux, appauvri et toujours optimiste – « J'ai su faire la part entre la vie et la mort : j'ai été une cigale méritante ! » – il avait pleuré de vraies larmes et s'était tourné aveuglément vers sa femme. Aujourd'hui, elle-même avait perdu son père, et elle n'avait pu se tourner vers lui parce qu'Imogen n'avait pas été, n'était pas, une infidélité sans importance. S'agissant du cœur, on n'a d'autre choix que la chasteté, songea-t-il. Ce n'est pas une question de morale : le cœur ne peut simplement pas se séparer en deux. Je l'aime, pensa-t-il à propos d'Imogen, et il s'avança lentement vers sa femme.

Elle remua un peu quand il se pencha sur elle; elle leva les mains dans un geste réflexe, comme pour se protéger; un pli lui barra le front à la vitesse d'un souffle de vent sur l'eau; ses paupières tremblèrent; elle s'éveilla en poussant un gémissement et eut un mouvement de recul en le voyant, comme s'il était une lumière aveuglante. Elle le regarda fixement et se mit à pleurer : avant même qu'elle soit complètement réveillée, un flot de larmes coulait déjà de lui-même sur ses joues; elle posa les doigts sous ses yeux pour l'endiguer, et alors qu'il s'agenouillait près d'elle, il crut percevoir une protestation inintelligible contre ce qu'il s'apprêtait à dire ou faire. Il s'entendit lui poser ces questions gentiment idiotes que l'on pose aux enfants ou aux animaux – des mots vides de sens qui ne mènent nulle part, des tentatives de réconfort vouées à l'échec puisqu'elles restent toujours sans réponse – mais elle paraissait inconsolable. Il la vit chercher une issue tout autour d'elle d'un air égaré, puis revenir à lui, juste devant elle.

Il se releva et lui expliqua patiemment ce qu'il allait faire ; pourtant, quand il se pencha sur elle, elle tenta encore de se débattre avant de se retrouver dans ses bras, à sangloter des larmes désormais amères tandis qu'il la portait jusqu'à l'étage.

Il la déposa sur le lit, ferma la porte et l'observa un moment avant d'aller chercher des barbituriques dans la salle de bains ; quand il revint avec les comprimés et un verre d'eau, elle était comme il l'avait laissée, les bras le long du corps, les poings fermés, pleurant toujours mais plus calmement. Il lui présenta les comprimés ; elle fronça les sourcils et secoua la tête ; il la fit s'asseoir et insista pour qu'elle les prenne – avec un profond soupir, elle obéit.

En buvant l'eau, elle retrouva un peu le contrôle d'elle-même, et lui demanda un mouchoir. Quand il le lui apporta, elle dit : « Ne me demande pas ce qu'il y a, je t'en prie. Ne me parle pas. » Il acquiesça, lui donna le mouchoir et entreprit de la déshabiller. Une fois qu'il eut trouvé sa chemise de nuit et l'eut enfilée par-dessus sa tête, il lui ôta ses épingles à cheveux. Il ramena ses cheveux en arrière pour lui dégager le visage – elle était beaucoup plus calme à présent – et, pensant qu'elle en éprouverait le besoin, il l'embrassa sur le front ; mais elle se détourna de lui avec un petit cri déchirant. Mieux vaut attendre que le médicament ait agi, se dit-il ; ce ne sont plus des sanglots de rage ; mais qu'est-ce que j'ai fait, ou n'importe qui d'autre, pour la mettre dans cet état ? Je ne l'ai jamais vue s'effondrer ainsi – ça ne ressemble à rien de ce que je sais d'elle. L'hystérie… mais il n'y a que les hystériques qui peuvent comprendre les causes réelles de l'hystérie. Il n'avait pas cessé de lui caresser la tête. Il sentait qu'elle était sur le point de s'endormir ; les yeux fermés, elle était silencieuse. Il se préparait à éteindre une des lampes lorsqu'elle murmura :

« Conrad. Je n'ai pas ma montre.

— Tu veux que je te l'apporte ? »

Elle hocha la tête.

« Elle est en bas ? »

Elle marqua une pause puis répondit lentement : « Je l'ai mise dans la cheminée. Le temps m'était devenu insupportable. »

Il trouva la montre dans un coin du foyer, où elle avait dû la jeter avec force car le cadran était brisé et le ravissant émail du revers tout craquelé. Il repêcha les derniers fragments de verre et remonta lui donner la montre.

« Elle est cassée ?

— Elle ne marche plus, mais mets-la quand même. »

Il l'attacha autour de son cou, et tandis qu'elle le regardait avec un calme empreint d'une immense gratitude et que ses paupières se refermaient lourdement comme deux épais livres, il dit : « Je ne crois pas que ce soit irrémédiable. Je vais au moins essayer de la faire réparer.

— Je compte sur *toi*, murmura-t-elle, satisfaite.

— Oui, tu peux », répondit-il.

X

« Qu'est-ce qu'il y a ?

— Rien. »

Elle continuait à disposer dans un vase les fleurs qu'il lui avait apportées, avec un soin exagéré.

« Voilà une réponse, ma chère Imogen, qui ne sert qu'à perdre du temps. »

Par-dessus les roses, elle lui jeta un regard hostile, sur la défensive.

« C'est souvent ce que tu me réponds.

— Et tu me reposes la question parce que tu tiens à savoir. »

Elle sortit une rose du vase et en écourta la tige : « Je ne devrais pas avoir besoin de te le dire.

— Est-ce parce que je ne peux pas rester dîner ? »

Il savait que c'était le cas, mais il était trop las pour se lancer dans une dispute.

« C'est parce que tu ne vas pas rester. Même pas. C'est parce que tu n'en as pas envie. Tu dis que ta femme sera seule si tu restes, mais moi je serai seule si tu ne restes pas.

— Il faut te faire une raison. Je te l'ai expliqué ce matin au téléphone.

— Je sais. Je me fais une raison… J'essaie, corrigea-t-elle. Mais il n'empêche que ça me rend triste.

— Ce n'est que pour un soir, et de toute manière, pour l'instant je suis là.

— Tu veux dire que je te vois si peu que je devrais en profiter ? »

Quel interminable précipice nous longeons, songea-t-il. Quoi que l'on se dise, ou plutôt quoi que je dise, à l'une ou à l'autre ; des phrases entières, au fil des jours, des semaines… À l'une ou à l'autre…

Elle débarrassa la table des tiges cassées qu'elle fit tomber dans une corbeille à papier : « Remercier le ciel, à genoux, de m'accorder l'amour d'un mauvais bougre ? »

Elle essayait de jouer son jeu et sourit tristement.

« Où as-tu pris ça ?

— Dans *La Mégère apprivoisée*, et dans ma tête.

— Eh bien ! Dois-je comprendre que tu es une mégère et moi un mauvais bougre ?

— Pauvre Conrad. Tu as l'air affreusement fatigué. »

Elle courut chercher des verres. Combien de femmes sont belles quand elles courent dans une maison ? pensa-t-il. Avec un peu de chance, tout ira bien dans une minute.

Après lui avoir servi à boire, elle tira son coussin jaune jusqu'à lui, et ils restèrent silencieux jusqu'au moment où elle dit :

« Je crois que ce que je voulais dire, c'est que tu t'efforces de ne pas être un mauvais bougre, et moi de ne pas être une mégère. »

Elle leva alors la tête vers lui, en quête d'une réaction, et ajouta : « Pardonne-moi si j'en suis une. »

Il rit, désarmé, et l'embrassa. Se jetant à son cou, elle s'accrocha à lui sans rien dire, ni l'embrasser.

« Il faut que je me débarrasse de mon verre, si tu es d'humeur à ça. »

Mais elle se dégagea, glissant à nouveau loin de lui sur le plancher, et demanda aussitôt :

« Est-ce que ça va durer longtemps ?

— Que nous soyons amoureux l'un de l'autre ?

— Non, que tu te fasses du souci pour elle. Est-elle très malheureuse à cause de son père ?

— Elle est très malheureuse de toute façon, pas seulement à cause de son père.

— Est-ce que ça va durer longtemps ? répéta-t-elle.

— Je ne sais pas, chérie. Je te le dirais si j'en avais la moindre idée. »

Elle se tut un moment, tirant sur la frange de son coussin, et il devina les efforts qu'elle faisait pour se contenir, puis sut qu'elle n'y parvenait pas, bien avant qu'elle n'éclate :

« Je suis jalouse ! J'ai essayé mille fois de ne pas l'être... Je n'ai jamais rien éprouvé de pire, et je n'y comprends rien. Je suis si horriblement jalouse que j'en suis malade, quand je ne suis pas morte de honte. Je pensais que lorsqu'on avait honte à ce point d'un sentiment, on pouvait toujours s'en débarrasser. Ce n'est pas tant *elle* que je hais, je ne la connais même pas... C'est votre maison, vos meubles, à quoi ressemblent ces pièces que je n'ai jamais vues et qui font partie d'elle ; et vos amis, et toutes les années, les heures que vous avez passées ensemble – à faire des projets au petit déjeuner ; et quand tu veux me voir, tu ne peux pas, parce que ta vie avec elle s'écoule sans s'arrêter, alors qu'avec moi, ce ne sont que des instants isolés. »

Elle lui lança un regard d'une implorante sincérité.

« Je ne m'attends pas à ce que tu comprennes ma jalousie. Toi, tu ne la ressens pas, mais chez moi elle ne cesse jamais, quoi que je fasse, et à la fin, il ne me reste qu'à essayer de ne plus penser à toi – pour ne pas t'en vouloir. Tu n'as pas à me répondre, mais j'ai si affreusement honte que je préférais que tu le saches.

— Pourquoi ça ?

— Ce ne serait pas honnête, répondit-elle simplement. Tu pourrais m'imaginer meilleure que je ne suis. »

Il y eut un silence, puis elle demanda prudemment :

« Tu me donnerais une cigarette ? »

Il leur en alluma une à chacun, puis demanda :

« As-tu jamais réfléchi aux raisons pour lesquelles les gens tombent amoureux ou s'aiment ?

— J'y ai réfléchi, mais je ne sais pas, dit-elle en écartant les doigts dans un petit geste de dénégation. Je ne sais rien du tout.

— Cela me paraît très simple. C'est toujours basé sur un besoin mutuel ou complémentaire. L'essentiel, c'est de se concentrer sur ce que l'on a avec quelqu'un, pas sur ce que l'on n'a pas.

— Alors ?

— Alors, à toi de trouver.

— Je sais que tu me désires, fit-elle après un instant de réflexion. Tu me trouves attirante, et il te faut quelqu'un pour ça.

— Il m'est arrivé de penser que ce sentiment était réciproque.

— Oui, mais… »

Elle fronça les sourcils, soucieuse de se faire comprendre.

« Je ne peux pas concentrer tout ce que… tout ce que je ressens dans le simple fait de coucher avec quelqu'un. Ça ne me suffit pas.

— Dans ce cas, ne le fais pas. Ne le concentre pas, partage-le plutôt entre plusieurs personnes.

— Justement, je ne peux pas !

— Tu voudrais passer ton temps avec quelqu'un et personne d'autre, être tout pour lui.

— Non, dit-elle, presque avec colère. Tu joues sur les mots. Bien sûr que je ne veux pas ça. Je ne peux pas partager mon cœur, voilà tout. Peut-être que tu y arrives, pas moi. Peut-être que les hommes y arrivent toujours, ou peut-être qu'ils ne se laissent pas déborder par leurs sentiments. Je te l'ai dit, je n'y comprends rien, j'essaye seulement d'y voir plus clair à cause de ce que je viens de te dire.

— Tu croyais que tu serais moins jalouse si tu en savais davantage ?

— Je croyais que ça m'y aiderait, répondit-elle.

— Ce serait trop long d'en parler maintenant, mais tu te trompes, je n'ai pas que de l'attirance pour toi. Tu le sais forcément, mais il faut peut-être que je te le dise. »

Il se leva et lui sourit.

« J'ai besoin de toi de bien d'autres manières. Ce qui nous sépare n'a rien d'un gouffre béant. Je suis simplement plus vieux, et par conséquent plus hypocrite. Ne te laisse pas contaminer par moi. Je dois y aller. »

Elle l'accompagna jusqu'en bas. À la porte, elle lui toucha timidement le bras : « Conrad. Est-ce qu'*elle* a besoin de… Est-ce qu'elle t'aime, tu crois ?

— Elle ? Non… Je ne pense pas qu'elle m'aime vraiment. »

Étrange, se dit-il en s'éloignant, vraiment étrange comme il est plus facile de trahir quelqu'un en l'embrassant.

◆

Il marcha, dépassa la station de taxis et commença de longer à pied la morne avenue qui menait au parc, puis s'arrêta, ne voulant ni retourner à la station ni continuer la morne avenue. Il n'y avait nulle part où s'asseoir ; il lui fallait trouver autre chose. Il vit une cabine téléphonique et fouilla ses poches à la recherche de monnaie, mais il n'avait rien. Je mettrai deux pence dans chacun de mes vestons, décida-t-il, et il se félicita d'une telle résolution, quoique minime.

Il appuya sur le bouton B qui rendait la monnaie, et par chance une pièce de deux pence en tomba. Il commença à composer le numéro d'Imogen – cette histoire prend des proportions sérieusement freudiennes, se dit-il en refaisant le bon numéro. Il voulait esquiver le dîner chez lui avec sa femme, et y parvint avec une facilité inattendue. Elle décrocha : son frère Joseph était là et s'était invité à dîner. Il proposa de revenir à temps pour boire un brandy avec eux et ajouta, dans un accès de franchise : « J'ai besoin de réfléchir à quelque chose, je préfère dîner seul. » Il se demanda ensuite s'il avait bien fait de dire ça : elle ne le croirait peut-être pas. Il ne donnait pas d'ordinaire d'aussi faibles excuses à ses absences. Mais la vérité *est* faible, et très, très flexible, songea-t-il dans le taxi ; presque incassable, aussi improbable soit-elle.

Pendant tout le trajet, l'impression de crise s'aggrava,

quoiqu'il refusa d'y faire face avant d'être attablé devant son dîner.

Il choisit son menu et son vin avec un soin extrême, presque aussi méticuleux que s'il devait s'agir de son dernier repas. Finalement, manger, comme Algernon, était la seule chose qui le consolait.

Il balaya du regard le petit restaurant. Ce n'était qu'à moitié plein, et il avait obtenu sans difficulté une table à l'écart. Il était le seul homme à dîner seul, même s'il avait souvent remarqué que d'autres faisaient la même chose et s'était demandé distraitement pourquoi. Par ennui et par avarice, concluait-il la plupart du temps. Peut-être avait-il eu tort. Peut-être qu'eux non plus ne s'étaient pas senti le courage d'affronter la tourmente sans le soutien de la bonne chère et du bon vin. Il regarda une dernière fois les couples de dîneurs autour de lui, songea que les meilleures choses ici-bas coûtaient décidément très cher, et plongea dans son tourbillon intérieur.

Il partit du postulat que son attitude était inexcusable : il ne pouvait y avoir d'excuse au fait de maintenir deux personnes qui l'aimaient dans l'incertitude constante quant à l'affection ou l'intérêt qu'il leur portait ; et de les rendre ainsi profondément malheureuses. C'était pourtant inévitable tant que la situation perdurait.

Si, comme l'avait confirmé Imogen, le cœur était indivisible, pourquoi exigeaient-elles son cœur ? Pourquoi sa femme ne se contentait-elle pas des enfants, de leurs maisons, de la certitude qu'il ne la compromettrait pas socialement et de l'assurance que, pourvu qu'elle garde la tête froide, ils vieilliraient ensemble ? Et Imogen… ne pouvait-elle s'accommoder du désir qu'il avait pour elle, de leurs loisirs plus exotiques, et de l'attention, certes intermittente, mais bien assez régulière, qu'il lui accordait ? Évidemment, il pourrait tenter de persuader l'une ou l'autre, ou les deux, d'accepter chacune sa part, mais ce serait au détriment des qualités qui les rendaient désirables à ses yeux. Ni l'une ni l'autre n'était d'un naturel enclin à la promiscuité, et toute tentative de leur imposer un rapprochement risquait fort de conduire au désastre. D'un autre côté, il ne pouvait s'attendre à ce que sa femme mène indéfiniment une vie de célibat (il se rappela Marseille et sa détresse la veille au soir, et la situation commença à lui apparaître avec clarté)... pas plus qu'il ne pouvait s'attendre à ce qu'une jeune et belle créature, qui semblait faite pour aimer, ne souffre en rien de ne pas être complètement aimée en retour. Elle allait vieillir – et ce besoin du cœur serait remplacé par celui, moins séduisant, de la raison. Elle finirait, c'était forcé, par acquérir sa part de caprice, d'exigence, de fausseté et d'amertume, tout comme sa femme finirait par se lasser de leurs tromperies mutuelles, et comme toutes deux finiraient par s'apercevoir qu'il n'est pas d'humiliation plus cuisante que de ne pas être assez bien pour quelqu'un. S'ils continuaient à vivre ainsi, il y avait de fortes chances pour qu'Imogen en vienne à le tromper. Il se rendit compte avec effroi que l'idée même lui était intolérable. « Je ne m'attends pas à ce que tu comprennes ma jalousie », avait-elle dit, et il se souvint de ce qu'il avait ressenti à l'égard de sa femme le soir où son père était mort. C'était de la jalousie qu'il avait éprouvée ce soir-là, ou une forme de jalousie, supposa-t-il, même si cela semblait déplacé et franchement désagréable d'être jaloux quand on n'avait plus de désir. Peut-être, alors, les voulait-il toutes les deux, avait-il besoin d'elles deux, et peut-être était-ce simplement leur absolue sincérité qui rendait toute l'affaire si harassante. À ce moment-là seulement, il s'aperçut de leur ressemblance : Imogen était sa femme en puissance ; sa femme avait été une Imogen. L'importance de cette découverte le stoppa net dans son raisonnement, sa clairvoyance laissant place à une brume de souvenirs... il revit sa femme telle qu'elle lui était apparue pour la première fois : si jolie, si jeune, et si désenchantée...

Avant de lui parler, avant même de connaître son nom, il avait souhaité être le garant de son bien-être et de son plaisir ; il avait su que ce désespoir la rendait irrésistible à ses yeux (un désespoir qui n'avait rien de l'affreuse image éculée qu'il associait d'ordinaire à ce mot) et il avait été sûr d'y réussir pour la simple (et, songeait-il maintenant, ahurissante) raison qu'il n'avait jamais désiré personne à ce point. Il lui avait fait la cour, bravant son indifférence, sa timidité presque sauvage, ses peurs innombrables et imprévisibles, son intelligence brute gardée secrète ; elle était parvenue, avait-il découvert, à préserver son cœur et son esprit de sa famille, qui, à force de la nier, avait anéanti chez elle toute conception de sa propre beauté, à tel point que le jour où il lui avait dit qu'elle était belle, elle avait eu un mouvement de recul et s'était écriée qu'elle savait bien de quoi elle avait l'air – personne ne l'obligeait à la regarder. Quand, grâce à la persévérance et à l'imagination débordante dont il avait fait preuve, elle avait enfin consenti à l'épouser, il l'avait aussitôt enlevée à sa famille – il se souvenait d'avoir arrêté la voiture devant une pharmacie et d'être revenu en lui jetant une brosse à dents sur les genoux, « pour ta nouvelle vie ». Voilà comment ça avait commencé. C'était il y a des années, et il n'avait aucune envie de se rappeler chaque étape de leur déclin.

Imogen, en revanche, n'avait pas été abîmée par une famille particulièrement néfaste, ni par cet autre malheur (il préféra ne pas penser à cela pour l'instant) ; sans doute étaitelle donc moins vulnérable. Pourtant il savait qu'Imogen risquait de souffrir à cause de lui exactement comme sa femme avait souffert à cause d'un autre – et, à présent, à cause de lui. J'ai mal choisi les héroïnes de cette histoire, ou du moins l'une d'entre elles, songea-t-il, et pourtant quand j'en choisis d'une autre sorte, il n'y a pas d'histoire, parce qu'elles me laissent indifférent. Or, si je veux régler cette histoire-ci, je dois m'y consacrer corps et âme, au point de n'être plus bon à rien d'autre, et je donnerais cher pour en être débarrassé une fois pour toutes. Il commença de s'imaginer débarrassé du problème – loin d'elles deux, sans plus de responsabilité, seul : il ne put l'imaginer très longtemps parce qu'il avait maintenant la certitude qu'une fois seul il se mettrait en quête d'une autre charge – d'une autre Imogen –, d'une autre épouse. Se connaître soi-même suppose de se trouver coincé, se dit-il :

cela revient à un tournoi d'échecs sans adversaires. Naturellement, les choses ne se passent jamais comme ça ; on a plutôt l'impression de voir toutes les pièces d'un puzzle et de ne pouvoir les assembler qu'une fois le moment passé, quand ça n'a plus aucun intérêt.

Quoi que je fasse, elles devront me laisser seul – pour un temps ; si elles le veulent ; si elles le peuvent. Évidemment, il n'en restera qu'une pour le faire, et j'ai déjà meurtri leur sensibilité et sapé leur confiance trop longtemps pour exiger de l'une ou de l'autre qu'elle ait assez d'intuition pour cela. Ou bien elles sauront ce que je traverse et voudront en parler, ou bien elles ne sauront pas, et se tairont – non, elles ne se tairont pas et je ne crois pas pouvoir endurer ce que l'une ou l'autre aura à me dire. Je n'ai pris aucune décision ! songea-t-il, dégoûté de lui-même. Aucune, si ce n'est que c'est intolérable de ne rien décider. C'est pour cette raison que je suis là, pour prendre des décisions et les vivre ensuite jusqu'à la fin de mes jours.

Il n'avait plus faim. Il demanda la note et une pièce d'un shilling. Quand le garçon posa la pièce sur la table, il dit :

« Non, lancez-la pour moi. »

Le Chypriote, tout heureux, sourit ; il lança la pièce en l'air puis la couvrit de sa main posée à plat sur la table, d'un geste vif et grandiloquent, comme s'il venait de suspendre un roulement de tambour.

« Alors ?

— Face, monsieur. »

Il avait désespérément souhaité que ce fût face, mais à présent cela semblait pire que tout.

« Recommencez. Jouons-la en trois manches.

— Face encore. »

Il sentit une peur panique se déployer en lui comme un éventail, et demanda sèchement :

« Vous trichez ?

— Non, monsieur ! C'est la loi de la gravité.

— Lancez.

— Face trois fois.

— Je vous remercie. »

Il signa la note et se leva. Ses jambes tremblaient.

Le Chypriote s'impatientait, désireux que ça se termine et de garder la pièce.

« Pas de doute à avoir – trois fois le même résultat, monsieur –, pas de doute à avoir. Vous voulez peut-être garder le shilling, comme porte-bonheur ? »

Fleming articula péniblement : « Bonsoir. Non, gardez-le. Il ne me sera d'aucune utilité. »

XI

« QU'EST-CE qu'il y a ? »

(Elle ne sait pas, sinon elle n'oserait pas poser la question.)

« Conrad ! »

Elle ne sait pas. Il essaya de rassembler son courage – en vain.

« Je suis très fatigué. Buvons quelque chose.

— Je croyais que tu avais déjà bu.

— Ma chère, tu parles comme une épouse dans un *Punch* de l'époque victorienne. Et de toute façon, comment tu le sais ?

— Tu sentais le whisky quand tu m'as embrassée.

— Je t'ai embrassée ? »

Il paraissait si surpris qu'elle se mit à rire, et dit :

« Ce n'est pas la première fois, tu sais. »

Elle lui tendit un verre : « Iris va se joindre à nous avant de sortir.

— On devrait peut-être l'emmener dîner avec nous ? »

Mais elle avait parlé en même temps que lui :

« J'ai préparé le dîner, je suis désolée... Non, elle sort avec des gens de son travail. Elle n'arrête pas de sortir.

— Pourquoi ne sors-tu pas avec elle ?

— Ça m'est arrivé... fit-elle d'une voix hésitante. Je suis très heureuse comme ça. Je n'ai pas besoin de nouvelles têtes. »

Puis elle se tourna vers lui, méfiante :

« Tu ne voulais pas dire ce soir ? Tu me laisses tomber ?

— On croirait que te laisser tomber est mon passe-temps favori. C'est très injuste de ta part.

— Chéri... Je suis navrée. J'ai été pénible, je crois – à vouloir des choses que je ne peux pas avoir, et à te le faire savoir. Je sais ce que tu traverses. Je ferai de mon mieux pour ne pas en rajouter.

— Tu veux dire que tu peux vouloir des choses, tant que tu ne me le fais pas savoir ?

— Oui... Si ce sont des choses que je ne peux pas avoir. J'apprends. »

Il scruta son visage, dont les nuances lui apparaissaient à présent comme celles d'un paysage familier et charmant ; ce soir, il trouvait déchirant le contraste entre sa détermination à apprendre les ficelles retorses de la vie adulte et la candeur avec laquelle elle lui racontait ses efforts... Son inquiétude pour elle s'accrut.

« Tu te trompes, tu sais, dit-il doucement, espérant que ce ton ferait son effet. Ça ne va pas du tout. Cela montre la glorieuse image que tu t'es faite de moi, et à quel point je suis indigne de toutes ces dorures. »

Avant qu'Imogen ait pu répondre, Iris, habillée comme quelqu'un pour qui le plaisir de dîner en ville est un devoir, entra dans l'atelier.

La conversation fut décousue : il observait Iris – se demandant dans quelle mesure elle aiderait ou saurait aider Imogen. Puis il s'aperçut qu'Iris l'observait aussi, en douce, et l'ambiance se tendit. Imogen, qui ne désirait rien tant que de voir s'apprécier mutuellement ces deux personnes qu'elle aimait, ne semblait pas se rendre compte de l'examen prudent qui se jouait dans leur échange de regards.

« Je t'ai peut-être trouvé du travail, annonça Iris alors qu'Imogen revenait de l'une de ses fébriles excursions à la cuisine.

— Ah ? Quoi donc ? Iris me trouve trop oisive, en ce moment. Elle a raison, bien sûr. Est-ce que j'y gagnerai... (elle fit un grand geste) en connaissance du monde ?

— J'avais plutôt idée que le monde gagnerait à te connaître. »

Elle regarda Fleming pour voir s'il prendrait cela pour lui, mais il demanda simplement :

« Quel est ce travail ?

— C'est à mon bureau, sans surprise. (Iris se leva pour aller vers le poêle.) C'est… Eh bien, pour commencer, il s'agirait d'assister la personne chargée des entretiens. De recevoir des candidats, mais aussi les employés, au sujet de leurs soucis personnels, de leur accorder un prêt, un congé ou de les changer de poste. Si tu te débrouilles bien, ça pourrait devenir ton travail.

— Iris, comment veux-tu que je fasse ça ? Je n'y connais rien aux gens, ni à l'argent.

— Tu pourrais apprendre. Si tu t'en donnais la peine, je suis sûre que tu t'en sortirais très bien. Ils ont besoin de quelqu'un, et je leur ai parlé de toi. En tout cas, ils voudraient te rencontrer.

— Merci. Merci beaucoup. J'irai les voir. »

Fleming demanda : « Qu'est-ce qu'il y a ? L'idée ne te plaît pas ?

— Oh, si. Mais ça suppose tellement de responsabilités… Je me vois mal faire ça. »

Iris dit : « Tu m'as l'air d'assumer avec beaucoup de sérieux les responsabilités qui te sont tombées dessus. »

Elle n'avait pas ajouté « trop de sérieux », mais Fleming avait très bien compris qu'elle le pensait.

« C'est une excellente idée, je trouve. Ne te défile pas, et laisse-toi au moins six mois avant de renoncer, dit-il, sentant l'attention d'Iris fixée sur lui.

— Quand est-ce que je dois y aller ?

— J'arrangerai ça demain. Je voulais d'abord t'en parler.

— Merci, Iris. Je tâcherai d'être à la hauteur. » Elle était repartie à la cuisine et ils l'entendirent taper sur quelque chose. « Oh, non, on n'a plus du tout de sel. Je le savais, en plus, c'est ma faute, j'ai oublié. Il n'y a plus un seul grain. »

Elle réapparut en secouant la boîte.

« Demandes-en à la concierge, ou va acheter un paquet de chips au pub, suggéra Iris.

— Tu es pleine de ressources ! Ça ne m'étonne pas que tu sois si indispensable à ton travail. »

Iris fit une grimace gentiment ironique, et Imogen reprit :

« Je descends chez Mrs Green avec un coquetier. »

Lorsqu'elle fut sortie, Fleming, pour une raison qui lui échapperait ensuite, dit :

« Vous ne m'aimez pas. Pourquoi ?

— Je ne vous connais pas, répondit Iris, impassible. Ce que je n'aime pas, c'est ce que vous faites à Imogen.

— Pourquoi ? »

Elle le considéra un instant en silence, puis répondit :

« Si vous ne le savez pas, alors vous êtes idiot, en plus du reste. »

Rares étaient les femmes à se montrer d'une telle impolitesse placide et à s'en tirer à si bon compte, songea-t-il. Elle remonta dans son estime.

« Ce n'est pas aussi simple que vous le croyez, commença-t-il, mais elle l'interrompit :

— Oh, si. C'est même limpide. Vous ne pouvez pas jeter votre dévolu sur une fille à fleur de peau et sans la moindre expérience, lui faire éprouver un tas de sentiments que vous n'avez nullement l'intention de partager, et espérer qu'elle laisse tomber et tourne la page à la seconde où vous en serez lassé. Les hommes ont un nom pour les femmes qui leur font ça, dans d'autres circonstances, et la seule différence que je vois, c'est que vous causez des dégâts à plus long terme.

— Vous oubliez une chose importante.

— Vous n'allez pas me dire que vous l'aimez ? »

Elle eut un petit rire incrédule et écrasa sa cigarette.

« Cela vous paraît si improbable ? »

Il ne lui était jamais venu à l'esprit qu'Iris puisse refuser de croire à son amour pour Imogen ; il s'était cru le dernier à en faire la découverte.

« Plutôt, oui, dit-elle avant d'allumer une autre cigarette. Je sais que je suis malpolie. »

Elle refusa les allumettes de Conrad en brandissant son propre briquet en argent, et reprit :

« Oh, je ne vais pas me cacher derrière une prétendue franchise. C'est malpoli, voilà tout. Mais je ne comprends pas pourquoi, si vous vous souciez le moins du monde d'Imogen, vous choisissez de lui confier ce rôle. Il y a des tas de femmes qui, sûrement, trouveraient ça follement amusant… Pourquoi pas l'une d'elles ?

— Qu'est-ce qui vous fait penser qu'Imogen a plus besoin de protection que n'importe qui d'autre ? Pourquoi serait-elle si vulnérable ? »

Iris se tut un instant, les yeux fixés sur la grande fenêtre derrière l'épaule de Fleming.

« Je crois que c'est parce que, en plus d'être d'une beauté époustouflante, elle a du cœur, dit-elle enfin. À l'égard des autres, j'entends, pas simplement la panoplie de réactions égocentriques, comme la plupart d'entre nous. »

Il se pencha en avant – prêt à riposter – mais avant qu'il ait pu dire un mot, ils entendirent le pas d'Imogen et il se redressa dans son fauteuil.

Imogen surprit la fin de ce mouvement et, devinant la tension qui l'avait précédé, dit :

« Vous avez l'air si… graves, on croirait un arrêt sur image dans un film à suspense. De quoi étiez-vous en train de parler ?

— Des minorités », fit Iris avec un vague sourire alors qu'elle se levait en secouant sa jupe de taffetas bleu marine pour en faire tomber quelques cendres.

« Ah, c'est ça. Les pauvres… encore que ça leur plaît peut-être ? À l'école d'art, c'était mal vu de ne pas faire partie d'une minorité ; chacun avait la sienne. »

Personne ne répondit, aussi enchaîna-t-elle : « Mrs Green moud elle-même son sel ! C'est fou comme les bonnes choses en cuisine coûtent toujours plus d'efforts, vous ne trouvez pas ?

— Les bonnes choses coûtent plus d'efforts en général, j'en ai peur. Il faut que j'y aille, je vais être en retard. »

Fleming dit : « Je vous commande un taxi ?

— Merci, mais la station est tout près. J'irai à pied. »

Imogen était dans la cuisine. Iris se dirigea vers la porte.

« Au revoir », dit soudain Fleming, et alors qu'Iris se retournait vers lui, Imogen appela :

« Tu rentres tard ? Tu as ta clef ?

— Bien sûr que j'ai ma clef. Non, je rentrerai de bonne heure. »

Elle n'avait pas quitté Fleming des yeux.

« Au revoir », ajouta-t-elle calmement, puis elle sortit.

Tout le temps qu'il passa à regarder Imogen mettre le couvert avec le soin et l'attention qu'elle déployait spécialement pour lui, reconnaissait-il maintenant, il s'évertua à trouver un moyen d'atténuer sa douleur : que fallait-il omettre, sur quoi devrait-il insister ? Valait-il mieux quelques demi-vérités auxquelles elle pourrait se raccrocher ensuite, ou serait-ce plus facile pour elle d'entendre toute la vérité ?

Il la fit parler pendant le dîner, tandis que des visions fabuleuses et délirantes fusaient dans son esprit, explosant en vol juste avant de devenir géniales… Il se voyait l'emmener avec lui, quelque part, n'importe où, dès ce soir ; se débarrasser de la peau desséchée et inconfortable de son autre vie ; recommencer, avec elle, tout reprendre à zéro ; ne plus jamais peiner à gravir cette colline en taxi jusque chez lui, tâtonner dans la serrure avec une clef qui n'ouvrait pas toujours au premier tour, et jeter machinalement un coup d'œil à la table d'ébène pour y trouver des lettres qu'il n'avait pas envie de lire ; il voyait l'escalier, son tournant abrupt, puis le salon, décoré de meubles dont la disposition était toujours la même – et elle, toujours là, allongée, assise, immuable… Quel besoin de préambule, de paroles : il suffisait de ne plus jamais y remettre les pieds – et d'effacer de sa mémoire qu'il avait si longtemps fait cela…

Il avait demandé à Imogen de lui raconter tout ce qu'elle

savait sur Iris ; il n'avait pas l'impression qu'elle ait remarqué qu'il ne l'écoutait pas vraiment. En l'observant, il essayait de deviner sa réaction s'il disait : « Nous partons tous les deux. — Maintenant ? — Maintenant. Dès qu'on aura fini de manger, bien sûr. » Elle n'hésiterait pas : elle rayonnerait, simplement, convaincue qu'ils pouvaient partir et commencer une nouvelle vie. Lui-même l'avait déjà fait ; elle non, elle ne se méfierait pas.

« … quand on aura fini de manger.

— Quoi ?

— Oh, chéri, tu ne m'écoutes pas. C'est bien la peine que je babille.

— Je t'écoute, avec le plus grand plaisir.

— Qu'est-ce que je viens de dire sur Iris, alors ?

— Qu'elle avait déjà été amoureuse », commença-t-il sans certitude. Puis, songeant à Iris, il improvisa : « Mais qu'il était parti avec une fille plus jeune et plus jolie.

— Pas plus jeune. Du même âge. Exactement pareille, sauf qu'elle était plus jolie. Est-ce que je suis si ennuyeuse ? C'est toi qui m'as demandé, sinon je ne te l'aurais pas raconté.

— Je t'ai demandé. Mais qu'est-ce que tu disais, à propos d'après manger ?

— Je pensais mettre en marche le gramophone – ça, je sais faire, et nous n'aurons pas besoin de parler.

— Après le dîner, fit-il péniblement, je voudrai probablement te parler.

— Nous y sommes, après le dîner, dit-elle.

— Vraiment ? »

Il regarda son assiette.

« Tu n'as pas envie de manger, fit-elle doucement en retirant l'assiette. Conrad, tu n'es pas seulement fatigué. Qu'est-ce qu'il y a ? »

Ils se dirigèrent d'un commun accord vers le sofa raide et inconfortable et s'assirent, chacun à un bout, si bien qu'ils se faisaient presque face. Au moment où il se mit à parler, elle leva la main – comme si, songerait-il plus tard, elle savait déjà et voulait préserver leur dernier instant –, mais elle la laissa retomber et il ne s'arrêta pas devant ce geste instinctif et momentané.

Il le lui annonça très simplement, en fin de compte. Il ne pouvait plus continuer comme cela, ni pour lui, ni pour elle, ni pour sa femme : il devait donc se séparer de l'une d'elles ; sa femme avait besoin de lui et il devait se soucier d'elle en premier lieu ; et pour ces raisons, il devait la quitter – elle, Imogen – pour de bon : « Ne plus te revoir. »

Peu importe qu'on prononce ces mots avec lenteur, ou avec douceur : la vitesse et la force de l'impact étaient pareilles à celles d'une balle, se dit-il en voyant son visage se décomposer en quelques secondes, puis commencer à se figer en une expression qui semblait exprimer le courage.

« Tu ne me croiras sans doute pas, mais je suis convaincu qu'il vaut mieux pour toi, à long terme, que je parte. Cela vaut mieux pour toi », répéta-t-il, essayant de l'atteindre, mais elle s'était déjà retirée loin de lui, si loin que c'en était insupportable.

« Tu es beaucoup plus jeune qu'elle, vois-tu… ça fait toute la différence. Tu as le temps de t'en remettre, même si c'est douloureux maintenant. »

Elle hocha la tête sans un mot ; il n'était même pas certain qu'elle ait entendu ce qu'il venait de dire.

« Tu es jeune, et tu es belle – ce qu'elle, aujourd'hui, n'est plus… Elle ne saurait pas… Je ne crois pas qu'elle saurait vivre sans moi, si je continuais comme ça ou si je la quittais pour de bon. »

Il se souvint de ce que sa femme avait dit des gens qui souffrent : comment tout chez eux semblait rétrécir, à l'exception des yeux.

« Tu es trop jeune pour faire de moi une tragédie. Je sais que c'est difficile à croire, mais tu finiras par m'oublier, et ce sera pour le mieux. Pas elle. Elle ne pourrait pas. Il y a les enfants…

— Les enfants », répéta-t-elle.

Il attendit, et elle ajouta : « Est-ce à cause d'eux ?

— Non. Je dois être sincère. Ce n'est pas à cause d'eux. Ils n'en souffriraient pas le moins du monde, sinon à travers elle. Non… C'est à elle que je pense.

— Tu m'as dit qu'elle ne t'aimait pas vraiment.

— J'ai menti, répondit-il gravement. C'est faux. Elle m'aime.

— Et tu l'aimes aussi. »

Il se retint de nier : il n'avait pas le droit de l'exposer au conflit et à l'incertitude qui le rongeaient et qui, désormais, ne devaient plus regarder que lui.

« Oui. Je l'aime aussi. »

Il vit une onde de douleur traverser son visage, puis ses traits se figèrent à nouveau. Elle ne dit rien.

« J'aurais pu te quitter en mettant ça sur le dos des enfants, mais ce n'est pas la vérité. Je n'ai jamais été attaché à eux, si bien qu'ils ne sont pas attachés à moi. Je n'aurais pas pris cette décision uniquement pour eux. Il n'y a qu'une seule raison pour laquelle je la prends.

— Je sais. »

Il avait regardé ses mains, qu'elle serrait l'une contre l'autre, les pressant si fort que le blanc de ses jointures transparaissait sous sa peau – et à ces derniers mots, soudain plein d'espoir, il leva les yeux vers son visage lui aussi marqué de la blancheur de ses os.

« Oui, tu sais. Tu comprends. »

Elle baissa la tête : « Ça n'a pas dû être facile pour toi de le dire. »

Il y eut un court silence. Elle était encore sous le choc, encore en train de rassembler son courage. Enfin, elle dit :

« Je l'ignorais…

— Qu'est-ce que tu ignorais ?

— Que tu l'aimais. » Elle ajouta, presque pour elle-même : « Que tu ne m'aimes pas. Tu – ne – m'aimes – pas. » Elle prononça ces mots lentement, comme si elle apprenait une chose nouvelle, d'une difficulté incompréhensible.

« Tu te trompes ! protesta-t-il. Tu n'y es pas. Ce n'est pas pour ça... Je t'aime, sache-le.

— Tu viens de me dire que tu l'aimais. À l'instant. Tu ne peux pas aimer deux personnes. » Avec une profonde tristesse, elle reprit : « C'est ce que tu croyais, je suppose. » Elle se racla la gorge. « N'est-ce pas curieux ? Ce soir, quand tu as commencé à parler, je n'avais pas idée – je pensais que tu allais dire qu'on ne pouvait plus passer autant de temps ensemble ; que je devenais possessive ; que je devrais me contenter de t'avoir moins pour moi – et j'ai voulu t'arrêter tout de suite pour te dire que je t'aimais et que je saurais me contenter de si peu, de te voir une fois par semaine, une fois par mois même, si cela te facilitait les choses... » Elle s'arrêta, comme si elle s'apercevait soudain que ses explications n'avaient plus aucune utilité.

« Ça ne nous aurait rien apporté, tu sais. Ni à toi ni à moi. Ce genre de chose ne marche jamais. Sauf pour les gens qui ne s'aiment pas. Et moi, je t'aime. »

À ces mots, elle laissa son amertume éclater : « C'est impossible ! » et il la regarda aller du sofa à la fenêtre, certain qu'elle ne le croirait jamais plus : comme Iris, quoique pour des raisons différentes. Ce n'est même plus la peine d'essayer, se dit-il, ni de la rejoindre à la fenêtre pour la consoler. Lui faire comprendre que je l'aime ne ferait désormais que prolonger sa douleur.

Elle lui tournait le dos, immobile. Puis elle demanda : « Pourquoi l'avoir fait ? Tu devais bien savoir où ça mènerait. Alors pourquoi ? Moi, maintenant que je sais, jamais je ne... » Sa voix, qui semblait venir de loin, continua de faiblir jusqu'à ce qu'elle se tourne vers lui et demande, comme épouvantée à cette nouvelle idée : « A-t-elle... Pendant tout ce temps, elle a ressenti ce que je ressens, n'est-ce pas ? »

Il se leva : « Je ne sais pas ce qu'elle a ressenti.

— Évidemment, deux personnes ne sont jamais pareilles. » Elle croisa son regard et sourit poliment : elle semblait attendre la fin, mais lui restait debout, incapable de bouger, la regardant comme s'il la voyait pour la première fois ; l'aimant si fort à cet instant que lui-même n'était plus là ; désirant l'approcher et sachant qu'il ne le devait pas. Hors de sa portée, songea-t-il, voilà ce qu'elle devait retenir de lui, jusqu'à ce qu'il ne soit plus qu'un fâcheux souvenir, et, mon Dieu, faites que cela arrive le plus tôt possible.

« Je ne te connaissais pas, vois-tu. Je ne t'ai pas reconnue à temps. Ç'a été notre désastre. »

Elle frissonna et s'éloigna encore un peu de lui.

« Je crois que je ferais mieux de partir. »

Elle fixait le plancher entre eux.

« J'espère que les choses s'arrangeront pour toi. Avec elle, je veux dire. » Elle essaya de le regarder mais n'y parvint pas. « Oui, tu ferais sans doute mieux de partir. Maintenant », ajouta-t-elle faiblement, et il sut qu'elle n'avait plus la force de l'affronter. Il traversa la pièce sans un mot et ferma la porte sans se retourner. Au moment où il la refermait, la première vague de désespoir jaillit en lui, avec une telle violence que quelques secondes plus tard, toujours adossé à la porte, il se passait et se repassait la main sur les yeux pour tenter de discerner l'escalier.

Dès qu'il put distinguer le haut des marches, sans pour autant les voir clairement, il descendit.

La douloureuse solution de facilité, pensa-t-il tandis que le taxi peinait à gravir la route étroite jusque chez lui.

Il remonta l'allée bordée de roses trémières d'une taille cauchemardesque, puis introduisit la clef dans la serrure et remarqua comme la peinture de la porte avait perdu de sa couleur autour de la plaque de cuivre. Nettoyer une chose en salissait une autre. Son esprit balbutiait d'autres platitudes de ce genre alors qu'il s'efforçait d'ouvrir – il y parvint au troisième essai. Il ramassa un catalogue de Sotheby, un courrier de l'une de ses banques et quelques factures, et les regarda avant de les reposer sur la table. Les catalogues ont quelque chose de réconfortant, songea-t-il : ils nous distraient par cette étrange soif de possession, détournent notre esprit de tout le reste. Mais le mien n'est pas tourné vers quoi que ce soit, je crois plutôt qu'on me l'a arraché, et que je me porte mieux sans. Il se cogna le coude à la rampe et eut un mouvement de recul, par réflexe plutôt que de douleur. Je suis un parfait sans-cœur, comme on dit. Il ouvrit la porte du salon.

Les meubles, qui lui avaient semblé tournoyer, ou plutôt flotter dans la pièce puisqu'ils se mouvaient sans un bruit, s'immobilisèrent alors qu'il entrait, reprenant la place qu'il leur connaissait – les coussins avachis aux deux coins du sofa le faisaient ressembler à un gros personnage en train de lui adresser un clin d'œil complice, familier –, et chaque meuble semblait tourner le dos au mur sans rien dissimuler derrière lui : elle n'était pas là. Il se souvint d'une réplique dans une pièce de Noël Coward, à propos d'un mari ou d'une épouse : « Elle n'est pas morte, elle est au premier. » Bien sûr, qu'elle ne soit pas au premier ne voulait pas dire qu'elle était morte. Le sofa, avec son regard méprisant – son expression s'était faite trop insistante pour être qualifiée de clin d'œil –, était vide. Elle y avait dormi, pleuré, lu, parlé, mais à cet instant Fleming était seul. Les femmes n'étaient pas très inspirées s'agissant de la disposition des meubles dans leur salon, se dit-il, signe de leur vision étriquée des relations sociales. Les possibilités étaient sans fin, ce qui de son point de vue signifiait que rien n'était jamais figé. On pouvait toujours apporter un changement à une chose – ne pas le faire revenait immanquablement à saper tout plaisir, toute expérience, seule la douleur demeurait intacte. On ne peut pas être à deux endroits à la fois – il tira le sofa pour le repositionner. L'opération l'essouffla davantage qu'il ne l'aurait cru. Il enleva son manteau. La dernière fois qu'il l'avait embrassée, il l'avait fait sans s'en rendre compte, et sans savoir que c'était la dernière fois…

Il avait fini depuis un certain temps (il ne savait pas combien) quand elle arriva. Il entendit la voiture, et s'il n'associa pas aussitôt ce bruit avec elle, un sentiment d'appréhension le projeta néanmoins hors de l'indifférence vague dans laquelle il était plongé. Il vida son verre, prit un livre, et résista à l'envie irrépressible de vérifier dans une glace s'il était vivant et reconnaissable. Il entendit la porte d'entrée et se rappela que ses pas dans l'escalier seraient silencieux. Elle pourrait entrer et le trouver là : « Conrad ! Qu'est-ce qu'il y a ? » Elle aussi pourrait dire ça.

« Conrad ! Tu as tout déplacé ! » Mais elle n'y prêta pas plus attention. « Je suis si contente de te trouver ici.

— Tu aimes ?

— Je ne sais pas. » Elle regarda nerveusement autour d'elle. « Pourquoi tu as fait ça ?

— Je me suis dit qu'il était temps de changer. »

Elle répéta d'une voix fébrile : « De changer ? Oh, notre pauvre Sickert ! Personne ne le verra maintenant, à moins de changer aussi l'éclairage.

— Je peux m'en occuper demain. » Il s'était demandé ce qu'il ferait le lendemain.

« Qu'est-ce que tu bois ? »

Il regarda son verre : « Je ne sais plus. Tu en veux ?

— Oui, je veux bien. Tu sors ?

— Non. Pourquoi ?

— Tu as l'air sur le point de faire quelque chose. »

Elle tendit la main pour prendre son verre et il constata, sans le vouloir, qu'elle était particulièrement anxieuse : ses doigts, un peu écartés, tremblaient. Si elle avait été à l'aise, elle aurait examiné la pièce ; si elle avait été heureuse, elle se serait rapprochée de lui ; mais il y avait longtemps qu'elle n'avait pas été heureuse, et elle avait à peine regardé le salon. Il sourit (la sensation lui parut tout à fait étrangère, mais il supposa que c'était un sourire) et demanda :

« Où étais-tu ?

— À Sevenoaks.

— Ah. » Toujours s'intéresser à ce qui occupe l'autre. « C'était bien ?

— Je n'allais pas à Sevenoaks. C'est juste que je ne suis pas allée plus loin. J'étais partie pour Tenterden.

— Pour être avec les enfants ?

— Pour m'éloigner de toi. »

Quelque chose dans sa tête poussa un hurlement déchirant avant d'être aussitôt réduit à un silence de mort. Un son si proche et si soudain que le choc laissa Fleming sans voix. Il la regarda droit dans les yeux, comme s'il s'attendait à ce qu'elle l'ait entendu aussi ; elle était légèrement penchée en avant dans son fauteuil, mais son visage était toujours tendu dans la même expression de courage spontané. « Comme vos yeux sont bleus, Constant ! Vraiment bleus !

— Qu'est-ce que tu dis ?

— Rien. » Il changea de position. « Fumons une cigarette, tu veux ?

— Je croyais qu'on ne fumait pas.

— On ne fume pas. C'est bien pour ça qu'on devrait en fumer une maintenant.

— D'accord. »

Quand il les eut trouvées et allumées, elle dit :

« Je partais à la campagne pour m'échapper, en espérant que ne pas te voir pendant quelque temps améliorerait les choses – que nous serions plus... plus supportables l'un pour l'autre. Et puis une fois en route (je ne me suis décidée à partir qu'après le dîner), j'ai commencé à comprendre que ça ne changerait rien du tout. Qu'en revenant je retrouverais exactement la même situation. » Elle attendit un instant, mais il ne dit rien. « Il m'a semblé que nous n'avions aucune perspective d'avenir. Je me suis dit que d'en parler nous aiderait à savoir s'il en existe – ou non.

— Et s'il s'avère qu'il n'y en a pas ?

— Il ne peut pas ne pas y en avoir, répondit-elle calmement. Soit tu veux que je m'en aille, soit tu ne veux pas.

— Et toi ? Qu'en est-il de ce que tu souhaites ?

— Ça ne sert à rien que je souhaite le contraire de ce que tu souhaites, fit-elle. Je viens seulement de le découvrir, mais ça a toujours été ainsi.

— Tu dois bien vouloir quelque chose, pourtant.

— Oui. Ça oui. » Elle fixa le sol quelques secondes en

fronçant les sourcils, puis releva les yeux vers lui. « Mais je crois que les femmes, en général, ont des exigences variables.

— Qui ne peuvent toutes être satisfaites. Cet état d'esprit n'est pas propre aux femmes. Nous voulons tous quelque chose qu'on ne peut pas avoir.

— Oui. Et c'est normal. Ça l'est moins d'avoir quelque chose qu'on ne peut pas vouloir.

— Eh bien ? » Elle le regardait en face, maintenant. Il vit son visage s'empourprer, le sang remontant jusqu'à la petite pointe que formait la racine de ses cheveux. L'air sembla soudain manquer dans la pièce, ou être devenu glacial – il fut parcouru d'un frisson, et elle eut un geste compatissant.

« Eh bien ? répéta-t-il pour l'aider à franchir ce silence.

— J'ai peur d'être devenue cela pour toi : quelque chose que tu as et dont tu ne veux pas. Tu sais ce que je veux dire. » D'un coup, il n'en fut plus certain. « Si… Si c'est ce que tu ressens, je préfère le savoir tout de suite, et je partirai. Mais il faut que je le sache maintenant. Je ne peux plus supporter l'incertitude.

— Pourquoi devrais-tu partir ?

— Parce que ma présence deviendrait affreusement pénible pour toi – en attendant de devenir encore pire, peut-être. Je te connais assez pour le savoir.

— C'est donc que tu te soucies de moi ? Voire, que tu m'*aimes*? » ne put-il s'empêcher de demander – il lui paraissait invraisemblable qu'elle, ou n'importe qui d'autre, puisse l'aimer ; et elle répondit d'un ton dur :

« Je te l'ai dit, je te connais un peu, non que tu sois facile à comprendre. Je ne parlais pas d'amour. »

D'un mouvement vif, presque brusque, il se leva de son fauteuil et s'agenouilla près d'elle.

« Je crois que si. » Il lui prit la main (elle était très froide), et la tint dans la sienne. Il aurait tant voulu se rabaisser devant elle, se dénigrer, la supplier de comprendre ce qu'il y avait de pire en lui, détruire l'estime dont elle l'entourait. Mais il se contenta de garder sa main dans la sienne et ne dit rien.

« Eh bien ? » Elle s'efforçait de le regarder froidement – essayant de dégager sa main. Puis elle ajouta avec une arrogance fragile : « Je peux m'en aller, il suffit de me le dire maintenant. »

Il secoua la tête ; les mots étaient devenus trop effrayants pour lui, pourtant elle l'interrogeait du regard avec une telle insistance qu'il dut parler : « Non. Je te le dis maintenant : ne pars pas – n'y pense même pas. Antonia ! »

Ses yeux s'emplirent de larmes et elle prit une profonde inspiration. Il posa une main sur ses yeux.

« Ne pleure pas.

— Mon nom. Il y a tellement longtemps que tu ne l'as pas prononcé. Non, je ne pleure pas.

— Ma chère Antonia. La plupart des gens détestent leur prénom. » Il retira sa main et lui caressa doucement la tête. « C'est d'accord ? Est-ce que ça va ? » La scène l'avait tant épuisé qu'il voulait s'assurer qu'elle prenait fin. Mais elle lui prit la main, se pencha vers lui et commença sans attendre :

« Non – non, ça ne va pas. Je dois te dire certaines choses – essayer de t'expliquer – et elles te feront peut-être changer d'avis.

— Es-tu sûre que tu dois me les dire ?

— Il le faut. Sinon, je ne pourrai jamais me le pardonner. »

Alors elle lui raconta Marseille après son départ, et comme elle s'efforçait d'être brève et calme, l'épisode ne fut plus qu'un petit accident irréel – crédible seulement parce qu'il voyait que la confession lui coûtait ; important seulement parce qu'elle tenait à tout lui en dire. C'est curieux, se dit-il en l'écoutant, comme un poète est capable, après avoir vu quelqu'un dans la rue, d'en faire le récit le plus enivrant, tandis qu'elle ou moi, qui sommes capables d'aimer sincèrement, ou du moins de le croire, trouvons aussitôt impossible de communiquer ce sentiment et le laissons s'effacer, faute de savoir l'exprimer.

Il n'éprouvait pas de jalousie. Pendant un instant, il se demanda si *elle* était en train d'anéantir son amour en se confiant à Iris – d'éteindre cet amour par les larmes, de jurer qu'il était immortel –, puis la douleur l'envahit : il ne pensa plus à rien et se raccrocha comme un noyé aux paroles de sa femme. Pauvre Antonia : quelle entreprise misérable et sans fin que la pitié.

« … à Londres, disait-elle. De retour à Londres, tout cela avait l'air d'un rêve – ni bon ni mauvais – mais simplement un rêve interrompu trop tôt, avant la fin, comme la plupart des rêves, je veux dire. Et puis Wilfrid – papa – était au plus mal. Ça n'avait rien à voir avec le reste : c'était facile de me concentrer là-dessus. Tu avais du travail et… autre chose à penser, et papa accaparait tout mon temps. Tout ça ne ressemblait plus qu'à une parenthèse invraisemblable – sauf que je croyais qu'il allait revenir à Londres et peut-être écrire ou téléphoner ; mais je n'y pensais pas tellement : je sais maintenant que j'avais peur d'y penser. J'aurais dû me douter… » Elle n'acheva pas sa phrase. Elle faisait tant d'efforts pour être honnête sans le blesser – lui disait tant de choses qu'il ne voulait pas savoir –, prenait soin de se faire mal à elle-même plutôt qu'à lui.

« Et puis l'état de Wilfrid a empiré, et j'ai compris qu'il allait mourir, qu'il le savait et qu'il en souffrait. C'est là qu'il a téléphoné. C'est là que j'ai su. Même Wilfrid, même organiser le départ des enfants, et même m'inquiéter à propos de toi ne l'ont pas empêché.

— Empêché quoi ? »

Elle laissa tomber ses mains comme deux poids morts sur les bras de son fauteuil.

« Ce désir brûlant, incontrôlable, d'être avec lui. Je ne peux pas te décrire à quel point ça m'a horrifiée. » Ses doigts se recroquevillèrent au bout des accoudoirs. « Je ne pouvais pas l'empêcher, ni le comprendre.

— Alors, tu l'as revu ? » Il avait l'impression de guider ses pas, ou d'ajouter pour elle un barreau à l'échelle de cette périlleuse descente.

« Oui… non. Je lui ai téléphoné pour lui dire que Wilfrid était malade et qu'il me serait difficile de m'échapper. J'ai dit que je lui ferais signe dès que je pourrais me libérer. Il a répondu… – elle fronça les sourcils – il a répondu : “Arrange-toi pour que ce soit bientôt.” Je n'ai rien dit, mais après cet échange, c'était pire qu'avant. Je ne pouvais pas aller à la campagne à cause de Wilfrid, et il aurait suffi que je passe un coup de fil pour le voir. C'était si facile, l'idée m'a accompagnée pendant des heures, des jours – le téléphone est une invention démoniaque, je ne m'étais jamais rendu compte de la torture que c'était… Conrad, je ne me suis rendu compte de rien – jusqu'alors, du moins. Quand on parvient de justesse à résister à quelque chose, on a trop peur pour en tirer la moindre fierté : j'ai continué d'avoir honte, sans doute parce que je voulais qu'il m'appelle, même si je lui avais dit de ne pas le faire… » Elle se tut et posa les mains de chaque côté de son front.

« Ma chère, dois-tu vraiment t'infliger ça ? Cela n'a plus d'importance – pour moi, du moins. Tu n'es pas forcée de me raconter… »

Mais elle l'interrompit : « Si, il le faut – à cause de la façon dont ça s'est fini. Plus d'importance, vraiment ? »

Elle le dit avec une telle pointe d'orgueil et de curiosité sincère qu'il répondit :

« Je voulais seulement dire que tu ne dois pas le prendre trop à cœur. »

Mais il vit qu'elle ne le comprenait pas. Je ne vais pas y arriver sans un autre verre, se dit-il. Il se leva pour les resservir. Au moment où il se pencha au-dessus de la table pour verser du brandy dans son verre, elle y posa la main – trop tard, et il coula sur ses doigts.

« Chéri, tu fais toujours ça – tu ne regardes pas. » Elle le dit d'une voix hésitante, comme pour tester sa propre assurance, ce qui le toucha. Le problème dans les rapports humains, songea-t-il, c'est que la balle est toujours en train de passer d'un camp à l'autre, jamais bien au chaud entre les mains d'une seule personne. Il dit :

« Autrefois, tu te serais léché les doigts avec la plus charmante gourmandise.

— Je ne suis plus charmante.

— On n'est pas autorisé à décider de cela pour soi-même. Avoir le privilège de dire des choses pareilles se paye très cher, de nos jours. »

Elle demeurait silencieuse, s'accrochant coûte que coûte à sa détermination. Il se rassit.

« Finissons-en.

— C'était seulement... » Sa voix, d'ordinaire si calme, était tremblante. Elle reprit : « Ce que tu dois surtout savoir, c'est qu'après des jours à tergiverser, j'ai convenu de le voir – pour lui dire que tout était terminé. Il fallait que je le voie. Je n'aurais pas pu le lui écrire, et je supportais encore moins l'idée de lui téléphoner – je n'avais pas réalisé à ce moment-là que *lui*... je pensais, je ne sais pas pourquoi, que lui aussi trouverait ça insupportable. Nous avions convenu de prendre un verre dans un affreux hôtel d'Earls Court, où il logeait. Je n'arrivais pas à l'imaginer dans ce cadre – pourtant il était là, fidèle au souvenir que j'en avais, simplement transposé à Londres. Il m'a accueillie comme si je l'avais quitté une demi-heure plus tôt. On a emporté nos verres dans une petite salle triste qui sentait la soupe et où s'entassaient des fauteuils en rotin doré, et il m'a dit : “Tu as combien de temps ?” J'ai répondu que j'en avais peu, parce que je n'étais pas sûre de pouvoir rester longtemps avec lui sans revenir sur ma décision – c'est encore ce que je ressentais, à ce moment-là. “Eh bien, ne perdons pas de temps”, a-t-il déclaré avec ce sourire qui semblait ne jamais le quitter. Alors, je me suis lancée. Mais, Conrad... » Elle rougit, profondément humiliée. « Voilà où je voulais en venir : il s'en *fichait* ! Tu comprends, ça ne l'arrangeait pas, et ce n'était pas exactement ce qu'il attendait – mais à part ça... il a dû finir par saisir qu'on ne voyait pas les choses sous le même angle, parce qu'il s'est mis à dire des choses qui ne faisaient qu'enfoncer le clou, et je me sentais de plus en plus idiote – ridicule –, j'avais rassemblé tout mon courage, tu comprends, en me disant que c'était la chose à faire, à faire enfin – même si ça me coûtait – et tout ça pour rien. Il me paraissait impossible qu'un sentiment si fort ne soit pas réciproque – je croyais qu'il n'y avait que dans ces moments-là qu'on n'était pas seul... Le choc a été terrible – une blessure d'orgueil, je suppose. Après l'avoir quitté, j'ai marché des heures, en essayant de faire la part des choses, d'arriver à me sentir idiote et rien de plus, à me trouver des excuses – mais j'en étais incapable. Je continuais d'être morte de honte, comme si je m'étais conduite comme une gamine sans cervelle ; ce n'était pas sa faute à lui, tu vois, je m'en rendais bien compte – il avait été des plus honnêtes –, c'était moi qui avais agi en idiote hystérique. »

Elle s'arrêta de parler. Enfin, elle avait fini.

Il se racla la gorge : « Alors tu es revenue ici, et le téléphone a sonné, et tu as appris que Wilfrid était en train de mourir ?

— Oui.

— Tu ne fais pas de lien entre ces deux événements, n'est-ce pas ? »

Elle se leva de son fauteuil et marcha vers la fenêtre : « Pourquoi cette question ? »

De toute évidence, c'était le cas. Les gens savaient se montrer d'une irrationalité sans faille, se dit-il : c'était un miracle qu'ils arrivent à survivre. Les superstitions, aussi innombrables soient-elles, paraient peut-être à certains malheurs ; empêchaient de relier certains chagrins à des peurs plus profondes, certains échecs aux tragédies qui leur succédaient : après tout, un chat noir ne vous attendait pas invariablement sous une échelle le 13 du mois. Il fit cette dernière remarque tout haut pour voir l'effet que cela produirait sur elle, et au bout d'un moment elle sourit, mais elle demeurait distante, attendant son verdict. C'était fou, pensa-t-il, cette tendance qu'on avait à espérer, comme un enfant, une récompense pour chacune de ses bonnes actions. Lui-même, s'il s'était juré en prenant sa décision de ne jamais lui avouer qu'il avait dû en prendre une, s'apercevait maintenant qu'il s'était attendu à obtenir en retour sa compréhension immédiate et tacite – attendu à ce qu'elle le comprenne si bien qu'elle lui épargnerait ses aveux. Pourtant, le fait qu'elle ignore tout de son geste rendait son attitude, plutôt que revancharde, hautement courageuse, et voilà pourquoi elle attendait à son tour d'être à la fois sévèrement condamnée et totalement pardonnée (il lui fallait les deux, car minimiser la valeur de sa fidélité ne ferait que la dévaloriser elle, à ses propres yeux). Toutes ces réflexions avaient tournoyé en lui comme des feuilles mortes, et il se retrouva de nouveau face à elle et face à la certitude que l'édifice de leur relation était désormais si fragile qu'y ajouter des pierres serait risquer l'effondrement. Il dit tout haut :

« Si j'étais Shelley, j'aurais peut-être un quignon de pain dans la poche…

— Ou une *raison d'être** à me donner, répondit-elle immédiatement.

— Ah, pour ça j'ai ce qu'il faut », répliqua-t-il d'un ton grave même si, intérieurement, il la chérissait d'avoir déchiré le ruban à la fin de leur marathon. Ils n'osèrent rire ni l'un ni l'autre.

Elle dit : « J'ai du mal à te comprendre, tu sais. Pourquoi Shelley ?

— Aucune importance. » (C'était le moment de faire un pas, de l'emmener hors de cette pièce.)

Mais dans l'escalier, elle dit : « Conrad, tu ne m'as pas dit… je comprendrais très bien que tu sois – que tu sois… »

Il sentit son cœur se serrer. « Que je sois quoi ? »

Elle se tenait deux marches plus bas – il l'entendait à peine.

« Que tu sois dégoûté de moi – pour de bon. »

Il posa les deux mains sur ses épaules et, en la touchant, s'aperçut avec stupeur qu'une violente nausée s'emparait de lui. Toutes ces angoisses laides et déchirantes qu'il avait enfouies pendant sa jeunesse lui revenaient par flashs cauchemardesques : cette horrible peur de ne pas être à la hauteur – ou de voir son corps foncer, hors de contrôle de son esprit, vers un précipice, poussé par la seule explosion soudaine du désir, si rapide et si violente qu'après coup elle semblait avoir éclipsé tout souvenir... puis la satisfaction vide et écœurante, et le besoin urgent de se réfugier dans le noir complet, de n'être plus touché que par l'air ou par l'eau...

Antonia était là devant lui – il avait toujours les mains sur ses épaules, appuyant fort pour les empêcher de trembler – s'il appuyait encore un peu elle tomberait dans l'escalier, se blesserait, alors il la porterait à l'étage, faible et reconnaissante... Quelle impasse que de se connaître soi-même, pensa-t-il à nouveau en cherchant méthodiquement un moyen d'en sortir; et à nouveau il choisit la voie du stratège.

« Ça ne me laisse pas complètement indifférent, tu t'en doutes. »

Elle secoua la tête et baissa les yeux vers la marche qui les séparait, mais c'était ce qu'elle voulait entendre.

« Je ne suis pas dégoûté, continua-t-il avec plus de franchise. Mais je ne veux plus en parler. Je veux dormir. Viens. »

Il lui tendit la main – il était si fatigué qu'à moins de l'aider il n'atteindrait jamais le haut de l'escalier. Dans la chambre, elle lui embrassa tout à coup la main, et sans même réfléchir il se retourna en criant « *Arrête !* » et la vit changer d'expression avant de laisser retomber sa main.

Dans la salle de bains, il découvrit qu'il ne l'avait quittée que depuis quatre heures. Il crut un instant que sa montre s'était arrêtée, tant le moment où il l'avait fait souffrir semblait loin. Elle devait être endormie à présent, se dit-il – à son âge, on finissait par s'endormir d'épuisement – et pendant quelques heures, il ne lui ferait plus de mal. Cette idée lui apporta le piètre réconfort d'un feu de bois sur un corps transi jusqu'aux os – la chaleur n'était pas supportable très longtemps. Il ne devait pas rester seul; mieux valait retourner dans la chambre : l'opération avait pour seul but le bonheur d'Antonia, et jusque-là il ne semblait pas s'acquitter de cette tâche avec beaucoup de succès. S'il est impossible de se trouver à deux endroits à la fois, il devrait être impossible de rendre deux personnes malheureuses en même temps…

Elle était assise sur la banquette d'une des fenêtres, enveloppée dans l'un des rideaux de velours vert qu'elle avait tiré pour regarder la nuit au-dehors, et elle ne l'entendit pas tout de suite. Peut-être venait-elle de pleurer ; sa posture raide et immobile, ainsi que son silence le laissaient croire. Comme il s'approchait d'elle, elle ramena le bord du rideau près de son visage avant de le laisser retomber, puis elle tourna la tête vers lui. Son visage n'était pas pâle, il était de la teinte incertaine d'une eau sans reflet, et il comprit qu'elle avait peur à ses yeux sombres mais sans couleur.

Il dit doucement :

« Nous partons tous les deux. »

Elle écarta les mains dans un geste inquiet.

« Maintenant ?

— Dès que tu auras eu une bonne nuit de sommeil. »

L'écho brûlant de ses paroles se tordit et tournoya dans sa tête jusqu'à en obstruer le conduit ; il se secoua et annonça plus fermement : « Demain. »

Elle ne dit rien, mais le regarda avec une assurance à la fois étonnante et attendrissante.

« À Tenterden ?

— Non, rien que nous deux. À moins que tu préfères que les enfants soient là. C'est ce que tu veux ? »

C'était la première fois qu'il parlait ainsi des enfants – sans cynisme, sans colère et sans cette jalousie complexe dont elle n'avait réussi qu'à les protéger eux, et non elle-même : pour la première fois depuis le début de leurs querelles, il ne les lui présentait pas comme si elle devait choisir entre eux et lui, et elle découvrit qu'elle serait contente de les laisser et d'aller là où il voudrait.

Elle répondit simplement : « Non. »

Elle se leva, et il vit une unique larme tomber, comme une feuille tombe d'un arbre. Elle était plus grande qu'Imogen.

Il la mit au lit, comme il le faisait autrefois, et elle se tourna docilement sur le côté sans le regarder. Il posa une main sur sa tête. « Ma douce », fit-il, et comme ses yeux n'étaient plus noirs, il se pencha pour l'embrasser. L'odeur chaude et délicate de sa peau, si peu prononcée que loin d'elle il ne pouvait jamais se la rappeler, et si particulière qu'il l'aurait reconnue les yeux bandés, l'enveloppa tout entier, et il l'embrassa deux fois, sur le front et dans le cou.

« Voilà. »

Quand il se fut couché et qu'il eut éteint, elle dit :

« Conrad.

— Il te faut un mouchoir. »

Il la devina qui secouait la tête.

« Un verre d'eau. » Il s'apprêtait à se relever, mais elle l'arrêta.

« Non… Conrad, cette fille… c'est là que tout a commencé. Tout est ma faute. Je n'aurais pas dû me conduire comme une idiote. Tu peux l'avoir, si tu veux. Je sais que tu ne l'aimes pas. »

C'était le comble de sa bonté, et elle en fut récompensée par un sommeil immédiat et sans rêves.

QUATRIÈME PARTIE

1927

I

La situation entre eux avait dû changer progressivement et de manière imperceptible, se disait-elle, dès l'instant où ils s'étaient mariés. Aucun doute qu'au moment où ils s'étaient mariés, elle avait été soumise, blessée, et passablement effrayée ; mais au moins s'était-elle résignée à lui en toute honnêteté, et résolue à lui donner autant qu'elle avait reçu de sa part : elle lui avait dit sans mentir qu'elle ne se sentait plus malheureuse – ne se sentait d'ailleurs plus rien du tout.

Elle entendait encore sa propre voix répéter « rien du tout », tant elle avait de mal à continuer. « Si malgré cela tu es certain de vouloir... mais je ne vois pas comment c'est possible ! » avait-elle soudain conclu. Il y avait eu un court silence. « Je t'aime bien, vraiment », avait-elle ajouté, et sa remarque paraissait si déplacée que le rouge lui était monté au visage.

« Bien », avait-il répondu après l'avoir observée attentivement. « Bien. » Il y avait eu un autre silence, pendant lequel elle s'était débattue avec l'idée d'être à ce point insensible.

« Je suis navrée de n'avoir que cette miette à te donner. »

Il avait souri. « Une miette pleine d'espoir. »

Elle avait cru qu'il choisirait ce moment pour l'embrasser – mais il ne l'avait pas fait. Lorsqu'elle lui avait dit qu'elle redoutait d'en parler à ses parents, il n'avait pas tourné à gauche pour prendre l'allée qui longeait les séchoirs à houblon et menait à la demeure familiale, il avait continué tout droit jusqu'à Londres.

« Qu'est-ce que tu fais ?

— Je t'enlève, avec les meilleures intentions du monde. Les gens ont tendance à agir à l'inverse. Tu n'as plus à retourner là-bas. À partir de maintenant, c'est moi qui m'occupe de toi. »

Ils s'étaient mariés en toute discrétion, avec une dérogation.

« Nous ne dépenserons rien pour le mariage, et tout pour le voyage de noces.

— Et mes vêtements ?

— Tu n'auras pas besoin de vêtements. Nous allons à Paris. »

En une semaine à Paris, la situation avait changé. Étrangement, après sept jours d'une vie nouvelle, différente jusque dans les moindres détails, elle n'était pas fatiguée, et sa peur s'était à ce point dissipée qu'elle lui en était reconnaissante et se félicitait elle-même de ce progrès.

Il avait loué un appartement meublé incluant aussi les domestiques du propriétaire, un couple qui venait tous les jours faire la cuisine, le ménage, et conduire la voiture (elle découvrit qu'il détestait conduire, et résolut secrètement d'apprendre à le faire). Il ne lui avait pas parlé de l'appartement avant leur arrivée à Paris, et pour une raison quelconque l'idée l'effraya. « Je suis sûr que ça te plaira, avait-il dit. On ne devrait jamais passer les premiers jours de son mariage à l'hôtel, si on peut l'éviter. On y est tiraillé entre deux extrêmes, l'intimité et la vie en collectivité… Mais rien ne nous oblige à rester si l'appartement ne te plaît pas. » Il avait ajouté ensuite : « Tu es déjà en train de te préparer à l'apprécier, je le vois. » Trop anxieuse pour répondre, elle avait regardé par la fenêtre du taxi les belles rues d'une ville étrangère, où elle n'était encore jamais venue. Des volets, des marronniers, et une sorte d'ampleur rectiligne, avait-elle remarqué. C'était le printemps et il tombait une pluie fine qui accentuait le vert des arbres et diluait les gris, celui de la pierre des maisons et celui des trottoirs, jusqu'à ce qu'ils ne forment plus que la rue – couleur de rue étrangère, pensa-t-elle. Le ciel était une mosaïque de bleu et de blanc, avec au loin le jaune délicat d'une fin de journée orageuse. L'averse faisait briller des tulipes qui se dressaient, rafraîchies, sur les plates-bandes ; les auvents et les parapluies étaient doublement rayés, de leurs couleurs d'origine et des sombres traînées laissées par la pluie. Ils traversèrent le fleuve sur un pont qui lui sembla décoré d'énormes morceaux tombés d'un lustre gigantesque. « La rive gauche », avait-il dit. Quand ils arrivèrent devant l'immeuble, la pluie avait cessé ; la lumière du crépuscule, tremblotante, s'infiltrait dans la rue, et lorsqu'elle descendit du taxi, elle sentit l'odeur du pain frais.

L'appartement l'avait aussitôt enchantée. Il y régnait une élégance désuète ; chaque objet – en dehors d'un ravissant Modigliani, le portrait d'une jeune fille – était patiné, et d'une grande simplicité. Dans la cheminée crépitait un feu à la fois vif et discret, et des tulipes – un millier, eût-elle dit – étaient rassemblées dans une coupe. « Mais oui, il me plaît ! » s'était-elle écriée : elle avait encore l'impression d'être l'invitée d'une grande et interminable fête dont il était l'hôte, et voulait à tout prix lui exprimer sa reconnaissance. Elle fit quelques pas hésitants dans la pièce pour montrer son approbation, puis, lorsqu'elle vit qu'il l'observait, s'arrêta, et passa une main dans ses cheveux.

« Tu devrais te laisser pousser les cheveux », dit-il.

Elle attendit, ayant appris que les commentaires qu'il faisait sur son apparence étaient toujours mûrement réfléchis.

« Oui, continua-t-il, ils seront plus difficiles à coiffer, mais tu seras si belle que ça n'aura pas d'importance.

— Je vais les laisser pousser à partir de maintenant.

— Bien, dit-il, tu as tout le temps. Veux-tu prendre un bain pendant que je vais chercher à boire ? Préfères-tu dîner dehors, ou ici ?

— Comme tu voudras.

— Antonia, chérie – j'ai déjà ce que je désire. À ton tour de découvrir ce que tu aimes et d'en profiter. C'est pour ça que je t'ai amenée ici.

— Le problème, c'est que je n'en sais *rien*! Vraiment rien.

— En attendant que tu le saches, je continuerai de semer de petites graines de certitude dans ton esprit. Tu préfères dîner ici ce soir, et sortir demain.

— Dans ce cas je voudrais aussi prendre un bain. »

Mais une fois seule dans la chambre, elle s'était contentée de s'asseoir au bord du lit et de contempler sa main, que la bague de fiançailles semblait recouvrir entièrement, se demandant ce qu'elle venait de faire. Il lui paraissait inexplicable, après les trois mots redoutablement bien choisis prononcés de bonne heure le matin même et dans un cadre improbable, de se retrouver à Paris, dans un appartement, avec quelqu'un qu'elle connaissait à peine. Lorsqu'elle était avec lui, elle parvenait à réprimer sa culpabilité de ne pas se montrer à la hauteur de la foi qu'il plaçait en eux; mais seule, elle était la proie d'une peur atroce. Et s'il l'avait épousée seulement parce qu'il la croyait incapable de le prendre pour mari sans l'aimer en retour? S'il doutait ainsi de sa parole, ce n'était qu'une question de temps avant qu'il découvre qu'elle ne l'aimait pas, ne l'avait jamais aimé, et que se passerait-il alors? Je le lui ai pourtant *dit* – plusieurs fois –, il n'a pas pu se bercer d'illusions. Et puis j'ai dû me laisser happer par la force de sa détermination. Je vais au moins y mettre du mien – faire ce qu'il voudra même si je ne saurais *être* telle qu'il le voudrait. Ces conclusions lui étaient désormais familières : elle finissait toujours par prendre ce genre de résolutions, aussi effrénées qu'absurdes, le concernant.

Elle ne l'avait pas entendu revenir dans la chambre, et elle n'était pas habituée à ce qu'on brise ainsi son intimité. Il s'en rendit compte, juste au moment où elle se composait un sourire.

« Je suis désolée, je ne suis toujours pas dans le bain.

— Pourquoi le devrais-tu? » Il vint vers elle et s'assit à son côté sur le lit. « Je crois deviner ce que tu penses.

— Je n'y pense plus », dit-elle, sur la défensive. Il lui caressa la main.

« Je suis si heureux que tu m'aies épousé. Tu m'as accordé ta confiancc, et je ne te demande rien de plus.

— Mais c'est toi qui me fais confiance ; c'est toi qui m'as épousée à l'aveugle. »

Il sourit. « Pas à l'aveugle. Pas complètement.

— Je veux dire... Je ne t'ai rien raconté, sur... rien.

— C'est vrai, l'interrompit-il, on ne sait rien de nos vies respectives.

— Je peux t'en parler, si tu veux savoir. Si tu trouves que je devrais. »

Il réfléchit un instant, puis répondit : « Je vais te dire une chose au sujet du devoir : il n'y a rien qu'on fasse par *devoir* tant qu'on n'a pas eu à choisir.

— Et n'est-ce pas mon cas ? »

Il vit qu'elle ne le comprenait pas. « Pas encore. De toute façon, je ne veux pas que tu te laisses plomber par de bonnes intentions : elles sont un frein terrible à la joie. Après dîner, on décidera quoi faire de notre temps ici. » Il se leva. « Quand tu auras pris ton bain, tu trouveras sur ton lit une boîte contenant ce qu'on appelle vulgairement, et à tort, une robe d'intérieur. J'ai pensé que tu pourrais la mettre pour boire du champagne. »

Alors qu'elle se dirigeait vers la porte qu'elle supposait être celle de la salle de bains, il l'appela.

« Antonia ! »

Elle se retourna : il était adossé à l'autre porte, le regard aussi intense que ses yeux étaient clairs. « Antonia chérie – encore une chose. Je n'ai pas l'intention de coucher avec toi pour l'instant. N'aie aucune crainte ni aucune velléité, à ce sujet non plus. »

Il avait disparu et refermé la porte avant qu'elle ait eu le temps de s'apercevoir qu'elle ne trouvait rien à répondre.

Pendant le dîner, il lui avait présenté un programme fabuleux, sans doute parce qu'il était tellement varié, et l'avait priée de choisir ce par quoi elle aimerait commencer. Quand elle eut, à plusieurs reprises, déclaré qu'elle ne savait rien de tel artiste, ni même d'aucun art en particulier, d'aucun couturier, monument ou cuisine, il avait ri et dit simplement : « Je n'essaie pas de te cultiver. Je voudrais seulement éveiller tes sens, le plus possible. Tu peux me dire que tu n'aimes pas écouter, ou encore que tu n'as jamais écouté.

— Me trouveras-tu désespérante ?

— Bien sûr que non !

— Tu ne préférerais pas une femme cultivée ?

— Je ne suis pas obsédé par la culture. Non. Je veux que tu apprennes à connaître ce que tu aimes. Je trouve ridicules les gens qui lisent quinze livres d'un homme qui n'en a écrit que trois d'intéressants.

— Mais quand on aime lire, on s'attend forcément à toutes sortes de déceptions.

— Des déceptions, certainement. Mais si on lit un livre qui nous déçoit, c'est qu'on s'attendait à ce qu'il nous plaise. Mon seul vœu, c'est que tes attentes soient aussi variées que possible. Je ne veux pas te voir t'embarquer dans une quelconque aventure avec moi en étant intimement convaincue que ça ne te plaira pas. Si tu as cette impression, dis-le-moi et nous ne le ferons pas.

— Pendant les vacances, j'imagine. » Elle avait été élevée tout à fait autrement.

« Non, non, dans notre vie de tous les jours. Les vacances ne servent qu'à varier les plaisirs.

— Le plaisir avait-il une part si importante dans ton éducation ?

— Non. En ce qui concerne le plaisir, je me suis fait tout seul. Pour ce qui est de l'argent aussi, ajouta-t-il soudain. Mon père investissait des sommes considérables dans des châteaux en Espagne.

— Et toi ?

— Oh, quelques coups à la Bourse. Mais plus maintenant. À notre retour, je me trouverai quelque chose à faire. J'espère arrêter de spéculer d'ici là. »

Il parlait de lui-même avec un tel détachement que leur relation paraissait invraisemblable à Antonia. La voyant lever brusquement les yeux de son soufflé, il dit : « Ne t'inquiète pas. Tu n'as pas épousé un homme décidé à parier son dernier penny. Je dépense : je ne parie pas. Je t'ai acheté une maison, tu sais.

— Vraiment ? Je ne m'inquiétais pas. Pourquoi le devrais-je ? Où est-elle ?

— Oh, inutile de te le dire ce soir. Si tu ne l'aimes pas, nous en trouverons une autre. Et je ne l'ai pas meublée du tout.

— Alors, on n'y vivra pas dès notre retour ?

— Non. Il faudra d'abord t'y installer, puis choisir les objets qui t'accompagneront.

— Ne faut-il pas qu'ils t'accompagnent, toi aussi ?

— Je suis un caméléon, dit-il avec dans le regard une lueur tendre et malicieuse. Si nous buvions notre café devant le feu ? »

Beaucoup plus tard, après des heures de conversation aisée et animée, il se leva de son tabouret et déclara : « Tu es fatiguée. Nous reparlerons demain. »

Elle avait été si absorbée qu'elle se sentit comme une enfant qui s'est laissé berner.

« Comment sais-tu que je suis fatiguée ? »

Il l'observait avec cet air de détachement bienveillant qui n'appartenait qu'à lui.

« Parce que des veines bleu pâle se dessinent sur tes paupières, et parce que tu as là – il posa un doigt sur son visage – un petit muscle qui se contracte. Tu vois ? Ce qu'il y a de fascinant dans ta beauté… – il l'arrêta alors qu'elle s'apprêtait à protester –, oui, tu possèdes une indéniable beauté aujourd'hui, mais le plus merveilleux à mes yeux, c'est que de toute évidence tu vas devenir de plus en plus belle – d'année en année, et je serai là pour le voir. »

Sans le quitter des yeux, elle sentit le rouge lui monter aux joues.

« Oui ? » dit-il après un instant, car elle continuait à le fixer.

« Je… te regardais aussi, c'est tout. »

Il haussa les sourcils (un signe chez lui, comme elle le découvrit ensuite, d'inquiétude ou de gêne), puis demanda d'un ton indifférent :

« Et de quoi ai-je l'air ? »

Elle le détailla, la mine sérieuse et attentive.

« Tu as l'air… – dit-elle lentement, elle était encore très peu sûre d'elle – de celui qui pourrait se donner l'air d'avoir n'importe quel âge. »

Elle s'était réveillée dans la nuit, essayant de se rappeler le visage de l'homme qui dormait à ses côtés dans le noir, et s'était aperçue qu'elle ne parvenait pas à recomposer ses traits. Elle se souvenait peut-être de ses yeux – gris-bleu, presque ronds, tantôt reflétant immédiatement sa pensée, tantôt se voilant d'un rideau de verre, ne laissant rien deviner ; ou bien de la masse bien dégagée de son front haut et fuyant, rejoignant ses cheveux épais ondulant comme la marée basse dans une baie. De beaux cheveux bruns et brillants, comme dans la chanson ; mais chez lui ils étaient d'une curieuse densité – comme une jungle touffue. Ou bien de sa bouche, cette bouche qui avait quelque chose de complexe et de contradictoire, mais elle ne savait pas très bien quoi. Elle pouvait se remémorer séparément chaque trait de son visage, mais ne parvenait pas à les rassembler en une expression – pour obtenir un tout, elle se raccrochait toujours à sa voix : une phrase de lui évoquait son image, mais seulement le temps qu'elle s'en remémore les mots. Elle resta éveillée un long moment, à tenter de le « recomposer », en prenant garde à ne pas bouger, car elle ne savait pas à quel point cela risquait de réveiller la personne qui partageait votre lit…

II

Ils étaient à Paris depuis une semaine. Aucune journée ni aucune soirée n'avait, en apparence, été planifiée, mais elle trouvait à présent que leurs parcours suivaient un tracé trop parfait pour être le pur produit du hasard ou de l'improvisation. Il lui offrait toujours un choix, et elle avait appris qu'il aimait qu'elle choisisse – mais c'était lui qui sélectionnait, *lui* qui choisissait en premier, parmi des choses, supposait-elle, que lui avait envie de faire.

En cette fin d'après-midi, elle était seule dans la pièce grise et blanche où ils prenaient leur petit déjeuner et parfois leur dîner. Il la ramenait en général à l'appartement vers trois heures et demie, puis ressortait seul pendant au moins deux heures. « Nous ne devons jamais passer les vingt-quatre heures d'une journée ensemble », avait-il dit le premier jour, et elle s'aperçut qu'elle appréciait ces courtes périodes de solitude. Les domestiques s'en allaient à midi et ne revenaient que le soir : elle était entièrement seule. Elle pouvait lire (elle améliorait en secret son français d'écolière) ; regarder par les grandes fenêtres : l'une donnait sur la cour pavée où se trouvait le fauteuil en osier de la concierge, l'autre sur la cime des arbres et de hautes maisons étroites, avec des pigeons et le ciel – une vue conventionnelle pour un dernier étage, mais qui par la suite résuma pour elle tout Paris. Elle employait cependant la plus grande partie de ce temps à décortiquer distraitement ses expériences nouvelles, à comparer, soupeser, réfléchir, anticiper... Conrad en train d'explorer les moindres recoins d'une exposition à la recherche des tableaux les plus intéressants et les moins bien mis en valeur ; Conrad triomphant d'une vendeuse de chez Worth qui s'évertuait à la vêtir de beige ; Conrad lui faisant un cours sur l'ingénieuse vulgarité des pianistes français ; sa connaissance approfondie des plus subtils secrets du Louvre ; l'attention passionnée et peu masculine qu'il portait à toutes sortes de détails – l'équilibre parfait d'un repas, la forme et la couleur exactes de ses chaussures, de ses sacs à main, de ses gants (demain, ils achèteraient des gants) –, sa générosité princière dans les librairies (les boutiques qu'elle préférait) : il y avait tant à étudier, tant à réfléchir...

Parfois, elle dormait, recroquevillée sur le sofa ; son esprit était si continuellement stimulé que, lorsqu'elle était seule, il se réfugiait dans une somnolence méritée. Elle n'était plus la proie de ces terribles angoisses dont elle avait cru (si récemment encore) ne jamais pouvoir se débarrasser. Il lui répugnait d'y penser, mais elle ne se trouvait plus incapable de penser à autre chose. Elle n'avait pas une fois communiqué avec ses parents depuis ce jour-là, dans l'auto avec Conrad. C'était lui qui était allé voir son père à la campagne, et sa mère à Londres, visites dont il était revenu énigmatique et plein de gentillesse pour elle. Ils ne s'opposaient pas à leur mariage, voilà tout ce qu'il avait voulu en dire, à quoi elle avait répondu qu'elle aurait bientôt vingt et un ans. Les objections sans fondement étaient quelquefois plus pénibles que les objections légitimes, avait-il répliqué.

Ses parents n'avaient pas eu d'objection ; elle ne voulait pas penser à eux et, désormais, ne manquait pas d'autres sujets de réflexion. Il s'était écoulé une semaine et elle avait toujours cette impression d'être l'hôte privilégiée d'une très longue réception : l'existence qu'ils menaient était si manifestement vouée à la satisfaire qu'elle ne savait comment relier cette semaine au reste de leur vie conjugale. Car cela ne pourrait pas continuer comme ça – à Londres, par exemple ? Il avait dit qu'il travaillerait ; qu'il leur avait acheté une maison – elle chercha quelque indice supplémentaire sur ce qu'elle imaginait devoir être les réalités de leur vie commune, mais n'en trouva aucun. Elle aurait probablement pour tâche de gérer la maison. À Londres, donc, elle aurait un rôle : elle ne serait plus seulement un pion se repaissant du schéma complexe, distrayant et décoratif qu'il disposait autour d'elle. Elle se demanda quel genre de travail il allait entreprendre à Londres, et s'aperçut qu'il n'avait rien dit qui pût lui donner la moindre idée de son métier. N'était-ce pas inhabituel, d'avoir épousé quelqu'un sans même savoir cela ? C'était, au-delà d'inhabituel, parfaitement absurde ; qu'il ne lui en ait pas soufflé mot, et qu'elle n'ait pas découvert un fait aussi élémentaire. « Pauvre Toni, avait si souvent dit sa mère, aucun sens pratique. Une vraie godiche ! » Comme elle détestait être appelée Toni, pauvre Toni, être appelée godiche, par sa propre mère ! Tremblant presque de défi, elle se mit à faire la liste de tout ce qu'elle savait sur son époux. Son père était vivant. Sa mère était morte depuis quelques années. Il avait un frère, qui, la mine funeste, leur avait servi de témoin à la mairie. Il était fin connaisseur en matière d'art – en matière de vêtements féminins, de vin, de parfum, de bonne chère. Son français était aussi impeccable qu'incompréhensible (pour elle). Il était par conséquent le compagnon le plus agréable et le mieux choisi pour la vie qu'ils étaient en train de mener. Elle avait vaguement supposé qu'il était riche – ils dépensaient en tout cas des sommes qui lui paraissaient fabuleuses ; mais elle se souvint qu'il avait dit « je dépense », énonçant là un simple fait, indiscutable, qui ne signifiait pas nécessairement qu'il possédait une fortune illimitée à dépenser ; venant de lui, cela devait même plutôt signifier qu'il dépensait tout ce qu'il avait, puis repartait de zéro. Mais comment repartait-il de zéro ? Comment gagnait-il de l'argent ? L'image de son passeport s'imposa soudain à elle, avec la mention « épouse » en face de « profession ».

Elle trouva le passeport de Conrad, comme elle s'y attendait, sur sa commmode. Elle le prit, hésita : les possibilités, ridicules ou bien sinistres, se bousculaient dans sa tête – « homme de main », « dilettante », « cambrioleur », « artiste » – de quoi avait-il l'air ? Mais il ne ressemblait à personne de sa connaissance ; il faisait sans doute quelque chose dont elle n'avait jamais entendu parler. Elle ouvrit le livret. Sa photo d'identité, impassible et insaisissable, lui rendit son regard. « Avocat », déchiffra-t-elle, et elle relut : « Avocat. » Elle referma le passeport et retourna lentement jusqu'au sofa. Avocat ! Pourquoi cela paraissait-il si improbable ? Il ne ressemblait pas à l'idée qu'elle se faisait d'un avocat, mais en avait-elle jamais connu ? Un oncle, seulement, et elle était alors trop jeune pour qu'un membre de la famille soit autre chose à ses yeux qu'un parent. Oncle Simon avait tout d'un oncle, et par ailleurs il se trouvait être avocat. Je ne connais pas grand-chose à la vie, songea-t-elle avec tristesse. Pénétrée de cette vérité qu'elle venait de s'avouer en secret (jamais elle ne l'aurait énoncée à qui que ce soit), elle s'étendit à nouveau, les pieds surélevés, ce qui d'après Conrad était bon pour ses admirables chevilles, et tenta d'imaginer sa vie en tant qu'épouse d'un avocat. L'ennui était qu'ils ne menaient pas l'existence d'un couple marié. Elle ne savait pas très bien ce qu'elle entendait par là, mais elle avait la nette impression que Conrad ne la traitait pas en égale, en adulte responsable. Partant de là, ses idées s'emballèrent. Il était doux et charmant, mais elle se sentait comme une enfant, ou comme l'héroïne de cette chanson que fredonnaient et sifflotaient les amis de sa mère en traçant le marquage du court de tennis ou en préparant les tables de bridge : une belle, grande et ravissante poupée. Il l'empêchait, à dessein, de prendre les responsabilités qui, lui semblait-il, auraient dû être les siennes – ou même de découvrir en quoi elles consistaient…

Dans la solitude, sans ce miroir que nous tend l'autre, l'imagination vous renvoie parfois une image déformée. Le temps que Conrad revienne, elle tenait fermement, par le mauvais bout, un bâton sophistiqué avec lequel elle était prête à se battre elle-même à la première occasion.

Il revint peu après six heures – quelques minutes plus tard que d'ordinaire – et la trouva en train de lire nerveusement un journal français.

Il paraissait plein d'entrain : « Je nous ai réservé des places.

— Pour quoi ?

— *Manon.* Ça te va ?

— Oui. »

Il lui lança un regard perçant : elle avait toujours les yeux baissés sur son journal, les sourcils froncés en une mine concentrée qui ne faisait pas illusion une seule seconde.

« Antonia !

— Oui ?

— Qu'est-ce qu'il y a ? Est-il arrivé quelque chose pendant mon absence ?

— Rien du tout.

— Tu n'as pas reçu de lettre, ni rien de ce genre ? »

Elle posa le journal dont les pages commençaient à trembler.

« Non. Mais si c'était le cas, je peux bien m'occuper de mon courrier, il me semble ? »

Il s'assit : « Bien sûr que oui. Pourquoi ne le pourrais-tu pas ? »

Un silence s'installa. Puis, comme il ne semblait pas vouloir lui tendre de perche, elle s'écria : « Tu ne me prends pas au sérieux ! »

Elle le dit d'un ton trop agressif, et les larmes lui vinrent aux yeux.

Elle secoua la tête pour les chasser, puis elle le vit qui riait. Il riait ! Elle fut envahie d'une telle rage qu'elle pouvait à peine parler : « Tu vois ? Ça t'amuse ! Crois-moi, je – crois-moi…

— Qu'est-ce qu'il faut que je croie ? »

Il souriait maintenant – penché vers elle, il souriait ; elle eut une courte bouffée de haine, violente et, songea-t-elle alors que celle-ci refluait, incompréhensible. Elle aurait voulu le frapper (c'était terrible qu'il fût si près d'elle, et qu'elle eût envie de faire cela !), après quoi elle le distingua plus nettement; remarqua avec rancune que son regard était bienveillant.

« Je trouve que tu devrais me dire les choses. Tu ne devrais pas me traiter comme une enfant.

— Je te dirai tout ce que tu veux savoir. »

Il y eut un autre silence. Elle ne savait pas par quoi commencer.

« Eh bien, par exemple... » Elle s'efforçait de se parer de cette dignité que confère l'indifférence. « Tu ne m'as pas dit ce que tu ferais quand nous rentrerons à Londres – ni où nous habiterons ni rien de ce que je pourrais raisonnablement espérer savoir. »

Elle se sentait de moins en moins raisonnable à chaque mot qu'elle prononçait.

« C'est vrai, je n'ai rien dit. Je ne savais pas que ces questions avaient de l'importance pour toi dans l'immédiat.

— Évidemment que si ! Supposons que l'on me demande ce que... ce que fait mon... mon *mari*, et que je sois incapable de répondre ! Songe à quel point j'aurais l'air idiote !

— Alors que si tu pouvais répondre qu'il est expert dans l'industrie ou homme d'affaires...

— Mais tu es avocat ! interrompit-elle.

— Ah. Comment le sais-tu ? »

Elle s'était redressée, assise sur ses talons sur le sofa.

« J'ai regardé ton passeport », dit-elle. Elle avait l'air honteuse. « Je suis désolée. Il n'y a pas de quoi être fière.

— Et c'est pour le dire à d'autres que tu t'es renseignée sur moi ?

— Non – pas vraiment. Je voulais savoir, pour moi. Par curiosité ! »

Elle commençait à avoir l'air effrayé.

« J'admire la curiosité, dit-il, et consulter le passeport de ton mari est ton droit le plus strict.

— J'ai toujours préféré ne pas exercer mes droits les plus stricts, fit-elle vivement. Tu ne le fais pas, toi. »

Il haussa les sourcils. « Tu voudrais que je le fasse ? »

Il la vit parcourir la pièce du regard, comme chaque fois qu'elle cherchait à s'enfuir.

« Si tu te sauves maintenant, je ne pourrai rien te dire. Tu resteras aussi ignorante qu'une enfant. Pense à tout ce que tu ne pourras pas raconter aux gens ! » Mais ce n'était pas le moment de la taquiner, et il reprit : « Donc. Cette maison. Elle se trouve en haut de Campden Hill. Elle est beaucoup trop grande pour nous, ce qui veut dire qu'on y sera bien. Ça te plaît, d'aménager les maisons ?

— Oui. Je ne l'ai jamais fait, bien sûr.

— Non, bien sûr. Hormis quelques meubles que m'a laissés ma mère, constitués pour moitié d'acajou ciré de style français et pour moitié de crin de cheval, nous partons de zéro.

— En avons-nous les moyens ?

— Il se trouve que ma mère m'a aussi laissé, chose surprenante, un peu d'argent : alors oui. » Il ajouta : « C'est notre argent à tous les deux. À notre retour, je ferai le nécessaire pour toi. Ta mère va également te donner de l'argent. »

Il perçut un mouvement de recul à la simple mention de sa mère.

Elle dit avec raideur : « Faut-il absolument que j'accepte de l'argent de sa part ?

— Pas si l'idée t'est trop pénible. Mais elle désirait t'en donner, tu sais. Elle pense que les femmes doivent jouir d'une certaine indépendance.

— Ça ne m'étonne pas d'elle ! »

Ce fut dit avec une telle amertume qu'il ne put que constater son trouble. Elle se pencha soudain vers lui et posa une main hésitante sur son bras :

« Je... je ne veux pas être ce genre d'épouse. » Elle rougissait tant ces mots lui coûtaient. « J'ai peut-être été complètement sotte. Mais ce n'est pas ce que tu attendais de moi, si ?

— Ce n'est pas ce que j'attendais de toi. » Il se leva et entendit son petit soupir de soulagement et d'approbation ; sentant encore l'empreinte de sa main sur son bras. Il n'avait pas compris, alors, ce qu'elle avait voulu dire.

III

Quand elle fut habillée pour le dîner, il lui dit en termes précis et mesurés l'impression qu'elle lui faisait et elle le remercia poliment, mais, subjugué comme il l'était, il décela un très léger soupçon de contrariété, celle qu'apporte l'incertitude. Elle était, ce soir-là, de cette beauté incroyable qui doit encore éclore, et semblait en être consciente tandis qu'il lui disait comment il la voyait.

Ils dînèrent et il l'emmena voir *Manon*. Elle avait lu le livre et exprimé le désir de voir un opéra. La représentation n'eut rien d'extraordinaire, mais elle parut emballée. Quand il lui demanda pourquoi, elle répondit que le personnage de Manon la remplissait de stupeur et d'effroi. (Il nota, amusé, qu'elle employait d'instinct des termes appropriés à l'époque et à la portée sentimentale de l'œuvre.)

Il lui avait proposé de danser ensuite, mais à peine furent-ils assis dans un coin sombre et étouffant, avec du champagne dont la température ne dissimulait pas, comme il le fit remarquer, la médiocrité, qu'elle se mit à parler. D'après elle, le trait de caractère le plus intéressant de Manon était la facilité avec laquelle elle attirait précisément les personnes les plus aptes à précipiter sa chute ; Des Grieux aurait pu, le jour de leur rencontre, être n'importe qui ; mais non, il était Des Grieux. Tout le monde était-il ainsi, selon Conrad ? Est-ce qu'inconsciemment ils attiraient les gens qui mettaient au jour leurs pires faiblesses et leurs craintes ? L'idée était épouvantable, mais si c'était le cas, cela expliquerait bien des choses pour elle. Elle ajouta alors, très simplement : « Je pensais à mon père. »

Cela le troubla, pour la simple raison qu'il était en train de penser à son propre père. C'est absurde, se dit-il. Freud aurait bien ri. Comme nous nous compliquons bêtement la vie – il pensait pouvoir parler pour eux deux, mais la remarque qu'elle fit ensuite le détrompa :

« Je crois que tu aimes et admires ton père. Moi, je ne peux pas admirer le mien. Les circonstances sont telles que ce devrait être facile, mais j'en suis incapable.

— Comment sais-tu ça de moi ? »

Elle se tourna vers lui avec un doux sourire de triomphe.

« Tu n'en parles jamais. Tu le protèges de ton silence. » Puis, comme elle était très jeune, elle gâcha son effet en disant : « J'ai raison, n'est-ce pas ? Tu l'aimes beaucoup ?

— Nous ne sommes pas là pour discuter de nos pères. »

Il savait que la raideur de sa réponse trahissait sa faiblesse.

Elle dit tranquillement :

« Je pensais qu'ils se ressemblaient un peu.

— Nos mères ne se ressemblaient pas. » La pointe de malice n'échappa pas à Antonia qui rougit un peu : « Sans doute que non.

— Veux-tu danser ? »

Elle fit non de la tête, puis le regarda pour voir s'il en avait envie. Il y avait quelque chose de très émouvant dans son désir secret, plein de délicatesse, de faire plaisir.

« J'ai un petit paquet pour toi », dit-il soudain. Il passait son temps, à présent, à chercher refuge dans la générosité. Il sortit l'objet de sa poche et le posa sur la table. « Non, je vais plutôt les verser dans tes mains. »

« Des olivines, reprit-il tandis qu'elle contemplait le collier de pierres vertes étalé sur ses doigts. Elles étaient à la mode à l'époque édouardienne. Elles ne le sont plus, mais c'est ta couleur.

— Comme la mousse… ou les vitraux. »

Il la regarda, anxieux. Son expression était indéchiffrable – et si désirable qu'il pouvait à peine le supporter.

« Elles te plaisent ?

— Oui. Oh, oui. Merci. Mais tu m'offres beaucoup trop de choses. »

Il ne dit rien.

« Elles sont ravissantes ; une ravissante couleur, répéta-t-elle en les remettant lentement dans leur écrin.

— On rentre ? »

Elle le regarda encore, sans rien laisser paraître d'elle-même. « Si tu veux. »

Une fois dans le taxi, il dit : « C'est ce que tu veux toi qui importe.

— Pourquoi ? Pourquoi pas toi aussi ? Je ne suis pas une infirme, ni une enfant gâtée.

— Bien sûr que non. »

Elle dit à voix basse : « Au moins je sais ce que je ne suis *pas.* » Elle était assise tout au bout de la banquette, aussi loin de lui que possible.

« Quand pourrais-je apprendre à conduire ? » dit-elle plus tard, et il se demanda jusqu'où et à quelle vitesse ses réflexions avaient cheminé pour aboutir à une telle idée, sans rapport apparent.

« Pourquoi veux-tu apprendre ?

— Tu as dit que tu détestais conduire ; j'ai pensé que ça pourrait être utile. Je pourrais te conduire où tu voudrais.

— Ce serait parfait. Naturellement, il faudrait que je t'achète un uniforme de *chauffeuse** ! » Même sans voir son visage, il perçut aussitôt sa colère. « Antonia ! » Il tendit la main vers elle.

« Tu as l'air résolu à ce que je demeure inutile. »

Il attendit, n'osant lui renvoyer la balle dans l'obscurité.

« M'autoriser à le faire serait la moindre des choses. »

Il dit, après un temps de réflexion :

« Il va falloir que tu m'expliques cela.

— Tu me rends toute explication impossible. Je ne comprends pas comment tu peux te satisfaire de m'habiller, de me parer de bijoux et de me faire connaître tout ce que nous avons vu et entendu cette semaine, sans te donner la peine de me prendre au sérieux pour quoi que ce soit d'autre. Il n'y a aucune réciprocité dans notre mariage ! Je pensais que nous en avions assez discuté pour nous être mis d'accord, mais à l'évidence ce n'est pas le cas – loin de là ; même maintenant, je me sens désobligeante et ingrate – une enfant gâtée, c'est bien ce que je disais. Je ne veux pas avoir droit à tout en échange de rien… Qui le voudrait ?

— En échange de quoi, alors ?

— Ce n'est pas à moi de le dire, mais à toi… » Elle s'interrompit en s'apercevant qu'ils étaient arrivés. Il vit qu'elle contenait son impatience tandis qu'il payait le taxi, et aussi le temps qu'ils parcourent l'espace public séparant le taxi de l'appartement. Une fois arrivés cependant, alors qu'ils pouvaient parler librement, elle ne trouva plus rien à dire. Elle arpenta la pièce, refusant de le laisser lui ôter son manteau, et finit par se percher, ou se figer à l'extrémité du sofa, décontenancée et pleine d'une colère anxieuse.

« Eh bien ? »

Il était debout près du feu, un bras sur le manteau de la cheminée, à peu près sûr de ce qui allait venir, mais résolu à attendre.

« Pourquoi m'as-tu épousée ?

— Parce que je le voulais.

— Mais pourquoi ? Pourquoi le voulais-tu ? »

Il ne dit rien.

« Tu ne le sais même pas ! Ou tu as cru le savoir, et tu as découvert que tu t'étais trompé. »

Il ne répondit toujours pas.

« Je ne suis pas une enfant, vois-tu. Je ne suis pas quelqu'un qu'on se contente d'habiller, de distraire, de nourrir.

— Qu'est-ce que tu *es*, Antonia ? » Tout ce qu'il disait, chaque mot de ses prudentes questions ne parvenait qu'à l'enrager davantage – la défier dans sa volonté inconsciente de déclencher une scène.

« Tu vois, tu ne sais pas. Tu ne sais rien de moi. Tu ne peux répondre à aucune question.

— Je peux répondre à toutes les questions. Je peux te dire exactement pourquoi je t'ai épousée, te dire exactement ce que tu es – ce que tu deviendras. Je le ferai dans un instant. Enlève ce manteau – une de tes boucles d'oreilles s'est coincée dans le col – et viens t'asseoir calmement. »

Il savait, bien sûr, qu'il la mettait dans l'impossibilité d'être calme – qu'il attisait son agitation. « Je ne veux pas enlever mon manteau et je t'entends très bien d'où je suis. » Elle essayait en vain de dégager sa boucle d'oreille de la collerette de gaze.

« Laisse-moi t'aider. » Mais avant qu'il ait pu s'approcher, elle était allée se poster devant le miroir pour le faire elle-même. Il prit une profonde inspiration.

« Je t'ai épousée, dit-il d'une voix posée, parce que tu vas devenir extrêmement belle, ce qui veut dire que je jouirai du plaisir de te voir, de la joie d'être avec toi, et parce que si tu es à moi, on m'enviera. Je le sais, et voilà pourquoi je t'ai désirée. Je t'ai épousée parce que tu n'es pas sotte, parce que tu as un goût inné, parce que tu aspires à profiter de la vie, et parce que je tenais, si je devais me marier un jour, à m'approcher ne serait-ce que de la possibilité de la perfection. Tu ne seras pas parfaite ; mais ce qui te manquera pour l'être sera de ma faute, non de la tienne, et cette responsabilité est plus précieuse à mes yeux que tout le reste. Telle que tu es, tu portais aussi en toi un potentiel échec, le risque d'une tragédie destructrice. Tu dois être protégée de cela. Tu as la chance d'avoir trouvé quelqu'un qui te prend au sérieux comme je l'ai fait et continuerai de le faire. Et moi, j'ai la chance d'avoir découvert une personne dont les qualités font de toute l'entreprise une chose si passionnante ; d'avoir trouvé ne serait-ce que la *possibilité* de la perfection. Tu comprends donc que je ne puisse m'empêcher de rire quand tu m'accuses de ne pas te prendre au sérieux. »

Elle était restée debout, lui tournant le dos, et il voyait à son immobilité qu'il avait eu toute son attention. Alors, sans bouger, elle demanda : « Mais que veux-tu que je fasse ? Quel… rôle suis-je censée jouer dans tout ça ?

— J'attendais de voir si tu serais prête à en jouer un. »

Elle lui fit face, pleine d'élan, et le manteau glissa de ses épaules pour tomber à ses pieds sans un bruit. « Je le suis ! Si seulement tu me disais ce que tu veux que je fasse, je le ferais ! »

Il la regardait si fixement qu'elle eut peine à ne pas détourner les yeux. Il y eut un long silence, puis, péniblement, il articula :

« Peut-être… peut-être le ferais-tu. » Il semblait paralysé.

« Voilà pourquoi j'ai pensé qu'en apprenant à conduire… » Elle hésita, puis se tut, vaguement consciente qu'ils ne parlaient pas de la même chose. Il dit brusquement :

« Tu étais un peu ivre – c'est en train de se dissiper. Buvons encore. Et au diable l'auto, ajouta-t-il en allant chercher du champagne. Tu deviens féroce et nonchalante quand tu as un peu trop bu, dit-il en lui tendant un verre.

— Et toi, que se passe-t-il quand tu es ivre ?

— Rien du tout. Je contemple la somme de mes chagrins flotter à la surface de moi-même. Rien.

— Rien », répéta-t-elle.

Elle but.

« Pourquoi ne pouvons-nous pas nous comprendre ? demanda-t-elle un moment plus tard.

— Je te comprends, répondit-il.

— Oh, je t'en prie ! Comment le sais-tu ? Les hommes croient toujours comprendre les femmes. Les femmes, au moins, n'ont pas la prétention de comprendre les hommes.

— Le contraire de l'opinion commune. Qui n'est pas exacte, bien sûr. Personne ne comprend personne.

— Personne ne comprend tout le monde, corrigea-t-elle avant de prendre un air légèrement étonné.

— Es-tu surprise de ta propre perspicacité ?

— Non – de mon talent pour les banalités.

— Tu vois que tu as de l'esprit ! » s'écria-t-il.

La remarque, venant de lui, était d'une telle naïveté qu'elle éclata de rire. « De l'esprit ! » Un peu de champagne s'échappa de son verre.

Il dit avec raideur :

« Quand on est obsédé par le corps de quelqu'un, apprécier son intelligence n'a rien d'évident. »

Elle s'arrêta de rire : l'espace d'une seconde, elle demeura pétrifiée, incrédule. C'est là qu'on devrait entendre son manteau glisser de ses épaules, pensa-t-il. Plus que ses paroles, il perçut surtout l'étonnement dans sa voix lorsqu'elle parla : « Tu l'es ? *Toi*, vraiment ? »

Elle frissonna, lui sembla-t-il, à son contact. Il l'embrassa délicatement, et l'instant d'après elle était toujours là, devant lui. Une sensation de puissance et de joie l'envahit, et il l'embrassa encore pour la lui communiquer. Il avait le sentiment que c'était lui, en la caressant, qui créait et possédait cette bouche, ces épaules, ces mains tremblantes sur sa nuque, ce cœur qui battait à tout rompre…

Il voulut la prendre par la main, mais avant qu'il eût pu ramasser le manteau à ses pieds, elle dit :

« Conrad. Je ne sais pas ce qui m'arrive, mais je crois que je ne peux pas marcher. »

Il la souleva : « Enfin. Enfin, j'ai réussi : tu tombes dans mes bras. »

IV

DURANT la nuit, elle demeura allongée, épuisée, raidie, immobile, et éveillée – son esprit et son corps paraissant incapables de commencer ou de finir quelque part ; comme si le monde était une vaste et cruelle plaisanterie, tous sauf elle étant dotés d'un sixième sens ou de la faculté de comprendre ce mystérieux et omniprésent secret. « C'est un secret ! Il ne faut pas le dire à Antonia, elle ne comprendrait pas. » Et elle ne comprenait pas ; elle avait pourtant pensé, jusqu'à présent, que la soif fiévreuse et presque insupportable qu'elle avait éprouvée l'année précédente – ce tiraillement perpétuel entre deux extrêmes, extase et désespoir, selon que quelqu'un d'autre était là ou ne l'était pas – était précisément au centre du secret de l'amour. Elle pensait alors avoir saisi la raison d'être des innombrables amants rencontrés dans les livres : elle avait compris qu'ils étaient des gens ; de même qu'elle avait compris que parmi les gens qui l'entouraient, beaucoup étaient sans aucun doute des amants – aimants et aimés. Elle croyait être parvenue à agiter ce vaste kaléidoscope de sentiments et de gens pour y voir un motif intelligible, dont elle comprenait le sens, ou l'idée, ou l'intention. Or voilà que, soudain, elle ne comprenait plus rien. Soit il n'y avait rien à comprendre, soit son ignorance était unique ; d'un côté, une lassitude lancinante ; de l'autre, la douleur aiguë de la solitude. « Il ne faut pas le dire à Antonia : elle *ne peut pas* comprendre ! »

Elle ne désirait rien d'autre que de sombrer dans l'inconscience, mais lorsque, avec précaution, elle tenta de se tourner sur le côté, il l'attira dans ses bras. Le choc de le savoir éveillé alors qu'elle avait été sûre qu'il dormait réduisit à néant ce qui lui restait de retenue et, au moment où ses mains se posaient sur elle, des larmes jaillirent de ses yeux pour couler sur sa poitrine et sur les mains de Conrad, disparaissant entre eux, sans bruit, dans le noir.

Il garda le silence – se figurant que sa présence anonyme la réconforterait –, puis elle demanda :

« Peut-on allumer ?

— C'est de ton côté. Je vais le faire. » Il se pencha doucement au-dessus d'elle et appuya sur l'interrupteur. Elle leva aussitôt le regard vers lui.

« Je te demande pardon de pleurer. » Elle parcourut des yeux la chambre faiblement éclairée, puis tourna de nouveau son visage vers lui.

Il lui donna un mouchoir.

« Cela arrive. Veux-tu boire quelque chose ?

— Je veux bien de l'eau. »

Il y avait de l'Évian dans la salle de bains. Il en remplit un verre ; ses mains tremblaient tant qu'il en répandit à côté. Il essuya le verre avec une serviette de toilette et passa la main droite dessus pour s'assurer qu'il était sec.

Elle s'était assise dans le lit et se mouchait avec soin, d'un air concentré qui la faisait paraître, si c'était possible, encore plus jeune. Il lui tendit le verre et se tint debout à côté d'elle pendant qu'elle buvait.

« Je ne boirai pas tout. Merci.

— Si tu t'allongeais ? »

Elle fit oui de la tête, puis, sans le regarder et cherchant désespérément à paraître détachée, dit dans un petit rire :

« J'ai un peu mal. »

Il posa une main sur sa tête et lui caressa les cheveux. « Cela arrive souvent au début – à beaucoup de gens. »

Alors elle le regarda en face et, pendant un instant, il lut sur son visage la découverte terrifiante qu'elle venait de faire. « À *d'autres* gens ? »

Il s'assit sur le lit à côté d'elle : « À des tas de gens. Ça n'a rien d'anormal. Mais seulement au début, tu sais – ça devient très différent ensuite.

— Ah. » Il la regarda digérer cette idée et tenter d'y croire. Il dit :

« Je commence à avoir froid. Tu me permets de me remettre au lit avec toi ?

— Bien sûr. » Elle était toujours assise et il l'attira doucement contre lui.

« Pauvre Antonia. Tu ne savais vraiment rien de tout ça ? »

Elle secoua la tête : « Pas grand-chose. »

Il fut certain qu'elle allait s'excuser, dire que c'était sa faute, alors il posa une main sur sa bouche. « Pauvre Antonia. C'est ma faute. »

Avant qu'il eût pu lui dire qu'il l'aimait, elle avait retiré sa main pour parler. « Non, non ! Maintenant je sais que je n'aurais pas pu... que je n'aurais jamais pu, avec quelqu'un d'autre ! »

Plus tard, tandis qu'elle dormait, paisible, confiante, dans ses bras, il resta éveillé, s'efforçant de calmer les faibles pulsions de désir, ces petites vagues qui arrivaient puis se retiraient imperceptiblement – pareilles à des plumes solitaires échappées du doux oreiller qu'il partageait avec elle. Elle dormait dans ses bras... le désir, se disait-il, ne suffisait pas.

◆

Le lendemain, il s'éveilla tard et la vit qui dormait profondément, d'un sommeil sans rêves – elle ne semblait pas avoir bougé de la nuit. Il commanda leur café, se rasa, et elle dormait toujours. Il craignait un peu de la réveiller ; mais le café était prêt et un café chaud était le meilleur prétexte pour commencer la journée. Il resta un moment à la regarder. Elle semblait loin – occupée tout entière par le sommeil. Il posa la main sur elle : elle ouvrit aussitôt les yeux avant de les refermer.

« Antonia. »

Elle ouvrit les yeux.

« Le café, Antonia. »

Elle s'étira lentement puis se figea, le regard posé sur lui. Il la trouva, à ce moment, d'une beauté incroyable et presque effrayante.

« Est-il très tard ?

— Assez tard. L'heure du café.

— Je me disais bien qu'il était tard », murmura-t-elle, et elle s'assit.

Elle était nue, le corps encore chaud : il vit ses seins se contracter un peu au contact de l'air froid alors qu'il lui tendait sa robe de chambre. Il lui servait son café lorsqu'elle l'appela :

« Conrad ! »

La robe de chambre était négligemment posée sur ses épaules ; elle prit une courte inspiration et leva son visage vers lui. Quand il l'eut embrassée, elle dit :

« Tu m'allumes pour la journée – comme si j'étais un feu. »

Son regard était chargé d'une affection mêlée d'inquiétude.

« Enfile-la complètement – tu es encore à demi endormie. »

Mais elle répondit : « Oh, non, je suis tout à fait réveillée maintenant. »

Elle faisait pour la première fois l'expérience de l'aimer.

◆

Leur vie changea de rythme – perdit son caractère formel, ses distractions soigneusement programmées. Ils passèrent des heures à déambuler lentement dans les rues ; assis à des terrasses de cafés avec ce qu'Antonia appelait des « boissons pratiques » (elle tâchait de s'approprier le répertoire complet de ce qu'on peut boire dans un café ou un bistrot) ; ils flânèrent des jours entiers, à l'aventure ; en apparence, ils exploraient Paris, mais comme il le fit remarquer à un moment où ils se demandaient quelle rue prendre, « notre seul but est de se trouver l'un l'autre », et lorsqu'elle avait demandé : « N'y sommes-nous pas arrivés ? », il avait aussitôt répondu :

« Oh, nous voyagerons toute la vie : il n'y a pas d'arrivée. »

Ils parlaient – se taisaient. Ils jouissaient de l'intimité propice aux détails, du loisir de laisser s'écouler le temps. Une fois, très tard dans la soirée, ils étaient assis dans un café où elle buvait son premier Pernod tandis qu'il l'observait, dissimulant l'amusement que suscitaient chez lui ces expériences aussi impartiales que persévérantes. Elle reposa son verre avec un soupir de surprise, déclarant : « Je me l'étais imaginé transparent, et vert pomme.

— Tu es déçue ?

— Non, non. Mais le Pernod a désormais deux visages pour moi. » Elle ajouta après un moment de réflexion : « Comme Paris.

— Tu as deux images de Paris ? Tu devrais en boire encore un peu, ou tu ne t'y habitueras jamais. »

Elle acquiesça et répondit :

« C'est presque toujours comme ça, avec moi – à propos de tout. C'est drôle, mais faire l'expérience véritable de quelque chose n'interfère jamais avec l'idée que je m'en faisais auparavant. J'en viens simplement à tout avoir en deux exemplaires. Tu crois qu'à quatre-vingt-dix ans, je serai incapable de me souvenir lequel est le bon ?

— Le temps nous le dira. Comment imaginais-tu Paris ? » demanda-t-il peu après.

Elle réfléchit un instant : « Avec des arbres vert pâle, ou chargés de fleurs. Des immeubles comme découpés dans un seul immense château. Des femmes en talons hauts et en chapeaux roses ; de petits chiens très proprets avec des rubans autour du cou. Les hommes, barbus, plutôt bruns et replets, et les enfants portant les cheveux longs, en robe blanche et collants noirs, en train de jouer sur de la pelouse verte et fraîchement tondue. Des tables rondes dehors, avec sur chacune du vin et des corbeilles en sucre remplies de bonbons en forme d'autre chose. Des fontaines à peu près partout, et les rayons du soleil faisant étinceler la poussière. La nuit, des lumières par centaines dans les rues – et les fenêtres sans rideaux illuminées; et sur le fleuve, des péniches d'où s'échappe de la musique. Des spectateurs allant à l'Opéra avec des monocles ou des cols de velours noir. De grandes soupières noires ne contenant que de l'eau, des carottes et d'autres choses, mais dégageant un arôme délicieux; et du beurre moulé en forme de cygnes et de roses. Du parfum, bien sûr, dans de ravissants petits emballages, et des gens qui passent la journée à choisir le plus joli presse-papiers… » Elle marqua une pause avant de conclure : « C'est que je n'étais jamais venue, bien sûr. »

Il la regarda avec une tendresse si grave qu'elle se jeta à l'eau :

« Ce que je n'arrive pas à imaginer nettement, dit-elle enfin, c'est notre vie à Londres – je veux dire, ton travail, et le reste.

— Réglons ça rapidement. Que veux-tu savoir ?

— Eh bien… Quel genre d'avocat es-tu ?

— Droit des entreprises – très lucratif, et passionnant. J'ai un associé. Tu n'auras pas à te montrer aimable avec lui, c'est l'homme le plus ennuyeux que je connaisse, mais il est imbattable dans son travail. Nul besoin de te forger un enthousiasme d'épouse dévouée quant à ma carrière : je suis loin de m'y consacrer entièrement et je ne veux pas qu'elle empiète sur notre vie.

— Je croyais que tous les bons avocats prenaient leur métier très au sérieux.

— Je suis probablement très mauvais. Un danger pour la société. Si c'était le cas, il me faudrait envisager une autre profession, n'est-ce pas ? »

Elle le regarda, déroutée par ce mélange inégal d'ironie et de vérité.

Il lui prit la main : « Ce à quoi tu dois surtout penser, ma chérie, c'est notre maison. »

V

De retour à Londres, il lui montra leur maison. La première fois qu'elle la vit, celle-ci était vide et très sale, et un orage éclata pendant leur visite. À leur arrivée, la maison semblait baignée d'une lumière pleine de poussière, qui s'élevait poliment du plancher ou des appuis de fenêtres où elle avait reposé pour demeurer dans les airs, immobile et dorée, jusqu'à ce qu'ils passent à la pièce suivante. Mais avant qu'Antonia ait eu le temps de tout voir, le ciel s'était obscurci, comme pour mieux ressembler aux orages des tableaux romantiques : dans le square, les arbres en fleurs se balançaient, leurs feuilles déformées par les rafales affolées – un mouvement allant crescendo jusqu'au premier coup de tonnerre dans les nuages. Puis l'explosion, la pluie, violente et implacable. Comme elle se tournait vers lui, il lui prit la main.

« Ça te fait peur ? »

Elle acquiesça. Aussi soudainement que l'orage avait éclaté, elle désira se retrouver allongée dans ses bras – enveloppée tout entière par lui. Cette envie monta en elle avec un entêtement si vif qu'elle s'agrippa à lui, jusqu'à sentir ses bras l'entourer.

« Ce n'est pas de la peur », dit-il, et elle eut juste le temps de l'entendre rire avant de l'embrasser.

Une minute plus tard, il déclara :

« Quelle erreur d'emménager dans une maison *entièrement* vide. »

Elle ne répondit pas. Elle était épuisée.

« On y va ? »

Elle regarda les fenêtres ruisselantes de pluie.

« On sera trempés. Ça t'ennuie beaucoup ? »

Elle secoua la tête et ils se mirent à descendre l'escalier sombre et raide.

Il dit : « Tu ne devrais pas me dire que tu as peur quand ce n'est pas le cas – je risque de ne pas te croire le jour où ce sera vrai. »

Comme elle gardait le silence, il posa une main sur son épaule.

« Antonia ! » Il sentit un frisson la parcourir. Elle le regarda une seconde puis détourna les yeux.

« Je ne le ferai plus, alors.

— Si on revenait demain ?

— Oui. »

Au moment où ils claquèrent la porte d'entrée, un coup de tonnerre éclata juste au-dessus de leurs têtes. Elle était si pâle qu'il eut de nouveau l'impression qu'elle avait eu peur, ou, du moins, qu'elle n'était pas rassurée.

« Donne-moi la main, nous allons courir jusqu'au bas de la colline. »

Elle lui prit la main, le regarda avec une sorte d'étonnement, et dit doucement : « Je t'aime. » Elle était si ébranlée par la violence de sa découverte qu'il lui parut inutile d'ajouter quoi que ce soit. Elle lâcha sa main et ils coururent d'un trait, séparément, jusqu'à Holland Park.

Ils logeaient dans un petit hôtel à Kensington. La plupart de ses pensionnaires le qualifiaient d'endroit calme, c'est-à-dire qu'il y régnait une atmosphère d'inconfort modéré, associée à une mauvaise cuisine ainsi qu'à un personnel et une clientèle apparemment victimes d'un éternel ennui. Il y flottait une vague odeur de gâteau. « C'est le contraste, ma chérie, qui nous permet de nous consacrer l'un à l'autre et à notre maison. Sans compter le merveilleux contraste que nous offrons à ces gens. » Mais c'était hier, et aujourd'hui elle voyait leur retour à ces appartements bleu de Saxe et caca d'oie avec une satisfaction qui, s'épanouissant dans le taxi, atteignait presque l'extase.

« Il te faut un bain chaud, dit-il, et elle s'aperçut qu'ils étaient trempés.

— Il nous en faut un à tous les deux.

— Oui. Et une très grande théière. »

Ils avaient découvert que l'hôtel avait trois tailles de services à thé, mais que, quoi qu'ils choisissent, on le leur apportait toujours en double.

Le temps d'arriver et de payer le taxi, elle commençait à avoir froid ; mais ses cheveux mouillés, ainsi que les frissons glacés qui semblaient provenir directement de sa gorge, de ses poignets ou de ses chevilles, s'effaçaient derrière un sentiment de certitude joyeuse, de bien-être et d'excitation.

Ils laissèrent derrière eux la pluie pour entrer dans le salon de thé de l'hôtel, aux tons bruns et chauds, figé dans la torpeur de l'après-midi ; et tandis qu'il attendait la clef et demandait qu'on leur monte du thé dans leur chambre, elle passa en revue le morne éventail de curieux en cardigan dont les regards s'étaient tournés vers eux.

Dans les escaliers, elle rit et déclara : « On nourrit les bêtes de plus en plus tôt. J'ai vu deux lamas dans le salon.

— Les lamas mangent tout ce qui leur tombe sous la main. Pains aux raisins, housses de canapé, serviettes en papier…

— Les serviettes décorées de jacinthes ! »

Il faisait froid et sombre dans leur séjour.

« On va tirer tous les rideaux, allumer toutes les lampes et cheminées. Je m'en occupe. Toi, enlève ce manteau ridicule. »

Mais lorsqu'il la rejoignit dans la chambre quelques minutes plus tard, elle se tenait toujours là où il l'avait laissée, et avec un petit soupir – à demi sensuel, à demi implorant – elle se jeta dans ses bras…

Il n'eut pas de mal, après cela, à la persuader de renoncer à ses sages chemises de nuit : « Je ne supporte pas le contact de la laine sur ma peau. »

◆

Dans les semaines qui suivirent, avant qu'ils emménagent à Campden Hill, il se consacra à la maison, et elle à lui. Elle passait la plupart de ses journées avec lui, et pendant les rares heures où elle était seule (sans lui, il lui semblait qu'elle était seule), elle songeait avec une étrange intensité à Conrad, à l'amour qu'elle éprouvait pour lui, à l'amour tout court. Elle était tombée dans l'amour comme en rêve : une chute interminable – depuis des hauteurs où elle pouvait à peine respirer, traversant l'atmosphère chaleureuse et claire de l'affection pour atterrir dans des contrées habitées seulement par Conrad. Quand elle regardait son reflet dans de l'eau ou dans un miroir, son visage prenait l'apparence de celui de Conrad, et elle tombait plus bas encore, se noyant dans cette image trouble. Mais cette joie d'aimer ne diluait pas ses propres perceptions dans celles de Conrad; elle n'émoussait pas non plus ses méditations solitaires (qui étaient jadis sa seule source de plaisir) ; en revanche sa vie se jouait une octave plus haut, où son intelligence se faisait plus vive, son jugement plus sûr, et où sa faculté d'exprimer ce qu'elle pensait, ressentait, voyait, était enrichie par cette passion toute neuve. Ses sens semblaient maintenant en suspens à un niveau qu'il avait lui-même déterminé, de la même manière que les couleurs et le mobilier qu'il choisissait pour la maison se situaient dans sa gamme à lui; mais elle trouva, à ce niveau et dans cette gamme, une place à elle.

Ils occupaient leurs journées à choisir et à acheter; à transporter des meubles pour les faire arranger, peindre, recouvrir, garnir de ressorts, raccommoder, ou transformer en autre chose ; à harceler le ramoneur, les plombiers, maçons, peintres, ainsi que divers bureaux de placement. Le soir, ils prenaient un bain, se changeaient et fuyaient l'hôtel pour le théâtre, le cinéma, le restaurant. Il ne lui proposa aucune autre compagnie que la sienne, et elle ne se fit jamais la réflexion, alors, que mis à part un hochement de tête ou sa façon si singulière de lever la main pour saluer quelqu'un à travers le foyer d'un théâtre, ils ne rencontraient jamais personne. Elle était tout entière absorbée par son mari et sa maison. Chaque soir, elle était physiquement fatiguée, mais si heureuse que sa fatigue était une nouvelle et délicieuse source de satisfaction.

Ils avaient décidé de ne meubler que le salon, la salle à manger et la chambre, sans toucher au dernier étage. La salle à manger devint verte, le salon blanc et jaune, et la chambre (elle avait désiré du papier peint mais fut amenée, imperceptiblement, à y renoncer) d'un rouge vénitien avec des meubles blancs. Par trois fois, elle se soumit au redoutable rituel de l'entretien avec une candidate domestique, sans succès, et perdit la voix au moment d'en rencontrer une quatrième. « Je ne savais pas que tu détestais tellement cela, dit-il. Je vais m'en occuper. » Elle le regarda, pleine de gratitude et perplexe.

« Je l'ai trouvée, annonça-t-il à son retour. Pas celle qu'ils avaient envoyée. Celle-là n'était encore qu'une garce anémique, et elle louchait.

— Qui as-tu trouvé, alors ?

— Une gentille jeune rondelette. Elle dit qu'elle sait faire la cuisine, et elle a l'air débrouillarde et d'avoir les dents longues.

— Où l'as-tu trouvée ?

— À la porte de l'agence, d'où elle sortait pour aller se présenter ailleurs. Elle s'appelle Dorothy, ajouta-t-il.

— Dorothy comment ?

— Je n'en ai pas la moindre idée. On devra attendre que quelqu'un lui adresse une lettre. »

VI

Il l'emmena un jour, à l'improviste, voir son père qui habitait une petite maison à Maida Vale, près du canal.

« Il est prévenu de notre visite ?

— Non, il n'aime pas faire de projets.

— Comment sais-tu qu'il sera là ?

— Il passe tous ses après-midi à lire. »

Elle nota qu'il aboyait presque d'agacement. Des fragments de plâtre se détachèrent du pourtour de la sonnette lorsqu'il tira dessus. C'était la première fois qu'elle était témoin de sa nervosité. Le tintement clair résonnait encore quand ils entendirent un pas lourd et inégal et aperçurent par les carreaux dépolis de la porte une sombre silhouette masculine penchée en avant. Elle posa une main sur son bras.

« Ton père ?

— Non, non. C'est George. Bonjour, George. Mon père est-il là ?

— Il est là, monsieur Conrad, y a pas à dire.

— Je vous présente ma femme. »

George referma la porte derrière eux avant de se tourner vers elle, sans se presser. Elle lui tendit la main : « Comment allez-vous ? »

Il regarda sa main avec hésitation, puis la serra.

« Et *vous*, comment allez-vous ? » répondit-il comme en écho. Elle s'aperçut que Conrad s'aventurait déjà dans la maison, s'éloignant d'elle, et le suivit.

Le père de Conrad était étendu dans un immense fauteuil de jardin en osier installé sur une véranda de fer forgé, si petite que le fauteuil prenait toute la place. Il disparaissait à demi sous un plaid à motif cachemire, et lisait un livre de petit format quoique particulièrement lourd, songea Antonia ; ses mains tremblaient tant en s'efforçant de tenir le volume qu'elle se demanda comment il parvenait à lire.

Il posa l'ouvrage et leva le visage vers eux, debout dans l'encadrement des hautes et étroites portes-fenêtres. Il regarda d'abord son fils – un étrange coup d'œil, quasi photographique, le saisissant tout entier dans ce temps d'exposition si bref – puis il la considéra elle, longuement ; elle pouvait à présent voir ses yeux, aussi clairs et innocemment inquisiteurs que ceux d'un enfant.

« Vous me laissez sans voix, chère madame. Je suis hélas, pour de tout autres raisons, incapable de me mouvoir. »

Elle ne dit rien ; sans savoir pourquoi, elle était intimidée – n'osant bouger ni parler (elle aurait difficilement pu, de toute façon, faire un pas en avant).

« Nous formons un charmant triptyque, Conrad, je n'en doute pas, mais amène-moi à l'intérieur, et demande à ce vieux fainéant de nous apporter du thé. »

George émergea aussitôt de la pièce sombre, et Antonia s'y retira, laissant les deux hommes transporter le fauteuil à l'intérieur.

« Alors, vous appréciez Conrad ? » demanda-t-il – mais la malice innocente qui pointait dans sa question était plus affectueuse qu'hostile.

« Beaucoup. » Elle eut le temps d'apercevoir une lueur espiègle animer ses traits avant qu'il dirige son regard vers Conrad.

« Un choix qui prouve votre bon goût, il me semble – un brin ésotérique, peut-être. Quel dommage, quand on y pense, de devoir se montrer si pointilleux dans les choix les plus triviaux et de ne pas avoir son mot à dire quant aux fils qu'on vous alloue. Je n'ai pas de filles, comme vous le savez, et je ne pense pas que vous attendiez de moi une remarque dégoulinante de faux sentiments sur le fait que je viens d'en gagner une. Mais je suis enchanté de vous voir, et qui ne le serait pas ? Vous avez fait une ravissante apparition, j'en suis charmé. »

Sa voix ressemblait beaucoup à celle de Conrad, nota-t-elle – douce, d'une élocution un peu pédante mais d'un débit sans effort, ce qui n'était pas anodin, trouvait-elle, chez un homme de son âge (il paraissait formidablement vieux).

« Je n'ai pas assisté à votre mariage parce que je ne sors plus – l'organisation de mes déplacements est devenue si compliquée, une entreprise si hasardeuse, que j'ai cessé de considérer que ça en valait la peine. Les collines restent vertes trop longtemps à présent pour que j'éprouve un intérêt quelconque à les voir changer d'aspect. Et George, dit-il en haussant le ton au moment où George entrait en chancelant, les bras chargés d'un énorme plateau, a toujours été un homme d'inaction – une créature à l'esprit volage et au corps étonnamment frêle.

— Au moins, je ne suis pas attaché à mon fauteuil à lire des livres toute la journée.

— Il est sourd, qui plus est, dit tristement Mr Fleming.

— Aucun de nous n'est plus ce qu'il était. » Elle regarda George ajuster le plaid de ses mains tremblantes. « Et vous allez finir par vous épuiser, à m'insulter comme ça. De l'eau sur les plumes d'un canard. Je sers ?

— Madame va s'en charger, dit aussitôt Mr Fleming.

— Une demi-tasse pour lui, ou il en mettra partout sur la couverture. »

Un sourire plein de malice apparut sur le visage de George, révélant soudain une rangée de dents en aluminium, puis, satisfait de sa dernière pique, il quitta la pièce d'un pas traînant.

Elle observa les deux hommes – Conrad, vautré dans son fauteuil, inhabituellement silencieux, et son père, souriant faiblement, le regard baissé vers ses mains dont il ne pouvait contrôler le tremblement.

« Antonia », dit Conrad en indiquant le plateau.

Elle demanda d'un ton hésitant : « Vous ne prenez vraiment qu'une demi-tasse ?

— Oh oui, il a parfaitement raison. Depuis ma dernière attaque, une tasse pleine et c'est un raz-de-marée. Pourquoi vous a-t-on appelée Antonia ? Vos parents s'attendaient à un garçon ?

— Oui. »

Elle lui tendit la tasse, mais Conrad l'intercepta. Mr Fleming continua d'une voix douce : « Vous avez dû être une délicieuse surprise pour eux. »

Conrad était en train d'installer près de lui une table de chevet, apparue comme par magie ; lorsqu'il y posa la tasse, le vieillard lui adressa soudain un regard empli d'une déchirante gratitude. Conrad se ferma aussitôt ; son attitude exprimait un refus si brutal qu'elle eut l'impression qu'il avait bougé ou parlé, même s'il n'en avait rien fait. Elle demeura figée d'inquiétude, à la lisière de cette situation qu'elle ne pouvait comprendre, jusqu'à sentir la théière brûlante contre sa main et percevoir la voix étonnamment tranquille de Mr Fleming :

« … et de la confiture de mûres. Je n'en prendrai qu'une, alors je préférerais qu'elle soit généreusement tartinée. »

Boire et manger était pour lui une entreprise péniblement précaire, mais il en vint à bout avec une élégante sérénité ; parlant tout du long, non pas pour dire la première chose qui lui venait à l'esprit – il avait la tête si foisonnante d'idées qu'il ne pouvait y avoir de place pour une pensée banale – mais libérant de son imagination une nuée d'idées qui tournoyaient dans la pièce triste et encombrée comme autant d'oiseaux exotiques. Il ne leur posa pas de questions, mais elle se surprit à lui raconter Paris ; découvrant au passage qu'elle le faisait aussi à l'intention de Conrad, et que ce dernier savourait le récit de ses souvenirs et du plaisir qu'elle avait pris. Mr Fleming était captivé ; Conrad semblait plus à son aise ; et elle-même était reconnaissante et soulagée de constater qu'elle était si charmée et, apparemment, si charmante. Elle en était arrivée au chapitre de la nouvelle maison lorsqu'elle s'arrêta net, ayant l'impression d'avoir trop parlé, et demanda à Mr Fleming s'il viendrait les y voir.

« Ah, voilà qui serait possible. » Il se tourna vers son fils et ajouta : « Ces maisons ne sont-elles pas un peu grandes ? Comptez-vous mener grand train, ou est-ce simplement en prévision d'une ribambelle de vigoureux petits hédonistes ? »

Conrad haussa les épaules, puis son visage se ferma et adopta une absence si totale d'expression que pendant un instant elle craignit le pire, mais Mr Fleming, qui ne pouvait l'avoir remarqué, continua : « Conrad, hélas, n'aime pas les enfants. Je crains que ce ne soit la conséquence naturelle d'années passées en compagnie de Joseph – et vraiment, on ne saurait lui en vouloir. Pas plus qu'à moi. Joseph aurait sans aucun doute fait un excellent fils pour quelqu'un d'autre – et même un admirable frère –, mais il m'a paru clair dès le début que, dans son cas, cette impossibilité de choisir ses enfants nous conduirait au désastre. Les bébés, on le sait, possèdent une dignité inébranlable qui leur permet de survivre à une infinité d'humiliations. Eh bien, Joseph a été le seul bébé de ma connaissance à en être dépourvu. Aujourd'hui, bien sûr, il s'est arrogé une bonne dose de prétention mal placée. Malgré tout, j'ai peut-être été plus chanceux que beaucoup de parents, dans l'ensemble. »

À la fin de ce discours, il se tourna affectueusement vers son fils ; elle regarda l'expression de son visage – le visage du plus vieux parent de Conrad – se fermer et devenir aussi inerte que celle de Conrad, les faisant paraître un instant identiques.

L'abîme de silence dans lequel ils avaient plongé prit fin, comme les pires silences finissent toujours par le faire ; peut-être n'avait-il duré qu'une seconde, en réalité, mais dans son ignorance inquiète et fiévreuse, cela lui sembla plus long qu'elle ne pouvait le supporter. Conrad avait eu le temps de se lever pour s'approcher de la cheminée, son père s'était évertué à finir son thé, et elle était restée assise, ses pensées fusant d'un mur blanc à l'autre. (Des enfants ? Pourquoi cette question lui tenait-elle tant à cœur ?)

« Conrad, j'ai quelque chose pour Antonia. Regarde tout à fait à droite du miroir, ce doit être là. »

Ainsi fut rompu ce silence. Conrad prit l'objet et le lui tendit : « Un cadeau de mon père. »

C'était une boule à neige. Elle se rappela soudain qu'enfant, elle en avait eu une, et se demanda où elle était passée, et depuis quand elle avait disparu. À l'intérieur figurait une chaumière avec deux sapins ; celle qu'elle avait dans les mains contenait un phare sur un récif battu par les flots.

« Il faut la secouer », dit Mr Fleming, et elle sentit qu'il la scrutait tandis qu'elle secouait le petit globe et que la neige se mettait à tourbillonner doucement. Elle tint la boule de façon qu'il pût la voir. Il regarda ce spectacle jusqu'au bout, puis murmura : « Voilà ce qu'on appelle jeter son pain à la surface des eaux. La voulez-vous ?

— Oui, s'il vous plaît. J'en avais une autrefois, mais je l'ai perdue, dit-elle pour l'assurer que son cadeau lui faisait plaisir.

— Eh bien, ne perdez pas celle-là. Je crains souvent qu'on cesse d'en fabriquer.

— Je ne la perdrai pas. Merci beaucoup.

— Je n'ai plus grand-chose à offrir », dit-il, l'air soudain très fatigué. Puis il se redressa dans son fauteuil : « Il vient souvent me voir… Vous n'en serez pas fâchée ? » Il décocha cette question avec une sorte d'inquiétude grincheuse – qu'elle aille au diable si elle l'en empêchait, mais il espérait qu'elle n'en ferait rien.

« Bien sûr que non. Ce serait tellement dommage de ne pas profiter de vous », répondit-elle en se demandant s'il serait sensible à ces mots. Mais il se laissa retomber dans son fauteuil en murmurant : « Tous les deux jours. Je lis, je digère ce que j'ai lu, et je peux alors lui raconter un certain nombre de choses qu'il ne tient probablement pas à savoir. » Il leva les yeux. « Au moins me permet-il de remplir le rôle que je me suis inventé. Il faut morceler sa vie, de sorte que l'on passe plus de temps à vivre qu'à mourir : voilà la clef. »

Conrad fit un signe de tête à Antonia, et elle se leva.

« Est-ce que je pourrais revenir vous voir, moi aussi ?

— Ma chère, je serais navré que vous ne le fassiez pas. » Il tendit une main tremblante, et elle crut qu'elle devait la serrer avant de s'apercevoir qu'il montrait quelque chose du doigt.

« Ce tableau. Vous allez repartir chargée de cadeaux. Allez le décrocher. »

C'était un petit panneau plus haut que large, comme elle n'en avait jamais vu. Il représentait un grand tourbillon de fumée pâle qui s'élevait en serpentant, dans lequel on distinguait quatre personnages : deux fantômes, l'un en haut et l'autre en bas, tenant chacun par la main un jeune enfant ; les enfants étaient en train d'être séparés – ils tendaient les bras, et le déchirement se lisait sur leurs visages, tandis que les fantômes – l'un avec une inexorable sérénité, l'autre avec une inexorable malveillance –, d'un mouvement doux et silencieux, tiraient un enfant vers le haut et l'autre vers le bas. Les couleurs étaient entièrement au service de ce dessin fantastique et aux contrastes des quatre visages. La voix de Mr Fleming l'arrêta là dans sa contemplation.

« C'est un tableau de quarante-cinq centimètres sur vingt-cinq, peint à la tempera par William Blake. Je veux qu'il soit à vous.

— Celui qui écrit de la poésie ?

— Celui qui écrit de la poésie.

— Oh, merci beaucoup ! C'est le premier tableau qu'on me donne.

— C'est le dernier tableau que je donnerai.

— Il est pour nous deux ? » Elle devinait vaguement que Conrad s'était mis en retrait.

« Non, non. Je ne donne jamais un même cadeau à plus d'une personne. À répartir ainsi un don, il prend des allures de contribution au bien commun – et en devient vulgaire et sans âme.

— Je vois. » Elle réfléchissait à cela, enchantée et un peu inquiète à la fois de recevoir un tel tableau et que cela, pour une raison obscure, déplaise à Conrad.

« Il peut donner lieu à différentes interprétations, tout comme les gens. »

Sans réfléchir, elle répondit à voix haute : « Et une à la fois ne sera jamais suffisante. »

Il haussa les sourcils.

« Une personne ?

— Je voulais dire : une interprétation. »

Elle regarda à nouveau Conrad sans obtenir de réaction.

« Vous devez y aller, maintenant. »

Elle posa le tableau sur sa chaise et vint près du vieil homme avec la vague intention de lui prendre la main : « Au revoir. Je vous remercie pour ces deux cadeaux. »

Ce fut finalement lui qui prit sa main entre les siennes, et elle les sentit trembler contre sa paume et le dos de sa main.

« C'est curieux, j'ai cru autrefois vous avoir épousée. J'ai mis si longtemps à comprendre que ce n'était pas le cas. » Il marqua une pause en la regardant d'un air à la fois pénétrant et affectueux, puis ajouta : « Voyez-vous, j'ai toujours su à côté de quoi je passais. » Il lui donna une petite poignée de main. « C'est pour cela que je vous ai donné mon tableau. Allez, filez. »

Ils quittèrent la maison, et elle n'avait pas oublié la boule à neige.

VII

DANS le taxi, elle rompit le silence en disant : « J'aime beaucoup ton père », et il répondit poliment : « Comme tu as vu, c'est réciproque. »

Au cours des minutes qui suivirent, elle découvrit que les mots ne brisent que la surface d'un silence, et que les silences gênés sont chargés de mots qu'on ne dit pas. Elle se demanda pourquoi elle n'avait pas fait plus tôt cette découverte d'une triste banalité.

« Je ne sais rien, dit-elle tout haut.

— Que voudrais-tu savoir ? »

Elle se tourna vers lui : « Je ne pense pas que tu puisses me le dire. » Elle aperçut un bref sourire animer son visage, puis, comme elle ajoutait : « Je vais devoir l'apprendre par moi-même », ses traits reprirent cette mine sombre et passive qu'elle ne parvenait pas à déchiffrer.

Après un long silence, il demanda : « Est-ce que tu comptes avoir beaucoup d'enfants ? »

La question, posée sur un ton neutre et froid, l'avertit qu'elle approchait d'un précipice, mais elle ne savait pas à quelle distance il était, ni à quel point il était dangereux. Essayant de bifurquer, elle dit : « Tu n'aimes pas le tableau ? Pourquoi es-tu en colère ? »

Sans un regard à la peinture, il répondit : « C'est un beau tableau. Je le déteste. Je le déteste, répéta-t-il comme si cela réglait la question.

— Mais enfin, *pourquoi* ? »

Il se tut.

« Tu ne m'as pas répondu. »

Elle perçut dans le regard qu'il lui lança une hostilité délibérée : « Tu ne m'as pas répondu non plus. »

Elle se rendit compte que le taxi s'était engagé dans la côte abrupte qui menait à leur maison. Au même instant, il dit : « Nous emménageons ce soir. Une surprise », et elle sentit son cœur se serrer.

Lorsque la voiture s'arrêta elle se pencha vers le tableau, posé debout sur le plancher du taxi.

« Donne-moi ta boule à neige », dit-il. Il la prit et la secoua doucement. « *Voilà* une chose que j'aime. Un cadeau que j'estime être pour toi. »

Sa façon de prononcer cette phrase la rendit furieuse, et elle rétorqua : « Oui, un cadeau pour un enfant ! On m'a déménagée ici comme une enfant. Je ne veux pas de ce genre de surprise infantile. »

Elle sentit aussitôt ses doigts se crisper de rage sur son poignet – elle crut qu'il allait dire quelque chose de dur, qu'il lui échapperait quelque injure, mais il garda le silence et, quand il lui eut lâché le poignet, elle eut soudain peur de ce qu'il n'avait pas dit.

Ils pénétrèrent dans leur maison sans un mot et il ouvrit le chemin jusqu'au salon, à l'étage. L'installation était complètement finie – il y avait même, dans une coupe, des giroflées, emplissant l'atmosphère de leur parfum ocre et velouté. Elle resta au milieu de la pièce, hésitante.

« Nos valises n'ont pas été défaites, dit-il. J'ai pensé que nous pourrions nous en occuper avant le dîner. »

Elle se tourna docilement vers la porte. Elle ne se sentait pas chez elle dans cette pièce. Le contraste entre les doigts de Conrad sur son poignet et sa voix à présent la remplit à nouveau de peur, et, pour la première fois en sa compagnie, elle se sentit seule et loin de lui.

« Je descends chercher à boire. »

Elle fit oui de la tête ; elle ne trouvait rien à ajouter.

Leurs bagages étaient soigneusement empilés au milieu de leur chambre dont l'ordre et le raffinement semblaient la défier d'y déranger quoi que ce soit. Bien qu'elle eût choisi avec Conrad la décoration de cette pièce, son allure finale la tenait en échec : la moquette blanche et les murs rouges – même les meubles, simples et peints en blanc, lui paraissaient d'une insupportable sophistication ; les rideaux de mousseline blanche, s'agitant doucement devant les fenêtres à guillotine restées ouvertes, semblaient arrondir le dos avec une précieuse indifférence ; le dessus-de-lit soyeux transformait ce meuble en un lit de théâtre. Dans le panier à bois près de la cheminée étaient soigneusement rangés des feuilles de papier, des fagotins et de petits morceaux de charbon – allumer un feu, songea-t-elle, serait une violation de son élégance. Elle se rappela l'emménagement dans leur maison du Sussex quand elle était petite – le désordre, le premier repas improvisé dans la cuisine jonchée de caisses et d'outils ; la lampe à huile qui fumait et les bougies collées sur des soucoupes que chacun avait dû emporter dans sa chambre à moitié vide ; le goût d'aventure qui avait coloré sa première nuit là-bas – elle avait dormi sur un sofa, emmitouflée dans le vieux sac de couchage militaire de son père. Le lendemain matin, ils avaient cuit des œufs frais dans une bouilloire parce que les casseroles n'étaient pas déballées, et il avait fallu tirer l'eau au puits, à côté de la porte de service. Ces premiers jours avaient été les plus heureux qu'elle ait passés là-bas.

Cette maison dorénavant était la sienne – son foyer. Il se peut que j'y reste toute ma vie, pensa-t-elle, et elle fut brusquement envahie d'une nostalgie absurde, regrettant la chambre couleur caca d'oie de l'hôtel de Kensington. Je dois vivre ici, désormais : je suis mariée. Je dois vivre dans cette maison avec lui ; même maintenant, alors que je ne sais pas qui il est et que je n'ai personne vers qui me tourner. « Quelle est la rivière la plus longue du monde, Miss Dawson ? — L'Amazone, mon enfant. » Mais elle n'était plus une fillette. Elle était passée de ces questions factuelles à des sujets comme la valeur morale de gens tels que Napoléon et Henri VIII – problèmes dont la réponse, avait-elle bientôt découvert, dépendait des conceptions éthiques de Miss Dawson, d'abord, puis plus tard des siennes. Cet apprentissage de la variété des points de vue l'avait inquiétée, mais aussi enchantée. Les êtres ne se ressemblaient pas et par bonheur leurs différences étaient profondément ancrées en eux, bien au-delà de leur apparence physique. Mais ce n'était pas le moment de s'enfuir pour aller jouer avec les états d'âme possibles de Napoléon. Elle n'avait plus l'âge de jouer, et ne pouvait certainement pas s'enfuir. Il lui fallait déballer tous ces vêtements qu'il lui avait offerts – pourtant elle restait là à fixer les malles sans y toucher. Elles ne contenaient rien, se dit-elle alors, qui lui ait appartenu avant son mariage. Elle se sentit soudain dépourvue de tout refuge, comme un enfant qu'on a envoyé chez des gens et qui n'a même pas son billet de train retour. Il était en colère contre elle, et elle ne savait pas pourquoi – elle ne savait même pas pourquoi sa colère lui faisait si peur –, toujours est-il qu'elle ne pouvait y échapper ni refuser de la voir. « Si vous n'êtes pas sûre de quelque chose, mon enfant, demandez-moi. » Cette chère Miss Dawson. Elle n'avait jamais trouvé d'utilité à l'incertitude. Peut-être n'en avait-elle aucune. Peut-être lui suffirait-il de demander à Conrad pourquoi la seule pensée des enfants le rendait à ce point hostile et distant... Cela signifiait-il qu'ils n'auraient jamais d'enfants ? Elle refusait d'envisager cette éventualité, et savait que c'était pourquoi elle n'avait pas répondu à sa question dans le taxi. C'était une chose qui devait bien arriver – et elle entendait par là que ce serait à lui de la mettre en œuvre – mais à quoi bon, à quoi bon lui faire une telle scène pour des exigences qui n'étaient après tout qu'hypothétiques ? Il avait précipité le conflit, elle ne savait pas pourquoi, et ne pas le savoir lui donnait l'impression de ne rien savoir.

Elle l'entendit monter l'escalier et regarda une fois de plus les bagages avec leurs étiquettes de Paris. Ils semblaient contenir tout ce qu'elle savait de lui : elle ajouta cela à la somme de son courage et se retourna pour lui faire face.

Il entra, portant un plateau chargé de bouteilles – souriant, non pas à elle, mais plutôt comme un trait appartenant à son allure générale. Pour la première fois depuis leur mariage, elle avait terriblement envie d'une cigarette.

« Tu n'as pas tellement avancé, on dirait. » Il posa le plateau sur sa coiffeuse vide.

Elle haussa les épaules. « Je voulais d'abord boire un verre. C'est titanesque, tu ne trouves pas ? »

Il se retourna d'un mouvement brusque pour la regarder : au moins, songea-t-elle dans un sursaut d'arrogance, aucun de mes gestes ne lui échappe.

« Dans certaines caisses, il n'y a que des livres, tu sais. Elles peuvent attendre. » Il avait parlé d'une voix neutre, presque apaisante, mais il y avait tout de même quelque chose de déplaisant dans sa façon de le dire.

Elle se posta à une fenêtre d'où elle contempla le square. Il n'y avait sûrement aucune cigarette dans la maison et, aussi absurde que cela paraisse, elle ne pouvait pas sortir en acheter.

« À quoi penses-tu ? »

Elle répondit avec raideur : « J'attends mon verre. » Il n'allait pas pourchasser ainsi ses pensées, s'offusqua-t-elle – mais alors qu'il lui tendait son verre, elle s'entendit lui demander : « Tu crois que je pourrais trouver une cigarette quelque part ? »

Il sortit aussitôt de sa poche son petit étui en argent et le lui tendit.

« Je ne savais pas que tu l'avais !

— Il ne m'a pas quitté. Tu as été très raisonnable, je suis admiratif. »

Elle répondit avec franchise : « Ce n'était pas difficile. Je n'ai pas eu envie de fumer.

— Jusqu'à maintenant. »

Il ne lui offrit pas d'allumette, et elle balaya la pièce du regard.

« Là-bas », dit-il – mais ne bougea pas.

Son verre à la main, elle alla prendre la boîte d'allumettes posée sur la cheminée. Obscurément, le sentiment d'être « guidée » la frappa à nouveau, et la remplit d'humiliation ; à nouveau, elle se sentait prise au piège, cette fois à cause de sa sale manie de fumer qu'il avait décrétée mauvaise pour son palais et mal assortie à sa personnalité. En un temps si court, il l'avait changée au point qu'elle se sentait perdue, affolée, et qu'elle se reconnaissait à peine. La première allumette se cassa sous ses doigts tremblants lorsqu'elle voulut la craquer, et une gêne soudaine et atroce envahit la femme qu'il avait fait d'elle – quelqu'un d'effrayé et de honteux à l'idée d'allumer une cigarette.

« J'ai laissé mon tableau en bas. Je voudrais l'accrocher. »

Il alla s'asseoir sur le tabouret de la coiffeuse. Il ne dit rien.

« Je voudrais le mettre ici. Il n'y a pas de tableaux dans cette pièce. Les murs sont affreusement nus. » Ces mots si mal choisis pour parler de la chambre ne firent que renforcer sa colère et elle répéta : « J'ai laissé le tableau en bas.

— Si tu veux mettre un tableau ici, je t'en trouverai un.

— J'en ai déjà un. Je n'ai pas besoin que tu m'offres un tableau – je veux le Blake. »

Il fit pivoter le tabouret pour lui faire face. Puis il dit posément : « Je me suis débarrassé de ce tableau. Je ne veux pas le voir accroché chez moi. Je te l'ai dit, je le déteste.

— Je croyais que c'était aussi chez moi !

— Ne crois-tu pas qu'on devrait se mettre d'accord, sur une question aussi importante ?

— D'accord avec *toi*, tu veux dire. Je vois, maintenant : cette maison est destinée à être la tienne, je ne suis censée qu'y habiter, je… »

Il l'interrompit d'une voix égale : « C'est ma maison et tu es ma femme. » Malgré son flegme apparent, elle devinait qu'il était en colère et loin d'être indifférent.

« De sorte que je suis ta propriété, et que tout ce qui m'appartient est en réalité à toi !

— Les termes légaux de cette question ne sont plus ce qu'ils étaient. Je ne souhaite pas en discuter plus longtemps. Je suis navré de ne pas aimer ton tableau, mais le sentiment qu'il m'inspire ne changera pas et je ne veux pas le voir accroché dans cette maison. »

Il y eut un court silence, puis elle dit :

« Nous ferions mieux de le rendre à ton père, dans ce cas, et tu lui expliqueras pourquoi. »

Il rétorqua aussitôt :

« Certainement pas ! Cela lui ferait de la peine – il est hors de question de le blesser. »

Elle se tourna vers lui dans l'intention de crier : « De *le* blesser ? » Mais elle lut sur son visage une humilité et une détermination si profondes qu'elle s'abstint ; elle ne dit rien, et pendant le silence qui suivit, sa colère s'évanouit lentement, comme à regret.

En essayant d'ouvrir sa malle, elle la trouva fermée à clef, et de là où il était assis, il lui lança le trousseau. Elle avait cru que la scène, la dispute, ou quel que soit le nom sordide par lequel il fallait appeler cela, était terminée ; mais à ce geste, elle sut qu'il n'en était rien. Dès qu'elle eut ouvert la malle, il commença :

« Je t'ai posé une question dans le taxi. Tu n'y as pas répondu.

— Conrad, on ferait mieux de déballer nos affaires et d'en parler plus tard, tu ne crois pas ?

— Pourquoi ?

— Très bien, allons-y dans ce cas. » Elle s'assit sur ses talons – son cœur s'était remis à tambouriner dans sa poitrine. Elle ajouta d'une voix faible : « Je ne me souviens plus de ce que tu m'as demandé, exactement. » Et elle devina qu'il ne la croyait pas.

« Je t'ai demandé si tu comptais avoir beaucoup d'enfants.

— C'est une ambition qu'il ne m'avancerait pas beaucoup de nourrir toute seule, je me trompe ?

— Tu esquives encore la question. Pourquoi ne peux-tu en parler franchement ?

— Franchement, je n'y ai jamais vraiment réfléchi. Oui, je crois que oui. Non pas *beaucoup* d'enfants, mais je suppose que je me suis toujours imaginé en avoir.

— Et il ne t'est pas venu à l'idée d'en dire un seul mot avant aujourd'hui ?

— Je te l'ai dit, je n'y avais pas réfléchi. C'est toi qui as voulu en parler. C'est toi que la question des enfants semble tourmenter. Pourquoi n'as-tu rien dit, toi ? »

Elle avait laissé les allumettes près de la cheminée et s'efforça de se remettre debout. Comme elle craquait son allumette, il demanda : « Tu aurais le sentiment, si tu n'en avais pas, de ne pas “t'accomplir”, quoi que ça puisse vouloir dire ? »

Elle jeta son allumette dans la jolie cheminée : « Je t'en prie, arrête avec ces questions… venimeuses ! Je te l'ai dit, je n'en sais rien ! Pourquoi cela a-t-il autant d'importance, tout à coup ? Il se peut qu'on ait des enfants, et il se peut qu'on n'en ait pas. Si… » Elle sentit le rouge lui monter au visage. « Si… toutefois l'on décide d'en avoir.

— Exactement. Si l'on décide. »

D'un pas mal assuré, elle revint à sa place :

« Eh bien… Est-ce qu'on ne pourrait pas décider de ça plus tard ?

— Tu ne m'as pas compris du tout. Je parle du principe d'en avoir, pas d'un stupide calendrier féminin.

— Vas-y, alors ! Parles-en, plutôt que de me questionner ! »

Sa réplique était pleine de bon sens et de sang-froid, pourtant elle lui échappa comme un cri car si ce qu'elle disait ne semblait plus avoir aucune importance, elle ne voyait pas quoi dire d'autre. Malgré tout, c'était une réponse *sensée*, pensa-t-elle en se forçant à continuer de le regarder (s'il avait vraiment des yeux de verre, il ne pourrait pas me voir). Avec une sorte de terreur, elle vit la colère de Conrad se muer en haine ; elle baissa le regard et le porta vers les petits poils blancs qui s'étaient détachés de la moquette neuve pour s'accrocher à sa jupe. (« Il n'y a donc pas de limite à la variété de sentiments qu'on peut éprouver l'un pour l'autre ? »)

« Vas-y, je t'en prie. Dis-moi. »

Sa question eut pour effet de rétablir le fragile équilibre entre pouvoir et souffrance, ces deux forces retrouvant les proportions implicites qui rendaient possible la communication entre eux.

« Oui, je vais en parler. » Il se leva et se mit à arpenter la pièce en silence, d'un air concentré. Il s'immobilisa lorsqu'il commença :

« Les raisons pour lesquelles on se marie sont extraordinairement peu nombreuses : le sexe légitime ; la sécurité financière ; le désir de ne pas mourir seul. Les enfants ne sont qu'une façon ingénieuse de renforcer ces arguments. Mais admettons qu'on ait choisi de se marier pour aucune de ces raisons. Admettons que, ayant trouvé une femme séduisante, on aime cette trouvaille telle qu'elle est et qu'on l'épouse. Cette femme, dès le moment où on la rencontre, n'est plus la même – et elle ne sera jamais, à aucun moment, un *fait accompli**, à moins qu'on décide, par facilité, de se réfugier dans une banale liaison avec quelqu'un d'autre ; à moins de passer son temps à des occupations dont elle est exclue, au point qu'elle se retrouve dans une solitude forcée ; ou encore à moins d'entraver ses attentions à votre égard en lui créant des attentions à l'égard d'autres êtres. Le mariage pourrait être une tentative, aussi fascinante que complexe, de vivre dans deux corps au lieu d'un. La question de savoir dans quel corps on choisit de vivre est beaucoup moins importante que les gens ne le croient ; c'est la façon dont on l'habite ensuite qui est bien plus importante. » Il s'arrêta, comme s'il réfléchissait à ce qu'il avait dit. « Voilà, sous couvert de grandes généralités, ma conviction au sujet du mariage. » Il attendit un moment, mais elle ne dit rien. « Le général et le particulier se retranchent toujours l'un derrière l'autre. Je n'étais pas en train de parler des femmes. Seulement des hommes – de moi-même. » Il la regarda fixement comme s'il s'attendait à une question de sa part, mais elle ne lui en posa aucune. « Et vous ? Les femmes ? Elles ne fonctionnent pas de la même manière. Je ne crois pas que rien de tout cela – vivre dans deux corps, et le reste – les concerne. Ce qu'il y a de plus mystérieux, de plus compliqué chez les femmes, c'est qu'elles ont besoin de quelqu'un pour leur apprendre à vivre dans leur propre corps. Sans cela, elles sont perdues, parce qu'on ne les découvre jamais.

— Et une fois qu'elles ont appris ? »

Il parut étonné.

« Elles n'ont jamais fini d'apprendre, puisqu'elles ne cessent jamais de changer – il faut toujours une approche nouvelle. C'est une histoire sans fin, absolument sans fin.

— Les hommes ne changent-ils pas, eux aussi ? »

Il répondit sans attendre, avec une nonchalance irritée : « Évidemment, tout le monde change tout le temps. L'important, dans un couple, est de changer à peu près au même rythme, et de prendre à peu près la même direction…

— Je voulais dire : les femmes n'apprennent-elles donc rien aux hommes ? Toute la relation est-elle vraiment si inégale ? Les femmes sont-elles si passives – à attendre quelque chose qu'elles ne comprennent pas ? Et d'ailleurs, comment les hommes le savent-ils ? » Elle marqua une pause. « De qui le tiennent-ils, *eux* ?

— Ma chère, je ne parlais pas en général. La plupart des gens, hommes ou femmes, ne savent rien et s'en fichent pas mal, comme on dit. Je parlais de nous. Tu devrais comprendre cela : tu es une femme.

— Je ne comprends pas, justement ! Si tu dois avoir une telle et constante influence sur moi, que me reste-t-il à faire ? »

Il s'assit au bout du lit, en face d'elle : « À être ma femme.

— Ça, c'est autre chose. » Elle était à présent trop affolée et trop distraite pour être prudente. « Pourquoi m'avoir épousée, si tu penses qu'avoir des enfants est une si grave erreur ? Pourquoi épouser qui que ce soit ? »

Il se pencha tout à coup vers elle ; elle l'entendit inspirer dans un petit sifflement rauque et, le cœur battant, eut juste le temps avant qu'il commence de s'apercevoir qu'ils tombaient dans le précipice :

« Eh bien, tu vois que tu as décidé d'avoir des enfants au moment où tu t'es mariée – si ce n'est avant. Cela a toujours été ton intention, dissimulée derrière une profonde malhonnêteté, de te servir de moi pour arriver à tes fins – de tout commander, dominer et contrôler… » À nouveau, il débitait des mots avec une facilité redoutable – comme s'il avait réussi à la piéger, se disait-elle dans son affolement – sauf qu'il ne peut pas me piéger ; je n'ai pas été malhonnête – je n'ai pas menti – c'est lui qui me donne cette impression. C'est ridicule, s'efforça-t-elle de penser, alors que ça ne l'était pas – cela faisait des semaines que nous étions au bord du gouffre, et je ne me suis doutée de rien. Elle s'aperçut avec surprise qu'elle n'avait pas véritablement entendu les mots qui s'écoulaient de sa bouche – elle ne percevait que les vagues de colère qui montaient et se brisaient au-dessus d'elle avec une violence et une cruauté telles que la chambre entière lui semblait tanguer sous ce déferlement. « … réclament de l'attention, vous ralentissent avec leurs demandes constantes et puériles – et tout cela pour quoi ? Ils grandiront exactement comme j'ai grandi, ils nous verront nous détruire mutuellement, nourris de l'illusion de les protéger. »

Il s'arrêta soudain ; et tout aussi soudainement elle ne le discerna plus derrière l'étrange brume noire qui semblait émaner de son silence. Elle tendit les mains pour déchirer cette nappe de brouillard, mais celle-ci était trop loin, elle ne pouvait l'atteindre. Après un temps indéterminé, elle entendit sa propre voix, claire et calme : « N'ayons – pas – d'enfants. » Comme elle prononçait ces mots, elle l'aperçut un instant à travers la brume, assis sur le lit, dans le lointain – un simple point à l'horizon du renoncement. Les mots, l'amour, la raison… nous n'avons plus besoin de tout ça : il y a eu un accident entre nous. Je ferais mieux de rester tout à fait immobile, sinon je risque de constater mes blessures… C'est fini ; le mal est fait ; le plus dur… est… passé. Quel soulagement – que ce soit fini, ce n'est pas quelque chose qu'on peut prévoir, ce qui vous attend dans une relation si protégée et irréelle... J'aime ma maison. Bientôt nous emménagerons pour de bon, et nous y vivrons. Je me souviens encore – *encore* – comment je m'étais imaginé cette vie...

Elle porta les mains à ses yeux pour chasser ce souvenir liquide de ce qu'elle avait imaginé ; mais celui-ci continuait de nager, dans une version déformée et sublimée, derrière ses doigts. Elle entendit à nouveau sa voix – il disait quelque chose à propos des bagages – à propos d'un verre – et elle ôta ses mains pour voir s'il avait repris ses proportions normales, mais ses mains étaient trempées et elle ne parvenait pas à le voir. Elle se tordit les mains (voilà d'où venait dans les romans l'expression « elle se tordit les mains »), lui adressa un sourire fébrile (les princesses dans les contes de fées « pleuraient amèrement en se tordant les mains »), et tout à coup il fut près d'elle, avec ses yeux immenses – trop proches – immensément inquiets... Il la caressait, répétant son nom – se penchant au-dessus d'elle jusqu'à ce qu'elle se retrouve recroquevillée entre ses bras, protégée par lui, prisonnière de son réconfort (« ce n'est pas à *toi* de me réconforter : tu es le dernier à pouvoir le faire ! »). Elle essaya de dire cela, détournant son visage, mais il ne l'entendit sûrement pas dans le vacarme des pleurs amers. *Lui* l'aurait réconfortée – à qui pensait-elle – à Geoffrey ? – non, elle l'avait démasqué ; et une fois démasqués les gens ne se montraient ni tendres ni réconfortants – il ne faut jamais avouer son amour ; ne jamais, jamais aller vers quelqu'un – plus on va loin avec quelqu'un, plus le chemin du retour, seule, est long... n'y pense pas – oublie –, ne pleure pas pour ça... « Je peux très bien me passer de toi ! », dit-elle en se jetant dans les bras de Conrad.

Le bruit des pleurs cessa, et alors seulement, tandis que ses larmes se mettaient à couler, elle comprit que c'était d'elle que venaient ces pleurs.

Il la tint patiemment entre ses bras – jusqu'à ce qu'elle se laisse bercer par le rythme de ses caresses, jusqu'à ce qu'il ne soit plus l'objet de sa peur, son ennemi, et soit devenu son refuge – mais que fuyait-elle ? Elle leva la tête pour lui poser la question, et fut stupéfaite de recouvrer aussitôt sa tranquillité : il paraissait vain de poser la question, comme de connaître la réponse. Elle retira le mouchoir de la poche de Conrad, et ensemble ils lui essuyèrent les yeux.

« Voilà, dit-il. Est-ce qu'on déballe tes vêtements tout de suite, ou veux-tu boire encore quelque chose, ou est-ce qu'on descend dîner ? »

Elle secoua la tête : décider de ce qu'elle voulait était au-dessus de ses forces.

« Choisis, dit-il. C'est notre première nuit ici.

— Ne restons pas ici cette nuit ! » Elle eut à peine le temps de voir son air déconcerté que ses yeux se remplirent à nouveau de larmes brûlantes : « Je ne veux pas ! Je veux revenir – revenir là où nous étions avant – pas comme ça...

— Revenir où ? Jusqu'où voudrais-tu remonter le temps ? »

Elle secoua la tête sans un mot : les endroits défilèrent à rebours, comme les pages intranquilles d'un livre qu'on feuillette – aucune époque ni aucun lieu n'était aujourd'hui désirable, puisque la vision qu'elle en avait prenait la couleur de l'avenir qu'elle leur connaissait. Une chose l'attendait là depuis le début, pour mieux la confondre et l'assiéger : il n'y aurait pas d'enfants. Des images d'enfants – des illustrations éclatantes et inidentifiables – apparurent aussitôt dans la liasse de souvenirs qui passaient si vite devant ses yeux ; remontant toujours, toujours plus loin, jusqu'aux premières pages du livre, où elle était elle-même une enfant. Perdue et démunie, elle dit :

« Je ne veux pas choisir.

— J'ai été trop dur avec toi ! Tu n'as pas besoin de choisir. »

Il la souleva et la déposa sur le lit : « Tu es beaucoup trop légère.

— Je déteste le lait.

— Alors, tu n'en boiras pas. Même si on peut en changer le goût, tu sais.

— Il y aura toujours cette *sensation* laiteuse.

— Eh bien, dans ce cas, pas de lait. Autre chose. Maintenant, je vais te faire couler un bain. Tu vas étrenner la salle de bains.

— Où allons-nous dîner ?

— Ici. Tu vas dîner au lit. Je vais allumer le feu.

— Oh non !

— Pourquoi pas, chérie ? Il commence à faire froid.

— Il est trop parfait pour qu'on l'allume.

— On lui rendra sa perfection demain. »

Il ramassa la boîte d'allumettes sur le plancher près de sa malle.

Elle croisa les bras derrière sa tête et le regarda porter la flamme en trois endroits différents du papier neuf.

« Conrad.

— Antonia ?

— Je n'ai pas envie que tu me fasses l'amour. »

Il posa les allumettes sur la cheminée et revint vers elle.

« Je sais. Je ne suis pas simplement la personne qui te fait l'amour, tu sais.

— Je le sais. »

Il lui dégagea le front, repoussant doucement ses cheveux en arrière de ses doigts : « Et maintenant, ton bain. »

Pendant qu'il était dans la salle de bains, elle dit : « En réalité, tu es la personne qui me fait tout.

— Qu'est-ce que tu dis ? Je n'ai pas entendu. » Il était debout dans l'embrasure de la porte, soucieux, à l'écoute. « Tu voulais quelque chose ?

— Rien. Seulement te retrouver. Refaire le chemin *avec* toi – pas toute seule.

— Tu ne seras pas seule. Je veillerai à ce que tu ne sois jamais seule. Je t'aime, tu comprends.

— Je comprends. » Elle savait maintenant que, puisqu'il la protégeait de nouveau, elle n'avait plus rien à craindre de lui.

CINQUIÈME PARTIE

1926

I

Le paysage était magnifique. Bâtie à mi-hauteur d'une vallée peu profonde, leur maison semblait reposer en équilibre dans la paume d'une élégante main ; derrière elle se profilaient les doigts dressés des sapins et des mélèzes ; sur le devant, la pelouse, puis une prairie descendaient jusqu'au poignet de la vallée où confluaient de fins et sombres ruisseaux qui se séparaient ensuite pour disparaître dans une manchette de saules pleureurs et d'aulnes. De l'autre côté se trouvaient des champs irrégulièrement piquetés de chênes solitaires et souverains, de bouleaux et de châtaigniers ; et juste sous l'horizon s'étirait une ligne de chemin de fer secondaire – comme tracée à la règle –, un petit train et son nuage de fumée traversant ce décor deux fois par jour : le matin de droite à gauche, et le soir de gauche à droite.

La maison, depuis sa position confortable et assurée, offrait aux regards une façade simple et avenante : le teint aimable de la brique ; les traits espacés des fenêtres blanches et d'une porte de bonne taille, l'extravagance de son porche disparaissant sous la clématite, le chèvrefeuille et la glycine. Derrière cette façade, cependant, elle prenait ses libertés, changeant d'humeur et de caractère ; elle n'avait rien d'un modèle architectural ; ayant échappé cent ans plus tôt à ses plans corsetés pour s'étaler dans un espace débarrassé de toute hiérarchie – dans des pièces qui ne s'accordaient pas les unes aux autres et construites, apparemment, sans but précis.

Derrière la maison, il y avait une quantité d'annexes : des écuries, des hangars, des serres, et un garage, avec en arrière-plan un bois haut et dense.

L'endroit était beaucoup trop grand pour eux, avaient dit et répété les parents d'Antonia. Ce qui ne les avait pas empêchés de l'acheter, parce que c'était bon marché, qu'ils n'avaient pu se mettre d'accord sur aucune autre maison, parce que lui avait des ennuis de santé qui l'obligeaient à quitter Londres et qu'elle, s'il fallait vivre à la campagne, avait choisi le Sussex. Avoir de la place présentait des avantages : elle voulait une maison assez grande pour organiser des fêtes le week-end, et lui voulait assez d'espace pour échapper aux amis de sa femme. Pour Antonia, le changement avait été miraculeux. Presque toute son enfance s'était déroulée à Londres, avec de temps en temps un séjour à la mer, jusqu'au moment où sa mère avait loué un cottage où passer les week-ends (elle avait l'art de ne pas tenir en place). Antonia avait alors connu la joie intense d'éprouver de la nostalgie, non pas pour « la campagne » en général, mais pour un endroit particulier – l'idée lointaine qu'elle s'en faisait depuis Londres devenant familière à mesure que, de saison en saison, elle découvrait le paysage alentour.

Leur départ définitif de Londres avait coïncidé avec la fin de sa scolarité, et le plaisir de s'installer pour de bon à la campagne dépassait même la délicieuse surprise d'arriver au cottage un soir d'été – un vendredi comme à leur habitude –, et de trouver le verger – qui n'était qu'un pré gelé la fois précédente – couvert d'une herbe si drue et si richement fleuri que la terre ne semblait plus avoir un seul pore de libre. Ç'avait été un enchantement de découvrir tant de splendeur, mais il était tout aussi merveilleux d'assister à son apparition presque imperceptible.

Le premier souvenir qu'Antonia gardait de ses parents était d'avoir entendu des gens dire de son père qu'il était une forte tête, et de sa mère qu'elle était terriblement, divinement séduisante. En grandissant, peut-être avait-elle noté le subtil changement de ton dans ces opinions souvent exprimées à la légère : son père devint quelqu'un qui savait quantité de choses sur un sujet donné – une autorité –, et sa mère une personne douée d'un entrain, d'un brio, d'une *joie de vivre* extraordinaires; mais à dix-sept ans, pas plus qu'à dix-huit ou à dix-neuf ans, Antonia n'avait acquis suffisamment d'expérience pour tirer aucune conclusion de la détérioration de l'esprit de son père et du physique de sa mère. À l'école, où elle avait été externe entre deux règnes de préceptrices, elle n'avait pu se faire de véritable amie de son âge, et elle se résignait aux amis de ses parents sans grande curiosité ni enthousiasme. Son père en avait deux ou trois avec lesquels il échangeait d'obscurs renseignements d'ordre technique; sa mère, une foule changeante avec laquelle elle pratiquait toutes sortes de jeux ou de sports, allait à des fêtes et bavardait au téléphone. Ils ne faisaient rien en famille, et ne se parlaient presque pas. La maison les englobait tous trois sans qu'ils se rendent compte – Antonia du moins – à quel point ils y menaient des vies séparées. Pendant près de trois ans, elle avait jardiné, s'était promenée à pied et à cheval, et avait (une fois désembourbée de l'indigeste bibliothèque de ses parents) choisi ses lectures avec de plus en plus de discernement. Elle fit aussi de nombreuses tentatives d'écrire ce qu'elle voyait, entendait et sentait – tentatives d'une remarquable spontanéité car elle s'intéressait à son sujet et non à l'effet que celui-ci produisait sur elle. Elle essaya de dessiner, de confectionner ses propres vêtements; d'apprendre le russe; elle fit collection de livres et de reproductions de tableaux en cartes postales; elle sema tout un jardin de fleurs sauvages et d'herbes aromatiques; elle expérimenta diverses recettes de cuisine extravagantes d'autrefois – des activités auxquelles elle s'adonnait entièrement, avec un plaisir empli de curiosité. Elle se sentait plus proche des héros de ses livres favoris que de ses parents ou de leurs amis. Vis-à-vis de ces derniers, elle n'était ni expansive ni timide : elle nettoyait leurs balles de tennis, disposait des fleurs dans leurs chambres, leur apportait du gin et du soda, servait de quatrième joueuse au bridge, rangeait le mah-jong et remontait le gramophone ; elle se joignait – parce qu'on l'y invitait sans vraiment se soucier qu'elle vienne, parce qu'on l'y invitait et qu'elle n'avait rien contre – aux excursions chez des amis, où d'autres groupes de gens jouaient aux mêmes jeux et buvaient les mêmes cocktails ; le tout avec une docilité à la fois indifférente et réservée. Quand sa mère comparait, à sa défaveur, la capacité d'Antonia et celle d'autres jeunes filles à « entrer dans le jeu », Antonia était gênée ; et quand (de plus en plus souvent) sa mère tentait – en se moquant d'elle en public – d'envahir le reste de la vie de sa fille, elle était malheureuse. Elle comprenait vaguement que, du point de vue de sa mère, elle n'était pas une réussite. Elle redoublait alors d'efforts pendant le week-end, mais cela ne semblait qu'attirer les critiques de sa mère sur un autre terrain. Elle était, disait cette dernière, trop grande et beaucoup trop mince ; ses cheveux, résolument bruns, étaient trop fins pour être coiffés, et elle avait le teint presque transparent. Ses yeux étaient son seul atout, ajoutait sa mère en prenant soin de la vêtir de bleu pâle pour en estomper l'éclat. Sa mère, pour qui les couleurs se contentaient d'être claires ou foncées, attribuait le piètre résultat à l'entêtement et à l'indifférence innés de sa fille, et Antonia, lorsque son attention était ainsi attirée sur ce point, se désolait d'être incapable, selon l'expression maternelle, « d'être au moins jolie ».

Sa mère lui disait aussi que son père aurait voulu un fils, et Antonia, qui naturellement ne voyait la satisfaction intellectuelle qu'à travers les yeux de son père – le mâle érudit et reclus –, admettait qu'il pût être déçu et, se mettant à sa place, regrettait même parfois de n'être pas née homme. En toute logique, elle supposait que si elle avait été un garçon, elle aurait procuré à son père la compagnie intellectuelle adaptée à ses attentes. Elle avait essayé de lire ses ouvrages – ses livres, ses conférences et articles publiés –, mais si elle arrivait généralement à les lire jusqu'au bout et même, sur le moment, à les comprendre, une semaine plus tard son esprit se délestait de tout ce qu'elle y avait appris comme d'autant de bois mort.

Elle grandissait donc avec le sentiment d'être, sinon une ratée, du moins un appendice inutile. Ses quelques brèves et timides tentatives d'approcher les autres n'avaient pas été concluantes, ni ne l'avaient enthousiasmée. Elle était restée dans son coin, ignorant que la joie, le désespoir ou le plaisir pouvaient être partagés. Voilà pour Antonia – jusqu'à l'âge de dix-neuf ans…

Jusqu'à ce qu'apparaisse, au beau milieu de cette délicate nature morte, Geoffrey Curran. Son entrée fut d'une simplicité implacable. Il n'était qu'un ami de sa mère parmi tant d'autres. Il arriva un vendredi soir, à la fin d'une journée qui, pour Antonia, avait été si chargée en préparatifs fébriles – rituels auxquels sa mère soumettait toute la maisonnée chaque vendredi – qu'elle eut ensuite du mal à se rappeler les circonstances exactes de leur première rencontre. Ce ne fut que lorsqu'il les lui rappela que, bien sûr, elle s'en souvint parfaitement. « C'était juste avant le dîner, et tu étais la dernière à entrer dans le salon. Tu portais une robe bleue et un large bracelet d'argent sur ton joli bras. Ta mère t'a présentée à tout le monde, et tu hochais poliment la tête à chaque nom. Puis nous nous sommes tous rassis, et tu t'es assise d'un mouvement bref, tenant des deux mains chaque côté de ta chaise. Le bracelet a glissé jusqu'à tes doigts, et tu as agité le bras pour le remettre en place. » Alors la mémoire lui revint. Elle avait eu peur d'être en retard. Elle était allée chercher de l'eau potable à la source en bas de la route, et avait ensuite passé trop de temps à panser son poney. Elle s'était ensuite dépêchée de se changer, devinant, au silence qui régnait au premier étage, que tous les autres étaient déjà en bas. C'était un soir du début de l'été – le soleil venait de se coucher et l'air frémissait du doux murmure vespéral des oiseaux. Des chauves-souris voletaient dans un parfait silence et, en ouvrant sa fenêtre, elle fit entrer une nuée de papillons de nuit. Les pâquerettes délicatement posées sur la pelouse, la tête encore levée vers la lumière déclinante, flottant sur le gazon sombre, s'éteignaient, noyées une à une par les ombres qui s'allongeaient en sortant de la terre. Ce fut le dernier moment de sa vie où elle fut seule.

En bas, elle hésita un instant à la porte du salon, vérifiant le fermoir de son bracelet, essayant de se rappeler quels invités elle avait déjà rencontrés et devrait être capable de reconnaître. Ils se ressemblaient tellement, pensa-t-elle, et c'était mal élevé de ne pas savoir les distinguer.

Sa mère portait de la dentelle couleur crème et tenait un long fume-cigarette en ivoire. Quatre hommes se levèrent à l'entrée d'Antonia ; son père servait des cocktails.

« Voici Toni, mon immense fille. Tu connais Enid et Bobby, Margot Trefusis, Geoffrey Curran, Alistair que tu as rencontré chez les Frampton, et George Warrender. Voilà ! Nous pouvons nous rasseoir. Tu veux quelque chose à boire, chérie ? »

Parmi tous ces regards qui se croisaient dans le désordre, elle eut le temps de retenir celui de Geoffrey Curran et cette seconde d'illumination aveuglante (on dirait qu'il *voit* !) avant de détourner les yeux et d'oublier aussitôt qu'elle avait eu une si étrange idée.

Pendant le dîner, elle découvrit qu'il était irlandais et s'intéressait volontiers aux chevaux, à la poésie et aux gens qu'il ne connaissait pas : il s'ouvrait facilement, et savait écouter. Ils ne se parlèrent pas l'un à l'autre – mais de temps en temps, alors qu'il racontait une histoire, il incluait Antonia dans le cercle de ses auditeurs avec une prévenance charmante, lui adressant un regard curieux, admiratif ou amusé, et soutenant celui d'Antonia jusqu'à être certain d'avoir capté son intérêt.

Revenue à sa chambre, au lieu de reprendre immédiatement le cours de sa vie solitaire, elle se mit à réfléchir à cette soirée et aux invités ; tous les invités – ceux qu'elle avait déjà vus avant, et les nouveaux visages. Le fait de terminer ce tour d'horizon par Geoffrey Curran ne l'empêcha pas de dormir ; elle ne fut la proie d'aucune pensée dérangeante ou curiosité insoutenable : l'incertitude douloureuse d'aimer en secret n'avait pas encore fait son apparition, elle n'en connaissait rien. Elle trouvait le personnage intéressant ; sa conversation ne s'était pas limitée à des ragots ou aux jeux auxquels il était en train de jouer ; elle avait beaucoup apprécié le ton de sa voix et la variété de ses descriptions qui, comparées aux quelques adjectifs sans nuances et rebattus dont usaient les autres invités, avaient apporté du relief à la plus discrète et à la plus anodine de ses remarques. Il était vieux, bien sûr, il devait avoir largement plus de trente ans, et peut-être parlait-il comme il le faisait parce qu'il avait mené une longue et intéressante existence. Ou parce qu'il est irlandais, se dit-elle. Elle tomba dans un profond sommeil au moment où elle concluait qu'à sa connaissance elle n'avait jamais rencontré d'Irlandais, et que cela expliquait sans doute beaucoup de choses.

II

Il fit très beau le samedi. Au petit déjeuner, que l'on prenait dans le salon ensoleillé, tout le monde en fit la remarque : c'était la première belle journée de l'été. On était assuré de pouvoir jouer au tennis l'après-midi, et le cocktail des Frampton se ferait dehors. La mère d'Antonia s'affairait à des préparatifs de dernière minute. Il faudrait faire une expédition à Battle pour chercher du poisson et d'autres provisions, et une autre à Hastings pour récupérer les deux raquettes qu'on avait donné à recorder, les boissons et la nouvelle bonne qui arrivait de Londres ce matin-là. Quelqu'un devrait passer le rouleau sur le court et retracer les lignes.

« Oh, je peux le faire ? » s'écria Enid. Sa voix était si haut perchée qu'elle s'enroua d'excitation. « Bobby passera le rouleau, c'est un bon exercice. J'ai *toujours* voulu marquer un court de tennis. Ce serait vraiment le paradis – Minty, ma chérie, je ferai extrêmement attention.

— Vous voulez bien passer le rouleau, Bobby chéri ? » La mère d'Antonia changea de personnalité en se tournant vers le mari d'Enid comme on oriente un projecteur.

Bobby prit un air qu'il voulait avenant même s'il était repoussant :

« J'ai l'impression que je n'ai pas le choix. C'est toujours sur moi que ça tombe – à cause de mes larges épaules, sans doute. Dès que les gens me voient, ils se disent : "Tiens, en voilà un qui pourra passer le rouleau sur le court."

— C'est ton *gabarit*, chéri. Comme ces gens de chevaux qui finissent par leur ressembler. »

Curran se tourna vers Antonia : « Vous croyez que nous avons l'air de chevaux ? »

Elle le considéra gravement : « Pas *vous*.

— Et vous, alors ? dit-il pour la taquiner. Vous avez un cheval, n'est-ce pas ?

— Un poney. Un double-poney – je suppose que c'est presque une jument… Il dépasse tout juste quinze mains…

— Seigneur ! Le moment est mal choisi pour tes histoires de chevaux, Toni chérie. Il faut nous mettre en route. George ! Vous serez mon chauffeur pour la matinée. Vous allez venir à Hastings chercher la nouvelle bonne. Un rôle pour vous, très cher. Vous lui tiendrez la main pendant le trajet du retour.

— C'est risqué, si je conduis. (George Warrender était un homme immense et trapu qui riait de tout pour ne pas être en reste.)

— C'est à votre si merveilleuse compagnie que je fais appel, pas à vos merveilleux talents de chauffeur. Alistair, vous voudriez être un ange et emmener Margot et Geoffrey à Battle, pour vous charger du poisson et du reste ? Magnifique. Wilfrid pourra profiter d'une matinée en paix. » Elle se leva de table et ébouriffa ce qui restait de cheveux à son mari. « Une matinée comme vous les aimez, Wilfrid chéri. Vous ne voudriez pas passer la journée en voiture par cette chaleur, je me trompe ? »

Et il répondit docilement : « Du tout.

— Et voilà ! Tout le monde est content ? J'ai encore des choses à régler dans la maison, après quoi on pourra y aller. Dans vingt minutes, George ?

— Comme vous voudrez. »

Araminta fit une sortie théâtrale, et Wilfrid lissa ses cheveux.

Margot s'écria : « Minty est vraiment formidable ! C'est fou tout ce qu'elle arrive à faire ! » (Margot était de ces jeunes femmes qui assurent leur réputation en louant publiquement ceux qui se trouvent autour d'elles.)

Curran demanda à Antonia : « Et vous, comment allez-vous occuper cette belle matinée ? »

Elle parut surprise, remarqua-t-il, comme si elle n'avait pas l'habitude qu'on lui pose des questions ou qu'on s'intéresse à ses faits et gestes.

« Oh, j'ai à faire dans la maison. Nous manquons un peu de bras avant l'arrivée de la nouvelle bonne. Il faudrait que j'accroche les hamacs. Et que je cueille les asperges pour le dîner. Ce genre de choses. »

Son père lui dit : « Antonia, veux-tu demander à Araminta de venir me voir avant de partir pour Hastings ? Je voudrais bien qu'elle passe à la bibliothèque chercher des livres que j'ai commandés. Si elle a le temps. » Il se retira, le *Morning Post* sous le bras, et son départ ne changea rien à l'atmosphère de la pièce.

La matinée, qui un peu plus tôt s'était parée de soleil comme d'un accessoire, se chargea progressivement d'une chaleur aveuglante. Les couleurs du jardin se réveillaient en hâte tandis que les lambeaux de brume disparaissaient ; le ronron régulier des insectes, tel un moteur, prenait de la vitesse ; l'air chaud s'alourdissait d'un parfum de lavande et d'églantier.

Antonia, une fois ses corvées ménagères terminées, sortit sans se presser pour aller cueillir des asperges. Enid et Bobby se disputaient sur le court de tennis. Elle les dépassa sans qu'ils la voient et se demanda s'ils faisaient jamais attention à ce qui les entourait. Elle passa devant le bureau de son père, et le vit mâchonner sa pipe, le nez dans un livre. Lui non plus ne la remarqua pas. Elle alla prendre son panier dans la serre et libéra un oiseau affolé, à demi mort de chaleur. Thomas, le jardinier, chouchoutait ses précieux pois de senteur. Elle le salua d'un signe de la main (il était complètement sourd et il faisait trop chaud pour crier) et s'engagea sur l'étroit sentier cendré, passant devant le buddleia déjà assailli par une nuée de papillons, pour gagner le potager. Là, l'odeur chaude des filets se mêlait à l'arôme léger et plein de promesses des fruits en train de mûrir lentement. Il y avait des carrés de soucis, d'œillets communs et de giroflées, et une étendue de fraises reposant sur leur lit frais et doré. Les fleurs des courges se dépliaient comme ces couronnes de papier crépon que l'on trouve dans les papillotes. Quelques tomates de la plus minuscule variété étaient mûres – de petits boutons rouges et jaunes tout chauds – et Antonia en goûta : la peau était un peu dure, mais elles étaient merveilleusement sucrées. Les rangées d'asperges avaient un air guindé et un peu frileux, comme les invités au début d'une garden-party. Antonia cueillit une feuille de chou assez grande pour recouvrir le fond de son panier et coupa soigneusement ses asperges. Thomas, après trois ans, lui faisait confiance, mais elle savait qu'il l'observait et une ou deux fois il lui avait fait des reproches – gentiment, en se répétant beaucoup et plus résigné que fâché, mais il n'empêche qu'Antonia s'était sentie comme une voleuse dénuée de discernement. Thomas était un très bel homme, se dit-elle ; c'était curieux comme les jardiniers étaient presque toujours soit grincheux, soit beaux. Son noble visage ne s'éclairait que lorsqu'il souriait, quand on le complimentait ou le félicitait d'avoir gagné un prix à un concours quelconque. Il réussissait alors à prendre un air à la fois angélique et malicieux qui donnait à l'innocent triomphe de son talent des allures de ruse impénétrable. Il m'a acceptée, songea Antonia; il ne tolère ma mère et Wilfrid que parce qu'ils habitent la maison dépendant de son jardin, mais moi, je crois qu'il lui arrive de bien m'aimer parce que j'aime le jardin. Voilà qui était curieux : elle ne s'était jamais souciée auparavant de savoir si Thomas l'appréciait ou non…

Le temps d'apporter les asperges à la maison, elle avait si chaud qu'elle désirait seulement s'étendre dans le jardin en finissant *Northanger Abbey*. Il fallait pourtant accrocher les hamacs, ce qu'on n'avait pas encore fait cette année. Elle soupira : la première fois qu'on essayait de les installer était toujours délicate ; on avait beau prendre toutes les précautions au moment de les rouler, ils pourrissaient dans la resserre pendant l'hiver. « Tu pourrais *tout de même* installer les hamacs », avait dit sa mère. Au moins, elle ne serait pas obligée de jouer au tennis l'après-midi. Il y avait déjà trop de joueurs, et on ne devrait pas faire appel à ses piètres performances dénuées d'enthousiasme.

Quand vint l'heure du déjeuner, ils étaient tous épuisés. Le court était passé au rouleau et ses lignes refaites, mais Enid et Bobby ne s'adressaient plus la parole. Seuls Araminta et George semblaient gais – ils arrivèrent en retard au déjeuner, ayant fait halte dans un pub pour un verre ; il avait bien fallu qu'ils s'arrêtent pour la bonne qui avait été malade dans l'auto. Margot dit qu'elle avait la migraine, et Alistair que Battle était noir de monde le samedi. Wilfrid contribuait rarement à la conversation : il découvrit qu'Araminta avait oublié ses livres et s'enfonça dans un silence résigné. Curran fut le seul à essayer de discuter avec lui, remarqua Antonia pendant le repas ; elle vit son père amené, de fil en aiguille, à expliquer le sujet du livre auquel il travaillait, et Curran l'écouter en montrant tous les signes d'un intérêt sincère. Elle crut d'abord que Curran usait simplement de ses bonnes manières, mais à la fin du déjeuner elle était presque convaincue qu'il se passionnait pour les us et coutumes du XVIe siècle. Elle eut brusquement envie de lui poser la question, mais n'osa pas.

À trois heures, la partie de tennis commença – tout le monde s'était rassemblé pour regarder, sauf Margot qui s'était retirée dans sa chambre. Le court se trouvait en contrebas d'un talus escarpé recouvert d'herbe drue, sur laquelle étaient étendus les spectateurs capables de supporter le soleil. Ce dernier brillait de tout son éclat. Antonia commença par faire semblant de regarder tout en lisant son livre ; elle finit par faire semblant de lire tout en s'endormant.

Elle fut réveillée par la voix de sa mère et par quelqu'un qui lui chatouillait le bras avec un pissenlit.

« … on vous attend sur le court », disait Curran. Il lui souriait, et c'était lui qui tenait le pissenlit. « Votre mère a besoin de vous pour un double. »

Antonia se redressa, tout étourdie.

« Margot est revenue. Il nous faut un double de dames. Bobby et George n'en peuvent plus.

— Les hommes nous regarderont depuis le talus.

— Je serai l'arbitre », dit George Warrender.

Tous semblaient lui parler en même temps. Et une éternité semblait s'être écoulée pendant qu'elle dormait.

« Dépêche-toi, Toni. Ce que cette enfant peut dormir ! » dit encore sa mère.

Antonia jeta un regard désespéré autour d'elle : « Faut-il vraiment… ? Vous savez comme je joue mal. Personne d'autre ne voudrait… ? » Mais son père et Alistair avaient disparu, et les dames étaient postées autour du court dans diverses attitudes d'impatience. En se mettant debout, Antonia prit conscience que sa tête l'élançait. Curran l'encouragea d'un sourire et lui dit : « Allez-y. Je regarderai chacun de vos coups, et quand vous gagnerez, j'applaudirai à m'en faire mal aux mains. »

Elle désira soudain, plus que tout au monde, ne pas avoir à mal jouer au tennis devant Geoffrey Curran. Le fait d'avoir sa mère pour partenaire lui parut être la touche finale d'un complot destiné à mettre en évidence son incompétence. Sa tête lui faisait mal, le soleil explosait dans ses yeux et se ressoudait ensuite à l'arrière de son crâne. On tira à pile ou face pour savoir qui prenait quel côté, puis elle rejoignit sa place face au soleil avec une conscience aiguë de sa gaucherie et le sentiment affreux d'avoir prêté à quelqu'un son propre sens critique dans le seul but d'être vue sous son plus mauvais jour. Le service du premier set revint à sa mère et se déroula assez bien. Sa mère était la meilleure joueuse et, applaudie par George et Curran, elle gagna aisément le jeu sans qu'Antonia ait à renvoyer une seule balle ; mais tandis qu'elle ramassait les balles et tâchait de ne pas gêner, sa nervosité devenait insoutenable. Après cette manche, il va bien falloir que je joue – et viendra le moment où il faudra que je serve, seulement j'en suis incapable : toutes mes balles finissent dans le filet ou à des kilomètres… Ce fut pire qu'elle ne l'avait imaginé. Au début, George s'écriait « pas de chance ! » chaque fois qu'elle faisait perdre un point à leur équipe et, la bouche sèche, elle demandait pardon à sa mère ; à la fin, il ne disait plus rien et elle n'osait même plus s'excuser. Elle perdit le compte des points et même des jeux. Après qu'elle eut servi sans réussir à envoyer une seule balle dans le carré, sa mère lui suggéra de servir à la cuillère pendant le reste de la partie, suggestion faite sur un ton de bonne humeur résignée mais dont Antonia savait qu'elle dissimulait une telle rage et un tel dégoût que des larmes, à grand-peine contenues, lui brûlèrent les yeux, aussi fut-elle bientôt incapable de voir la moindre ligne. Elle ne tourna plus la tête vers sa mère et pas une fois ne regarda en direction de Curran. Elle savait que la partie ne durerait pas éternellement, mais l'appréhension de son humiliation, elle, paraissait infinie – la sortie qui l'attendait ; la pelouse qu'il lui faudrait traverser, en direction de Curran puisqu'il n'y avait pas d'autre issue ; les regards ; les commentaires ; la commisération joviale cachant le profond mépris… « J'ai la migraine… Je suis désolée de vous avoir déçus – de m'être déçue moi-même… Je viens de découvrir à quel point il m'est insupportable d'être observée en train de rater quelque chose à ce point… »

C'était fini : elles terminaient un set presque blanc. Elle se dirigea lentement vers le talus, les jambes flageolantes ; elle s'excusa, et sentit tous les yeux la fixer – « Quelle importance, ce n'est qu'un jeu !… » Avec ce qui lui restait de dignité tremblante, elle s'abstint d'invoquer la migraine. Elle avait déjà gravi quelques marches lorsque sa mère l'appela. Elle se retourna et aperçut les coins de son livre se gondoler au soleil, là où elle l'avait laissé, non loin de Curran.

« Toni ! Ton jupon dépasse de deux centimètres en dessous de ta jupe – tâche de le remonter, ça te donne vraiment une drôle d'allure. »

Elle abandonna son pauvre livre à son sort et les quitta, eux tous qui avaient regardé son jupon puis détourné les yeux en hâte.

Elle se rinça le visage dans sa chambre, puis alla dans la salle de bains pour boire de l'eau. La salle de bains donnait sur la petite pelouse derrière la maison où l'on avait servi le thé, et la fenêtre était ouverte.

« … je ne sais pas, disait sa mère. Je comprendrais qu'elle soit peu sportive, si elle s'intéressait à autre chose ! Wilfrid dit qu'elle n'a presque rien dans la tête malgré des années de préceptrices, et qu'elle n'a pas le genre d'intelligence qui réussit à l'université – Dieu sait qu'avoir une fille bas-bleu me donnerait des sueurs froides, mais j'aurais préféré ça à son absence totale d'intérêt pour quoi que ce soit. Personne ne l'a jamais *remarquée*, si vous voyez ce que je veux dire… et ce n'est pas moi qui leur jetterai la pierre. Elle a une façon de s'arranger – les filles sont obsédées par leur apparence, eh bien elle, pas du tout. Quand je me revois à son âge ! Ce que je m'amusais ! Ça me désole. Oh, j'étais une jeune fille comme les autres… »

Une clameur de dénégations courtoises s'éleva, par-dessus laquelle Antonia entendit la voix de Curran – surprenante, tranchante, calme : « Elle a les yeux les plus extraordinaires que j'aie jamais vus… »

Elle n'en entendit pas davantage. Elle leva les yeux vers son image dans le miroir et eut juste le temps d'y lire le chagrin et l'étonnement avant de fondre en larmes et de s'enfuir dans sa chambre.

C'était comme une seconde naissance : cette image crue, cette vision d'elle-même à travers les yeux d'autrui. Incapable de réfléchir, elle pleurait, blottie dans le hideux fauteuil de cuir où elle avait passé tant d'heures à lire les aventures de personnages imaginaires, jusqu'à ce que des raisons de pleurer lui apparaissent, dans un ordre incohérent : c'était vrai, elle n'était pas sportive, mais le sport ne l'intéressait pas – ce n'était pas qu'elle ne s'intéressait à rien, simplement elle s'intéressait à autre chose, ce qui n'avait pas eu d'importance tant que sa mère n'avait pas attiré l'attention sur elle – sur son manque d'éclat, d'investissement, et sur son apparence. Elle n'avait jamais cherché à être remarquée, et le fait d'être remarquée en sa défaveur rendait intolérable l'idée de revoir un seul des occupants de la maison.

La remarque de Curran sur ses yeux ne réussit qu'à la remplir de terreur tant elle semblait disproportionnée – elle semait une confusion malvenue, contrastant avec l'idée communément admise de sa totale insignifiance. Elle avait l'impression qu'il serait plus facile d'être considérée comme quelconque – un unique atout ne suffirait pas à la sauver ou à la consoler ; et qu'une unique personne prenne sa défense ne faisait que l'empêcher de s'enfoncer dans le décor et de s'y fondre pour de bon. Ses yeux la trahiraient. Il avait sans doute dit cela par politesse, se dit-elle, mais, puisqu'il ne savait pas qu'elle l'entendrait, elle voulut voir par elle-même. Elle ne vit que des yeux sombres, brouillés par les larmes, qui lui renvoyaient un regard grave et tourmenté et, alors qu'elle se détournait du miroir avec une désapprobation tremblante, ces mots : « Ma mère a entièrement raison. »

Une heure plus tard, sa mère, venue la presser de les accompagner chez les Frampton, la trouva blottie dans le fauteuil en cuir et, en dépit de sa position tortueuse, endormie aussi profondément et naturellement qu'un jeune animal. Elle ne s'était pas changée, rapporta sa mère aux autres, et ils seraient en retard s'ils l'attendaient. Aussi ne l'attendirent-ils pas.

Antonia se réveilla pour trouver la maison agréablement déserte – baignée de la lumière du soir après une chaude journée. Pendant qu'elle dormait, les roses dans la coupe à côté d'elle avaient bâillé à en laisser choir leurs pétales extérieurs ; la chambre était plus fraîche, et dehors s'élevait le cri apaisant d'un coucou – il se répétait une fois, puis deux, puis se taisait – lui ôtant la responsabilité du bruit et du silence.

Elle se réveilla vivifiée, et en proie à une intense curiosité ; comme si, dans son sommeil, une découverte merveilleusement excitante s'était offerte à elle, une découverte qu'elle devait retrouver et poursuivre. Elle se leva du fauteuil en s'étirant et regarda sa montre ; seulement les montres avaient tendance à galoper sur son poignet avec un mépris si extraordinaire pour leur fonction qu'elle n'eut aucune idée de l'heure qu'il était. Elle était en train de se dire avec soulagement qu'ils avaient tous dû aller à la fête – qu'elle leur avait échappé, au moins pour un moment – lorsqu'on frappa à sa porte. C'était la nouvelle bonne, venue lui dire que sa mère et les autres s'attardaient à leur fête et ne rentreraient pas dîner. Son père désirait avancer le repas d'une demi-heure, est-ce que cela convenait à mademoiselle Antonia ? En transmettant le message, elle parcourait la pièce du regard comme pour en faire un inventaire maladroit. Antonia remarqua qu'elle avait les yeux rouges, le visage bouffi et d'un rose terne – son tablier neuf semblait raide comme du papier et la coiffe ridicule qui enserrait ses cheveux jaune paille et humides était si incongrue que c'en était pathétique. Tandis qu'elle observait tout cela, se rendant compte qu'il devait être sept heures – mais la bonne irait s'en assurer si mademoiselle Antonia le désirait –, elle s'aperçut qu'elle ne savait rien de cette nouvelle recrue excepté le peu qu'elle venait de remarquer.

« Je ne connais pas votre nom, pardonnez-moi.

— Dorcas, mademoiselle. » Elle fixa le plancher.

Antonia, avec une certaine gêne, demanda : « Tout va bien ? Avez-vous ce qu'il vous faut ?

— C'est un peu perturbant au début. Il faut que je m'habitue. Je n'avais encore jamais travaillé à demeure. Jamais. » Cette confidence sembla presque trop pour elle ; elle leva les yeux vers Antonia un bref instant, faisant un vague effort pour sourire, et se mit à triturer le coin de son tablier de ses tendres doigts roses.

« Avez-vous le mal du pays ? »

Mais Dorcas la regarda avec une sorte d'incompréhension bornée et répondit : « C'est perturbant, mais je m'y ferai, mademoiselle », après quoi Antonia se reprocha son indiscrétion, ce dont elle n'avait pas eu l'intention en posant la question.

« J'en suis sûre. » Elle sourit, mais la petite servante avait une fois de plus les yeux rivés sur le plancher, et elle n'osa pas la questionner davantage. « Le dîner sera à sept heures et demie, alors ?

— Oui, mademoiselle.

— Merci, Dorcas.

— Merci, mademoiselle. » Et elle sortit, refermant la porte avec tant de précaution que celle-ci se rouvrit d'elle-même. Chacune allant la refermer, elles se retrouvèrent face à face. « Pardon, mademoiselle. » Antonia vit une grosse larme en forme de poire couler sur la joue de la jeune fille, mais cette fois elles parvinrent à échanger un sourire – un timide remerciement pour la porte…

En s'habillant pour le dîner, Antonia se mit à imaginer la soirée : elle assise en face de son père, la coupe verte remplie de primevères entre eux ; l'image qu'ils se renverraient l'un à l'autre, de chaque côté de la table ; l'idée que peut-être, en tête à tête, ils pourraient aborder les sujets de conversation vastes et inexplorés qui devaient exister, comprenait-elle maintenant, quelque part entre les mœurs au XVIe siècle et les faits et gestes de sa mère et de George Warrender le matin même à Hastings ; peut-être son père bénirait-il sa curiosité en lui confiant son expérience personnelle ? Puisqu'elle ne connaissait pas son père, elle pensait avoir tout à découvrir… Son père – papa – son nom était Wilfrid…

Il posa son livre à contrecœur quand elle entra dans le salon, et comme elle s'approchait de lui avec l'impression de le rencontrer pour la première fois, elle vit son regard se détourner d'elle une seconde pour se diriger vers son livre, avec cet air de regret si habituel qu'il n'essayait même plus de le cacher.

Il dit : « Veux-tu un verre de sherry ? » Ses manières vis-à-vis de toute personne qui ne soit pas passionnée par son sujet étaient toujours égales : elle aurait pu être quelqu'un qu'il rencontrait pour la première fois.

« Je vais me servir. » Quand ce fut fait, elle se percha sur le bras du sofa et dit : « Supposons qu'on ne se soit jamais vus ? »

Elle le vit plisser les yeux, tâchant de se faire à cette idée farfelue et sans importance.

« J'imagine que je t'aurais quand même proposé un verre de sherry.

— C'est bien ce que je pensais. » Pleine d'espoir, elle leva les yeux vers lui, mais il ne rebondit pas, et elle continua : « Et que feriez-vous ensuite ? De quoi me parleriez-vous pendant le dîner ? »

Il la considéra avec une résignation empreinte de méfiance.

« Il y aurait probablement d'autres invités. Je n'aurais pas tellement de raison de te parler. » Il émit sa petite toux sèche et insignifiante. « Je ne suis pas très doué pour faire la conversation, tu sais.

— Mais serait-ce vraiment *faire* la conversation ? Je veux dire, en admettant qu'il n'y ait personne d'autre. N'auriez-vous pas envie… » Elle hésita, s'efforçant de comprendre elle-même où elle voulait en venir. « N'auriez-vous pas envie que l'on apprenne à se connaître ?

— Je n'en sais trop rien, ma chère Antonia. » Elle perçut une pointe d'inquiétude dans sa voix. « Mais l'hypothèse est absurde. Nous nous connaissons depuis des années.

— Il me semble que je ne sais rien de vous. »

Il toussa encore. « Il y a fort peu à connaître. » Il vida son verre de sherry dans un geste destiné à clore l'entretien. « Quoi qu'il en soit, la famille est rarement propice à ce genre d'exploration. On va plutôt chercher ailleurs des territoires vierges à conquérir. Sur sa famille, on ne peut que remonter aux sources, mais je doute que tu sois faite pour ce genre de recherche. Peut-on passer à table ? Le dîner était servi avant que tu descendes.

— Oh, je vous demande pardon. » Elle regarda sa montre d'un air désespéré. « Cela fait un moment que je l'ai remontée.

Ce n'est pas qu'elle s'arrête, c'est qu'elle n'avance pas assez vite. Vous auriez dû me dire. »

Il ramassa les verres et les reposa soigneusement sur le plateau en disant : « Aucune importance. C'est un repas froid. »

On aurait pu dire la même chose de sa voix, pensa-t-elle.

Ils mangèrent leur langue froide à la lueur de six bougies – elle s'était rappelé qu'il y aurait des primevères, mais pas qu'elles paraîtraient si foncées, ainsi éclairées, et cette étourderie, posée négligemment en travers de son esprit, l'empêchait d'être toute au moment présent, tandis que son père comblait les rares instants où elle y voyait clair, instants qu'elle aurait pu passer à enregistrer, observer ou anticiper, d'un flot de paroles en pagaille; des paroles jetées là sans y penser, comme autant d'objets familiers éparpillés sur la table de chevet. Ainsi mangèrent-ils leur langue; mais dans le silence qui s'installa alors qu'on changeait leurs assiettes, elle l'examina attentivement – on aurait dit un portrait quelconque, réaliste et indéchiffrable – et elle résolut d'essayer à nouveau de percer cette surface de platitudes filiales…

« Que croyez-vous que je devrais faire ? »

Méfiant à l'égard de toute initiative, il se contenta de répondre : « Je ne comprends pas.

— Eh bien, que pensez-vous que je sois? Comment me voyez-vous ?

— N'oublie pas que je connais peu de jeunes femmes de ton âge, ou plutôt que je n'en connais aucune. Je n'ai aucun point de comparaison.

— En avez-vous besoin ? Ne pouvez-vous simplement penser à moi et… me le dire ? Je veux vraiment savoir », ajouta-t-elle.

Il la regarda un moment, sans ciller. Il était parfaitement immobile, et quelque chose dans son expression sévère et dénuée d'humour lui parut à la fois pathétique et un peu effrayant.

« Les femmes s'inquiètent sans cesse des apparences. Surtout, je crois, de l'effet de leur propre apparence sur autrui.

Tu voudrais, j'imagine, que je te dise que tu es jolie – même s'il me semblait que les jeunes gens perpétuellement de passage dans cette maison ne manquaient pas pour renseigner ta vanité sans que j'aie besoin de le faire – mais passons : oui, tu me parais posséder le nécessaire pour rendre malheureux un certain nombre d'hommes, si c'est là le but. Tu épouseras sans aucun doute l'un d'entre eux, un jour ; et comme tu n'as fait preuve d'aucun goût ni talent particulier dans un autre domaine, je présume que, comme pour la plupart des jeunes filles au physique agréable et à l'intelligence médiocre, le mariage et tout ce qui l'accompagne sera ton *métier**. »

Il y eut un silence de mort. Il demanda ensuite : « N'est-ce pas là ce que tu voulais savoir ? » Le tranchant de sa voix avait disparu, mais elle était trop secouée pour s'en apercevoir.

« Je ne suis pas une autorité en matière de beauté. Je peux me tromper. Mais tu auras tout le loisir de le découvrir par toi-même. »

Elle n'eut pas la force de répondre. Cette mise en cause de son intelligence (n'était-il pas une autorité en matière d'intelligence ?) la frappa avec la précision redoutable d'une vérité : non pas comme une injustice sans fondement ou un manque d'égards, mais comme une flèche s'enfonçant tout droit et profondément dans son cœur. Elle ne dit plus rien. Il termina ses asperges et se plongea dans d'autres réflexions.

En sortant de la salle à manger, il se rappela soudain son existence et dit : « Viens dans mon bureau. J'ai quelque chose pour toi. »

Son exemplaire tout gondolé de *Northanger Abbey* était posé sur le sous-main de son bureau. Il le prit et le lui tendit.

« Ton livre. C'est Geoffrey qui l'a rapporté à la maison. Il a dit que tu l'avais laissé en plein soleil sur le court de tennis cet après-midi. Quand on aime vraiment les livres, on ne les traite pas de cette façon il me semble, même si ce sont des romans. Je vais travailler maintenant. Bonsoir, ma chérie. »

III

Le lendemain matin, il n'y avait pas de soleil, mais il faisait une chaleur lourde, grise, presque palpable. Tout le monde tomba d'accord sur le fait qu'il y aurait de l'orage et passa la matinée à être mollement en désaccord sur tout le reste. Antonia prit un petit déjeuner matinal pour éviter les autres, puis sortit jardiner. « Je vais arracher les mauvaises herbes pendant deux heures, et ensuite je lirai, pas un roman, quelque chose de sérieux. » Elle s'efforçait de meubler la solitude désœuvrée qu'elle découvrait soudain tout autour d'elle ; pourtant, seule dans le jardin, elle ne pensa qu'à cela, et plus tard, seule avec son livre (elle n'en avait pas choisi un qui puisse lui offrir une quelconque compagnie), elle commença à trouver à la fois pénible et effrayante la précision avec laquelle cette petite question – « Mais qu'est-ce que je peux y *faire* ? » – martelait son esprit. À la fin de la matinée, elle accueillit presque avec reconnaissance l'épreuve du déjeuner.

Au déjeuner, Antonia eut à peine le temps de surmonter les premières minutes de gêne au sein du groupe d'invités que l'orage éclata. Tandis que les premiers coups de tonnerre se répercutaient lourdement dans le lointain, Curran se pencha vers elle au-dessus de la table et dit : « Quand ce sera fini, et que la campagne sentira bon la fraîcheur, voudrez-vous bien m'emmener faire une promenade à cheval ? »

Elle faisait face à la fenêtre, et il vit l'éclair se refléter dans ses yeux lorsqu'elle les leva vers lui pour répondre : « Oui ! »

Au cours du repas, il remarqua que, même sans le reflet des éclairs, ses yeux brillaient toujours d'une lueur d'étonnement et de joie.

Il était près de cinq heures de l'après-midi lorsqu'ils se mirent en route – lui sur le robuste cheval gris que le père d'Antonia montait de temps en temps, elle sur sa jolie petite alezane nerveuse. Elle lui avait demandé s'il voulait aller à un endroit particulier, et il avait répondu qu'il ne connaissait rien dans les environs, la laissant décider. En descendant prudemment la forte pente jusqu'à la source, ils eurent le temps de s'observer et d'apprécier la posture de chacun. Il avait l'assiette de quelqu'un qui aurait passé sa vie sur un cheval, et elle montait, pensa-t-il, avec une élégante tension. Ils avancèrent en silence, dépassant la source, d'où s'élevait le gargouillis des pleines rigoles se déversant dans le ruisseau, puis un champ de houblon luxuriant et trempé de pluie, jusqu'au tournant où se trouvait un vieux moulin désaffecté. L'étang, plein de vase, s'était transformé en marais – il s'en dégageait une odeur douceâtre de guimauve et Antonia aperçut une ou deux libellules affolées. Alors qu'ils quittaient la route pour une piste cavalière, la petite horloge de l'église sonna cinq heures, les cloches tintant avec leur habituelle brusquerie enfantine. Le soleil tardif de la fin d'après-midi éclairait les pissenlits dans l'herbe humide nimbant les haies qui s'élevaient de chaque côté du sentier d'une nouvelle lueur dorée : les toiles d'araignée, accrochées à leur églantier ou à leur buisson de mûres, étaient si chargées de perles de pluie qu'elles pendaient tels des bouts de guirlandes scintillantes ; au-delà, une brume délicate recouvrait les champs d'un voile de fumée vaporeuse ; et le ciel, fraîchement lavé et débarrassé de ses nuages, embrassait cette foule étincelante de détails de toute sa sérénité, immense et impassible. Elle avait levé les yeux vers le ciel et, lorsqu'elle les abaissa, sentit qu'il l'observait.

« Nous pourrons galoper plus loin, fit-elle. Je regardais le paysage pendant que nous étions au pas.

— Moi aussi. Je découvrais ce que c'était que de voir à travers les yeux de quelqu'un d'autre.

— Ah oui ? » dit-elle, embarrassée : elle n'avait pas aimé sa remarque. Il allait devoir trouver autre chose. Elle n'aime pas ça ! pensa-t-il. Elle est différente ; très jeune – et timide, je crois. Tout haut, il dit :

« Plus que tout ce qu'on voit, c'est cette odeur multicolore que j'aime… cette intense fraîcheur. Vous avez remarqué ?

— Oui, vous le disiez.

— J'ai dit ça ? À quel moment ?

— Au déjeuner, répondit-elle timidement.

— Vous avez une mémoire encyclopédique ! »

Mais elle le regarda sans rire.

« Mon père dit que je n'ai pratiquement aucune mémoire. »

Ils approchaient d'un bois ; la piste était maintenant bordée de jeunes fougères dont les frondes étaient roulées en crosse comme pour se protéger de l'humidité. Elle se mit calmement au trot et il l'imita. Sa jument se sentit d'humeur à la course et prit de l'avance, abaissant puis dressant les oreilles, rejetant la tête en arrière si bien que les anneaux de sa martingale crissèrent contre le cuir du harnais tandis que son cou, trempé de sueur, prenait une teinte brun foncé. Curran ralentit un peu l'allure pour observer Antonia. Malgré sa tension, elle avait une bonne main, tranquille, pensa-t-il, en connaisseur.

Ils étaient dans le bois, à présent ; les arbres se rejoignaient au-dessus de leurs têtes, laissant passer une lumière étrange, mélange d'obscurité luxuriante et d'incertains rayons de soleil. Antonia était tête nue, et les gouttes qui tombaient bruyamment des arbres dessinaient dans ses cheveux bruns des mèches plus sombres, et des ronds humides sur son fin chemisier blanc. Leurs chevaux pataugeaient dans une épaisse boue marron, et elle dit :

« Pardon de vous éclabousser. Nous allons bientôt sortir du bois et elle sait qu'elle va pouvoir galoper. C'est toujours à partir d'ici qu'elle commence à s'agiter.

— Vous n'avez pas vraiment besoin de cette martingale, si ?

— C'est censé aider un peu. Quand on saute. Elle adore tellement ça que j'ai du mal à tenir sa tête.

— Alors, il vous en faut une convenable. Ces engins-là ne servent qu'à donner à une bête l'impression qu'elle est le centre du monde. »

Elle aimait la façon dont il avait dit « ces engins-là », et elle se retourna vers lui en riant. « Est-ce parce que vous êtes irlandais que vous vous y connaissez en chevaux ?

— Vous voyez une autre raison possible ? Je suis né avec un mors en argent entre les dents.

— Vous n'auriez pas pu naître avec des dents, vous savez.

— Détrompez-vous. Je suis arrivé tout prêt à l'emploi. Ma mère a à peine eu le temps de lancer son bouquet de fleurs d'oranger que j'ai fait mon apparition – avec des ongles, une ou deux dents et des cheveux.

— À un cheveu », dit-elle, puis elle rougit.

Il sourit, ravi de ce trait d'esprit.

« Oui. Notre curé, voyez-vous, était fort comme un chêne. Mon père mesurait plus d'un mètre quatre-vingts, mais le père O'Rorke le battait en largeur. “Il faudrait épouser Patsy Gallagher, maintenant que vous avez obtenu d'elle ce que vous vouliez.” “Sûrement pas !” a dit mon père. “Pense bien à la honte abominable que tu lui auras apportée, et à ta propre damnation, avant de faire ton choix”, a dit le père O'Rorke en agrippant le veston de mon père d'une main large comme une pelle. Mais rien n'y faisait. Mon père n'en démordait pas, il n'avait pas le cœur à se marier. “Dans ce cas, et Dieu m'est témoin que je ne voulais pas en arriver là, je vais devoir lever la main sur toi. Enlève ton veston, mon fils – bientôt tu me supplieras de te laisser l'épouser.” Il a réduit mon père en bouillie, lui a arraché sa promesse, l'a béni alors qu'il gisait dans la boue, et l'a laissé là. Il les a mariés trois semaines plus tard. »

Pendant qu'il racontait cette histoire, son accent irlandais était devenu plus intense, plus prononcé – le reste du temps, on ne percevait dans sa voix qu'une légère et lointaine inflexion. Il avait pris un plaisir si manifeste et spontané à la raconter que, fascinée, elle en avait oublié qu'il s'agissait de ses parents. Elle s'en souvint brusquement et demanda :

« Et ont-ils été heureux ? »

Il ne parut pas s'être posé la question, et réfléchit un peu avant de répondre : « Sur certains terrains. Mon père avait un caractère terrible, mais ma mère était d'une si noble fierté qu'elle ne connaissait pas la peur. C'est elle qui lisait de la poésie, et des livres français dans le texte – elle s'y promenait au galop et les terminait avant que mon père ait eu le temps de lire le pedigree d'un cheval. Malgré tout, elle a toujours espéré que quelque chose de merveilleux lui arriverait – elle y a cru jusqu'à sa mort. Elle s'était mariée en dessous de son rang, vous comprenez, conclut-il comme si cela expliquait tout.

— Ah. » Cette histoire la dépassait, et elle n'osait rien dire.

« Parlez-moi de vous, maintenant. » Ils s'étaient mis au pas sans s'en rendre compte, mais ils apercevaient désormais la barrière qui marquait la fin du bois.

« Voilà l'endroit où nous pourrons galoper, dit-elle, et elle le dépassa au trot pour aller ouvrir la barrière.

— Après notre galop, alors. Partez devant, ça fera plaisir à votre jument. »

Ils devaient faire le tour d'un grand champ de blé et franchir un échalier qui donnait sur un champ de trèfle – ce dernier devrait être en fleur à présent, pensa-t-elle ; ils s'élancèrent, et elle ne pensa plus à rien – elle sentait seulement le vent sur sa peau et le mouvement des épaules de sa jument sous elle, rapide et saccadé. Curran se maintint à sa hauteur jusqu'à ce qu'ils atteignent l'échalier, puis ralentit l'allure pour la laisser passer la première. Sa jument fit un saut ample et nonchalant, atterrissant maladroitement de l'autre côté. Il a raison, il me faudrait une martingale fixe, se dit-elle. Le parfum du trèfle mêlé à la délicieuse chaleur de sa monture ; le va-et-vient de ses cheveux courts – ils devenaient un peu trop longs – devant ses yeux ; le grand air et la joie infinie qu'il lui procurait ; et voilà qu'ils ralentissaient pour s'engager dans le sentier en pente qui rejoignait l'allée. Elle se tourna vers lui, les joues empourprées d'excitation.

« J'ai beau l'avoir fait des dizaines de fois, c'est toujours aussi merveilleux.

— Ah oui ? » Leurs regards se croisèrent un instant, un instant si chargé que tout ce qu'il dirait en diminuerait la force. Mais il savait d'instinct combien de temps devait durer un silence, et lorsque la confusion d'Antonia fut à son comble, il dit : « Vous étiez sur le point de me parler de vous. C'est le moment – profitez de cet ennuyeux sentier tellement décidé à nous faire payer notre galop. Agrémentez-le du récit de votre vie. Tout ce que je connais de vous, c'est votre ravissant visage – votre jolie voix – et le fait que vous montez bien mieux à cheval que vous ne jouez au tennis. »

Elle dit avec raideur : « Ma mère trouve que mon apparence laisse beaucoup à désirer. »

Il émit un sifflement, puis la regarda : « Vraiment ? dit-il lentement. Et la laisserez-vous avoir le dernier mot sur le sujet ?

— Il… n'y a pas eu d'autre mot.

— Le premier mot, alors… Ça change la donne. Si j'étais vous, je ne souscrirais pas corps et âme à son opinion. Elle-même est une femme très séduisante, semble-t-il.

— Je sais, dit-elle vivement. Bien sûr que je n'y souscris pas.

— Les femmes ont le chic pour traquer les petits défauts de leurs semblables. Ce sont les hommes qui vous diront de quoi vous avez l'air. Vous verrez. »

Elle réfléchit un moment à cette idée qui contredisait son expérience, puis demanda, hésitante : « Est-ce que… Est-ce que personne ne remarque jamais les deux à la fois ? Je veux dire : votre physique en même temps que votre personnalité ?

— Vous allez trop vite. C'est dans les contes de fées que la princesse est aussi bonne que belle.

— Bien sûr. Personne n'est jamais aussi bon que beau, je suppose. Plus on est l'un, moins on est l'autre.

— Je n'en jurerais pas. Tout est relatif, comme diraient ces maudits scientifiques, or les auteurs de contes aiment les extrêmes : la méchante et laide sorcière, la belle et bonne princesse. En réalité, plus on est admiré, plus on est beau, et plus on est aimé, plus on est aimable.

— C'est vrai ! » Elle venait seulement de le comprendre.

« Regardez-vous : plus notre promenade avance, plus vous êtes irrésistible, pour la simple raison que j'ai commencé de vous admirer à la minute où nous sommes partis… » Il dit cela avec une volonté si évidente de la troubler à nouveau qu'elle résolut de le battre à son propre jeu.

« Et ensuite, que se passe-t-il ? »

Mais il ne fut pas décontenancé le moins du monde : « Au bout d'un moment, vous finirez par admettre quelle intuition – quelle perspicacité j'ai eue, de vous voir sous ce jour si merveilleux.

— Et ensuite ?

— Ensuite, puisque vous auriez remarqué mon intuition, elle en serait multipliée par cinquante ; je vous verrais à travers un voile rose, qui ne vous assombrirait pas le moins du monde, il vous irait mieux que tout ce que vous pourriez inventer ; je serais un homme meilleur à vos yeux, et par conséquent à mes propres yeux aussi. Ainsi votre beauté et ma personnalité s'épanouiraient à chaque splendide foulée de notre imagination.

— Ensuite ?

— Ensuite nous tomberions éperdument amoureux, et vivrions heureux pour le restant de nos jours », conclut-il gaiement.

Ils étaient presque arrivés. Ils remontèrent l'allée de la maison dans un silence chargé de joies secrètes et dissemblables.

◆

Après le dîner, quelqu'un demanda à Curran s'il avait fait une bonne promenade, et il répondit : « Une promenade merveilleuse. Quand j'ouvrirai enfin mon école d'équitation, je demanderai à Toni d'en être la monitrice… Parfaitement, c'est décidé », ajouta-t-il en voyant ses traits s'illuminer de surprise et de fierté.

Le rêve avait commencé.

Après le dîner, ils dansèrent tous au son du gramophone, et bien sûr il dansa avec elle. Il avait le genre de visage qui va bien aux bruns – profond, sensuel, vif –, mais il était blond. Il dansait, appréciait la musique, tout en observant les autres couples de danseurs – il leur parlait quelquefois, et ils riaient presque toujours. Dès qu'il tournait le regard vers elle et voyait ses traits passer d'un ravissement captivé au petit sourire sérieux qu'elle lui réservait lorsqu'elle avait son attention, il sentait son cœur chavirer sous le coup d'une excitation familière. À un moment, sa mère les frôla et, voyant Antonia, s'écria : « Réveille-toi, Toni ! Cette enfant a l'air d'une somnambule… on la croirait en transe ! » Il la vit alors, prise de court, émerger péniblement de son enchantement et adopter une expression prudemment neutre – si différente de la précédente qu'il en fut touché.

Il dansa avec tout le monde, et deux fois avec la maîtresse de maison. Il voulait se faire réinviter, sans compter son désir instinctif de faire plaisir. La deuxième fois qu'il dansa avec Araminta, elle lui dit :

« Vous avez été un ange de sortir ma Toni de sa coquille. Elle fait si jeune pour son âge… Enfin, elle *est* très jeune, pourrait-on dire. »

À quoi il répondit tout naturellement : « Et vous êtes si jeune pour avoir une si grande fille, même jeune. »

Elle se nicha dans le creux de son bras (elle avait une demi-tête de moins qu'Antonia) et murmura : « Vous faites un danseur absolument *divin*. Il faut que vous reveniez nous voir.

— Avec grand plaisir. » Il sourit et plongea les yeux dans les siens, joliment dessinés, s'apercevant que lorsqu'ils n'étaient pas pleins de ruse, ils étaient vides d'expression.

Quand, un peu plus tard, il chercha Antonia du regard, elle avait disparu.

« Toni est partie se coucher, dit Enid. Comme tu dois être déçu ! »

Il connaissait Enid depuis des années et la prit simplement par la taille : « C'est toi que je cherchais, ma chérie ! »

Elle eut son petit rire enroué et incrédule : « Rien de tel que de se rouler dans le foin pour trouver l'aiguille, tu es bien placé pour le savoir !

— À propos d'aiguille, personne ne s'occupe de ce gramophone ? »

Ils allèrent à sa rescousse.

Antonia ne dormait pas. Elle l'avait regardé un moment danser avec les autres – tous dansaient mieux qu'elle, avait-elle pensé – et, comme elle n'avait envie de danser avec personne d'autre, elle avait dit bonsoir au couple le plus proche avant de disparaître discrètement.

Dans sa chambre, elle se déshabilla aussi vite que possible, éteignit sa lampe et tira ses rideaux. La lumière froide de la lune se glissa dans la chambre, dans un silence doux et enveloppant. Baignées de cette lumière argentée, des images s'agitaient dans son esprit – fantasques, désordonnées, lancinantes ; la fièvre du souvenir lui brûlait les joues tandis qu'elle demeurait allongée, immobile. Elle n'éprouvait aucune inquiétude pour l'avenir. Elle ne s'imaginait ni n'espérait rien de lui – elle songeait, simplement, qu'il n'avait pas à savoir.

IV

IL partit le lendemain matin avec le reste des invités, et elle demeura calme, curieusement soulagée qu'il ne soit plus là. Elle ne ressentait que le désir continu, et presque insoutenable, d'être seule. Mais le rangement du lundi après l'agitation du week-end rendait toute intimité impossible : sa mère débarrassait la maison des fleurs, disques, livres de chevet, boîtes de biscuits et de cigarettes, retirait tous les draps et en distribuait des propres. C'était le lundi que sa mère décidait de changer la disposition d'une pièce ou de déménager un meuble d'un bout à l'autre de la maison. Ces activités s'accompagnaient d'ordinaire d'une analyse rétrospective de la conduite d'Antonia durant le week-end, analyse dont celle-ci souffrait toujours plus ou moins, mais ce lundi-là, Antonia se trouva frappée d'indifférence à tout ce que disait sa mère, et au lieu de garder un silence dépité en cherchant quoi dire pour s'excuser ou se justifier, elle s'entendit lui répondre avec une aimable repartie. Oui, ses vêtements étaient épouvantables – elle allait faire quelque chose. C'était peine perdue d'espérer qu'elle s'améliore au tennis, elle n'aimait pas ce jeu et avait décidé d'y renoncer. Elle n'avait pas eu spécialement envie d'aller chez les Frampton, et se rendre à leurs soirées à contrecœur relevait presque de l'impolitesse, lui semblait-il. Lorsque sa mère, un peu décontenancée, l'entreprit sur son incapacité de parler de choses et d'autres à leurs invités, Antonia répliqua : « Papa en est tout aussi incapable. Hélas, contrairement à lui, je suis, à ce qu'il dit, d'une intelligence quelconque. Je ne vois pas pourquoi vous vous inquiétez pour moi. Je suis parfaitement heureuse. »

Le temps que s'écoule la semaine dans la torpeur estivale, son bonheur se trouva cependant gâté, teinté par la crainte de ne plus jamais le revoir – peut-être de toute sa vie.

Araminta passait souvent le mercredi ou le jeudi soir à Londres, et cette semaine-là, Antonia lui demanda si elle pouvait l'accompagner. Ça n'arrangeait pas Araminta. Pourquoi voulait-elle y aller ? Elle voulait acheter deux métrages de lin pour des robes d'été. « Oh, je vais m'en occuper. Tu veux du bleu, je présume.

— Non. Je vais faire des essais sur du papier pour obtenir exactement ce que je veux. »

Elle mélangea des couleurs tout un après-midi et lui apporta un vert sauge soutenu et un jaune jonquille.

« Ils vont être affreusement difficiles à porter. Le vert est toujours un pari risqué, et le jaune est quasi inenvisageable. Ce n'est pas ce que j'aurais choisi pour *toi* – mais je ferai de mon mieux. »

Antonia n'en doutait pas – sa mère se montrait extrêmement consciencieuse pour ce genre de détails.

Araminta revint (en compagnie de George Warrender) le vendredi matin avec un vert parfait, un jaune légèrement plus pâle que le ton voulu, et une robe terre de Sienne foncée, en lin également, au corsage simple et à la jupe plissée. « Deux ne t'auraient pas suffi. Évidemment, il faudra l'ajuster, mais Miss Hilder s'en chargera. » Il n'y eut rien à ajuster.

« Oh, merci ! Elle est parfaite. J'avais oublié cette couleur.

— C'est merveilleux, ma chérie. Elle te va à merveille. N'est-ce pas, George, que ça lui va à merveille ?

— À merveille », dit George, avec un rire admiratif.

Antonia trouva soudain sa mère beaucoup plus gentille qu'elle ne l'avait cru, et l'embrassa. Araminta parut contente, et, pour cacher sa confusion et sa surprise, leva un bras alourdi par un bracelet cliquetant de breloques porte-bonheur avant de dire : « Regarde ce que cet amour de George m'a offert. Un joli petit violon de platine. Ravissant, n'est-ce pas ? »

Et Antonia, admirant le violon, songea à quel point sa mère gagnait en beauté lorsqu'elle était gentille.

Les invités du week-end arrivèrent – George Warrender mis à part, aucun n'était venu le week-end précédent : ce fut un autre homme qui s'assit en face d'elle à table. Elle vit (comme elle avait dû le voir tant de fois déjà, mais sans vraiment le remarquer) quelques invités tenter d'entrer en conversation avec son père, et elle se rappela qu'une semaine auparavant, exactement (non, c'était samedi au déjeuner), Curran l'avait amenée à se lancer dans un discours fluide et enthousiaste. Elle demeura assise à attendre que la soirée se termine, afin de pouvoir se réfugier dans la solitude qu'elle comprenait, celle où elle n'était entourée de personne…

Or, quand elle fut seule, son bonheur, l'extraordinaire paix intérieure qui avaient suivi le départ de Curran semblèrent s'être réduits à une pointe d'anxiété, aiguë et douloureuse, à laquelle toutes ses pensées, même les plus décousues, étaient enchaînées. Elle ne parvenait pas à mettre deux idées bout à bout ; elle se sentait frustrée, sans savoir de quoi ; tristement isolée du reste de la maison, sans pour autant désirer la compagnie de personne ; elle voulait voir la fin de cette longue et insipide journée, mais n'avait aucune hâte d'être au lendemain ; elle ne pouvait supporter de se remémorer une fois de plus chaque minute de leur balade après l'orage, pourtant en oublier le moindre détail la terrifiait. Elle était épuisée, vidée, et dormir n'aurait fait que la fatiguer davantage, achevant de lui ôter son énergie. Brûlante et frissonnante de tous ces désirs et de leurs contraires, elle demeura allongée jusqu'à ce que, juste avant de sombrer enfin, elle se demande comment les milliers de gens qui étaient sûrement passés par là avant elle avaient pu le supporter.

Le samedi, elle décida qu'il fallait accepter la probabilité de ne jamais le revoir, et grâce à cette force nouvelle, la journée s'écoula de façon particulièrement normale.

Le dimanche après-midi, sans crier gare, il arriva. Les invités jouaient au tennis et Antonia préparait des fraises pour que la cuisinière fasse de la confiture. Elle avait rassemblé le panier, un grand fait-tout et une bassine pour les queues, et s'était installée sur la pelouse devant la maison. Une odeur chaude et délicieuse se dégageait des fraises méticuleusement empilées jusqu'en haut du panier. Les échos lointains de la partie de tennis étaient apaisants, plaisants même, décida-t-elle, et elle sentit le bonheur familier et solitaire se remettre peu à peu à couler dans ses veines – le plaisir que lui procurait la chaleur du soleil sur ses cheveux, celui d'extraire de chaque fraise sa queue et le cône blanc qui y était attaché, ses doigts se teintant d'un rose translucide et prenant un goût sucré, mais plus fin que celui du sucre. Elle était presque capable de jouer avec les sentiments mystérieux, étrangement décevants, qui avaient pris possession d'elle – une marée qui s'était à présent retirée si loin qu'Antonia se souvenait à peine du moment où elle avait recouvert le désert dont elle s'était contentée jusqu'alors. « Vous voudriez être le seul galet de la plage », lui avait souvent dit une de ses préceptrices. Elle songeait qu'il ne s'agissait pas d'une question de volonté ou de choix, mais simplement d'un fait à accepter.

À ce moment, elle entendit une auto dans l'allée, et la marée courut soudain vers elle. Des joueurs de tennis supplémentaires, bien sûr.

Elle entendit la barrière s'ouvrir et se refermer, et elle le vit. Son cœur fit un immense bond dans sa poitrine, avant de revenir à sa place dans une tout autre position. Il l'avait aperçue, et traversa rapidement la pelouse – sans rien dire, mais affichant un sourire complice et bienveillant.

« Je viens à l'improviste. On ne m'a pas invité. Vous croyez que ça risque de causer du désordre ? dit-il comme s'il était parti la veille.

— Non… Je suis sûre que non. »

Elle avait l'impression qu'il était parti depuis un an.

« C'est beau de vous voir au milieu de toutes ces fraises. Je suis si content de vous retrouver, vous n'avez pas idée. Puis-je en manger une ?

— Bien sûr !

— Choisissez-la pour moi. Vous voulez bien ? ajouta-t-il en voyant la main d'Antonia hésiter au-dessus du tas de fruits.

— J'en choisis une bonne. Ce ne sont que des fraises à confiture, vous savez. Certaines sont un peu écrasées. »

Elle lui en tendit une et fut obligée, pour la première fois, de le regarder en face.

« Parfaite, dit-il, et il la mangea en observant Antonia. On dirait que vous avez chaud, et que vous êtes un peu triste », fit-il remarquer, sans la quitter des yeux.

Elle recommença à équeuter ses fraises. Avoir trop chaud n'avait rien de séduisant, sans parler d'avoir l'air triste. Mais il insista :

« Vous avez eu des chagrins secrets, ma pauvre Toni ?

— Si c'était le cas, ils seraient secrets, comme vous dites.

— Ah, mais il faut bien confier ses secrets à *quelqu'un*. C'est à cela que servent les amis.

— À ce qu'on trahisse des secrets en les leur confiant ?

— À se trahir soi-même. Quand les gens disent : "Je t'aime, je voudrais te voir davantage", ils ne parlent pas nécessairement de temps ; ils veulent presque toujours dire, je voudrais que tu te *montres* davantage.

— Alors, le temps ne compte pas plus que ça ? Je veux dire : depuis combien de temps on connaît quelqu'un, ou combien de temps on a passé avec cette personne ? »

Il lui adressa un doux sourire : « Pour vous et moi, il ne compte pas du tout. »

Elle sentit le sang lui monter au visage et comprit soudain sa remarque quelques instants plus tôt, sur le fait qu'elle avait l'air d'avoir chaud. « Quoi qu'il en soit, je n'ai pas de chagrins secrets. »

C'est alors qu'apparut sa mère : elle les vit, et vint droit vers eux – les appela en criant, puis parla tandis qu'elle se rapprochait, faisant rebondir sa raquette contre ses genoux lisses de petite fille :

« … comme c'est formidable de vous voir ! D'où sortez-vous comme ça ? George aura sûrement un pantalon de flanelle à vous prêter… Toni, ce que tu es sotte, pourquoi tu ne m'as pas appelée ? »

Elle les avait rejoints. Curran s'était levé et commençait à expliquer qu'il passait le week-end chez les Leggatt, et qu'ayant découvert qu'ils étaient voisins, il leur avait demandé de le déposer là pour l'après-midi – il n'avait pas pu résister à l'envie de les voir – il espérait ne pas déranger, surtout ?

« C'est merveilleux ! Algie s'est foulé la cheville et nous cherchons désespérément un partenaire. George vous reconduira. C'est à Robertsbridge, n'est-ce pas ? Les Edmund Leggatt ? Je l'ai rencontrée, elle, à une soirée quelconque ; mais je n'en ai *aucun* souvenir si ce n'est qu'elle avait un mari follement séduisant qu'elle avait la mesquinerie de garder enfermé chez eux sous prétexte de paludisme. Est-il si séduisant que ça ? Ah, vous ne pouvez pas le savoir – les hommes sont lamentables pour juger de ce genre de choses. Entrez, on va vous trouver une tenue de tennis. Toni, tu ne veux pas jouer, si ? Elle a laissé tomber le tennis – est-ce qu'elle n'est pas un peu jeune pour ça ? »

Il fut entraîné dans la maison, et elle se retrouva seule avec ses fraises, et la marée – une grande marée – qui venait submerger sa paisible plage.

◆

Il resta dîner, et se montra charmant avec son père. Après le dîner, Araminta insista pour que tout le monde danse, alors bien sûr tout le monde dansa, et il dansa avec Araminta. (George Warrender déclara qu'il préférait s'occuper du gramophone.)

Lorsque, bien plus tard dans la soirée, il vint la trouver pour l'inviter à danser sur le même disque que la dernière fois, elle fut envahie de bonheur ; bien que, sans être seule avec lui et lui parlant à peine, elle avait été heureuse toute la soirée.

Au bout d'un moment, il déclara : « Je vais vous dire quelque chose. »

Elle leva les yeux.

« Vous n'avez plus l'air triste. »

Elle répondit joyeusement : « Non, je ne le suis pas du tout. »

Mais après ce disque-là, Araminta déclara que George devait le raccompagner.

« Je vais venir avec vous, George chéri – tu te sentiras moins seul pendant le trajet de retour. »

George rit, comme toujours, mais il avait l'air bien plus gai qu'au moment où il changeait les disques.

Lorsque Curran vint lui dire au revoir, il lui prit la main et dit : « C'est vous que je suis venu voir. Vos yeux sont comme des étoiles qui illuminent le ciel la nuit. C'est vous que je suis venu voir. »

Puis tous deux furent emportés par le flot des adieux collectifs et la soirée qui se terminait.

Le point de non-retour avait été atteint : l'instant où une silhouette approchant au loin devient reconnaissable, identifiable – cet instant où elle vous a vu, et a été vue ; où on ne peut plus faire demi-tour, où les deux êtres n'ont d'autre choix que de se rencontrer, pour le meilleur ou pour le pire, ou encore pour constater une indifférence mutuelle. Il était venu la voir, *elle*, et au moment de se dire au revoir dans cette pièce pleine de monde, ils s'étaient rencontrés.

Elle se réveilla au milieu de la nuit, et toute sa vie sembla contenue dans ce réveil, tout le sens de son existence dans le fait d'être, profondément et irrévocablement, tombée amoureuse.

V

Deux semaines plus tard, il fut invité à séjourner chez eux pour dix jours. Il arriva un vendredi, avec tous les autres : elle les entendit arriver et, pendant presque une heure, ne put se résoudre à descendre ; sa joie de le savoir dans la maison était si grande qu'elle craignait de ne pas être maîtresse d'elle-même lors de leur rencontre. Que quelqu'un – sa mère, en particulier – pût deviner ou se douter de quoi que ce soit la remplissait de terreur, et elle se demandait s'il comprendrait son besoin de garder à tout prix le secret. Elle n'en savait rien.

Il se conduisit, lorsqu'elle pénétra dans la salle à manger, avec une parfaite désinvolture ; au début, il ne parut même pas faire attention à elle, de sorte que son inquiétude, par un mouvement de pendule, se déplaça vers l'indifférence qu'il lui témoignait, mais plus tard, alors qu'elle buvait du sherry en écoutant les autres discuter des mérites comparés du tennis sur gazon ou sur terre battue, il fut soudain près d'elle et murmurait :

« Il m'est venu la drôle d'idée que je devrais peut-être, justement, me fouler la cheville demain, histoire de ne rien pouvoir faire d'autre que monter à cheval. »

C'est ainsi qu'ils trouvèrent le moyen de faire leur deuxième balade.

Ils partirent pour la journée, en emportant des sandwichs. Araminta, que le malheureux accident survenu à la cheville de Curran avait d'abord exaspérée, sembla se désintéresser complètement de son sort, et lorsque Antonia émit l'idée de l'emmener voir le fameux Battle Great Wood, sa mère acquiesça aussitôt, comme elle faisait quand elle n'écoutait pas.

À peine avaient-ils parcouru quelques centaines de mètres dans l'allée que Curran bondit de son cheval et défit le long bandage de crêpe qu'il avait enroulé autour de sa cheville.

« Rappelez-moi de le remettre, dit-il en le fourrant dans la poche de sa vieille veste de cheval.

— Vous n'avez vraiment rien ? »

Elle avait encore du mal à le croire tant il s'était montré convaincant : si courageux, si désolé, et si visiblement estropié. Mais il émit ce petit rire étrange et malicieux qu'elle ne parvenait pas à se rappeler distinctement en son absence, et déclara :

« De la comédie – du début à la fin. Ne me dites pas que vous avez mordu à l'hameçon ? J'ai dû me surpasser…

— Il faut croire que je suis un peu crédule. Ou en tout cas que j'avais de la peine pour vous.

— Vous êtes trop bonne. Et maintenant… Parlez-moi de ce bois où vous m'emmenez.

— On l'appelle Battle Great Wood. Il n'est plus aussi grand qu'autrefois – mais il arrive encore que des gens s'y perdent.

— Vous vous y êtes déjà perdue ?

— Oh non ! Il faudrait être à pied, et pas très futé… Je m'y promène quelquefois à cheval, c'est tout.

— Ce serait une bonne idée, à votre avis, de fonder un club d'équitation dans la région ? »

Au lieu de répondre, elle demanda vivement :

« Allez-vous vraiment le faire ?

— M'aideriez-vous vraiment, si je le faisais ?

— Oh, j'adorerais ! Mais je pensais que vous vouliez l'ouvrir à Londres.

— Ce serait le plus logique. Il y a un peu plus d'argent à gagner par là-bas, je le crains.

— Je n'aime pas Londres, dit-elle en se remémorant soudain son antipathie pour cette ville.

— Ça ne sera pas à Londres, dans ce cas. Dans quel pays ?... Choisissez.

— J'aime les bois... commença-t-elle avant de demander : Vous me parliez de pays ou de région ?

— De région, répondit-il en l'observant. Quel âge avez-vous, Toni ? Dix-sept ans ?

— Dix-neuf », fit-elle, choquée qu'il soit si loin du compte. Elle attendit un instant, puis, d'un ton laborieusement désinvolte, elle demanda : « D'après vous, j'ai l'air de n'avoir que dix-sept ans ?

— Eh bien, oui, c'est ce que j'ai cru. Je vous ai offensée ?

— Bien sûr que non, dit-elle d'un ton si profondément offensé qu'il éclata de rire.

— Oh, Toni, ne soyez pas fâchée, je vous en prie. La plupart des femmes préfèrent qu'on les croie plus jeunes, vous savez.

— Bien sûr que je le sais. » Elle l'avait dépassé et avançait au trot sur le bas-côté. « On ne peut pas se contenter de dire aux gens ce qu'on se figure qu'ils aimeraient entendre.

— Seulement, quand on aime quelqu'un on voudrait qu'il aime entendre ce qu'on lui dit.

— C'est de la flatterie », dit-elle sans le regarder. Son mépris était si franc que Curran en était à la fois agacé et fasciné, et il la rattrapa pour découvrir, à sa consternation, que ses yeux étaient remplis de larmes.

« Toni ? » Comme elle ne répondait pas, il ajouta doucement : « Qu'est-ce que je vous ai fait ? »

Il y eut un court silence.

« Gardez-vous de me dire des choses que vous ne pensez pas. Je ne le supporterai pas, fit-elle avec raideur.

— Mais je n'ai jamais rien fait de tel ! s'écria-t-il en se demandant ce qu'il avait bien pu dire.

— Vous *promettez* que ce n'est pas ce que vous avez fait ? »

(Seigneur, ce qu'elle est *jeune* !)

« Toni, pourquoi voulez-vous que j'essaye de vous flatter ?

J'ai toujours pensé chaque mot que je vous adressais. Voulez-vous me faire l'honneur de croire ça ?

— Bien sûr, si vous me le demandez. »

Sur quoi elle lui sourit, et cette acceptation si subite l'étonna autant que l'avaient fait ses larmes un peu plus tôt. (Seigneur, songea-t-il une fois de plus, ce qu'elle est jeune !)

« Nous tournons bientôt à droite, et puis nous y sommes presque.

— Le beau temps nous accompagne pour toutes nos expéditions », dit-il en la suivant.

Elle regarda autour d'elle : « Oui, mais il ne se fait pas remarquer, comme il le faisait l'autre soir après l'orage. » Ils quittèrent la route, tournèrent à droite dans un étroit sentier creux, dont les talus très hauts étaient couverts de fraises des bois et de violettes. Le bois était mystérieusement apparu sur leur droite.

« Ce qui est frappant dans ce bois, dit-elle, c'est qu'une fois qu'on y est entré, le temps qui passe ou le temps qu'il fait n'existent plus. » Elle se tourna vers lui pour voir s'il comprenait, mais il semblait déconcerté, alors elle continua. « Je veux dire, qu'il fasse beau ou mauvais, ou quelle que soit l'heure où l'on s'y trouve, le bois semble toujours le même. Il n'y a plus ni crépuscule, ni nuit, ni pluie, ni ténèbres – comme un monde en soi, indépendant du reste, et immuable. » Elle s'interrompit avant d'ajouter d'un air pensif : « Évidemment, chaque fois que l'on y va, c'est quand même différent…

— C'est ainsi que vous réfléchissez, toute seule ?

— Parfois, et seulement à certaines choses. C'est curieux : cela paraît très clair au moment où je le pense, et parfaitement stupide quand j'essaye de le dire.

— Toujours ? demanda-t-il, et comme il l'avait prévu, elle répondit aussitôt :

— C'est la première fois que j'essaye. »

(Le ciel, au-dessus de la lourde tapisserie verte que formait le bois, était d'un bleu tendre et limpide.)

« Moi, j'aime bien la flatterie », dit-il inopinément.

Elle se tourna vers lui.

« Je suis flatté d'être le premier à qui vous essayez de parler.

— Mais ça, c'est la pure vérité !

— Oui, mais vous auriez pu ne pas prendre la peine de me le dire.

— Vous m'avez posé la question, alors je vous ai répondu. »

Il poussa un grognement de désespoir : « Toni, vous m'effrayez ! Ne vous accordez-vous jamais le réconfort d'un petit mensonge, avec les autres ou avec vous-même ? »

Elle réfléchit à cela, et il nota qu'elle rougissait légèrement.

« Je ne sais pas. Je ne suis pas sûre de voir où vous voulez en venir. J'ai l'impression d'être complètement ignorante. Avez-vous remarqué comme les gens qui le sont ont presque toujours l'air de donner des leçons ? Ce n'était pas mon intention. »

Il pensa : Il y a une différence entre ignorance et innocence. Tout haut, il déclara : « Je sais que vous n'êtes pas donneuse de leçons. Si je promets de ne jamais vous flatter, et si vous promettez de toujours me flatter, nous serons heureux pour la vie. »

Elle se tourna vers lui en riant – ses yeux étaient vraiment comme des étoiles, se dit-il, elle va me briser le cœur, avec des yeux pareils.

Elle annonça : « Nous y sommes. Nous entrons dans le bois. »

L'orée du bois n'avait rien de particulier, mais au bout de quelques instants, ils auraient pu se croire en son centre. Une multitude de chemins et de pistes le sillonnaient en tous sens ; il était parsemé de clairières, là où des arbres étaient morts ou avaient été abattus pour faire des clôtures – partout, les contrastes étaient flagrants : la chaleur, lorsque des bandes de ciel apparaissaient au-dessus de sentiers brûlés par le soleil ; la fraîcheur, dans toute cette gamme d'ombres et de verts ; le vaste silence accompagné de la symphonie miniature des insectes ; l'absence de couleur, les troncs des grands chênes et des châtaigniers étant simplement clairs ou foncés, telles des ombres, le sol d'une dense texture de poussière, les rares feuilles mortes et desséchées n'étant plus que le squelette de leur splendeur de bronze, et les brindilles tombées à terre, des fantômes d'argent, comme si elles avaient jadis baigné dans le clair de lune ; et, en même temps, le violine des salicaires et des digitales, le jaune vif du muflier ou pâle des chélidoines, et le vert des mousses, des arums tachetés, des anémones des bois, des fougères et des feuilles de chêne – riche, brillant, délicat, luxuriant et simple.

« Où allons-nous déjeuner ?

— Pourquoi ? Vous avez faim ? Voulez-vous faire une pause maintenant ?

— Non… Je me demandais juste si vous aviez un itinéraire en tête, ou quelque intention secrète.

— J'avais pensé vous conduire au seul ruisseau que j'aie découvert. Ce n'est pas très loin et les chevaux pourront y boire. Avez-vous peur de vous perdre ?

— Je sais que vous ne vous perdrez pas. La seule chose dont j'ai peur, c'est de vous perdre, vous.

— Je ne vous lâcherai pas », répondit-elle.

Toujours est-il qu'une demi-heure plus tard, il sut que sans elle il se serait immanquablement perdu. Ils avaient changé tant de fois de piste que, avec le soleil à son zénith, il n'avait plus aucun sens de l'orientation.

« On y est presque. Au printemps, on entend le ruisseau avant de l'apercevoir. Mais en ce moment il est trop calme pour faire le moindre bruit. »

Ils débouchèrent dans une clairière au coin de laquelle poussait un grand chêne, et qui à l'autre bout descendait vers le ruisseau. Elle sauta à bas de son cheval et regarda autour d'elle avec un air de propriétaire, ce qu'il trouva touchant.

« L'endroit idéal pour un pique-nique, non ?

— Parfait », acquiesça-t-il.

Trop occupé à la regarder, il avait oublié de mettre pied à terre.

« C'est ce que vous avez dit de la fraise. »

Elle n'est peut-être pas si spontanée que cela, après tout,

se dit-il en menant son cheval vers le piquet où elle était en train d'attacher le sien. Elle a un instinct infaillible pour faire ressurgir ce genre de souvenirs au bon moment. Les femmes sont toujours plus averties qu'elles ne le laissent croire...

Elle grimpa sur la berge du ruisseau : « Il y a un creux où j'ai pensé qu'on pourrait mettre le cidre. Histoire de rafraîchir la bouteille. »

Il la suivit. Elle avait sauté sur une petite île triangulaire, si exiguë qu'il y avait tout juste la place pour elle et un courageux petit chêne qui poussait à l'une de ses extrémités. L'îlot était bordé d'un côté par un large lit de cailloux recouvert d'une pellicule d'eau, de l'autre par un étroit canal où des herbes vert foncé, comme de longs cheveux, se laissaient laver par le courant.

« J'ai creusé un peu le trou, un jour, dit-elle en coinçant la bouteille sous une racine.

— Voulez-vous que je vous aide à remonter ? » demanda-t-il.

Mais elle repoussa de ses doigts mouillés les cheveux qui lui tombaient sur le visage et dit avec insouciance :

« Oh non, je vais me débrouiller. »

Ils voulurent faire boire les chevaux, qui reniflèrent l'eau du ruisseau avec une indifférence hautaine et capricieuse.

« Têtus comme des mules », dit-elle.

Ils allèrent les rattacher.

Ils s'assirent sous le grand chêne pour déjeuner. Elle vida le sac de toile pendant qu'il allait chercher le cidre.

« N'abîmez pas mon petit chêne ! cria-t-elle.

— Pourquoi ? C'est vous qui l'avez planté ?

— Non, il s'est installé tout seul. Mais je l'aime bien, ici. »

Dès qu'ils cessèrent de bouger et que toutes leurs provisions furent déballées, les insectes formèrent autour d'eux des nuées solennelles.

« Si on fumait, cela les éloignerait peut-être.

— Allez-y, vous. Moi, je ne fume pas. Enfin, je n'ai jamais essayé.

— Vous en voulez une maintenant ? Ce sont des fortes, je vous préviens. »

Elle regarda le paquet d'un air méfiant.

« Des fortes ? Est-ce qu'elles sont bonnes ? Je n'ai jamais fumé, c'est la vérité.

— On fume toujours sa première cigarette dans un bois. C'est la tradition. »

Elle en prit une et il l'alluma pour elle.

« Tirez dessus et recrachez la fumée. »

Elle répondit sèchement : « Je sais comment on s'y prend. »

Il la regarda fumer par à-coups avec une expression de calme étudié.

« Ça va ? »

Elle hocha la tête, et de la fumée lui arriva dans les yeux. Il servit le cidre et dit :

« Personne ne fume jamais sa première cigarette jusqu'au bout, vous savez.

— Vraiment ?

— Oui. Ça aussi, c'est la tradition.

— C'était agréable », dit-elle en l'écrasant très soigneusement.

Ils déjeunèrent – en parlant peu –, se satisfaisant de la chaleur et du loisir d'être seuls, sans personne pour les déranger. Pour elle, c'était le bonheur parfait d'une journée d'été à ne rien faire, en tête à tête avec lui ; pour lui, c'était la délicieuse certitude, de plus en plus solide, qu'avec tout ce temps devant eux il allait pouvoir (bon an mal an) faire l'amour avec elle. Il découvrait le contraste entre son aisance – la confiance bon enfant qu'elle avait en lui – et ses brusques accès de désarroi, cette extrême timidité ; et cela était pour lui aussi fascinant qu'inexplicable.

Ils avaient bu tout le cidre, ce qui, dit-elle, lui donnait presque envie de dormir ; elle était étendue sur le dos, appuyée à la berge doucement inclinée, les mains croisées derrière la tête et les yeux clos. Elle avait refusé une deuxième cigarette, mais en entendant craquer l'allumette avec laquelle il allumait la sienne, elle ouvrit les yeux quelques secondes et dit : « Réveillez-moi si je m'endors vraiment. »

Il fit oui de la tête et s'installa contre le chêne comme s'il sommeillait, la cigarette aux lèvres, au cas où elle devinerait qu'il voulait la regarder.

La chaleur et le silence que seuls troublaient les insectes voluptueusement agglutinés aiguisaient ses sens au point qu'il ne désirait plus qu'une chose, la regarder, jusqu'au moment où se contenter de la regarder deviendrait insoutenable. Sa posture, son immobilité étaient attirantes en elles-mêmes – allongée là sans bouger, pensa-t-il, son charme confinait presque à la beauté – et il avait enfin le temps de détailler chaque facette de ce charme. Sa tête, penchant légèrement d'un côté, révélait la longue ligne du cou, sa peau si blanche d'abord puis, au creux de sa gorge, parsemée de petites taches dorées déposées là par le soleil. Sous le chemisier blanc, ses épaules semblaient osseuses, presque enfantines – et non arrondies par une douce et mystérieuse épaisseur de chair –, si bien que la forme de ses bras n'était ni droite, ni courbe, mais d'une troisième sorte de contour, insaisissable. Il imagina ses seins – petits et blancs, ils deviendraient d'un autre genre de blancheur, rehaussé par leurs parures délicates. Ensuite, les lignes fuyantes disparaissaient au niveau de sa taille où son chemisier était soigneusement rentré. Tout en elle était longiligne, et de différentes textures de blanc : pas d'autre couleur que celle de ses cheveux et celle de ses yeux extraordinaires – un teint d'Irlandaise, même si elle lui avait dit avoir du sang gallois, et absolument rien d'irlandais. Il se souvint de ses jolies mains, cachées à présent sous sa tête. Une mèche plus sombre lui barrait le front, et il imagina la moiteur de ses doigts, la sueur d'un jour chaud. Elle s'était endormie, il en était presque sûr ; l'étrange tableau qu'offrait son vulnérable repos lui ressemblait : la respiration douce et régulière, les cils clos avec la grâce éphémère d'un papillon… Il la revit endormie sur l'herbe du talus près du court de tennis : comme il avait observé, alors, sa ravissante façon de dormir, comme il avait été frappé par la couleur soudaine et éclatante de ses yeux lorsqu'il l'avait réveillée…

« C'est la deuxième fois que je vous réveille… »

Elle ouvrit lentement les yeux : elle avait dormi profondément.

« Sans pissenlit, cette fois. »

Elle le regardait fixement – pas tout à fait réveillée –, un sourire naissant aux lèvres ; il perçut une seconde d'affolement dans ses yeux au moment où il se penchait vers elle – puis sentit son sourire se dissiper sous ses lèvres alors qu'il l'embrassait. Il arrêta, le temps de libérer ses mains encore croisées derrière sa tête, et elle entoura son cou de ses bras. Il éloigna un peu son visage du sien pour lui demander : « Est-ce qu'on t'a déjà embrassée ? »

Quand elle secoua la tête, son désir pour elle fut submergé par une tendresse passionnée. Il dégagea la mèche de son front avec l'extrême délicatesse de la possession. « C'est la dernière fois que tu dis cela. »

Ils se regardèrent un moment en silence, elle remplie d'étonnement, lui de joie. Puis il dit : « Tu es tellement adorable ! Je n'ai jamais connu quelqu'un comme toi ! Ta vie commence à peine, et c'est moi qui ai l'incroyable chance d'être là ! Toni, Toni chérie, mon ange, dis-moi que tu m'aimes un peu !

— Toi, tu m'aimes ?

— Je suis fou de toi ! Je t'adore – jamais je n'avais éprouvé cela ! »

Il la souleva dans ses bras – elle lui caressa le visage du bout des doigts en disant « Oui, je t'aime », juste avant qu'il se remette à l'embrasser – la caresser, l'éveiller, l'inonder de sensualité. Elle l'aimait et le surprit par son ardeur, et il en vint à la désirer si fort qu'il en oubliait l'objet de son désir. Il la coucha haletante et tremblante sur le sol et se mit à triturer les boutons de son chemisier. Elle porta d'instinct les mains à sa poitrine, et il dit :

« Vas-y, défais-les toi-même : tu iras bien plus vite que moi. »

Elle se redressa.

« Ne me regarde pas. Ne perds pas une seconde. Enlève tous tes vêtements. »

Elle était encore tout étourdie, mais quelque part au loin commencèrent à résonner les coups sourds de la panique.

« Mes vêtements ?

— Je veux te faire l'amour – je te veux. Oh, Toni, ne fais pas comme si tu ne savais pas ce que je voulais, pas maintenant – pas après ça. »

Elle jeta autour d'elle un coup d'œil affolé, sur son bois inondé de soleil : elle ne comprenait pas ce qui avait pu si affreusement mal tourner.

« Je ne… *peux* pas ! » Les coups sourds provenaient de son cœur. « Je ne… *peux* pas ! Je ne peux pas. »

Ses mains, lourdement appuyées sur ses épaules, la repoussèrent avec force : « C'est à ça que tu joues, à m'embrasser comme tu viens de le faire, pour t'arrêter quand ça te chante, telle une petite garce ? J'ai moins envie de croire qu'on ne t'a jamais embrassée. » Sa frustration était si cuisante qu'il ne savait plus ce qu'il disait. « Tu me rends fou de désir, et là, à moitié déshabillée, tu dis que tu ne peux pas ! » Il y eut un silence rageur, jusqu'à ce que, devant l'injustice manifeste de sa dernière remarque, il se ressaisisse et que, pour la première fois depuis qu'il l'avait couchée à terre, il la regarde – reboutonnant son chemisier, les yeux rivés sur lui, sans voix ; elle semblait si meurtrie, si complètement perdue, qu'il éprouva soudain un remords gênant, exaspérant.

« C'est ma faute. Pardon. Je me suis laissé emporter. » C'était insupportable, se disait-il avec amertume, qu'elle ne dise rien ; elle était pâle comme une morte ; si seulement elle pouvait dire quelque chose ! Il essaya de lui sourire : « Ce n'est pas grave – tu n'avais pas compris, je sais. » Puis, malgré lui, il ajouta : « Je croyais que tu m'aimais », et la vit tressaillir à ces mots avant de lui répondre tout bas :

« C'est vrai que je t'aime. Je n'ai jamais aimé personne d'autre, et je t'aime de tout mon cœur. Je… Je ne t'aurais pas… embrassé, autrement. Je suis désolée. Je ne savais pas que c'était mal de le faire.

— Pauvre petite Toni – il ne faut pas dire ça, alors que c'est moi qui ai tout gâché. Pardonne-moi, ma chérie, de t'avoir fait tant de peine – pardonne-moi, veux-tu ? »

Elle acquiesça ; mais lorsqu'il lui prit la main, elle la refusa dans un petit cri de souffrance et se détourna complètement de lui, visage contre terre.

Sur ce, il n'hésita plus : en lui disant qu'elle l'aimait, elle lui avait rendu toute son assurance et sa gentillesse – il la souleva, la prit dans ses bras, lui caressa les cheveux et la consola comme une enfant. Elle est à peine plus qu'une enfant, d'ailleurs, se dit-il. Jamais, de toute ma vie, je n'avais fait un gâchis pareil.

Quand elle fut à peu près calmée, il fouilla ses poches à la recherche d'un mouchoir, et en ressortit le bandage de crêpe.

« Ça fera l'affaire ? »

Elle hocha la tête et les dernières larmes jaillirent de ses yeux. Il les sécha soigneusement et l'embrassa sur la joue. Comme il la sentait se raidir, il dit : « Ce n'est rien de plus qu'un baiser magique, comme font les enfants. Ne t'en fais pas. »

Elle sourit, et il eut l'impression d'avoir regagné du terrain. Nous y sommes presque, pensa-t-il, si je fais attention. Tout haut, il déclara :

« Le moment me semble bien choisi pour m'autoriser une cigarette. »

Elle se dégagea aussitôt de ses bras.

« Tu veux réessayer ? »

Elle se tourna vers lui et, pour une raison quelconque – il n'aurait su dire laquelle –, elle devint écarlate.

« Oh, non ! Merci. »

Elle entreprit d'emballer les restes du déjeuner avec un soin méticuleux.

« Si seulement nous n'avions pas bu tout le cidre, commença-t-il, mais elle l'interrompit :

— Geoffrey !

— Toni ?

— Je dois te demander quelque chose. »

Elle était assise sur ses talons, fuyant son regard.

« Demande-moi tout ce que tu veux.

— C'est que – ce n'est pas si facile », s'écria-t-elle, puis elle se tut.

Avec une curiosité pleine d'appréhension, il insista jusqu'à ce qu'elle dise enfin :

« Tu trouveras peut-être cela idiot – mais je te serais tellement reconnaissante si tu ne disais rien de moi à ma mère. Je ne pourrais pas supporter qu'elle le sache. Je ne… *pourrais* pas », répéta-t-elle.

Il était stupéfait, s'étant attendu à tout sauf à une telle demande. L'idée qu'il serait capable de raconter à sa mère, ou à n'importe quelle mère d'ailleurs, qu'il avait tenté, sans y parvenir, de séduire sa fille, était si inimaginable qu'il la sonda du regard, mais elle avait toujours la même expression agitée et inquiète. Enfin, il dit doucement :

« Bien sûr, pour rien au monde je n'en parlerais à ta mère. Ça restera entre nous deux, et personne d'autre. D'accord ?

— D'accord », fit-elle avec une gratitude si profonde qu'il ne put douter plus longtemps de sa sincérité. Après un silence, elle reprit : « Il se peut qu'elle se doute de quelque chose, tu sais – mais si elle m'interrogeait, je lui *mentirais* ! » Elle avait l'air si intimement déterminée qu'il se surprit à hocher la tête gravement au moment où elle conclut, presque pour elle-même : « Ce serait la première fois.

— Très bien, mais puisque je te le promets, me promets-tu de faire d'autres balades à cheval avec moi ? »

Elle leva les yeux vers lui, et il constata qu'ils avaient retrouvé leur éclat.

« C'est ce que tu veux ?

— Bien sûr que je le veux ! On élaborera des stratégies pour berner ta mère, hein ? »

Elle eut un sourire charmant qui trahissait sa joie ; et ils allèrent détacher leurs patientes montures, assaillies par les mouches.

Peut-être que tout s'arrangera, en fin de compte, songea-t-il, malgré ce début aussi lamentable.

Elle avançait sur son cheval, à peine consciente qu'elle était épuisée. Il sait que je l'aime, et il comprend qu'il ne faut rien dire à ma mère, pensait-elle encore et encore. Il sait, et il comprend.

Leur retour à travers bois jusqu'à la maison fut, en conséquence, facile et paisible.

◆

De retour parmi les autres, elle fut stupéfaite de constater qu'elle n'avait aucun mal à faire comme si rien ne s'était passé.

Lui, cependant, se sentait encore coupable, trouva le calme étudié d'Antonia extrêmement peu convaincant, et se demanda si elle parviendrait à faire illusion, au moins auprès de sa mère. Il fut aux petits soins pour Araminta pendant le reste de la journée, observant avec une pointe de plaisir cynique l'impuissance avec laquelle George Warrender se décomposait.

Antonia croyait avoir réussi à éviter toute conversation avec sa mère, or au moment où elle se déshabillait, Araminta vint frapper doucement à sa porte et l'ouvrit sans lui laisser le temps de répondre. Antonia, qui était en train de se brosser les cheveux, s'arrêta, la brosse en l'air, dans une posture de défense.

« Ne prends pas cet air surpris. Ce n'est que moi, je passe te dire bonne nuit. »

Pendant le court silence qui suivit, Antonia posa sa brosse et Araminta parcourut nerveusement la pièce, bondissant enfin sur la robe terre de Sienne que sa fille venait d'enlever.

« Chérie, il *faut* que tu penses à suspendre tes vêtements ! Comment *veux-tu* garder quelque chose de présentable, sans ça ?

— J'allais le faire. Je viens juste de l'enlever. »

Le rire léger et incrédule d'Araminta réveilla la méfiance d'Antonia. Sa mère ne venait jamais lui dire bonsoir – elle venait pour autre chose, à l'évidence. Elle pivota sur son tabouret.

« Qu'y a-t-il ? »

Sa mère était penchée vers la glace de la coiffeuse, arrangeant les boucles de ses cheveux, et Antonia détecta la seconde de colère qu'avait provoquée son attaque, avant qu'elle réponde sur un ton délibérément enjoué :

« Eh bien, chérie – loin de moi l'envie de critiquer, mais je t'ai trouvée un peu grossière envers ce pauvre George ce soir : il n'avait personne à qui parler, et toi tu lisais ton livre ! Évidemment, personne n'est plus heureux que moi à l'idée que tu aies enfin trouvé quelqu'un qui te plaît – mais ce n'est pas une raison pour négliger le reste de nos invités, si tu vois ce que je veux dire. »

Il y eut un nouveau silence, pendant lequel tant de réponses possibles passèrent par la tête d'Antonia qu'elle ne put (heureusement) en articuler aucune. Enfin, comme elle sentait que cela ne faisait qu'attiser la curiosité sans scrupule de sa mère, elle dit simplement : « Je vois. Ce sera tout ? »

Sa mère avait battu en retraite jusqu'à la porte.

« Ce sera tout, chérie. Pour l'amour du ciel, ne te mets pas à bouder pour ça, je l'ai dit uniquement pour ton bien, et pour l'amour du ciel, ne prends pas tout tellement *à cœur*, tu veux. »

Elle était partie et, enfin, cette journée se terminait.

VI

Le reste du séjour de Curran fut marqué par un magnifique temps d'été, et par une atmosphère légèrement mais indubitablement tendue, dont tout le monde fut plus ou moins conscient. Antonia, qui y était peut-être la plus sensible, était sans doute celle qui la comprenait le moins. Si elle percevait chaque chose avec une intensité décuplée, à la fois exquise et troublante, c'était simplement, croyait-elle, parce qu'elle était amoureuse : mais elle ne vivait pas dans un monde où seuls existaient elle et Curran. Au contraire, quand, au petit déjeuner, elle apercevait le train par la fenêtre du salon du matin, elle avait l'impression de sentir l'odeur exacte de ses nuages de fumée bleue ; quand son père arrivait en retard au déjeuner, elle savait, lui semblait-il, s'il était ou non satisfait de son travail de la matinée ; il lui paraissait clair que George Warrender ne souffrait pas seulement du foie, comme le prétendait sa mère, mais d'un chagrin quelconque – elle était navrée pour lui et tenta, timidement, de l'en distraire. Elle était consciente que sa mère, pour une raison mystérieuse, était profondément en colère contre elle et elle essaya, en vain, d'éteindre son courroux ; mais elle était protégée de ce que cela signifiait par une sorte d'écran, de filtre, maintenant que tout, pour elle, s'était mis à tourner autour de Curran. Ce réflexe de voir chaque chose par le prisme de son amour était apparu si soudainement, et était ensuite devenu si régulier et si total que, presque aussitôt après avoir constaté ce changement, elle oublia qu'il avait même eu lieu. Elle était happée par ce nouveau degré de bonheur parfait : elle n'était plus que sensibilité, que subjectivité – et avait même perdu son aptitude d'autrefois à comparer, analyser et comprendre les conséquences d'un fait –, c'était comme être capable tout à coup de lire plusieurs langues étrangères, sans en traduire un seul mot.

Par miracle, la scène dans le bois n'avait, semblait-il, rien détruit entre eux ; ni même, après un ou deux jours, rien changé, et elle lui était aveuglément reconnaissante de cela. Elle se satisfaisait d'être rarement en tête à tête avec lui, et quand il découvrit qu'elle ne recherchait ni n'évitait sa compagnie, il trouva cela aussi extraordinaire qu'énigmatique. Si elle l'aimait, elle devait nourrir quelque projet pour parvenir à le voir ; et si elle ne l'aimait pas, elle repousserait ses efforts pour l'approcher, sans aucun doute ? Or elle semblait, si ce n'était sereine, passive quand il s'agissait de décider qui ferait quoi, bien qu'elle accueillît avec plaisir ses taquineries affectueuses et leurs échanges, badins et complices, chaque fois qu'ils se trouvaient seuls. Pendant quelques jours, il s'employa à consolider sa relation avec elle, découvrant que le silence d'Antonia en présence des autres n'était pas le fait d'une personnalité terne, mais cachait plutôt une observatrice attentive et perspicace – elle lui racontait plus tard ce qu'elle avait pensé sur le moment ; ils reprenaient la conversation au point où ils l'avaient négligemment laissée et il s'amusait de sa mémoire si fidèle, de la précision enthousiaste avec laquelle elle revivait chaque scène. Pendant le reste de son séjour, il l'écouta, discuta avec elle et l'encouragea à parler d'elle-même – à lui raconter ce qu'elle pensait et ce qu'elle éprouvait –, mesurant la profondeur et l'étendue de son inexpérience mais s'apercevant, aussi, de l'extraordinaire fraîcheur de ses idées.

Un jour, en cueillant des framboises, elle l'interrogea sur lui, et il rit, éludant sans peine sa question – un oiseau s'était pris dans les filets et, ensemble, ils le libérèrent ; elle tenait la créature, qui produisait un sifflement rauque, le bec grand ouvert, terrorisé, pendant que lui coupait soigneusement les mailles où s'étaient prises les petites pattes froides, jusqu'à ce que l'oiseau prenne son envol d'un seul élan silencieux et explosif, et qu'elle ait oublié sa question.

Le dernier soir avant son départ, il l'embrassa de nouveau. Ils étaient assis sur un échalier en bordure du bosquet, derrière la maison. Dans leurs dos, le bois était mi-crépuscule, mi-ténèbres – et devant eux la lumière déclinante du soleil s'étalait sur l'herbe épaisse.

« On se croirait au premier rang d'un théâtre.

— Es-tu allée dans beaucoup de théâtres? fit-il en l'observant.

— Pas beaucoup. Je ne me suis jamais assise au premier rang, répondit-elle comme s'il s'agissait d'un aveu. Mais j'imagine l'effet que cela doit faire.

— Tu voudrais aller au théâtre avec moi? On se mettrait tout devant, si cela te fait plaisir.

— Est-ce que ce serait une bonne chose? » Elle préférait ne pas le voir à Londres, mais ne voulait pas le lui dire. Après un silence, elle demanda : « Et ton club d'équitation?

— Oh, j'y viendrai, ça ne fait pas de doute, mais il faut encore que je rencontre un associé plus riche que moi qui voudra bien le monter, et puis je dois aller chez moi, d'abord.

— Chez toi? »

Elle ouvrit de grands yeux. Elle n'avait jamais pensé qu'il pouvait avoir un chez lui.

« En Irlande. C'est mon pays, tu sais.

— Ah, oui.

— Mais je reviendrai. Je reviendrai te voir.

— Et fonder ton club », dit-elle, et il sourit, car il appréciait qu'elle ne fût pas pincée ni timide, mais simplement perspicace, et soucieuse de l'être. Il dit :

« Tu vas me manquer. »

Elle se tourna brusquement vers lui, et il eut l'impression d'avoir dit une bêtise, quelque chose qu'il ne fallait pas.

« Veux-tu descendre de là et me permettre de t'embrasser? »

Elle hésita et pâlit lentement.

« Nous ne sommes pas dans le même bois : ce sera tout à fait différent. »

Il la vit serrer les doigts sur la barre la plus haute de l'échalier avant de sauter.

Cette fois, sachant comment la mettre en confiance, il lui dit qu'il l'aimait.

◆

Il partit, et le choc poignant de son absence – bien qu'elle l'eût imaginé et redouté – la stupéfia.

Un jour ou deux après son départ, sa mère eut une lettre de lui au petit déjeuner.

« Ça vient de l'auberge de Geoffrey », dit-elle après l'avoir parcourue. Son mari leva les yeux de son catalogue, sans comprendre.

« Geoffrey *Curran*, fit-elle, agacée. Il a passé un bon moment, il envoie ses amitiés. Il part pour l'Irlande, à un moment quelconque – son écriture est illisible, je ne sais pas qui prendrait la peine de déchiffrer ça. » Il y eut un silence, puis elle reprit : « Ce raseur de Thomas voudrait qu'on aille lui chercher des mottes de mousse fraîche à la gare de Battle. Quelqu'un veut aller à Battle ? »

Son mari fit non de la tête. Antonia, qui s'efforçait de ne pas regarder la lettre, ne dit rien.

Araminta, qui avait horreur du silence, s'écria : « Vous ne voulez jamais aller *nulle part,* Wilfrid – comme s'il ratait une occasion en or en n'allant pas à Battle. J'imagine que c'est moi qui vais devoir m'en charger, comme toujours.

— J'irai en bus, si vous voulez.

— Il faudrait vraiment que tu apprennes à conduire, Toni. Non, je vais y aller. Les Parker sont là, je ferai un saut pour voir s'ils veulent jouer au bridge un de ces jours. »

Il y eut un autre silence. Araminta poussa un soupir d'impatience et jeta l'enveloppe de Curran sur la table. Wilfrid fit une croix sur son catalogue et demanda : « Irez-vous à Londres cette semaine, Araminta ? »

Elle secoua la tête. Elle semblait plus agitée que d'habitude.

« À quoi bon, avec cette chaleur. Et puis je n'aurais rien de spécial à y faire. Bon sang, si seulement on partait tous ensemble à l'étranger, ou que sais-je !

— Vous n'avez qu'à y aller, ma chère, et emmener Toni avec vous, si cela vous tente. Je serai très heureux ici tout seul. »

Araminta se leva de table et alla vers la fenêtre.

« Je me dis souvent que vous seriez *plus* heureux tout seul ! Quel plaisir croyez-vous que nous aurions à nous traîner sur la Riviera, Toni et moi ? Si seulement *de temps en temps* – rien que de temps en temps –, vous faisiez ce dont les autres ont envie, pour changer. Vous vous figurez que vous réglez la question en me disant de faire ceci ou cela toute seule – vous croyez vous dispenser ainsi de tout effort –, il ne vous vient même pas à l'idée que je n'ai pas envie de tout faire toute seule… »

Il l'interrompit : « Je n'aurais pas songé à vous décrire comme quelqu'un de solitaire. Vous avez une quantité d'amis phénoménale… »

Mais elle rétorqua : « Et que deviendrais-je, sans eux ? Tout le monde ne passe pas sa vie le nez dans les livres pendant que les autres s'occupent de tout à leur place, vous savez.

— C'est une occupation peu courante », concéda-t-il avec douceur.

Furieuse, elle le regarda fixement.

« Vous êtes *extraordinaire* ! On peut vous dire ce qu'on veut, ça n'a pas l'air de vous blesser le moins du monde – à croire que ça vous est égal ! »

Antonia se tourna vers eux avec l'envie irrésistible de leur crier : « Arrêtez – je suis *là*. Assez ! » Mais c'était inutile, absurde – et il était bien trop tard.

Son père regardait droit devant lui sans la moindre expression : « Vous voudriez que je sois blessé ? »

Sa mère le toisa d'un air de défi : « Oui ! C'est ce que je veux ! Voilà ! »

Il se mit péniblement debout et se dirigea vers la porte.

« Je ne sais même pas par où commencer. »

Il était parti. La mère d'Antonia poussa un petit cri aigu et fondit en larmes.

Quelqu'un était profondément blessé – si profondément blessé qu'Antonia – affolée, bouleversée – osait à peine la toucher. Elle alla vers sa mère et, debout à ses côtés, entoura de son bras ses épaules tremblantes. Et sa mère s'agrippa soudain à elle avec force. « Je ne pensais pas ce que je disais. Je ne supporte pas les gens qui ne *ressentent* rien. Voilà pourquoi je dis ces choses épouvantables – c'est uniquement pour des *livres* qu'il m'a demandé si j'allais à Londres – je ne supporte pas d'être seule… » Les larmes ruisselaient sur ses joues ; ses longs ongles parfaitement soignés s'enfonçaient dans le bras d'Antonia. « Je ne voulais pas être méchante, ma chérie, à propos d'aller en France avec toi – bien sûr que tu iras en France, à Paris, peut-être, tu pourras y passer un moment toute seule –, mais deux femmes en train de parcourir la France, la mère et la fille en *pension**… » Elle essaya de rire. « Ce n'est pas comme si j'avais choisi de *vivre* ici – je suis désolée, ma chérie – il ne me reste plus un seul somnifère, ça me met toujours dans un état lamentable – c'est juste que si tout ne lui était pas si *complètement* égal… voilà ce qui me met hors de moi… As-tu un mouchoir ? je crois que je n'en ai pas. Oh, ma chérie ! Je t'ai fait mal au bras ! Comment est-ce que… c'est l'émotion, je suis navrée – ma chérie, ça t'a laissé une affreuse marque ! Et moi aussi, je dois être affreuse – mon mascara est en train de couler partout, je le sens ; tu n'as pas trop mal au bras, j'espère ?

— Vous l'aimez, au fond, n'est-ce pas ? »

Sa mère leva la tête – le noir brillant de ses cils s'était dissous en auréoles floues et grises autour de ses yeux noyés de larmes. « Ma chérie, tu n'as aucune *idée* de ce que c'est que l'amour ! Pauvre enfant – ces horribles marques que je t'ai faites, alors que tu te montrais si gentille. » Elle se moucha et prit la lettre de Curran. « Je vais te dire ce qu'on va faire : on va aller à Battle toutes les deux chercher les plantes, mais on ira d'abord au Gateway nous bourrer de café et de gâteaux. Ensuite, les plantes, et les Parker en revenant. Qu'en dis-tu ? »

Elle avait replié la lettre, si bien qu'Antonia apercevait la signature de Geoffrey, griffonnée à l'encre bleue, à l'envers. Voyant la mine sombre de sa fille, Araminta se mit à rire et lui tapota le bras.

« Bien sûr que je l'aime. Pourquoi crois-tu que je me résigne à vivre dans ce trou ? Sonne Dorcas pour qu'elle vienne débarrasser, chérie. Je suis prête dans une minute. »

Elle sortit, laissant Antonia debout à côté de sa chaise vide. Dans quelques instants, elle accompagnerait sa pauvre mère à Battle. Elle pensa au Gateway, au parfum chaud de pâtisseries maison qui y régnait, et elle eut un peu mal au cœur. Elle sonna Dorcas puis, revenant à la table, elle s'empara de l'enveloppe de Curran et, honteuse de se sentir tellement plus riche que ses parents, elle l'emporta dans sa chambre.

VII

IL ne lui écrivit pas. Juillet flamboyait – le soleil se levait, brillait, bâillait dans le ciel immense, puis, à contrecœur, voluptueusement, se couchait chaque soir en répandant des traînées de couleur d'une vivacité déclinante. Après le dîner, ils s'intallaient sur la pelouse devant la maison et regardaient le ciel se dégager doucement, sans se presser. Ils parlaient peu : Antonia avait beau trouver le crépuscule idéal pour de merveilleuses conversations, personne ne semblait en avoir envie. Elle découvrait qu'il valait mieux que ses parents ne parlent de rien en particulier, et aussi qu'il n'y avait rien qu'elle puisse dire à ses deux parents, conjointement. Elle s'absorbait donc dans le mystérieux tourbillon de ses pensées – s'appuyant parfois sur la certitude de son retour, et d'autres fois, vivant avec lui comme s'il n'était jamais parti. Elle avait essayé de l'imaginer en Irlande, « l'île d'Émeraude », « chez lui » : dans son esprit, cela devint une petite île enchanteresse – très verte, avec des chevaux sauvages et une douce pluie, et personne d'autre qu'eux si ce n'est, imagina-t-elle une fois, leurs enfants ; une maison pour eux tous, pas de routes, et autour d'eux, toute proche, à perte de vue, la mer, couleur de ciel changeant. Il avait dit qu'il l'aimait – les semaines passant, elle revenait de plus en plus souvent à l'intonation exacte de sa voix, aux minutes qui avaient précédé et suivi cette déclaration, jusqu'à ce qu'il n'y ait plus, au centre de son imagination, que cet unique moment éblouissant.

Elle ne s'attendait pas à ce qu'il lui écrive.

Juillet, août. Les habituels invités du week-end (sauf George Warrender qui était à l'étranger) – le même quotidien, l'été, à la campagne. Son père ouvrait la fenêtre de son bureau pour travailler : la fumée de sa pipe s'accordait parfaitement avec la bordure de lavande sous sa fenêtre. Sa mère changeait de vêtements pour faire du sport, puis en changeait à nouveau parce qu'elle avait fait du sport dans ceux-là. Ses bras se constellèrent de taches de rousseur, ses cheveux pâlirent au soleil. Elle avait minci, remarqua Antonia – elle est même encore plus mince que moi ! Elle semblait jouer tous ces matchs avec plus de concentration que d'ordinaire – et plusieurs fois, observa Antonia, sa frustration d'avoir perdu fut palpable. Elle riait si fort à ce que n'importe qui avait dit lors d'une fête que tout le monde devait ensuite l'écouter répéter la plaisanterie ; ou demandait à Wilfrid, d'une voix volontairement enfantine, la permission de faire telle ou telle sottise qu'il ne pourrait, Antonia le savait bien, l'empêcher de commettre, et dont il se désintéressait en général au point de n'avoir aucune opinion. « Wilfrid, si je me laissais pousser les cheveux et me faisais deux nattes, comme une petite Allemande ? » « Je paierais cher pour voir leur tête si je traversais Battle à bicyclette en costume de bain. Wilfrid, qu'est-ce que vous en dites ? » « Je me demande si se rouler toute nue dans la rosée avant le petit déjeuner est vraiment bon pour la peau ? Wilfrid, vous m'en voudriez beaucoup si j'essayais – rien qu'une fois, Wilfrid ? » Et ainsi de suite. Mais peut-être a-t-elle toujours fait ça, se disait Antonia, et n'avais-je simplement pas remarqué. Elle devinait, derrière chaque attitude de sa mère, le vif courant de la souffrance, ce qui étouffait les bouffées de colère et d'indignation qui l'envahissaient parfois au nom de son père et la laissait pleine de doutes et d'appréhension. Il fallait être malheureux pour dire des choses pareilles, et lorsque les gens étaient malheureux, naturellement, on les plaignait. Quel manque de chance – et quelle extravagance. Ce n'était pas vraiment la faute de son père, quoiqu'elle n'eût pas l'impression qu'il fît le moindre effort : il continuait de vivre sa vie, semblait-il, tranquille et indifférent, sa mère ne parvenant que très rarement à le piquer au vif, ce qui le plongeait temporairement dans une rancœur perplexe dont il ressortait indemne aussitôt après l'avoir quittée. Il fallait vivre replié sur soi comme son père, se disait Antonia, ou bien replié sur quelqu'un d'autre, comme elle.

On serait bientôt en septembre. Un été magnifique, disait-on ; mais à présent le choc de son départ avait eu tout le temps de se transformer. Pendant un long moment, elle s'y était résignée, sans que ça l'attriste ; puis, tout à coup, sans raison apparente, elle commença à regretter son absence – pas plus que cela, croyait-elle ; pourtant le regret l'irritait et la brûlait – s'étendait à toutes les heures où elle était seule, puis envahit et contamina toutes celles où elle ne l'était pas. Cela ressemblait au mal du pays, se disait-elle, sauf que ce n'était pas son pays qu'on regrettait. Si au moins il lui écrivait – quelques lignes, simplement pour dire quand il reviendrait –, elle aurait moins de mal à le supporter, elle pourrait dormir. Car le sommeil, qui jusque-là avait toujours été une affaire aisée et naturelle, jouait chaque nuit au chat et à la souris avec elle, lui bondissant dessus quand elle était à bout de forces, recrue de fatigue – l'assommant pour les quelques heures qui précédaient le petit déjeuner. Elle se réveillait lentement – le courrier du matin la pressait de descendre, et la pointe de déception qu'elle s'attendait à ressentir en ne découvrant aucune lettre de lui marquait le début de toutes ses journées.

Même Araminta finit par s'apercevoir que sa fille n'avait pas l'air dans son assiette. Ils prenaient le thé dans le jardin après une excursion à la plage de Cooden. Araminta leva les yeux de l'allumette dont elle venait de se servir et vit ses traits tirés et son expression d'indifférence lasse. Pendant une seconde, Toni fut le sosie de Wilfrid, ce qui poussa Araminta à s'écrier :

« Toni, ma chérie – qu'est-ce qui t'arrive ? Tu as l'air horriblement mal fichue ; tu es malade ? »

À sa consternation, les yeux d'Antonia se remplirent soudain de larmes – elle resta assise sur sa chaise un instant, raide, sans dire un mot, puis se leva d'un mouvement brusque et se précipita dans la maison.

Les invités reprirent un peu de thé, tripotèrent leurs colliers colorés ou leurs cravates rayées et jetèrent des regards alentour, cherchant désespérément un moyen d'échapper à l'incident. Un coup de chaud à la plage, suggéra quelqu'un, saisi d'inspiration; mais Araminta s'inquiétait – elle n'avait pas eu l'intention de mettre la pauvre petite Toni dans cet état. Peut-être était-elle vraiment malade. Quand elle suivit Toni dans la maison, elle ne put la trouver nulle part.

Antonia avait employé ce qui lui restait de sang-froid à se cacher dans un grenier où l'on conservait les pommes. Cela devenait impossible; il fallait qu'elle se ressaisisse – il le *fallait* ! Soit elle devait supporter cette situation, soit elle devait trouver le moyen d'y mettre fin : elle cessa de pleurer et commença à réfléchir…

Au dîner, sa mère expliqua qu'on avait eu raison d'incriminer le soleil, et que Toni passerait la soirée dans sa chambre avec la migraine.

Quelques jours plus tard, alors que l'on tirait des plans pour les week-ends à venir, Antonia demanda :

« Et si on invitait ce Geoffrey Curran, un de ces jours ? »

Sa mère s'arrêta de trier les crayons pour le bridge : « Il n'est pas en Irlande, ou en Écosse, ou quelque part? Taille le bleu rayé, chérie; il a l'air bien, mais la mine est cassée à l'intérieur.

— Enid saurait peut-être s'il est revenu ?

— Peut-être bien. Je la vois jeudi. Je lui demanderai. Il ne t'a pas laissée indifférente, n'est-ce pas, ma chérie ? Pas du tout pour toi, mais tout à fait charmant, je te l'accorde. Pourquoi les gens s'obstinent-ils à enlever le pompon du crayon jaune ? C'est extraordinaire – je l'ai réparé au moins trois fois. Tu tomberais en adoration devant quiconque adore les chevaux, ma pauvre chérie – enfin, je suppose qu'un jour ça te passera. »

Elle garda le silence – riant secrètement à l'idée de pouvoir adorer autant de monde et se réjouissant qu'il revienne, à coup sûr ; elle en trouvait même plaisant d'être incomprise à ce point.

Le vendredi, sa mère annonça que oui, il était de retour, et qu'il passerait chez eux le prochain week-end.

Pas de surprise brutale, cette fois-ci – mais toute une semaine à rassembler ses rêves, ses craintes et sa joie. Le temps s'écoulait avec une lenteur insupportable – chaque goutte tombant de mauvaise grâce pour passer à la minute suivante, presque comme si la réserve était à sec. D'une certaine manière, pensait-elle, c'était la fin des temps : elle vivait les dernières miettes d'attente – à partir de vendredi, rien ne serait plus pareil ; tout repartirait de zéro.

Les journées s'étiraient – elles semblaient n'en pas finir, remplies de préoccupations triviales. Sa mère l'accablait de menues besognes en préparation du week-end, auxquelles elle se pliait avec une docilité inhabituelle ; mais Araminta ne cherchait jamais à comprendre ce qui se passait chez sa fille tant que ça ne plombait pas l'ambiance en public et ne remarqua rien.

Le mardi et le mercredi, il plut : une série d'averses drues et venteuses. Des fruits encore verts tombèrent des arbres, les fleurs trempées perdirent leur éclat, et dans le bois de hautes branches humides grinçaient d'affolement. La pelouse jaunie du court de tennis reverdit – ce qui n'empêcha pas Araminta de maudire le temps. Le moins qu'on pouvait attendre de la campagne était qu'il y fasse beau. Antonia, qui avait décidé d'emmener Geoffrey à Bodiam, réalisa soudain à quel point tout ce qu'elle projetait de faire avec lui dépendait du beau temps, et se joignit consciencieusement aux plaintes de sa mère.

Le mercredi soir, le vent se leva ; le jeudi, il souffla presque en tempête toute la journée : le chaton de la cuisinière devint fou à poursuivre feuilles, brindilles et autres monstres imaginaires, et au petit déjeuner la fumée du feu de cheminée les chassa tous du petit salon.

Antonia passa la journée à nettoyer des balles de tennis pour sa mère, puis à emmener les chevaux à Battle pour les faire ferrer. Elle avait attendu le jeudi pour s'occuper du ferrage, parce qu'elle aimait ça et que cela prenait tout un après-midi. Le maréchal-ferrant était un homme taciturne. Son allure sauvage était trompeuse, avec cette énorme barbe noire et ses avant-bras couverts de tatouages ; il marmonnait et donnait de grandes claques aux chevaux – travaillant avec une incroyable rapidité. Il avait toujours dans les jambes une nuée d'enfants sautillants qui lui racontaient leur vie. Les chevaux, comme les enfants, lui faisaient confiance, sa physionomie et son silence étaient exactement ce qu'ils attendaient, et même ce jour-là, son savoir-faire et ses grognements intermittents parvinrent à apaiser Antonia. À trois heures et demie, sa sœur lui apporta son thé dans une grande tasse en émail bleue – ils vivaient ensemble dans la maisonnette blanche derrière la forge, et elle élevait des poules. Petite, brune et décharnée, elle parlait sans arrêt ; de même que les enfants, elle lui raconta tout ce qui s'était passé depuis leur déjeuner : il grogna sans lever les yeux et continua à racler les sabots de la jument avec soin et dextérité. Les enfants ne dirent mot tant qu'elle fut là – elle demanda à l'un d'eux des nouvelles de sa maman, mais il tomba dans un abîme de timidité, aussi, après avoir adressé à Antonia un commentaire sur ce terrible vent, elle se retira.

Quand le travail fut fini et quand Antonia l'eut payé – il chercha la monnaie dans une vieille boîte à tabac en fer-blanc – ils sortirent les chevaux et Antonia se mit en selle.

« Pensez-vous qu'il va encore pleuvoir ? »

Il lui tendit ses rênes et regarda le ciel. Il avait de doux yeux marron.

« Ça va se calmer, je crois. » Il caressa le cou du cheval gris et ajouta : « P'avant d'main, par contre. »

L'air était frais après la chaleur et l'odeur de roussi de la forge. À l'intérieur, un cheval de trait attendait. Elle demanda, inquiète :

« Vous voulez dire qu'il va pleuvoir demain ?

— Non – y en a pour vingt-quatre heures, je dirais, à peu près. » Il lécha son gros pouce noir. « Vous en faites pas », dit-il avant de l'essuyer sur son tablier de cuir.

Elle le remercia, il porta une main à son front et retourna à sa forge. Pendant qu'elle resserrait ses courroies, elle entendit un des enfants : « La maîtresse à l'école a demandé à Ireen ce qu'elle avait dans la bouche, mais elle l'a avalé, alors elle avait le droit de répondre "Rien", pas vrai, Mr Jarvis ? »

Alors qu'elle rentrait au trot, Antonia se fit la réflexion que c'était la plus longue des conversations qu'elle ait eues avec lui. Elle cessa de s'en faire à propos du temps.

Jeudi soir – jamais elle n'aurait cru qu'une soirée pût se traîner autant en longueur. Ils dînèrent tôt – elle, son père et sa mère. Le repas lui parut interminable, pourtant il était à peine neuf heures moins le quart lorsqu'ils sortirent de table pour se retrouver au salon avec leur café. Il régnait une atmosphère d'aimable indifférence : ses parents ne s'exaspéraient pas mutuellement et Antonia, qui s'efforçait de cacher son agitation, tenait le rôle qu'ils attendaient d'elle. Elle leur raconta même le maréchal-ferrant, ce qu'elle n'aurait pas fait d'ordinaire – et son père l'écouta poliment. Sa mère rit et déclara : « Je parie qu'il en a vu, dans sa vie. Ces hommes forts et taiseux... »

Antonia leva la tête et vit dans les yeux de sa mère qu'elle réfléchissait sérieusement à cela. Peut-être s'intéresse-t-elle aux autres, après tout, songea Antonia avant d'ajouter tout haut : « Il n'a pas l'air malheureux. »

Sa mère eut un nouveau rire – plus bref. « Malheureux ? Cela m'étonnerait. Il faut que j'aille à l'étage passer un coup de fil. Rappeler à Bobby d'apporter de l'amer de pêche – sa mémoire est une vraie passoire, le pauvre chou. »

Elle se retrouva seule avec son père, et il était trop tôt pour aller se coucher. Par miracle, il lui proposa une partie d'échecs – un jeu qu'ils n'aimaient ni l'un ni l'autre, mais dont il était admis qu'ils le pratiquaient ensemble.

Lorsque Araminta redescendit, elle les trouva assis face à face sur des chaises basses, têtes penchées sur le joli échiquier. Wilfrid lui tournait le dos, mais Antonia leva les yeux et sourit. Elle est vraiment en train de devenir charmante, pensa sa mère avec au cœur un léger pincement, à la fois de triomphe et de jalousie : elle n'aurait pas non plus souhaité que sa fille soit quelconque. Enfin, elle est brune, et moi blonde, on ne pourrait pas être plus dissemblables. Elle tient de Wilfrid, bien sûr. Mais ce qu'il y avait chez lui de malingre se traduisait, chez sa fille, en une certaine délicatesse.

Son père gagna la partie. Il était un peu plus de dix heures : Antonia déclara qu'elle était fatiguée et s'éclipsa, mais malgré tout la soirée n'était pas terminée. Une fois seule, elle bondit intérieurement tant elle était soulagée de ne plus avoir à dissimuler sa délicieuse impatience, seulement elle découvrit qu'il existait une infinité de variations sur ce thème. L'appréhension : que quelque chose empêche sa venue ; qu'il n'ait, en fait, jamais eu l'intention de venir ; que, pendant tout ce temps, elle ait mystérieusement changé d'apparence et qu'il en soit déçu – hypothèse dont elle essaya d'apprécier la vraisemblance en s'examinant attentivement, mais cela se révéla difficile parce qu'elle ne savait pas vraiment à qui elle ressemblait au départ. Il ne lui avait pas écrit ; ne lui avait même pas glissé de message dans la lettre adressée à sa mère. Peut-être ne l'aimait-il pas, malgré ce qu'il avait dit. Elle tenta de se remémorer l'instant où il avait prononcé ces mots, et s'en trouva aussitôt incapable. Elle s'était jetée sur son lit, mais de violentes bourrasques s'en prenaient à la fenêtre entrouverte de sa chambre – voilà qu'elle avait froid, et peur. Avant de refermer la fenêtre, elle l'ouvrit en grand et se pencha au-dehors. Le vent parut aussitôt plus doux, plus diffus, quoique toujours aussi pressé – il allait trop vite pour charrier le parfum d'une nuit d'été –, mais alors même qu'il fouettait et malmenait les arbres, ses attaques aussi vives qu'irrégulières, l'air semblait former une barrière si solide qu'Antonia put à peine respirer. Les arbres dansaient, craquaient, pliaient; leurs branches s'étiraient, se tordaient dans d'étranges positions – se jetaient les unes contre les autres, désespérées –, hurlaient, se débattaient, et, une fois libérées, tremblotaient en attendant le prochain assaut.

Quand enfin elle ferma la fenêtre et se retrouva dans le calme de sa chambre, ses peurs avaient été emportées dans la nuit, et elle se souvenait parfaitement de ce qu'il avait dit.

Le vendredi, le vent soufflait toujours, au rythme de cette journée qui se précipitait vers sa fin. À six heures, Araminta partit chercher Bobby à la gare.

« Quel Bobby? avait demandé son père.

— Bobby *Rawlings*, chéri. Les Brewer amènent Geoffrey Curran avec eux. Il n'y a que Bobby à aller chercher. Toni, pour l'amour du ciel, ne disparais pas je ne sais où; montre-leur plutôt leurs chambres et offre-leur quelque chose à boire s'ils arrivent avant mon retour. »

Son père reprit le chemin de son bureau en faisant remarquer d'une voix faible qu'il y avait un nombre impressionnant de Bobby, de nos jours.

Elle s'habilla – de sa robe terre de Sienne – et pria pour que les Brewer arrivent avant sa mère. Elle se brossa les cheveux si fort qu'elle en eut les larmes aux yeux – c'était l'excitation, elle frissonnait d'excitation et de voir les minutes défiler. Elle n'avait qu'un seul rouge à lèvres, discret et trop pâle pour faire ressortir la couleur de sa robe, mais elle n'osait pas aller en voler un autre dans la chambre de sa mère, de peur de manquer l'arrivée de la voiture dans l'allée. Si la première voiture était celle de sa mère, elle irait le chercher, elle ne descendrait pas sans. Si la première voiture était celle de Geoffrey, elle descendrait avec le rose pâle. Ce petit pacte idiot avec elle-même prit une importance capitale à mesure que les minutes s'ajoutaient une à une à la semaine écoulée, et qu'aucune voiture ne se montrait.

Tous ses bijoux étaient en argent patiné ou ornés de pierres fines. Elle ne s'était guère intéressée à la question auparavant, mais à présent ils lui paraissaient mal choisis – à la fois naïfs et sans éclat. Elle les mit, puis les enleva – essaya de se regarder sans – mais son esprit était trop occupé, bouleversé, et l'empêchait d'apprécier l'image finale qu'elle renvoyait. Six heures et demie : le soleil ne faisait que de timides apparitions, mais le vent tombait : des traînées d'un bleu vivace barraient le ciel. Elle ouvrit sa fenêtre et entendit une auto prendre le virage de l'allée. Elle attendit de voir qui c'était, et les Brewer apparurent, lui faisant de grands signes, avec une troisième personne à l'arrière. Elle ferma la fenêtre et s'élança – le rouge de ses joues se dissipant à mesure qu'elle descendait l'escalier.

Tandis qu'elle se dirigeait vers la voiture, les accueillait, expliquait l'absence de sa mère, portait le sac de voyage d'Alison Brewer jusque dans la maison, elle ne cessa de sentir le regard de Curran sur elle, même si elle ne le croisa pas. Voulaient-ils quelque chose à boire, ou préféraient-ils commencer par voir leurs chambres et se rafraîchir ? Alison, aussi pimpante qu'un biscuit sorti du four, déclara qu'elle était toute crasseuse, et est-ce qu'ils pouvaient monter d'abord ?

Elle les conduisit donc au premier, les Brewer le long du couloir qui menait à la chambre couleur fraise (il les accompagna, parce que les Brewer avaient beaucoup de bagages), puis lui, remontant le même couloir et tournant vers la petite chambre qu'il avait occupée lors de son dernier séjour. Elle donnait au sud, et ses rideaux rouges translucides étaient fermés, comme Dorcas avait un jour reçu l'ordre de le faire en période de chaleur. Antonia traversa la pièce pour les ouvrir, et l'entendit poser sa valise. Elle tira un rideau – dans un instant elle devrait se retourner –, il ne disait rien, et elle avait la gorge trop serrée pour dire un seul mot. Le deuxième rideau était coincé – elle tira dessus d'un coup sec qui le précipita au bout de sa tringle. Alors, elle se retourna, prête à rire ou à s'excuser – mais il se tenait là, parfaitement immobile, à l'observer, il était tout près –, et elle ne put faire ni l'un ni l'autre.

Il se contenta de tendre soudain les bras vers elle – elle fit un pas hésitant, et déjà il l'embrassait.

« Tu permets que je pose une main sur ton cœur, et que je dise que tu m'aimes ? »

Il dit cela si doucement que, pendant une seconde, elle ne sut de quel cœur il parlait. Il s'en aperçut et ajouta : « Tu me connais. Je n'ai pas changé – pas du tout », et il vit l'incertitude laisser place à nouveau à la joie.

Une portière claqua au loin, et elle s'écarta brusquement de lui. Il hocha la tête, et le petit sourire complice dont elle se souvenait apparut sur son visage pour disparaître aussitôt, tandis que tous deux se dirigeaient vers la porte entrebâillée.

« Descends la première. Attends un peu. » Il prit sa tête entre ses mains et lui donna un rapide baiser. « Une petite douceur. »

La soirée fut très gaie. On but, on dîna, puis on joua au *vingt et un**. Au dîner, il était assis à côté d'Araminta qui, par politesse, le questionna sur l'Irlande. Il avait acheté quelques chevaux, dit-il, et, captant peu à peu l'attention de son public, il fit un tel récit de cette acquisition que toute la compagnie se tourna bientôt vers lui, alors Antonia put le regarder elle aussi – et superposer le souvenir qu'elle avait de lui à sa personne bien réelle. Il avait minci – non, il avait bronzé, ce qui le faisait paraître plus mince –, mais à part cela il était exactement le même, pas tout à fait l'homme qu'elle avait passé tant de semaines à imaginer, mais celui qui avait habité cette maison il y avait tant de semaines. Les deux images de lui ne firent plus qu'une…

L'histoire les occupa pendant tout un service.

« Je donnerais *tout* pour savoir imiter les gens ! s'écria Araminta en se tamponnant les yeux avec sa serviette. Tout ! Pas vous, Bobby ? Ou bien nous auriez-vous caché ce talent ? »

Bobby commença à dire qu'hélas il en était parfaitement…

« Ça ne fait rien, très cher – on ne peut pas tout avoir. »

Curran se pencha vers Antonia par-dessus la table et lui demanda des nouvelles de ses chevaux.

« Elle les a fait ferrer hier, spécialement pour vous, Geoffrey. Elle meurt d'envie de vous emmener en promenade, n'est-ce pas, chérie ? »

Curran l'interrompit aussitôt : « Et moi, je meurs d'envie qu'on m'emmène. Où irons-nous ? »

Elle vit son regard, qui l'encourageait, la protégeait – et, pleine d'une assurance nouvelle, elle commença : « Je pensais que vous aimeriez voir Bodiam… » Mais sa mère l'interrompit d'un ton enjoué :

« Tu sais très bien que tu te moques éperdument de Bodiam, Toni, chère enfant. C'est le prétexte parfait pour une longue promenade. En tout cas, pas demain. Nous allons organiser un tournoi de tennis digne de ce nom – Bob et moi en parlions dans la voiture.

— Le château de Bodiam, fit doucement son père en s'adressant à Curran, est intéressant à bien des égards… »

(Sauvée. Ce n'est pas aussi difficile que je l'aurais cru, cela dit, je ne pourrai pas tenir très longtemps.) Le reste de la soirée fut pourtant beaucoup plus facile. Chacun était de bonne humeur – en particulier Araminta qui sentait que sa réception était un succès. Quand Noël Brewer suggéra de jouer au *vingt et un** – « Il adore prendre les paris, sous toutes leurs formes », proclama Alison –, tous approuvèrent. Pendant que les autres servaient à boire, Antonia et Curran comptèrent les jetons, et pour la première fois elle eut une conversation que tout le monde pouvait entendre, mais que personne d'autre ne pouvait comprendre. L'amour la faisait tant resplendir – il provoquait en elle tant d'effervescence et d'éclat que chacun de ses gestes, alors qu'elle triait et comptait les jetons colorés, était clair et maîtrisé, sa voix soigneusement posée ; il n'y avait que lorsque les doigts de Curran touchaient, effleuraient les siens, ou lorsque, posant une question insistante, il la forçait à le regarder, que le souvenir de lui dans la petite chambre s'enflammait dans son esprit – lui, tendant les bras – lui, posant la main sur son cœur battant –, qu'elle se consumait de bonheur.

Noël Brewer gagna avec constance. Curran fut le premier

à faire faillite, bien que Wilfrid eût quitté le jeu de bonne heure en lui laissant sa pile, et il s'abandonna à la défaite avec une indifférence tranquille. Il était si bon perdant que tous voulaient le voir perdre plus lentement ; sa malchance et son insouciance devinrent bientôt le centre d'intérêt du jeu.

« Si je vous en prêtais ? » Elle avait dit cela sans réfléchir et sentit le rouge lui monter aux joues.

« Il faudrait plutôt m'en donner – il y a peu de chances que je vous le rende –, l'argent me file entre les doigts, ce soir. »

Antonia se mit à compter une partie de ses jetons, mais sa mère s'écria :

« Oh, Toni ! Ne sois pas si méticuleuse ! Qu'est-ce qu'un jeton, entre amis ? » Et elle poussa la moitié de sa propre pile vers Geoffrey.

Antonia était mortifiée : « Je voulais lui en donner exactement la moitié.

— Ça ne fait rien, chérie, fit Alison. C'est mon fichu mari qui va rafler la mise. Quelle calamité, on croirait un de ces joueurs professionnels ! »

Remarque qui, à l'entendre protester, faisait plaisir à Noël Brewer.

« Donnez-m'en un pour me porter bonheur », dit Curran.

Antonia déposa un jeton blanc dans sa main.

Mais il perdit et se retira du jeu, sa bonne humeur intacte. Après ça, la partie commença à s'essouffler et, moyennant de multiples calculs passionnés, Noël Brewer empocha ses gains. Pendant cinq ou dix minutes, il fut question d'aller se coucher, et la soirée fut terminée.

La nuit était claire et calme – le ciel inondé d'étoiles. Elle pensait ne jamais s'endormir, pourtant elle eut à peine le temps de se le dire qu'elle s'endormit.

◆

Le samedi, il fit beau. Elle passa la journée au comble de la frustration. Le beau temps supposait qu'on joue au tennis, presque toute la journée, et il participa dûment au tournoi.

Antonia se consola en se disant qu'ils pourraient peut-être monter à cheval avant le dîner; mais au déjeuner, il apparut qu'Araminta avait persuadé Curran de téléphoner aux Leggatt à Robertsbridge (elle avait résolu de faire la connaissance du fascinant Edmund Leggatt), lesquels invitèrent immédiatement toute la maisonnée à venir prendre un verre avant ou après le dîner.

« Oh, après, Geoffrey chéri, je vous en prie – Dieu sait quand nous aurons fini de jouer au tennis ! », et Curran s'en alla reprendre le téléphone.

« Ils proposent qu'on se change et qu'on vienne danser », annonça-t-il en revenant.

Araminta poussa un petit jappement de plaisir.

« Chic, chic ! Ce que vos amis sont adorables et accommodants, Geoffrey ! »

Je vais devoir repasser ma robe longue, se dit tristement Antonia, et je la déteste, elle est beaucoup trop puérile pour moi. Elle avait refusé de prendre part au tournoi, et était encore sous le coup de la soirée de la veille.

À l'heure du thé, elle porta à l'office l'horrible robe d'organdi bleu pour la repasser. Une petite fenêtre grillagée donnait sur l'allée. Quand elle s'aperçut que la lumière avait faibli, elle releva la tête, et il était là, serrant les barreaux dans ses mains et lui souriant.

« Est-ce ta jolie robe pour ce soir ?

— Elle n'est pas jolie – je la déteste, mais je n'en ai pas d'autre. »

Son visage s'était éclairé en le voyant, mais se rembrunit tout aussi vite.

« Qu'y a-t-il, Toni chérie ? Pose ton fer et viens me le dire. »

Elle hésita, le regarda ; puis posa son fer. À travers les barreaux, il lui prit la main.

« Le secret peut ressembler à de l'indifférence... C'est à cause de ça ?

— C'est seulement que... Oh, tu es tellement plus doué que moi à ce petit jeu ! Ou bien c'est que tu ne...

— Si, bien sûr que si ! Et tout le temps. La nuit dernière, je n'ai pas pu dormir tant je pensais à toi.

— Je me suis endormie tout de suite », dit-elle, car elle venait de s'en souvenir.

Il laissa tomber sa main : « Tu vois ? J'ai autant de raisons que toi de me sentir délaissé, mais je refuse de le croire. Tu es d'une sincérité si délicieuse – voilà ce qu'il y a. Donne-moi encore ta main. Non, donne-moi ton petit visage – ces barreaux m'empêchent de bien voir tes yeux, mais j'arriverai tout juste à t'embrasser. »

Elle sentit les barreaux, durs et froids, contre ses joues. Une mouche bleue bourdonnait sans discontinuer dans la pièce.

« Elle te fait mal, cette prison, murmura-t-il. Je vais devoir t'en libérer. »

Elle passa les doigts dans ses cheveux.

« Je voudrais t'emmener avec moi maintenant, t'enlever ! C'est ce que je vais faire, d'ailleurs. » Il eut un petit rire triomphant.

« Pour aller où ?

— Au château de Bodiam – demain. » Voyant son regard, il ajouta : « Ou plus loin encore ?

— N'importe où, répondit-elle simplement.

— Ne me regarde pas comme ça quand nous danserons ce soir – je n'y résisterai pas, dit-il enfin. Au diable ce truc ! »

Il secoua les barreaux avec fureur.

Elle rit de bon cœur en l'entendant prononcer ce mot. « Les autres, alors ? Faut-il que je regarde les autres comme ça ?

— Sûrement pas ! Tu n'es rien qu'à moi. Tu n'appartiens à personne d'autre. Est-ce que je me suis bien fait comprendre ? »

Elle ferma les yeux un instant, et répéta : « Je ne suis rien qu'à toi », si bas qu'il l'entendit à peine. Ce fut, lui semblait-il, le moment le plus solennel de sa vie.

Puis ils l'appelèrent, et il s'en alla. Elle l'entendit leur crier avec entrain de petits mensonges sans conséquence, et songea que jamais elle ne pourrait égaler sa vivacité d'esprit, si audacieuse.

◆

Le reste de la journée, qui se termina par la soirée chez les Leggatt, l'enveloppa, glissa sur elle comme un long rêve. Elle n'en garderait, plus tard, qu'un souvenir confus – un brouillard d'heures et de gens, sans aucune notion du temps ni de la proportion. Cela aurait pu durer une minute ou une vie entière – mais ce n'était ni une minute de son temps, ni sa vie à elle : elle en était comme ensorcelée.

Elle se rappelait avoir, à un moment donné, descendu lentement un magnifique escalier, aux marches de pierre et si peu escarpé qu'elle eut à peine l'impression de descendre vers cette foule d'invités – du moins pas avant de l'apercevoir près d'une fenêtre, consciente qu'elle cherchait son amour, pourtant, quand elle parvint à la fenêtre, il était parti.

Elle se rappelait une large allée de gazon bordée de plantes aromatiques ; le parfum de la verveine qu'elle écrasait entre ses doigts – et, plus loin, la lueur brillante de roses pâles. Il y avait quelqu'un avec elle, mais il faisait quasiment nuit, et elle était presque seule…

On jouait du piano, et dansant avec lui, elle ne savait plus s'ils s'étaient parlé, ou même regardés…

Une rondelle de citron flottait dans sa coupe – le zeste constellé de bulles d'argent, le fruit immense dans ce verre qu'il lui avait servi…

L'idée lui était venue qu'elle était invisible, qu'elle ne produisait aucun son ; elle était un fantôme, à peine plus que l'ombre de ce qu'elle avait été ; lui seul pouvait la voir ou la toucher – sans lui, elle n'existait pas.

Une horloge sonnant une heure – seul indice de temps. « Si tard », les entendit-elle s'exclamer et, peu après : « Voilà le châle de Toni – où est passée Toni ?… » Il s'empara du châle et le lui posa sur les épaules. La voix de sa mère : « Tu as l'air fatiguée, mon chou. » Ils la voyaient, maintenant qu'elle portait son châle, et elle se sentit tout à coup épuisée. Une brume blanche sur la pelouse – un concert de phares. Il la fit asseoir à l'arrière d'une voiture, et monta à côté d'elle.

« À la maison », dirent-ils. Elle posa la tête contre lui et s'endormit, les doigts agrippés à sa manche…

VIII

« JE t'ai sortie de la voiture et portée jusqu'à ton lit. Quand je t'ai allongée dessus, tu as ouvert les yeux, tu t'es redressée et tu as dit : "Ne me laisse pas : si tu pars, je vais encore disparaître." J'ai promis de revenir, et puis ta mère est entrée, et je suis parti.

— Comment a-t-elle réagi ?

— Elle a simplement pensé que tu avais bu un peu trop de vin. Peu lui importait, à elle.

— Je n'avais pas bu trop de vin !

— Je sais, mais c'était plus sage d'être de son avis, et de toute façon je voulais voir ta chambre.

— Et tu es revenu ? »

Ils étaient en chemin vers Bodiam ; il avança pendant un moment sans répondre.

« J'ai essayé, une fois, dit-il enfin. Mais ta mère était encore en train de se promener dans les couloirs – j'ai dû battre en retraite.

— Qu'est-ce qu'elle faisait là ? »

Il la regarda d'un drôle d'air, puis détourna les yeux : « Elle allait veiller sur toi, je suppose. »

Elle fronça les sourcils.

« À t'entendre, on croirait que j'étais vraiment ivre. C'est affreux ! Je *sais* que je ne l'étais pas…

— Tu n'aurais pas la mine que tu as aujourd'hui si tu l'avais été. Comment te sens-tu ? »

Elle se tourna vers lui, mais au lieu de répondre dit : « Merci de m'avoir portée.

— J'ai adoré ça. Promets-moi de ne te reposer de tout ton poids sur personne d'autre que moi.

— J'ai déjà fait cette promesse – hier. »

Ils gravissaient une colline, traversant un grand champ en diagonale.

« Méfie-toi des trous de lapins, fit-elle. J'ai fait une mauvaise chute, une fois. Mais ce chemin est plus agréable que par la route.

— Pouvons-nous éviter complètement la route ?

— Pas partout. Cela dépend des fermiers. La plupart ne disent plus rien, maintenant – ils savent que je ferme les barrières et que je prends garde à ce que mon cheval ne piétine rien. Quelle heure est-il ?

— Un peu plus de onze heures et demie.

— Seulement ? Avons-nous vraiment toute la journée ? Ç'a été facile à mettre en œuvre ? »

Elle était arrivée en retard au petit déjeuner et, une fois en bas, avait constaté que tout était miraculeusement arrangé pour son précieux programme.

« Il n'y a pas eu de difficulté. Ton père avait eu la bonne idée de me vanter les mérites du château, hier – si bien que tout s'est déroulé à merveille. Et voilà, nous avons toute la journée.

— Toute la journée », répéta-t-elle, et ils se sourirent.

Il faisait beau, ladite journée s'annonçait chaude, et ils chevauchèrent quelque temps sans parler. Au sommet de la colline, ils eurent une vue plus étendue sur la campagne – scintillant dans la brume – pareille à quelqu'un qui retient son souffle pour demeurer immobile, songea-t-elle. Ils longeaient un petit bois et des hordes de mouches s'en échappèrent. Il l'avertit avant de chasser d'une claque un taon posé sur l'arrière-train de sa jument – mais à part cela, le silence commençait à s'installer entre eux, et avec lui une légère tension.

« Nous allons bientôt rejoindre la route, hélas », dit-elle, mais il se contenta de hocher la tête, sans parler.

La barrière franchie, tandis qu'ils allaient au pas sur le bas-côté herbeux de la route, elle le questionna sur son club d'équitation. Il avait trouvé, dit-il, des écuries convenables du côté de Knightsbridge – elles étaient bon marché, mais avaient grand besoin d'être rafraîchies –, les travaux prendraient un peu de temps.

« Tu t'es décidé pour Londres ? »

Il perçut la note de déception dans sa voix.

« Je n'avais pas tellement le choix. Est-ce que ça t'ennuierait beaucoup ? Là-bas, je peux prendre plus cher de l'heure, et peut-être garder un ou deux chevaux en pension. Ça a quelques avantages. »

Elle se souvint de leurs discussions à ce propos et pensa que non – bien sûr que ça ne l'ennuierait pas.

« Après tout, dit-il, devinant qu'elle acceptait, puisque je vais à Bodiam, tu devras venir à Londres.

— Combien ça coûte, de faire du cheval à Londres ?

— Cinq shillings l'heure – parfois même six ou sept. Tu auras droit à un tarif spécial, évidemment.

— Moi ?

— Eh oui, fit-il d'un ton grave. Tout le monde doit payer pour monter à cheval à Londres, tu sais.

— Je croyais que je devais aider au club !

— Ma chérie ! Tellement sérieuse et crédule – tu ne peux pas savoir à quel point j'aime te taquiner. Bien sûr que tu aideras. Mais il faut d'abord que je parle à tes parents, ce n'est pas sûr qu'ils me confient leur fille unique, avec la vie que je mène.

— Vraiment ? As-tu vraiment l'intention de… ? » Elle était bouleversée, sans voix face à cette perspective tout à coup si proche – sa vie entière se levant comme le jour, éblouissante et soudaine ; c'était bien trop pour elle…

« Chère, *chère* petite Toni ! Ne prends pas tout tellement à cœur. La vie est facile, la plupart des choses n'ont rien de compliqué, à moins de s'en faire une montagne. » Il lui prit les rênes des mains et arrêta leurs chevaux. « Bien sûr que je vais leur parler. Tu as passé trop de temps toute seule – tout te paraît trop sérieux, et c'est pourtant une si joyeuse aventure. » Il dégagea les cheveux d'Antonia de devant ses yeux. « Et ce pourrait être encore plus merveilleux pour toi que pour n'importe qui de ma connaissance, si tu ne t'affolais pas à chaque perspective nouvelle. Bon, quand sortons-nous de cette fichue route ? »

Elle tendit le bras : « Juste après cette maison blanche. Pourquoi ?

— Pour qu'on descende de ces satanées bêtes et que je te fasse un sermon sur la nécessité de ne pas tout prendre tellement au sérieux. C'est trop étroit pour deux – passe devant, allez, file ! »

Il donna une claque à la jument, qui s'ébroua et s'élança au petit galop, d'un air rancunier.

« Il y a deux choses que tu peux prendre au sérieux, si le cœur t'en dit », lança-t-il quelques minutes plus tard.

Elle tourna la tête ; elle riait à présent.

« Lesquelles ?

— Ta propre santé – et l'argent. »

Quand ils quittèrent enfin la route, et après avoir attaché leurs chevaux à une haie, il ne lui fit cependant aucun sermon – la tension s'était envolée, et il n'y en avait plus l'utilité, semblait-il. Ils devaient avancer, s'ils voulaient arriver un jour à Bodiam, dit-elle pour la troisième fois, se dégageant de son étreinte et remontant à cheval avant qu'il ait pu la retenir.

Le reste du trajet fut en partie consacré à une aimable dispute sur les raisons qui le poussaient à croire que la santé et l'argent étaient les seuls sujets sérieux – elle n'était pas de son avis, mais ne savait dire pourquoi –, et en partie à jouir simplement de leur balade. La chaleur s'intensifiait : les liserons blancs se flétrissaient sur les haies ; la route, quand ils la croisaient, était couleur d'acier bleuté et parsemée de miroitements irisés ; l'odeur animale du cerfeuil sauvage et le parfum de caramel dégagé par le foin en train de sécher emplissaient l'air chaud. Elle notait ces détails machinalement, tandis que penser à lui était une sorte d'expérience nouvelle – elle n'avait pas l'habitude de se livrer à un examen si minutieux et passionné, pas plus qu'elle n'était habituée à voir ses sentiments passer d'une extrême crainte à une si paisible certitude. L'idée qu'il devait partir le lendemain lui traversa l'esprit – mais ne gâcha pas son bonheur. Elle y fit allusion : il dit qu'il pouvait séjourner chez les Leggatt dès qu'il le voulait, et cette réponse lui convint parfaitement. Les boutons d'or scintillaient à la lumière du soleil, les aubépines se pâmaient dans la chaleur.

Ils approchaient de Bodiam : les champs de houblon tapissaient la vallée devant eux, et il lui parla de la Liffey, dont l'eau servait à faire le meilleur stout du monde. Pourraient-ils en boire ? demanda-t-elle. C'était une journée trop chaude pour boire du stout, dit-il. Oh, *s'il te plaît,* elle en avait tellement envie – elle se fichait de la chaleur. Elle était comme une enfant, pensa-t-il, elle aurait mangé de la glace avant le petit déjeuner pendant une tempête de neige, si ça lui chantait. Elle portait un chemisier jaune citron dont elle avait retroussé les manches – bon, d'accord, mais pas avant d'être arrivés à Bodiam. Mais elle n'aimerait pas ça, ajouta-t-il. Elle déclara que si, et il vit grandir sa determination à aimer le stout.

Le houblon en fleur, comme une mer odorante, s'étendait à leur droite et à leur gauche, présentant à la vue, avec une précision géométrique, tantôt les piquets recouverts d'une dense broderie verte, tantôt les étroites travées dénudées ; mais un léger à-coup s'intercalait entre les deux images, comme dans une lanterne magique, à mesure qu'ils avançaient. S'était-il déjà servi d'un oreiller de houblon ? voulut-elle savoir. Non – il dormait à merveille, il n'en avait jamais eu besoin. Et elle ? Non plus ; elle en avait respiré l'odeur – délicieuse – mais elle dormait bien, elle aussi – en général –, là, elle se rappela brièvement, tandis que lui essayait de deviner, la dernière fois que ça n'avait pas été le cas.

Ils avaient gravi la dernière montée, et le château était devant eux : couleur de grive, entouré d'une pelouse d'un vert vif. Il était bâti à mi-pente de la colline et dominait une petite rivière. Il était très simple, et paraissait intact. Antonia s'arrêta pour le regarder.

« Vu d'ici, il donne l'impression d'être habité. C'est le dernier château fort construit en Angleterre. Nous pourrions monter dans une des tours », ajouta-t-elle.

Il s'efforça péniblement de se concentrer sur l'édifice. Les châteaux ne l'intéressaient pas beaucoup ; mais le mélange d'amour, d'érudition et d'aventure avec lequel elle le lui avait présenté touchait chez lui un ressort caché – de compassion, de tendresse, d'attention à son bonheur à elle –, que jamais il n'avait éprouvé auparavant. Cet instant passa, avec tout ce qu'il comportait de responsabilité et de regret, et il dit :

« On croirait qu'il n'a pas été construit là, mais qu'un géant l'y a déposé, tout prêt.

— Et qu'il a ensuite creusé une douve tout autour, du bout du doigt. Exactement ! Est-ce qu'il y a des châteaux comme celui-ci en Irlande ?

— Il y a des châteaux. Je ne saurais pas dire. C'est que je ne les ai jamais vraiment regardés. »

Ils commencèrent à redescendre la colline.

« Tu ne me racontes pas grand-chose sur l'Irlande.

— Je te dirai tout ce que tu veux savoir.

— Mais je ne *sais* pas ce que j'ai envie de savoir ! Je veux que tu me racontes.

— Veux-tu boire ce verre de stout avant de visiter le château ?

— Oui, s'il te plaît. On pourrait manger nos sandwichs à l'intérieur. Il y a une cour avec une pelouse. Mais il faudra qu'on attache les chevaux quelque part. »

Il était facile de détourner son attention.

« Comment franchit-on les douves ? À moins qu'elles soient à sec ?

— Sûrement pas, fit-elle, outrée. Il y a plein d'eau, et des nénuphars. Mais on a construit un pont du côté nord, il y a de cela… des années. »

Au pub, il commanda un stout pour elle et une bière pour lui.

« Tu ne vas pas aimer ça, et je vais être obligé de le boire à ta place.

— Si, j'aimerai ça. J'en suis sûre ! »

Mais il n'en fut rien, et pour finir il vida le verre dans une plate-bande de phlox près de la porte du café.

« C'est une première aussi pour ces plantes, j'imagine ; mais je suis sûr qu'elles vont adorer. Et maintenant, Miss Vaughan, qu'est-ce qui vous ferait plaisir ? Une crème de menthe ?

— Une ginger beer », dit-elle humblement.

Le village était très calme. Ils avaient aperçu quelques pêcheurs près du pont, mais n'avaient vu personne entrer ou sortir par la grille du château.

« Si nous ne tardons pas trop, nous serons les seuls. Il y a un bus qui passe en début d'après-midi et qui dépose toujours du monde. On peut passer le premier portail à cheval, et laisser nos chevaux près du cottage du monsieur.

— Quel monsieur ?

— Le gardien du château. Il a toute une collection de clous rouillés et d'objets trouvés dans les douves. On doit lui payer l'entrée. Si on y allait ? »

Elle essuya les yeux de sa jument avec une poignée d'herbe, et l'animal hennit doucement, lui caressant le cou de ses naseaux.

« Il va falloir leur trouver de l'ombre. Il y a des chênes autour du château.

— Et ils ont des belles queues, ils s'entraideront.

— J'espère bien ! Jamais je n'aurais un cheval à la queue coupée.

— Ah ! fit-il en laissant échapper un petit rire. C'est une chose de dire que tu ne couperais pas la queue d'un cheval – mais c'en est une autre de refuser de t'occuper d'une pauvre bête à qui on aurait coupé la queue – tu ne crois pas ?

— Je n'avais pas pensé à ça.

— Les animaux domestiques n'ont jamais le choix – au contraire des animaux sauvages.

— Ces deux catégories s'appliqueraient aussi bien aux gens, tu ne trouves pas ? Sauvages et domestiques ?

— Je ne sais pas. Je ne parlais pas sérieusement. Tu trouves ?

— Oui ! », persista-t-elle, enthousiaste, puis elle s'interrompit : « Tu te moques de moi, c'est ça ? »

Il répondit avec solennité :

« Oui. »

Ils laissèrent passer quelques bicyclettes avant de traverser la route.

« La santé et l'argent, bougonna-t-elle, même si elle n'était pas du tout fâchée.

— *Ta* santé – *ton* argent. Inutile de généraliser.

— Je te ferai prendre les choses au sérieux. » Elle se débattait avec le loquet du portail qui menait au parc du château. « Avec moi, tu te soucieras des chevaux qui ne t'appartiennent pas, et des gens, et…

— C'est de toi que je me soucie, mon cher amour – et tu n'es pas à moi ; pas complètement ; pas encore. »

Elle ne dit rien, mais il remarqua un léger frisson courir le long de son dos depuis sa nuque, comme le vent parcourant un champ d'herbe. Il referma la grille, et elle lui adressa un sourire nerveux qui se mua aussitôt en une expression si radieuse qu'il en eut le cœur chaviré.

Ils longèrent le champ clos et grimpèrent la pente jusqu'au château. Plus ils s'en approchaient, plus ils le découvraient en ruine. Des touffes d'herbe et de séneçon envahissaient les créneaux ou les fissures dans les murs, là où le mortier s'était effrité ; des corbeaux d'un noir luisant volaient lourdement depuis le haut des tours jusqu'à la cime des arbres, puis revenaient, leurs croassements incessants pareils aux derniers éclats d'une dispute hargneuse et peu concluante ; mais dans les tours rondes et lisses, à travers les fentes sombres des meurtrières, aucun signe de vie. L'eau des douves était immobile – une épaisse couche de verre dans laquelle se reflétaient à la perfection les murailles, sauf aux endroits où flottaient des nappes de nénuphars en fleur. Ils se dirigèrent lentement vers la face nord où se trouvait la maisonnette de l'homme aux clous rouillés.

« Il y a des iris jaunes près de la rivière, dit-elle tout à coup.

— Les douves sont-elles profondes ? » demanda-t-il – il n'avait d'yeux que pour elle, comme elle n'avait d'yeux que pour son château.

« On n'y a pas pied, bien sûr, dit-elle après quelques secondes de réflexion. Mais je ne sais pas exactement. Tu as faim ? On déjeune à l'intérieur ?

— Oui, faisons ça. »

Ils trouvèrent un endroit pour les chevaux, achetèrent leurs tickets et avancèrent sur le pont. Quand ils parvinrent à la herse, elle leva la tête pour la lui montrer et il posa une main sur sa nuque.

« Quand tu frissonnes, ça commence ici.

— Geoffrey – tu ne prêtes pas la moindre attention au château !

— Si, si ! fit-il, sans conviction.

— J'aime ce genre d'édifice. J'aime moins les églises.

— Rien que les châteaux. Ou bien seulement celui-ci ?

— Je n'en ai jamais vu d'aussi beau que celui-ci. J'aime bien les maisons, aussi. Ce que j'aime, ce sont les constructions faites pour être habitées. »

Au grand portail succédait une large cour à l'herbe rase et verte, que bordaient d'anciennes fondations et des fragments de murailles – des ruines que l'élégante pelouse parvenait à rendre accueillantes.

Elle avait trop chaud, déclara-t-elle, suggérant de manger avant de se lancer dans la visite du château. Ils déjeunèrent donc sur l'emplacement du Lady's Bower – confortablement adossés à la muraille lisse, de petits oiseaux sautillant autour d'eux en quête de miettes. Leur repas terminé, il lui proposa une cigarette, mais elle secoua la tête en souriant. La fumée bleue de celle de Geoffrey s'élevait en volutes, les secondes brûlantes s'étirant dans l'air doré – même la dispute des corbeaux semblait lointaine… Elle posa la tête contre la pierre, et sentit la chaleur pénétrer ses cheveux. La vie paraissait d'une beauté infinie – même les corbeaux, songeait-elle, ne se fatiguaient plus à en chercher le mauvais côté. Elle leva les yeux vers le ciel d'un bleu crémeux et regarda le soleil ; un vif fourmillement envahit aussitôt ses narines et elle éternua. Elle sentit alors les mains de Geoffrey sur ses épaules – il s'interposait entre elle et le soleil, elle et le ciel ; il l'embrassa – et elle fut transportée de joie.

« Quand je t'embrasse, tu t'agrippes à moi comme si tu étais en train de te noyer. Tu le sais ? »

Elle secoua la tête et put à nouveau discerner son visage avec netteté.

Il l'attira près de lui.

« Foin – trèfle – pommes de terre nouvelles… et une note plus sucrée dans tes cheveux.

— Quoi ? » Elle parlait tout bas, tant il paraissait urgent de préserver leur intimité.

« Ton odeur, mon cher amour. J'aime tellement ton odeur. Promets-moi une chose, ma chérie, veux-tu ? Réfléchis bien avant de promettre. »

Mais ils furent interrompus par un groupe de touristes, et il poussa un juron à mi-voix : « Bon sang !… » Ils se séparèrent et se regardèrent dans les yeux, lui surjouant le désespoir, elle passant de l'inquiétude à la confusion.

Les visiteurs franchirent un à un le portail, jetant un regard distrait dans leur direction avant de les observer plus franchement – la curiosité qu'ils pensaient réserver au château se trouvant éveillée et détournée par le spectacle des deux amoureux. L'un d'eux dit quelque chose – ils les regardèrent à nouveau –, quelqu'un d'autre laissa échapper un rire. Antonia, les joues brûlantes, se mit à rassembler les restes du déjeuner.

« Allons-nous-en, dit-il. Je ne veux pas visiter le château avec eux. »

Elle acquiesça, reconnaissante, songeant à quel point ils se comprenaient.

Ainsi repartirent-ils à cheval, presque sans un mot ; c'est seulement en arrivant à l'endroit d'où l'on pouvait apercevoir le château une dernière fois qu'elle s'arrêta et se retourna.

« À vrai dire, on aurait pu le visiter quand même. Qu'il y ait du monde ou non ne change rien. » Elle réfléchit un moment : « Après tout, on y était aussi. Mais je suis sûre que sans eux tu aurais aimé le château. » Elle balaya le sujet d'un geste de la main.

« Je suis très heureux de l'avoir vu. »

Elle lui lança un regard perçant, n'en croyant pas un mot, sur quoi il ajouta « Avec toi – c'est toi, et non le château – tu le sais », et elle fut si certaine qu'il l'aimait qu'elle pensa simplement : au moins il ne fait pas semblant d'aimer le château.

Bien plus tard, après le moulin de Staplecross, elle rompit le silence en disant « On peut prendre un autre itinéraire pour rentrer », et ils tournèrent à droite, quittant la route pour s'engager sur un chemin. Là se trouvaient quelques maisonnettes dispersées, entourées de minuscules jardins envahis de chèvrefeuille, de roses, de ruches et de poules, de haies de fuchsia et d'églantier, et où régnait une odeur de mousse, de phlox, de feuilles de chou transpirant au soleil et de sentier cendré. Au bout du chemin, une barrière branlante ouvrait sur un champ en jachère et, au-delà, les bois s'étendaient à perte de vue. Elle se souviendrait toute sa vie de la fin de cette promenade.

Ils traversèrent lentement le champ jusqu'à l'orée du bois, où les arbres formaient une voûte au-dessus d'eux. Il y faisait sombre après le champ écrasé de soleil, seul filtrait un quadrillage de lumière – à la sensation de l'air vibrant et doré succédait le mouvement timide des rayons obliques se faufilant entre les branches, glissant du cou de sa jument jusque sur le sol ; les incertitudes naissantes quant à son amour pour lui (qu'allait-elle devoir lui promettre ?) se heurtaient, dans son esprit, à la certitude de l'amour lui-même. Car il lui semblait à présent que chaque pas, chaque étape, les rapprochait d'une mystérieuse et entière satisfaction. De temps à autre, une flaque de lumière jaune pâle éclairait le chemin – elle levait alors les yeux et découvrait un pan de ciel, bleu comme un profond bassin, au-dessus de leurs têtes. Hauteur, profondeur et distance – jaune et bleu se répondaient ; elle se demanda si l'amour était capable d'une telle harmonie, et s'aperçut avec un tressaillement, mélange de fierté et d'humilité, que s'il l'aimait autant qu'elle l'aimait, le chemin que parcourraient leurs vies serait sans fin. Elle se retourna vers lui, et aussitôt son regard rencontra le sien, rempli d'un désir silencieux.

« Il y a une petite prairie un peu plus loin. »

Il tendit une main, comme pour la toucher, puis se ravisa.

C'était à peine une prairie, plutôt une clairière étroite d'herbe rase ponctuée d'anciennes taupinières. Le soleil la recouvrait d'une pellicule dorée et, en bordure du bois, des buissons de mûres faisaient miroiter leurs baies noires et rouges.

« Attention aux trous de lapins, dit-elle, et elle se rappela qu'elle avait déjà dit ces mots.

— C'est l'endroit idéal, dit-il.

— Pour que j'y fasse ma promesse ?

— Quelle promesse ?

— Tu m'as demandé de te promettre une chose, avant qu'on nous interrompe. »

Ils s'étaient arrêtés.

« Mais oui ! Oui, c'est vrai. » Il descendit de son cheval et se posta près d'elle : « Saute, maintenant. Je veux sentir tout ton poids tomber sur moi. »

Mais c'est d'un léger bond qu'elle descendit, en riant : « Ça, je l'ai déjà promis ce matin.

— Quoi donc ?

— Tu ne te souviens de *rien* ! De ne me reposer de tout mon poids sur personne d'autre.

— C'était hier. » Rassurée de voir qu'il s'en souvenait, elle se pencha vers lui pour l'embrasser, mais il dit : « Attachons d'abord les chevaux. Passe-moi le tien. »

Elle resta assise sans bouger, les bras autour de ses genoux, le temps qu'il attache les chevaux aux premiers arbres du bois derrière elle, se formulant lentement : je suis si heureuse. Quoi qu'il arrive, jamais je ne serai plus heureuse que maintenant, jamais. Même cette pensée semblait attiser sa joie, la portant à un point d'extrême félicité, et elle s'allongea, soudain pressée de sentir contre sa joue le pelage vert de la prairie – caressant ce petit coin de terre comme si c'était le monde entier et qu'elle lui confiait sa vie.

Lorsqu'il revint vers elle et la vit face contre terre, il songea qu'elle était peut-être en train de pleurer, et, se souvenant qu'il s'était beaucoup rapproché d'elle la dernière fois qu'elle avait pleuré, il se laissa tomber à son côté, prêt à la réconforter voluptueusement.

« Qu'y a-t-il, mon cher amour ? »

Elle répondit avec solennité : « Je suis si merveilleusement heureuse ! »

Il la prit dans ses bras et eut un soupir, si bien qu'elle demanda à son tour : « Qu'y a-t-il ?

— Je suis si merveilleusement malheureux. Voilà la différence.

— Pourquoi, mon amour ? Enfin, pourquoi ? »

Il écarta le col de son chemisier jaune citron pour l'embrasser dans le cou.

« Je ne veux pas te le dire maintenant. » Il glissa une main sous sa nuque : « Il faut que je t'embrasse. Il faut que tu m'embrasses. Tout de suite. »

Son souffle effleurait son visage – ses yeux tout près, encore plus près – gris, avec deux points noirs – tout noirs… Elle l'embrassa avec passion, parce qu'il avait dit qu'il était malheureux, parce qu'elle l'aimait et qu'il lui rendait ses baisers, puis sans raison particulière. Elle avait la tête renversée dans la paume de sa main ; de l'autre il caressait sa peau par de petits mouvements rapides, fébriles, possessifs, jusqu'à en entourer un de ses seins – elle poussa un petit cri émerveillé alors que son cœur faisait un bond dans sa poitrine, juste sous sa main, et que sa bouche s'emplissait d'un goût sucré. Il s'arrêta soudain et dit d'un ton rude :

« Maintenant, tu sais pourquoi je suis merveilleusement malheureux. Je te veux – je te veux tout entière – je te *veux*! Tu commences à comprendre ce que ça veut dire, à présent, n'est-ce pas ? Attends encore un peu. »

Elle n'eut pas l'occasion de répondre ; elle entendit son chemisier se déchirer légèrement, mais le bruit semblait venir de loin : c'était comme s'ils galopaient – leurs deux corps engagés dans une course effrénée ; seules sa bouche et ses mains affairées la retenaient.

Quand enfin il relâcha son étreinte, elle n'eut plus conscience que de son absence – que la course n'était pas finie, mais suspendue, et devant cet abandon une angoisse intolérable, proche de la colère, l'envahit. Meurtrie, le souffle court, elle le vit qui la regardait – l'examinant – puis affichant un petit sourire cruel, un sourire de triomphe devant le spectacle de ses yeux noirs, remplis de larmes de désir, de sa bouche qui gardait l'empreinte de la sienne. Elle sentit ses doigts se resserrer sur son épaule nue alors qu'il se penchait pour lui chuchoter :

« Tu comprends maintenant, n'est-ce pas ? Tu me veux à présent, n'est-ce pas ? »

Et elle répéta : « Je te veux », comme en écho à son murmure.

Il changea d'expression et, toujours dans un souffle, elle dit :

« Tu leur parleras ce soir ?

— À qui ?

— À mes parents. » Ses yeux brillaient d'une excitation contenue et exquise. « Dès que nous serons rentrés ? »

Il fronça les sourcils, dans un effort sincère pour comprendre ce qu'elle voulait dire, et voyant ses traits s'assombrir il eut un élan de tendresse envers elle : « Oh, ma chérie, ne sois pas triste ! La moindre petite chose te met dans tous tes états… » Mais elle l'interrompit :

« Je n'appellerai pas notre mariage “la moindre petite chose” !

— Notre *quoi*?

— Tu disais ce matin qu'il faudrait d'abord que tu parles à mes parents.

— Ah ! Oui, j'ai dit ça, mais je parlais du club d'équitation. Je n'ai pas parlé de mariage. »

Une sorte d'instinct la fit se redresser.

« Mais je croyais que… Tu ne veux pas qu'on se marie ? »

Il la regarda d'un air grave, puis détourna les yeux.

« Ça ne servirait à rien que je le veuille. Je suis déjà marié. » Le silence fut tel qu'on aurait cru qu'il venait de jeter quelque chose dans un puits et qu'ils tendaient tous deux l'oreille pour l'entendre toucher le fond – après un temps un peu trop long, ils tressaillirent au même moment.

« Tu es… marié… à quelqu'un d'autre. »

Elle porta la main à son front comme pour en chasser quelque chose.

« Oui.

— En Irlande. » Elle se souvint de lui en train de dire qu'il devait rentrer chez lui, et de l'île qu'elle avait imaginée.

« Oui », répéta-t-il, et il la regarda. Elle était devenue très pâle, mais semblait parfaitement calme. Il y eut un autre moment de silence pendant lequel elle observa les mains de Geoffrey, ses doigts dont il arrachait nerveusement les petites peaux.

« Je ne l'aime pas, tu comprends, dit-il enfin. Quand nous nous sommes mariés, j'étais trop jeune pour savoir vraiment ce que je voulais, seulement elle est catholique et n'a jamais voulu entendre parler de divorce. Je ne suis pas heureux avec elle.

— Mais tu retournes la voir de temps en temps ?

— La voir elle – et les enfants.

— Vous avez beaucoup d'enfants ?

— Deux… Et le bébé.

— Le bébé », répéta-t-elle. Puis elle demanda : « Comment s'appelle-t-elle ?

— Ellen. Mais, Toni, c'est toi que j'aime ! Il faut que tu me croies. Il faut que tu saches que je t'aime. »

Elle porta de nouveau la main à son front et dit, presque sur le ton de la confidence : « Tu dois me trouver complètement idiote, mais je n'arrive pas à comprendre pourquoi tu ne m'as rien dit. »

Il réfléchit : « J'aurais fini par le faire, bien sûr. Si je ne te l'ai pas dit tout de suite, c'est justement parce que je t'aime, tu ne comprends pas ? »

Elle secoua la tête et répondit simplement : « Non. » Elle continuait de fixer ses mains.

« Je n'avais pas idée – je ne savais pas qu'il y avait un tel… un tel malentendu entre nous. »

Elle voulut alors le regarder, mais fut prise d'une si violente nausée qu'elle n'osa pas bouger – pas même la tête. Elle ferma les yeux, enfonça ses ongles dans la terre, et l'envie de vomir reflua lentement.

Une fois que ce fut passé, elle l'entendit qui disait : « Je suis désolé de t'avoir causé un choc pareil. »

Malentendu – choc – les mots atteignirent le fond du puits dans un bruit sourd. C'est seulement lorsqu'elle rouvrit les yeux qu'elle s'aperçut que son chemisier était déchiré depuis l'épaule. Elle tira sur les lambeaux de coton pour en recouvrir sa poitrine, et entendit sa propre voix commenter : « Il devait être drôlement vieux. » Les pans de tissu refusaient de tenir en place. Comment allait-elle pouvoir rentrer avec un chemisier déchiré ? Elle répéta cette pensée tout haut, tant cela semblait insurmontable.

« J'ai peut-être une épingle », dit-il, à son étonnement. Et il en avait une : « Ce n'est pas une épingle à nourrice, attention à ne pas te piquer. »

Elle prit l'épingle maladroitement, et la contempla.

« Tu veux que je le fasse ? » dit-il.

Elle demeura si passive, si immobile tandis qu'il épinglait le chemisier qu'il songea qu'en fin de compte tout n'était peut-être pas perdu – même s'il trouvait curieux qu'elle ne pleure pas. Il était sur le point de passer un bras autour d'elle lorsqu'elle demanda :

« Pourquoi… Pourquoi tu ne vis pas avec elle ? Puisque vous avez tous ces enfants – et un bébé ?

— Elle m'ennuie. Au bout d'une semaine là-bas je n'en peux plus. » Après un silence, il ajouta d'un ton désespéré : « Et si c'est le bébé qui te tracasse, sache que c'est elle qui veut des enfants. Elle a les moyens d'en avoir autant, et grâce à eux elle me fiche la paix. Elle ne viendra pas à Londres, tu sais.

— Ce n'est pas le bébé qui me tracasse. »

Elle dit cela poliment, comme si elle craignait de l'avoir mis dans l'embarras. Elle regarda son chemisier : il lui couvrait le sein, mais laissait encore à nu le haut de son épaule.

« Je te demande pardon, ma chérie. Je m'y suis mal pris. »

Elle haussa les épaules pour voir si cela tenait.

« Peu importe. Ça fera l'affaire jusqu'à la maison, mais… »

Il crut qu'elle faisait exprès de ne pas comprendre, et cela le rendit furieux.

« … Mais tu préfères que j'évite de parler du club à tes parents ? »

Il vit ses traits se contracter un instant, puis elle porta encore une fois la main à son front, presque comme si elle s'attendait à ce qu'il la frappe. Enfin, elle dit :

« S'il te plaît, ne leur dis rien. Je suis navrée de t'avoir mal compris. Je voudrais rentrer, maintenant.

— Pardon », marmonna-t-il tandis qu'ils retournaient à leurs chevaux. Il se sentait honteux et maussade. Il l'avait blessée, à l'évidence – il avait tout gâché. Il ignorait qu'elle puisse être si sensible. Quelle innocence ! pensa-t-il, presque épouvanté – on devrait être prévenu, dans des cas pareils. Inutile de ressasser – il allait plutôt s'efforcer d'être gentil avec elle. Il s'apprêtait à l'aider à remonter sur sa jument, mais c'était fait avant qu'il la rejoigne.

« Toni… Excuse-moi. C'était grossier de ma part. Est-ce que tu peux me pardonner ? »

Mais elle répondit d'une voix anormalement claire et haut perchée :

« Oh, non, il n'y avait rien de grossier ! Allons-y. »

Elle galopait en tête. Leurs montures furent bientôt couvertes de sueur et de poussière, et néanmoins le chemin du retour sembla long. Chaque fois qu'il commençait à trouver intolérable le lourd silence qui régnait entre eux, elle faisait un commentaire banal pour lequel il se sentait exagérément reconnaissant. Pendant ce qui parut des heures, ils traversèrent le reste du bois, puis la route, puis une multitude de champs ; elle ouvrait les barrières et attendait qu'il les referme. À un moment, il fit remarquer qu'ils devraient faire marcher les chevaux en rentrant pour qu'ils sèchent, et elle répondit qu'elle s'en occuperait : « Tu pourras jouer au tennis. »

Ils parcouraient un tronçon de route au trot, et il s'était avancé à sa hauteur : il la regarda lorsqu'elle prononça ces mots, espérant détecter sur ses traits quelque chose qu'il pût comprendre, la trace d'une émotion quelconque – le ressentiment, la colère, le mépris –, n'importe quoi aurait fait l'affaire, mais elle ne laissait rien paraître et ajouta de la même voix sans timbre : « Seulement si tu en as envie, naturellement. »

En arrivant enfin à l'allée devant la maison, elle ralentit.

« Je vais te laisser à la porte du jardin et emmener les chevaux par-derrière.

— Toni, tu m'en veux beaucoup ? »

Elle secoua la tête et pressa un peu l'allure.

« Alors faisons-le ensemble. Je t'en prie, ne restons pas là-dessus – ça n'a aucun sens, tu ne crois pas ?

» … Toni ! Je suis désolé, je te le jure. Je ne pensais pas que… »

Il ne pensait pas qu'elle réagirait de cette façon, mais quelque chose le retint de le formuler ainsi. Elle prit ses rênes sans un mot – malgré la chaleur, elle était toujours aussi pâle. Il la regarda s'éloigner, bien droite sur sa jument : sans se douter qu'à peine lui avait-elle tourné le dos que les larmes jaillirent de ses yeux jusqu'à l'aveugler complètement.

Elle ne se souvint jamais très clairement de la fin de cette journée. Elle continua, bien après que les chevaux furent secs, de leur faire faire le tour de la grande prairie près de la futaie – rendue hagarde par la douleur, les mêmes phrases tournant en boucle dans sa tête alors qu'elle passait et repassait devant les quatre coins du pré –, s'entendant lui dire : « je ne suis rien qu'à toi » ; et lui : « je dois aller chez moi, d'abord » ; et l'île d'Émeraude qu'elle avait imaginée ; « il faut d'abord que je parle à tes parents, ce n'est pas sûr qu'ils me confient leur fille unique, avec la vie que je mène » ; « deux... et le bébé » ; « je te veux » ; « malentendu... choc... » alors qu'elle venait de lui dire qu'elle était toute à lui ! Il m'a demandé de le lui dire. Un malentendu ! La nausée la reprit à ce mot, et elle dut s'arrêter pour la maîtriser – s'agrippant au pommeau de sa selle. L'île était à présent peuplée d'autres enfants, et du bébé qu'il avait eu avec Ellen. Elle prononça ce nom tout haut et songea comme il devait sembler familier, depuis toujours, aux oreilles de Geoffrey ; malgré tout, l'image de son île à elle persistait à flotter devant ses yeux – tout comme la mise en garde condescendante de sa mère : « Ma chérie, tu n'as aucune *idée* de ce que c'est que l'amour ! » le jour où sa lettre était arrivée. Si elle n'en avait aucune idée, c'est qu'il ne lui avait pas dit qu'il était marié. Il a dit qu'il m'aimait. Est-ce que tout le monde savait ? Enid ? Sa mère ? Le *malentendu* ne venait-il que d'elle ? À nouveau, la nausée se mêla à la douleur. Son père et la façon dont il avait mis en cause son intelligence vinrent lui porter un coup sournois : seuls les imbéciles étaient victimes de malentendus (elle essayait de se faire à l'ignominie de ce mot, puisque c'était celui qu'il avait employé). Puis sa mère, faisant les cent pas dans sa chambre et lui expliquant qu'il ne fallait pas courir après quelqu'un en oubliant le reste du monde. Elle était rongée par la honte, à présent qu'elle se rappelait avec quelle passion elle avait désiré qu'il la trouve jolie, l'aime, vienne se promener à cheval avec elle, s'arrange pour qu'ils se retrouvent en tête à tête, lui écrive (chose qu'il n'avait jamais faite), fasse des projets pour leur avenir – elle enfouit le visage dans ses mains –, une honte cuisante, dévorante, qu'elle ne savait comment endurer.

La lumière du soleil était très douce, très jaune sur les chênes, et la sueur des chevaux avait séché, recouvrant leurs robes d'une couche dure. Il était temps de rentrer – de passer à autre chose – mais elle ne savait par où commencer. Le pré avait été une sorte de répit; la maison serait pleine de gens qui auraient passé une journée bien différente – et il serait là. Ses larmes coulaient, s'arrêtaient puis revenaient, sans qu'elle puisse les contrôler – elle était terrifiée par leur emprise déloyale.

Dans sa chambre, elle défit l'épingle de son chemisier, et l'enleva.

Elle mit longtemps à s'habiller : elle ne cessait d'aller et venir dans la pièce, oubliant ce qu'elle cherchait; elle laissait tomber ses affaires et les contemplait un moment avant de les ramasser. Elle avait l'impression de ne penser à rien, puis elle vit un bourdon prisonnier entre les deux vitres de sa fenêtre à guillotine et, d'instinct, alla le délivrer. Là encore, ses gestes étaient gauches – le bourdon s'échappa, mais elle se pinça le doigt; après quoi, sans raison, elle posa sa main endolorie sur le rebord de la fenêtre et, de sa main libre, fit tomber le châssis dessus. Elle eut très mal, et il s'écoula une seconde insoutenable avant qu'elle relève la vitre. La peau était déchirée ; elle observa les gouttelettes de sang apparaître une à une, puis s'élargir et se mêler les unes aux autres. Sa main vibrait d'une douleur irrégulière – elle s'était sévèrement blessée, peut-être un os fêlé ou cassé. Elle agrippa son poignet gauche de la main droite pour enrayer la douleur, et sentit les larmes monter une fois de plus. Mais à présent, elle avait un point d'avance sur ses pleurs. Elle leur avait trouvé un prétexte – qui tiendrait toute la soirée, s'il le fallait – et à cette pensée, sans plus de logique, les larmes cessèrent.

Descendre l'escalier; entrer dans le salon – le soleil lui arrivant droit dans les yeux si bien qu'elle fut incapable de voir personne; prendre un verre au passage; l'exclamation de sa mère en voyant sa main si maladroitement bandée – puis tous les regards rivés dessus; son regard à lui sur elle – lever les yeux et découvrir sur ses traits son petit sourire de conspirateur (comme si de rien!), et comprendre tout à coup qu'il ne croyait pas à sa blessure, qu'il y voyait une ruse comme celle de sa cheville foulée; vouloir à tel point qu'il la croie qu'elle regarda droit devant elle, se força à déclarer qu'elle s'était cognée, se força à ne pas y penser.

Au dîner, après la soupe, sa main qui tentait de prendre sa fourchette, traversée d'un grondement de douleur si brusque, si aiguë qu'elle laissa tomber la fourchette sur la table avec fracas et que tout le monde releva la tête. Tandis que quelqu'un ôtait pour elle les arêtes de son poisson, son père demanda à Geoffrey ce qu'il avait pensé de Bodiam. Elle l'entendit répondre avec aisance, volubile, mais elle n'écoutait pas. Elle avait peine à manger, et au milieu du plat parvint enfin à penser : c'est du poisson, et je n'aime pas tellement le poisson – après quoi elle cessa de s'efforcer à le manger. Elle souriait beaucoup, lorsqu'on lui parlait ou simplement lorsque quelqu'un disait quelque chose. De temps à autre, il s'adressait à elle, et alors elle était incapable de sourire, découvrit-elle; sentant qu'il la regardait, elle lui répondit quelque chose, sans vraiment tourner les yeux vers lui.

Fin du dîner : se lever de sa chaise avec raideur, s'entendre dire pour la première fois de sa vie : je suis si fatiguée, vraiment très fatiguée; puis suivre les dames jusqu'au salon – les rideaux étaient tirés à présent, le soleil n'entrait plus. Se tenir à nouveau le poignet pendant qu'on servait le café – Alison Brewer demandant : « Il ne faudrait pas mettre quelque chose sur cette main? », et sa mère disant qu'il y avait de la teinture de benjoin et de la Pommade Divine dans l'armoire de la salle de bains. Une bonne occasion de s'échapper. Oui, elle devrait peut-être aller mettre quelque chose dessus, si cela ne leur faisait rien elle monterait s'en occuper et irait se coucher. Cela ne leur faisait rien, bien sûr, rien du tout.

Dans l'armoire de la salle de bains, elle trouva les somnifères de sa mère. Elle sortit un cachet du flacon, mais une fois revenue dans sa chambre elle ne sut ce qu'elle en avait fait. Elle jeta le chemisier jaune dans la corbeille. Peu importait le somnifère – elle n'avait qu'une envie, être allongée et rester immobile dans le noir. Si elle réussissait à ne pas bouger, elle ne ranimerait pas ses pensées…

Il faisait toujours nuit lorsqu'elle se réveilla en sursaut, pleurant de terreur, en proie à une angoisse insoutenable, à une violence épouvantable et secrète qui s'évanouit aussitôt, se glissant sous la surface d'un rêve – ne laissant plus qu'un sentiment de panique confuse et douloureuse. Alors que la douleur dans sa main se rappelait à elle, elle pleura plus calmement : de plus en plus, et calmement, jusqu'à ce qu'enfin, dans un silence entrecoupé de sanglots irréguliers, elle s'endorme.

IX

C'ÉTAIT la première fois qu'elle souffrait ainsi, et elle n'avait personne à qui se confier ; ce fut dépourvue du soutien qu'apportent l'expérience ou la compassion des autres qu'elle traversa ces pénibles semaines, avec ce courage opiniâtre dont font souvent preuve les enfants malheureux, et avec une fierté qui n'appartenait qu'à elle. Sa fierté s'apparentait au corset : toujours inconfortable, parfois douloureuse, mais elle l'aidait à se tenir droite ; elle étanchait l'étrange saignement de son cœur ; dissimulait sa faiblesse, et la rendait capable de résister aux violents coups que ne cessait de lui asséner sa peine, sans prévenir, au beau milieu d'une journée calme et morose. Surtout, elle lui donnait la force de ne rien laisser paraître devant sa mère.

« Tu n'as même pas dit au revoir à Geoffrey, avait fait remarquer cette dernière le lendemain matin, à quoi Antonia avait tout de suite répondu :

— Oh, ce que je suis grossière ! Enfin, il ne m'en voudra pas trop, je suppose. Je crois que je ferais bien de montrer ma main au Dr Atkins, elle est affreusement gonflée. »

D'interminables semaines plus tard, sa mère rentra exceptionnellement gaie et de bonne humeur d'une de ses expéditions à Londres. Après le dîner, elle dit :

« Au fait ! J'ai croisé Geoffrey à cheval dans Knightsbridge en sortant de chez le coiffeur – c'était d'un romantique !

— Est-ce qu'il… l'as-tu invité ?

— Oui, bien sûr, mais il ne peut pas, le pauvre chou. Son club l'accapare. Je déjeune avec lui la semaine prochaine. Il t'envoie son bon souvenir. »

Elle mit un certain temps à balayer son bon souvenir (le terme était banal, vide, mensonger – exactement ce qu'évoquait Jane Austen au sujet des gens qui vous envoient leur bon souvenir) : « Mon bon souvenir à Toni », avait-il dû dire, et elle imaginait sans peine l'expression de son visage au moment où il avait prononcé ces mots ; ou bien était-ce « Mon bon souvenir à tout le monde » ? Cela semblait plus probable – seulement la formule incluait son père, et elle s'aperçut avec un serrement de cœur que personne n'enverrait jamais son bon souvenir à son père.

Les absences de sa mère se firent plus fréquentes, ou plus longues – soit elle partait deux soirs différents de la même semaine, soit deux ou trois jours d'affilée ; des soirées qu'Antonia passait seule avec son père, pour la plupart. Ils prirent l'habitude de faire ensemble les mots croisés du journal ; il était beaucoup plus doué qu'elle mais, chaque fois, entretenait poliment l'idée qu'elle puisse être assez maligne ou cultivée pour trouver les solutions que lui ne trouvait pas. Elle lui en était reconnaissante et désirait vivement lui faire plaisir et l'éblouir par ses trouvailles, mais les rares fois où elle décrochait le mot juste, il se contentait de l'inscrire de son écriture minutieuse et passait à la définition suivante – il ne paraissait pas particulièrement surpris ni satisfait.

Le gel – les champignons – le départ des hirondelles – la gaieté des baies dans les buissons – les arbres qui se dévêtissaient gracieusement, et les conifères qui, ayant patiemment attendu ce moment pour se rengorger, reprenaient leur juste place comme dans une fable d'Ésope – les papillons retardataires et les roses figées par le froid – la fumée des cheminées et les allures romantiques de l'automne qui déboucherait soudain sur l'hiver. Il fallait rentrer les chevaux la nuit, elle ne les montait plus.

Un jour, son père lui demanda si elle allait à Hastings – ce qui était une manière de dire qu'il voulait qu'elle y aille. Il avait besoin de certains livres, et elle prit le bus de l'après-midi, heureuse d'avoir une course à faire.

C'était une journée froide au ciel gris ardoise, et elle se dirigea vers le front de mer. Hastings était déserte. Quelques vieux messieurs emmitouflés au point de ne plus pouvoir bouger ni parler, poussés dans leur fauteuil roulant par des femmes sèches portant de grosses chaussures et d'affreux gants ; une ou deux personnes mal choisies pour l'exercice étaient forcées de courir après leur chapeau, emporté dans une chorégraphie magique et absurde ; les habituelles personnes accoudées aux balustrades pour contempler la mer étaient à leur poste ; un enfant contraint de lancer son cerceau. Mais la foule bruyante, tonitruante, à la peau couleur pêche s'en était allée : les galets sur lesquels les vacanciers avaient étalé leurs pique-niques soigneusement empaquetés – les têtes nues ou coiffées de bonnets de bain touchant presque les pieds chaussés de sandales et couverts de sable – étaient secs et clairs ; même les pelures d'oranges, les emballages de chocolats, les sacs en papier et les journaux avaient disparu ; et dans le ciel, des mouettes désœuvrées et affamées jouaient avec le vent.

Elle marcha en direction des falaises et du port de pêche ; l'air humide et salin s'alourdissait de l'odeur de l'étoupe goudronnée et du poisson. Les bateaux rentrés de la pêche se balançaient sur l'eau ou étaient tirés sur la grève ; les filets couleur liège pendaient à des piquets entre les hautes cabanes de pêcheurs noires. Les cris des mouettes étaient plus aigus, ici. Elle resta là à regarder la mer qui se faisait grise et houleuse – se jetant contre la digue, sa masse grise se décomposant en une averse de gouttelettes blanches et d'écume huileuse – puis se retirant pour laisser la place à la muraille d'eau qui suivait, oblique et lisse. Ce mystérieux effet de répétition des vagues rythmait sa pensée. Elle eut l'impression d'avoir marché pendant des semaines le long d'un étroit couloir où les portes étaient fermées de chaque côté, et ses pensées étaient comme la moquette au sol : elle avait beau y avancer, leur motif se répétait, si bien qu'encore et encore, telles les vagues sur la digue, les mêmes souvenirs lui revenaient avant de se fracasser – et de disparaître sous ses pieds. Le couloir semblait interminable, et malgré sa progression, elle s'y sentait prisonnière. Le passage du temps, songea-t-elle tristement avant d'essayer de comprendre ce qui se cachait derrière ces portes. Des gens ? Des opportunités ? Des gens à qui elle ne pouvait parler, des choses qu'elle n'avait pas envie de faire ? Fermées, ou bien verrouillées ? Je ne peux pas parler à ma mère, et monter à cheval est au-dessus de mes forces. Quel triste sort ! ironisa-t-elle en contemplant l'horizon aux lèvres serrées qui semblait la narguer sous le ciel de plâtre. Je devrais, se dit-elle solennellement, penser davantage aux autres et moins à moi-même – et elle se rappela avoir, à quatorze ans, écrit cela dans son journal, un sentiment très nouveau alors. À l'époque, il suffisait d'écrire certaines pensées pour s'en débarrasser ; un tas de préceptes pleins de suffisance, couchés sur le papier puis oubliés jusqu'à ce jour, se souleva dans sa mémoire avant de retomber comme de la cendre chaude : elle n'avait aucune idée de ce dont elle parlait. Des gens, alors – mais elle se lassait de la métaphore du couloir – son père, les invités des week-ends ; seulement son père était très seul, et elle comprenait maintenant que la fois où elle avait tenté de lui parler, elle l'avait fait dans l'intention qu'il lui parle d'elle. Il faut que j'aille chercher ses livres, pensa-t-elle, c'est ce qu'il veut, je suis venue pour ça.

En s'éloignant, elle se demanda si tous ces gens accoudés aux balustrades et contemplant la mer le faisaient pour la même raison.

◆

Ce soir-là, elle demanda à son père si elle pouvait l'aider en quoi que ce soit pour son livre. Tout bien considéré, il croyait que non, dit-il après avoir scrupuleusement considéré le tout.

N'y avait-il vraiment *rien*, une tâche sans intérêt qui n'exigeait aucune intelligence mais qui devait tout de même être abattue ?

Elle était assise, les pieds ramenés sous elle, dans le grand fauteuil de son bureau (ils ne se servaient pas du salon quand ils étaient seuls), le visage levé vers lui. Quelque chose le toucha dans cette fervente humilité – en bon intellectuel, il avait un profond respect pour l'humilité – et il sourit tout à coup, heureux d'avoir su la déceler.

« Évidemment, il y a l'index. »

Elle se taisait, attentive.

« Un travail fastidieux – il y aura beaucoup de renvois – et quand il sera fini, il faudra le vérifier attentivement avant de l'appliquer à la version définitive.

— Oui », dit-elle, puis elle attendit.

Il ajouta enfin, sévère :

« Il ne doit strictement rien y avoir de bâclé dans l'index de ce livre, sans quoi le peu d'utilité qu'il pourrait jamais avoir disparaîtrait.

— Vous croyez que vous pourriez m'apprendre comment faire ?

— Ça n'a rien de *difficile.* Ce n'est qu'une question de patience et de concentration. »

Il la regarda d'un air hésitant.

« Je vous promets de me concentrer », dit-elle.

Il lui apprit donc, et elle s'attela plusieurs heures par jour à une tâche qui était loin de n'exiger que patience et concentration. Son père avait une compréhension si intime, si détaillée de son sujet qu'il lui prêtait des connaissances qu'elle était loin de posséder. Sa mère se moqua d'elle – sur le ton de la légèreté, d'abord, puis avec un soupçon de quelque chose approchant de la jalousie ou de l'inquiétude (Toni n'était tout de même pas en train de devenir un ennuyeux *rat de bibliothèque,* au moins ?), mais cela ne l'empêchait pas de vivre sa vie, et sa fille semblait bien mieux s'accorder aux convives du week-end qu'auparavant, de sorte qu'à part provoquer une brève hilarité lors des dîners le samedi soir en mentionnant le passe-temps de Toni, elle en resta là.

Un jour, pourtant, elle déclara :

« Il faut vraiment que je fasse quelque chose pour ma ligne cet hiver. L'été, ça va, avec tout ce tennis, mais l'hiver, on ne fait que se goinfrer – je grossis à vue d'œil, ce n'est plus possible. »

Antonia la regarda : elle avait un peu forci, très légèrement, mais cela lui allait bien – elle avait meilleure mine et l'air épanoui, pensa Antonia.

« Vous étiez un peu trop mince avant. Maintenant, vous êtes juste bien. »

Sa mère eut un rire nerveux.

« C'est gentil de ta part, chérie. Ce n'est pas que je veux *perdre* du poids, je veux surtout garder la ligne. Je pensais me remettre à l'équitation. »

Antonia fut sincèrement interloquée : « Je croyais que vous aviez horreur de ça !

— Pas si j'ai quelqu'un de distrayant avec qui monter. »

Il y eut un silence, aussi gêné que bref, tandis qu'elles se demandaient, chacune dans son coin, pourquoi diable elle avait choisi le mot « distrayant », puis sa mère reprit :

« Je me disais que nous pourrions monter l'après-midi. Ça me laisserait la matinée pour mes corvées domestiques pendant que Wilfrid et toi jouez les intellectuels forcenés. Qu'est-ce que tu en penses ?

— Il faut que je travaille l'après-midi aussi, sinon je n'aurai pas fini à temps.

— Mais, ma chérie, il faut bien que tu prennes un peu l'air !

— Je prends l'air. Je fais des promenades, en plus du jardin. »

Elle parlait du bout des lèvres, parce qu'elle devinait bien ce qui allait suivre, et que cela l'effrayait.

« Et le cheval, c'est fini ? Je croyais que toute ta vie tournait autour des chevaux !

— Eh bien, ce n'est pas le cas. En fait, j'en ai assez de monter. J'ai décidé d'arrêter.

— Enfin, Toni, on dirait que tu passes ta vie à abandonner ce que tu as commencé. D'abord le tennis, et maintenant le cheval ! »

Antonia ne répondit pas. Araminta alluma une cigarette d'un geste agacé, aspira la fumée et déclara : « Ce n'est pas bon pour toi, tu sais. À ton âge, tu devrais te trouver de *nouveaux* centres d'intérêt, au lieu d'abandonner tout ce que tu as entrepris. Tu as repris ta mine de papier mâché, toute pâle et maigrichonne, et franchement, ma chérie, ça ne te va pas du tout. »

Antonia s'écria :

« Si le cheval est censé vous faire maigrir, je ne vois pas comment ça pourrait me faire grossir. Et puis, ça ne me dit plus rien. »

Araminta regarda sa fille. Elle tremblait – de tout son corps – et l'on voyait battre une veine sur son visage (exactement comme Wilfrid les jours, heureusement rares à présent, où il se mettait hors de lui). Tout ça pour une histoire de cheval ! Puis une idée bien différente vint se heurter à ces réflexions – une intuition furtive, désagréable… Mal à l'aise, elle posa sa main sur le bras d'Antonia.

« Chérie – excuse-moi de t'avoir embêtée avec ça. Tu fais *absolument* comme tu veux. Tu me montreras quelques bonnes promenades, et je verrai si j'arrive à emmener Wilfrid avec moi. Lui ne fait jamais un pas dehors, sans parler de s'occuper du jardin. » Elle sourit, pour clore ce pénible sujet, et s'échappa. Elle ne tenait vraiment pas à creuser cette intuition…

Lorsqu'elle fut partie, Antonia, toujours tremblante, allongea les doigts vers le paquet de cigarettes de sa mère, en alluma une et inspira, comme elle avait vu faire Araminta. Un vertige réconfortant dissipa ses tremblements, et à la fin, elle se sentit mieux – c'est-à-dire, elle ne sentait plus rien.

L'hiver n'avait plus ce côté énergique du givre et de la lumière claire et vive, des craquements secs et des branches acérées. À présent, certains jours se levaient dans un silence froid et laiteux, et le soleil, énorme et mat, suspendu dans le ciel comme un fruit en conserve, recouvrait toutes choses d'un vernis trouble : les oiseaux étaient miteux – le ciel huileux. À présent, la brume venue de la mer déferlait parfois jusqu'à eux, blanche dans le lointain, mais une fois sur vous elle n'était plus qu'une humidité glaciale et écrasante : arbres, buissons et chevelures s'incrustaient de gouttelettes glacées – les journaux aux pages ramollies se lisaient sans bruit, et les routes devenaient glissantes. Et puis, d'autres jours, il pleuvait toute la journée – une pluie drue ou silencieuse, triste ou rageuse, à grosses gouttes martelant le sol et rebondissant partout, ou bien en un crachin venteux qui virait à la neige fondue – et le ciel était lourd et chiffonné, semblable à des draps défraîchis.

Araminta déclara qu'elle *détestait* novembre, et se rendit à Londres plus que jamais.

Décembre : neige, baies rouges, silence ; les oiseaux sombres, engourdis dans le froid ; le ciel chargé, épais, couvert, et toujours plus de neige virevoltant vers le sol pour venir tapisser chaque creux et chaque relief du paysage, donnant un contour net à ce qui était brouillon, et brouillon à ce qui était net. La nuit, il gelait et neigeait encore – les arbres secouaient la neige de leurs branches surchargées comme s'il s'agissait de fruits ; les empreintes, imposantes ou discrètes, disparurent sous une surface lisse, tandis que les plates-bandes devenaient des enchevêtrements de sucre et que les pauvres lapins se morfondaient. Les stalactites, la buée expirée dans l'air froid ; les ombres nettes et violacées, comme des paupières sur des yeux éblouissants ; l'eau figée, emprisonnée et froissée par la glace ; les étincelles jaillissant des bûches dans la cheminée, des cheveux que l'on brossait ou bien, dans le ciel nocturne, des plus petites et timides étoiles... Le matin, le soleil apparaissait, chancelant, dispersé et inutile, comme un ivrogne dans *Punch*.

Puis, un vendredi après-midi, en route pour Hastings, Antonia croisa Dorcas dans l'allée, sur la bicyclette de la cuisinière. Le froid ne l'affectait visiblement pas, puisqu'elle portait un chemisier dont elle avait retroussé les manches. Ce ne fut qu'après lui avoir dit bonjour – Dorcas eut l'air plus embarrassé que de coutume, rougissant et vacillant sur son vélo en repartant – qu'Antonia reconnut le chemisier jaune citron qu'elle avait jeté à la corbeille de si longues semaines auparavant. Il avait été soigneusement raccommodé. Elle n'a sans doute pas beaucoup de vêtements, se dit-elle. Elle n'avait ressenti qu'un léger pincement en le reconnaissant, rien de plus. Je vais mieux, constata-t-elle; c'est tout juste si cela me touche encore. Pourtant, sans trop savoir pourquoi, elle s'attarda à Hastings – elle n'avait pas envie de rentrer, et quand elle rentra malgré tout par l'autobus suivant, les invités de sa mère étaient déjà là. Elle ne savait rien d'eux, si ce n'est qu'elle ne les connaissait pas : un couple, semblait-il, et un jeune homme jamais vu auparavant. Elle mit du temps à se changer parce qu'elle avait dû attendre que son bain coule et, d'après le bruit qui montait du salon, elle devina qu'elle serait la dernière à descendre. Elle entra dans le salon, prête à s'excuser, à se montrer docile et à aider au service des cocktails, prête à être attentive et à s'intéresser aux autres davantage qu'à elle-même… pas prête du tout, en revanche, à retrouver Geoffrey Curran.

Il lui tournait le dos, contrairement à sa mère.

« Voilà *enfin* mon immense fille ! Toni, voici Muriel et David Morrow et… Bobby Dermot n'a pas pu venir, le pauvre chou a attrapé un mauvais rhume, alors j'ai persuadé Geoffrey de venir – Geoffrey, que tu connais. »

C'était simplement le choc, se dit-elle en buvant le sherry qu'il lui avait servi – de ne pas avoir été prévenue de cette embuscade au moment où elle s'y attendait le moins. Elle n'avait pas osé allumer de cigarette à cause de ses mains, mais voilà que David Morrow lui en proposait une, qu'elle prit. C'était fini, ne cessait-elle de se répéter – il avait dit quelque chose et elle avait répondu – mais la glace qui entourait son cœur avait cédé. Il avait paru gêné – peu sûr de lui pour une fois –, il avait évité son regard ; tandis qu'elle avait semblé… quoi, au juste ? Maîtresse d'elle-même ? Sereine ?

Pendant le dîner, on parla de chevaux (sauf Wilfrid, bien sûr) et elle dit à peine quelques mots. Tous les quatre – les Morrow, sa mère et lui – semblaient bien se connaître ; leurs efforts pour les inclure, son père et elle, étaient purement formels ; cela consistait à expliquer une plaisanterie à laquelle ils avaient tous ri, de sorte qu'elle n'avait plus rien de drôle, ni même de compréhensible ; ils faisaient référence à une foule de gens et de lieux qu'ils étaient les seuls à connaître, et celui qui parlait disait « nous ». Il n'ignorait pas Antonia, mais son attitude envers elle, quoique détendue en apparence, était étrange – à la fois directe et condescendante. Il me traite comme une enfant ! découvrit-elle. Pas même comme une personne qui aurait eu dix-sept ans, non, comme une enfant ! Peut-être sa mère l'avait-elle forcé à venir et était-il affreusement mal à l'aise ? Une fois cette idée en tête, elle n'eut aucun mal à déceler chez lui des signes d'embarras.

Araminta était au summum de la gaieté, toute son attention mobilisée par les deux hommes. Avec Antonia, cependant, elle se montrait tour à tour maternelle et conciliante : « Cette enfant fume comme un pompier, ce n'est pas bon pour elle », et : « Toni connaît comme sa poche toutes les promenades que l'on peut faire à cheval par ici, n'est-ce pas, chérie ? »

Elle s'étonna brièvement, dans la confusion de ses pensées, de ce que sa mère semblât si bien le connaître alors qu'elle n'avait pas reparlé de lui depuis qu'ils s'étaient croisés à Knightsbridge, mais après tout sa mère n'avait jamais ne serait-ce que mentionné les Morrow, et elle semblait les connaître tout aussi bien. C'était le propre des invités du week-end – seulement, ça ne parvint pas à la rassurer puisqu'elle ne savait pas exactement à quel sujet elle cherchait à se rassurer. En désespoir de cause, elle entreprit de détailler Muriel Morrow en face d'elle. Ses cheveux étaient d'un roux inclassable – elle avait le visage trop large pour des traits trop fins : de minuscules sourcils pâles, de petits yeux bleus, un nez enfantin et une bouche menue; on avait l'impression qu'elle donnait grande fête dans une pièce insuffisamment meublée – un entrain surjoué, une joie inquiète, elle ne trouvait le repos qu'en répétant constamment combien elle s'amusait. Elle avait une agréable voix claire, comme le son d'une cloche, et de jolies mains fragiles. Parvenue à ce portrait, Antonia s'efforça de considérer les relations de Muriel avec les autres, mais ses propres sentiments étaient si confus qu'ils refusaient de l'aiguiller dans aucune direction.

Après dîner, les dames s'assirent au salon, et la conversation retomba comme le vent après la tempête. Araminta se repoudra longuement en s'examinant avec sévérité, car elle n'avait pas grand-chose à dire aux deux autres. Muriel, qui s'était furtivement tamponné le nez sans beaucoup de résultat, recommença, étalant la poudre sur sa figure avec de grands gestes désespérés. Antonia, immobile, fumait. Il y eut un long silence, où seuls se faisaient entendre le feu de bois et le tintement incessant du bracelet porte-bonheur d'Araminta. Antonia pensait : Ils vont bientôt nous rejoindre, et ça m'effraie. Je ne sais pas pourquoi, mais ça m'effraie.

Finalement, Muriel rangea son poudrier dans un soupir, puis se pencha vers Araminta.

« Oh, montrez-moi ça !

— Quoi donc ? » Araminta secoua le bras. « Ah, ça. Il est amusant, n'est-ce pas ? » Elle défit le bracelet et le jeta sur les genoux de Muriel où il tomba bruyamment.

Muriel, voulant à tout prix se montrer aimable, s'écria : « Il est absolument *ravissant* ! Vous avez tellement de breloques là-dessus ! Est-ce qu'il vous a fallu des années pour les rassembler ? »

Araminta répondit simplement : « On m'a presque tout offert. »

Mais Muriel ne lâchait pas le morceau : elle déposa le bracelet dans l'une de ses paumes, puis dans l'autre, en disant : « Il est drôlement lourd; vous ne devez plus avoir de place pour quoi que ce soit », et, comme une enfant, elle entreprit de compter les breloques en s'émerveillant de chacune : « J'*adore* le singe avec ses yeux de rubis – adorable –, celui-là est plutôt sinistre – oh, j'adorerais en avoir un ! Tiens, un petit violon ! » Puis, après un nouveau recensement : « Savez-vous qu'il y en a *dix-sept*? Et celui-là, qu'est-ce que c'est? Un sceau ancien, peut-être ?

— Wilfrid m'en a fait cadeau il y a des années. Remets une bûche dans le feu, Toni. Il ne va pas avec le reste, mais je ne peux pas le vexer. »

À quoi Muriel, débordante d'admiration, renchérit : « Naturellement, c'est impossible ! C'est une drôle de couleur, n'est-ce pas ? Vous ne trouvez pas, Toni ? »

Antonia, prisonnière de sa peur irraisonnée, acquiesça sans en penser un mot, puis ajouta, par loyauté envers son père : « C'est sûrement un joli symbole. Il faudrait l'essayer avec de la cire à cacheter. »

L'une des deux répondit sans beaucoup d'enthousiasme que oui, il faudrait, et à ce moment-là, alors qu'elles entendaient les hommes approcher pour les rejoindre, et qu'Antonia se préparait à se trouver à nouveau dans la même pièce que lui – à ce qu'il traverse le salon, parle, et lui adresse parfois la parole –, à ce moment-là, Muriel s'exclama :

« Je *savais* qu'il manquait quelque chose ! Où est la petite cravache d'argent que vous a donnée Geoffrey ? »

La porte de la salle à manger s'ouvrait. Araminta se contenta de répondre :

« Je ne l'ai pas encore mise », mais Antonia la regarda et se trouva incapable de détourner les yeux – les sens soudain en alerte alors qu'une découverte fiévreuse s'imposait à elle : sa mère était dans une rage folle ! Elle arracha presque le bracelet des mains de Muriel, qui, distraite par l'arrivée des messieurs, n'avait rien remarqué – peut-être n'avait-elle même pas entendu la réponse d'Araminta car elle continua son babillage.

« Oh, *Geoffrey* ! Minty n'a même pas pris la peine d'attacher votre charmante petite cravache à son bracelet ! Si ce n'est pas de l'ingratitude ! »

Le silence qui suivit fut très bref, mais la tension envahit aussitôt le salon. Curran demanda alors nonchalamment :

« Celle que vous m'avez demandé de vous acheter, c'est bien ça ? La petite cravache en argent ? »

Et Araminta de répliquer :

« Oui. Je ne sais pas encore si elle me plaît, mais il faudra me rappeler de vous la rembourser. »

Leurs regards ne se croisèrent pas, et c'est à cet instant que, de la même manière qu'elle était convaincue qu'ils mentaient, Antonia fut convaincue que Curran était amoureux de sa mère.

Plus tard, elle trouverait étrange de ne pas avoir compris cela plus tôt, aussi étrange que de l'apprendre à ce moment-là. Sur le moment, pourtant, repoussant cette intuition terrible, sans équivoque, elle songea qu'elle n'avait aucune preuve – qu'elle ne pouvait en être sûre. Mais c'était peine perdue : toute la soirée, la peur l'avait entraînée dans son courant ; et voilà qu'une lame de fond venue de nulle part la percutait de plein fouet, l'emportait et la jetait sur la grève du réel ; elle demeura un instant prostrée à l'endroit où elle avait échoué, le souffle coupé, s'efforçant de retrouver la raison. Mais déjà la vague suivante l'assaillait, la tirait en arrière tandis qu'elle se cramponnait à une brindille – il l'avait aimée, sauf qu'aimer, pour lui, se résumait à désirer et que désormais c'était sa mère qu'il désirait – pour la rejeter de nouveau sur le rivage avec la certitude que sa mère était la maîtresse de Geoffrey.

Son père avait disparu : ils allaient jouer au bridge, et elle s'empara du journal pour faire semblant de se plonger dans les mots croisés. Elle entendit sa propre voix assurer sa mère que cela lui allait très bien. Sa mère ! Et lui, ses yeux, ses mains, sa voix disant : « Je te veux tout entière – je te *veux* ! Tu commences à comprendre ce que ça veut dire, à présent, n'est-ce pas ? Attends encore un peu. » Elle attendit, endurant tout ce qu'elle avait essayé de chasser de sa mémoire ; jusqu'à ce qu'il ne reste plus rien de ce qu'il lui avait dit ou fait, et qu'elle revienne au présent, cherchant à se convaincre qu'il n'avait pu les dire ou les faire à sa mère – encore des brindilles qui cédaient sous la force de son angoisse. Les gens mariés ne faisaient pas des choses pareilles ! Pourtant il était marié, et ne s'en privait pas. Mais pas sa mère ! Quand même pas sa *mère* ! Sa mère qui avait soudain voulu se remettre au cheval, avec quelqu'un « de distrayant » – la petite cravache en argent pour le bracelet ; le joli violon miniature en platine que George Warrender lui avait offert… une autre vague était venue la reprendre sur la rive, elle se noyait à nouveau – les breloques du bracelet avaient toutes été offertes à sa mère… cette fois elle fut projetée loin de toute émotion – hors d'atteinte de la prochaine vague. Malgré tout, quelque chose l'empêchait de quitter le salon : il ne lui vint pas à l'idée qu'elle était capable de bouger, alors qu'elle réfléchissait à présent avec une lucidité accrue – se souvenant, faisant le tri, les additions et les soustractions, pour en arriver toujours au même résultat.

Au bout d'un temps indéterminé, la partie de bridge s'acheva et elle se leva avec les autres, d'un mouvement raide. En haut de l'escalier, tout le monde se souhaita bonne nuit, et Araminta les pria de ne pas réveiller Wilfrid : « Il a dû se coucher il y a des heures, et c'est éteint dans sa chambre ; il dort sûrement, le pauvre vieux ! »

Antonia, incapable de trouver le sommeil, avait elle aussi éteint dans sa chambre et gisait étendue dans le noir : sa capacité à réfléchir l'avait abandonnée dès qu'elle s'était trouvée seule, il ne lui restait plus qu'un semblant d'instinct animal. À un moment, tard dans la nuit, elle crut entendre des pas, et elle était en train de décider que leur écho était trop faible pour ne pas être un simple effet de son imagination lorsqu'une porte se ferma – trop doucement –, se rouvrit, puis se referma moins doucement. Alors elle se retourna et, à plat ventre, elle éclata en sanglots amers en songeant à son père.

X

Le lendemain matin, lorsqu'elle descendit pour le petit déjeuner, elle découvrit que sa mère et Curran étaient déjà partis se promener à cheval, laissant les Morrow et son père presque paralysés par leur antipathie réciproque au milieu des vestiges du repas. Les Morrow bondirent sur elle : Araminta avait dit que Toni les emmènerait quelque part – où irait-on ? Rien que pour la matinée – les cavaliers rentreraient déjeuner assez tard, et il y avait un vague projet pour l'après-midi, mais David ignorait en quoi il consistait. Allez, distrayez-nous, semblaient-ils dire. Nous ne ferons pas les difficiles, mais il nous faut une distraction, quelle qu'elle soit. Son père, plein de gratitude, quitta discrètement la pièce, son journal sous le bras. « Et le professeur ? demanda Muriel juste avant qu'il ait refermé la porte. Est-ce qu'on l'emmène avec nous ? » Il doit travailler, répondit Antonia, en songeant tristement qu'il était chez lui et que c'était à lui, plus qu'à elle-même, de s'opposer à ce qu'on l'y traite ainsi.

Toute la matinée, elle s'employa à divertir les Morrow à la place de sa mère, obnubilée par l'affront incessant dont tous, lui semblait-il, accablaient son père : soudain, chaque chose qu'Araminta et ses invités avaient pu dire ou ne pas dire, avaient faite ou omis de faire, se chargeait d'une nouvelle et sinistre signification. Leur attitude envers Wilfrid – qui paraissait autrefois constituée de gêne et d'indifférence (la remarque de Muriel à propos du professeur en était un exemple flagrant) – prenait tout son sens : leur indifférence était insultante, leur gêne coupable ; leur façon de l'appeler « professeur », alors qu'il ne l'était pas, témoignait désormais d'un dédain odieux. L'impolitesse, ou l'idée qu'il faut de tout pour faire un monde, ne tenait plus et fut remplacée avec une effroyable facilité par de petites phrases sordides comme « sous son nez » ou « dans son dos » – la découverte d'Antonia avait été un tel choc (en partie dû au temps qu'elle avait passé dans l'ignorance) qu'elle se figurait que tout le monde avait toujours su ; tout le monde sauf son père, bien sûr… Et lui si calme, si tranquille ! Il se désolidarisait de la bande avec tant de dignité et de modestie ; ses manières, contrairement aux leurs envers lui, étaient invariablement courtoises et posées. Les Morrow, conclut-elle, ne savaient pas ce qu'ils faisaient, ou s'en moquaient – mais Curran ! Il aurait pu choisir n'importe qui d'autre… cependant, maintenant que toute son attention se portait sur son père et qu'elle pouvait observer Curran avec un détachement tout neuf, elle s'aperçut qu'il aurait *pu* choisir n'importe qui, mais que c'était sa mère qui l'avait choisi, *lui* ; il n'avait fait que répondre à ses avances. Sa mère ne se contentait pas de son égoïsme et de la brutalité avec laquelle elle faisait prévaloir ses propres intérêts, elle mentait à son père, entretenant une trahison grandissante dont la découverte, Antonia en était sûre, pourrait très bien le tuer. Car il n'était vraiment pas taillé pour cela, lui qui, en fait, ne comprenait rien aux *autres*. Même moi, j'en sais davantage, songea-t-elle. La stupéfaction, le choc et l'anéantissement qui pourraient frapper son père la hantaient pendant qu'elle parcourait la campagne en voiture avec les Morrow. L'idée l'effleura qu'Araminta aimait peut-être véritablement Curran, mais elle écarta cette hypothèse au vu du chapelet de ses prédécesseurs. L'engouement de sa mère pour une activité se raccordait à tel jeune homme, très souvent invité durant la période où elle la pratiquait ; ses séjours à Londres, ses accès d'agitation hystérique et d'hostilité, tout ce qui s'était pressé dans l'esprit d'Antonia tandis qu'elle avait fait semblant de se plonger dans les mots croisés revenait à présent confirmer et accroître son inquiétude.

Maintenant que je sais, je lui mens moi aussi, d'une certaine manière, se dit-elle. Mais je ne supporterais pas de voir l'expression de son visage, et je n'oserais même pas essayer de le consoler – pauvre, pauvre papa. Et j'imagine qu'à Londres, cela doit bien les faire rire, tous, et qu'ils se répètent combien il est assommant et facile à berner. Sans se rendre compte qu'il est enfantin de mentir à ceux qui vous font confiance. C'est alors qu'elle conçut l'idée, obscure mais passionnée, qu'elle devait le protéger.

Quand Curran et Araminta rentrèrent, Araminta courut prendre un bain avant le déjeuner déjà tardif, et les Morrow, amadoués par des cocktails bien dosés, demandèrent à Geoffrey s'il avait apprécié la promenade.

« C'était un bonheur de chaque instant. » Puis, conscient de la présence d'Antonia, il ajouta : « Il faut dire que je suis heureux dès que je suis à cheval. Dommage que vous ne soyez pas venue avec nous. »

Dans l'escalier, la voix stridente d'Araminta criait à Muriel d'être un *ange* et de lui apporter un cocktail dans la salle de bains. Lorsque cette dernière fut partie, Curran offrit une cigarette à Antonia.

« Non, merci. »

Il haussa les sourcils : « Minty dit que tu fumes jour et nuit.

— Nous sommes trop près du déjeuner.

— Elle dit que tu as abandonné le cheval depuis cet été. Elle s'inquiète pour toi, Toni. » Il baissa la voix – jetant un coup d'œil en direction de David Morrow, plongé dans un journal : « Je serais navré d'y être pour quelque chose. »

Elle ne répondit pas.

« Que dirais-tu d'une courte promenade cet après-midi ? Ne t'en fais pas, c'est ta mère qui en a eu l'idée », ajouta-t-il en voyant son expression et se méprenant sur sa signification.

Elle se retourna vers lui – son cœur cognait dans sa poitrine, de colère et de mépris.

« Je travaille avec mon père cet après-midi, et de toute façon je ne pourrais rien imaginer de plus ennuyeux. »

Elle avait atteint sa cible – elle le vit tressaillir, puis lut la colère sur ses traits : « Toujours une enfant ! Rien ne te fera donc grandir ? »

Elle répondit fermement : « Certaines choses, si. »

Après cela, il la laissa.

Elle passa l'après-midi à travailler avec son père dans son bureau. Elle avait été impatiente de se retrouver seule avec lui, en sécurité, mais le manque de sommeil et le désarroi épuisant de sa matinée avec les Morrow l'avaient vidée de ses forces, et elle était incapable de se concentrer sur son travail ou même sur son tourment intérieur. Elle se surprenait à contempler fixement son père qui lui-même contemplait le jardin par la fenêtre, les traits plissés par quelque intense réflexion – à la fois lointain et vulnérable. Une chance qu'il se préoccupe des mœurs du XVIe siècle, se disait-elle dans un élan amer et protecteur : rien de ce qu'il découvrira à leur sujet ne détruira sa vie. Pour la première fois, elle le considérait d'un œil extérieur ; le souci qu'elle se faisait pour lui et la lassitude qu'elle éprouvait annulaient leur différence d'âge – leur relation en était presque inversée : il avait l'air usé, il n'avait pas bonne mine, il renvoyait une image de faiblesse. Ce n'était pas ce qu'on appelait un homme *fort*, songea-t-elle avant de se rappeler qu'il avait été grièvement gazé pendant la guerre – ce qui était sûr, c'est qu'il ne paraissait pas de taille à endurer un autre choc. À ce moment, elle se rendit compte que lui aussi la regardait – remarquant seulement qu'elle n'était pas concentrée sur son travail, et elle lui sourit en prenant une expression volontairement coupable, comme si elle s'était simplement laissé distraire par un sujet sans importance. Il lui vint alors l'idée que le seul moyen de protéger son père était de le pousser à sortir de cette maison – et de laisser le champ libre à sa mère pour y faire ce qui lui plaisait ; Antonia ne pouvait plus s'enlever cette idée de la tête, mais sa fatigue était si grande qu'elle ne trouvait aucun moyen de la mettre en œuvre.

La journée se traîna jusqu'à sa fin, c'est-à-dire jusqu'à la gaieté rituelle – et désormais sinistre – du samedi soir. Pendant le dîner, Curran parla à son père, mais elle avait à présent horreur de cela et l'interrompit à plusieurs reprises avec une assurance farouche ; tout ce qui touchait à son père, d'où que cela vienne, lui semblait désormais intolérable ; s'ils lui parlaient, elle croyait percevoir leur ironie ; s'ils ne s'occupaient pas de lui, cela amplifiait leur grossièreté à son égard. Elle l'observait avec une inquiétude possessive et navrée ; notant pour la première fois un millier de détails dans son comportement : sa façon de manger, propre et méthodique ; de cligner des yeux et de froncer les sourcils avec une expression de légère surprise chaque fois qu'on lui adressait la parole ; son raclement de gorge désapprobateur quand il s'apprêtait à exprimer son désaccord ; ses doigts tachés d'encre et de nicotine ; les manches de son veston, luisantes aux poignets et aux coudes, et les mèches grises de ses cheveux clairsemés, retombant lamentablement sur son col un peu élimé. Sa voix sèche, sans timbre, faiblissait à la fin de ses phrases jusqu'à devenir presque inaudible, comme s'il supposait que personne n'écouterait jusqu'au bout ce qu'il avait à dire. Toutes ces choses inspiraient à Antonia un affreux et insoutenable sentiment de pitié, de même que la vaste érudition de son père, durement acquise, lui inspirait le plus grand respect ; prise dans cet étau, elle ne cessait de se dire que s'il appliquait un seul instant les ressources de son intelligence à la situation qui l'entourait, il y verrait aussitôt clair, et serait aussitôt anéanti. Au fil de la soirée, jusqu'à ce qu'il se retire dans son bureau, elle s'imagina que les autres le poussaient inexorablement vers le précipice de ce savoir profane et qu'elle était contre eux son seul rempart, capable de le retenir sur la terre ferme. Et ce n'est que le premier soir, se dit-elle, il y a encore demain, et tous les autres week-ends de notre vie ; épuisée par les vingt-quatre heures qu'elle venait de passer, elle n'eut pas le courage d'y penser.

Elle demeura éveillée pendant des heures, à se demander comment éloigner son père : où ils devraient aller, et quel prétexte pourrait justifier leur départ – sans parvenir à aucune solution ; et elle émergea d'un sommeil occupé entièrement par sa mère – à qui elle répétait, suppliante, de *tout arrêter*, il le fallait, et sa mère, habillée comme une poupée, ouvrant ses yeux de porcelaine pour répondre : « Arrêter quoi ? » « Vous savez très bien ce que je veux dire ! Vous êtes une – une... » mais elle ne trouvait pas le mot qu'elle cherchait et sa mère riait, agitait sa jupe à volants et s'écriait : « Ma pauvre enfant – tu ne sais absolument pas de quoi tu parles ! » et Antonia pleurait de rage car elle *savait* qu'elle savait, mais elle était incapable de prononcer ce mot. « Rien ne te fera donc grandir ? » avait-il dit ; elle croyait pourtant avoir grandi si vite qu'elle regardait de très haut celle qu'elle était autrefois, et s'en était tant éloignée qu'elle ne distinguait plus rien. Je ne peux quand même pas parler à ma mère ! pensa-t-elle en se remémorant son rêve : je n'en ai pas le courage. Je ne saurais pas quoi dire, et elle pleura en songeant à sa propre lâcheté : se montrer faible n'allait en aucun cas protéger son père.

◆

Le dimanche ne parut en rien différent du samedi, sauf qu'il neigea davantage. Elle passa presque toute la journée avec son père, à éviter de se retrouver un seul instant en tête à tête avec Araminta. Lorsqu'ils étaient tous réunis, cependant, elle ne pouvait s'empêcher d'observer sa mère – si elle avait cru ne pas supporter de la voir, elle trouvait maintenant difficile de regarder quelqu'un d'autre. Sa façon de parler, son rire, sa manière de se laisser tomber dans un fauteuil ; l'attention faussement intense et exclusive qu'elle portait aux autres ; la manière, en apparence insouciante mais d'une impitoyable habileté, dont elle mobilisait le monde entier pour satisfaire un projet tout juste échafaudé ; l'énergie débordante qu'elle dédiait à chacun des moments de la journée ; la face cachée d'elle-même qu'elle entendait montrer à Curran : tout cela fascinait Antonia et en même temps lui faisait horreur. Son propre sang-froid à l'égard des Morrow et de Curran, cependant, l'étonnait. Le soir, elle joua aux cartes et aux petits papiers avec eux, comme si elle avait toujours été dans la confidence ou, au contraire, comme si elle ne savait encore rien.

Le lundi matin, David devant aller travailler, les Morrow partirent en voiture avant le petit déjeuner. Araminta avait déclaré que, si Curran le voulait, elle le conduirait au train à une heure plus civilisée – elle avait ce dessein en tête et, sans surprise, c'est ce dessein qui fut adopté.

Antonia se réveilla tard et descendit à la hâte, s'imaginant un trio réprobateur déjà attablé devant le petit déjeuner, pour découvrir que son père avait fini de manger et s'était retiré dans son bureau : il ne restait que Curran et Araminta. Son sang-froid vacilla lorsqu'elle aperçut leurs deux têtes penchées sur le même journal ; ils n'étaient pas en train de le lire – elle eut plutôt l'impression qu'ils n'étaient pas d'accord sur quelque chose, qu'ils n'étaient pas étonnés de la voir, mais s'en seraient passé. Ils levèrent les yeux et une expression aimable et neutre remplaça leur querelle intime, puis Araminta s'exclama :

« Tiens ! Je commençais à croire qu'il t'était arrivé quelque chose. Ce serait manquer de tact, j'imagine, de te demander si tu as bien dormi ? »

Antonia répondit : « Ce serait en manquer cruellement », et se servit du café.

« À l'âge de Toni, fit remarquer Curran, je faisais facilement le tour du cadran.

— Oh, moi aussi, se hâta de répondre Araminta, je peux dormir *des heures*, mais quelle perte de temps, c'est exécrable. Enfin, tu seras en pleine forme pour la fête de ce soir, ma chérie – j'essayais de persuader Geoffrey de rester pour l'occasion, mais il est odieux, il ne veut rien entendre.

— Quelle fête ?

— Oh, Toni ! Chez les Leggatt, voyons ! Ne me dis pas que tu as oublié, ou je vais hurler…

— Je crains que si. »

Elle avait oublié. Complètement.

Araminta émit un petit cri bref et étudié, comme une locomotive, et se tourna en riant vers Geoffrey : « Vous voyez ? Cette enfant est incorrigible. On aura bientôt droit à sa prochaine réplique : “Je ne veux pas y aller, et de toute façon je n'ai rien à me mettre.” À quoi je te répondrai que tu as dit que tu irais quand ils t'ont invitée, que j'ai accepté pour nous deux, et que tu as ta robe blanche, qui serait ravissante si seulement tu te donnais le mal de la porter comme il faut. »

Antonia fut saisie d'une colère froide : « Ce portrait de moi sous les traits d'un garçon manqué sans cervelle est drôlement convaincant, il doit vous tenir à cœur. »

Curran haussa les sourcils ; Araminta, prise de court, ouvrit de grands yeux, eut un rire nerveux et dit :

« Ne sois pas bête ! Je te taquine, voilà tout. J'oubliais que tu venais de te lever. Geoffrey, allez-vous enfin changer d'avis ? Edmund serait ravi, il vous adore…

— Edmund aime se languir. Non, Minty, je dois rentrer. Mes vacances sont terminées.

— Quand reviendrez-vous, alors ?

— Dès que vous m'inviterez.

— Vous êtes impossible ! C'est parfaitement faux et vous le savez. Bon – je compte sur vous un week-end sur trois. Maintenant, nous devons filer attraper ce train. Toni, sais-tu où est passé Wilfrid ?

— Dans son bureau, je suppose. »

Araminta bondit sur ses pieds : « Venez, Geoffrey – vous avez juste le temps de lui dire au revoir –, c'est votre hôte, après tout. » Geoffrey lui ouvrit la porte. « Vous feriez mieux de dire au revoir à Toni tout de suite, nous devrons filer juste après, vu l'heure. »

Antonia leva les yeux de son journal.

« Au revoir.

— *Au revoir**, Toni. J'espère te revoir bientôt. »

Elle n'eut rien à répondre à cela, et à travers la porte fermée, elle entendit la voix de sa mère...

« Vraiment, quelle famille... Je suis navrée... Toujours la tête dans les nuages ou bien plongés dans les livres... »

Une fois seule, Antonia but une gorgée de café et alluma une cigarette. Un week-end sur trois ! Et il viendrait parce que sa mère le voulait : elle ne se lasserait de lui que quand elle en aurait trouvé un autre, plus disponible – qui pourrait, comme George Warrender ou le jeune homme nommé Bobby, venir tous les week-ends. Cette perspective lui était insupportable – elle ne pouvait plus rien y changer – mais si elle parvenait à empêcher Curran de venir un week-end sur trois, sa mère prolongerait ses séjours à Londres chaque semaine : cela aurait le double avantage de protéger son père et de diminuer le temps qu'elle-même devait passer seule avec sa mère. Les dernières braises de la colère provoquée par le traitement que lui avait réservé sa mère au petit déjeuner flamboyèrent à nouveau – ils étaient en train de parler d'elle, c'était évident, et elle imaginait sans peine en quels termes déloyaux. Elle l'empêcherait de revenir – elle n'était pas une gamine, elle pouvait se montrer aussi rusée et déterminée qu'eux. Elle alluma une autre cigarette : elle irait trouver son père. En certaines occasions, aussi rares que surprenantes, il savait faire preuve d'un entêtement absolu, et s'il avait pris une décision, rien ni personne ne pouvait le faire changer d'avis. Elle se souvenait que sa mère avait voulu installer le court de tennis devant la fenêtre de son bureau; qu'elle avait voulu, une autre fois, prendre un bedlington terrier; donner une soirée déguisée à Londres des années plus tôt; envoyer Antonia en pension en Suisse (de cela elle se souvenait avec une clarté tremblante tant cette perspective l'avait terrifiée) ; elle se souvenait des disputes, des scènes entre ses parents, et de sa mère qui boudait ensuite des jours entiers, mais qui devait bien finir par céder à son père chaque fois qu'il lui arrivait de s'opposer à une si infime proportion de ses exigences. Il fallait donc obtenir de son père qu'il s'oppose aux visites de Curran. Présenté si simplement, le problème semblait en effet simple : elle n'eut aucun doute ni hésitation sur la façon de procéder – elle était si tendue qu'elle préférait faire n'importe quoi plutôt que de ne rien faire. Elle avait entendu la voiture s'éloigner, et savait que son père serait dans son bureau en train de finir son journal avant de se mettre au travail…

Devant la porte, elle pensa : Je n'ai pas vraiment réfléchi à ce que je vais dire ; puis songea que si elle s'était octroyé le temps d'y réfléchir, son courage l'aurait abandonnée.

Il était assis exactement comme elle s'y était attendue, les pieds sur un petit tabouret, tirant sur sa pipe et lisant le *Morning Post.* Il leva les yeux à son entrée et lui adressa un sourire absent.

« Tu es en avance, Antonia. »

Elle nota, reconnaissante, qu'il l'appelait toujours par son prénom entier, et fut submergée d'affection pour lui ; comme il retournait à son journal, elle se dépêcha de dire :

« Je voulais vous demander quelque chose.

— Oui, ma chérie ? » Il abaissa le journal, mais ne le lâcha pas.

Elle s'assit en face de lui, en silence – son cœur se mit à battre un peu plus vite : ce serait facile une fois qu'elle serait lancée, mais c'était difficile de se lancer.

« Papa – cela ne vous semblera peut-être pas sérieux – mais ça l'est pour moi.

— Sérieux », répéta-t-il, et il posa son journal. Après une seconde de silence, elle reprit :

« S'il vous plaît, opposez-vous à ce que Geoffrey Curran revienne. »

Il attendit un moment, puis répondit : « Ça ne dépend pas de moi, ma chérie. Demande à ta mère.

— Non ! Je préfère vous le demander à vous. »

Il la regarda – il commençait à froncer les sourcils et, sans réelle curiosité, demanda : « Pourquoi ne veux-tu plus qu'il soit invité ?

— Je ne l'aime pas. » Elle chercha un mot qui puisse l'interpeller. « Je le déteste profondément. »

Son père demeura indifférent : « Voilà qui ne me paraît pas une raison suffisante. Il ne vient pas très souvent, si ? On ne l'avait pas vu depuis un certain temps, si je me souviens bien.

— C'est vrai. Mais il a été invité à revenir bientôt, et je sais qu'il viendra.

— Eh bien, le moment venu, ne peux-tu faire preuve de détachement et maîtriser ce malencontreux sentiment à son égard ?

— Papa – vous ne comprenez pas ! Il ne s'agit pas seulement de ce que je pense de lui, mais de ce qu'il est – de ce qu'il *fait* », rectifia-t-elle.

Sa pipe s'était éteinte : il la ralluma avec soin avant de s'enquérir d'un ton résigné : « Que fait-il donc ?

— Il épuise les chevaux et ne prend pas le temps de les sécher. » Elle ne savait plus quoi inventer. « Il boit trop, et ne veut jouer à aucun jeu si ce n'est pas pour de l'argent. Il corne les pages des livres », ajouta-t-elle – ceci aurait peut-être une chance de l'atteindre, mais elle vit qu'il n'en était rien.

« Ma chère Antonia, les chevaux, cela va sans dire, relèvent de ton domaine, c'est à toi de veiller à ce qu'il ne mette pas leur santé en danger. Je ne me souviens pas de l'avoir vu dans des états déplorables, et ta mère a du plaisir à jouer. Quelle était ton autre objection ?

— Les livres, fit-elle sans espoir.

— Ah, oui. Je suis d'accord, c'est une très mauvaise habitude, mais puisque tous les livres de valeur ou dignes d'intérêt se trouvent dans cette pièce, je pense pouvoir les protéger. Il faut t'exercer à la tolérance, ma chère. Il n'y a pas si longtemps, ta propre façon de traiter les livres était sujette à caution. Je ne saurais partager ton aversion pour Mr Curran : il me paraît avoir l'esprit plus ouvert que la plupart de nos hôtes. Bon. Cessons de nous tourmenter et mettons-nous un peu au travail. » Et il tourna sa chaise vers son large bureau.

C'était fini, se dit-elle, éperdue, et elle n'était arrivée à rien. Il avait cru qu'elle se laissait aller à une lubie féminine, ou à un caprice d'enfant. Elle le regarda, penché sur ses papiers qu'il étalait méthodiquement sur le bureau. Sans doute était-il parfaitement heureux, sans doute avait-il déjà chassé ce sujet de son esprit, concentré qu'il était sur... sur quoi ? l'obstétrique – dans quelques instants il comparerait les méthodes victoriennes à celles, plus louables, de son époque chérie –, sans doute était-elle la seule à se soucier de son bien-être. Elle savait maintenant pourquoi elle n'avait pas osé réfléchir à ce qu'elle lui dirait : l'unique raison convaincante qu'elle pouvait lui donner pour empêcher Curran de revenir l'emplissait d'une peur nauséabonde.

Encore une fois, elle regarda son père : je l'aime vraiment, songea-t-elle ; on devrait être capable de faire n'importe quoi pour ceux qu'on aime.

« J'ai dit que ça ne vous semblerait peut-être pas sérieux, mais que ça l'était pour moi.

— Quoi donc ?

— Geoffrey Curran. » Elle était patiente à présent, à la fois effrayée et armée de courage. « Papa... Je vous en *prie* ! Je ne vous ai pas donné la vraie raison pour laquelle je ne veux pas qu'il revienne.

— Je pensais bien que non.

— Vraiment ? » Elle mit tous ses espoirs dans cette lueur de perspicacité.

Il eut son sourire dénué d'humour : « Les femmes sont des êtres sournois. J'aurais été surpris que tu ailles droit au but.

— Je vous demande pardon. » Elle rougissait, à présent, certaine qu'il ne pouvait savoir à quel point elle méritait ce dénigrement de sa franchise. « Mais si je le fais – si je vous donne la vraie raison, je suis sûre que vous comprendrez. »

Il y eut un silence ; puis elle dit, en baissant les yeux : « Il ne cesse de me courir après. Bien sûr, il dit qu'il m'aime, mais c'est faux. Il a essayé de me séduire – il est déjà marié, à quelqu'un en Irlande, ce qui ne l'arrête pas le moins du monde. Il cherche toujours à m'attirer seule quelque part, et à… à…

— À te séduire ? »

Elle hocha la tête.

« Je le déteste, mais ça n'a pas l'air de l'arrêter. Je le déteste, répéta-t-elle, soulagée de retrouver là une vérité.

— Vraiment ? »

Quelque chose dans sa façon de poser la question, une note de cynisme et de froideur, la fit répliquer : « *Évidemment !* Vous ne me croyez pas ? »

Il y eut un silence, aussi court qu'atroce, dont elle se souviendrait toujours, avant qu'il réponde :

« Je ne crois rien de tout cela.

— Pourquoi – pourquoi, alors, pensez-vous que je vous demande de l'empêcher de venir ?

— Oh, je ne doute pas que tu ne veuilles pas le voir ici. Mais les raisons que tu me donnes – la dernière en particulier – me paraissent – disons, une habile déformation de la vérité ? »

Elle se trouva incapable de dire un mot.

Il la laissa réfléchir un instant, puis revint à la charge : « Tu dis, en fin de compte, que tu ne veux pas que ce jeune homme vienne ici parce qu'il te court après, qu'il essaye de te séduire et s'arrange constamment pour être seul avec toi dans ce but. Comment peut-il le faire si tu n'es pas, au bas mot, consentante ? Cette maison est pleine de monde, et chaque fois qu'il était ici rien ne t'obligeait à rester seule avec lui un seul instant. Je suggérerais que tu l'as fait parce que tu as des sentiments, disons, ambivalents à son égard.

— Si tout cela est vrai, dit-elle avec peine, pourquoi voudrais-je m'opposer à ce qu'il vienne ?

— Comme je l'ai dit, c'est une autre affaire. S'il est vraiment marié, il se pourrait que tu veuilles éviter un éventuel conflit. » Une nouvelle pointe de cynisme vint ponctuer ce « pourrait ».

Elle dit lentement, d'une voix sourde : « Je ne comprends

pas. » Tout ce qu'elle voyait, c'était son inexplicable et surprenante hostilité.

De la main droite, il fit un geste impatient, irrité, puis se pencha soudain vers elle par-dessus son bureau.

« Je ne suis pas *aveugle.* Tu te trompes d'interlocuteur en venant me raconter cette histoire qui ne réussit à me convaincre que d'une chose, que tu es bien une femme. Toutes ces excuses, ces justifications, ces déformations, en elles-mêmes si typiquement féminines – sans cesse accabler les hommes, pauvres d'eux, dissimuler ton but réel, quel qu'il soit, parce que tu sais très bien à quel point il est sordide : rien de tout cela ne te fait donc honte, ne serait-ce qu'un peu ? Ou bien es-tu à tel point une femme désormais que ce mot n'a plus de sens pour toi ?

— Je ne peux pas vous dire la vraie raison ! » Des larmes ruisselaient sur ses joues – il était en train de l'attaquer, et elle ne comprenait pas un mot. « Je ne peux pas ! Vous *devez* me croire… » C'était elle qui était venue le protéger, lui. « Je ne peux pas vous dire la vraie raison ! »

Il la regarda – sa colère froide se dissipant jusqu'à ce que, presque aimablement, il conclue : « Si tu m'avais dit dès le départ que tu étais simplement, atrocement jalouse, je t'aurais comprise. »

Elle essaya de distinguer son visage à travers ses larmes.

« Jalouse ? De qui ?

— De ta mère, bien sûr.

— Ma *mère* ? »

Il jeta un coup d'œil par la fenêtre, puis revint à elle – avec de nouveau cette dureté cynique et déplaisante dans le regard et dans la voix : « De qui d'autre ? »

Elle se crut plongée dans les ténèbres, et là, quelque part, se trouvait un gouffre – ce n'était qu'une question de secondes avant que l'un de ses pieds n'y dérape, et alors il serait trop tard. Elle avait dû répéter « Ma *mère* ? », car il s'écria :

« Cette façon mélodramatique de le répéter ne m'abuse pas un instant ! Tu n'as rien d'une Emilia – je sais que tu n'es pas aussi innocente que tu le prétends, et quant à moi, je suis au courant de cela et vis depuis si longtemps avec que ça a cessé d'avoir pour moi la moindre importance – si ce n'est que je ne suis pas prêt à me laisser manipuler ou prendre en pitié, ni à être mêlé d'aucune façon aux intrigues révoltantes qui gravitent toujours, semble-t-il, autour de ce genre de situation ! J'ai trouvé, comme je te l'ai dit, que Mr Curran sortait du lot… »

Elle glissa soudain dans le gouffre – vertigineux, sans la moindre prise, d'une noirceur aveuglante –, se reprit pour entendre la voix sèche au-dessus d'elle : « … je ne suis pas *aveugle* », et s'aperçut que l'un de ses pieds était appuyé si fort contre l'autre que la douleur lui procurait un extrême soulagement. Un muscle tressaillait sur le visage de son père, juste sous la pommette ; elle porta la main à sa propre joue, puis à sa tête, comme pour alléger le poids mort qui alourdissait son esprit. *Sortait du lot…*

Il avait toujours su ; il n'était pas aveugle, *lui* – c'était son aveuglement à *elle* qui le mettait en colère –, et à l'évidence il n'en avait que faire.

Elle hocha la tête en silence, presque solennelle, comme s'ils étaient parvenus à un accord capital, et elle le laissa.

◆

Le soir, alors qu'elles se rendaient chez les Leggatt, Araminta, qui conduisait, déclara :

« Vraiment, Toni, tâche de ne pas te montrer si grossière à mon égard en présence d'autres gens. Je suis navrée si je t'ai agacée ce matin, mais je t'en prie, il faut te contrôler… » Elle rit avant d'ajouter : « C'est franchement gênant !

— Je vous demande pardon, fit Antonia.

— Et voilà que tu boudes, ma chérie, c'est encore pire.

— Non, je ne dirais pas ça.

— Tu pourrais au moins demander pardon en faisant comme si ça ne t'était pas égal.

— Ça m'est parfaitement égal », fut la réponse d'Antonia.

Et cela lui parut soudain être la bonne formule, la solution : rien n'importait à personne. Toute la journée elle avait eu le vague sentiment, l'intuition résignée de savoir enfin ce qu'étaient les autres, la vie – et avait repoussé loin d'elle cette science nouvelle, y voyant non pas un pouvoir mais le mécanisme de la terreur. À présent, dans l'obscurité, alors qu'elle ressentait la colère de sa mère, son indifférence se propagea et se durcit, se répandant lentement sur toute chose comme de la lave ruisselant du haut d'un volcan, effaçant la moindre peur, inquiétude ou affection. C'était un peu, songea-t-elle, comme s'endormir couchée dans la neige – et cela aussi lui était égal.

La voiture était traversée de courants d'air et il y faisait très froid. Araminta, après un petit soupir bruyant et empli de rage, avait renoncé – et résolu théâtralement de ne plus dire un mot jusqu'à Robertsbridge. Le trajet se passa ainsi, dans le silence glacial de l'hiver – Araminta glissant de la colère envers Toni au sentiment tumultueux qui ne quittait jamais son esprit, Antonia se retranchant derrière la nouvelle et bouleversante conviction qui était la sienne.

Elles firent lentement le tour de la vaste pelouse de la propriété des Leggatt à la recherche d'un endroit où se garer ; et Antonia se souvint du moment où elle avait quitté la fête cet été.

Sans un mot, elles s'éloignèrent de la voiture. Depuis le porche victorien aux portes vitrées, la demeure chaude et odorante semblait le cœur d'une fleur éblouissante. Edmund Leggatt se tenait derrière la deuxième porte, à côté d'une soupière remplie de punch fumant.

« Buvez ! » leur cria-t-il joyeusement en guise d'accueil. « Personne n'est autorisé à faire un pas de plus sans s'être réchauffé le gosier. Araminta, ma chère, quelle allure mystérieuse – de la fourrure jusqu'aux oreilles – transie, mystérieuse et on ne peut plus séduisante. » Au moyen d'une louche en argent, il versa une rasade de punch dans un petit verre émeraude qu'il lui tendit.

« Et Toni. Je vois d'ici comme vous devez être charmante sous ce châle rouge. Buvez !

— Cher Edmund, quel délice ! Wilfrid est sincèrement navré, mais il n'a pas pu se libérer.

— Wilfrid ?... » Edmund parut un instant perplexe, mais son visage s'éclaira : « Quel dommage ! Tenez, voici quelques fragments d'iceberg. Buvez ! »

Antonia but rapidement son punch – sa mère s'était déjà immiscée dans la fête, sans même monter déposer son manteau qu'un jeune homme était en train d'aider à enlever. Le punch brûlait la gorge d'Antonia avec une force délicieuse, et elle se sentit aussitôt réchauffée de la tête aux pieds. Elle eut presque l'impression de flotter alors qu'elle gravissait l'escalier aux marches espacées qui menait à la chambre servant de vestiaire. Il y faisait sombre – quelques touches seulement d'une timide lumière se reflétant dans les nombreux miroirs accrochés aux murs. Dans la pièce régnait une odeur de freesias et de poudre de riz, et elle était déserte. Quelqu'un avait oublié les trois quarts de son punch sur la coiffeuse : une buée délicate s'était déposée sur le miroir. Lorsqu'elle eut ôté son manteau et son châle, elle s'assit devant la glace embuée, but le punch et se regarda : son image était floue et, même une fois qu'elle eut essuyé la vitre, ne lui parut pas aussi nette et affirmée que sa pensée. « Les femmes s'inquiètent sans cesse des apparences », avait dit son père – pourtant à présent elle ne s'inquiétait de rien du tout. Le fait de vérifier que sa robe au drapé compliqué était bien en place, de peigner ses cheveux en arrière pour que la ligne de son front soit impeccable, de s'assurer que les ombres légères sur ses pommettes n'étaient pas des traces mais bien des ombres, tout cela n'était, lui semblait-il, que pure habitude, car elle accomplissait toutes ces choses comme une sorte de rituel vide de sentiment. Tout juste remarquait-elle que son apparence n'était peut-être pas en accord avec son état d'esprit ; elle se sentait plus adulte qu'elle n'en avait l'air, et le deuxième verre de punch n'eut d'autre effet que de lui tenir chaud.

En haut de l'escalier, elle s'arrêta pour regarder les têtes, les mains, les épaules de la foule au-dessous d'elle. Leurs voix, leurs rires semblaient s'élever vers les moulures du plafond, incroyablement haut, et y rester – une inversion de la gravité, songea-t-elle, et elle commença à descendre les marches en pente douce. Parvenue au milieu, elle ne pouvait plus regarder loin par-dessus les têtes : elles étaient trop nombreuses à s'entasser jusqu'à la grande fenêtre près de laquelle, cet été, elle avait aperçu Curran. Il n'était plus là maintenant – une foule anonyme se tenait à sa place – et elle en fut simplement soulagée ; ou peut-être même pas – tout lui était égal.

Sur la dernière marche de l'escalier, on lui prit la main.

« Vous cherchez quelqu'un ? »

Elle secoua la tête.

« Vous aviez l'air de chercher quelque chose. »

Elle le regarda.

« Comme si vous étiez préoccupée.

— C'est impossible. Tout m'est égal. »

Elle le regarda calmement en se demandant pourquoi elle avait dit cela à voix haute.

« Connaissez-vous quelqu'un à cette fête ? »

Elle retira sa main : « Ma mère est ici.

— Et vous ne devez pas très bien la connaître.

— Assez pour savoir qu'elle va rester jusqu'à la fin.

— Et vous voudriez que ce soit déjà la fin ? »

Elle eut un léger mouvement de la tête, comme si son instinct lui dictait de fuir.

Il dit gentiment : « Ce n'est pas la fin : il se pourrait même que ce soit le début. » Et il lui prit à nouveau la main, comme s'il s'agissait d'un outil essentiel sans lequel ni l'un ni l'autre ne pourraient jamais s'éloigner du bas de cet escalier.

FIN

TABLE

Préface 7

PREMIÈRE PARTIE. – 1950 23
DEUXIÈME PARTIE. – 1942 101
TROISIÈME PARTIE. – 1937 133
QUATRIÈME PARTIE. – 1927 263
CINQUIÈME PARTIE. – 1926 321

CET OUVRAGE A ÉTÉ ACHEVÉ D'IMPRIMER PAR NORMANDIE ROTO IMPRESSION S.A.S. À LONRAI, EN FÉVRIER 2024, POUR LE COMPTE DES ÉDITIONS LA TABLE RONDE.

ISBN : 979-10-371-0978-1.
Dépôt légal : février 2024.
N° d'édition : 636574. [R1]
N° d'impression : 2400772.

Imprimé en France.